El sueño del celta

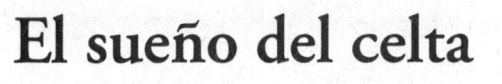

Mario Vargas Llosa

El sueño del celta

ALFAGUARA

© 2010, Mario Vargas Llosa
© De esta edición:
2010, Santillana USA Publishing Company, Inc.
2023 N.W. 84th Ave.
Doral, FL 33122
Teléfono: (305) 591-9522
Fax: (305) 591-7473
www.alfaguara.com

ISBN: 978-1-61605-246-1
Impreso en Estados Unidos
Primera Edición: Noviembre de 2010

Diseño:
Proyecto de Enric Sauté

© Cubierta:
Pep Carrió

Para Álvaro, Gonzalo y Morgana.
Y para Josefina, Leandro,
Ariadna, Aitana, Isabella y Anaís.

Cada uno de nosotros es, sucesivamente, no uno, sino muchos. Y estas personalidades sucesivas, que emergen las unas de las otras, suelen ofrecer entre sí los más raros y asombrosos contrastes.

JOSÉ ENRIQUE RODÓ
Motivos de Proteo

El Congo

I

Cuando abrieron la puerta de la celda, con el chorro de luz y un golpe de viento entró también el ruido de la calle que los muros de piedra apagaban y Roger se despertó, asustado. Pestañeando, confuso todavía, luchando por serenarse, divisó, recostada en el vano de la puerta, la silueta del *sheriff*. Su cara flácida, de rubios bigotes y ojillos maledicentes, lo contemplaba con la antipatía que nunca había tratado de disimular. He aquí alguien que sufriría si el Gobierno inglés le concedía el pedido de clemencia.

—Visita —murmuró el *sheriff*, sin quitarle los ojos de encima.

Se puso de pie, frotándose los brazos. ¿Cuánto había dormido? Uno de los suplicios de Pentonville Prison era no saber la hora. En la cárcel de Brixton y en la Torre de Londres escuchaba las campanadas que marcaban las medias horas y las horas; aquí, las espesas paredes no dejaban llegar al interior de la prisión el revuelo de las campanas de las iglesias de Caledonian Road ni el bullicio del mercado de Islington y los guardias apostados en la puerta cumplían estrictamente la orden de no dirigirle la palabra. El *sheriff* le puso las esposas y le indicó que saliera delante de él. ¿Le traería su abogado alguna buena noticia? ¿Se habría reunido el gabinete y tomado una decisión? Acaso la mirada del *sheriff*, más cargada que nunca del disgusto que le inspiraba, se debía a que le habían conmutado la pena. Iba caminando por el largo pasillo de ladrillos rojos ennegrecidos por la suciedad, entre las puertas metálicas de las celdas y unos muros descoloridos en los que cada veinte o veinticinco pasos había una alta ventana enrejada por la que alcanzaba a divisar un pedacito de cielo grisáceo. ¿Por qué tenía tanto frío? Era julio, el corazón del verano, no había razón para ese hielo que le erizaba la piel.

Al entrar al estrecho locutorio de las visitas, se afligió. Quien lo esperaba allí no era su abogado, *maître* George Gavan Duffy, sino uno de sus ayudantes, un joven rubio y desencajado, de pómulos salientes, vestido como un petimetre, a quien había visto durante los cuatro días del juicio llevando y trayendo papeles a los abogados de la defensa. ¿Por qué *maître* Gavan Duffy, en vez de venir en persona, mandaba a uno de sus pasantes?

El joven le echó una mirada fría. En sus pupilas había enojo y asco. ¿Qué le ocurría a este imbécil? «Me mira como si yo fuera una alimaña», pensó Roger.

—¿Alguna novedad?

El joven negó con la cabeza. Tomó aire antes de hablar:

—Sobre el pedido de indulto, todavía —murmuró, con sequedad, haciendo una mueca que lo desencajaba aún más—. Hay que esperar que se reúna el Consejo de Ministros.

A Roger le molestaba la presencia del *sheriff* y del otro guardia en el pequeño locutorio. Aunque permanecían silenciosos e inmóviles, sabía que estaban pendientes de todo lo que decían. Esa idea le oprimía el pecho y dificultaba su respiración.

—Pero, teniendo en cuenta los últimos acontecimientos —añadió el joven rubio, pestañeando por primera vez y abriendo y cerrando la boca con exageración—, todo se ha vuelto ahora más difícil.

—A Pentonville Prison no llegan las noticias de afuera. ¿Qué ha ocurrido?

¿Y si el Almirantazgo alemán se había decidido por fin a atacar a Gran Bretaña desde las costas de Irlanda? ¿Y si la soñada invasión tenía lugar y los cañones del Káiser vengaban en estos mismos momentos a los patriotas irlandeses fusilados por los ingleses en el Alzamiento de Semana Santa? Si la guerra había tomado ese rumbo, sus planes se realizaban, pese a todo.

—Ahora se ha vuelto difícil, acaso imposible, tener éxito —repitió el pasante. Estaba pálido, contenía su indignación y Roger adivinaba bajo la piel blancuzca de su tez su calavera. Presintió que, a sus espaldas, el *sheriff* sonreía.

—¿De qué habla usted? El señor Gavan Duffy estaba optimista respecto a la petición. ¿Qué ha sucedido para que cambiara de opinión?

—Sus diarios —silabeó el joven, con otra mueca de disgusto. Había bajado la voz y a Roger le costaba trabajo escucharlo—. Los descubrió Scotland Yard, en su casa de Ebury Street.

Hizo una larga pausa, esperando que Roger dijera algo. Pero como éste había enmudecido, dio rienda suelta a su indignación y torció la boca:

—Cómo pudo ser tan insensato, hombre de Dios —hablaba con una lentitud que hacía más patente su rabia—. Cómo pudo usted poner en tinta y papel semejantes cosas, hombre de Dios. Y, si lo hizo, cómo no tomó la precaución elemental de destruir esos diarios antes de ponerse a conspirar contra el Imperio británico.

«Es un insulto que este imberbe me llame "hombre de Dios"», pensó Roger. Era un maleducado, porque a este mozalbete amanerado él, cuando menos, le doblaba la edad.

—Fragmentos de esos diarios circulan ahora por todas partes —añadió el pasante, más sereno, aunque siempre disgustado, ahora sin mirarlo—. En el Almirantazgo, el vocero del ministro, el capitán de navío Reginald Hall en persona, ha entregado copias a decenas de periodistas. Están por todo Londres. En el Parlamento, en la Cámara de los Lores, en los clubes liberales y conservadores, en las redacciones, en las iglesias. No se habla de otra cosa en la ciudad.

Roger no decía nada. No se movía. Tenía, otra vez, esa extraña sensación que se había apoderado de él muchas veces en los últimos meses, desde aquella mañana gris y lluviosa de abril de 1916 en que, aterido de frío, fue arrestado entre las ruinas de McKenna's Fort, en el sur de Irlanda: no se trataba de él, era otro de quien hablaban, otro a quien le ocurrían estas cosas.

—Ya sé que su vida privada no es asunto mío, ni del señor Gavan Duffy ni de nadie —añadió el joven pasante, esforzándose por rebajar la cólera que impregnaba su voz—. Se trata de un asunto estrictamente profesional. El señor Gavan Duffy ha querido ponerlo al corriente de la situación. Y prevenirlo. La petición de clemencia puede verse comprometida. Esta mañana, en algunos periódicos ya hay protestas, infidencias, rumores sobre el contenido de sus diarios. La opinión pública favorable a la petición podría verse afectada. Una mera suposición, desde luego. El señor Gavan Duffy lo tendrá informado. ¿Desea que le transmita algún mensaje?

El prisionero negó, con un movimiento casi imperceptible de la cabeza. En el acto, giró sobre sí mismo, encarando la puerta del locutorio. El *sheriff* hizo una indicación con su cara mofletuda al guardia. Éste corrió el pesado cerrojo y la puerta se abrió. El regreso a la celda le resultó interminable. Durante el recorrido por el largo pasillo de pétreas paredes de ladrillos rojinegros tuvo la sensación de que en cualquier momento tropezaría y caería de bruces sobre esas piedras húmedas y no volvería a levantarse. Al llegar a la puerta metálica de la celda, recordó: el día que lo trajeron a Pentonville Prison el *sheriff* le dijo que todos los reos que ocuparon esta celda, sin una excepción, habían terminado en el patíbulo.

—¿Podré tomar un baño, hoy? —preguntó, antes de entrar.

El obeso carcelero negó con la cabeza, mirándolo a los ojos con la misma repugnancia que Roger había advertido en la mirada del pasante.

—No podrá bañarse hasta el día de la ejecución —dijo el *sheriff*, saboreando cada palabra—. Y, ese día, sólo si es su última voluntad. Otros, en vez del baño, prefieren una buena comida. Mal negocio para Mr. Ellis, porque entonces, cuando sienten la soga, se cagan. Y dejan el lugar hecho una mugre. Mr. Ellis es el verdugo, por si no lo sabe.

Cuando sintió cerrarse la puerta a sus espaldas, fue a tumbarse boca arriba en el pequeño camastro. Cerró los ojos. Hubiera sido bueno sentir el agua fría de ese caño enervándole la piel y azulándola de frío. En Pentonville Prison, los reos, con excepción de los condenados a muerte, podían bañarse con jabón una vez por semana en ese chorro de agua fría. Y las condiciones de las celdas eran pasables. En cambio, recordó con un escalofrío la suciedad de la cárcel de Brixton, donde se había llenado de piojos y pulgas que pululaban en el colchón de su camastro y le habían cubierto de picaduras la espalda, las piernas y los brazos. Procuraba pensar en eso, pero una y otra vez volvían a su memoria la cara disgustada y la voz odiosa del rubio pasante ataviado como un figurín que le había enviado *maître* Gavan Duffy en vez de venir él en persona a darle las malas noticias.

II

De su nacimiento, el 1 de septiembre de 1864, en Doyle's Cottage, Lawson Terrace, en el suburbio Sandycove de Dublín, no recordaba nada, claro está. Aunque siempre supo que había visto la luz en la capital de Irlanda, buena parte de su vida dio por hecho lo que su padre, el capitán Roger Casement, que había servido ocho años con distinción en el Tercer Regimiento de dragones ligeros, en la India, le inculcó: que su verdadera cuna era el condado de Antrim, en el corazón del Ulster, la Irlanda protestante y probritánica, donde el linaje de los Casement estaba establecido desde el siglo XVIII.

Roger fue criado y educado como anglicano de la Church of Ireland, al igual que sus hermanos Agnes (Nina), Charles y Tom —los tres mayores que él—, pero, desde antes de tener uso de razón, intuyó que en materia de religión no todo en su familia era tan armonioso como en lo demás. Incluso para un niño de pocos años era imposible no advertir que su madre, cuando estaba con sus hermanas y primos de Escocia, actuaba de manera que parecía esconder algo. Descubriría qué, ya adolescente: aunque en apariencia, para casarse con su padre, Anne Jephson se había convertido al protestantismo, a ocultas de su marido seguía siendo católica («papista» habría dicho el capitán Casement), confesándose, oyendo misa y comulgando, y, en el más celoso de los secretos, él mismo había sido bautizado como católico al cumplir cuatro años, durante un viaje de vacaciones que él y sus hermanos hicieron con su madre a Rhyl, en el norte de Gales, donde las tías y tíos maternos que vivían allá.

En esos años, en Dublín, o en los períodos que pasaron en Londres y en Jersey, a Roger no le interesaba para nada la religión, aunque, para no disgustar a su padre, durante el oficio dominical rezara, cantara y siguiera el servicio con respeto. Su madre le había dado clases de piano y tenía una voz clara y templada que solía ganarle aplausos en las reuniones familiares en las que entonaba viejas baladas irlandesas. Lo que de veras le interesaba en ese tiempo eran las historias que, cuando estaba de buen ánimo, les contaba el capitán Casement a él y a sus hermanos. Historias de la India y Afganistán, sobre todo sus batallas contra los afganos y los sijs. Aquellos nombres y paisajes exóticos, aquellos viajes cruzando selvas y montañas que escondían tesoros, fieras, alimañas, pueblos antiquísimos de extrañas costumbres, dioses bárbaros, disparaban su imaginación. A sus hermanos, a veces, aquellos relatos los aburrían, pero el pequeño Roger hubiera podido pasarse horas y días escuchando las aventuras de su padre en las remotas fronteras del Imperio.

Cuando aprendió a leer, le gustaba enfrascarse en las historias de los grandes navegantes, los vikingos, portugueses, ingleses y españoles que habían surcado los mares del planeta volatilizando los mitos según los cuales, llegadas a cierto punto, las aguas marinas comenzaban a hervir, se abrían abismos y aparecían monstruos cuyas fauces podían tragarse un barco entero. Aunque, entre oídas y leídas, Roger prefirió siempre escuchar aquellas aventuras de boca de su padre. El capitán Casement tenía una voz cálida, describía con rico vocabulario y animación las selvas de la India o los roquedales de Khyber Pass, en Afganistán, donde su compañía de dragones ligeros fue emboscada una vez por una masa de enturbantados fanáticos a los que los bravos soldados ingleses se enfrentaron a balazos primero, luego a la bayoneta, y por fin con puñales y manos desnudas, hasta obligarlos a retirarse derrotados. Pero no eran los hechos de armas lo que más encandilaba la imaginación del pequeño Roger, sino los viajes, abrir caminos por paisajes nunca hollados por el hombre blanco, las proezas físicas de resistencia, vencer los obstáculos de la naturaleza. Su padre era entretenido pero severísimo y no vacilaba en azotar a sus hijos cuando se portaban mal, incluso a Nina, la mujercita, pues así se castigaban las faltas en el Ejército y él había comprobado que sólo esa forma de castigo era eficaz.

Aunque admiraba a su padre, a quien Roger quería de verdad era a su madre, esa mujer esbelta que parecía flotar en vez de andar, de ojos y cabellos claros y cuyas manos, tan suaves, cuando se enredaban en sus rizos o acariciaban su cuerpo a la hora del baño lo colmaban de felicidad. Una de las primeras cosas que aprendería fue —¿tenía cinco, seis años?— que sólo podía correr a echarse en brazos de su madre cuando el capitán no estaba cerca. Éste, fiel a la tradición puritana de su familia, no era partidario de que los niños crecieran entre mimos, pues eso los volvía blandos para la lucha por la vida. Delante de su padre, Roger se mantenía a distancia de la pálida y delicada Anne Jephson. Pero cuando aquél partía a reunirse con sus amigos en su club o a dar un paseo, corría hacia ella, que lo cubría de besos y caricias. A veces, Charles, Nina y Tom protestaban: «A Roger lo quieres más que a nosotros». Su madre les aseguraba que no, quería a todos igual, sólo que Roger era muy pequeño y necesitaba más atención y cariño que los mayores.

Cuando su madre murió, en 1873, Roger tenía nueve años. Había aprendido a nadar y ganaba todas las carreras con niños de su edad e incluso mayores. A diferencia de Nina, Charles y Tom, que derramaron muchas lágrimas durante el velorio y el entierro de Anne Jephson, Roger no lloró ni una sola vez. En aquellos días tétricos el hogar de los Casement se convirtió en una capilla funeraria, llena de gente vestida de luto, que hablaba en voz baja y abrazaba al capitán Casement y a los cuatro niños con caras contritas, pronunciando palabras de pésame. Durante muchos días no pudo decir una frase, como si se hubiera quedado mudo. Respondía con movimientos de cabeza o ademanes a las preguntas y permanecía serio, cabizbajo y con la mirada perdida, incluso de noche en el cuarto a oscuras, sin poder dormir. Desde entonces y por el resto de su vida, de tanto en tanto, en sus sueños la figura de Anne Jephson vendría a visitarlo con aquella sonrisa invitadora, abriéndole los brazos, en los que él iba a encogerse, sintiéndose protegido y feliz con aquellos dedos afilados en su cabeza, en su espalda, en sus mejillas, una sensación que parecía defenderlo contra las maldades del mundo.

Sus hermanos se consolaron pronto. Y Roger también, en apariencia. Porque, aunque había recuperado el habla, era un tema que no mencionaba jamás. Cuando algún familiar le recordaba a su madre, enmudecía y permanecía encerrado en su mutismo hasta que aquella persona cambiaba de tema. En sus desvelos, presentía en la oscuridad, mirándolo con tristeza, el semblante de la infortunada Anne Jephson.

Quien no se consoló ni volvió a ser el mismo fue el capitán Roger Casement. Como no era efusivo y ni Roger ni sus hermanos lo habían visto nunca prodigar gentilezas a su madre, los cuatro niños se quedaron sorprendidos con el cataclismo que significó para su padre la desaparición de su esposa. Él, tan atildado, andaba ahora vestido de cualquier manera, la barba crecida, el ceño fruncido y una mirada de resentimiento como si sus hijos tuvieran la culpa de su viudez. Al poco tiempo de la muerte de Anne, decidió dejar Dublín y despachó a los cuatro niños al Ulster, a Magherintemple House, la casa familiar, donde, a partir de entonces, el tío abuelo paterno John Casement y su esposa Charlotte se encargarían de la educación de los hermanos. Su padre, como queriendo desentenderse de ellos, se fue a vivir a cuarenta kilómetros de allí, en el Adair Arms Hotel de Ballymena, donde, según se le escapaba a veces al tío abuelo John, el capitán Casement, «medio loco de dolor y soledad», dedicaba sus días y sus noches al espiritismo, tratando de comunicarse con la muerta mediante médiums, naipes y bolas de cristal.

Desde entonces, Roger vio a su padre rara vez y nunca más le oyó volver a contar aquellas historias de la India y Afganistán. El capitán Roger Casement murió de tuberculosis en 1876, tres años después que su esposa. Roger acababa de cumplir doce años. En Ballymena Diocesan School, donde estuvo tres años, fue un estudiante distraído, que sacaba notas regulares, salvo en latín, francés e historia antigua, cursos en los que destacó. Escribía poesía, parecía siempre ensimismado y devoraba libros de viajes por el África y el Extremo Oriente. Practicaba deportes, sobre todo natación. Iba los fines de semana al castillo de Galgorm, de los Young, adonde lo invitaba un compañero de clases. Pero Roger pasaba más tiempo que con éste con Rose Maud Young, bella, culta y escritora, que recorría las aldeas de pescadores y campesinos de Antrim recopilando poemas, leyendas y canciones en gaélico. De su boca oyó por primera vez las épicas contiendas de la mitología irlandesa. El castillo, de piedras negras, torreones, escudos, chimeneas y una fachada catedralicia había sido construido en el siglo XVII por Alexander Colville, un teólogo de cara malencontrada —según el retrato suyo del vestíbulo— que, se decía en Ballymena, había hecho pacto con el diablo y su fantasma deambulaba por el lugar. Temblando, algunas noches de luna Roger se atrevió a buscarlo por los pasadizos y estancias vacías, pero nunca lo encontró.

Sólo muchos años más tarde aprendería a sentirse cómodo en Magherintemple House, la casa solar de los Casement, que se había llamado antes Churchfield y había sido una rectoría de la parroquia anglicana de Culfeightrin. Porque los seis años que vivió allí, entre sus nueve y quince años, con el tío abuelo John y la tía abuela Charlotte y demás parientes paternos, siempre se sintió algo extranjero en esa imponente mansión de piedras grises, de tres pisos, altos cielorrasos, muros cubiertos de hiedra, techos de falso gótico y cortinajes que parecían ocultar fantasmas. Las vastas habitaciones, los largos pasillos y las escaleras con gastados pasamanos de madera y escalones que gruñían aumentaban su soledad. En cambio, gozaba al aire libre, entre los recios olmos, sicomoros y duraznseros que resistían el viento huracanado y las suaves colinas con vacas y ovejas desde las cuales se divisaba el pueblo de Ballycastle, el mar, las rompientes que embestían contra la isla de Rathlin y, en los días despejados, la borrosa silueta de Escocia. Iba con frecuencia a las aldeas vecinas de Cushendun y Cushendall, que parecían el escenario de antiguas leyendas irlandesas, y a los nueve *glens* de Irlanda del Norte, esos delgados valles cercados de colinas y laderas rocosas en cuyas cumbres trazaban círculos las águilas, espectáculo que lo hacía sentirse valiente y exaltado. Su diversión preferida eran las excursiones por aquella tierra áspera, de campesinos tan añosos como el paisaje, algunos de los cuales hablaban entre ellos el antiguo irlandés, sobre el que su tío abuelo John y sus amigos hacían a veces crueles bromas. Ni Charles ni Tom compartían su entusiasmo por la vida al aire libre ni gozaban con las caminatas a campo traviesa o escalando las lomas escarpadas de Antrim; Nina, en cambio, sí, y por eso, pese a ser ocho años mayor que él, fue su preferida y con la que siempre se llevaría mejor. Con ella hizo varias excursiones hasta la bahía de Murlough, erizada de rocas negras y su playita pedregosa, al pie del Glenshesk, cuyo recuerdo lo acompañaría toda la vida y a la que siempre se referiría, en sus cartas a la familia, como «ese rincón del Paraíso».

Pero todavía más que los paseos por el campo, a Roger le gustaban las vacaciones de verano. Las pasaba en Liverpool, donde su tía Grace, hermana de su madre, en cuya casa se sentía querido y acogido: por *aunt* Grace, desde luego, pero también por su esposo, el tío Edward Bannister, que había corrido mucho mundo y hacía viajes de negocios al África. Trabajaba para la naviera mercante Elder Dempster Line, que transportaba carga y pasajeros entre Gran Bretaña y el África Occidental. Los hijos de tía Grace y tío Edward, sus primos, fueron mejores compañeros de juegos de Roger que sus propios hermanos, sobre todo su prima Gertrude Bannister, Gee, con la que, desde muy niño, tuvo una cercanía que nunca empañó un solo disgusto. Eran tan unidos que alguna vez Nina les bromeó: «Ustedes terminarán casándose». Gee se rió pero Roger enrojeció hasta la punta de los cabellos. No se atrevía a levantar la vista y balbuceaba: «No, no, por qué dices esa tontería».

Cuando estaba en Liverpool, donde sus primos, Roger vencía a veces su timidez e interrogaba al tío Edward sobre el África, un continente cuya sola mención le llenaba la cabeza de bosques, fieras, aventuras y hombres intrépidos. Gracias al tío Edward Bannister oyó hablar por primera vez del doctor David Livingstone, el médico y evangelista escocés que desde hacía años exploraba el continente africano, recorriendo ríos como el Zambezi y el Shire, bautizando montañas, parajes desconocidos y llevando el cristianismo a las tribus de salvajes. Había sido el primer europeo en cruzar el África de costa a costa, el primero en recorrer el desierto de Kalahari y se había convertido en el héroe más popular del Imperio británico. Roger soñaba con él, leía los folletos que describían sus proezas y ansiaba formar parte de sus expediciones, enfrentar a su lado los peligros, ayudarlo en llevar la religión cristiana a esos paganos que no habían salido de la Edad de Piedra. Cuando el doctor Livingstone, buscando las fuentes del Nilo, desapareció tragado por las selvas africanas, Roger tenía dos años. Cuando, en 1872, otro aventurero y explorador legendario, Henry Morton Stanley, periodista de origen galés empleado por un periódico de New York, emergió de la jungla anunciando al mundo que había encontrado vivo al doctor Livingstone, estaba por cumplir ocho. El niño vivió la novelesca historia con asombro y envidia. Y cuando, un año más tarde, se supo que el doctor Livingstone, que nunca quiso abandonar el suelo africano ni volver a Inglaterra, falleció, Roger sintió que había perdido a un familiar muy querido. De grande, él también sería explorador, como esos titanes, Livingstone y Stanley, que estaban extendiendo las fronteras de Occidente y viviendo unas vidas tan extraordinarias.

Al cumplir quince años, el tío abuelo John Casement aconsejó que Roger abandonara los estudios y se buscara un trabajo, ya que ni él ni sus hermanos tenían rentas de que vivir. Aceptó de buena gana. De común acuerdo decidieron que Roger se fuera a Liverpool, donde había más posibilidades de trabajo que en Irlanda del Norte. En efecto, a poco de llegar donde los Bannister, el tío Edward le consiguió un puesto en la misma compañía en la que él había trabajado tantos años. Empezó sus labores de aprendiz en la naviera poco después de cumplir quince. Parecía mayor. Era muy alto, de profundos ojos grises, delgado, de cabellos negros ensortijados, piel muy clara y dientes parejos, parco, discreto, atildado, amable y servicial. Hablaba un inglés marcado por un deje irlandés, motivo de bromas entre sus primos.

Era un muchacho serio, empeñoso, lacónico, no muy preparado intelectualmente pero esforzado. Se tomó sus obligaciones en la compañía muy en serio, decidido a aprender. Lo pusieron en el departamento de administración y contabilidad. Al principio, sus tareas eran las de un mensajero. Llevaba y traía documentos de una oficina a otra e iba al puerto a hacer trámites entre barcos, aduanas y depósitos. Sus jefes lo consideraban. En los cuatro años que trabajó en la Elder Dempster Line no llegó a intimar con nadie, debido a su manera de ser retraída y sus costumbres austeras: enemigo de francachelas, casi no bebía y jamás se le vio frecuentar los bares y lupanares del puerto. Desde entonces fue un fumador empedernido. Su pasión por África y su empeño en hacer méritos en la compañía lo llevaban a leerse con cuidado, llenándolos de anotaciones, los folletos y las publicaciones que circulaban por las oficinas relacionadas con el comercio marítimo entre el Imperio británico y el África Occidental. Luego, repetía convencido las ideas que impregnaban esos textos. Llevar al África los productos europeos e importar las materias primas que el suelo africano producía, era, más que una operación mercantil, una empresa a favor del progreso de pueblos detenidos en la prehistoria, sumidos en el canibalismo y la trata de esclavos. El comercio llevaba allá la religión, la moral, la ley, los valores de la Europa moderna, culta, libre y democrática, un progreso que acabaría por transformar a los desdichados de las tribus en hombres y mujeres de nuestro tiempo. En esta empresa, el Imperio británico estaba a la vanguardia de Europa y había que sentirse orgullosos de ser parte de él y del trabajo que cumplían en la Elder Dempster Line. Sus compañeros de oficina cambiaban miradas burlonas, preguntándose si el joven Roger Casement era un tonto o un vivo, si creía en esas tonterías o las proclamaba para hacer méritos ante sus jefes.

En los cuatro años que trabajó en Liverpool Roger continuó viviendo donde sus tíos Grace y Edward, a los que entregaba parte de su salario y quienes lo trataban como a un hijo. Se llevaba bien con sus primos, sobre todo con Gertrude, con la que domingos y días feriados iba a remar y a pescar si había buen tiempo, o se quedaba en casa leyendo en voz alta junto a la chimenea si llovía. Su relación era fraterna, sin pizca de malicia ni coquetería. Gertrude fue la primera persona a la que mostró los poemas que escribía en secreto. Roger llegó a conocer al dedillo el movimiento de la compañía y, sin haber puesto nunca los pies en los puertos africanos, hablaba de ellos como si se hubiera pasado la vida entre sus oficinas, comercios, trámites, costumbres y gentes que los poblaban.

Hizo tres viajes al África Occidental en el *SS Bounny* y la experiencia lo entusiasmó tanto que, luego del tercero, renunció a su empleo y anunció a sus hermanos, tíos y primos que había decidido irse al África. Lo hizo de una manera exaltada y, según le dijo su tío Edward, «como esos cruzados que en la Edad Media partían al Oriente a liberar Jerusalén». La familia fue a despedirlo al puerto y Gee y Nina echaron unos lagrimones. Roger acababa de cumplir veinte años.

III

Cuando el *sheriff* abrió la puerta de la celda y lo enanizó con la mirada, Roger estaba recordando, avergonzado, que siempre había sido partidario de la pena de muerte. Lo hizo público hacía pocos años, en su *Informe sobre el Putumayo* para el Foreign Office, el *Blue Book* (Libro Azul), reclamando para el peruano Julio César Arana, el rey del caucho en el Putumayo, un escarmiento ejemplar: «Si consiguiéramos que al menos él fuera ahorcado por esos crímenes atroces, eso sería el principio del fin de ese interminable martirio y de la infernal persecución contra los desdichados indígenas». No escribiría ahora esas mismas palabras. Y, antes, se le había venido a la cabeza el recuerdo del malestar que solía sentir al entrar en una casa y descubrir en ella una pajarera. Los canarios, jilgueros o loros enjaulados le habían parecido siempre víctimas de una crueldad inútil.

—Visita —murmuró el *sheriff*, observándolo con desprecio en los ojos y en la voz. Mientras Roger se levantaba y se sacudía el uniforme de penado a manotazos, añadió con sorna—: Hoy está usted otra vez en la prensa, señor Casement. No por traidor a su patria...

—Mi patria es Irlanda —lo interrumpió él.

—... sino por sus asquerosidades —el *sheriff* chasqueaba la lengua como si fuera a escupir—. Traidor y malvado al mismo tiempo. ¡Vaya basura! Será un placer verlo bailar en una cuerda, ex sir Roger.

—¿Rechazó el gabinete el pedido de clemencia?

—Todavía —se demoró en responder el *sheriff*—. Pero lo rechazará. Y también Su Majestad el rey, por supuesto.

—A él no le pediré clemencia. Es el rey de ustedes, no mío.

—Irlanda es británica —murmuró el *sheriff*—. Ahora más que antes, después de haber aplastado ese cobarde Alzamiento de Semana Santa en Dublín. Una puñalada por la espalda contra un país en guerra. A sus líderes yo no los hubiera fusilado sino ahorcado.

Se calló porque ya habían llegado al locutorio.

No era el padre Carey, el capellán católico de Pentonville Prison, quien había venido a visitarlo, sino Gertrude, Gee, su prima. Lo abrazó con mucha fuerza y Roger la sintió temblar en sus brazos. Pensó en un pajarillo aterido. Cómo había envejecido Gee desde su encarcelación y juicio. Recordó a la muchacha traviesa y animosa de Liverpool, a la mujer atractiva y amante de la vida de Londres, a la que por su pierna enferma sus amigos llamaban cariñosamente *Hoppy* (Cojita). Era ahora una viejecita encogida y enfermiza, no la mujer sana, fuerte y segura de sí misma de hacía pocos años. La luz clara de sus ojos se había apagado y había arrugas en su cara, cuello y manos. Vestía de oscuro, unas ropas gastadas.

—Debo apestar a todas las porquerías del mundo —bromeó Roger, señalando su uniforme lanudo de color azul—. Me han quitado el derecho a bañarme. Me lo devolverán sólo por una vez, si me ejecutan.

—No lo harán, el Consejo de Ministros aprobará la clemencia —afirmó Gertrude, moviendo la cabeza para dar más fuerza a sus palabras—. El presidente Wilson intercederá por ti ante el Gobierno británico, Roger. Ha prometido enviar un telegrama. Te la concederán, no habrá ejecución, créeme.

Lo decía de manera tan tensa, con una voz tan quebrada, que Roger sintió pena por ella, por todos los amigos que, como Gee, sufrían estos días la misma angustia e incertidumbre. Tenía ganas de preguntarle por los ataques de los periódicos que había mencionado el carcelero, pero se contuvo. ¿El presidente de los Estados Unidos intercedería por él? Serían iniciativas de John Devoy y demás amigos del Clan na Gael. Si lo hacía, su gestión tendría efecto. Todavía quedaba una posibilidad de que el gabinete le conmutara la pena.

No había dónde sentarse y Roger y Gertrude permanecían de pie, muy juntos, dando la espalda al *sheriff* y al guardia. Las cuatro presencias convertían el pequeño locutorio en un lugar claustrofóbico.

—Gavan Duffy me contó que te habían echado del colegio de Queen Anne's —se disculpó Roger—. Ya sé que ha sido por mi culpa. Te pido mil perdones, querida Gee. Causarte daño es lo último que hubiera querido.

—No me echaron, me pidieron que aceptara la cancelación de mi contrato. Y me dieron una indemnización de cuarenta libras. No me importa. Así he tenido más tiempo para ayudar a Alice Stopford Green en sus gestiones para salvarte la vida. Eso es lo más importante ahora.

Cogió la mano de su primo y se la apretó con ternura. Gee enseñaba hacía muchos años en la escuela del Hospital de Queen Anne's, en Caversham, donde llegó a ser subdirectora. Siempre le gustó su trabajo, del que refería divertidas anécdotas en sus cartas a Roger. Y ahora, por su parentesco con un apestado, sería una desempleada. ¿Tendría de qué vivir o quien la ayudara?

—Nadie cree las infamias que están publicando contra ti —dijo Gertrude, bajando mucho la voz, como si los dos hombres que estaban allí pudieran no oírla—. Todas las personas decentes están indignadas de que el Gobierno se valga de esas calumnias para quitarle fuerza al manifiesto que ha firmado tanta gente importante a tu favor, Roger.

Se le cortó la voz, como si fuera a sollozar. Roger la abrazó de nuevo.

—Te he querido tanto, Gee, queridísima Gee —le susurró al oído—. Y, ahora, todavía más que antes. Siempre te agradeceré lo leal que has sido conmigo en las buenas y en las malas. Por eso, tu opinión es una de las pocas que me importa. ¿Sabes que todo lo que he hecho fue por Irlanda, no es cierto? Por una causa noble y generosa, como es la de Irlanda. ¿No es así, Gee?

Ella se había puesto a sollozar, bajito, la cara aplastada contra su pecho.

—Tenían diez minutos y han pasado cinco —recordó el *sheriff*, sin volverse a mirarlos—. Les quedan cinco todavía.

—Ahora, con tanto tiempo para pensar —dijo Roger, en el oído de su prima—, recuerdo mucho esos años en Liverpool, cuando éramos tan jóvenes y la vida nos sonreía, Gee.

—Todos creían que éramos enamorados y que algún día nos casaríamos —murmuró Gee—. Yo también recuerdo esa época con nostalgia, Roger.

—Éramos más que enamorados, Gee. Hermanos, cómplices. Las dos caras de una moneda. Así de unidos. Tú fuiste muchas cosas para mí. La madre que perdí a los nueve años. Los amigos que nunca tuve. Contigo me sentí siempre mejor que con mis propios hermanos. Me dabas confianza, seguridad en la vida, alegría. Más tarde, en todos mis años en el África, tus cartas eran mi único puente con el resto del mundo. No sabes con qué felicidad recibía tus cartas y cómo las leía y releía, querida Gee.

Se calló. No quería que su prima advirtiera que estaba a punto de llorar él también. Desde joven había detestado, sin duda por su educación puritana, las efusiones públicas de sentimentalismo, pero en estos últimos meses incurría a veces en ciertas debilidades que antes le disgustaban tanto en los demás. Gee no decía nada. Permanecía abrazada a él y Roger sentía su respiración agitada, que hinchaba y deshinchaba su pecho.

—Tú fuiste la única persona a la que enseñé mis poemas. ¿Te acuerdas?

—Me acuerdo que eran malísimos —dijo Gertrude—. Pero yo te quería tanto que te los alababa. Hasta me aprendí alguno de memoria.

—Yo me daba muy bien cuenta de que no te gustaban, Gee. Fue una suerte que nunca los publicara. Estuve a punto, como sabes.

Se miraron y terminaron por reírse.

—Estamos haciendo todo, todo, para ayudarte, Roger —dijo Gee, poniéndose de nuevo muy seria. También su voz había envejecido; antes era firme y risueña y, ahora, vacilante y resquebrajada—. Los que te queremos, que somos muchos. Alice, la primera, por supuesto. Moviendo cielo y tierra. Escribiendo cartas, visitando políticos, autoridades, diplomáticos. Explicando, rogando. Tocando todas las puertas. Ella hace gestiones para venir a verte. Es difícil. Sólo los familiares están permitidos. Pero Alice es conocida, tiene influencias. Conseguirá el permiso y vendrá, verás. ¿Sabías que cuando el Alzamiento en Dublín Scotland Yard registró su casa de arriba abajo? Se llevaron muchos papeles. Ella te quiere y te admira tanto, Roger.

«Lo sé», pensó Roger. Él también quería y admiraba a Alice Stopford Green. La historiadora, irlandesa y de familia anglicana como Casement, cuya casa era uno de los salones intelectuales más concurridos de Londres, centro de tertulias y reuniones de todos los nacionalistas y autonomistas de Irlanda, había sido más que una amiga y una consejera para él en materias políticas. Lo había educado y hecho descubrir y amar el pasado de Irlanda, su larga historia y su floreciente cultura antes de ser absorbida por su poderoso vecino. Le había recomendado libros, lo había ilustrado en apasionadas conversaciones, lo había incitado a que continuara con esas lecciones del idioma irlandés que, por desgracia, nunca llegó a dominar. «Me moriré sin hablar gaélico», pensó. Y, más tarde, cuando él se volvió un nacionalista radical, fue Alice la primera persona que comenzó a llamarlo en Londres con el apodo que le había puesto Herbert Ward y que a Roger le hacía tanta gracia: «El celta».

—Diez minutos —sentenció el *sheriff*—. Hora de despedirse.

Sintió que su prima se abrazaba a él y que su boca trataba de acercarse a su oído, sin conseguirlo, pues era mucho más alto que ella. Le habló adelgazando la voz hasta hacerla casi inaudible:

—Todas esas cosas horribles que dicen los periódicos son calumnias, mentiras abyectas. ¿No es cierto, Roger?

La pregunta lo tomó tan desprevenido que demoró unos segundos en contestar.

—No sé qué dice de mí la prensa, querida Gee. Aquí no llega. Pero —buscó cuidadosamente las palabras—, seguro que lo son. Quiero que tengas presente una sola cosa, Gee. Y que me creas. Me he equivocado muchas veces, por supuesto. Pero no tengo nada de que avergonzarme. Ni tú ni ninguno de mis amigos tienen que avergonzarse de mí. ¿Me crees, no, Gee?

—Claro que te creo —su prima sollozó, tapándose la boca con las dos manos.

De regreso a su celda, Roger sintió que se le llenaban los ojos de lágrimas. Hizo un gran esfuerzo para que el *sheriff* no lo notara. Era raro que le vinieran ganas de llorar. Que recordara, no había llorado en esos meses, desde su captura. Ni durante los interrogatorios en Scotland Yard, ni durante las audiencias del juicio, ni al escuchar la sentencia que lo condenaba a ser ahorcado. ¿Por qué ahora? Por Gertrude. Por Gee. Verla sufrir de ese modo, dudar de ese modo, significaba cuando menos que para ella su persona y su vida eran preciosas. No estaba, pues, tan solo como se sentía.

IV

El viaje del cónsul británico Roger Casement río Congo arriba, que comenzó el 5 de junio de 1903 y que cambiaría su vida, debió haberse iniciado un año antes. Él había estado sugiriendo esta expedición al Foreign Office desde que, en 1900, luego de servir en Old Calabar (Nigeria), Lourenço Marques (Maputo) y São Paulo de Luanda (Angola), tomó oficialmente residencia como cónsul de Gran Bretaña en Boma —una contrahecha aldea— alegando que la mejor manera de presentar un informe sobre la situación de los nativos en el Estado Independiente del Congo era salir de esta remota capital hacia los bosques y tribus del Medio y Alto Congo. Allí se llevaba a cabo la explotación sobre la que venía informando al Ministerio de Relaciones Exteriores desde que llegó a estos dominios. Por fin, después de sopesar aquellas razones de Estado que al cónsul, aunque las comprendía, no dejaban de revolverle el estómago —Gran Bretaña era aliada de Bélgica y no quería echar a ésta en brazos de Alemania—, el Foreign Office lo autorizó a emprender el viaje hacia las aldeas, estaciones, misiones, puestos, campamentos y factorías donde se llevaba a cabo la extracción del caucho, oro negro ávidamente codiciado ahora en todo el mundo para las ruedas y parachoques de camiones y automóviles y mil usos industriales y domésticos más. Debía verificar sobre el terreno qué había de cierto en las denuncias sobre iniquidades cometidas contra los nativos en el Congo de Su Majestad Leopoldo II, el rey de los belgas, que hacían la Sociedad para la Protección de los Indígenas, en Londres, y algunas iglesias bautistas y misiones católicas en Europa y Estados Unidos.

Preparó el viaje con su meticulosidad acostumbrada y un entusiasmo que disimulaba ante los funcionarios belgas y los colonos y comerciantes de Boma. Ahora sí podría argumentar ante sus jefes, con conocimiento de causa, que el Imperio, fiel a su tradición de justicia y *fair play,* debía liderar una campaña internacional que pusiera punto final a esta ignominia. Pero entonces, a mediados de 1902, tuvo su tercer ataque de malaria, uno todavía peor que los dos anteriores, padecidos desde que, en un arranque de idealismo y sueño aventurero, decidió en 1884 dejar Europa y venir al África a trabajar para, mediante el comercio, el cristianismo y las instituciones sociales y políticas de Occidente, emancipar a los africanos del atraso, la enfermedad y la ignorancia.

No eran meras palabras. Creía profundamente en todo aquello, cuando, con veinte años de edad, llegó al continente negro. Las primeras fiebres palúdicas sólo se abatieron sobre él tiempo después. Acababa de concretarse el anhelo de su vida: formar parte de una expedición encabezada por el más famoso aventurero en suelo africano: Henry Morton Stanley. ¡Servir a las órdenes del explorador que en un legendario viaje de cerca de tres años entre 1874 y 1877 había cruzado el África del este al oeste, siguiendo el curso del río Congo desde sus cabeceras hasta su desembocadura en el Atlántico! ¡Acompañar al héroe que encontró al desaparecido doctor Livingstone! Entonces, como si los dioses quisieran apagar su exaltación, tuvo el primer ataque de malaria. Nada comparado a lo que fue el segundo y, sobre todo, tres años después —1887— y, sobre todo, este tercero de 1902, en el que por primera vez creyó morir. Los síntomas fueron los mismos esa madrugada de mediados de 1902 cuando, ya abultado el maletín con sus mapas, brújula, lápices y cuadernos de notas, sintió, al abrir los ojos en el dormitorio del piso alto de su casa de Boma, en el barrio de los colonos, a pocos pasos de la Gobernación, que servía a la vez de residencia y oficina del consulado, que temblaba de frío. Apartó el mosquitero y vio, por las ventanas sin vidrios ni cortinas pero con rejillas metálicas para los insectos, acribilladas por el aguacero, las aguas fangosas del gran río y las islas del contorno cargadas de vegetación. No pudo ponerse de pie. Las piernas se le doblaron, como si fueran de trapo. *John,* su bulldog, empezó a brincar y ladrar, asustado. Se dejó caer en la cama de nuevo. Su cuerpo ardía y el frío le calaba los huesos. Llamó a gritos a Charlie y a Mawuku, el mayordomo y el cocinero congoleses que dormían en la planta baja, pero ninguno contestó. Estarían fuera y, sorprendidos por la tormenta, habrían corrido a guarecerse bajo la copa de algún baobab hasta que amainara. ¿Malaria, otra vez?, maldijo el cónsul. ¿Justamente en vísperas de la expedición? Tendría diarreas, hemorragias y la debilidad lo obligaría a guardar cama días y semanas, atontado y con escalofríos.

Charlie fue el primero de los criados en volver, chorreando agua. «Anda a llamar al doctor Salabert», le ordenó Roger, no en francés sino en lingala. El doctor Salabert era uno de los dos médicos de Boma, antiguo puerto negrero —se llamaba entonces Mboma— donde, en el siglo XVI, venían los traficantes portugueses de la isla de Santo Tomé a comprar esclavos a los jefezuelos tribales del desaparecido reino del Kongo y convertido ahora por los belgas en la capital del Estado Independiente del Congo. A diferencia de Matadi, en Boma no había un hospital, sólo un dispensario para casos de urgencia atendido por dos monjas flamencas. El facultativo llegó media hora después, arrastrando los pies y ayudándose con un bastón. Era menos viejo de lo que parecía, pero el rudo clima y, sobre todo, el alcohol lo habían avejentado. Parecía un anciano. Vestía como un vagabundo. Sus botines carecían de cordones y llevaba el chaleco desabrochado. Pese a estar empezando el día, tenía los ojos incendiados.

—Sí, mi amigo, malaria, qué va a ser. Vaya fiebrón. Ya sabe el remedio: quinina, abundante líquido, dieta de caldo, panatelas y mucho abrigo para sudar las infecciones. Ni sueñe en levantarse antes de dos semanas. Y menos en salir de viaje, ni a la esquina. Las tercianas demuelen el organismo, lo sabe de sobra.

No fueron dos sino tres semanas las que estuvo derribado por las fiebres y la tembladera. Perdió ocho kilos y el primer día que pudo ponerse de pie a los pocos pasos se desplomó al suelo, exhausto, en un estado de debilidad que no recordaba haber sentido antes. El doctor Salabert, mirándolo fijamente a los ojos y con voz cavernosa y ácido humor, le advirtió:

—En su estado, sería un suicidio emprender esa expedición. Su cuerpo está en ruinas y no resistiría ni siquiera el cruce de los Montes de Cristal. Mucho menos varias semanas de vida a la intemperie. No llegaría ni a Mbanza-Ngungu. Hay maneras más rápidas de matarse, señor cónsul: un balazo en la boca o una inyección de estricnina. Si los necesita, cuente conmigo. He ayudado a varios a emprender el gran viaje.

Roger Casement telegrafió al Foreign Office que su estado de salud lo obligaba a postergar la expedición. Y como luego las lluvias tornaron intransitables los bosques y el río, la expedición al interior del Estado Independiente debió esperar algunos meses más, que se convertirían en un año. Un año más, recobrándose lentísimamente de las fiebres y tratando de recuperar el peso perdido, volviendo a empuñar la raqueta de tenis, a nadar, a jugar al bridge o al ajedrez para sortear las largas noches de Boma, mientras reanudaba las aburridas labores consulares: tomar nota de los barcos que llegaban y partían, de las existencias que descargaban los mercantes de Amberes —fusiles, municiones, chicotes, vino, estampitas, crucifijos, cuentecillas de vidrios de colores— y las que se llevaban a Europa, las inmensas rumas de caucho, piezas de marfil y pieles de animales. ¡Éste era el intercambio que, en su imaginación juvenil, iba a salvar a los congoleses del canibalismo, de los mercaderes árabes de Zanzíbar que controlaban la trata de esclavos y abrirles las puertas de la civilización!

Tres semanas estuvo tumbado por las fiebres palúdicas, delirando a ratos y tomando gotas de quinina disueltas en las infusiones de hierbas que le preparaban Charlie y Mawuku tres veces al día —su estómago sólo resistía caldos y trozos de pescado hervido o de pollo—, y jugando con *John,* su perro bulldog y su más fiel compañero. Ni siquiera tenía ánimos para concentrarse en la lectura.

En aquella forzosa inacción muchas veces recordó Roger la expedición de 1884 bajo el mando de su héroe Henry Morton Stanley. Había vivido en los bosques, visitado innumerables aldeas indígenas, acampado en claros cercados por empalizadas de árboles donde chillaban los monos y rugían las fieras. Estuvo tenso y feliz pese a las laceraciones de los mosquitos y otros bichos contra los que eran inútiles las frotaciones de alcohol alcanforado. Practicaba la natación en lagunas y ríos de belleza deslumbrante, sin temor a los cocodrilos, convencido todavía de que haciendo lo que hacían, él, los cuatrocientos cargadores, guías y ayudantes africanos, la veintena de blancos —ingleses, alemanes, flamencos, valones y franceses— que componía la expedición, y, por supuesto, el propio Stanley, eran la punta de lanza del progreso en este mundo donde apenas asomaba la Edad de Piedra que Europa había dejado atrás hacía muchos siglos.

Años después, en la duermevela visionaria de la fiebre, se ruborizaba pensando en lo ciego que había sido. Ni siquiera se daba bien cuenta, al principio, de la razón de ser de aquella expedición encabezada por Stanley y financiada por el rey de los belgas, a quien, por supuesto, entonces consideraba —como Europa, como Occidente, como el mundo— el gran monarca humanitario, empeñado en acabar con esas lacras que eran la esclavitud y la antropofagia y en liberar a las tribus del paganismo y las servidumbres que las mantenían en estado feral.

Todavía faltaba un año para que las grandes potencias occidentales regalaran a Leopoldo II, en la Conferencia de Berlín de 1885, ese Estado Independiente del Congo de más de dos millones y medio de kilómetros cuadrados —ochenta y cinco veces el tamaño de Bélgica—, pero ya el rey de los belgas se había puesto a administrar el territorio que iban a obsequiarle para que ejercitara con los veinte millones de congoleses que se creía lo habitaban, sus principios redentores. El monarca de las barbas rastrilladas había contratado para eso al gran Stanley, adivinando, con su prodigiosa aptitud para detectar las debilidades humanas, que el explorador era capaz por igual de grandes hazañas y formidables villanías si el premio estaba a la altura de sus apetitos.

La razón aparente de la expedición de 1884 en que Roger hizo sus primeras armas de explorador era preparar a las comunidades desperdigadas a orillas del Alto, Medio y Bajo Congo, a lo largo de miles de kilómetros de selvas espesas, quebradas, cascadas y montes tupidos de vegetación, para la llegada de los comerciantes y administradores europeos que la Asociación Internacional del Congo (AIC), presidida por Leopoldo II, traería una vez que las potencias occidentales le dieran la concesión. Stanley y sus acompañantes debían explicar a esos caciques semidesnudos, tatuados y emplumados, a veces con espinas en caras y brazos, a veces con embudos de carrizo en sus falos, las intenciones benévolas de los europeos: vendrían a ayudarlos a mejorar sus condiciones de vida, librarlos de plagas como la mortífera enfermedad del sueño, educarlos y abrirles los ojos sobre las verdades de este mundo y el otro, gracias a lo cual sus hijos y nietos alcanzarían una vida decente, justa y libre.

«No me daba cuenta porque no quería darme cuenta», pensó. Charlie lo había arropado con todas las mantas de la casa. Pese a ello y al sol candente de afuera, el cónsul, encogido y helado, temblaba bajo el mosquitero como una hoja de papel. Pero, peor que ser un ciego voluntario, era encontrar explicaciones para lo que cualquier observador imparcial hubiera llamado un embauco. Porque, en todas las aldeas donde llegaba la expedición de 1884, después de repartir abalorios y baratijas y luego de las explicaciones consabidas mediante intérpretes (muchos de los cuales no llegaban a hacerse entender por los nativos), Stanley hacía firmar a caciques y brujos unos contratos, escritos en francés, comprometiéndose a prestar mano de obra, alojamiento, guía y sustento a los funcionarios, personeros y empleados de la AIC en los trabajos que emprendieran para la realización de los fines que la inspiraban. Ellos firmaban con equis, palotes, manchas, dibujitos, sin chistar y sin saber qué firmaban ni qué era firmar, divertidos con los collares, pulseras y adornos de vidrio pintado que recibían y los traguitos de aguardiente con que Stanley los invitaba a brindar por el acuerdo.

«No saben lo que hacen, pero nosotros sabemos que es por su bien y eso justifica el engaño», pensaba el joven Roger Casement. ¿Qué otra manera había de hacerlo? ¿Cómo dar legitimidad a la futura colonización con gente que no podía entender una palabra de esos «tratados» en los que quedaba comprometido su futuro y el de sus descendientes? Era preciso dar alguna forma legal a la empresa que el monarca de los belgas quería que se realizara mediante la persuasión y el diálogo, a diferencia de otras hechas a sangre y fuego, con invasiones, asesinatos y saqueos. ¿No era ésta pacífica y civil?

Con los años —dieciocho habían pasado desde la expedición que hizo a sus órdenes en 1884—, Roger Casement llegó a la conclusión de que el héroe de su infancia y juventud era uno de los pícaros más inescrupulosos que había excretado el Occidente sobre el continente africano. Pese a ello, como todos los que habían trabajado a sus órdenes, no podía dejar de reconocer su carisma, su simpatía, su magia, esa mezcla de temeridad y cálculo frío con que el aventurero amasaba sus proezas. Iba y venía por el África sembrando por un lado la desolación y la muerte —quemando y saqueando aldeas, fusilando nativos, desollándoles las espaldas a sus cargadores con esos chicotes de jirones de piel de hipopótamo que habían dejado miles de cicatrices en los cuerpos de ébano de toda la geografía africana— y, de otro, abriendo rutas al comercio y a la evangelización en inmensos territorios llenos de fieras, alimañas y epidemias que a él parecían respetarlo como a uno de esos titanes de las leyendas homéricas y las historias bíblicas.

—¿No le da a usted, a veces, remordimientos, mala conciencia, por lo que hacemos?

La pregunta brotó de los labios del joven de manera impremeditada. Ya no podía retirarla. Las llamas de la fogata, en el centro del campamento, crujían con las ramitas y los insectos imprudentes que se abrasaban en ella.

—¿Remordimientos? ¿Mala conciencia? —frunció la nariz y avinagró la cara pecosa y requemada por el sol el jefe de la expedición, como si nunca hubiera oído esas palabras y estuviera adivinando qué querían decir—. ¿De qué cosa?

—De los contratos que les hacemos firmar —dijo el joven Casement, venciendo su turbación—. Ponen sus vidas, sus pueblos, todo lo que tienen, en manos de la Asociación Internacional del Congo. Y ni uno solo sabe qué firma, porque ninguno habla francés.

—Si supieran francés, tampoco entenderían esos contratos —se rió el explorador con su risa franca, abierta, uno de sus atributos más simpáticos—. Ni yo entiendo lo que quieren decir.

Era un hombre fuerte y muy bajito, casi enano, de aspecto deportivo, todavía joven, ojos grises chispeantes, bigote espeso y personalidad arrolladora. Siempre llevaba botas altas, pistola al cinto y una casaca clara con muchos bolsillos. Se volvió a reír y los capataces de la expedición que con Stanley y Roger tomaban café y fumaban alrededor de la fogata, se rieron también, adulando a su jefe. Pero el joven Casement no se rió.

—Yo sí, aunque, es verdad, el galimatías en que están escritos parece a propósito para que no se entiendan —dijo, de manera respetuosa—. Se reduce a algo muy simple. Entregan sus tierras a la AIC a cambio de promesas de ayuda social. Se comprometen a apoyar las obras: caminos, puentes, embarcaderos, factorías. A poner los brazos que hagan falta para el campo y el orden público. A alimentar a funcionarios y peones, mientras duren los trabajos. La Asociación no ofrece nada a cambio. Ni salarios ni compensaciones. Siempre creí que estamos aquí por el bien de los africanos, señor Stanley. Me gustaría que usted, a quien admiro desde que tengo uso de razón, me diera razones para seguir creyendo que es así. Que esos contratos son, de veras, por su bien.

Hubo un largo silencio, quebrado por el crepitar de la fogata y esporádicos gruñidos de los animales nocturnos que salían a buscarse el sustento. Había dejado de llover hacía rato pero la atmósfera seguía húmeda y pesada y parecía que en el entorno todo germinaba, crecía y se espesaba. Dieciocho años después, Roger, entre las imágenes desordenadas que la fiebre hacía revolotear en su cabeza, recordaba la mirada inquisidora, sorprendida, por momentos burlona, con que Henry Morton Stanley lo inspeccionó.

—El África no se ha hecho para los débiles —dijo por fin, como si hablara consigo mismo—. Las cosas que lo preocupan son un signo de debilidad. En el mundo en que estamos, quiero decir. No es Estados Unidos ni Inglaterra, se habrá dado cuenta. En el África los débiles no duran. Acaban con ellos las picaduras, las fiebres, las flechas envenenadas o la mosca tse-tse.

Era galés, pero debía haber vivido mucho tiempo en los Estados Unidos porque su inglés tenía la música y expresiones y giros norteamericanos.

—Todo esto es por su bien, claro que sí —añadió Stanley, con un movimiento de cabeza hacia la ronda de cabañas cónicas del caserío a cuyas orillas se levantaba el campamento—. Vendrán misioneros que los sacarán del paganismo y les enseñarán que un cristiano no debe comerse al prójimo. Médicos que los vacunarán contra las epidemias y los curarán mejor que sus hechiceros. Compañías que les darán trabajo. Escuelas donde aprenderán los idiomas civilizados. Donde les enseñarán a vestirse, a rezar al verdadero Dios, a hablar en cristiano y no en esos dialectos de monos que hablan. Poco a poco reemplazarán sus costumbres bárbaras por las de seres modernos e instruidos. Si supieran lo que hacemos por ellos, nos besarían los pies. Pero su estado mental está más cerca del cocodrilo y el hipopótamo que de usted o de mí. Por eso, nosotros decidimos por ellos lo que les conviene y les hacemos firmar esos contratos. Sus hijos y nietos nos darán las gracias. Y no sería raro que, de aquí a un tiempo, empiecen a adorar a Leopoldo II como adoran ahora a sus fetiches y espantajos.

¿En qué lugar del gran río estaba aquel campamento? Vagamente le parecía que entre Bolobo y Chumbiri y que la tribu pertenecía a los bateke. Pero no estaba seguro. Esos datos figuraban en sus diarios, si podía llamarse así el amasijo de notas desperdigadas en cuadernos y papeles sueltos a lo largo de tantos años. En todo caso, recordaba con nitidez aquella conversación. Y el malestar con que fue a tumbarse en su camastro luego del intercambio con Henry Morton Stanley. ¿Fue aquella noche cuando comenzó a hacerse trizas su santísima trinidad personal de las tres «C»? Hasta entonces creía que el colonialismo se justificaba con ellas: cristianismo, civilización y comercio. Desde que era un modesto ayudante de contador en la Elder Dempster Line, en Liverpool, suponía que había un precio que pagar. Era inevitable que se cometieran abusos. Entre los colonizadores no sólo vendría gente altruista como el doctor Livingstone sino pillos abusivos, pero, hechas las sumas y las restas, los beneficios superarían largamente a los perjuicios. La vida africana le fue mostrando que las cosas no eran tan claras como la teoría.

En el año que trabajó a sus órdenes, sin dejar de admirar la audacia y la capacidad de mando con que Henry Morton Stanley conducía su expedición por el territorio largamente desconocido que bañaba el río Congo y su miríada de afluentes, Roger Casement aprendió también que el explorador era un misterio ambulante. Todas las cosas que se decían sobre él estaban siempre en contradicción entre ellas mismas, de manera que era imposible saber cuáles eran ciertas y cuáles falsas y cuánto había en las ciertas de exageración y fantasía. Era uno de esos hombres incapaces de diferenciar la realidad de la ficción.

Lo único claro fue que la idea de un gran benefactor de los nativos no correspondía a la verdad. Lo supo escuchando a capataces que habían acompañado a Stanley en su viaje de 1871-1872 en busca del doctor Livingstone, una expedición, decían, mucho menos pacífica que ésta en la que, sin duda siguiendo instrucciones del propio Leopoldo II, se mostraba más cuidadoso en el trato con las tribus a cuyos jefes —450, en total— hizo firmar la cesión de sus tierras y de su fuerza de trabajo. Las cosas que aquellos hombres rudos y deshumanizados por la selva contaban de la expedición de 1871-1872 ponían los pelos de punta. Pueblos diezmados, caciques decapitados y sus mujeres e hijos fusilados si se negaban a alimentar a los expedicionarios o a cederles cargadores, guías y macheteros que abrieran trochas en el bosque. Esos viejos compañeros de Stanley le temían y recibían sus reprimendas callados y con los ojos bajos. Pero tenían confianza ciega en sus decisiones y hablaban con reverencia religiosa de su famoso viaje de 999 días entre 1874 y 1877 en el que murieron todos los blancos y buena parte de los africanos.

Cuando, en febrero de 1885, en la Conferencia de Berlín a la que no asistió un solo congolés, las catorce potencias participantes, encabezadas por Gran Bretaña, Estados Unidos, Francia y Alemania dieron graciosamente a Leopoldo II —a cuyo lado estuvo en todo momento Henry Morton Stanley— los dos millones y medio de kilómetros cuadrados del Congo y sus veinte millones de habitantes para que «abriera ese territorio al comercio, aboliera la esclavitud y civilizara y cristianizara a los paganos», Roger Casement, con sus veintiún años recién cumplidos y su año de vida africana, lo festejó. Igual hicieron todos los empleados de la Asociación Internacional del Congo que, en previsión de esta cesión, llevaban ya tiempo en el territorio, sentando las bases del proyecto que el monarca se disponía a llevar a cabo. Casement era un muchacho fuerte, muy alto, delgado, de cabellos y barbita muy negros, hondos ojos grises, poco propenso a las bromas, lacónico, que parecía un hombre maduro. Sus preocupaciones desconcertaban a sus compañeros. ¿Quién de ellos iba a tomar en serio aquello de la «misión civilizadora de Europa en África» que obsesionaba al joven irlandés? Pero le tenían aprecio porque era trabajador y estaba siempre dispuesto a echar una mano y a reemplazar en un turno o una comisión a quien se lo pidiera. Salvo fumar, parecía exento de vicios. No bebía casi alcohol y cuando, en los campamentos, desatadas las lenguas por la bebida, se hablaba de mujeres, se lo notaba incómodo, deseando irse. Era incansable en los recorridos por el bosque y un imprudente nadador en los ríos y lagunas, que daba brazadas enérgicas frente a los soñolientos hipopótamos. Tenía pasión por los perros y sus compañeros recordaban que en aquella expedición de 1884, el día que un cerdo salvaje clavó sus colmillos en su fox terrier llamado *Spindler,* al ver al animalito desangrándose con el flanco abierto, tuvo una crisis nerviosa. A diferencia de los demás europeos de la expedición, el dinero no le importaba. No había venido al África soñando con hacerse rico, sino movido por cosas incomprensibles como traer el progreso a los salvajes. Se gastaba su salario de ochenta libras esterlinas al año invitando a los compañeros. Él vivía frugalmente. Eso sí, cuidaba de su persona, arreglándose, lavándose y peinándose a las horas del rancho como si en vez de acampar en un claro o en la playita de un río estuviera en Londres, Liverpool o Dublín. Tenía facilidad para los idiomas; había aprendido el francés y el portugués y chapurreaba palabritas de los dialectos africanos a los pocos días de estar avecindado en una tribu. Siempre andaba anotando lo que veía en unas libretitas escolares. Alguien descubrió que escribía poesías. Le hicieron una broma al respecto y la vergüenza apenas le permitió balbucear un desmentido. Alguna vez confesó que, de niño, su padre le había dado correazos y por eso le irritaba que los capataces azotaran a los nativos cuando dejaban caer una carga o incumplían órdenes. Tenía una mirada algo soñadora.

Cuando Roger recordaba a Stanley lo embargaban sentimientos contradictorios. Seguía recuperándose lentamente de la malaria. El aventurero galés sólo había visto en el África un pretexto para las hazañas deportivas y el botín personal. ¿Pero cómo negar que era uno de esos seres de los mitos y las leyendas, que a fuerza de temeridad, desprecio a la muerte y ambición, parecían haber roto los límites de lo humano? Lo había visto cargar en sus brazos a niños con la cara y el cuerpo comidos por la viruela, dar de beber de su propia cantimplora a indígenas que agonizaban con el cólera o la enfermedad del sueño, como si a él nadie pudiera contagiarlo. ¿Quién había sido en verdad este campeón del Imperio británico y las ambiciones de Leopoldo II? Roger estaba seguro de que el misterio no se desvelaría nunca y que su vida seguiría siempre oculta detrás de una telaraña de invenciones. ¿Cuál era su verdadero nombre? El de Henry Morton Stanley lo había tomado del comerciante de New Orleans que, en los años oscuros de su juventud, fue generoso con él y acaso lo adoptó. Se decía que su nombre real era John Rowlands, pero a nadie le constaba. Como tampoco que hubiera nacido en Gales y pasado su niñez en uno de esos orfelinatos donde iban a parar los niños sin padre ni madre que los alguaciles de salud recogían en la calle. Al parecer, muy joven partió a los Estados Unidos como polizonte en un barco de carga, y allá, durante la guerra civil, peleó como soldado en las filas de los confederados, primero, y luego en las de los yanquis. Después, se creía, se hizo periodista y escribió crónicas sobre el avance de los pioneros hacia el Oeste y sus luchas con los indios. Cuando el *New York Herald* lo mandó al África en busca de David Livingstone, Stanley no tenía la menor experiencia de explorador. Cómo pudo sobrevivir recorriendo esos bosques vírgenes, igual que quien busca una aguja en un pajar, y consiguió encontrar, en Ujiji, el 10 de noviembre de 1871 a quien, según jactanciosa confesión, dejó estupefacto con el saludo: «¿El doctor Livingstone, supongo?».

Lo que Roger Casement más admiró en su juventud de las realizaciones de Stanley, más todavía que su expedición desde las fuentes del río Congo hasta su irrupción en el Atlántico, fue la construcción, entre 1879 y 1881, del *caravan trail*. La ruta de las caravanas abrió una vía al comercio europeo desde la desembocadura del gran río hasta el *pool,* enorme laguna fluvial que con los años se llamaría como el explorador: Stanley Pool. Después, Roger descubrió que ésta fue otra de las previsoras operaciones del rey de los belgas para ir creando la infraestructura que, a partir de la Conferencia de Berlín de 1885, le permitiera la explotación del territorio. Stanley fue el audaz ejecutor de aquel designio.

«Y yo», le diría muchas veces Roger Casement en sus años africanos a su amigo Herbert Ward, a medida que iba tomando conciencia de lo que significaba el Estado Independiente del Congo, «fui uno de sus peones desde el primer momento». Aunque no del todo, pues, cuando él llegó al África, Stanley llevaba ya cinco años abriendo el *ca-*

ravan trail, cuyo primer tramo, desde Vivi hasta Isanguila, ochenta y tres kilómetros río Congo arriba de jungla intrincada y palúdica, llena de quebradas profundas, árboles agusanados y pantanos pútridos adonde las copas de los árboles atajaban la luz del sol, quedó terminado a comienzos de 1880. Desde allí hasta Muyanga, unos ciento veinte kilómetros de surcada, el Congo era navegable para pilotos avezados, capaces de sortear los remolinos y, a las horas de lluvia y subida de las aguas, refugiarse en vados o cavernas para no ser aventados contra las rocas y deshechos en los rápidos que se hacían y deshacían sin cesar. Cuando Roger comenzó a trabajar para la AIC, que, a partir de 1885, se convirtió en el Estado Independiente del Congo, Stanley ya había fundado, entre Kinshasa y Ndolo, la estación que bautizó con el nombre de Leopoldville. Era diciembre de 1881, faltaban tres años para que Roger Casement llegara a la selva y cuatro para que naciera legalmente el Estado Independiente del Congo. Para entonces este dominio colonial, el más grande del África, creado por un monarca que nunca pondría en él los pies, era ya una realidad comercial a la que los hombres de negocios europeos podían acceder desde el Atlántico, venciendo el obstáculo de un Bajo Congo intransitable por los rápidos, caídas de agua, vueltas y revueltas de las cataratas de Livingstone, gracias a esa ruta que, a lo largo de casi quinientos kilómetros, abrió Stanley entre Boma y Vivi hasta Leopoldville y el *pool.* Cuando Roger llegó al África, audaces mercaderes, las avanzadillas de Leopoldo II, comenzaban a internarse en el territorio congolés y a sacar los primeros marfiles, pieles y canastas de caucho de una región llena de árboles que transpiraban el látex negro, al alcance de quien quisiera recogerlo.

En sus primeros años africanos Roger Casement recorrió varias veces la ruta de las caravanas, río arriba, desde Boma y Vivi hasta Leopoldville, o río abajo, de Leopoldville a la desembocadura en el Atlántico, donde las aguas verdes y espesas se volvían saladas y por donde, en 1482, la carabela del portugués Diego Cao entró por primera vez al interior del territorio congolés. Roger llegó a conocer el Bajo Congo mejor que ningún otro europeo avecindado en Boma o en Matadi, los dos ejes desde los cuales la colonización belga avanzaba hacia el interior del continente.

Todo el resto de su vida, Roger lamentó —se lo decía una vez más ahora, en 1902, en medio de la fiebre— haber dedicado sus primeros ocho años en África a trabajar, como peón en una partida de ajedrez, en la construcción del Estado Independiente del Congo, invirtiendo en ello su tiempo, su salud, sus esfuerzos, su idealismo y creyendo que, de este modo, obraba por un designio filantrópico.

A veces, buscándose justificaciones, se preguntaba: «¿Cómo hubiera podido yo darme cuenta de lo que pasaba en aquellos dos millones y medio de kilómetros cuadrados haciendo esos trabajos de capataz o jefe de grupo en la expedición de Stanley en 1884 y en la del norteamericano Henry Shelton Sanford entre 1886 y 1888, en estaciones y factorías recién instaladas a lo largo de la ruta de las caravanas?». Él era apenas una minúscula pieza del gigantesco aparato que había empezado a tomar cuerpo sin que nadie, fuera de su astuto creador y un grupo íntimo de colaboradores, supiera en qué iba a consistir.

Sin embargo, las dos veces que habló con el rey de los belgas, en 1900, recién nombrado cónsul en Boma por el Foreign Office, Roger Casement sintió una profunda desconfianza hacia ese hombrón robusto, arrebozado de condecoraciones, de luengas barbas escarmenadas, formidable nariz y ojos de profeta que, sabiendo que él se hallaba en Bruselas de paso hacia el Congo, lo invitó a cenar. La magnificencia de aquel palacio de mullidas alfombras, arañas de cristal, espejos cincelados, estatuillas orientales, le produjo vértigo. Había una docena de invitados, además de la reina María Enriqueta, su hija la princesa Clementina y el príncipe Víctor Napoleón de Francia. El monarca acaparó la conversación toda la noche. Hablaba como un predicador inspirado y cuando describía las crueldades de los comerciantes árabes de esclavos que partían de Zanzíbar a hacer sus «correrías», su recia voz alcanzaba acentos místicos. La Europa cristiana tenía la obligación de poner fin a aquel tráfico de carne humana. Él se lo había propuesto y ésta sería la ofrenda de la pequeña Bélgica a la civilización: liberar a aquella dolida humanidad de semejante horror. Las elegantes señoras bostezaban, el príncipe Napoleón susurraba galanterías a su vecina y nadie escuchaba a la orquesta que tocaba un concierto de Haydn.

A la mañana siguiente Leopoldo II llamó al cónsul inglés para que hablaran a solas. Lo recibió en su gabinete particular. Había muchos bibelots de porcelana y figurillas de jade y marfil. El soberano olía a colonia y tenía las uñas charoladas. Como la víspera, Roger no pudo casi colocar palabra. El rey de los belgas habló de su empeño quijotesco y lo incomprendido que era por periodistas y políticos resentidos. Se cometían errores y había excesos, sin duda. ¿La razón? No era fácil contratar gente digna y capaz que quisiera arriesgarse a trabajar en el lejano Congo. Pidió al cónsul que si advertía algo que corregir en su nuevo destino le informara a él, personalmente. La impresión que el rey de los belgas le causó fue la de un personaje pomposo y ególatra.

Ahora, en 1902, dos años después, se decía que sin duda era eso, pero, también, un estadista de inteligencia fría y maquiavélica. Apenas constituido el Estado Independiente del Congo, Leopoldo II, mediante un decreto de 1886, reservó como *Domaine de la Couronne* (Dominio de la Corona) unos doscientos cincuenta mil kilómetros cuadrados entre los ríos Kasai y Ruki, que sus exploradores —principalmente Stanley— le indicaron eran ricos en árboles de caucho. Esa extensión quedó fuera de todas las concesiones a empresas privadas, destinada a ser explotada por el soberano. La Asociación Internacional del Congo fue sustituida, como entidad legal, por L'État Indépendant du Congo, cuyo único presidente y *trustee* (apoderado) era Leopoldo II.

Explicando a la opinión pública internacional que la única manera efectiva de suprimir la trata de esclavos era mediante «una fuerza de orden», el rey envió al Congo dos mil soldados del Ejército regular belga al que debía añadirse una milicia de diez mil nativos, cuyo mantenimiento debería ser asumido por la población congolesa. Aunque la mayor parte de ese Ejército estaba comandado por oficiales belgas, en sus filas y, sobre todo, en los cargos directivos de la milicia, se infiltraron gentes de la peor calaña, rufianes, ex presidiarios, aventureros hambrientos de fortuna salidos de las sentinas y los barrios prostibularios de media Europa. La Force Publique se enquistó, como un parásito en un organismo vivo, en la maraña de aldeas diseminadas en una región del tamaño de una Europa que iría desde España hasta las fronteras con Rusia para ser mantenida por esa comunidad africana que no entendía lo que le ocurría, salvo que la invasión que caía sobre ella era una plaga más depredadora que los cazadores de esclavos, las langostas, las hormigas rojas y los conjuros que traían el sueño de la muerte. Porque soldados y milicianos de la Fuerza Pública eran codiciosos, brutales e insaciables tratándose de comida, bebida, mujeres, animales, pielcs, marfil y, en suma, de todo lo que pudiera ser robado, comido, bebido, vendido o fornicado.

Al mismo tiempo que de este modo se iniciaba la explotación de los congoleses, el monarca humanitario comenzó a dar concesiones a empresas para, según otro de los mandatos que recibió, «abrir mediante el comercio el camino de la civilización a los nativos del África». Algunos comerciantes murieron derribados por fiebres palúdicas, picados por serpientes o devorados por las fieras debido a su desconocimiento de la selva, y otros pocos cayeron bajo las

flechas y lanzas envenenadas de nativos que osaban rebe-
larse contra esos forasteros de armas que reventaban como
el trueno o quemaban como el rayo, quienes les explicaban
que, según contratos firmados por sus caciques, tenían que
abandonar sus sembríos, la pesca, la caza, sus ritos y rutinas
para volverse guías, cargadores, cazadores o recolectores de
caucho, sin recibir salario alguno. Buen número de concesionarios, amigos y validos del monarca belga hicieron en
poco tiempo grandes fortunas, sobre todo él.

Mediante el régimen de concesiones, las compañías
se fueron extendiendo por el Estado Independiente del
Congo en ondas concéntricas, adentrándose cada vez más
en la inmensa región bañada por el Medio y Alto Congo
y su telaraña de afluentes. En sus respectivos dominios,
gozaban de soberanía. Además de ser protegidas por la
Fuerza Pública, contaban con sus propias milicias a cuya
cabeza figuraba siempre algún ex militar, ex carcelero, ex
preso o forajido, algunos de los cuales se harían célebres
en toda el África por su salvajismo. En pocos años el Congo se convirtió en el primer productor mundial del caucho
que el mundo civilizado reclamaba cada vez en mayor
cantidad para hacer rodar sus coches, automóviles, ferrocarriles, además de toda clase de sistemas de transporte,
atuendo, decoración e irrigación.

De nada de esto fue cabalmente consciente Roger
Casement aquellos ocho años —1884 a 1892— en que,
sudando la gota gorda, padeciendo fiebres palúdicas, tos-
tándose con el sol africano y llenándose de cicatrices por
las picaduras, arañazos y rasguños de plantas y alimañas,
trabajaba con empeño para apuntalar la creación comercial
y política de Leopoldo II. De lo que sí se enteró fue de la
aparición y reinado en aquellos infinitos dominios del emblema de la colonización: el chicote.

¿Quién inventó ese delicado, manejable y eficaz
instrumento para azuzar, asustar y castigar la indolencia,
la torpeza o la estupidez de esos bípedos color ébano que

nunca acababan de hacer las cosas como los colonos esperaban de ellos, fuera el trabajo en el campo, la entrega de la mandioca *(kwango)*, la carne de antílope o de cerdo salvaje y demás alimentos asignados a cada aldea o familia, o fueran los impuestos para sufragar las obras públicas que construía el Gobierno? Se decía que el inventor había sido un capitán de la Force Publique llamado monsieur Chicot, un belga de la primera oleada, hombre a todas luces práctico e imaginativo, dotado de un agudo poder de observación, pues advirtió antes que nadie que de la durísima piel del hipopótamo podía fabricarse un látigo más resistente y dañino que los de las tripas de equinos y felinos, una cuerda sarmentosa capaz de producir más ardor, sangre, cicatrices y dolor que cualquier otro azote y, al mismo tiempo, ligero y funcional, pues, engarzado en un pequeño mango de madera, capataces, cuarteleros, guardias, carceleros, jefes de grupo, lo podían enrollar en su cintura o colgarlo del hombro, casi sin darse cuenta que lo llevaban encima por lo poco que pesaba. Su sola presencia entre los miembros de la Fuerza Pública tenía un efecto intimidatorio: se agrandaban los ojos de los negros, las negras y los negritos cuando lo reconocían, las pupilas blancas de sus caras retintas o azuladas brillaban asustadas imaginando que, ante cualquier error, traspié o falta, el chicote rasgaría el aire con su inconfundible silbido y caería sobre sus piernas, nalgas y espaldas, haciéndolos chillar.

Uno de los primeros concesionarios en el Estado Independiente del Congo fue el norteamericano Henry Shelton Sanford. Había sido agente y cabildero de Leopoldo II ante el Gobierno de Estados Unidos y pieza clave de su estrategia para que las grandes potencias le cedieran el Congo. En junio de 1886 se formó la Sanford Exploring Expedition (SEE) para comerciar con marfil, goma de mascar, caucho, aceite de palma y cobre, en todo el Alto Congo. Los forasteros que trabajaban en la Asociación Internacional del Congo, como Roger Casement, fueron transferidos a la

SEE y sus empleos asumidos por belgas. Roger pasó a servir a la Sanford Exploring Expedition por ciento cincuenta libras esterlinas al año.

Comenzó a trabajar en septiembre de 1886 como agente encargado del almacén y del transporte en Matadi, palabra que en kikongo significa piedra. Cuando Roger se instaló allí, esa estación construida en la ruta de las caravanas era apenas un claro abierto en el bosque a punta de machete, a orillas del gran río. Hasta allí había llegado cuatro siglos atrás la carabela de Diego Cao y el navegante portugués dejó inscrito en una roca su nombre, que todavía se podía leer. Una empresa de arquitectos e ingenieros alemanes comenzaba a construir las primeras casas, con madera de pino importada de Europa —¡importar madera al África!—, y embarcaderos y depósitos, trabajos que, una mañana —Roger recordaba nítidamente aquel percance—, fueron interrumpidos por un ruido de terremoto y la irrupción en el claro de una manada de elefantes que por poco desaparece al naciente poblado. Seis, ocho, quince, dieciocho años Roger Casement fue viendo cómo aquella aldea minúscula que empezó a construir con sus propias manos para que sirviera de depósito de las mercancías de la Sanford Exploring Expedition (SEE), se iba ensanchando, trepando las suaves colinas del contorno, aumentando las casas cúbicas de los colonos, de madera, de dos pisos, con largas terrazas, techos cónicos, jardincillos, ventanas protegidas con tela metálica y llenándose de calles, esquinas y gente. Además de la primera iglesita católica, la de Kinkanda, había ahora en 1902 otra más importante, la de Notre Dame Médiatrice, y una misión bautista, una farmacia, un hospital con dos médicos y varias monjas enfermeras, una oficina de correos, una hermosa estación de ferrocarril, una comisaría, un juzgado, varios depósitos de aduana, un sólido embarcadero y tiendas de ropa, alimentos, conservas, sombreros, zapatos e instrumentos de labranza. Alrededor de la ciudad de los colonos había sur-

gido una variopinta barriada de bakongos de chozas de
cañas y barro. Aquí, en Matadi, se decía a veces Roger,
estaba presente, mucho más que en la capital, Boma, la
Europa de la civilización, la modernidad y la religión cristiana. Matadi tenía ya un pequeño cementerio en la co-
lina de Tunduwa, junto a la misión. Desde esa altura se
dominaban las dos orillas y una larga franja del río. Allí
se enterraba a los europeos. Por la ciudad y el embarcadero circulaban sólo los indígenas que trabajaban como sirvientes o cargadores y tenían un pase que los identificaba.
Cualquier otro que franqueara esos límites era expulsado
para siempre de Matadi después de pagar una multa y recibir unos chicotazos. Todavía en 1902 el gobernador general podía jactarse de que ni en Boma ni en Matadi se
había registrado un solo robo, homicidio ni violación.

De los dos años en que trabajó para la Sanford
Exploring Expedition, entre sus veintidós y veinticuatro
años, Roger Casement recordaría siempre dos episodios:
el transporte del *Florida* a lo largo de varios meses, desde
Banana, el minúsculo puerto en la desembocadura del río
Congo en el Atlántico, hasta Stanley Pool, por la ruta de
las caravanas, y el incidente con el teniente Francqui, a
quien, rompiendo por una vez su serena disposición de
ánimo por la que le hacía bromas su amigo Herbert Ward,
estuvo a punto de lanzar a los remolinos del río Congo y
de quien se salvó de milagro de recibir un balazo.

El *Florida* fue un imponente barco que la SEE
trajo hasta Boma, para que sirviera de mercante en el Medio y Alto Congo, es decir, al otro lado de los Montes de
Cristal. Livingstone Falls, la cadena de cataratas que separaba a Boma y Matadi de Leopoldville, remataba en un
nudo de torbellinos que le ganaron la denominación de
Caldero del Diablo. A partir de allí y hacia el oriente el río
era navegable en miles de kilómetros. Pero, hacia el occidente, perdía mil pies de altura en su descenso al mar, lo
que en largos tramos del recorrido lo volvía innavegable.

Para ser llevado por tierra hasta Stanley Pool, el *Florida* fue desarmado en centenares de piezas, que, clasificadas y empaquetadas, viajaron a hombros de cargadores nativos los 478 kilómetros de la ruta de las caravanas. A Roger Casement se le encomendó la pieza más grande y pesada: el casco de la nave. Lo hizo todo. Desde vigilar la construcción de la enorme carreta donde fue izado hasta reclutar el centenar de cargadores y macheteros que tiraron a través de las cumbres y quebradas de los Montes de Cristal la inmensa carga, ensanchando la trocha a machetazos. Y construyendo terraplenes y defensas, levantando campamentos, curando a los enfermos y accidentados, sofocando los pleitos entre miembros de las diferentes etnias y organizando los turnos de vigilancia, el reparto de comidas y la caza y la pesca cuando los alimentos escaseaban. Fueron tres meses de riesgos y preocupaciones, pero también de entusiasmo y la conciencia de hacer algo que significaba progreso, un combate exitoso contra una naturaleza hostil. Y, Roger lo repetiría muchas veces en los años venideros, sin usar el chicote ni permitir que abusaran de él esos capataces apodados «zanzibarianos» porque procedían de Zanzíbar, capital de la trata, o se comportaban con la crueldad de los traficantes de esclavos.

Cuando, ya en la gran laguna fluvial de Stanley Pool, el *Florida* fue rearmado y puesto a navegar, Roger viajó en ese barco por el Medio y Alto Congo, asegurando los depósitos y el transporte de las mercancías de la Sanford Exploring Expedition por localidades que, años más tarde, visitaría de nuevo durante su viaje al infierno de 1903: Bolobo, Lukolela, la región de Irebu y, finalmente, la estación del Ecuador rebautizada con el nombre de Coquilhatville.

El incidente con el teniente Francqui, quien, a diferencia de Roger, no tenía repugnancia alguna contra el chicote y lo usaba con liberalidad, ocurrió al retorno de un viaje a la línea ecuatorial, a unos cincuenta kilómetros río arriba de Boma, en una ínfima aldea innominada. El teniente

Francqui, al mando de ocho soldados de la Fuerza Pública, todos nativos, había llevado a cabo una expedición punitiva por el eterno problema de los braceros. Siempre hacían falta más de los que había para cargar las mercancías de las expediciones que iban y venían entre Boma-Matadi y Leopoldville-Stanley Pool. Como las tribus se resistían a entregar a su gente para ese servicio agotador, de cuando en cuando la Fuerza Pública y a veces los concesionarios privados llevaban a cabo incursiones contra las aldeas refractarias, en las que, además de llevarse amarrados en hilera a los hombres en condiciones de trabajar, se quemaban algunas cabañas, se decomisaban pieles, marfiles y animales y se daba una buena azotaina a los caciques para que en el futuro cumplieran con los compromisos contraídos.

Cuando Roger Casement y su pequeña compañía de cinco cargadores y un «zanzibariano» entraron al caserío, las tres o cuatro chozas estaban ya en cenizas y los pobladores habían huido. La excepción era ese muchacho, casi un niño, tumbado en el suelo, con las manos y pies atados a unas estacas, sobre cuyas espaldas el teniente Francqui descargaba su frustración a chicotazos. Generalmente, los azotes no los daban los oficiales sino los soldados. Pero el teniente se sentía sin duda agraviado por la fuga de todo el pueblo y quería vengarse. Rojo de ira, sudando a chorros, daba un pequeño bufido a cada chicotazo. No se inmutó al ver aparecer a Roger y su grupo. Se limitó a responder a su saludo con una inclinación de cabeza y sin interrumpir el castigo. El chiquillo debía haber perdido el sentido hacía rato. Su espalda y piernas eran una masa sanguinolenta y Roger recordaba un detalle: cerca del cuerpecillo desnudo desfilaba una columna de hormigas.

—Usted no tiene derecho de hacer eso, teniente Francqui —dijo, en francés—. ¡Ya basta!

El menudo oficial bajó el chicote y se volvió a mirar la larga silueta, de barbas, desarmada, que llevaba en las manos una estaca para tentar el suelo y apartar la hojarasca durante la marcha. Un perrito revoloteaba entre sus piernas. La sorpresa hizo que la cara redonda del teniente, de recortado bigotito y ojitos parpadeantes, pasara de la congestión a la lividez y de nuevo a la congestión.

—¿Qué ha dicho usted? —rugió. Roger lo vio soltar el chicote, llevarse la mano derecha a la cintura y forcejear con la cartuchera donde asomaba la cacha del revólver. En un segundo comprendió que en su rabieta el oficial podía dispararle. Reaccionó con vivacidad. Antes de que consiguiera sacar el arma, lo había sujetado del pescuezo a la vez que de un manotazo le arrebataba el revólver que acababa de empuñar. El teniente Francqui trataba de zafarse de los dedos que lo acogotaban. Tenía los ojos saltados como un sapo.

Los ocho soldados de la Fuerza Pública, que contemplaban el castigo fumando, no se habían movido, pero Roger supuso que, desconcertados con lo que sucedía, tenían las manos sobre sus escopetas y esperaban una orden de su jefe para actuar.

—Me llamo Roger Casement, trabajo para la SEE y usted me conoce muy bien, teniente Francqui, porque alguna vez hemos jugado al póquer en Matadi —dijo, soltándolo, agachándose a coger el revólver y devolviéndoselo con un gesto amable—. La manera como azota a este joven es un delito, sea cual sea la falta que cometió. Como oficial de la Force Publique, lo sabe mejor que yo, porque, sin duda, conoce las leyes del Estado Independiente del Congo. Si este muchacho muere por culpa de los chicotazos, cargará en su conciencia con un crimen.

—Cuando vine al Congo tomé la precaución de dejar mi conciencia en mi país —dijo el oficial. Ahora tenía una expresión burlona y parecía preguntarse si Casement era un payaso o un loco. Su histeria se había disipado—. Menos mal que fue usted rápido, estuve a punto de pegarle un balazo. Me hubiera metido en un buen lío diplomático matando a un inglés. De todas maneras, le aconsejo que no interfiera, como acaba de hacerlo, con mis colegas de la Force Publique. Tienen mal carácter y con ellos le podría ir peor que conmigo.

Se le había pasado la cólera y ahora parecía deprimido. Ronroneó que alguien había prevenido a éstos de su llegada. Él tendría que regresar ahora a Matadi con las manos vacías. No dijo nada cuando Casement ordenó a su tropa que desamarrara al muchacho, lo echara en una hamaca y, colgada ésta entre dos estacas, partió con él rumbo a Boma. Cuando llegaron allí, dos días después, pese a las heridas y a la sangre perdida, el muchacho seguía vivo. Roger lo dejó en la posta sanitaria. Fue al juzgado a sentar una denuncia contra el teniente Francqui por abuso de autoridad. En las semanas siguientes dos veces lo llamaron a declarar y en los largos y estúpidos interrogatorios del juez comprendió que su denuncia sería archivada sin que el oficial fuera siquiera amonestado.

Cuando finalmente el juez falló, desechando la denuncia por falta de pruebas y porque la víctima se negó a corroborarla, Roger Casement había renunciado a la Sanford Exploring Expedition y estaba trabajando otra vez bajo las órdenes de Henry Morton Stanley —a quien, ahora, los kikongos de la región habían apodado «Bula Matadi» («Rompedor de piedras»)—, en el ferrocarril que se había empezado a construir, paralelo a la ruta de las caravanas, de Boma y Matadi hasta Leopoldville-Stanley Pool. El muchacho maltratado se quedó trabajando con Roger y fue desde entonces su doméstico, ayudante y compañero de viajes por el África. Como nunca supo decir cuál era su nombre, Casement lo bautizó Charlie. Hacía dieciséis años que seguía con él.

La renuncia de Roger Casement a la Sanford Exploring Expedition se debió a un incidente con uno de los directivos de la compañía. No lo lamentó, pues trabajar junto a Stanley en el ferrocarril, aunque exigía un esfuerzo físico enorme, le devolvió la ilusión con que vino al África. Abrir el bosque y dinamitar montañas para plantar los durmientes y los rieles del ferrocarril era el quehacer pionero con que había soñado. Las horas que pasaba a la intemperie, abrasándose bajo el sol o empapado por los aguaceros, dirigiendo a braceros y macheteros, dando órdenes a los «zanzibarianos», vigilando que las cuadrillas hicieran bien su trabajo, apisonando, igualando, reforzando el suelo donde se tenderían los travesaños y desbrozando la tupida enramada, eran horas de concentración y el sentimiento de estar haciendo una obra que beneficiaría por igual a europeos y africanos, colonizadores y colonizados. Herbert Ward le dijo un día: «Cuando te conocí, te creí sólo un aventurero. Ahora ya sé que eres un místico».

A Roger le gustaba menos pasar del monte a las aldeas a negociar la cesión de cargadores y macheteros para el ferrocarril. La falta de brazos se había vuelto el problema número uno a medida que crecía el Estado Independiente del Congo. Pese a haber firmado los «tratados», los caciques, ahora que comprendían de qué se trataba, eran renuentes a dejar que los pobladores partieran a abrir caminos, construir estaciones y depósitos o a recolectar caucho. Roger consiguió, cuando trabajaba en la Sanford Exploring Expedition que, para vencer esta resistencia y pese a no tener obligación legal, la empresa pagara un pequeño salario, generalmente en especies, a los trabajadores. Otras compañías comenzaron también a hacerlo. Pero ni así era fácil contratarlos. Los caciques alegaban que no podían desprenderse de hombres indispensables para cuidar los sembríos y procurar la caza y la pesca de que se alimentaban. A menudo, ante la cercanía de los reclutadores, los hombres en edad de trabajar se escondían en la maleza. Entonces comenzaron las expediciones punitivas, los reclutamientos forzosos y la práctica de encerrar a las mujeres en las llamadas *maisons d'otages* (casas de rehenes) para asegurarse que los maridos no escaparan.

Tanto en la expedición de Stanley como en la de Henry Shelton Sanford, Roger fue encargado muchas veces de negociar con las comunidades indígenas la entrega de nativos. Gracias a su facilidad para los idiomas, podía hacerse entender en kikongo y lingala —más tarde también en swahili—, aunque siempre con ayuda de intérpretes. Oírle chapurrear su lengua atenuaba la desconfianza de los nativos. Sus maneras suaves, su paciencia, su actitud respetuosa facilitaban los diálogos, además de los regalos que les llevaba: ropas, cuchillos y otros objetos domésticos, así como las cuentecillas de vidrio que tanto les gustaban. Solía regresar al campamento con un puñado de hombres para el desbroce del monte y las labores de carga. Se hizo fama de «amigo de los negros», algo que algunos de sus compañeros juzgaban con conmiseración, en tanto que a otros, sobre todo a algunos oficiales de la Fuerza Pública, les merecía desprecio.

A Roger esas visitas a las tribus le provocaban un malestar que aumentaría con los años. Al principio lo hacía de buena gana pues satisfacía su curiosidad por conocer algo de las costumbres, lenguas, atuendos, usos, las comidas, los bailes y cantos, las prácticas religiosas de esos pueblos que parecían estancados en el fondo de los siglos, en los que una inocencia primitiva, sana y directa, se mezclaba con costumbres crueles, como sacrificar a los niños gemelos en ciertas tribus, o matar a un número equis de servidores —esclavos, casi siempre— para enterrarlos junto a los jefes, y la práctica del canibalismo entre algunos grupos que, por eso, eran temidos y aborrecidos por las demás comunidades. De aquellas negociaciones salía con un indefinible malestar, la sensación de estar jugando sucio con aquellos hombres de otro tiempo, que, por más que se esforzara, nunca podrían entenderlo cabalmente y, por ello, pese a las precauciones que tomaba para atenuar lo abusivo de esos acuerdos, con la mala conciencia de haber obrado en contra de sus convicciones, de la moral y de ese «principio primero», como llamaba a Dios.

Por eso, a fines de diciembre de 1888, antes de cumplir un año en el Chemin de Fer de Stanley, renunció y se fue a trabajar en la misión bautista de Ngombe Lutete, con los esposos Bentley, la pareja de misioneros que la dirigía. Tomó la decisión bruscamente, después de una conversación que, iniciada a la hora del crepúsculo, terminó con las primeras luces del amanecer, en una casa del barrio de los colonos de Matadi, con un personaje que estaba allí de paso. Theodore Horte era un antiguo oficial de la Marina británica. Había dejado la British Navy para hacerse misionero bautista en el Congo. Los bautistas estaban allí desde que el doctor David Livingstone se lanzó a explorar el continente africano y a predicar el evangelismo. Habían abierto misiones en Palabala, Banza Manteke, Ngombe Lutete y acababan de inaugurar otra, Arlhington, en las cercanías de Stanley Pool. Theodore Horte, visitador de estas misiones, pasaba su tiempo viajando de una a otra, prestando ayuda a los pastores y viendo la manera de abrir nuevos centros. Aquella conversación produjo en Roger Casement una impresión que recordaría el resto de su vida y que, en estos días de convalecencia de sus terceras fiebres palúdicas, a mediados de 1902, hubiera podido reproducir con lujo de detalles.

Nadie imaginaba, oyéndolo hablar, que Theodore Horte había sido un oficial de carrera y que, como marino, había participado en importantes operaciones militares de la British Navy. No hablaba de su pasado ni de su vida privada. Era un cincuentón de aspecto distinguido y maneras educadas. Aquella noche tranquila de Matadi, sin lluvia ni nubes, con un cielo tachonado de estrellas que se reflejaban en las aguas del río y un rumor pausado del viento cálido que les alborotaba los cabellos, Casement y Horte, tumbados en dos hamacas contiguas, iniciaron una conversación de sobremesa que, creyó Roger al principio, duraría sólo los minutos que llevan al sueño después de una cena y sería uno de esos intercambios convencionales y olvidables. Sin embargo, a poco de entablada la charla, algo hizo latir su corazón con más fuerza que de costumbre. Se sintió arrullado por la delicadeza y calidez de la voz del pastor Horte, inducido a hablar de temas que nunca compartía con sus compañeros de trabajo —salvo, alguna vez, con Herbert Ward— y menos con sus jefes. Preocupaciones, angustias, dudas, que ocultaba como si se tratara de asuntos ominosos. ¿Tenía sentido todo aquello? ¿La aventura europea del África era acaso lo que se decía, lo que se escribía, lo que se creía? ¿Traía la civilización, el progreso, la modernidad mediante el libre comercio y la evangelización? ¿Podía llamarse civilizadores a esas bestias de la Force Publique que robaban todo lo que podían en las expediciones punitivas? ¿Cuántos, entre los colonizadores —comerciantes, soldados, funcionarios, aventureros—, tenían un mínimo respeto por los nativos y los consideraban hermanos, o, por lo menos, humanos? ¿Cinco por ciento? ¿Uno de cada cien? La verdad, la verdad, en los años que llevaba aquí sólo había encontrado un número para el cual sobraban los dedos de las manos de europeos que no trataran a los negros como animales sin alma, a los que se podía engañar, explotar, azotar, incluso matar, sin el menor remordimiento.

Theodore Horte escuchó en silencio la explosión de amargura del joven Casement. Cuando habló, no parecía sorprendido por lo que le había oído decir. Al contrario, reconoció que a él también, desde hacía años, lo asaltaban dudas tremendas. Sin embargo, por lo menos en la teoría, aquello de la «civilización» tenía mucho de cierto. ¿No eran atroces las condiciones de vida de los nativos? ¿Sus niveles de higiene, sus supersticiones, su ignorancia de las más básicas nociones de salud, no hacían que murieran como moscas? ¿No era trágica su vida de mera supervivencia? Europa tenía mucho que aportarles para que salieran del primitivismo. Para que cesaran ciertos usos bárbaros, el sacrificio de niños y enfermos, por ejemplo, en tantas comunidades, las guerras en las que se entrematraban, la esclavitud y el canibalismo que todavía se practicaban en algunos lugares. ¿Y, además, no era bueno para ellos conocer al verdadero Dios, que reemplazaran los ídolos que adoraban por el Dios cristiano, el Dios de la piedad, del amor y de la justicia? Cierto, aquí se había volcado mucha mala gente, tal vez lo peor de Europa. ¿No tenía eso remedio? Era imprescindible que vinieran las buenas cosas del Viejo Continente. No la codicia de los mercaderes de alma sucia, sino la ciencia, las leyes, la educación, los derechos innatos del ser humano, la ética cristiana. Era tarde para dar marcha atrás ¿no es cierto? Resultaba ocioso preguntarse si la colonización era buena o mala, si, librados a su suerte, a los congoleses les habría ido mejor que sin los europeos. Cuando las cosas no tenían marcha atrás, no valía la pena perder el tiempo preguntándose si hubiera sido preferible que no ocurrieran. Mejor tratar de enrumbarlas por el buen camino. Siempre era posible enderezar lo que andaba torcido. ¿No era ésta la mejor enseñanza de Cristo?

Cuando, al amanecer, Roger Casement le preguntó si era posible para un laico como él, que no había sido nunca muy religioso, trabajar en alguna de las misiones que la Iglesia bautista tenía por la región del Bajo y Medio Congo, Theodore Horte lanzó una risita:

—Debe ser una de esas celadas de Dios —exclamó—. Los esposos Bentley, de la misión de Ngombe Lutete, necesitan un ayudante laico que les eche una mano con la contabilidad. Y, ahora, usted me pregunta eso. ¿No será algo más que una mera coincidencia? ¿Una de esas trampas que nos tiende Dios a veces para recordarnos que está siempre allí y que nunca debemos desesperar?

El trabajo de Roger, de enero a marzo de 1889, en la misión de Ngombe Lutete, aunque corto fue intenso y le permitió salir de la incertidumbre en que vivía desde hacía algún tiempo. Ganaba sólo diez libras mensuales y con ellas tenía que pagar su sustento, pero viendo trabajar a Mr. William Holman Bentley y a su esposa, de la mañana a la noche, con tanto ánimo y convicción, y compartiendo junto a ellos la vida en esa misión que, a la vez que centro religioso, era dispensario, sitio de vacunación, escuela, tienda de mercancías y lugar de esparcimiento, asesoría y consejo, la aventura colonial le pareció menos cruda, más razonable y hasta civilizadora. Alentó este sentimiento ver cómo en torno a esa pareja había surgido una pequeña comunidad africana de convertidos a la Iglesia reformada, que, tanto en su atuendo como en las canciones del coro que a diario ensayaba para los servicios del domingo, así como en las clases de alfabetización y de doctrina cristiana, parecía ir dejando atrás la vida de la tribu y comenzando una vida moderna y cristiana.

Su trabajo no se limitaba a llevar los libros de ingresos y gastos de la misión. Esto le tomaba poco tiempo. Hacía de todo, desde sacar la hojarasca y desyerbar el pequeño descampado en torno a la misión —era una lucha diaria contra la vegetación empeñada en recobrar el claro que le habían arrebatado—, hasta salir a cazar un leopardo que se estaba comiendo a las aves del corral. Se ocupaba del transporte por trocha o por el río en una pequeña embarcación, llevando y trayendo enfermos, utensilios, trabajadores, y vigilaba el funcionamiento de la tienda de la misión, en la que los nativos de los alrededores podían vender y adquirir mercancías. Se hacían sobre todo trueques, pero también circulaban los francos belgas y las libras esterlinas. Los esposos Bentley se burlaban de su ineptitud para los negocios y de su vocación manirrota, pues a Roger todos los precios le parecían altos y quería bajarlos, aunque con ello privara a la misión del pequeño margen de ganancia que le permitía completar su magro presupuesto.

Pese al afecto que llegó a sentir por los Bentley y la buena conciencia que le daba trabajar a su lado, Roger supo desde el principio que su estancia en la misión de

Ngombe Lutete sería transitoria. El trabajo era digno y altruista, pero sólo tenía sentido acompañado de esa fe que animaba a Theodore Horte y los Bentley y de la que él carecía, aunque mimara sus gestos y manifestaciones, asistiendo a las lecturas comentadas de la Biblia, a las clases de doctrina y al oficio dominical. No era un ateo, ni un agnóstico, sino algo más incierto, un indiferente que no negaba la existencia de Dios —el «principio primero»— pero incapaz de sentirse cómodo en el seno de una iglesia, solidario y hermanado con otros fieles, parte de un denominador común. Trató de explicárselo en aquella larga conversación de Matadi a Theodore Horte y se sintió torpe y confuso. El ex marino lo tranquilizó: «Lo entiendo perfectamente, Roger. Dios tiene sus procedimientos. Desasosiega, inquieta, nos empuja a buscar. Hasta que un día todo se ilumina y ahí está Él. Le ocurrirá, ya verá».

En esos tres meses, al menos, no le ocurrió. Ahora, en 1902, trece años después de aquello, seguía en la incertidumbre religiosa. Le habían pasado las fiebres, había perdido mucho peso y, aunque a ratos se mareaba por la debilidad, había retomado sus tareas de cónsul en Boma. Fue a visitar al gobernador general y demás autoridades. Retornó a los partidos de ajedrez y de bridge. La estación de las lluvias estaba en pleno apogeo y duraría muchos meses.

A fines de marzo de 1889, al terminar su contrato con el reverendo William Holman Bentley y luego de cinco años de ausencia, regresó por primera vez a Inglaterra.

V

—Llegar aquí ha sido una de las cosas más difíciles que he hecho en mi vida —dijo Alice a manera de saludo, estirándole la mano—. Creí que nunca lo conseguiría. Pero, en fin, aquí me tienes.

Alice Stopford Green guardaba las apariencias de persona fría, racional, ajena a sentimentalismos, pero Roger la conocía lo bastante para saber que estaba conmovida hasta los huesos. Advertía el ligerísimo temblor en su voz que no conseguía disimular y esa rápida palpitación de su nariz que aparecía siempre que algo la preocupaba. Ya raspaba los setenta años, pero conservando su silueta juvenil. Las arrugas no habían borrado la frescura de su rostro pecoso ni la luminosidad de sus ojos claros y acerados. Y, en ellos, brillaba siempre esa luz inteligente. Llevaba, con la sobria elegancia de costumbre, un vestido claro, una blusa ligera y unos botines de tacón alto.

—Qué gusto, querida Alice, qué gusto —repitió Roger Casement, cogiéndole las dos manos—. Creí que no volvería a verte más.

—Te traje unos libros, unos dulces y algo de ropa, pero todo me lo quitaron los alguaciles de la entrada —hizo ella una mueca de impotencia—. Lo siento. ¿Te encuentras bien?

—Sí, sí —dijo Roger, ansioso—. Has hecho tanto por mí todo este tiempo. ¿No hay noticias todavía?

—El gabinete se reúne el jueves —dijo ella—. Sé de buena fuente que este asunto encabeza la agenda. Hacemos lo posible y hasta lo imposible, Roger. La petición tiene cerca de cincuenta firmas, toda gente importante.

Científicos, artistas, escritores, políticos. John Devoy nos asegura que en cualquier momento debería llegar el telegrama del presidente de Estados Unidos al Gobierno inglés. Todos los amigos se han movilizado para atajar, en fin, quiero decir, para contrarrestar esa campaña indigna en la prensa. ¿Estás enterado, no?

—Vagamente —dijo Casement, con un gesto de desagrado—. Aquí no llegan noticias de fuera y los carceleros tienen orden de no dirigirme la palabra. Sólo el *sheriff* lo hace, pero para insultarme. ¿Crees que hay alguna posibilidad todavía, Alice?

—Claro que lo creo —afirmó ella, con fuerza, pero Casement pensó que era una mentira piadosa—. Todos mis amigos me aseguran que el gabinete decide esto por unanimidad. Si hay un solo ministro contrario a la ejecución, estás salvado. Y parece que tu antiguo jefe en el Foreign Office, sir Edward Grey, está en contra. No pierdas la esperanza, Roger.

Esta vez el *sheriff* de Pentonville Prison no estaba en el locutorio. Sólo un guardia jovencito y prudente que les daba la espalda y miraba el pasillo por la rejilla de la puerta simulando desinterés en la conversación de Roger y la historiadora. «Si todos los carceleros de Pentonville Prison fueran tan considerados, la vida aquí sería mucho más llevadera», pensó. Recordó que aún no había preguntado a Alice sobre los sucesos de Dublín.

—Sé que, cuando el Alzamiento de Semana Santa, Scotland Yard fue a registrar tu casa de Grosvenor Road —dijo—. Pobre Alice. ¿Te hicieron pasar muy mal rato?

—No tanto, Roger. Se llevaron muchos papeles. Cartas personales, manuscritos. Espero que me los devuelvan, no creo que les sirvan —suspiró, apenada—. En comparación con lo que han sufrido allá en Irlanda, lo mío no fue nada.

¿Seguiría la dura represión? Roger se esforzaba por no pensar en los fusilamientos, en los muertos, en las secuelas de esa semana trágica. Pero Alice debió leer en sus ojos la curiosidad que tenía por saber.

—Las ejecuciones han cesado, parece —murmuró, echando un vistazo a la espalda del guardia—. Hay unos tres mil quinientos presos, calculamos. A la mayoría los han traído aquí y los tienen repartidos en prisiones por toda Inglaterra. Hemos localizado a unas ochenta mujeres entre ellos. Varias asociaciones nos ayudan. Muchos abogados ingleses se han ofrecido a ocuparse de sus casos, sin cobrar.

Las preguntas se agolpaban en la cabeza de Roger. ¿Cuántos amigos entre los muertos, entre los heridos, entre los presos? Pero se contuvo. ¿Para qué averiguar cosas sobre las que nada podía hacer y que sólo servirían para aumentar su amargura?

—¿Sabes una cosa, Alice? Una de las razones por la que me gustaría que me conmutaran la pena es porque, si no lo hacen, me moriré sin haber aprendido el irlandés. Si me la conmutan, me meteré en ello a fondo y te prometo que en este mismo locutorio hablaremos alguna vez en gaélico.

Ella asintió, con una sonrisita que le salió sólo a medias.

—El gaélico es una lengua difícil —dijo, palmeándolo en el brazo—. Se necesita mucho tiempo y paciencia para aprenderla. Tú has tenido una vida muy agitada, querido. Pero, consuélate, pocos irlandeses han hecho tanto por Irlanda como tú.

—Gracias a ti, querida Alice. Te debo tantas cosas. Tu amistad, tu hospitalidad, tu inteligencia, tu cultura. Esas veladas de los martes en Grosvenor Road, con gente extraordinaria, en esa atmósfera tan grata. Son los mejores recuerdos de mi vida. Ahora te lo puedo decir y agradecértelo, amiga querida. Tú me enseñaste a amar el pasado y la cultura de Irlanda. Fuiste una maestra generosa, que me enriqueció muchísimo la vida.

Decía lo que siempre había sentido y callado, por pudor. Desde que la conoció, admiraba y quería a la historiadora y escritora Alice Stopford Green, cuyos libros y estudios sobre el pasado histórico y las leyendas y mitos irlandeses y el gaélico, habían contribuido más que nada a darle a Casement ese «orgullo celta» del que se jactaba con tanta enjundia que, a veces, desataba las burlas de sus propios amigos nacionalistas. Había conocido a Alice once o doce años atrás, cuando le pidió ayuda para la Congo Reform Association (Asociación para la Reforma del Congo) que Roger había fundado con Edmund D. Morel. Comenzaba la batalla pública de esos flamantes amigos contra Leopoldo II y su maquiavélica creación, el Estado Independiente del Congo. El entusiasmo con que Alice Stopford Green se entregó a su campaña denunciando los horrores del Congo, fue decisivo para que muchos escritores y políticos amigos suyos se sumaran a ella. Alice se convirtió en la tutora y guía intelectual de Roger, quien, vez que estaba en Londres, acudía semanalmente al salón de la escritora. A estas veladas asistían profesores, periodistas, poetas, pintores, músicos y políticos que, por lo general, al igual que ella, eran críticos del imperialismo y del colonialismo y partidarios del Home Rule o Régimen de Autonomía para Irlanda, y hasta nacionalistas radicales que exigían la independencia total para Eire. En los salones elegantes y repletos de libros de la casa de Grosvenor Road, donde Alice conservaba la biblioteca de su difunto marido, el historiador John Richard Green, Roger conoció a W. B. Yeats, sir Arthur Conan Doyle, Bernard Shaw, G. K. Chesterton, John Galsworthy, Robert Cunninghame Graham y muchos otros escritores de moda.

—Tengo una pregunta que estuve por hacerle ayer a Gee, pero no me atreví —dijo Roger—. ¿Firmó Conrad la petición? Ni mi abogado ni Gee han mencionado su nombre.

Alice negó con la cabeza.

—Yo misma le escribí, pidiéndole su firma —añadió, disgustada—. Sus razones fueron confusas. Siempre ha sido escurridizo en asuntos políticos. Tal vez, en su situación de ciudadano británico asimilado, no se sienta muy seguro. De otra parte, como polaco, odia a Alemania tanto como a Rusia, que desaparecieron a su país por muchos siglos. En fin, no sé. Todos tus amigos lo lamentamos mucho. Se puede ser un gran escritor y un timorato en asuntos políticos. Tú lo sabes mejor que nadie, Roger.

Casement asintió. Se arrepintió de haber hecho la pregunta. Hubiera sido mejor no saberlo. La ausencia de esa firma lo atormentaría ahora tanto como fue enterarse por el abogado Gavan Duffy que tampoco había querido firmar el pedido de conmutación de la pena Edmund D. Morel. ¡Su amigo, su hermano *Bulldog*! Su compañero de lucha a favor de los nativos del Congo también se negó, alegando razones de lealtad patriótica en tiempos de guerra.

—Que Conrad no haya firmado no cambiará mucho las cosas —dijo la historiadora—. Su influencia política con el Gobierno de Asquith es nula.

—No, claro que no —asintió Roger.

Tal vez no tenía importancia para el éxito o fracaso de la petición, pero, para él, en su fuero íntimo, la tenía. Le hubiera hecho bien recordar, en esos arrebatos de desesperanza que lo asaltaban en su celda, que una persona de su prestigio, a la que tanta gente —incluido él— tenía admiración, lo apoyaba en este trance y le hacía llegar, con esa firma, un mensaje de comprensión y amistad.

—¿Lo conociste hace mucho tiempo, no es verdad? —preguntó Alice, como adivinando sus pensamientos.

—Hace veintiséis años, exactamente. En junio de 1890, en el Congo —precisó Roger—. No era escritor todavía. Aunque, si no recuerdo mal, me dijo que había empezado a escribir una novela. *La locura de Almayer,* sin duda, la primera que publicó. Me la envió, dedicada. Conservo el ejemplar en alguna parte. No había publicado nada aún. Era un marino. Apenas se entendía su inglés, por su acento polaco tan fuerte.

—Todavía no se le entiende —sonrió Alice—. Todavía habla inglés con ese acento atroz. Como «masticando guijarros», dice Bernard Shaw. Pero lo escribe de manera celestial, nos guste o no.

La memoria le devolvió a Roger el recuerdo de aquel día de junio de 1890 cuando, transpirando por el húmedo calor del verano que empezaba y fastidiado por las picaduras de los mosquitos que se encarnizaban contra su piel de extranjero, llegó a Matadi ese joven capitán de la marina mercante británica. Treintañero de frente despejada, barbita negrísima, cuerpo recio y ojos hundidos, se llamaba Konrad Korzeniowski y era polaco, nacionalizado inglés hacía pocos años. Contratado por la Sociedad Anónima Belga para el Comercio con el Alto Congo, venía a servir como capitán de uno de los vaporcitos que llevaban y traían mercancías y comerciantes entre Leopoldville-Kinshasa y las lejanas cataratas de Stanley Falls, en Kisangani. Era su primer destino como capitán de barco y eso lo tenía lleno de ilusiones y proyectos. Llegaba al Congo impregnado de todas las fantasías y mitos con que Leopoldo II había acuñado su figura de gran humanitario y monarca empeñado en civilizar el África y librar a los congoleses de la esclavitud, el paganismo y otras barbaries. Pese a su larga experiencia viajera por los mares del Asia y de América, su don de lenguas y sus lecturas, había en el polaco algo inocente e infantil que sedujo a Roger Casement de inmediato. La simpatía fue recíproca, pues, desde ese mismo día en que se conocieron hasta tres semanas después, en que Korzeniowski partió en compañía de treinta cargadores por la ruta de las caravanas hacia Leopoldville-Kinshasa, donde debía tomar el mando de su barco *Le Roi des Belges,* se vieron mañana, tarde y noche.

Hicieron paseos por los alrededores de Matadi, hasta la ya inexistente Vivi, la primera y fugaz capital de la colonia, de la que no quedaban ni los escombros, y hasta la desembocadura del río Mpozo, donde, según la leyenda, los primeros rápidos y saltos de Livingstone Falls y el Caldero del Diablo habían detenido al portugués Diego Cao, hacía cuatro siglos. En la llanura de Lufundi, Roger Casement le enseñó al joven polaco el lugar donde el explorador Henry Morton Stanley construyó su primera vivienda, desaparecida años después en un incendio. Pero, sobre todo, conversaron mucho y de muchas cosas, aunque, principalmente, de lo que ocurría en ese flamante Estado Independiente del Congo que Konrad acababa de pisar y donde Roger llevaba ya seis años. A los pocos días de amistad el marino polaco se había hecho una idea muy distinta de la que traía sobre el lugar donde venía a trabajar. Y, como dijo a Roger al despedirse, en el amanecer de ese sábado 28 de junio de 1890, rumbo a los Montes de Cristal, «desvirgado». Así se lo dijo, con su acento pedregoso y rotundo: «Usted me ha desvirgado, Casement. Sobre Leopoldo II, sobre el Estado Independiente del Congo. Acaso, sobre la vida». Y repitió, con dramatismo: «Desvirgado».

Se volvieron a ver varias veces, en los viajes de Roger a Londres, y se escribieron algunas cartas. Trece años después de aquel primer encuentro, en junio de 1903, Casement, que se encontraba en Inglaterra, recibió una invitación de Joseph Conrad (ahora se llamaba así y ya era un escritor de prestigio) a pasar un fin de semana en Pent Farm, su casita de campo en Hythe, Kent. El novelista llevaba allí con su mujer y su hijo una vida frugal y solitaria. Roger guardaba un cálido recuerdo de ese par de días junto al escritor. Ahora, tenía hebras plateadas en los cabellos y las espesas barbas, había engordado y adquirido cierta arrogancia intelectual en su manera de expresarse. Pero con él se mostró extraordinariamente efusivo. Cuando Roger lo felicitó por su novela congolesa, *El corazón de las tinieblas,* que acababa de leer y que —se lo dijo— le había removido las entrañas porque era la más extraordinaria descripción de los horrores que se vivían en el Congo, Conrad lo atajó con las manos.

—Usted debió figurar como coautor de ese libro, Casement —afirmó, palmeándolo en los hombros—. Nunca lo hubiera escrito sin su ayuda. Usted me quitó las legañas de los ojos. Sobre el África, sobre el Estado Independiente del Congo. Y sobre la fiera humana.

En una sobremesa a solas —la discreta señora Conrad, una mujer de origen muy humilde, y el niño se habían retirado a descansar— el escritor, luego de la segunda copita de oporto, dijo a Roger que por lo que venía haciendo a favor de los indígenas congoleses, merecía ser llamado «el Bartolomé de las Casas británico». Roger enrojeció hasta las orejas con semejante elogio. ¿Cómo era posible que alguien que tenía tan buen concepto de él, que los había ayudado tanto a él y a Edmund D. Morel en su campaña contra Leopoldo II, se hubiera negado a firmar un memorial que sólo pedía que le conmutaran la pena de muerte? ¿En qué podía comprometerlo con el Gobierno?

Recordaba otros encuentros esporádicos con Conrad, en sus visitas a Londres. Una vez, en su club, el Wellington Club de Grosvenor Place, donde estaba reunido con colegas del Foreign Office, se encontraron. El escritor insistió para que Roger se quedara a tomar un cognac con él cuando se despidiera de sus acompañantes. Evocaron el desastroso estado de ánimo con que, seis meses después de su paso por Matadi, el marino volvió a aparecer por allí. Roger Casement seguía trabajando en el lugar, encargado de los depósitos y el transporte. Konrad Korzeniowski no era ni sombra del joven entusiasta, pleno de ilusiones, que Roger conoció medio año atrás. Le habían caído años encima, tenía los nervios alterados y problemas de estómago, por culpa de los parásitos. Las continuas diarreas le habían hecho perder muchos kilos. Amargado y pesimista, sólo soñaba con volver cuanto antes a Londres, a ponerse en manos de facultativos de verdad.

—Ya veo que la selva no ha sido clemente con usted, Konrad. No se alarme. La malaria es así, tarda en irse aunque hayan desaparecido las fiebres.

Conversaban en una sobremesa, en la terraza de la casita que era hogar y oficina de Roger. No había luna ni estrellas en la noche de Matadi, pero no llovía y el runrún de los insectos los arrullaba mientras fumaban y daban sorbitos a la copa que tenían en las manos.

—Lo peor no ha sido la selva, el clima este tan malsano, las fiebres que me tuvieron en una semiinconsciencia cerca de dos semanas —se quejó el polaco—. Ni siquiera la espantosa disentería que me tuvo cagando sangre cinco días seguidos. Lo peor, lo peor, Casement, fue ser testigo de las cosas horribles que ocurren a diario en ese maldito país. Que cometen los demonios negros y los demonios blancos, a donde uno vuelva los ojos.

Konrad había hecho un viaje de ida y vuelta en el vaporcito de la compañía que debía comandar, *Le Roi des Belges,* desde Leopoldville-Kinshasa hasta las cataratas de Stanley. Todo le había salido mal en aquella travesía hacia Kisangani. Estuvo a punto de ahogarse porque se volcó la canoa en que los inexpertos remeros quedaron atrapados en un remolino, cerca de Kinshasa. La malaria lo tuvo tumbado en su pequeño camarote con ataques de fiebre, sin fuerzas para levantarse. Allí supo que el anterior capitán de *Le Roi des Belges* había sido asesinado a flechazos en una disputa con los nativos de una aldea. Otro funcionario de la Sociedad Anónima Belga para el Comercio con el Alto Congo, a quien Konrad había ido a recoger en un caserío apartado donde estaba recolectando marfil y caucho, murió de una enfermedad desconocida en el curso del viaje. Pero no eran las desgracias físicas que se encarnizaron con él lo que tenía al polaco fuera de sí.

—Es la corrupción moral, la corrupción del alma que lo invade todo en este país —repitió con voz hueca, tenebrosa, como sobrecogido por una visión apocalíptica.

—Yo traté de prepararlo, cuando nos conocimos —le recordó Casement—. Siento no haber sido más explícito sobre lo que usted se iba a encontrar allá en el Alto Congo.

¿Qué lo había afectado tanto? ¿Descubrir que prácticas muy primitivas como la antropofagia tenían aún vigencia en algunas comunidades? ¿Que en las tribus y en los puestos comerciales todavía circulaban esclavos que cambiaban de amo por unos cuantos francos? ¿Que los supuestos libertadores sometían a los congoleses a formas todavía más crueles de opresión y servidumbre? ¿Lo había abrumado el espectáculo de las espaldas de los nativos rajadas por los chicotazos? ¿Que, por primera vez en su vida, vio a un blanco azotar a un negro hasta dejarle el cuerpo convertido en un crucigrama de heridas? No le pidió precisiones, pero, sin duda, el capitán de *Le Roi des Belges* había sido testigo de cosas terribles, cuando acababa de renunciar a los tres años de contrato que tenía a fin de regresar cuanto antes a Inglaterra. Además, le contó a Roger que en Leopoldville-Kinshasa, a su vuelta de Stanley Falls, tuvo una violenta disputa con el director de la Sociedad Anónima Belga para el Comercio con el Alto Congo, Camille Delcommune, a quien llamó «bárbaro con chaleco y sombrero». Ahora quería volver a la civilización, lo que para él quería decir Inglaterra.

—¿Has leído *El corazón de las tinieblas*? —preguntó Roger a Alice—. ¿Crees que es justa esa visión del ser humano?

—Supongo que no lo es —repuso la historiadora—. Lo discutimos mucho un martes, cuando apareció. Esa novela es una parábola según la cual África vuelve bárbaros a los civilizados europeos que van allá. Tu *Informe sobre el Congo* mostró lo contrario, más bien. Que fuimos los europeos los que llevamos allá las peores barbaries. Además, tú estuviste veinte años en el África sin volverte un salvaje. Incluso, volviste más civilizado de lo que eras cuando saliste de aquí creyendo en las virtudes del colonialismo y del Imperio.

—Conrad decía que, en el Congo, la corrupción moral del ser humano salía a la superficie. La de blancos y negros. A mí, *El corazón de las tinieblas* me desveló muchas veces. Yo creo que no describe el Congo, ni la realidad, ni la historia, sino el infierno. El Congo es un pretexto para expresar esa visión atroz que tienen ciertos católicos del mal absoluto.

—Siento interrumpirlos —dijo el guardia, volviéndose hacia ellos—. Han pasado quince minutos y el permiso para las visitas era de diez. Tienen que despedirse.

Roger le extendió la mano a Alice, pero, ante su sorpresa, ella le abrió los brazos. Lo estrechó con fuerza. «Seguiremos haciendo todo, todo, para salvarte la vida, Roger», murmuró en su oído. Él pensó: «Para que Alice se permita estas efusiones, debe estar convencida de que el pedido será rechazado».

Mientras regresaba a su celda, sintió tristeza. ¿Vería alguna vez más a Alice Stopford Green? ¡Cuántas cosas representaba para él! Nadie encarnaba tanto como la historiadora su pasión por Irlanda, la última de sus pasiones, la más intensa, la más recalcitrante, una pasión que lo había consumido y probablemente lo mandaría a la muerte. «No lo lamento», se repitió. Los muchos siglos de opresión habían causado tanto dolor en Irlanda, tanta injusticia, que valía la pena haberse sacrificado por esta noble causa. Había fracasado, sin duda. El plan tan cuidadosamente estructurado para acelerar la emancipación de Eire asociando su lucha a Alemania y haciendo coincidir una acción ofensiva del Ejército y la Marina del Káiser contra Inglaterra y el levantamiento nacionalista no salió como él lo previó. Tampoco fue capaz de parar aquella rebelión. Y, ahora, Sean McDermott, Patrick Pearse, Éamonn Ceannt, Tom Clarke, Joseph Plunkett y cuántos otros habían sido fusilados. Centenas de compañeros se pudrirían en la prisión sabía Dios por cuántos años. Al menos, quedaba su ejemplo, como decía con fiera determinación el desbaratado Joseph Plunkett, en Berlín. De entrega, de amor, de sacrificio, por una causa semejante a la que lo hizo luchar contra Leopoldo II en el Congo, contra Julio C. Arana y los caucheros del Putumayo en la Amazonía. La de la justicia, la del desvalido contra los atropellos de los poderosos y de los déspotas. ¿Conseguiría la campaña que lo llamaba degenerado y traidor borrar todo lo demás? Después de todo, qué importaba. Lo importante se decidía allá arriba, la última palabra la tenía ese Dios que, por fin, desde hacía algún tiempo empezaba a compadecerse de él.

Tumbado en su camastro, de espaldas, con los ojos cerrados, volvió a su memoria Joseph Conrad. ¿Se hubiera sentido mejor si el ex marino firmaba la petición? Tal vez sí, tal vez no. ¿Qué le había querido decir, aquella noche, en su casita de Kent, cuando afirmó: «Antes de ir al Congo, yo no era más que un pobre animal»? La frase lo había impresionado, aunque sin entenderla del todo. ¿Qué significaba? Quizás que, lo que hizo, dejó de hacer, vio y oyó en esos seis meses en el Medio y Alto Congo le despertaron inquietudes más profundas y transcendentes sobre la condición humana, sobre el pecado original, sobre el mal, sobre la Historia. Roger podía entender eso muy bien. A él también el Congo lo había humanizado, si ser humano significaba conocer los extremos que podían alcanzar la codicia, la avaricia, los prejuicios, la crueldad. La corrupción moral era eso, sí: algo que no existía entre los animales, una exclusividad de los humanos. El Congo le había revelado que esas cosas formaban parte de la vida. Le había abierto los ojos. «Desvirgado» a él también, como al polaco. Entonces recordó que había llegado al África, con sus veinte años, todavía virgen. ¿No era injusto que la prensa, como le había dicho el *sheriff* de Pentonville Prison, lo acusara sólo a él, dentro de la vasta especie humana, de ser una escoria?

Para combatir la desmoralización que iba ganándolo, trató de imaginar el placer que sería darse un largo baño de bañera, con mucha agua y jabón, apretando contra el suyo otro cuerpo desnudo.

VI

Partió de Matadi el 5 de junio de 1903, en el ferrocarril construido por Stanley y en el que él mismo había trabajado de joven. Los dos días de viaje que tomó el
lento trayecto hasta Leopoldville estuvo pensando, de manera obsesiva, en una proeza deportiva de sus años mozos:
haber sido el primer blanco que nadó en el río más grande
de la ruta de las caravanas entre Manyanga y Stanley Pool:
el Nkissi. Ya lo había hecho, con total inconsciencia, en
ríos más pequeños del Bajo y Medio Congo, el Kwilo, el
Lukungu, el Mpozo y el Lunzadi, donde había también
cocodrilos, y nada le ocurrió. Pero el Nkissi era más grande y torrentoso, tenía cerca de cien metros de ancho y
estaba lleno de remolinos por la cercanía de la gran catarata. Los indígenas le advirtieron que era imprudente, podía
ser arrastrado y estrellado contra las piedras. En efecto, a
las pocas brazadas, Roger se sintió tironeado de las piernas
y aventado hacia el centro de las aguas por corrientes en-
contradas de las que, pese a su pataleo y a sus enérgicos
manotazos, no conseguía zafarse. Cuando le faltaban ya
las fuerzas —había tragado alguna bocanada de agua—
consiguió acercarse a la orilla haciéndose revolcar por una
ola. Allí se aferró a unas rocas, como pudo. Cuando trepó
la pendiente estaba lleno de arañazos. El corazón se le
salía por la boca.

El viaje que por fin emprendía duró tres meses y diez
días. Roger pensaría después que en ese período cambió
su manera de ser y se convirtió en otro hombre, más lúcido y realista de lo que había sido antes, sobre el Congo, el
África, los seres humanos, el colonialismo, Irlanda y la

vida. Pero aquella experiencia hizo de él, también, un ser más propenso a la infelicidad. En los años que le quedaban por vivir muchas veces se diría, en momentos de desánimo, que hubiera sido preferible no haber hecho ese viaje al Medio y Alto Congo para verificar qué había de cierto sobre las acusaciones de iniquidades contra indígenas en zonas caucheras que lanzaban en Londres ciertas iglesias y ese periodista, Edmund D. Morel, que parecía haber dedicado su vida a criticar a Leopoldo II y al Estado Independiente del Congo.

En el primer tramo del viaje entre Matadi y Leopold-ville le sorprendió lo despoblado del paisaje, que aldeas como Tumba, donde pasó la noche, y las que salpicaban los valles de Nsele y Ndolo, que antes bullían de gente, estuvieran semidesiertas, con fantasmales ancianos arrastrando los pies en medio de la polvareda, o acuclillados contra los troncos, los ojos cerrados, como muertos o durmiendo.

En esos tres meses y diez días la impresión de despoblamiento y eclipse de la gente, de desaparición de aldeas y asentamientos donde él había estado, pasado la noche, comerciado, hacía quince o dieciséis años, se repetía una y otra vez, como pesadilla, en todas las regiones, a orillas del río Congo y de sus afluentes, o en el interior, en las entradas que Roger hacía para recoger el testimonio de misioneros, funcionarios, oficiales y soldados de la Force Publique, y de los indígenas a los que podía interrogar en lingala, kikongo y swahili, o en sus propios idiomas, sirviéndose de intérpretes. ¿Dónde estaba la gente? La memoria no lo engañaba. Tenía muy presente la efervescencia humana, las bandadas de niños, de mujeres, de hombres tatuados, con los incisivos limados, collares de dientes, a veces con lanzas y máscaras, que antes lo rodeaban, examinaban y tocaban. ¿Cómo era posible que se hubieran esfumado en tan pocos años? Algunas aldeas se habían extinguido, en otras la población se había reducido a la mitad, a la tercera y hasta la décima parte. En algunos lugares, pudo cotejar números precisos. Lukolela, por ejemplo, en 1884, cuando Roger visitó por primera vez esa populosa comunidad, tenía más de 5.000 pobladores. Ahora, apenas 352. Y, la mayoría, en estado ruinoso por la edad o las enfermedades, de modo que, después de la inspección, Casement concluyó que sólo 82 supervivientes estaban todavía en capacidad de trabajar. ¿Cómo se habían hecho humo más de 4.000 habitantes de Lukolela?

Las explicaciones de los agentes del Gobierno, de los empleados de las compañías recolectoras de caucho y de los oficiales de la Force Publique eran siempre las mismas: los negros morían como moscas a causa de la enfermedad del sueño, de la viruela, del tifus, de los resfríos, de las pulmonías, de las fiebres palúdicas y otras plagas que, debido a la mala alimentación, diezmaban a esos organismos impreparados para resistir las enfermedades. Era verdad, las epidemias hacían estragos. La enfermedad del sueño, sobre todo, resultante, como se había descubierto hacía pocos años, de la mosca tse-tse, atacaba la sangre y el cerebro, producía en sus víctimas una parálisis de los miembros y una letargia de las que nunca saldrían. Pero, a estas alturas de su viaje, Roger Casement seguía preguntando la razón del despoblamiento del Congo, no en busca de respuestas, sino para confirmar que las mentiras que escuchaba eran consignas que todos repetían. Él sabía muy bien la respuesta. La plaga que había volatilizado a buena parte de los congoleses del Medio y Alto Congo eran la codicia, la crueldad, el caucho, la inhumanidad de un sistema, la implacable explotación de los africanos por los ç̧olonos europeos.

En Leopoldville decidió que, para preservar su independencia y no verse coaccionado por las autoridades, no utilizaría ningún medio de transporte oficial. Con autorización del Foreign Office, alquiló a la American Baptist Missionary Union el *Henry Reed* con su tripulación. La negociación fue lenta, así como el acopio de madera y provisiones para el viaje. Su estancia en Leopoldville-Kinshasa debió prolongarse del 6 de junio al 2 de julio, en que zarparon río arriba. Esa espera fue sabia. La libertad que le dio viajar en su propio barco, meterse y atracar donde quisiera, le permitió averiguar cosas que nunca habría descubierto subordinado a las instituciones coloniales. Y jamás hubiera podido tener tantos diálogos con los propios africanos, que sólo se atrevían a acercarse a él cuando comprobaban que no iba acompañado por militar ni autoridad civil belga alguna.

Leopoldville había crecido mucho desde la última vez que Roger estuvo aquí, hacía seis o siete años. Se había llenado de casas, depósitos, misiones, oficinas, juzgados, aduanas, inspectores, jueces, contadores, oficiales y soldados, de tiendas y mercados. Había curas y pastores por doquier. Algo en la ciudad naciente le desagradó desde el primer momento. No lo recibieron mal. Desde el gobernador hasta el comisario, pasando por los jueces e inspectores a quienes fue a saludar, hasta los pastores protestantes y los misioneros católicos a los que visitó, lo atendieron con cordialidad. Todos se prestaron a darle las informaciones que pedía, aunque éstas fueran, como lo confirmaría en las semanas siguientes, evasivas o descaradamente falsas. Sentía que algo hostil y opresivo impregnaba el aire y el perfil que iba adquiriendo la ciudad. En cambio, Brazzaville, la vecina capital del Congo francés, que se erguía allí al frente, en la otra orilla del río, adonde cruzó un par de veces, le causó una impresión menos opresora, hasta agradable. Tal vez por sus calles abiertas y bien trazadas y el buen humor de sus gentes. En ella no advirtió esa atmósfera secretamente ominosa de Leopoldville. En las casi cuatro semanas que pasó allá, negociando el alquiler del *Henry Reed,* obtuvo muchas informaciones, pero, siempre, con la sensación de que nadie llegaba al fondo de las cosas, que incluso las gentes mejor intencionadas le ocultaban algo y se lo ocultaban a sí mismos, temerosos de enfrentar una verdad terrible y acusadora.

Su amigo Herbert Ward le diría después que todo ello era puro prejuicio, que las cosas que vio y oyó en las semanas posteriores retroactivamente le enturbiaron el recuerdo de Leopoldville. Por lo demás, su memoria no sólo conservaría malas imágenes de su estancia en la ciudad fundada por Henry Morton Stanley en 1881. Una mañana, luego de una larga caminata aprovechando la frescura del día, Roger llegó hasta el embarcadero. Allí, de pronto, su atención se concentró en dos muchachos morenos y semidesnudos que descargaban unas lanchas, cantando. Parecían muy jóvenes. Llevaban un ligero taparrabos que no llegaba a ocultar la forma de sus nalgas. Ambos eran delgados, elásticos y, con los movimientos rítmicos que hacían descargando los bultos, daban una impresión de salud, armonía y belleza. Estuvo contemplándolos largamente. Lamentó no tener consigo su cámara. Le hubiera gustado retratarlos, para recordar después que no todo era feo y sórdido en la emergente ciudad de Leopoldville.

Cuando, el 2 de julio de 1903, el *Henry Reed* zarpó y atravesaba la tersa y enorme laguna fluvial de Stanley Pool, Roger se sintió conmovido: en la orilla francesa se divisaban, en la limpia mañana, unos acantilados de arena que le recordaron los blancos farallones de Dover. Ibis de grandes alas sobrevolaban la laguna, elegantes y soberbias, luciéndose al sol. Buena parte del día la hermosura del paisaje se mantuvo, invariable. De tanto en tanto los intérpretes, cargadores y macheteros señalaban, excitados, las huellas en el lodo de elefantes, hipopótamos, búfalos y antílopes. *John,* su bulldog, feliz con el viaje, corría de un lado a otro por la embarcación lanzando de pronto estruendosos ladridos. Pero al llegar a Chumbiri, donde atracaron para recoger leña, *John,* cambiando bruscamente de humor, se encolerizó y se las arregló para morder en pocos segundos a un cerdo y una cabra y al guardián del huerto que los pastores de la Sociedad Bautista Misionera tenían junto a su pequeña misión. Roger tuvo que desagraviarlos con regalos.

A partir del segundo día de viaje empezaron a cruzar vaporcitos y lanchones cargados de canastas llenas de caucho que bajaban el río Congo hacia Leopoldville. Este espectáculo los acompañaría todo el resto del recorrido, así como, de tanto en tanto, divisar sobresaliendo del ramaje de las orillas los postes del telégrafo en construcción y techumbres de aldeas de las que, al verlos acercarse, los habitantes huían, internándose en el bosque. En adelante, cuando Roger quería interrogar a los nativos de algún pueblo, optó por enviar primero a un intérprete que explicase a los vecinos que el cónsul británico venía solo, sin ningún oficial belga, para averiguar los problemas y necesidades que afrontaban.

Al tercer día de viaje, en Bolobo, donde había también una misión de la Sociedad Bautista Misionera, tuvo el primer anticipo de lo que le esperaba. En el grupo de misioneros bautistas, quien más lo impresionó, por su energía, su inteligencia y su simpatía, fue la doctora Lily de Hailes. Alta, incansable, ascética, locuaz, llevaba catorce años en el Congo, hablaba varios idiomas indígenas y dirigía el hospital para nativos con tanta dedicación como eficacia. El local estaba atestado. Mientras recorrían las hamacas, camastros y esteras donde yacían los pacientes, Roger le preguntó con toda intención por qué había tantas víctimas de heridas en las nalgas, piernas y espaldas. Miss Hailes lo miró con indulgencia.

—Son víctimas de una plaga que se llama chicote, señor cónsul. Una fiera más sanguinaria que el león y la cobra. ¿No hay chicotes en Boma y en Matadi?

—No se aplican con tanta liberalidad como aquí.

La doctora Hailes debía haber tenido de joven una gran cabellera rojiza, pero, con los años, se había llenado de canas y sólo le quedaban algunos mechones encendidos que escapaban del pañuelo con que se cubría la cabeza. El sol había requemado su cara huesuda, su cuello y sus brazos, pero sus ojos verdosos seguían jóvenes y vivos, con una fe indomable titilando en ellos.

—Y, si quiere usted saber por qué hay tantos congoleses con vendas en las manos y en sus partes sexuales, también se lo puedo explicar —añadió Lily de Hailes, desafiante—. Porque los soldados de la Force Publique les cortaron las manos y los penes o se los aplastaron a machetazos. No se olvide de ponerlo en su informe. Son cosas que no se suelen decir en Europa, cuando se habla del Congo.

Aquella tarde, después de pasar varias horas hablando a través de intérpretes con los heridos y enfermos del Hospital de Bolobo, Roger no pudo cenar. Se sintió en falta con los pastores de la misión, entre ellos la doctora Hailes, que habían asado un pollo en su honor. Se excusó, diciendo que no se sentía bien. Estaba seguro de que, si probaba un solo bocado, vomitaría sobre sus anfitriones.

—Si lo que ha visto lo ha descompuesto, tal vez no es prudente que se entreviste con el capitán Massard —le aconsejó el jefe de la misión—. Escucharlo es una experiencia, bueno, cómo diré, para estómagos fuertes.

—A eso he venido al Medio Congo, señores.

El capitán Pierre Massard, de la Force Publique, no estaba destacado en Bolobo sino en Mbongo, donde había una guarnición y un campo de entrenamiento para los africanos que serían soldados en ese cuerpo encargado del orden y la seguridad. Se hallaba en viaje de inspección y había armado una pequeña tienda de campaña vecina a la misión. Los pastores lo invitaron a departir con el cónsul, advirtiéndole a éste que el oficial era famoso por su carácter irascible. Los nativos lo apodaban «Malu Malu» y entre las siniestras hazañas que se le atribuían figuraba haber matado a tres africanos díscolos, a los que puso en hilera, de un solo balazo. No era prudente provocarlo pues de él podía esperarse cualquier cosa.

Era un hombre fortachón y más bien bajo, de cara cuadrada y pelos cortados al rape, con unos dientes manchados de nicotina y una sonrisita congelada en su cara. Tenía unos ojos pequeñitos y algo rasgados y una voz aguda, casi femenina. Los pastores habían preparado una mesa con pastelitos de mandioca y jugos de mango. Ellos no bebían alcohol pero no pusieron objeción a que Casement trajera del *Henry Reed* una botella de brandy y otra de clarete. El capitán dio la mano a todos, ceremonioso, y saludó a Roger haciéndole una venia barroca y llamándolo «*Son Excellence, Monsieur le Consul*». Brindaron, bebieron y encendieron cigarrillos.

—Si usted me permite, capitán Massard, me gustaría hacerle una pregunta —dijo Roger.

—Qué buen francés, señor cónsul. ¿Dónde lo aprendió?

—Comencé a estudiarlo de joven en Inglaterra. Pero, sobre todo, aquí, en el Congo, donde llevo muchos años. Debo hablarlo con acento belga, me imagino.

—Hágame todas las preguntas que quiera —dijo Massard, bebiendo otro traguito—. Su brandy es excelente, dicho sea de paso.

Los cuatro pastores bautistas estaban allí, quietos y silenciosos, como petrificados. Eran norteamericanos, dos jóvenes y dos ancianos. La doctora Hailes se había marchado al hospital. Comenzaba a anochecer y se escuchaba ya el runrún de los insectos nocturnos. Para espantar a los mosquitos, habían encendido una fogata que crujía suavecito y a ratos humeaba.

—Se lo voy a decir con toda franqueza, capitán Massard —dijo Casement, sin alzar la voz, muy lentamente—. Esas manos trituradas y esos penes cortados que he visto en el Hospital de Bolobo me parecen un salvajismo inaceptable.

—Lo son, claro que lo son —admitió de inmediato el oficial, con un gesto de disgusto—. Y algo peor que eso, señor cónsul: un desperdicio. Esos hombres mutilados ya no podrán trabajar, o lo harán mal y su rendimiento será mínimo. Con la falta de brazos que padecemos aquí, es un verdadero crimen. Póngame delante a los soldados que cortaron esas manos y esos penes y les rajaré la espalda hasta dejarlos sin sangre en las venas.

Suspiró, abrumado por los niveles de imbecilidad que padecía el mundo. Volvió a tomar otro sorbo de brandy y a dar una buena calada a su cigarrillo.

—¿Permiten las leyes o los reglamentos mutilar a los indígenas? —preguntó Roger Casement.

El capitán Massard soltó una risotada y su cara cuadrada, con la risa, se redondeó y aparecieron en ella unos hoyuelos cómicos.

—Lo prohíben de manera categórica —afirmó, manoteando contra algo en el aire—. Hágales entender lo que son leyes y reglamentos a esos animales en dos patas. ¿No los conoce? Si lleva tantos años en el Congo, debería. Es más fácil hacer entender las cosas a una hiena o a una garrapata que a un congolés.

Se volvió a reír pero, al instante, se enfureció. Ahora su expresión era dura y sus ojillos rasgados casi habían desaparecido bajo sus párpados hinchados.

—Le voy a explicar lo que pasa y, entonces, lo entenderá —añadió, suspirando, fatigado de antemano por tener que explicar cosas tan obvias como que la Tierra es redonda—. Todo nace de una preocupación muy sencilla —afirmó, manoteando otra vez con más furia contra ese enemigo alado—. La Force Publique no puede derrochar municiones. No podemos permitir que los soldados se gasten las balas que les repartimos matando monos, culebras y demás animales de porquería que les gusta meterse en la panza a veces crudos. En la instrucción se les enseña que las municiones sólo pueden utilizarse en defensa propia, cuando los oficiales se lo ordenen. Pero a estos negros les cuesta acatar las órdenes, por más chicotazos que reciban. La disposición se dio por eso. ¿Lo comprende, señor cónsul?

—No, no lo comprendo, capitán —dijo Roger—. ¿Qué disposición es ésa?

—Que cada vez que disparen le corten la mano o el pene al que han disparado —explicó el capitán—. Para comprobar que no malgastan las balas cazando. Una manera sensata de evitar el desperdicio de municiones ¿no es cierto?

Volvió a suspirar y a tomar otro trago de brandy. Escupió hacia el vacío.

—Pues no, no fue así —se quejó de inmediato el capitán, enfurecido de nuevo—. Porque estas mierdas encontraron cómo burlarse de la disposición. ¿Adivina usted cómo?

—No se me ocurre —dijo Roger.

—Sencillísimo. Cortándoles las manos y los penes a los vivos, para hacernos creer que han disparado contra personas, cuando lo han hecho contra monos, culebras y demás porquerías que se tragan. ¿Comprende ahora por qué hay ahí en el hospital todos esos pobres diablos sin manos y sin pájaros?

Hizo una larga pausa y se tragó el resto del brandy que quedaba en su vaso. Pareció que se entristecía y hasta hizo un puchero.

—Hacemos lo que podemos, señor cónsul —añadió el capitán Massard, apesadumbrado—. No es nada fácil, se lo aseguro. Porque, además de brutos, los salvajes son unos falsarios de nacimiento. Mienten, engañan, carecen de sentimientos y principios. Ni siquiera el miedo les abre las entendederas. Le aseguro que los castigos en la Force Publique a los que cortan manos y pájaros a los vivos para engañar y seguir cazando con las municiones que les da el Estado, son muy duros. Visite usted nuestros puestos y compruébelo, señor cónsul.

La conversación con el capitán Massard duró el tiempo que duró la fogata que chisporroteaba a sus pies, dos horas por lo menos. Cuando se despidieron, hacía rato que los cuatro pastores bautistas se habían retirado a dormir. El oficial y el cónsul se habían bebido el brandy y el clarete. Estaban algo achispados, pero Roger Casement conservaba la lucidez. Meses o años después hubiera podido referir al detalle los exabruptos y confesiones que escuchó, y la manera como la cara cuadrada del capitán Pierre Massard se fue congestionando con el alcohol. En las semanas siguientes tendría muchas otras conversaciones con oficiales de la Force Publique, belgas, italianos, franceses y alemanes, y oiría de sus bocas cosas terribles, pero en su memoria destacaría siempre como la más llamativa, un símbolo de la realidad congolesa, aquella charla, en la noche de Bolobo, con el capitán Massard. A partir de cierto momento el oficial se puso sentimental. Confesó a Roger que echaba mucho de menos a su mujer. No la veía hacía dos años y recibía de ella pocas cartas. Tal vez había dejado de quererlo. Tal vez se había echado encima un amante. No era de extrañar. Les ocurría a muchos oficiales y funcionarios que, por servir a Bélgica y a Su Majestad el rey, venían a enterrarse en este infierno, a contraer enfermedades, a ser mordidos por víboras, a vivir sin las comodidades más elementales. ¿Y para qué? Para ganar unos sueldos mezquinos, que apenas permitían ahorrar. ¿Alguien les agradecería luego esos sacrificios allá en Bélgica? Por el contrario, en la metrópoli había un prejuicio tenaz contra los «coloniales». Los oficiales y funcionarios que regresaban de la colonia eran discriminados, tenidos a distancia, como si, de tanto codearse con salvajes, se hubieran vuelto salvajes también.

Cuando el capitán Pierre Massard derivó sobre el tema sexual, Roger sintió un disgusto anticipado y quiso despedirse. Pero el oficial estaba ya borracho y para no ofenderlo ni tener un altercado con él debió quedarse. Mientras, aguantando las náuseas, lo escuchaba, se decía que no estaba en Bolobo para hacer de justiciero, sino para investigar y acumular información. Mientras más exacto y completo fuera su informe, más efectiva sería su contribución a luchar contra esta maldad institucionalizada que se había vuelto el Congo. El capitán Massard compadecía a esos jóvenes tenientes o clases del Ejército belga que venían llenos de ilusiones a enseñar a estos infelices a ser soldados. ¿Y su vida sexual, qué? Tenían que dejar allá en Europa a sus novias, esposas y amantes. ¿Y aquí, qué? Ni siquiera prostitutas dignas de ese nombre había en estas soledades dejadas de la mano de Dios. Sólo unas negras asquerosas llenas de bichos a las que había que estar muy borracho para tirárselas, corriendo el riesgo de pescar ladillas, una purgación o un chancro. A él, por ejemplo, le costaba trabajo. Tenía fiascos, *¡nom de Dieu!* No le había ocurrido nunca antes, en Europa. ¡Fiascos en la cama, él, Pierre Massard! Ni siquiera era recomendable la corneta porque, con esos dientes que tantas negras tenían la costumbre de afilarse, de pronto le daban a uno un mordisco y lo capaban.

Se cogió la braqueta y se echó a reír haciendo una mueca obscena. Aprovechando que Massard seguía festejándose, Roger se puso de pie.

—Tengo que irme, capitán. Debo partir mañana muy temprano y quisiera descansar un poco.

El capitán le estrechó la mano de manera mecánica, pero siguió hablando, sin levantarse de su asiento, con la voz floja y los ojos vidriosos. Cuando Roger se alejaba, lo escuchó a sus espaldas, murmurando que elegir la carrera militar había sido el gran error de su vida, un error que seguiría pagando el resto de su existencia.

Zarpó a la mañana siguiente en el *Henry Reed* rumbo a Lukolela. Estuvo allí tres días, hablando día y noche con toda clase de gente: funcionarios, colonos, capataces, nativos. Luego avanzó hasta Ikoko, donde penetró en el lago Mantumba. En sus alrededores se encontraba esa enorme extensión de tierra llamada «Dominio de la Corona».

En torno a ella operaban las principales compañías privadas caucheras, la Lulonga Company, la ABIR Company y la Société Anversoise du Commerce au Congo, que tenían vastas concesiones en toda la región. Visitó decenas de aldeas, algunas a orillas del inmenso lago y otras en el interior. Para llegar a estas últimas era preciso desplazarse en pequeñas canoas a remo o pértiga y caminar horas en plena maleza oscura y húmeda, que iban abriendo a machetazos los indígenas y que, muchas veces, lo obligaban a chapotear con el agua hasta la cintura por terrenos inundados y fangales pestilentes entre nubes de mosquitos y siluetas silentes de murciélagos. Todas esas semanas resistió la fatiga, las dificultades naturales y las inclemencias del tiempo sin amilanarse, en un estado de fiebre espiritual, como hechizado, porque cada día, cada hora, le parecía estar sumiéndose en capas más profundas de sufrimiento y de maldad. ¿Sería así el infierno que Dante describió en su *Divina Comedia*? No había leído ese libro y en esos días se juró leerlo apenas pudiera echar mano a un ejemplar.

Los indígenas, que, al principio de su viaje, echaban a correr apenas veían aproximarse el *Henry Reed,* creyendo que el vaporcito traía soldados, pronto empezaron más bien a salir a su encuentro y a enviarle emisarios para que visitara sus aldeas. Había corrido la voz entre los nativos que el cónsul británico recorría la región escuchando sus quejas y pedidos, y, entonces, iban a él con testimonios e historias cada cual peor que la otra. Creían que él tenía poderes para enderezar todo lo que andaba torcido en el Congo. Se lo explicaba en vano. No tenía poder alguno. Él informaría sobre esas injusticias y crímenes y Gran Bretaña y sus aliados exigirían al Gobierno belga que pusiera fin a los abusos y castigara a los torturadores y criminales. Era todo lo que podía hacer. ¿Le entendían? Ni siquiera era seguro que lo escucharan. Estaban tan urgidos de hablar, de contar las cosas que les sobrevenían que no le prestaban atención. Hablaban a borbotones, con desesperación y rabia, atorándose. Los intérpretes tenían que atajarlos, rogándoles que hablaran más despacio para poder hacer bien su trabajo.

Roger escuchaba, tomando notas. Luego, noches enteras escribía en sus fichas y cuadernos lo que había oído, para que nada de aquello se perdiera. Apenas probaba bocado. Lo angustiaba tanto el temor de que todos aquellos papeles que borroneaba pudieran extraviarse que no sabía ya dónde ocultarlos, qué precauciones tomar. Optó por llevarlos consigo, sobre los hombros de un cargador que tenía orden de no apartarse nunca de su lado.

Apenas dormía y, cuando la fatiga lo rendía, lo atacaban las pesadillas, haciéndolo pasar del miedo al pasmo, de visiones satánicas a un estado de desolación y tristeza en que todo perdía sentido y razón de ser: su familia, sus amigos, sus ideas, su país, sus sentimientos, su trabajo. En esos momentos añoraba más que nunca a su amigo Herbert Ward y su entusiasmo contagioso por todas las manifestaciones de la vida, esa alegría optimista que nada ni nadie podía abatir.

Después, cuando aquel viaje hubo terminado y él escribió su informe y partió del Congo y sus veinte años pasados en el África fueron sólo memoria, Roger Casement se dijo muchas veces que si había una sola palabra que fuera la raíz de todas las cosas horribles que ocurrían aquí, esa palabra era codicia. Codicia de ese oro negro que, para desgracia de su gente, albergaban en abundancia los bosques congoleses. Esa riqueza era la maldición que había caído sobre esos desdichados y, de seguir así las cosas, los desaparecería de la faz de la Tierra. A esa conclusión llegó en esos tres meses y diez días: si el caucho no se agotaba antes, serían los congoleses los que se agotarían con ese sistema que los estaba aniquilando por cientos y millares.

En aquellas semanas, a partir de su ingreso en las aguas del lago Mantumba, los recuerdos se le mezclarían como naipes barajados. Si no hubiera llevado en sus cuadernos un registro tan minucioso de fechas, lugares, testimonios y observaciones, en su memoria todo aquello andaría revuelto y trastocado. Cerraba los ojos y, en un torbellino vertiginoso, aparecían y reaparecían esos cuerpos de ébano con cicatrices rojizas como viboritas rajándoles las espaldas, las nalgas y las piernas, los muñones de niños y viejos en sus brazos cercenados, las caras macilentas, cadavéricas, de las que parecían haber sido extraídas la vida, la grasa, los músculos, quedando en ellas sólo la piel, la calavera y esa expresión o mueca fija que expresaba, más que el dolor, la infinita estupefacción por aquello que padecían. Y era siempre lo mismo, hechos que se repetían una y otra vez en todas las aldeas y villorrios donde Roger Casement ponía los pies con sus libretas, lápices y su cámara fotográfica.

Todo era simple y claro en el punto de partida. A cada aldea se le habían fijado unas obligaciones precisas: entregar unas cuotas semanales o quincenales de alimentos —mandioca, aves de corral, carne de antílope, cerdos salvajes, cabras o patos— para alimentar a la guarnición de la Force Publique y a los peones que abrían caminos, plantaban los postes de telégrafo y construían embarcaderos y depósitos. Además, la aldea debía entregar determinada cantidad de caucho recolectado en canastas tejidas con lianas vegetales por los mismos indígenas. Los castigos por incumplir estas obligaciones variaban. Por entregar menos de las cantidades establecidas de alimentos o de caucho, la pena eran los chicotazos, nunca menos de veinte y a veces hasta cincuenta o cien. Muchos de los castigados se desangraban y morían. Los indígenas que huían —muy pocos— sacrificaban a su familia porque, en ese caso, sus mujeres quedaban como rehenes en las *maisons d'otages* que la Force Publique tenía en todas sus guarniciones. Allí, las mujeres de prófugos eran azotadas, condenadas al suplicio del hambre y de la sed, y a veces sometidas a torturas tan retorcidas como hacerles tragar su propio excremento o el de sus guardianes.

Ni siquiera las disposiciones dictadas por el poder colonial —compañías privadas y propiedades del rey por igual— se respetaban. En todos los lugares el sistema era violado y empeorado por los soldados y oficiales encargados de hacerlo funcionar, porque en cada aldea los militares y agentes del Gobierno aumentaban las cuotas, a fin de quedarse ellos con parte de los alimentos y unas canastas de caucho, con los que hacían pequeños negocios revendiéndolos.

En todas las aldeas que Roger visitó, las quejas de los caciques eran idénticas: si todos los hombres se dedicaban a recoger caucho ¿cómo podían salir a cazar y cultivar mandioca y otros alimentos para dar de comer a las autoridades, jefes, guardianes y peones? Además, los árboles de caucho se iban agotando, lo que obligaba a los recolectores a internarse cada vez más lejos, en regiones desconocidas e inhóspitas donde muchos habían sido atacados por leopardos, leones y víboras. No era posible cumplir con todas esas exigencias, por más esfuerzos que hicieran.

El 1 de septiembre de 1903 Roger Casement cumplió treinta y nueve años. Navegaban en el río Lopori. La víspera habían dejado atrás el poblado de Isi Isulo, en las colinas que trepaban la montaña de Bongandanga. El cumpleaños quedaría grabado de manera imborrable en su memoria, como si Dios o acaso el diablo hubiera querido que ese día comprobara que, en materia de crueldad humana, no había límites, que siempre era posible ir más allá inventando maneras de infligir tormento al prójimo.

El día amaneció nublado y con amenaza de tormenta, pero la lluvia no llegó a estallar y toda la mañana la atmósfera estuvo cargada de electricidad. Roger se disponía a desayunar cuando llegó hasta el improvisado embarcadero donde estaba acoderado el *Henry Reed* un monje trapense, de la misión que tenía aquella orden en la localidad de Coquilhatville: el padre Hutot. Era alto y flaco como un personaje del Greco, con una larga barba canosa y unos ojos en los que rebullía algo que podía ser cólera, espanto o pasmo, o las tres cosas a la vez.

—Sé lo que hace usted por estas tierras, señor cónsul —dijo alcanzándole a Roger Casement una mano esquelética. Hablaba un francés atropellado por una exigencia imperiosa—. Le ruego que me acompañe a la aldea de Walla. Está sólo a una hora u hora y media de aquí. Usted tiene que verlo con sus propios ojos.

Hablaba como si tuviera la fiebre y tembladera del paludismo.

—Está bien, *mon père* —asintió Casement—. Pero, siéntese, tomemos un café y coma usted algo, primero.

Mientras desayunaba, el padre Hutot explicó al cónsul que los trapenses de la misión de Coquilhatville tenían permiso de la orden para romper el estricto régimen de clausura que en otras partes los regía, a fin de prestar ayuda a los naturales, «que tanto lo necesitan, en esta tierra donde Belcebú parece estar ganándole la batalla al Señor».

No sólo la voz le temblaba al monje, también los ojos, las manos y el espíritu. Pestañeaba sin tregua. Vestía una túnica rústica, manchada y mojada, y sus pies llenos de barro y arañazos estaban embutidos en unas sandalias de tiras. El padre Hutot llevaba cerca de diez años en el Congo. Desde hacía ocho recorría las aldeas de la región de tanto en tanto. Había trepado hasta la cumbre del Bongandanga y visto de cerca un leopardo que, en vez de saltar sobre él, se apartó del sendero moviendo la cola. Hablaba lenguas indígenas y se había ganado la confianza de los nativos, en especial los de Walla, «esos mártires».

Se pusieron en marcha por una angosta trocha, entre altos ramajes, interrumpidos de tanto en tanto por delgados arroyos. Se oía el canto de invisibles pájaros y a veces una bandada de papagayos volaba chillando sobre sus cabezas. Roger advirtió que el monje caminaba por el bosque con desenvoltura, sin tropezar, como si tuviera una larga experiencia en estas marchas a través de la maleza. El padre Hutot le fue explicando lo ocurrido en Walla. Como el pueblo, ya muy mermado, no pudo entregar completo el último cupo de alimentos, caucho y maderas, ni ceder el número de brazos que las autoridades exigían, vino un destacamento de treinta soldados de la Force Publique al mando del teniente Tanville, de la guarnición de Coquilhatville. Al verlos acercarse, el pueblo entero huyó al monte. Pero los intérpretes fueron a buscarlos y a asegurarles que podían volver. Nada les ocurriría, el teniente Tanville sólo quería explicarles las nuevas disposiciones y negociar con el pueblo. El cacique les ordenó regresar. Apenas lo hicieron, los soldados cayeron sobre ellos. Hombres y mujeres fueron atados a los árboles y azotados. Una embarazada que pretendía alejarse para ir a orinar fue matada de un balazo por un soldado que creyó que huía. Otras diez mujeres fueron llevadas a la *maison d'otages* de Coquilhatville como rehenes. El teniente Tanville dio una semana de plazo a Walla para que completaran el cupo que debían so pena de que esas diez mujeres fueran fusiladas y la aldea quemada.

Cuando, pocos días después de esa ocurrencia, el padre Hutot llegó a Walla se encontró con un espectáculo atroz. Para poder cumplir con las cuotas que adeudaban, las familias de la aldea habían vendido a hijos e hijas, y dos de los hombres a sus mujeres, a mercaderes ambulantes que hacían la trata de esclavos a ocultas de las autoridades. El trapense creía que los niños y las mujeres vendidas debían ser al menos ocho, pero acaso eran más. Los indígenas estaban aterrorizados. Habían enviado a comprar caucho y alimentos para cumplir con la deuda, pero no era seguro que el dinero de la venta alcanzara.

—¿Puede usted creer que ocurran cosas así en este mundo, señor cónsul?

—Sí, *mon père*. Ahora ya creo todo lo malo y terrible que me cuentan. Si algo he aprendido en el Congo, es que no hay peor fiera sanguinaria que el ser humano.

«No vi llorar a nadie en Walla», pensaría después Roger Casement. Tampoco oyó a nadie quejarse. La aldea parecía habitada por autómatas, seres espectrales que ambulaban en el claro, entre la treintena de chozas de varillas de madera y techos cónicos de hojas de palma, de un lado al otro, desbrujulados, sin saber adónde ir, olvidados de quiénes eran, dónde estaban, como si una maldición hubiera caído sobre la aldea convirtiendo a sus pobladores en fantasmas. Pero fantasmas con espaldas y nalgas llenas de cicatrices frescas, algunas con rastros de sangre como si las heridas estuvieran aún abiertas.

Con la ayuda del padre Hutot, que hablaba corrido el idioma de la tribu, Roger cumplió con su trabajo. Interrogó a cada uno y a cada una de los pobladores, escuchándolos repetir lo que ya había oído y oiría después muchas veces. Aquí también, en Walla, se sorprendió de que ninguno de esos pobres seres se quejara de lo principal: ¿con qué derecho habían venido esos forasteros a invadirlos, explotarlos y maltratarlos? Sólo tenían en cuenta lo inmediato: las cuotas. Eran excesivas, no había fuerza humana que pudiera reunir tanto caucho, tantos alimentos y ceder tantos brazos. Ni siquiera se quejaban de los azotes y de los rehenes. Sólo pedían que les rebajaran un poco las cuotas para poder cumplir con ellas y de este modo tener contentas a las autoridades con la gente de Walla.

Roger pernoctó esa noche en la aldea. Al día siguiente, con sus libretas cargadas de anotaciones y testimonios, se despidió del padre Hutot. Había decidido alterar la trayectoria programada. Volvió al lago Mantumba, abordó el *Henry Reed* y se dirigió a Coquilhatville. El pueblo era grande, de calles irregulares y de tierra, con viviendas esparcidas entre palmeras y pequeños cuadrados de cultivos. Apenas desembarcó, fue a la guarnición de la Force Publique, un vasto espacio de rústicas construcciones y una empalizada de estacas amarillas.

El teniente Tanville había salido en misión de trabajo. Pero lo recibió el capitán Marcel Junieux, jefe de la Guarnición y militar responsable de todas las estaciones y puestos de la Force Publique de la región. Era un cuarentón alto, delgado, musculoso, con la piel bruñida por el sol y los cabellos ya grises cortados al rape. Tenía una medallita de la Virgen colgándole del cuello y el tatuaje de un animalito en el antebrazo. Lo hizo pasar a un rústico despacho en el que había, prendidos de las paredes, algunos banderines y una fotografía de Leopoldo II en uniforme de parada. Le ofreció una taza de café. Lo hizo sentar frente a su pequeña mesa de trabajo llena de libretas, reglas, mapas y lápices, en una sillita muy frágil, que parecía a punto de desplomarse con cada movimiento de Roger Casement. El capitán había vivido en su infancia en Inglaterra, donde su padre tenía negocios, y hablaba buen inglés. Era un oficial de carrera que se ofreció como voluntario a venir al Congo hacía cinco años, «para hacer patria, señor cónsul». Se lo dijo con ácida ironía.

Estaba a punto de ser ascendido y de regresar a la metrópoli. Escuchó a Roger sin interrumpirlo ni una vez, muy serio y, en apariencia, profundamente concentrado en lo que oía. Su expresión, grave e impenetrable, no se alteraba ante ningún detalle. Roger fue preciso y minucioso. Dejó muy claro qué cosas le habían contado y cuáles había visto con sus propios ojos: las espaldas y las nalgas rajadas, los testimonios de quienes habían vendido a sus hijos para completar las cuotas que no habían podido reunir. Explicó que el Gobierno de Su Majestad sería informado sobre estos horrores, pero que, además, él creía su deber dejar sentada, en nombre del Gobierno que representaba, su protesta por que la Force Publique fuera responsable de atropellos tan atroces como los de Walla. Era testigo presencial de que aquel poblado se había convertido en un pequeño infierno. Cuando calló, la cara del capitán Junieux seguía inmutable. Esperó un buen rato, en silencio. Por fin, haciendo un pequeño movimiento de cabeza, dijo, con suavidad:

—Como usted sin duda sabe, señor cónsul, nosotros, quiero decir la Force Publique, no dictamos las leyes. Nos limitamos a hacer que se cumplan.

Tenía una mirada clara y directa, sin asomo de incomodidad ni irritación.

—Conozco las leyes y reglamentos que regulan el Estado Independiente del Congo, capitán. Nada en ellos autoriza a que se mutile a los nativos, se les azote hasta desangrarlos, se tenga de rehenes a las mujeres para que sus maridos no huyan y se extorsione a las aldeas al extremo de que las madres tengan que vender a sus hijos para poder entregar las cuotas de comida y caucho que ustedes les exigen.

—¿Nosotros? —exageró su sorpresa el capitán Junieux. Negaba con la cabeza y al accionar el animalito del tatuaje se movía—. Nosotros no exigimos nada a nadie. Recibimos órdenes y las hacemos cumplir, eso es todo. La Force Publique no fija esas cuotas, señor Casement. Las fijan las autoridades políticas y los directores de las compañías concesionarias. Nosotros somos los ejecutores de una política en la que no hemos intervenido para nada. Nunca nadie nos pidió nuestra opinión. Si lo hubieran hecho, tal vez las cosas andarían mejor.

Se calló y pareció distraerse, un momento. Por las grandes ventanas con rejillas metálicas, Roger veía un descampado cuadrangular y sin árboles donde marchaba una formación de soldados africanos, que llevaban pantalones de dril e iban con los torsos desnudos y descalzos. Cambiaban de dirección a la voz de mando de un suboficial, él sí con botines, camisa de uniforme y quepis.

—Haré una investigación. Si el teniente Tanville ha cometido o amparado exacciones, será castigado —dijo el capitán—. Los soldados también, por supuesto, si se excedieron en el uso del chicote. Es todo lo que puedo prometerle. Lo demás está fuera de mi alcance, corresponde a la justicia. Cambiar este sistema no es tarea de militares, sino de jueces y políticos. Del Supremo Gobierno. Eso también lo sabe usted, me imagino.

En su voz había asomado de pronto un tonito desalentado.

—Nada me gustaría más que el sistema cambiara. A mí también me disgusta lo que ocurre aquí. Lo que estamos obligados a hacer ofende mis principios —se tocó la medallita del cuello—. Mi fe. Yo soy un hombre muy católico. Allá, en Europa, siempre traté de ser consecuente con mis creencias. Aquí, en el Congo, eso no es posible, señor cónsul. Ésa es la triste verdad. Por eso, estoy muy contento de volver a Bélgica. No seré yo quien ponga otra vez los pies en África, le aseguro.

El capitán Junieux se levantó de su mesa, se acercó a una de las ventanas. Dando al cónsul la espalda, estuvo un buen rato callado, observando a aquellos reclutas que jamás lograban acompasar la marcha, se tropezaban y tenían torcidas las filas de la formación.

—Si es así, usted podría hacer algo para poner fin a estos crímenes —murmuró Roger Casement—. No es para esto que los europeos hemos venido al África.

—¿Ah, no? —el capitán Junieux se volvió a mirarlo y el cónsul advirtió que el oficial había palidecido algo—. ¿A qué hemos venido, pues? Ya lo sé: a traer la civilización, el cristianismo y el comercio libre. ¿Usted todavía cree eso, señor Casement?

—Ya no —repuso Roger Casement en el acto—. Lo creía antes, sí. De todo corazón. Lo creí muchos años, con toda la ingenuidad del muchacho idealista que fui. Que Europa venía al África a salvar vidas y almas, a civilizar a los salvajes. Ahora sé que me equivoqué.

El capitán Junieux cambió de expresión y a Roger le pareció que, de pronto, la cara del oficial había reemplazado esa máscara hierática por otra más humana. Que lo miraba, incluso, con la piadosa simpatía que merecen los idiotas.

—Trato de redimirme de ese pecado de juventud, capitán. Para eso he venido hasta Coquilhatville. Por eso estoy documentando, con la mayor prolijidad, los abusos que se cometen aquí en nombre de la supuesta civilización.

—Le deseo éxito, señor cónsul —se burló con una sonrisa el capitán Junieux—. Pero, si me permite que le hable con franqueza, me temo que no lo tendrá. No hay fuerza humana que cambie este sistema. Es demasiado tarde para eso.

—Si no le importa, me gustaría visitar la cárcel y la *maison d'otages,* donde tienen a las mujeres que trajeron de Walla —dijo Roger, cambiando bruscamente de tema.

—Puede usted visitar todo lo que quiera —asintió el oficial—. Está en su casa. Eso sí, permítame recordarle una vez más lo que le dije. No somos nosotros los que inventamos el Estado Independiente del Congo. Sólo lo hacemos funcionar. Es decir, también somos sus víctimas.

La cárcel era un galpón de madera y ladrillo, sin ventanas, con una sola entrada, custodiada por dos soldados nativos con escopetas. Había una docena de hombres, algunos ancianos, semidesnudos, tumbados en el suelo, y dos de ellos amarrados a unos anillos sujetos a la pared. No fueron las caras abatidas o inexpresivas de esos esqueletos silenciosos cuyos ojos lo siguieron de un lado al otro mientras recorría el recinto lo que más le chocó, sino el olor a orines y excrementos.

—Hemos tratado de inculcarles que hagan sus necesidades en esos baldes —le adivinó el pensamiento el capitán, señalando un recipiente—. Pero no están acostumbrados. Prefieren el suelo. Allá ellos. No les importa el olor. Tal vez ni lo sienten.

La *maison d'otages* era un recinto más pequeño, pero el espectáculo resultaba más dramático porque estaba atestado, al extremo de que Roger apenas pudo circular entre esos cuerpos apiñados y semidesnudos. El espacio era tan estrecho que muchas mujeres no podían sentarse ni echarse, debían permanecer de pie.

—Esto es excepcional —explicó el capitán Junieux, señalando—. Nunca hay tantas. Esta noche, para que puedan dormir, trasladaremos a la mitad de ellas a una de las cuadras de soldados.

Aquí también el olor a orines y a excrementos era irresistible. Algunas mujeres eran muy jóvenes, casi niñas. Todas tenían la misma mirada perdida, sonámbula, más allá de la vida, que Roger vería en tantas congolesas a lo largo de este viaje. Una de las rehenes tenía un recién nacido en brazos, tan quieto que parecía muerto.

—¿Qué criterio sigue usted para irlas soltando? —preguntó el cónsul.

—No lo decido yo sino un magistrado, señor. Hay tres, en Coquilhatville. El criterio es uno solo: cuando los maridos entregan las cuotas que deben, pueden llevarse a sus mujeres.

—¿Y si no lo hacen?

El capitán se encogió de hombros.

—Algunas consiguen escaparse —dijo, sin mirarlo, bajando la voz—. A otras, se las llevan los soldados y las hacen sus mujeres. Ésas son las que tienen más suerte. Algunas se vuelven locas y se matan. Otras se mueren de la pena, el cólera y el hambre. Como usted ha visto, casi no tienen qué comer. Tampoco es nuestra falta. No recibo alimentos suficientes ni para alimentar a los soldados. Y, menos, a los presos. A veces, hacemos pequeñas colectas entre los oficiales para mejorar el rancho. Las cosas son así. Soy el primero en lamentar que no sean de otro modo. Si usted logra que esto mejore, la Force Publique se lo agradecerá.

Roger Casement fue a visitar a los tres magistrados belgas de Coquilhatville, pero sólo uno de ellos lo recibió.

Los otros dos inventaron pretextos para evitarlo. *Maître* Duval, en cambio, un cincuentón gordito y rozagante que, pese al calor tropical, llevaba chaleco, puños postizos y levita con leontina lo hizo pasar a su desguarnecido despacho y le ofreció una taza de té. Lo escuchó con educación, sudando copiosamente. Se limpiaba la cara de tanto en tanto con un pañuelo ya empapado. A ratos reprobaba con movimientos de cabeza y expresión afligida lo que el cónsul le exponía. Cuando terminó, le pidió que detallara todo aquello por escrito. De esta manera él podría elevar al Tribunal del que formaba parte un requisitorio a fin de que se abriera una investigación formal sobre esos lamentables episodios. Aunque tal vez, rectificó *maître* Duval con un dedo reflexivo en el mentón, sería preferible que el señor cónsul elevara aquel informe al Tribunal Superior, establecido ahora en Leopoldville. Por ser una instancia más alta e influyente, podía actuar con más eficacia en toda la colonia. No sólo para poner remedio a aquel estado de cosas, sino, asimismo, resarcir con compensaciones económicas a las familias de las víctimas y a ellas mismas. Roger Casement le dijo que así lo haría. Se despidió, convencido de que *maître* Duval no movería un dedo y el Tribunal Superior de Leopoldville tampoco. Pero, aun así, elevaría el escrito.

Al atardecer, cuando estaba por partir, un nativo vino a decirle que los monjes de la misión trapense querían verlo. Allí se encontró de nuevo con *le père* Hutot. Los monjes —eran media docena— querían pedirle que sacara a escondidas en su vaporcito a un puñado de prófugos a quienes ellos tenían escondidos en la trapa, desde hacía días. Procedían todos del pueblo de Bonginda, río Congo arriba, donde, por no cumplir con las cuotas de caucho, la Force Publique había llevado a cabo una operación de castigo tan dura como la de Walla.

La trapa de Coquilhatville era una gran casa de barro, piedras y madera de dos pisos que, por afuera, parecía un fortín. Sus ventanas estaban tapiadas. El abate, Dom Jesualdo, de origen portugués, era ya muy anciano, al igual que otros dos monjes, esmirriados y como perdidos en sus túnicas blancas, con escapularios negros y toscos cinturones de cuero. Sólo los más viejos eran monjes, los otros legos. Todos, al igual que el padre Hutot, lucían esa flacura semiesquelética que era como el emblema de los trapenses del lugar. Por adentro, el local era luminoso, pues sólo la capilla, el refectorio y el dormitorio de los monjes estaban techados. Había un jardín, un huerto. Un corral con aves, un cementerio y una cocina con un gran fogón.

—¿Qué delito ha cometido esa gente que ustedes me piden sacar de aquí a ocultas de las autoridades?

—Ser pobres, señor cónsul —dijo Dom Jesualdo, compungido—. Usted lo sabe muy bien. Acaba de ver en Walla lo que significa ser pobre, humilde y congolés.

Casement asintió. Seguramente era un acto misericordioso prestar la ayuda que los trapenses le pedían. Pero vacilaba. Como diplomático, sacar a escondidas a prófugos de la justicia, por más que fueran perseguidos por razones indebidas, era riesgoso, podía comprometer a Gran Bretaña y desnaturalizar por completo la misión de información que estaba cumpliendo para el Foreign Office.

—¿Puedo verlos y hablar con ellos?

Dom Jesualdo asintió. El *père* Hutot se retiró y volvió con el grupo casi de inmediato. Eran siete, todos hombres, entre ellos tres niños. Todos tenían la mano izquierda cortada o destrozada a culatazos. Y huellas de chicotazos en el pecho y la espalda. El jefe del grupo se llamaba Mansunda y llevaba un penacho de plumas y una sarta de collares con dientes de animales; su cara lucía cicatrices antiguas de los ritos de iniciación de su tribu. El padre Hutot sirvió de intérprete. La aldea de Bonginda había incumplido por dos veces consecutivas las entregas de caucho —los árboles de la zona estaban ya exhaustos de látex— a los emisarios de la Compañía Lulonga, concesionaria de la región. Entonces, los centinelas africanos apostados por la Force Publique en la aldea comenzaron a azotar y a cortar manos y pies. Hubo una efervescencia de cólera y el pueblo, rebelándose, dio muerte a un guardia, en tanto que los otros lograban huir. A los pocos días, la aldea de Bonginda fue ocupada por una columna de la Force Publique que prendió fuego a todas las casas, mató a buen número de pobladores, hombres y mujeres, a algunos quemándolos en el interior de sus cabañas, y trayéndose al resto a la cárcel de Coquilhatville y a la *maison d'otages*. El curaca Mansunda creía que ellos eran los únicos que habían conseguido escapar, gracias a los trapenses. Si la Force Publique los capturaba serían víctimas del escarmiento, igual que los demás, porque en todo el Congo la rebeldía de los nativos se castigaba siempre con el exterminio de toda la comunidad.

—Está bien, *mon père* —dijo Casement—. Los llevaré conmigo en el *Henry Reed* hasta alejarlos de aquí. Pero sólo hasta la orilla francesa más cercana.

—Dios se lo pagará, señor cónsul —dijo *le père* Hutot.

—No lo sé, *mon père* —repuso el cónsul—. Ustedes y yo estamos violando la ley, en este caso.

—La ley de los hombres —lo rectificó el trapense—. La estamos transgrediendo, justamente, para ser fieles a la ley de Dios.

Roger Casement compartió con los monjes su cena frugal y herbívora. Charló largo rato con ellos. Dom Jesualdo bromeó que en su honor los trapenses estaban violando la regla de silencio que regía en la orden. Monjes y legos le parecieron abrumados y vencidos por este país igual que él mismo. ¿Cómo se había podido llegar a esto?, reflexionó en voz alta ante ellos. Y les contó que diecinueve años atrás había venido al África lleno de entusiasmo, convencido de que la empresa colonial iba a traer una vida digna a los africanos. ¿Cómo era posible que la colonización se hubiera convertido en esta horrible rapiña, en esta crueldad vertiginosa en que gentes que se decían cristianas torturaran, mutilaran, mataran a seres indefensos y los sometieran a crueldades tan atroces, incluidos niños, ancianos? ¿No habíamos venido aquí los europeos a acabar con la trata y a traer la religión de la caridad y la justicia? Porque, esto que ocurría aquí era todavía peor que la trata de esclavos ¿verdad?

Los monjes lo dejaron desfogarse, sin abrir la boca. ¿Era que, en contra de lo que dijo el abad, no querían romper la regla de silencio? No: estaban tan confusos y lastimados por el Congo como él.

—Los caminos de Dios son inescrutables para pobres pecadores como nosotros, señor cónsul —suspiró Dom Jesualdo—. Lo importante es no caer en la desesperación. No perder la fe. Que haya aquí hombres como usted, a nosotros nos alienta, nos devuelve la esperanza. Le deseamos éxito en su misión. Rezaremos para que Dios le permita hacer algo por esta humanidad desdichada.

Los siete fugitivos subieron al *Henry Reed* al amanecer del día siguiente, en un codo del río, cuando el vaporcito se hallaba ya algo distante de Coquilhatville. Los tres días que permanecieron con él, Roger estuvo tenso y angustiado. Había dado a la tripulación una vaga explicación para justificar la presencia de los siete nativos mutilados y le pareció que los hombres desconfiaban y miraban con sospechas al grupo, con el que no tenían comunicación. A la altura de Irebu, el *Henry Reed* se acercó a la orilla francesa del río Congo y esa noche, mientras la tripulación dormía, siete siluetas silentes se escurrieron y desaparecieron en la maleza de la orilla. Nadie preguntó luego al cónsul qué había sido de ellos.

A estas alturas del viaje Roger Casement comenzó a sentirse mal. No sólo moral y psicológicamente. También su cuerpo acusaba los efectos de la falta de sueño, de las picaduras de los insectos, del esfuerzo físico desmedido, y, acaso, sobre todo, de su estado de ánimo en el que la rabia sucedía a la desmoralización, la voluntad de cumplir con su trabajo a la premonición de que tampoco su informe serviría para nada, porque, allá en Londres, los burócratas del Foreign Office y los políticos al servicio de Su Majestad decidirían que era imprudente enemistarse con un aliado como Leopoldo II, que publicar un *report* con acusaciones tan serias tendría consecuencias perjudiciales para Gran Bretaña pues equivaldría a echar a Bélgica en brazos de Alemania. ¿No eran los intereses del Imperio más importantes que las quejas plañideras de unos salvajes semidesnudos que adoraban felinos y serpientes y eran antropófagos?

Haciendo esfuerzos sobrehumanos para vencer las rachas de abatimiento, los dolores de cabeza, las náuseas, la descomposición de cuerpo —sentía que adelgazaba porque había tenido que abrir nuevos agujeros a su cinturón—, continuó visitando aldeas, puestos, estaciones, interrogando a aldeanos, funcionarios, empleados, centinelas, recolectores de caucho, y sobreponiéndose como podía al cotidiano espectáculo de los cuerpos martirizados por los latigazos, las manos cortadas, y las historias pesadillescas de asesinatos, encarcelamientos, chantajes y desapariciones. Llegó a pensar que ese sufrimiento generalizado de los congoleses impregnaba el aire, el río y la vegetación que lo rodeaba con un olor particular, una pestilencia que no era sólo física, sino también espiritual, metafísica.

«Creo que estoy perdiendo el juicio, querida Gee», le escribió a su prima Gertrude desde la estación de Bongandanga, el día que decidió dar media vuelta y emprender el regreso a Leopoldville. «Hoy he iniciado el regreso a Boma. Según mis planes, debería haber continuado en el Alto Congo un par de semanas más. Pero, la verdad, ya tengo material de sobra para mostrar en mi informe las cosas que aquí ocurren. Temo que, de continuar escudriñando los extremos a que puede llegar la maldad y la ignominia de los seres humanos, no seré siquiera capaz de escribir mi *report*. Estoy en las orillas de la locura. Un ser humano normal no puede sumergirse por tantos meses en este infierno sin perder la sanidad, sin sucumbir a algún trastorno mental. Algunas noches, en mi desvelo, siento que me está ocurriendo. Algo se está desintegrando en mi mente. Vivo con una angustia constante. Si sigo codeándome con lo que ocurre aquí terminaré yo también impartiendo chicotazos, cortando manos y asesinando congoleses entre el almuerzo y la cena sin que ello me produzca el menor malestar de conciencia ni me quite el apetito. Porque eso es lo que les ocurre a los europeos en este condenado país.»

Sin embargo, aquella larguísima carta no versaba principalmente sobre el Congo, sino Irlanda. «Así es, Gee querida, te parecerá otro síntoma de locura pero este viaje a las profundidades del Congo me ha servido para descubrir a mi propio país. Para entender su situación, su destino, su realidad. En estas selvas no sólo he encontrado la verdadera cara de Leopoldo II. También he encontrado mi verdadero yo: el incorregible irlandés. Cuando volvamos a vernos te llevarás una sorpresa, Gee. Te costará trabajo reconocer a tu primo Roger. Tengo la impresión de haber mudado de piel, como ciertos ofidios, de mentalidad y acaso hasta del alma.»

Era cierto. En todos los días que le tomó al *Henry Reed* bajar por el río Congo hasta Leopoldville-Kinshasa, donde atracó finalmente al atardecer del 15 de septiembre de 1903, el cónsul apenas cambió palabra con la tripulación. Permanecía encerrado en su estrecha cabina, o, si el tiempo lo permitía, tumbado en la hamaca de la popa, con el fiel *John* acuclillado a sus pies, quieto y atento, como si la pesadumbre en que veía sumido a su amo se le hubiera contagiado.

Sólo pensar en el país de su infancia y juventud, por el que a lo largo de este viaje le había venido de pronto una nostalgia profunda, apartaba de su cabeza esas imágenes del horror congolés empeñadas en destruirlo moralmente y en perturbar su equilibrio psíquico. Recordaba sus primeros años en Dublín, mimado y protegido por su madre, sus años de colegio en Ballymena y sus visitas al castillo con fantasma de Galgorm, sus paseos con su hermana Nina por la campiña del norte de Antrim (¡tan mansa comparada a la africana!) y la felicidad que le deparaban aquellas excursiones a los picachos que escoltaban Glenshesk, su preferido entre los nueve *glens* del condado, esas cumbres barridas por los vientos desde las que a veces percibía el vuelo de las águilas con sus grandes alas desplegadas y la cresta enhiesta, desafiando al cielo.

¿No era también Irlanda una colonia, como el Congo? Aunque él se hubiera empeñado tantos años en no aceptar esa verdad que su padre y tantos irlandeses del Ulster, como él, rechazaban con ciega indignación. ¿Por qué lo que estaba mal para el Congo estaría bien para Irlanda? ¿No habían invadido los ingleses a Eire? ¿No la habían incorporado al Imperio mediante la fuerza, sin consultar a los invadidos y ocupados, tal como los belgas a los congoleses? Con el tiempo, aquella violencia se había mitigado, pero Irlanda seguía siendo una colonia, cuya soberanía desapareció por obra de un vecino más fuerte. Era una realidad que muchos irlandeses se negaban a ver. ¿Qué diría su padre si lo oyera decir semejantes cosas? ¿Sacaría su pequeño «chicote»? ¿Y su madre? ¿Se escandalizaría Anne Jephson si supiera que en las soledades del Congo su hijo estaba volviéndose, si no de obra, por lo menos de pensamiento, un nacionalista? En aquellas tardes solitarias, rodeado por las aguas marrones y cargadas de hojas, ramas y troncos del río Congo, Roger Casement tomó una decisión: apenas volviera a Europa se procuraría una buena colección de libros dedicados a la historia y la cultura de Eire, que conocía tan mal.

Estuvo apenas tres días en Leopoldville, sin buscar a nadie. En el estado en que se encontraba, no tenía ánimo

para visitar autoridades y conocidos y tener que hablarles
—mintiéndoles, por supuesto— de su viaje por el Medio
y Alto Congo y de lo que había visto en estos meses. Telegrafió en clave al Foreign Office que tenía suficiente
material confirmando las denuncias sobre el maltrato de
los indígenas. Pidió autorización para trasladarse a la vecina posesión portuguesa para escribir su informe con más
tranquilidad que sometido a las presiones del servicio consular en Boma. Y escribió una larga denuncia, que era
también una protesta formal, a la Procuraduría del Tribunal Supremo de Leopoldville-Kinshasa sobre los sucesos de Walla, pidiendo una investigación y sanciones para
los responsables. Llevó personalmente su escrito a la Procuraduría. Un circunspecto funcionario le prometió en-
terar de todo ello al procurador, *maître* Leverville, apenas
regresara de una cacería de elefantes con el jefe de la Oficina de Registros Comerciales de la ciudad, monsieur Clo-
thard.

Roger Casement tomó el ferrocarril a Matadi, donde pernoctó sólo una noche. De allí bajó hasta Boma en
un vaporcito de carga. En la oficina consular encontró un
alto de correspondencia y un telegrama de sus jefes auto-
rizándolo a viajar a Luanda a redactar su informe. Era
urgente que lo escribiera y con el mayor detallismo posible.
En Inglaterra, la campaña de denuncias contra el Estado
Independiente del Congo estaba en plena vorágine y par-
ticipaban en ella los principales diarios, confirmando o
negando «las atrocidades». A las denuncias de la Iglesia
bautista se habían sumado, desde hacía tiempo, las del
periodista británico de origen francés Edmund D. Morel,
secreto amigo y cómplice de Roger Casement. Sus publicaciones causaban gran revuelo en la Cámara de los Comunes, así como en la opinión pública. Había habido ya
un debate sobre el tema en el Parlamento. El Foreign Office y el canciller lord Lansdowne en persona esperaban con
impaciencia el testimonio de Roger Casement.

En Boma, como en Leopoldville-Kinshasa, Roger evitó hasta donde pudo a la gente del Gobierno, incluso rompiendo el protocolo, algo que no había hecho en todos sus años en el servicio consular. En vez de visitar al gobernador general le envió una carta, excusándose de no ir a presentarle su saludo en persona, alegando problemas de salud. Ni una sola vez jugó al tenis, ni al billar, ni a las cartas, ni dio ni aceptó almuerzos o cenas. Ni siquiera fue a nadar temprano en la mañana en los remansos del río, algo que solía hacer casi a diario, incluso con mal tiempo. No quería ver gente, ni hacer vida social. No quería, sobre todo, que le preguntaran por su viaje y verse obligado a mentir. Estaba seguro de que nunca podría describir con sinceridad a sus amigos y conocidos de Boma lo que pensaba de todo aquello que había visto, oído y vivido en el Medio y Alto Congo en las últimas catorce semanas.

Dedicó todo su tiempo a resolver los asuntos consulares más urgentes y a preparar su viaje a Cabinda y Luanda. Tenía la esperanza de que saliendo del Congo, aunque fuera a otra posesión colonial, se sentiría menos abrumado, más libre. Varias veces trató de ponerse a escribir un borrador del informe, pero no lo consiguió. No sólo su desánimo se lo impedía; la mano derecha se le contraía atacada por un calambre apenas comenzaba a discurrir la pluma sobre el papel. Las hemorroides volvían a fastidiarlo. Casi no comía y los dos criados, Charlie y Mawuku, le decían, preocupados de verlo tan desmejorado, que llamara al médico. Pero, aunque él mismo estaba inquieto por sus desvelos, su falta de apetito y los malestares físicos, no lo hizo, porque ver al doctor Salabert significaría hablar, recordar, contar todo aquello que por el momento sólo quería olvidar.

El 28 de septiembre partió en un barco hacia Banana y allí, al día siguiente, otro vaporcito los trasladó a él y a Charlie a Cabinda. *John* el bulldog se quedó con Mawuku. Pero ni siquiera los cuatro días que pasó en esa localidad, donde tenía conocidos con los que cenó y que, como ignoraban su viaje al Alto Congo, no lo obligaron a hablar de lo que no quería, se sintió más tranquilo y seguro de sí mismo. Sólo en Luanda, donde llegó el 3 de octubre, comenzó a sentirse mejor. El cónsul inglés, Mr. Briskley, persona discreta y servicial, le proporcionó un pequeño despacho en su oficina. Allí empezó por fin a trabajar mañana y tarde bosquejando las grandes líneas de su *report*.

Pero sólo sintió que comenzaba a estar bien de verdad, a ser el de antes, tres o cuatro días después de llegar a Luanda, un mediodía, sentado en una mesa del antiguo Café París, donde iba a comer algo luego de trabajar toda la mañana. Estaba echando una ojeada a un viejo diario de Lisboa cuando advirtió, en la calle del frente, a varios nativos semidesnudos descargando una gran carreta llena de fardos de algún producto agrícola, acaso algodón. Uno de ellos, el más joven, era muy hermoso. Tenía un cuerpo alargado y atlético, músculos que asomaban en su espalda, sus piernas y brazos con el esfuerzo que hacía. Su piel oscura, algo azulada, brillaba de sudor. Con los movimientos que hacía al desplazarse con la carga al hombro desde la carreta al interior del depósito, el ligero pedazo de tela que llevaba envuelto en la cadera se abría y dejaba entrever su sexo, rojizo y colgante y más grande que lo normal. Roger sintió una oleada cálida y urgentes deseos de fotografiar al apuesto cargador. No le ocurría hacía meses. Un pensamiento lo animó: «Vuelvo a ser yo mismo». En el pequeño diario que llevaba siempre consigo, anotó: «Muy hermoso y enorme. Lo seguí y lo convencí. Nos besamos ocultos por los helechos gigantes de un descampado. Fue mío, fui suyo. Aullé». Respiró hondo, afiebrado.

Esa misma tarde, Mr. Briskley le entregó un telegrama del Foreign Office. El canciller en persona, lord Lansdowne, le ordenaba regresar a Inglaterra de inmedia-

to, a redactar en Londres mismo su *Informe sobre el Congo*.
Roger había recobrado el apetito y esa noche cenó bien.

Antes de tomar el *Zaire,* que partió de Luanda a
Inglaterra, con escala en Lisboa, el 6 de noviembre, escribió una larga carta a Edmund D. Morel. Se carteaba secretamente con él hacía unos seis meses. No lo conocía en
persona. Se enteró de su existencia, primero, por una carta de Herbert Ward, que admiraba al periodista, y, luego,
escuchando en Boma a funcionarios belgas y gentes de
paso comentar los artículos severísimos cargados de críticas al Estado Independiente del Congo que Morel, quien
vivía en Liverpool, publicaba denunciando los abusos de
que eran víctimas los nativos de la colonia africana. Dis-
cretamente, a través de su prima Gertrude, se procuró
algunos folletos editados por Morel. Impresionado con
la seriedad de sus acusaciones, en un gesto audaz, Roger le
escribió, enviándole la carta a través de Gee. Le decía que
llevaba ya muchos años en el África y podía darle informaciones de primera mano para su justa campaña, con la
que se solidarizaba. No podía hacerlo abiertamente por su
condición de diplomático británico, y, por eso, era preciso
que tomaran precauciones con la correspondencia a fin de
evitar que fuera identificado su informante de Boma. En
la carta que escribió a Morel desde Luanda, Roger le re-
sumía su experiencia última y le decía que, apenas llegara
a Europa, se pondría en contacto con él. Nada le hacía
tanta ilusión como conocer en persona al único europeo
que parecía haber tomado conciencia cabal de la responsabilidad que tenía el Viejo Continente en la conversión
del Congo en un infierno.

En el viaje a Londres, Roger recuperó la energía,
el entusiasmo, la esperanza. Volvió a tener la seguridad de
que su informe sería muy útil para poner fin a aquellos
horrores. La impaciencia con que el Foreign Office esperaba su *report* lo demostraba. Los hechos eran de tal magnitud que el Gobierno británico tendría que actuar, exigir

cambios radicales, convencer a sus aliados, revocar esa disparatada concesión personal a Leopoldo II de un continente como era el Congo. Pese a las tempestades que sacudieron al *Zaire* entre Santo Tomé y Lisboa, y que tuvieron con mareos y vómitos a la mitad de la tripulación, Roger Casement se las arregló para seguir redactando su informe. Disciplinado como antaño y entregado con celo apostólico a la tarea, procuraba escribir con la mayor precisión y sobriedad, sin incurrir en el sentimentalismo ni en consideraciones subjetivas, describir con objetividad sólo lo que había podido comprobar. Mientras más exacto y conciso fuera, sería más persuasivo y eficaz.

Llegó a Londres un 1 de diciembre glacial. Apenas tuvo tiempo de echar una ojeada a esa ciudad lluviosa, fría y fantasmal, porque, una vez que dejó su equipaje en su departamento de Philbeach Gardens, en Earl's Court, y echó un vistazo a la correspondencia acumulada, debió correr al Foreign Office. A lo largo de tres días se sucedieron reuniones y entrevistas. Se quedó muy impresionado. No había duda, el Congo estaba en el centro de la actualidad desde aquel debate en el Parlamento. Las denuncias de la Iglesia bautista y la campaña de Edmund D. Morel habían hecho mella. Todos exigían un pronunciamiento del Gobierno. Éste, antes de hacerlo, contaba con su *report*. Roger Casement descubrió que, sin quererlo ni saberlo, las circunstancias habían hecho de él un hombre importante. En las dos exposiciones, de una hora cada una, ante funcionarios del Ministerio —a una de ellas asistieron el director para Asuntos Africanos y el viceministro— advirtió el efecto de sus palabras en los oyentes. Las miradas incrédulas del principio se tornaban luego, cuando él respondía a las preguntas con nuevas precisiones, expresiones de repugnancia y espanto.

Le dieron una oficina en un lugar tranquilo de Kensington, lejos del Foreign Office, y un mecanógrafo joven y eficiente, Mr. Joe Pardo. Comenzó a dictarle su informe el viernes 4 de diciembre. Se había corrido la noticia que el cónsul británico en el Congo había llegado a Londres, con un documento exhaustivo sobre la colonia, y trataron de entrevistarlo la agencia Reuters, *The Spectator*, *The Times* y varios corresponsales de diarios de Estados Unidos. Pero él, de acuerdo con sus superiores, dijo que sólo hablaría con la prensa luego de que el Gobierno se hubiera pronunciado sobre el tema.

En los días siguientes no hizo otra cosa que trabajar en el *report* mañana y tarde, añadiendo, cortando y rehaciendo el texto, releyendo una y otra vez sus libretas con los apuntes del viaje que ya conocía de memoria. A mediodía comía apenas un sándwich y todas las noches cenaba temprano en su club, el Wellington. A veces se le unía Herbert Ward. Le hacía bien charlar con su viejo amigo. Un día éste lo arrastró a su estudio, en el 53 de Chester Square, y lo distrajo mostrándole sus recias esculturas inspiradas en el África. Otro día, para hacerlo olvidar por unas horas de su obsesiva preocupación, Herbert lo obligó a salir y a comprarse una de las chaquetas de moda, con telas a cuadraditos, una gorra a la francesa y unos zapatos con empeines artificiales de color blanco. Luego, lo llevó a almorzar al lugar preferido de los intelectuales y artistas londinenses, el Eiffel Tower Restaurant. Fueron sus únicas diversiones aquellos días.

Desde su llegada, había pedido autorización al Foreign Office para entrevistarse con Morel. Dio como pretexto querer cotejar con el periodista algunas de las informaciones que él traía. El 9 de diciembre obtuvo la autorización. Y, al día siguiente, Roger Casement y Edmund D. Morel se vieron las caras por primera vez. En lugar de estrecharse la mano, se abrazaron. Conversaron, cenaron juntos en el Comedy, fueron al departamento de Roger en Philbeach Gardens donde pasaron el resto de la noche bebiendo cognac, charlando, fumando y discutiendo hasta que descubrieron a través de las persianas que ya era el nuevo día. Llevaban doce horas de ininterrumpido diálogo. Ambos dirían, después, que aquel encuentro había sido el más importante de sus vidas.

No podían ser más distintos. Roger era muy alto y muy delgado y Morel más bien bajo, fortachón y con tendencia a engordar. Todas las veces que lo vio, a Casement le dio la impresión de que a su amigo los trajes le quedaban apretados. Roger había cumplido treinta y nueve años, pero, pese a su físico afectado por el clima africano y las fiebres palúdicas, parecía, acaso por lo cuidado de su atuendo, más joven que Morel, que tenía sólo treinta y dos y había sido apuesto de joven pero estaba ahora envejecido, con el cabello cortado al medio ya gris, al igual que sus mostachos de foca, y unos ojos ardientes y algo saltones. Les bastó verse para entenderse y —la palabra no les hubiera parecido exagerada— quererse.

¿De qué hablaron aquellas doce horas ininterrumpidas? Mucho del África, por supuesto, pero también de sus familias, de su infancia, de sus sueños, ideales y anhelos de adolescentes, y de cómo, sin proponérselo, el Congo se había instalado en el corazón de sus vidas y las había transformado de pies a cabeza. Roger se quedó maravillado de que alguien que nunca hubiera estado allá conociera tan bien ese país. Su geografía, su historia, su gente, sus problemas. Escuchó fascinado cómo, hacía ya de esto muchos años, ese oscuro empleado de la Elder Dempster Line (la misma empresa en la que había trabajado Roger de joven en Liverpool) que era Morel, encargado en el puerto de Amberes de registrar los barcos y hacer auditorías de su cargamento, entró en sospechas al advertir que el comercio libre que, se suponía, había abierto Su Majestad Leopoldo II entre Europa y el Estado Independiente del Congo, era no sólo asimétrico, sino una farsa. ¿Qué clase de comercio libre era aquel en el que los barcos que venían del Congo descargaban en el gran puerto flamenco toneladas de caucho y cantidades de marfil, aceite de palma, minerales y pieles, y cargaban para llevar allá sólo fusiles, chicotes y cajas de vidrios de colores?

Así comenzó Morel a interesarse por el Congo, a investigar, a interrogar a los que iban allí o volvían a Europa, comerciantes, funcionarios, viajeros, pastores, sacerdotes, aventureros, soldados, policías, y a leer todo lo que caía en sus manos sobre aquel inmenso país cuyos infortunios llegó a conocer al dedillo, como si hubiera hecho decenas de viajes de inspección parecidos a los de Roger Casement por el Medio y Alto Congo. Entonces, sin renunciar todavía a su puesto en la compañía, comenzó a escribir cartas y artículos en revistas y periódicos de Bélgica y de Inglaterra, al principio con seudónimo y luego con nombre propio, denunciando lo que descubría y desmintiendo con datos y testimonios la imagen idílica del Congo que los plumarios al servicio de Leopoldo II ofrecían al mundo. Llevaba ya muchos años en esta empresa, publicando artículos, folletos y libros, hablando en iglesias, centros culturales, organizaciones políticas. Su campaña había prendido. Mucha gente ahora lo secundaba. «Esto es también Europa», pensó muchas veces ese 10 de diciembre Roger Casement. «No sólo los colonos, policías y criminales que mandamos al África. Europa es también este espíritu cristalino y ejemplar: Edmund D. Morel.»

A partir de entonces se vieron a menudo y continuaron esos diálogos que a ambos los exaltaban. Empezaron a llamarse con seudónimos afectuosos: Roger era *Tiger* y Edmund *Bulldog*. En una de esas charlas surgió la idea de crear la fundación Congo Reform Association. Ambos se quedaron sorprendidos con el vasto apoyo que lograron en sus gestiones en pos de patrocinadores y adherentes. La verdad es que muy pocos de los políticos, periodistas, escritores, religiosos y figuras conocidas a quienes pidieron ayuda para la Asociación se la negaron. Así conoció Roger Casement a Alice Stopford Green. Herbert Ward se la presentó. Alice fue una de las primeras en dar dinero, su nombre y su tiempo a la Asociación. Joseph Conrad también lo hizo y muchos intelectuales y artistas lo imitaron. Reunieron fondos, nombres respetables y muy pronto comenzaron las actividades públicas, en iglesias, centros culturales y humanitarios, presentando testimonios, promoviendo debates y publicaciones para abrir los ojos de la opinión pública sobre la verdadera situación del Congo. Aunque Roger Casement, por su condición de diplomático, no podía figurar oficialmente en la directiva de la Association, dedicó a ella todo su tiempo libre, una vez que, por fin, entregó al Foreign Office su informe. Donó una partida de sus ahorros y su sueldo a la Asociación y escribió cartas, visitó a muchas personas y consiguió que buen número de diplomáticos y políticos se convirtieran también en promotores de la causa que Morel y él defendían.

Al cabo de los años, cuando Roger Casement recordaba esas semanas febriles de fines de 1903 y las primeras de 1904, se diría que lo más importante, para él, no había sido la popularidad que alcanzó aun antes de que el Gobierno de Su Majestad publicara su *Informe,* y muchísimo más después, cuando los agentes al servicio de Leopoldo II comenzaron a atacarlo en la prensa como un enemigo y calumniador de Bélgica, sino, gracias a Morel, a la Asociación y a Herbert, haber conocido a Alice Stopford Green, de quien, desde entonces, sería amigo íntimo y, como él se jactaba, discípulo. Desde el primer momento hubo entre ambos un entendimiento y simpatía que el tiempo no haría más que profundizar.

A la segunda o tercera vez que estuvieron solos, Roger abrió su corazón a su flamante amiga, como lo habría hecho un creyente a su confesor. A ella, irlandesa de familia protestante como él, se atrevió a decirle lo que no había dicho a nadie todavía: allá, en el Congo, conviviendo con la injusticia y la violencia, había descubierto la gran mentira que era el colonialismo y había empezado a sentirse un «irlandés», es decir, ciudadano de un país ocupado y explotado por un Imperio que había desangrado y desalmado a Irlanda. Se avergonzaba de tantas cosas que había dicho y creído, repitiendo las enseñanzas paternas. Y hacía propósito de enmienda. Ahora que, gracias al Congo, había descubierto a Irlanda, quería ser un irlandés de verdad, conocer su país, apropiarse de su tradición, de su historia y su cultura.

Cariñosa, un poco maternal —Alice era diecisiete años mayor que él—, reconviniéndolo a veces por esos raptos infantiles de entusiasmo que tenía siendo ya un cuarentón, pero ayudándolo con consejos, libros, charlas que eran para él clases magistrales, mientras tomaban el té con galletas o *scones* con crema y mermelada. En esos primeros meses de 1904, Alice Stopford Green fue su amiga, su maestra, su introductora a un antiquísimo pasado en el que historia, mito y leyenda —la realidad, la religión y la ficción— se confundían para construir la tradición de un pueblo que seguía conservando, pese al empeño desnacionalizador del Imperio, su lengua, su manera de ser, sus costumbres, algo de lo que cualquier irlandés, protestante o católico, creyente o incrédulo, liberal o conservador, debía sentirse orgulloso y obligado a defender. Nada ayudó tanto a serenar el espíritu de Roger, a curarlo de esas heridas morales que le había causado el viaje al Alto Congo, como haber entablado amistad con Morel y con Alice. Un día, al despedirse de Roger que, habiendo pedido una licencia de tres meses en el Foreign Office, estaba a punto de partir a Dublín, la historiadora le dijo:

—¿Te das cuenta de que te has convertido en una celebridad, Roger? Todo el mundo habla de ti, aquí, en Londres.

No era algo que lo halagara pues nunca había sido vanidoso. Pero Alice decía la verdad. La publicación de su *Informe* por el Gobierno británico tuvo una repercusión enorme en la prensa, en el Parlamento, en la clase política y en la opinión pública. Los ataques que recibía en Bélgica en las publicaciones oficiales y de gacetilleros ingleses propagandistas de Leopoldo II, sólo sirvieron para robustecer su imagen de gran luchador humanitario y justiciero. Fue entrevistado en los medios de prensa, fue invitado a hablar en actos públicos y en clubes privados, le llovieron invitaciones de los salones liberales y anticolonialistas, y aparecían sueltos y artículos poniendo por las nubes su *Informe* y su compromiso con la causa de la justicia y la libertad. La campaña del Congo tomó un nuevo impulso. La prensa, las iglesias, los sectores más avanzados de la sociedad inglesa, horrorizados con las revelaciones del *Informe*, exigían que Gran Bretaña pidiera a sus aliados que se revocara aquella decisión de los países occidentales de entregar el Congo al rey de los belgas.

Abrumado por esta súbita fama —la gente lo reconocía en los teatros y restaurantes y lo señalaba en la calle con simpatía—, Roger Casement partió a Irlanda. Estuvo unos días en Dublín, pero pronto siguió al Ulster, al North Antrim, a Magherintemple House, la casa familiar de su infancia y adolescencia. La había heredado su tío y tocayo Roger, hijo de su tío abuelo John, fallecido en 1902. La tía Charlotte aún vivía. Lo recibió con gran cariño, así como sus otros parientes, primos y sobrinos. Pero él sentía que una distancia invisible había surgido entre él y su familia paterna, que seguía siendo firmemente anglófila. Sin embargo, el paisaje de Magherintemple, el gran caserón de piedras grises, rodeado de sicomoros resistentes a la sal y a los vientos, muchos de ellos ahogados por la hiedra, los álamos, olmos y durazneros dominando los prados donde remoloneaban las ovejas, y, allende el mar, la visión de la isla de Rathlin y de la pequeña ciudad de Ballycastle con sus níveas casitas, lo conmovió hasta el tuétano. Recorriendo los establos, el huerto a la espalda de la casa, las grandes habitaciones con cornamentas de ciervos en las paredes, o los antiquísimos villorrios de Cushendun y Cushendall, donde estaban enterradas varias generaciones de antecesores, resucitaban los recuerdos de su niñez y lo llenaban de nostalgia. Pero sus nuevas ideas y sentimientos sobre su país hicieron que esta estancia, que se prolongaría varios meses, se convirtiera en otra gran aventura para él. Una aventura, a diferencia de su viaje al Alto Congo, grata, estimulante y que le daría la sensación, al vivirla, de estar mudando de piel.

Se había llevado un alto de libros, gramáticas y ensayos, recomendados por Alice, y dedicó muchas horas a leer sobre las tradiciones y leyendas irlandesas. Trató de aprender gaélico, primero por su cuenta, y, al comprobar que nunca lo conseguiría, con ayuda de un profesor, con el que tomaba lecciones un par de veces por semana.

Pero, sobre todo, empezó a codearse con gentes nuevas de County Antrim que, siendo del Ulster y protestantes como él, no eran unionistas. Por el contrario, querían preservar la personalidad de la antigua Irlanda, luchaban contra la anglización del país, defendían la vuelta al viejo irlandés, a las canciones y costumbres tradicionales, se oponían al reclutamiento de irlandeses para el Ejército británico y soñaban con una Irlanda aislada, a salvo del moderno industrialismo destructor, viviendo una existencia bucólica y rural, emancipada del Imperio británico. Así fue como Roger Casement se vinculó a la Gaelic League, que promovía el irlandés y la cultura de Irlanda. Su *motto* era Sinn Fein («Nosotros solos»). Al fundarse, en Dublín, en 1893, su presidente Douglas Hyde recordó al auditorio en su discurso que, hasta entonces, «sólo se habían publicado seis libros en gaélico». Roger Casement conoció al sucesor de Hyde, Eoin MacNeill, profesor de historia antigua y medieval de Irlanda en University College, de quien se hizo amigo. Comenzó a asistir a lecturas, conferencias, recitales, marchas, concursos escolares y erecciones de monumentos a héroes nacionalistas que promovía el Sinn Fein. Y empezó a escribir en sus publicaciones artículos políticos defendiendo la cultura irlandesa con el

seudónimo de *Shan van Vocht* (La pobre viejecita), tomado de una antigua balada irlandesa que acostumbraba ta-
rarear. A la vez se acercó mucho a un grupo de señoras,
entre ellas la castellana de Galgorm Rose Maud Young,
Ada MacNeill y Margaret Dobbs, que recorrían las aldeas
de Antrim recopilando viejas leyendas del folclore irlandés.
Gracias a ellas escuchó a un *seanchai* o contador ambulante de cuentos en una feria popular, aunque apenas pudo
entender una que otra palabrita de lo que decía.

En una discusión en Magherintemple House con
su tío Roger, Casement, exaltado, afirmó una noche: «Como
irlandés que soy, odio al Imperio británico».

Al día siguiente recibió una carta del duque de Ar-
gyll informándole que el Gobierno de Su Majestad había
decidido distinguirlo con la condecoración Companion of
St. Michael and St. George por sus excelentes servicios prestados en el Congo. Roger se excusó de asistir a la ceremonia
de investidura alegando que una afección a la rodilla le impediría arrodillarse ante el rey.

VII

—Usted me odia y no puede disimularlo —dijo Roger Casement. El *sheriff*, después de un momento de sorpresa, asintió, con una mueca que por un instante descompuso su cara abotargada.

—No tengo por qué disimularlo —murmuró—. Pero usted se equivoca. No le tengo odio. Lo desprecio. Los traidores sólo merecen eso.

Iban caminando por el corredor de ladrillos tiznados de la prisión hacia el locutorio, donde esperaba al reo el capellán católico, el padre Carey. Por las enrejadas ventanillas Casement divisaba unos manchones de nubes infladas y oscuras. ¿Estaría lloviendo, allá afuera, sobre Caledonian Road y ese Roman Way por el que siglos atrás debieron desfilar por estos bosques llenos de osos los primeros legionarios romanos? Imaginó los tenderetes y puestos del vecino mercado, en medio del gran parque de Islington, empapados y remecidos por la tormenta. Sintió un ramalazo de envidia pensando en la gente que compraba y vendía protegida por impermeables y paraguas.

—Usted lo tuvo todo —rezongó a su espalda el *sheriff*—. Cargos diplomáticos. Condecoraciones. El rey lo hizo noble. Y fue a venderse a los alemanes. Vaya vileza. Vaya ingratitud.

Hizo una pausa y a Roger le pareció que el *sheriff* suspiraba.

—Cada vez que pienso en mi pobre hijo muerto allá, en las trincheras, me digo que usted es uno de sus asesinos, señor Casement.

—Siento mucho que perdiera usted un hijo —replicó Roger, sin volverse—. Sé que no me creerá, pero yo no he matado a nadie todavía.

—Ya no tendrá tiempo de hacerlo —sentenció el *sheriff*—. Gracias a Dios.

Habían llegado a la puerta del locutorio. El *sheriff* se quedó en el exterior, junto al carcelero de guardia. Sólo las visitas de los capellanes eran privadas, en todas las otras siempre permanecían en el locutorio el *sheriff* o el guardián y a veces ambos. Roger se alegró al ver la estilizada silueta del religioso. *Father* Carey salió a su encuentro y le estrechó la mano.

—Hice la averiguación y ya tengo la respuesta —le anunció, sonriendo—. Su recuerdo era exacto. En efecto, fue bautizado usted de niño en la parroquia de Rhyl, allá en Gales. Figura en el libro de registros. Estuvieron presentes su madre y dos tías maternas suyas. No necesita ser recibido de nuevo en la Iglesia católica. Siempre estuvo en ella.

Roger Casement asintió. Esa impresión lejanísima que lo había acompañado toda su vida era, pues, justa. Su madre lo bautizó a ocultas de su padre, en uno de sus viajes a Gales. Se alegró por la complicidad que ese secreto establecía entre él y Anne Jephson. Y porque de este modo se sentía más en consonancia consigo mismo, con su madre, con Irlanda. Como si su acercamiento al catolicismo fuera una consecuencia natural de todo lo que había hecho e intentado en estos últimos años, incluidos sus equivocaciones y fracasos.

—He estado leyendo a Tomás de Kempis, padre Carey —dijo—. Antes, apenas podía concentrarme en la lectura. Pero estos últimos días lo he conseguido. Varias horas al día. La *Imitación de Cristo* es un libro muy hermoso.

—Cuando yo estaba en el seminario leímos mucho a Tomás de Kempis —asintió el sacerdote—. La *Imitación de Cristo,* sobre todo.

—Me siento más sereno cuando consigo meterme en esas páginas —dijo Roger—. Como si despegara de este mundo y entrara a otro, sin preocupaciones, una realidad puramente espiritual. El padre Crotty tenía razón en recomendármelo tanto, allá en Alemania. Nunca se imaginó en qué circunstancias leería a su admirado Tomás de Kempis.

Hacía poco habían instalado una pequeña banqueta en el locutorio. Se sentaron. Sus rodillas se tocaban. *Father* Carey llevaba más de veinte años como capellán de prisiones en Londres y había acompañado hasta el final a muchos condenados a muerte. Ese comercio constante con las poblaciones carcelarias no había endurecido su carácter. Era considerado y atento y Roger Casement le tomó simpatía desde su primer encuentro. No recordaba haberle oído decir jamás algo que pudiera herirlo; por el contrario, a la hora de hacerle preguntas o conversar con él su delicadeza era extremada. A su lado siempre se sentía bien. El padre Carey era alto, huesudo, casi esquelético, con una piel muy blanca y una barbita grisácea y puntiaguda que le cubría parte del mentón. Tenía siempre los ojos húmedos, como si acabara de llorar, aunque se estuviera riendo.

—¿Cómo era el padre Crotty? —le preguntó—. Ya veo que hicieron buenas migas, allá en Alemania.

—Si no hubiera sido por *father* Crotty me hubiera vuelto loco en esos meses, en el campo de Limburg —asintió Roger—. Era muy distinto a usted, físicamente. Más bajo, más robusto, y, en vez de la palidez suya, tenía una cara colorada que se encendía mucho más con el primer vaso de cerveza. Pero, desde otro punto de vista, sí se parecía a usted. En la generosidad, quiero decir.

El padre Crotty era un dominico irlandés que el Vaticano había enviado desde Roma al campo de prisioneros de guerra que los alemanes tenían instalado en Limburg. Su amistad había sido una tabla de salvación para Roger en esos meses de 1915 y 1916 en que trataba de reclutar, entre los prisioneros, voluntarios para la Brigada Irlandesa.

—Era un hombre vacunado contra el desaliento —dijo Roger—. Lo acompañé a visitar enfermos, a administrar sacramentos, a hacer rezar el rosario a los prisioneros de Limburg. Un nacionalista, también. Aunque menos apasionado que yo, *father* Carey.

Éste sonrió.

—No crea que el padre Crotty trató de acercarme al catolicismo —añadió Roger—. Era muy cuidadoso en nuestras conversaciones para que yo no sintiera que quería convertirme. Me fue ocurriendo a mí solo, aquí adentro —se tocó el pecho—. Nunca fui muy religioso, ya se lo dije. Desde que murió mi madre, la religión fue para mí algo mecánico y secundario. Sólo después de 1903, de ese viaje de tres meses y diez días al interior del Congo que le conté, volví a rezar. Cuando creí que iba a perder la razón ante tanto sufrimiento. Así descubrí que un ser humano no puede vivir sin creer.

Sintió que se le iba a quebrar la voz y calló.

—¿Él le habló de Tomás de Kempis?

—Le tenía gran devoción —asintió Roger—. Me regaló su ejemplar de la *Imitación de Cristo*. Pero entonces no pude leerlo. No tenía cabeza, con las preocupaciones de esos días. Dejé ese ejemplar en Alemania, en una maleta con mi ropa. En el submarino no nos permitieron llevar equipaje. Menos mal que usted me consiguió otro. Me temo que no tendré tiempo de terminarlo.

—El Gobierno inglés no ha decidido nada todavía —lo amonestó el religioso—. No debe perder la esperanza. Allá afuera hay mucha gente que lo quiere y está haciendo enormes esfuerzos para que el pedido de clemencia sea escuchado.

—Ya lo sé, *father* Carey. De todas maneras, me gustaría que usted me prepare. Quisiera ser aceptado por la Iglesia de manera formal. Recibir los sacramentos. Confesarme. Comulgar.

—Para eso estoy aquí, Roger. Le aseguro que usted está ya preparado para todo ello.

—Una duda me angustia mucho —dijo Roger, bajando la voz como si alguien más pudiera oírlo—. ¿No parecerá mi conversión ante Cristo inspirada por el miedo? La verdad, *father* Carey, es que tengo miedo. Mucho miedo.

—Él es más sabio que usted y que yo —afirmó el religioso—. No creo que Cristo vea nada malo en que un hombre tenga miedo. Él lo tuvo, estoy seguro, en el camino del Calvario. Es lo más humano que hay ¿no es cierto? Todos tenemos miedo, está en nuestra condición. Basta un poco de sensibilidad para que nos sintamos a veces impotentes y atemorizados. Su acercamiento a la Iglesia es puro, Roger. Yo lo sé.

—Nunca tuve miedo a la muerte, hasta ahora. La vi cerca muchas veces. En el Congo, en expediciones por parajes inhóspitos, llenos de fieras. En la Amazonía, en ríos repletos de remolinos y rodeado de forajidos. Hace poco, al dejar el submarino, en Tralee, en Banna Strand, cuando zozobró el bote y pareció que nos ahogábamos. Muchas veces he sentido la muerte cerquísima. Y no tuve miedo. Pero ahora sí tengo.

Se le cortó la voz y cerró los ojos. Desde hacía algunos días, esos raptos de terror parecían helarle la sangre, detenerle el corazón. Todo su cuerpo se había puesto a temblar. Hacía esfuerzos para serenarse, sin conseguirlo. Sentía el castañeteo de sus dientes y al pánico se añadía ahora la vergüenza. Cuando abrió los ojos vio que el padre Carey tenía las manos juntas y los ojos cerrados. Rezaba en silencio, moviendo apenas los labios.

—Ya pasó —musitó, confundido—. Le ruego que me disculpe.

—No tiene que sentirse incómodo conmigo. Tener miedo, llorar, es humano.

Ahora estaba sereno de nuevo. Había un gran silencio en Pentonville Prison, como si los reos y carceleros de sus tres enormes pabellones, esos cubos con techos de dos aguas, se hubieran muerto o dormido.

—Le agradezco que no me haya preguntado nada sobre esas cosas asquerosas que, al parecer, dicen de mí, *father* Carey.

—No las he leído, Roger. Cuando alguien ha intentado hablarme de ellas, lo he hecho callar. Ni sé ni quiero saber de qué se trata.

—Yo tampoco lo sé —sonrió Roger—. Aquí no se puede leer periódicos. Un ayudante de mi abogado me dijo que eran tan escandalosas que ponían en peligro el pedido de clemencia. Degeneraciones, vilezas terribles, por lo visto.

El padre Carey lo escuchaba con la expresión tranquila de costumbre. La primera vez que habían conversado en Pentonville Prison le contó a Roger que sus abuelos paternos hablaban entre ellos en gaélico, pero que pasaban al inglés cuando veían acercarse a sus hijos. Tampoco el sacerdote había llegado a aprender el antiguo irlandés.

—Creo que es mejor no saber de qué me acusan. Alice Stopford Green piensa que es una operación montada por el Gobierno para contrarrestar la simpatía que hay en muchos sectores en favor del pedido de clemencia.

—Nada se puede excluir en el mundo de la política —dijo el religioso—. No es la más limpia de las actividades humanas.

Tocaron unos discretos golpecitos a la puerta, ésta se abrió y apareció la cara abultada del *sheriff*:

—Cinco minutos más, padre Carey.

—El director de la prisión me concedió media hora. ¿No se lo ha dicho?

El *sheriff* puso cara de sorpresa.

—Si usted lo dice, le creo —se excusó—. Disculpe por la interrupción, entonces. Le quedan veinte minutos todavía.

Desapareció y la puerta volvió a cerrarse.

—¿Hay más noticias de Irlanda? —preguntó Roger, de manera un tanto abrupta, como si de pronto hubiera querido cambiar de tema.

—Los fusilamientos han parado, por lo visto. La opinión pública, no sólo allá, también aquí en Inglaterra, ha sido muy crítica con las ejecuciones sumarias. Ahora, el Gobierno ha anunciado que todos los detenidos por el Alzamiento de Semana Santa pasarán por los tribunales.

Roger Casement se distrajo. Miraba el ventanuco de la pared, también enrejado. Sólo veía un cuadradito minúsculo de cielo grisáceo y pensaba en la gran paradoja: había sido juzgado y condenado por traer armas para un intento de secesión violenta de Irlanda, y, en realidad, él había emprendido ese viaje riesgoso, acaso absurdo, desde Alemania hasta las costas de Tralee, para tratar de evitar ese alzamiento que, desde que supo que se preparaba, estuvo seguro que fracasaría. ¿Sería así toda la Historia? ¿La que se aprendía en el colegio? ¿La escrita por los historiadores? Una fabricación más o menos idílica, racional y coherente de lo que en la realidad cruda y dura había sido una caótica y arbitraria mezcla de planes, azares, intrigas, hechos fortuitos, coincidencias, intereses múltiples, que habían ido provocando cambios, trastornos, avances y retrocesos, siempre inesperados y sorprendentes respecto a lo que fue anticipado o vivido por los protagonistas.

—Es probable que yo pase a la Historia como uno de los responsables del Alzamiento de Semana Santa —dijo, con ironía—. Usted y yo sabemos que vine aquí jugándome la vida para tratar de detener esa rebelión.

—Bueno, usted y yo y alguien más —se rió *father* Carey, señalando arriba con un dedo.

—Ahora me siento mejor, por fin —se rió también Roger—. Ya me pasó el ataque de pánico. En el África vi muchas veces, tanto a negros como blancos, caer de pronto en crisis de desesperación. En medio de la maleza, cuando perdíamos el camino. Cuando penetrábamos en un territorio que los cargadores africanos consideraban enemigo. En medio del río, cuando se volcaba una canoa. O, en las aldeas, a veces, en las ceremonias con cantos y bailes dirigidas por los brujos. Ahora ya sé lo que son esos estados de alucinación provocados por el miedo. ¿Será así el trance de los místicos? ¿Ese estado de suspensión de uno mismo, de todos los reflejos carnales, que produce el encuentro con Dios?

—No es imposible —dijo el padre Carey—. Tal vez sea un mismo camino el que recorren los místicos y todos aquellos que viven esos estados de trance. Los poetas, los músicos, los hechiceros.

Estuvieron un buen rato en silencio. A veces, por el rabillo del ojo, Roger espiaba al religioso y lo veía inmóvil y con los ojos cerrados. «Está rezando por mí», pensaba. «Es un hombre compasivo. Debe ser terrible pasarse la vida auxiliando a gentes que van a morir en el patíbulo.» Sin haber estado nunca en el Congo ni en la Amazonía, el padre Carey debía estar tan enterado como él de los extremos vertiginosos que podían alcanzar la crueldad y la desesperanza entre los seres humanos.

—Durante muchos años fui indiferente a la religión —dijo, muy despacio, como hablando consigo mismo—, pero nunca dejé de creer en Dios. En un principio general de la vida. Eso sí, *father* Carey, muchas veces me pregunté con espanto: «¿Cómo puede permitir Dios que ocurran cosas así?». «¿Qué clase de Dios es éste que tolera que tantos miles de hombres, de mujeres, de niños sufran semejantes horrores?» Es difícil entenderlo ¿verdad? Usted, que habrá visto tantas cosas en las prisiones, ¿no se hace a veces esas preguntas?

El padre Carey había abierto los ojos y lo escuchaba con la expresión deferente de costumbre, sin asentir ni negar.

—Esas pobres gentes azotadas, mutiladas, esos niños con las manos y los pies cortados, muriéndose de hambre y de enfermedades —recitó Roger—. Esos seres exprimidos hasta la extinción y encima asesinados. Miles, decenas, cientos de miles. Por hombres que recibieron una educación cristiana. Yo los he visto ir a la misa, rezar, comulgar, antes y después de cometer esos crímenes. Muchos días creí que me iba a volver loco, padre Carey. Tal vez, en esos años, allá en el África, en el Putumayo, perdí la razón. Y todo lo que me ha pasado después ha sido la obra de alguien que, aunque no se daba cuenta, estaba loco.

Tampoco esta vez el capellán dijo nada. Lo escuchaba con la misma expresión afable y con esa paciencia que Roger siempre le había agradecido.

—Curiosamente, yo creo que fue allá en el Congo, cuando tenía esos períodos de gran desmoralización y me preguntaba cómo podía Dios permitir tantos crímenes, cuando empecé a interesarme de nuevo en la religión —prosiguió—. Porque los únicos seres que parecían haber conservado su sanidad eran algunos pastores bautistas y algunos misioneros católicos. No todos, desde luego. Muchos no querían ver lo que ocurría más allá de sus narices. Pero unos cuantos hacían lo que podían para atajar las injusticias. Unos héroes, la verdad.

Calló. Recordar el Congo o el Putumayo le hacía daño: revolvía el fango de su espíritu, rescataba imágenes que lo sumían en la angustia.

—Injusticias, suplicios, crímenes —murmuró el padre Carey—. ¿No los padeció Cristo en carne propia? Él puede entender su estado mejor que nadie, Roger. Claro que a mí me pasa a veces lo que a usted. A todos los creyentes, estoy seguro. Es difícil comprender ciertas cosas, desde luego. Nuestra capacidad de comprensión es limitada. Somos falibles, imperfectos. Pero algo le puedo decir. Muchas veces ha errado, como todos los seres humanos. Pero, respecto al Congo, a la Amazonía, no puede reprocharse nada. Su labor fue generosa y valiente. Hizo que mucha gente abriera los ojos, ayudó a corregir grandes injusticias.

«Todo lo bueno que pude haber hecho lo está destruyendo esta campaña lanzada para arruinar mi reputación», pensó. Era un tema que prefería no tocar, que alejaba de su mente cada vez que volvía. Lo bueno de las visitas del padre Carey era que, con el capellán, sólo hablaba de lo que él quería. La discreción del religioso era total y parecía adivinar todo aquello que a Roger podía contrariarlo y lo evitaba. A veces, permanecían largo rato sin cambiar palabra. Aun así, la presencia del sacerdote lo sosegaba. Cuando partía, Roger permanecía algunas horas sereno y resignado.

—Si la petición es rechazada ¿estará usted conmigo a mi lado hasta el final? —preguntó, sin mirarlo.

—Claro que sí —dijo el padre Carey—. No debe pensar en eso. Nada está decidido aún.

—Ya lo sé, *father* Carey. No he perdido la esperanza. Pero me hace bien saber que usted estará allí, acompañándome. Su compañía me dará valor. No haré ninguna escena lamentable, le prometo.

—¿Quiere que recemos juntos?

—Conversemos un poco más, si no le importa. Ésta será la última pregunta que le haré sobre el asunto. Si me ejecutan, ¿podrá mi cuerpo ser llevado a Irlanda y enterrado allá?

Sintió que el capellán dudaba y lo miró. *Father* Carey había palidecido algo. Lo vio negar con la cabeza, incómodo.

—No, Roger. Si ocurre aquello, será usted enterrado en el cementerio de la prisión.

—En tierra enemiga —susurró Casement, tratando de hacer una broma que no resultó—. En un país que he llegado a odiar tanto como lo quise y admiré de joven.

—Odiar no sirve de nada —suspiró el padre Carey—. La política de Inglaterra puede ser mala. Pero hay muchos ingleses decentes y respetables.

—Lo sé muy bien, padre. Me lo digo siempre que me lleno de odio contra este país. Es más fuerte que yo. Tal vez me ocurre porque de muchacho creí ciegamente en el Imperio, en que Inglaterra estaba civilizando al mundo. Usted se hubiera reído si me hubiera conocido entonces.

El sacerdote asintió y a Roger le sobrevino una risita.

—Dicen que los convertidos somos los peores —añadió—. Me lo han reprochado siempre mis amigos. Ser demasiado apasionado.

—El incorregible irlandés de las fábulas —dijo el padre Carey, sonriendo—. Así me decía mi madre, de chico, cuando me portaba mal. «Ya te salió el incorregible irlandés.»

—Si quiere, ahora podemos rezar, padre.

Father Carey asintió. Cerró los ojos, juntó las manos, y empezó a musitar en voz muy baja un padrenuestro, y, luego, avemarías. Roger cerró los ojos y rezó también, sin dejar oír su voz. Durante buen rato lo hizo de manera mecánica, sin concentrarse, con imágenes diversas revoloteándole en la cabeza. Hasta que poco a poco se fue dejando absorber por la plegaria. Cuando el *sheriff* tocó la puerta del locutorio y entró a advertir que les quedaban cinco minutos, Roger estaba concentrado en la oración.

Cada vez que rezaba se acordaba de su madre, esa figura esbelta, vestida de blanco, con un sombrero de paja de alas anchas y una cinta azul que danzaba en el viento, caminando bajo los árboles, en el campo. ¿Estaban en Gales, en Irlanda, en Antrim, en Jersey? No sabía dónde, pero el paisaje era tan bello como la sonrisa que resplandecía en la cara de Anne Jephson. ¡Qué orgulloso se sentía el pequeño Roger teniendo en la suya esa mano suave y tierna que le daba tanta seguridad y alegría! Rezar así era un bálsamo maravilloso, lo devolvía a aquella infancia donde, gracias a la presencia de su madre, todo era bello y feliz en la vida.

El padre Carey le preguntó si quería enviar algún mensaje a alguien, si podía traerle algo en la próxima visita, dentro de un par de días.

—Todo lo que quiero es volver a verlo, padre. Usted no sabe el bien que me hace hablarle y escucharlo.

Se separaron estrechándose la mano. En el largo y húmedo pasillo, sin haberlo planeado, a Roger Casement se le salió decirle al *sheriff*:

—Siento mucho la muerte de su hijo. Yo no he tenido hijos. Me imagino que no hay dolor más terrible en la vida.

El *sheriff* hizo un pequeño ruido con la garganta pero no respondió. En su celda, Roger se tumbó en su camastro y tomó la *Imitación de Cristo* en sus manos. Pero no pudo concentrarse en la lectura. Las letras bailoteaban ante sus ojos y en su cabeza chisporroteaban imágenes en una ronda enloquecida. La figura de Anne Jephson aparecía una y otra vez.

¿Cómo habría sido su vida si su madre, en vez de morir tan joven, hubiera seguido viva mientras él se hacía adolescente, hombre? Probablemente no habría emprendido la aventura africana. Se habría quedado en Irlanda, o en Liverpool, y hecho una carrera burocrática y tenido una existencia digna, oscura y cómoda, con esposa e hijos. Se sonrió: no, semejante género de vida no casaba con él. La que había llevado, con todos sus percances, era preferible. Había visto mundo, su horizonte se amplió enormemente, entendió mejor la vida, la realidad humana, la entraña del colonialismo, la tragedia de tantos pueblos por culpa de esa aberración.

Si la aérea Anne Jephson hubiera vivido no habría descubierto la triste y hermosa historia de Irlanda, aquella que nunca le enseñaron en Ballymena High School, esa historia que todavía se ocultaba a los niños y adolescentes de North Antrim. A ellos aún se les hacía creer que Irlanda era un bárbaro país sin pasado digno de memoria, ascendido a la civilización por el ocupante, educado y modernizado por el Imperio que lo despojó de su tradición, su lengua y su soberanía. Todo eso lo había aprendido allá en África, donde nunca habría pasado los mejores años de la juventud y la primera madurez, ni hubiera jamás llegado a sentir tanto orgullo por el país donde nació y tanta cólera por lo que había hecho con él Gran Bretaña, si su madre hubiera seguido viva.

¿Estaban justificados los sacrificios de esos veinte años africanos, los siete años en América del Sur, el año y pico en el corazón de las selvas amazónicas, el año y medio de soledad, enfermedad y frustraciones en Alemania? Nunca le había importado el dinero, pero ¿no era absurdo que después de haber trabajado tanto toda su vida fuera, ahora, pobre de solemnidad? El último balance de su cuenta bancaria eran diez libras esterlinas. Nunca supo ahorrar. Se había gastado todos sus ingresos en los otros —en sus tres hermanos, en asociaciones humanitarias como la Congo Reform Association e instituciones nacionalistas irlandesas como St. Enda's School y la Gaelic League, a las que por buen tiempo entregó sus sueldos íntegros. Para poder gastar en esas causas había vivido con gran austeridad, alojándose, por ejemplo, largas temporadas en pensiones baratísimas, que no estaban a la altura de su rango (se lo habían insinuado sus colegas del Foreign Office). Nadie recordaría esos donativos, regalos, ayudas, ahora que había fracasado. Sólo se recordaría su derrota final.

Pero eso no era lo peor. Maldita sea, ahí estaba otra vez la condenada idea. Degeneraciones, perversiones, vicios, una inmundicia humana. Eso quería el Gobierno inglés que quedara de él. No las enfermedades que los rigores del África le habían infligido, la ictericia, las fiebres palúdicas que minaron su organismo, la artritis, las operaciones de hemorroides, los problemas rectales que tanto lo habían hecho padecer y avergonzarse desde la primera vez que debió operarse de una fístula en el ano, en 1893. «Debió usted venir antes, esta operación hace tres o cuatro meses hubiera sido sencilla. Ahora, es grave.» «Vivo en el África, doctor, en Boma, un lugar donde mi médico es un alcohólico consuetudinario al que le tiemblan las manos por el delírium trémens. ¿Me iba a hacer operar por el doctor Salabert, cuya ciencia médica es inferior a la de un brujo bakongo?» Había sufrido de esto casi toda su vida. Hacía pocos meses, en el campo alemán de Limburg, tuvo una hemorragia que le suturó un médico militar hosco y grosero. Cuando decidió aceptar la responsabilidad de investigar las atrocidades cometidas por los caucheros en la Amazonía ya era un hombre muy enfermo. Sabía que aquel esfuerzo le tomaría meses y sólo le acarrearía problemas, y, sin embargo, lo asumió, pensando que prestaba un servicio a la justicia. Eso tampoco quedaría de él, si lo ejecutaban.

¿Sería cierto que *father* Carey se había negado a leer las cosas escandalosas que le atribuía la prensa? Era un hombre bueno y solidario, el capellán. Si debía morir, tenerlo junto a él lo ayudaría a mantener la dignidad hasta el último instante.

La desmoralización lo anegaba de pies a cabeza. Lo convertía en un ser tan desvalido como esos congoleses atacados por la mosca tse-tse a los que la enfermedad del sueño impedía mover los brazos, los pies, los labios y hasta tener los ojos abiertos. ¿Les impediría también pensar? A él, por desgracia, esas rachas de pesimismo aguzaban su lucidez, convertían su cerebro en una hoguera crepitante. Esas páginas del diario entregadas por el portavoz del Almirantazgo a la prensa, que tanto horrorizaron al rubicundo pasante de *maître* Gavan Duffy ¿eran reales o falsificadas? Pensó en la estupidez que formaba parte central de la naturaleza humana, y, también, por supuesto, de Roger Casement. Él era muy minucioso y tenía fama, como diplomático, de no tomar una iniciativa ni dar el menor paso sin prever todas las consecuencias posibles. Y, ahora, helo aquí, atrapado en una estúpida trampa construida a lo largo de toda su vida por él mismo, para dar a sus enemigos un arma que lo hundiera en la ignominia.

Asustado, se dio cuenta de que se estaba riendo a carcajadas.

La Amazonía

VIII

Cuando, el último día de agosto de 1910, Roger Casement llegó a Iquitos después de seis semanas y pico de viaje agotador que los trasladó a él y a los miembros de la Comisión desde Inglaterra hasta el corazón de la Amazonía peruana, la vieja infección que le irritaba los ojos había empeorado, así como los ataques de artritis y su estado general de salud. Pero, fiel a su carácter estoico («senequista» lo llamaba Herbert Ward), en ningún momento del viaje dejó traslucir sus achaques y, más bien, se esforzó por levantar el ánimo a sus compañeros y ayudarlos a resistir las penalidades que los aquejaban. El coronel R. H. Bertre, víctima de la disentería, tuvo que dar media vuelta a Inglaterra en la escala de Madeira. El que resistía mejor era Louis Barnes, conocedor de la agricultura africana pues había vivido en Mozambique. El botánico Walter Folk, experto en el caucho, sufría con el calor y padecía neuralgias. Seymour Bell temía la deshidratación y andaba con una botella de agua en la mano de la que bebía a sorbitos. Henry Fielgald había estado en la Amazonía un año antes, enviado por la Compañía de Julio C. Arana, y daba consejos sobre cómo defenderse de los mosquitos y las «malas tentaciones» de Iquitos.

Éstas abundaban, cierto. Parecía increíble que en una ciudad tan pequeña y tan poco atractiva, una inmensa barriada enfangada con rústicas construcciones de madera y adobe, cubiertas de hojas de palma, y unos cuantos edificios de material noble con techos de calamina y amplias mansiones de fachadas iluminadas con azulejos importados de Portugal, proliferaran de tal modo los bares, tabernas, prostíbulos y casas de juego, y las prostitutas de todas las razas y colores se exhibieran con tanta impudicia en las altas veredas desde las primeras horas del día. El paisaje era soberbio. Iquitos estaba a orillas de un afluente del Amazonas, el río Nanay, rodeada de una vegetación exuberante, altísimos árboles, un permanente runrún de la arboleda y aguas fluviales que cambiaban de color con los desplazamientos del sol. Pero pocas calles tenían veredas o asfalto, por ellas corrían acequias arrastrando excrementos y basuras, había una pestilencia que al anochecer se espesaba hasta dar náuseas, y la música de los bares, burdeles y centros de diversión no cesaba las veinticuatro horas del día. Mr. Stirs, el cónsul británico, que los recibió en el embarcadero, indicó que Roger se alojaría en su casa. La Compañía había preparado una residencia para los comisionados. Esa misma noche, el prefecto de Iquitos, señor Rey Lama, daba una cena en su honor.

Era poco después del mediodía y Roger, indicando que en vez del almuerzo prefería descansar, se retiró a la habitación. Le habían preparado un sencillo cuarto con telas indígenas de dibujos geométricos colgando de las paredes y una pequeña terraza desde la cual se divisaba un pedazo de río. El ruido de la calle disminuía aquí. Se tendió sin siquiera quitarse la chaqueta ni los botines y al instante se quedó dormido. Lo invadió una sensación de paz que no había tenido a lo largo del mes y medio de viaje.

No soñó con los cuatro años de servicio consular que acababa de cumplir en Brasil —en Santos, Pará y Río de Janeiro— sino con aquel año y medio que pasó en Irlanda entre 1904 y 1905, luego de esos meses de sobreexcitación y trajín demenciales, mientras el Gobierno británico preparaba la publicación de su *Informe sobre el Congo* y el escándalo que harían de él un héroe y un apestado, sobre el que lloverían al mismo tiempo los elogios de la prensa liberal y las organizaciones humanitarias y las diatribas de los plumíferos de Leopoldo II. Para escapar de esa publicidad, mientras el Foreign Office decidía su nuevo destino —luego del *Informe* era impensable que «el hombre más odiado del Imperio belga» volviera a pisar el Congo—, Roger Casement partió a Irlanda, en busca del anonimato. No pasó desapercibido, pero se libró de esa invasora curiosidad que en Londres lo dejó sin vida privada. Aquellos meses significaron el redescubrimiento de su país, la inmersión en una Irlanda que sólo había conocido por conversaciones, fantasías y lecturas, muy distinta de aquella en que había vivido de niño con sus padres, o de adolescente con sus tíos abuelos y demás parientes paternos, una Irlanda que no era cola y sombra del Imperio británico, que luchaba por recobrar su lengua, sus tradiciones y costumbres. «Roger querido: te has vuelto un patriota irlandés», le bromeó en una carta su prima Gee. «Estoy recuperando el tiempo perdido», le respondió él.

En aquellos meses había hecho una larga caminata por Donegal y Galway, tomándole el pulso a la geografía de su patria cautiva, observando como un enamorado la austeridad de sus campos desérticos, su costa bravía, y charlando con sus pescadores, seres intemporales, fatalistas, indoblegables, y sus campesinos frugales y lacónicos. Había conocido muchos irlandeses «del otro lado», católicos y algunos protestantes que, como Douglas Hyde, fundador de la National Literary Society, promovían el renacimiento de la cultura irlandesa, querían devolver los nombres nativos a los lugares y a las aldeas, resucitar las antiguas canciones de Eire, las viejas danzas, el hilado y el bordado tradicionales del *tweed* y del lino. Cuando salió su nombramiento al consulado de Lisboa atrasó su partida hasta el infinito, inventando pretextos de salud, para poder asistir al primer Feis na nGleann (Festival de los Glens), en Antrim, al que concurrieron cerca de tres millares de personas. Aquellos días, Roger sintió varias veces que se le humedecían los ojos al oír las alegres melodías ejecutadas por los gaiteros y cantadas en coro, o escuchando —sin entender lo que decían— a los contadores de cuentos refiriendo en gaélico romances y leyendas que se hundían en la noche medieval. Hasta un partido de *hurling,* ese deporte centenario, se jugó en aquel festival, en el que Roger conoció a políticos y escritores nacionalistas como sir Horace Plunkett, Bulmer Hobson, Stephen Gwynn y volvió a reunirse con esas amigas que, al igual que Alice Stopford Green, habían hecho suyo el combate a favor de la cultura irlandesa: Ada MacNeill, Margaret Dobbs, Alice Milligan, Agnes O'Farrelly y Rose Maud Young.

Desde entonces dedicaba parte de sus ahorros e ingresos a las asociaciones y a los colegios de los hermanos Pearse, que enseñaban gaélico, y a revistas nacionalistas en las que colaboraba con seudónimo. Cuando, en 1904, Arthur Griffith fundó el Sinn Fein, Roger Casement tomó contacto con él, se ofreció a colaborar y se suscribió a todas sus publicaciones. Las ideas de este periodista coincidían con las de Bulmer Hobson, de quien Roger se hizo amigo. Había que ir creando, junto a las instituciones coloniales, una infraestructura irlandesa (colegios, empresas, bancos, industrias) que poco a poco fuera sustituyendo a la impuesta por Inglaterra. De este modo los irlandeses irían tomando conciencia de su propio destino. Había que boicotear los productos británicos, rehusar el pago de impuestos, reemplazar los deportes ingleses como el cricket y el fútbol por deportes nacionales y también la literatura y el teatro. De este modo, de manera pacífica, Irlanda iría desgajándose de la sujeción colonial.

Además de leer mucho sobre el pasado de Irlanda, bajo la tutoría de Alice, Roger trató de nuevo de estudiar gaélico y tomó una profesora, pero progresó poco. En 1906, el nuevo ministro de Relaciones Exteriores, sir Edward Grey, del Partido Liberal, le ofreció enviarlo de cónsul a Santos, en el Brasil. Roger aceptó, aunque sin alegría, porque su mecenazgo proirlandés había acabado con su pequeño patrimonio, vivía de préstamos y necesitaba ganarse la vida.

Tal vez el escaso entusiasmo con que retomó la carrera diplomática contribuyó a hacer de esos cuatro años en el Brasil —1906-1910— una experiencia frustrante. Nunca acabó de acostumbrarse a ese vasto país, pese a sus bellezas naturales y a los buenos amigos que llegó a tener en Santos, Pará y Río de Janeiro. Lo que más lo deprimió fue que, a diferencia del Congo, donde, pese a las dificultades, tuvo siempre la impresión de trabajar por algo trascendente, que desbordaba el marco consular, en Santos su actividad principal tenía que ver con los marineros británicos borrachos que se metían en líos y a los que él tenía que sacar de la cárcel, pagar sus multas y devolver a Inglaterra. En Pará oyó hablar por primera vez de violencias en las regiones caucheras. Pero el Ministerio le ordenó concentrarse en la inspección de la actividad portuaria y comercial. Su trabajo consistía en registrar el movimiento de los barcos y facilitar las gestiones de los ingleses que llegaban con la intención de comprar y vender. Donde lo pasó peor fue en Río de Janeiro, en 1909. El clima empeoró todos sus males y les añadió unas alergias que le impedían dormir. Debió optar por irse a vivir a ochenta kilómetros de la capital, en Petrópolis, situada en unas alturas donde disminuían el calor y la humedad y las noches eran frescas. Pero las idas y venidas diarias a la oficina en el tren se convirtieron en una pesadilla.

En el sueño recordó con insistencia que, en septiembre de 1906, antes de partir hacia Santos, escribió un largo poema épico, «El sueño del celta», sobre el pasado mítico de Irlanda, y un panfleto político, junto con Alice Stopford Green y Bulmer Hobson, *Los irlandeses y el Ejército inglés,* rechazando que los irlandeses fueran reclutados para el Ejército británico.

Las picaduras de los mosquitos lo despertaron, sacándolo de esa placentera siesta y sumiéndolo en el crepúsculo amazónico. El cielo se había vuelto un arco iris. Se sentía mejor: le ardía menos el ojo y los dolores de la artritis habían amainado. Ducharse en casa de Mr. Stirs resultó una operación complicada: el tubo de la regadera salía de un recipiente al que iba echando baldes de agua un sirviente mientras Roger se jabonaba y enjuagaba. El agua tenía una temperatura templada que le hizo pensar en el Congo. Cuando bajó al primer piso, el cónsul lo esperaba en la puerta, listo para conducirlo a la casa del prefecto Rey Lama.

Tuvieron que caminar unas cuadras, en medio de un terral que obligaba a Roger a tener los ojos entrecerrados. Tropezaban en la media oscuridad con los huecos, piedras y basuras de la calle. El ruido había aumentado. Cada vez que cruzaban la puerta de un bar la música crecía y se oían brindis, peleas y griterío de borrachos. Mr. Stirs, entrado en años, viudo y sin hijos, llevaba media docena de años en Iquitos y parecía un hombre sin ilusiones y cansado.

—¿Qué ambiente hay en la ciudad hacia esta Comisión? —preguntó Roger Casement.

—Francamente hostil —repuso el cónsul, de inmediato—. Supongo que ya lo sabe, medio Iquitos vive del señor Arana. Mejor dicho, de las empresas del señor Julio C. Arana. La gente sospecha que la Comisión trae malas intenciones contra quien le da empleo y comida.

—¿Podemos esperar alguna ayuda de las autoridades?

—Más bien, todos los obstáculos del mundo, señor Casement. Las autoridades de Iquitos también dependen del señor Arana. Ni el prefecto, ni los jueces, ni los militares reciben sus sueldos del Gobierno hace muchos meses. Sin el señor Arana se morirían de hambre. Tenga en cuenta que Lima está más lejos de Iquitos que New York y Londres, por la falta de transporte. Son dos meses de viaje en el mejor de los casos.

—Va a ser más complicado de lo que me imaginé —comentó Roger.

—Usted y los señores de la Comisión deben ser muy prudentes —añadió el cónsul, ahora sí vacilando y bajando la voz—. No aquí en Iquitos. Allá, en el Putumayo. En esas lejanías podría pasarles cualquier cosa. Ése es un mundo bárbaro, sin ley ni orden. Ni más ni menos que el Congo, me figuro.

La Prefectura de Iquitos estaba en la Plaza de Armas, un gran canchón de tierra sin árboles ni flores, donde, le indicó el cónsul señalándole una curiosa estructura de hierro que parecía un mecano a medio hacer, se estaba armando una casa de Eiffel («Sí, el mismo Eiffel de la Torre de París»). Un cauchero próspero se la había comprado en Europa, la trajo desarmada a Iquitos y ahora la estaban rehaciendo para que fuera el mejor club social de la ciudad.

La Prefectura ocupaba casi media cuadra. Era un caserón deslavazado, de un solo piso, sin gracia ni formas, de habitaciones grandes, con ventanas enrejadas, que se dividía en dos alas, una dedicada a oficinas y otra a la residencia del prefecto. El señor Rey Lama, un hombre alto, canoso, de grandes bigotes encerados en las puntas, llevaba botas, pantalón de montar, una camisa cerrada en el cuello y una extraña chaquetilla con adornos bordados. Hablaba algo de inglés y dio a Roger Casement una bienvenida excesivamente cordial, de ampulosa retórica. Los miembros de la Comisión ya estaban todos allí, embutidos en sus trajes de noche, transpirando. El prefecto fue presentando a Roger a los demás invitados: magistrados de la Corte Superior, el coronel Arnáez, jefe de la Guarnición, el padre Urrutia, superior de los agustinos, el señor Pablo Zumaeta, gerente general de la Peruvian Amazon Company y cuatro o cinco personas más, comerciantes, el jefe de la Aduana, el director de *El Oriental*. No había una sola mujer en el grupo. Oyó descorchar champagne. Les ofrecieron vasos de un vino blanco espumoso que, aunque tibio, le pareció de buena calidad, sin duda francés.

Habían preparado la cena en un gran patio, iluminado con lámparas de aceite. Un sinnúmero de sirvientes
indígenas, descalzos y con mandiles, servían bocaditos y
traían fuentes de comida. Era una noche templada y en el
cielo titilaban algunas estrellas. Roger se sorprendió de la
facilidad con que entendía el habla de los loretanos, un español algo sincopado y musical en el que reconoció expresiones
brasileñas. Sintió alivio: podría entender mucho de lo que
oiría en el viaje y esto, aunque llevara un intérprete, facilita-
ría la investigación. A su alrededor, en la mesa, donde acababan de servirles una grasosa sopa de tortuga que deglutió con
dificultad, había varias conversaciones a la vez, en inglés, en
español, en portugués, con intérpretes que las interrumpían
creando paréntesis de silencio. De pronto, el prefecto, sentado frente a Roger y los ojos ya achispados con los vasos de
vino y cerveza, chasqueó las manos. Todos callaron. Hizo un
brindis por los recién llegados. Les deseó feliz estancia, una
exitosa misión y que disfrutaran de la hospitalidad amazónica. «Loretana y especialmente iquiteña», añadió.

Apenas se sentó, se dirigió a Roger en voz lo bastante alta como para que cesaran las conversaciones particulares y se entablara otra, con participación de la veintena
de asistentes.

—¿Me permite una pregunta, estimado señor cónsul? ¿Cuál es exactamente el objetivo de su viaje y de esta
Comisión? ¿Qué vienen ustedes a averiguar, aquí? No lo
tome como una impertinencia. Todo lo contrario. Mi deseo, y el de todas las autoridades, es ayudarlos. Pero tenemos que saber para qué los envía la Corona británica. Un
gran honor para la Amazonía, desde luego, del que qui-
siéramos mostrarnos dignos.

Roger Casement había entendido casi todo lo que
dijo Rey Lama, pero esperó, paciente, que el intérprete
tradujera sus palabras al inglés.

—Como sin duda sabe, en Inglaterra, en Europa,
ha habido denuncias sobre atrocidades que se habrían co-

metido contra los indígenas —explicó, con calma—. Torturas, asesinatos, acusaciones muy graves. La principal compañía cauchera de la región, la del señor Julio C. Arana,
la Peruvian Amazon Company, es, me imagino que está
enterado, una compañía inglesa, registrada en la Bolsa de
Londres. Ni el Gobierno ni la opinión pública tolerarían
en Gran Bretaña que una compañía inglesa violara así las
leyes humanas y divinas. La razón de ser de nuestro viaje
es investigar qué hay de cierto en aquellas acusaciones.
A la Comisión la envía la propia Compañía del señor
Julio C. Arana. A mí, el Gobierno de Su Majestad.

Un helado silencio había caído sobre el patio desde que Roger Casement abrió la boca. El ruido de la calle parecía haber disminuido. Se advertía una inmovilidad
curiosa, como si todos esos señores que, un momento
atrás, bebían, comían, conversaban, se movían y gesti-
culaban, hubieran sido víctimas de una súbita parálisis.
Roger tenía las miradas puestas sobre él. Un clima de
recelo y desaprobación había reemplazado la atmósfera
cordial.

—La Compañía de Julio C. Arana está dispuesta
a colaborar en defensa de su buen nombre —dijo, casi
gritando, el señor Pablo Zumaeta—. No tenemos nada
que ocultar. El barco en el que van al Putumayo es el
mejor de nuestra empresa. Allá tendrán todas las facilidades, para que comprueben con sus propios ojos lo infame
de esas calumnias.

—Se lo agradecemos, señor —asintió Roger Casement.

Y, en ese mismo momento, en un rapto inusual en
él, decidió someter a sus anfitriones a una prueba, que,
estaba seguro, desencadenaría reacciones instructivas para
él y los comisionados. Con la voz natural que hubiera empleado para hablar del tenis o la lluvia, preguntó:

—A propósito, señores. ¿Saben ustedes si el periodista Benjamín Saldaña Roca, espero pronunciar correc-

tamente su nombre, se encuentra en Iquitos? ¿Sería posible hablar con él?

Su pregunta hizo el efecto de una bomba. Los asistentes cambiaban miradas de sorpresa y disgusto. Un largo silencio siguió a sus palabras, como si nadie osara tocar un tema tan espinoso.

—¡Pero, cómo! —exclamó por fin el prefecto, exagerando teatralmente el aspaviento—. ¿Hasta Londres ha llegado el nombre de ese chantajista?

—Así es, señor —asintió Roger Casement—. Las denuncias del señor Saldaña Roca y las del ingeniero Walter Hardenburg hicieron estallar en Londres el escándalo sobre las caucherías del Putumayo. Nadie ha contestado mi pregunta: ¿está en Iquitos el señor Saldaña Roca? ¿Podré verlo?

Hubo otro largo silencio. La incomodidad de los asistentes era notoria. Por fin habló el superior de los agustinos:

—Nadie sabe dónde está, señor Casement —dijo el padre Urrutia, con un español castizo que se diferenciaba nítidamente del de los loretanos. A él, Roger tenía más dificultad para entenderle—. Desapareció de Iquitos hace ya algún tiempo. Se dice que está en Lima.

—Si no hubiera huido, los iquiteños lo habríamos linchado —afirmó un anciano, agitando un puño colérico.

—Iquitos es tierra de patriotas —exclamó Pablo Zumaeta—. Nadie le perdona a ese sujeto que inventara esas canalladas para desprestigiar al Perú y hundir a la empresa que ha traído el progreso a la Amazonía.

—Lo hizo porque no le resultó la pillería que había preparado —añadió el prefecto—. ¿Les informaron que Saldaña Roca, antes de publicar esas infamias, trató de sacar dinero a la Compañía del señor Arana?

—Como nos negamos, publicó todo ese cuento chino sobre el Putumayo —afirmó Pablo Zumaeta—. Está enjuiciado por libelo, calumnia y coacción y lo espera la cárcel. Por eso huyó.

—No hay como estar sobre el terreno para enterarse de las cosas —comentó Roger Casement.

Las conversaciones particulares deshicieron la conversación general. La cena prosiguió con un plato de pescados amazónicos, uno de los cuales, llamado gamitana, le pareció a Casement de carne delicada y sabrosa. Pero el condimento le dejó un fuerte ardor en la boca.

Al terminar la cena, luego de despedirse del prefecto, conversó brevemente con sus amigos de la Comisión. Según Seymour Bell había sido una imprudencia tocar de modo abrupto el tema del periodista Saldaña Roca, que irritaba tanto a los notables de Iquitos. Pero Louis Barnes lo felicitó pues, dijo, les había permitido estudiar la airada reacción de esta gente contra el periodista.

—Es una pena que no podamos hablar con él —repuso Casement—. Me hubiera gustado conocerlo.

Se despidieron y Roger y el cónsul regresaron caminando a casa de este último, por la misma ruta que habían venido. El bullicio, la francachela, los cantos, bailes, brindis y peleas habían subido de tono y a Roger le sorprendió la abundancia de chiquillos —desarrapados, semidesnudos, descalzos— apostados en las puertas de bares y prostíbulos, espiando con caras pícaras lo que ocurría adentro. Había también muchos perros escarbando las basuras.

—No pierda su tiempo buscándolo, porque no lo va a encontrar —dijo el señor Stirs—. Lo más probable es que Saldaña Roca esté muerto.

Roger Casement no se sorprendió. Él también sospechaba, al ver la violencia verbal que el solo nombre del periodista había provocado, que su desaparición fuera definitiva.

—¿Usted lo conoció?

El cónsul tenía una calva redonda y su cráneo relucía como si estuviera lleno de gotitas de agua. Caminaba despacio, tentando las tierras fangosas con su bastón, temeroso tal vez de pisar una serpiente o una rata.

—Conversamos dos o tres veces —dijo Mr. Stirs—.
Era un hombre bajito y un poco contrahecho. Lo que aquí
llaman un cholo, un cholito. Es decir, un mestizo. Los
cholos suelen ser suaves y ceremoniosos. Pero Saldaña Roca, no. Era brusco, muy seguro de sí mismo. Con una de
esas miradas fijas que tienen los creyentes y los fanáticos
y que a mí, la verdad, me ponen siempre muy nervioso.
Mi temperamento no va por ahí. No tengo gran admiración
por los mártires, señor Casement. Ni por los héroes. Esas
gentes que se inmolan por la verdad o la justicia a menudo
hacen más daño del que quieren remediar.

Roger Casement no dijo nada: trataba de imaginarse a ese hombre pequeño, con deformaciones físicas, de un
corazón y una voluntad parecidas a las de Edmund D. Morel. Un mártir y un héroe, sí. Lo imaginaba entintando con
su propias manos las planchas metálicas de sus semanarios
La Felpa y *La Sanción*. Los editaría en una pequeña imprenta artesanal que, sin duda, funcionaría en un rincón de su
hogar. Esta vivienda modesta sería, también, la redacción y
la administración de sus dos periodiquitos.

—Espero que no tome usted a mal mis palabras
—se excusó el cónsul británico, arrepentido de pronto de lo
que acababa de decir—. El señor Saldaña Roca fue muy
valiente haciendo esas denuncias, por supuesto. Un temerario, poco menos que un suicida, al presentar una denuncia
judicial contra la Casa Arana por torturas, secuestros, flagelaciones y crímenes en las caucherías del Putumayo. Él no
era ningún ingenuo. Sabía muy bien lo que le iba a ocurrir.

—¿Qué le ocurrió?

—Lo previsible —dijo el señor Stirs, sin pizca de
emoción—. Le quemaron la imprenta de la calle Moro-
na. La puede usted ver aún, toda chamuscada. Le tirotearon
la casa, también. Los disparos están a la vista todavía, en la
calle Próspero. Tuvo que sacar a su hijo del colegio de los
padres agustinos, porque los compañeros le hacían la vida
imposible. Se vio obligado a despachar a su familia a algún

sitio secreto, quién sabe cuál, pues su vida peligraba. Tuvo que cerrar sus dos periodiquitos porque nadie le volvió a dar un aviso ni imprenta alguna de Iquitos aceptó imprimirlos. Dos veces lo balearon en la calle, como advertencia. Las dos veces se salvó de milagro. Una de ellas lo dejó cojo, con una bala incrustada en la pantorrilla. La última vez que se lo vio fue en febrero de 1909, en el malecón. Lo llevaban a empujones hacia el río. Tenía la cara hinchada por los golpes que le había dado una pandilla. Lo treparon a una embarcación con rumbo a Yurimaguas. Nunca más se supo de él. Puede ser que consiguiera huir a Lima. Ojalá. También que, amarrado de pies y manos y con heridas sangrantes, lo echaran al río para que las pirañas acabaran con él. Si fue así, sus huesos, que es lo único que no se comen esos bichos, ya deben haber llegado al Atlántico. Supongo que no le digo nada que usted no sepa. En el Congo vería historias iguales o peores.

Habían llegado a la casa del cónsul. Éste encendió la lamparilla de la salita de la entrada y ofreció a Casement una copa de oporto. Se sentaron junto a la terraza y encendieron cigarrillos. La luna había desaparecido detrás de unas nubes pero quedaban estrellas en el cielo. Al bullicio lejano de las calles se mezclaba el sincrónico rumor de los insectos y el chapaleo de las aguas al chocar contra las ramas y juncos de las orillas.

—¿De qué le sirvió tanta valentía al pobre Benjamín Saldaña Roca? —reflexionó el cónsul, alzando los hombros—. De nada. Desgració a su familia y a lo mejor perdió la vida. Nosotros, aquí, perdimos esos dos periodiquitos, *La Felpa* y *La Sanción,* que era divertido leer todas las semanas, por sus chismografías.

—No creo que su sacrificio fuera totalmente inútil —lo corrigió Roger Casement, suavemente—. Sin Saldaña Roca, no estaríamos aquí. A menos, claro, que usted piense que nuestra venida tampoco servirá para nada.

—Dios no lo quiera —exclamó el cónsul—. Tiene usted razón. Todo el escándalo allá en Estados Unidos, en Europa. Sí, Saldaña Roca empezó todo eso con sus denuncias. Y, luego, las de Walter Hardenburg. He dicho una tontería. Espero que su venida sirva de algo y que cambien las cosas. Perdóneme, señor Casement. Vivir tantos años en la Amazonía me ha vuelto un poco escéptico sobre la idea de progreso. En Iquitos, uno termina por no creer en nada de eso. Sobre todo, en que algún día la justicia vaya a hacer retroceder a la injusticia. Tal vez sea hora de que regrese a Inglaterra, a darme un baño de optimismo inglés. Ya veo que a usted todos estos años sirviendo a la Corona en Brasil no lo han vuelto pesimista. Quién como usted. Lo envidio.

Cuando se dieron las buenas noches y se retiraron a sus habitaciones, Roger permaneció desvelado mucho rato. ¿Había hecho bien en aceptar este encargo? Cuando, unos meses atrás, sir Edward Grey, el ministro de Relaciones Exteriores, lo llamó a su despacho y le dijo: «El escándalo sobre los crímenes del Putumayo ha alcanzado unos límites intolerables. La opinión pública exige que el Gobierno haga algo. Nadie como usted para viajar allá. Irá también una comisión investigadora, de gente independiente que la propia Peruvian Amazon Company ha decidido enviar. Pero yo quiero que usted, aunque viaje con ellos, prepare un informe personal para el Gobierno. Usted tiene gran prestigio por lo que hizo en el Congo. Es un especialista en atrocidades. No puede negarse». Su primera reacción había sido buscar una excusa y rehusar. Luego, reflexionando, se dijo que, precisamente por su labor en el Congo, tenía la obligación moral de aceptar. ¿Había hecho bien? El escepticismo de Mr. Stirs le parecía un mal presagio. De tanto en tanto, la expresión de sir Edward Grey, «especialista en atrocidades», le repicaba en la cabeza.

A diferencia del cónsul, él creía que Benjamín Saldaña Roca había prestado un gran servicio a la Amazonía, a su país, a la humanidad. Las acusaciones del periodista en *La Sanción. Bisemanario Comercial, Político y Literario*, eran lo primero que había leído sobre las caucherías del Putumayo, luego de su conversación con sir Edward, quien le dio cuatro días para decidirse a viajar con la Comisión investigadora. De inmediato el Foreign Office puso en sus manos un legajo de documentos, en los que destacaban dos testimonios directos de personas que habían estado en aquella región: los artículos del ingeniero norteamericano Walter Hardenburg en el semanario londinense *Truth* y los artículos de Benjamín Saldaña Roca, parte de los cuales habían sido traducidos al inglés por The Anti-Slavery and Aborigines' Protection Society, una institución humanitaria.

Su primera reacción fue la incredulidad: el periodista ese, partiendo de hechos reales, había magnificado de tal modo los abusos que sus artículos transpiraban irrealidad, e, incluso, una imaginación algo sádica. Pero inmediatamente Roger recordó que ésa había sido la reacción de muchos ingleses, europeos y norteamericanos, cuando él y Morel hicieron públicas las iniquidades en el Estado Independiente del Congo: la incredulidad. Así se defendía el ser humano contra todo aquello que mostraba las indescriptibles crueldades a las que podía llegar azuzado por la codicia y sus malos instintos en un mundo sin ley. Si esos horrores habían ocurrido en el Congo ¿por qué no podían haber ocurrido en la Amazonía?

Angustiado, se levantó de la cama y fue a sentarse en la terraza. El cielo estaba oscuro y habían desaparecido también las estrellas. Había menos luces en dirección de la ciudad, pero el bullicio continuaba. Si las denuncias de Saldaña Roca eran ciertas, lo probable era que, como creía el cónsul, el periodista hubiera terminado aventado al río atado de pies y manos y sangrando para atizar el apetito de las pirañas. La manera fatalista y cínica de Mr. Stirs lo irritaba. Como si aquello no ocurriera porque había gente cruel, sino por determinación fatídica, como se mueven los astros o se levantan las mareas. Lo había llamado «un fanático». ¿Un fanático de la justicia? Sí, sin duda. Un temerario. Un hombre modesto, sin dinero ni influencias. Un Morel amazónico. ¿Un creyente, tal vez? Lo había hecho porque creía que el mundo, la sociedad, la vida, no podían seguir siendo esa vergüenza. Roger pensó en su juventud, cuando la experiencia de la maldad y el sufrimiento, en el África, lo inundaron de aquel sentimiento beligerante, de aquella voluntad pugnaz de hacer cualquier cosa para que el mundo mejorara. Sentía algo fraterno por Saldaña Roca. Le hubiera gustado estrechar su mano, ser su amigo, decirle: «Ha hecho usted algo hermoso y noble de su vida, señor».

¿Habría estado allá, en el Putumayo, en la gigantesca región donde operaba la Compañía de Julio C. Arana? ¿Se habría ido a meter él mismo en la boca del lobo? Sus artículos no lo decían pero las precisiones de nombres, lugares, fechas, indicaban que Saldaña Roca había sido testigo ocular de aquello que contaba. Roger había leído tantas veces los testimonios de Saldaña Roca y de Walter Hardenburg que a ratos le parecía haber estado allá, en persona.

Cerró los ojos y vio la inmensa región, dividida en estaciones, las principales de las cuales eran La Chorrera y El Encanto, cada una de ellas con su jefe. «O, mejor dicho, su monstruo.» Eso y sólo eso podían ser gentes como Víctor Macedo y Miguel Loaysa, por ejemplo. Ambos habían protagonizado, a mediados de 1903, su hazaña más memorable. Cerca de ochocientos ocaimas llegaron a La Chorrera a entregar las canastas con las bolas de caucho recogido en los bosques. Después de pesarlas y almacenarlas, el subadministrador de La Chorrera, Fidel Velarde, señaló a su jefe, Víctor Macedo, que estaba allí con Miguel Loaysa, de El Encanto, a los veinticinco ocaimas apartados del resto porque no habían traído la cuota mínima de jebe —látex o caucho— a que estaban obligados. Macedo y Loaysa decidieron dar una buena lección a los salvajes. Indicando a sus capataces —los negros de Barbados— que tuvieran a raya al resto de los ocaimas con sus máuseres, ordenaron a los «muchachos» que envolvieran a los veinticinco en costales empapados de petróleo. Entonces, les prendieron fuego. Dando alaridos, convertidos en antorchas humanas, algunos consiguieron apagar las llamas revolcándose sobre la tierra pero quedaron con terribles quemaduras. Los que se arrojaron al río como bólidos llameantes se ahogaron. Macedo, Loaysa y Velarde remataron a los heridos con sus revólveres. Cada vez que evocaba aquella escena, Roger sentía vértigo.

Según Saldaña Roca los administradores hacían aquello como escarmiento, pero, también, por diversión. Les gustaba. Hacer sufrir, rivalizar en crueldades, era un vicio que habían contraído de tanto practicar las flagelaciones, los golpes, las torturas. A menudo, cuando estaban borrachos, buscaban pretextos para esos juegos de sangre. Saldaña Roca citaba una carta del administrador de la Compañía a Miguel Flores, jefe de estación, amonestándolo por «matar indios por puro deporte» sabiendo que había falta de brazos y recordándole que sólo se debía recurrir a aquellos excesos «en caso de necesidad». La respuesta de Miguel Flores era peor que la inculpación: «Protesto porque estos últimos dos meses sólo murieron unos cuarenta indios en mi estación».

Saldaña Roca enumeraba los distintos tipos de castigo a los indígenas por las faltas que cometían: latigazos, encierro en el cepo o potro de tortura, corte de orejas, de narices, de manos y de pies, hasta el asesinato. Ahorcados, abaleados, quemados o ahogados en el río. En Matanzas, aseguraba, había más restos de indígenas que en ninguna de las otras estaciones. No era posible hacer un cálculo pero los huesos debían corresponder a cientos, acaso millares de víctimas. El responsable de Matanzas era Armando Normand, un joven boliviano-inglés, de apenas veintidós o vein-

titrés años. Aseguraba haber estudiado en Londres. Su crueldad se había convertido en un «mito infernal» entre los
huitotos, a los que había diezmado. En Abisinia, la Compañía multó al administrador Abelardo Agüero, y a su segundo, Augusto Jiménez, por hacer tiro al blanco con los indios,
sabiendo que de este modo sacrificaban de manera irrespon-
sable a brazos útiles para la empresa.

Pese a estar tan lejos, pensó una vez más Roger
Casement, el Congo y la Amazonía estaban unidos por un
cordón umbilical. Los horrores se repetían, con mínimas
variantes, inspirados por el lucro, pecado original que acompañaba al ser humano desde su nacimiento, secreto inspirador de sus infinitas maldades. ¿O había algo más? ¿Había ganado el diablo la eterna contienda?

Mañana le esperaba un día muy intenso. El cónsul
había localizado en Iquitos a tres negros de Barbados que
tenían nacionalidad británica. Habían trabajado varios años
en las caucherías de Arana y aceptaron ser interrogados por
la Comisión si luego los repatriaban.

Aunque durmió muy poco, se despertó con las
primeras luces. No se sentía mal. Se lavó, se vistió, se em-
butió un sombrero panamá, cogió su máquina fotográfica
y salió de la casa del cónsul sin ver a éste ni a los sirvientes.
En la calle apuntaba el sol en un cielo limpio de nubes y
comenzaba a hacer calor. Al mediodía, Iquitos sería un
horno. Había gente en las calles y circulaba ya el pequeño
y ruidoso tranvía, pintado de rojo y azul. De tanto en
tanto vendedores ambulantes indios, de rasgos achinados,
pieles amarillentas y caras y brazos pintarrajeados con figuras geométricas, le ofrecían frutas, bebidas, animales
vivos —monitos, guacamayos y pequeños lagartos— o
flechas, mazos y cerbatanas. Muchos bares y restaurantes
seguían abiertos pero con pocos clientes. Había borrachos
despatarrados bajo las techumbres de hojas de palma y
perros removiendo las basuras. «Esta ciudad es un hueco
vil y pestilente», pensó. Dio un largo paseo por las calles

terrosas, cruzando la Plaza de Armas donde reconoció la Prefectura, y desembocó en un malecón con barandales de piedra, un bonito paseo desde el cual se divisaba el enorme río con sus islas flotantes, y, lejos, rutilando bajo el sol, la hilera de altos árboles de la otra orilla. Al final del malecón, donde éste desaparecía en una enramada y una ladera con árboles al pie de la cual había un embarcadero, vio a unos muchachos descalzos y con sólo un pantaloncito corto clavando unas estacas. Se habían puesto unos gorros de papel para protegerse del sol.

No parecían indios, sino más bien cholos. Uno de ellos, que no debía llegar a los veinte años, tenía un torso armonioso, con músculos que destacaban con cada martillazo. Después de dudar un momento, Roger se le acercó, mostrándole la cámara fotográfica.

—¿Me permite tomarle una fotografía? —le preguntó en portugués—. Puedo pagar.

El muchacho lo miró, sin entender.

Le repitió dos veces la pregunta en su mal español, hasta que el muchacho sonrió. Cotorreó con los otros algo que Roger no adivinó. Y, por fin, se volvió hacia él y preguntó, haciendo chasquear los dedos: «¿Cuánto?». Roger rebuscó en sus bolsillos y sacó un puñado de monedas. Los ojos del muchacho las examinaron, contándolas.

Le tomó varias placas, entre las risas y burlas de sus amigos, haciéndolo quitarse el gorro de papel, levantar los brazos, mostrar los músculos y adoptar la postura de un discóbolo. Para esto último tuvo que tocar un instante el brazo del muchacho. Sintió que tenía las manos empapadas por los nervios y el calor. Dejó de tomar fotografías cuando advirtió que estaba rodeado de chiquillos harapientos que lo observaban como a un bicho raro. Alcanzó las monedas al muchacho y regresó de prisa al consulado.

Sus amigos de la Comisión, sentados a la mesa, desayunaban con el cónsul. Se unió a ellos, explicándoles que todos los días comenzaba la jornada dando una buena caminata. Mientras tomaban una taza de café aguado y dulzón, con trozos de yuca frita, Mr. Stirs les explicó quiénes eran los barbadenses. Comenzó por prevenirlos que los tres habían trabajado en el Putumayo, pero habían terminado en malos términos con la Compañía de Arana. Se sentían engañados y estafados por la Peruvian Amazon Company y por lo tanto su testimonio estaría cargado de resentimiento. Les sugirió que los barbadenses no comparecieran ante todos los miembros de la Comisión a la vez porque se sentirían intimidados y no abrirían la boca. Decidieron dividirse en grupos de dos o tres para la comparecencia.

Roger Casement hizo pareja con Seymour Bell, quien, como esperaba, al poco rato de comenzada la entrevista con el primer barbadense, alegando su problema de deshidratación dijo que no se sentía bien y partió, dejándolo solo con aquel antiguo capataz de la Casa Arana.

Se llamaba Eponim Thomas Campbell y no estaba seguro de su edad, aunque creía no tener más de treinta y cinco años. Era un negro de pelos largos ensortijados en los que brillaban algunas canas. Vestía una blusa descolorida abierta en el pecho hasta el ombligo, un pantalón de crudo que sólo le llegaba a los tobillos, sujeto a la cintura con un pedazo de cuerda. Iba descalzo y sus enormes pies, de uñas largas y muchas costras, parecían de piedra. Su inglés estaba lleno de expresiones coloquiales que a Roger le costaba trabajo entender. A veces se mezclaba con palabras portuguesas y españolas.

Usando un lenguaje sencillo, Roger le aseguró que su testimonio sería confidencial y que en ningún caso se vería comprometido por lo que declarara. Él ni siquiera tomaría notas, se limitaría a escuchar. Sólo le pedía una información veraz sobre lo que ocurría en el Putumayo.

Estaban sentados en la pequeña terraza que daba al dormitorio de Casement y en la mesita, frente al banco que compartían, había una jarra con jugo de papaya y dos vasos. Eponim Thomas Campbell había sido contratado hacía siete años en Bridgetown, la capital de Barbados, con otros dieciocho barbadenses por el señor Lizardo Arana, hermano de don Julio César, para trabajar como capataz en una de las estaciones en el Putumayo. Y ahí mismo comenzó el engaño porque, cuando lo contrataron, nunca le dijeron que tendría que dedicar buena parte de su tiempo a las «correrías».

—Explíqueme qué son las «correrías» —dijo Casement.

Salir a cazar indios en sus aldeas para que vengan a recoger caucho en las tierras de la Compañía. Los que fuera: huitotos, ocaimas, muinanes, nonuyas, andoques, rezígaros o boras. Cualquiera de los que había por la región. Porque todos, sin excepción, eran reacios a recoger jebe. Había que obligarlos. Las «correrías» exigían larguísimas expediciones, y, a veces, para nada. Llegaban y las aldeas estaban desiertas. Sus habitantes habían huido. Otras veces, no, felizmente. Les caían a balazos para asustarlos y para que no se defendieran, pero lo hacían, con sus cerbatanas y garrotes. Se armaba la pelea. Luego había que arrearlos, atados del pescuezo, a los que estuvieran en condiciones de caminar, hombres y mujeres. Los más viejos y los recién nacidos eran abandonados para que no atrasaran la marcha. Eponim nunca cometió las crueldades gratuitas de Armando Normand, pese a haber trabajado a sus órdenes por dos años en Matanzas, donde el señor Normand era administrador.

—¿Crueldades gratuitas? —lo interrumpió Roger—. Deme algunos ejemplos.

Eponim se revolvió en la banca, incómodo. Sus grandes ojos bailotearon en sus órbitas blancas.

—El señor Normand tenía sus excentricidades —murmuró, quitándole la vista—. Cuando alguien se portaba mal. Mejor dicho, cuando no se portaba como él esperaba. Le ahogaba sus hijos en el río, por ejemplo. Él mismo. Con sus propias manos, quiero decir.

Hizo una pausa y explicó que, a él, las excentricidades del señor Normand lo ponían nervioso. De una persona tan rara se podía esperar cualquier cosa, incluso que un día le diera el capricho de vaciar su revólver en la persona que tuviera más cerca. Por eso pidió que lo cambiaran de estación. Cuando lo pasaron a Último Retiro, cuyo administrador era el señor Alfredo Montt, Eponim durmió más tranquilo.

—¿Alguna vez tuvo usted que matar indios en el ejercicio de sus funciones?

Roger vio que los ojos del barbadense lo miraban, se escabullían y volvían a mirarlo.

—Formaba parte del trabajo —admitió, encogiendo los hombros—. De los capataces y de los «muchachos», a los que llaman también «racionales». En el Putumayo corre mucha sangre. La gente termina por acostumbrarse. Allá la vida es matar y morir.

—¿Me diría cuánta gente tuvo usted que matar, señor Thomas?

—Nunca llevé la cuenta —repuso Eponim con prontitud—. Hacía el trabajo que tenía que hacer y procuraba pasar la página. Yo cumplí. Por eso sostengo que la Compañía se portó muy mal conmigo.

Se enfrascó en un largo y confuso monólogo contra sus antiguos empleadores. Lo acusaban de estar comprometido con la venta de una cincuentena de huitotos a una cauchería de colombianos, los señores Iriarte, con los que la Compañía del señor Arana andaba siempre peleándose por los braceros. Era mentira. Eponim juraba y rejuraba que él no había tenido nada que ver con la desaparición de esos huitotos de Último Retiro que, se supo después, reaparecieron trabajando para los colombianos. Quien los había vendido era el propio administrador de esa estación, Alfredo Montt. Un codicioso y un avaro. Para ocultar su culpa los denunció a él y a Dayton Cranton y Simbad Douglas. Puras calumnias. La Compañía le creyó y los tres capataces tuvieron que huir. Pasaron penalidades terribles para llegar a Iquitos. Los jefes de la Compañía, allá en el Putumayo, habían dado orden a los «racionales» de matar a los tres barbadenses donde los encontraran. Ahora, Eponim y sus dos compañeros vivían de la mendicidad y trabajitos eventuales. La Compañía se negaba a pagarles los pasajes de regreso a Barbados. Los había denunciado por abandono del trabajo y el juez de Iquitos dio la razón a la Casa Arana, por supuesto.

Roger le prometió que el Gobierno se encargaría de repatriarlos a él y a sus dos colegas, ya que eran ciudadanos británicos.

Exhausto, fue a tumbarse en su cama apenas despidió a Eponim Thomas Campbell. Sudaba, le dolía el cuerpo y sentía un malestar itinerante que iba atormentándolo a pocos, órgano por órgano, de la cabeza a los pies. El Congo. La Amazonía. ¿No había pues límites para el sufrimiento de los seres humanos? El mundo estaba plagado de esos enclaves de salvajismo que lo esperaban en el Putumayo. ¿Cuántos? ¿Cientos, miles, millones? ¿Se podía derrotar a esa hidra? Se le cortaba la cabeza en un lugar y reaparecía en otro, más sanguinaria y horripilante. Se quedó dormido.

Soñó con su madre, en un lago de Gales. Brillaba un sol tenue y esquivo entre las hojas de los altos robles, y, agitado, con palpitaciones, vio asomar al joven musculoso al que había fotografiado esta mañana en el malecón de Iquitos. ¿Qué hacía en aquel lago galés? ¿O era un lago irlandés, en el Ulster? La espigada silueta de Anne Jephson desapareció. Su desasosiego no se debía a la tristeza y la piedad que provocaba en él aquella humanidad esclavizada en el Putumayo, sino a la sensación de que, aunque no la veía, Anne Jephson andaba por los alrededores espiándolo desde aquella arboleda circular. El temor, sin embargo, no atenuaba la creciente excitación con que veía acercarse al muchacho de Iquitos. Tenía el torso empapado por el agua del lago de cuyas aguas acababa de emerger como un dios lacustre. A cada paso sus músculos sobresalían y había en su cara una sonrisa insolente que lo hizo estremecerse y gemir en el sueño. Cuando despertó, comprobó con asco que había eyaculado. Se lavó y se cambió el pantalón y el calzoncillo. Se sentía avergonzado e inseguro.

Encontró a los miembros de la Comisión abrumados por los testimonios que acababan de recibir de los barbadenses Dayton Cranton y Simbad Douglas. Los ex capataces habían sido tan crudos en sus declaraciones como Eponim con Roger Casement. Lo que más los espantaba era que tanto Dayton como Simbad parecían sobre todo obsesionados por desmentir que ellos hubieran «vendido» esos cincuenta huitotos a los caucheros colombianos.

—No les preocupaban lo más mínimo las flagelaciones, mutilaciones ni asesinatos —repetía el botánico Walter Folk, quien no parecía sospechar la maldad que puede suscitar la codicia—. Semejantes horrores les parecen lo más natural del mundo.

—Yo no pude aguantar toda la declaración de Simbad —confesó Henry Fielgald—. Tuve que salir a vomitar.

—Ustedes han leído la documentación que reunió el Foreign Office —les recordó Roger Casement—. ¿Creían que las acusaciones de Saldaña Roca y de Hardenburg eran puras fantasías?

—Fantasías, no —replicó Walter Folk—. Pero, sí, exageraciones.

—Después de este aperitivo, me pregunto qué vamos a encontrar en el Putumayo —dijo Louis Barnes.

—Habrán tomado precauciones —sugirió el botánico—. Nos mostrarán una realidad muy maquillada.

El cónsul los interrumpió para anunciarles que estaba servido el almuerzo. Salvo él, que comió con apetito un sábalo preparado con ensalada de chonta y envuelto en hojas de maíz, los comisionados apenas probaron bocado. Permanecían callados y absorbidos por sus recuerdos de las recientes entrevistas.

—Este viaje será un descenso a los infiernos —profetizó Seymour Bell, que se acababa de reintegrar al grupo. Se volvió a Roger Casement—. Usted ya ha pasado por esto. Se sobrevive, entonces.

—Las heridas tardan en cerrarse —matizó Roger.

—No es para tanto, señores —trató de levantarles el ánimo Mr. Stirs, quien comía de muy buen humor—. Una buena siesta loretana y se sentirían mejor. Con las autoridades y los jefes de la Peruvian Amazon Company les irá mejor que con los negros, ya verán.

En vez de dormir siesta, Roger, sentado en la pequeña mesita que hacía de velador en su dormitorio, escribió en su cuaderno de notas todo lo que recordaba de la conversación con Eponim Thomas Campbell e hizo resúmenes de los testimonios que los comisionados habían recogido de los otros dos barbadenses. Después, en papel aparte, anotó las preguntas que haría esa tarde al prefecto Rey Lama y al gerente de la Compañía, Pablo Zumaeta, quien, le había revelado el señor Stirs, era cuñado de Julio C. Arana.

El prefecto recibió a la Comisión en su despacho y les ofreció vasos de cerveza, jugos de frutas y tazas de café. Había hecho traer sillas y les repartió unos abanicos de paja para que se airearan. Seguía con el pantalón de montar y las botas que lucía la víspera, pero ya no llevaba el chaleco bordado, sino una chaqueta blanca de lino y una camisa cerrada hasta el cuello, como los blusones rusos. Tenía un aire distinguido con sus sienes nevadas y sus maneras elegantes. Les hizo saber que era diplomático de carrera. Había servido varios años en Europa y asumió esta prefectura por exigencia del propio presidente de la República —señaló la fotografía de la pared, un hombre pequeño y elegante, vestido de frac y tongo, con una banda terciada sobre el pecho—, Augusto B. Leguía.

—Quien les hace llegar por mi intermedio sus saludos más cordiales —añadió.

—Qué bueno que hable inglés y podamos prescindir del intérprete, señor prefecto —respondió Casement.

—Mi inglés es muy malo —lo interrumpió con coquetería Rey Lama—. Tendrán ustedes que ser indulgentes.

—El Gobierno británico lamenta que sus requerimientos para que el Gobierno del presidente Leguía inicie una investigación sobre las denuncias en el Putumayo hayan sido inútiles.

—Hay una acción judicial en marcha, señor Casement —lo atajó el prefecto—. Mi Gobierno no necesitó de Su Majestad para iniciarla. Para eso ha designado un juez especial que está ya en camino hacia Iquitos. Un distinguido magistrado: el juez Carlos A. Valcárcel. Usted sabe que las distancias entre Lima e Iquitos son enormes.

—Pero, en ese caso, para qué enviar un juez desde Lima —intervino Louis Barnes—. ¿No hay jueces en Iquitos? Ayer, en la cena que nos ofreció, nos presentó a algunos magistrados.

Roger Casement advirtió que Rey Lama lanzaba sobre Barnes una mirada piadosa, la que merece un niño que no ha alcanzado la edad de la razón o un adulto imbécil.

—Esta charla es confidencial ¿no es cierto, señores? —preguntó al fin.

Todas las cabezas asintieron. El prefecto vaciló todavía antes de responder.

—Que mi Gobierno envíe un juez desde Lima a investigar es una prueba de su buena fe —explicó—. Lo más fácil hubiera sido pedir a un juez instructor local que lo hiciera. Pero, entonces...

Se calló, incómodo.

—A buen entendedor, pocas palabras —añadió.

—¿Quiere usted decir que ningún juez de Iquitos se atrevería a enfrentarse a la Compañía del señor Arana? —preguntó Roger Casement, suavemente.

—Esto no es la culta y próspera Inglaterra, señores —murmuró apesadumbrado el prefecto. Tenía un vaso de agua en la mano y se lo bebió de un trago—. Si una persona tarda meses en venir aquí desde Lima, los emolumentos de magistrados, autoridades, militares, funcionarios, tardan todavía más. O, simplemente, no llegan nunca. ¿Y de qué pueden sobrevivir esas gentes mientras esperan sus sueldos?

—¿De la generosidad de la Peruvian Amazon Company? —sugirió el botánico Walter Folk.

—No pongan en mi boca palabras que no he dicho —respingó Rey Lama, alzando una mano—. La Compañía del señor Arana adelanta sus salarios a los funcionarios en calidad de préstamo. Esas sumas deben ser devueltas, en principio, con un módico interés. No es un regalo. No hay cohecho. Es un acuerdo honorable con el Estado. Pero, aun así, es natural que magistrados que viven gracias a aquellos préstamos no sean todo lo imparciales tratándose de la Compañía del señor Arana. ¿Lo entienden, verdad? El Gobierno ha enviado un juez desde Lima a fin de que realice una investigación absolutamente independiente. ¿No es la mejor demostración de que está empeñado en averiguar la verdad?

Los comisionados bebieron de sus vasos de agua o cerveza, confusos y desmoralizados. «¿Cuántos de ellos estarán ya buscando un pretexto para regresar a Europa?», pensaba Roger. No preveían nada de esto, sin duda. Con la excepción tal vez de Louis Barnes, que había vivido en África, los otros no imaginaban que en el resto del mundo no todo funcionaba de la misma manera que en el Imperio británico.

—¿Hay autoridades en la región que vamos a visitar? —preguntó Roger.

—Salvo inspectores que pasan por allí a la muerte de un obispo, ninguna —dijo Rey Lama—. Es una región muy alejada. Hasta hace pocos años, selva virgen, poblada sólo por tribus salvajes. ¿Qué autoridad podía mandar el Gobierno allá? ¿Y a qué? ¿A que se la comieran los caníbales?

Si ahora hay vida comercial allá, trabajo, un comienzo de modernidad, se debe a Julio C. Arana y sus hermanos. Deben considerar eso, también. Ellos han sido los primeros en conquistar esas tierras peruanas para el Perú. Sin la Compañía, todo el Putumayo hubiera sido ya ocupado por Colombia, que buena gana le tiene a esa región. No pueden dejar de lado ese aspecto, señores. El Putumayo no es Inglaterra. Es un mundo aislado, remoto, de paganos que, cuando tienen hijos mellizos o con alguna deformación física, los ahogan en el río. Julio C. Arana ha sido un pionero, ha llevado allá barcos, medicinas, la religión católica, vestidos, el español. Los abusos deben ser sancionados, desde luego. Pero, no lo olviden, se trata de una tierra que despierta codicias. ¿No les parece extraño que en las acusaciones del señor Hardenburg todos los caucheros peruanos sean unos monstruos y los colombianos unos arcángeles llenos de compasión con los indígenas? Yo he leído los artículos de la revista *Truth*. ¿No les pareció raro? Qué casualidad que los colombianos, empeñados en apoderarse de esas tierras, hayan encontrado un valedor como el señor Hardenburg que sólo vio violencia y abusos entre los peruanos, y ni un solo caso semejante entre los colombianos. Él trabajó antes de venir al Perú en los ferrocarriles del Cauca, recuerden. ¿No podría tratarse de un agente?

Acezó, fatigado, y optó por tomar un trago de cerveza. Los miró, uno por uno, con una mirada que parecía decir: «Un punto a mi favor ¿cierto?».

—Flagelaciones, mutilaciones, violaciones, ascsinatos —murmuró Henry Fielgald—. ¿A eso llama usted llevar la modernidad al Putumayo, señor prefecto? No sólo Hardenburg ha dado un testimonio. También Saldaña Roca, su compatriota. Tres capataces de Barbados, a los que interrogamos esta mañana, han confirmado esos horrores. Ellos mismos reconocen haberlos cometido.

—Deben ser castigados, entonces —afirmó el prefecto—. Y lo hubieran sido si en el Putumayo hubiera

jueces, policías, autoridades. Por ahora no hay nada, salvo barbarie. No defiendo a nadie. No excuso a nadie. Va-
yan. Vean con sus propios ojos. Juzguen por sí mismos.
Mi Gobierno hubiera podido prohibirles el ingreso al
Perú, pues somos un país soberano y Gran Bretaña no
tiene por qué inmiscuirse en nuestros asuntos. Pero no lo
ha hecho. Por el contrario, me ha dado instrucciones de
otorgarles todas las facilidades. El presidente Leguía es
un gran admirador de Inglaterra, señores. Él quisiera que
el Perú sea un día un gran país, como el de ustedes. Por
eso están aquí, libres de ir a cualquier parte y de averiguarlo todo.

Rompió a llover a cántaros. La luz amainó y el
repiqueteo del agua contra la calamina era tan fuerte que
pareció que el techo se vendría abajo y las trombas de agua
caerían sobre ellos. Rey Lama había adoptado una expresión melancólica.

—Tengo una esposa y cuatro hijos a los que adoro
—dijo, con una sonrisa tristona—. Hace un año que no
los veo y sabe Dios si los veré de nuevo. Pero, cuando el
presidente Leguía me pidió que viniera a servir a mi país,
en este rincón apartado del mundo, no vacilé. No estoy
aquí para defender a criminales, señores. Todo lo contrario. Sólo les pido que comprendan que no es lo mismo
trabajar, comerciar, montar una industria en el corazón
de la Amazonía, que hacerlo en Inglaterra. Si algún día
esta selva alcanza los niveles de vida de Europa occidental
será gracias a hombres como Julio C. Arana.

Estuvieron todavía largo rato en la oficina del prefecto. Le hicieron muchas preguntas y él contestó a todas,
a veces de manera evasiva y a veces con crudeza. Roger
Casement no acababa de hacerse una idea clara del personaje. A ratos le parecía un cínico representando un papel, y, otras, un buen hombre, con una responsabilidad
abrumadora de la que trataba de salir lo más airoso que
podía. Una cosa era segura: Rey Lama sabía que aquellas

atrocidades existían y no le gustaba, pero su trabajo le exigía minimizarlas como pudiera.

Cuando se despidieron del prefecto había dejado de llover. En la calle, los techos de las casas goteaban todavía, había charcos por doquier donde chapoteaban los sapos y el aire se había llenado de moscardones y zancudos que los acribillaron de picaduras. Cabizbajos, callados, fueron hacia la Peruvian Amazon Company, una amplia mansión con techo de tejas y azulejos en la fachada donde los esperaba el gerente general, Pablo Zumaeta, para la última entrevista del día. Les quedaban unos minutos y dieron una vuelta al gran descampado que era la Plaza de Armas. Contemplaron, curiosos, la casa de metal del ingeniero Gustave Eiffel desplegando sus vértebras de fierro a la intemperie como el esqueleto de un animal antediluviano. Los bares y restaurantes de los alrededores estaban ya abiertos y la música y el bullicio atronaban el atardecer de Iquitos.

La Peruvian Amazon Company, en la calle Perú, a pocos metros de la Plaza de Armas, era la construcción más grande y sólida de Iquitos. De dos pisos, construida con cemento y planchas metálicas, tenía sus muros pintados de verde claro y en la salita contigua a su oficina, donde Pablo Zumaeta los recibió, había un ventilador de anchas aspas de madera suspendido del techo, inmóvil, esperando la electricidad. Pese al fuerte calor, el señor Zumaeta, que debía raspar la cincuentena, llevaba un traje oscuro con un chaleco de fantasía, un corbatín de lazo y unos botines que brillaban. Dio la mano ceremoniosamente a cada uno y a todos les fue preguntando, en un español marcado por el cantarín acento amazónico que Roger Casement había aprendido a identificar, si estaban bien alojados, si Iquitos era hospitalaria con ellos, si necesitaban algo. A todos les repitió que tenía órdenes cablegrafiadas desde Londres por el señor Julio C. Arana en persona de darles todas las facilidades para el éxito de su misión. Al nombrar a Arana, el gerente de la Peruvian Amazon Company hizo una reverencia al gran retrato que colgaba de una de las paredes.

Mientras unos domésticos indios, descalzos y con túnicas blancas, pasaban fuentes con bebidas, Casement contempló un rato la cara seria, cuadrada, morena, de ojos penetrantes, del dueño de la Peruvian Amazon Company. Arana llevaba la cabeza cubierta con una gorrita francesa *(le béret)* y su traje parecía cortado por uno de los buenos sastres parisinos o, acaso, del Savile Row de Londres. ¿Sería cierto que este todopoderoso rey del caucho con palacetes en Biarritz, Ginebra y los jardines del Kensington Road londinense, comenzó su carrera vendiendo sombreros de paja por las calles de Rioja, la aldea perdida de la selva amazónica donde nació? Su mirada revelaba buena conciencia y gran satisfacción de sí mismo.

Pablo Zumaeta, a través del intérprete, les anunció que el mejor barco de la Compañía, el *Liberal,* estaba listo para que se embarcaran. Les había puesto al más experimentado capitán en los ríos de la Amazonía y a los mejores tripulantes. Aun así, la navegación hasta el Putumayo les exigiría sacrificios. Tardaba entre ocho y diez días, dependiendo del tiempo. Y, antes de que alguno de los miembros de la Comisión tuviera tiempo de hacerle una pregunta, se apresuró a alcanzar a Roger Casement un alto de papeles, en un cartapacio:

—Les he preparado esta documentación, adelantándome a algunas de sus preocupaciones —explicó—. Son las disposiciones de la Compañía a los administradores, jefes, subjefes y capataces de estaciones en lo que concierne al trato del personal.

Zumaeta disimulaba su nerviosismo elevando la voz y gesticulando. Mientras exhibía los papeles llenos de inscripciones, sellos y firmas, enumeraba lo que contenían con tono y ademanes de orador de plazuela:

—Prohibición estricta de impartir castigos físicos a los indígenas, esposas e hijos y allegados, y de ofenderlos de palabra u obra. Reprenderlos y aconsejarlos de manera severa cuando hayan cometido una falta comprobada. Según la gravedad de la falta, podrán ser multados o, en caso de falta muy grave, despedidos. Si la falta tiene connotaciones delictivas, transferirlos a la autoridad competente más cercana.

Se demoró resumiendo las indicaciones, orientadas —lo repetía sin cesar— a evitar que se cometieran «abusos contra los nativos». Hacía paréntesis para explicar que, «siendo los seres humanos lo que son», a veces los empleados violaban esas disposiciones. Cuando ocurría, la Compañía sancionaba al responsable.

—Lo importante es que hacemos lo posible y lo imposible para evitar que se cometan abusos en las caucherías. Si se cometieron, fue excepcional, obra de algún descarriado que no respetó nuestra política para con los indígenas.

Tomó asiento. Había hablado mucho y con tanta energía que se lo notaba agotado. Se limpió el sudor de la cara con un pañuelo ya empapado.

—¿Encontraremos en el Putumayo a los jefes de estación incriminados por Saldaña Roca y por el ingeniero Hardenburg o habrán huido?

—Ninguno de nuestros empleados ha huido —se indignó el gerente de la Peruvian Amazon Company—. ¿Por qué lo habrían hecho? ¿Por las calumnias de dos chantajistas que, como no pudieron sacarnos plata, se inventaron esas infamias?

—Mutilaciones, asesinatos, flagelaciones —recitó Roger Casement—. De decenas, acaso centenares de personas. Son acusaciones que han conmovido a todo el mundo civilizado.

—A mí también me conmoverían si hubieran sucedido —protestó indignado Pablo Zumaeta—. Lo que ahora me conmueve es que gentes cultas e inteligentes como ustedes den crédito a semejantes patrañas sin una previa investigación.

—La vamos a hacer sobre el terreno —le recordó Roger Casement—. Muy seria, téngalo por seguro.

—¿Usted cree que Arana, que yo, que los administradores de la Peruvian Amazon Company somos suicidas para matar indígenas? ¿No sabe que el problema número uno de los caucheros es la falta de recolectores? Cada trabajador es algo precioso para nosotros. Si esas matanzas fueran ciertas no quedaría ya en el Putumayo un solo indio. Se habrían largado todos, ¿no es cierto? Nadie quiere vivir donde lo azotan, lo mutilan y lo matan. Esa acusación es de una imbecilidad sin límites, señor Casement. Si los indígenas huyen, nosotros nos arruinamos y la industria del caucho se hunde. Eso lo saben nuestros empleados, allá. Y, por eso, se esfuerzan por tener a los salvajes contentos.

Miró a los miembros de la Comisión, uno por uno. Estaba siempre indignado, pero, ahora, también, entristecido. Hacía unas muecas que parecían pucheros.

—No es fácil tratarlos bien, tenerlos satisfechos —confesó, bajando la voz—. Son muy primitivos. ¿Ustedes saben lo que eso significa? Algunas tribus son caníbales. No lo podemos permitir ¿no es cierto? No es cristiano, no es humano. Lo prohibimos y a veces se enojan y actúan como lo que son: salvajes. ¿Debemos dejar que ahoguen a los niños que nacen con deformidades? El labio leporino, por ejemplo. No, porque el infanticidio tampoco es cristiano ¿no es verdad? En fin. Ustedes lo verán con sus propios ojos. Entonces, comprenderán la injusticia que está cometiendo Inglaterra con el señor Julio C. Arana y con una compañía que, a costa de enormes sacrificios, está transformando este país.

A Roger Casement se le ocurrió que Pablo Zumaeta iba a soltar unos lagrimones. Pero se equivocó. El gerente les hizo una sonrisa amistosa.

—He hablado mucho y ahora les toca a ustedes —se disculpó—. Pregúntenme lo que quieran y yo les responderé con franqueza. No tenemos nada que ocultar.

Durante cerca de una hora los miembros de la Comisión interrogaron al gerente general de la Peruvian Amazon Company. Les respondía con largas tiradas que, a veces, despistaban al intérprete, quien le hacía repetir palabras y frases. Roger no intervino en el interrogatorio y en muchos momentos se distrajo. Era evidente que Zumaeta jamás diría la verdad, negaría todo, repetiría los argumentos con que la Compañía de Arana había respondido en Londres a las críticas de los periódicos. Había, tal vez, ocasionales excesos cometidos por individuos intemperantes, pero no era política de la Peruvian Amazon Company torturar, esclavizar ni menos matar a los indígenas. Lo prohibía la ley y hubiera sido cosa de locos aterrorizar a los braceros que escaseaban tanto en el Putumayo. Roger se sentía transportado en el espacio y en el tiempo al Congo. Los mismos horrores, el mismo desprecio de la verdad. La diferencia, que Zumaeta hablaba en español y los funcionarios belgas en francés. Negaban lo evidente con la misma desenvoltura porque ambos creían que recolectar caucho y ganar dinero era un ideal de los cristianos que justificaba las peores fechorías contra esos paganos que, por supuesto, eran siempre antropófagos y asesinos de sus propios hijos.

Cuando salieron del local de la Peruvian Amazon Company Roger acompañó a sus colegas hasta la casita donde los habían hospedado. En vez de regresar directamente a casa del cónsul británico, dio un paseo por Iquitos, sin rumbo. Siempre le había gustado caminar, solo o en compañía de algún amigo, al empezar y al terminar el día. Podía hacerlo horas, pero en las calles sin asfaltar de Iquitos tropezaba a menudo en huecos y charcos llenos de agua, donde croaban las ranas. El bullicio era enorme. Bares, restaurantes, burdeles, salones de baile y garitos de apuestas estaban llenos de gente, bebiendo, comiendo, bailando o discutiendo. Y, en todas las puertas, racimos de chiquillos semidesnudos, espiando. Vio de-

saparecer en el horizonte los últimos arreboles del crepúsculo e hizo el resto de la caminata a oscuras, por calles
iluminadas a trechos por las lámparas de los bares. Se dio
cuenta que había llegado a ese canchón cuadrangular que
tenía el pomposo nombre de Plaza de Armas. Dio una
vuelta alrededor y de pronto sintió que alguien, sentado
en una banca, lo saludaba en portugués: «*Boa noite,* señor
Casement». Era el padre Ricardo Urrutia, superior de los
agustinos de Iquitos a quien había conocido en la cena que
les ofreció el prefecto. Se sentó a su lado en la banca de
madera.

—Cuando no llueve, es agradable salir a ver las estrellas y a respirar un poco de aire fresco —dijo el agustino,
en portugués—. Siempre que uno se tape los oídos, para no
oír ese ruido infernal. Ya le habrán contado de esta casa de
hierro que se compró un cauchero medio loco en Europa y
que están armando en esa esquina. Se exhibió en París, en
la Gran Exposición de 1889, parece. Dicen que será un club
social. ¿Se imagina ese horno, una casa de metal en el clima
de Iquitos? Por ahora es una cueva de murciélagos. Duermen ahí decenas de ellos, colgados de una pata.

Roger Casement le dijo que hablara en español,
que él lo entendía. Pero el padre Urrutia, que había pasado más de diez años de su vida entre los agustinos de
Ceará, en Brasil, prefirió seguir hablando en portugués.
Llevaba menos de un año en la Amazonía peruana.

—Ya sé que usted no ha estado nunca en las caucherías del señor Arana. Pero, sin duda, sabe mucho de lo
que ocurre allá. ¿Puedo pedirle su opinión? ¿Pueden ser
ciertas esas acusaciones de Saldaña Roca, de Walter Hardenburg?

El sacerdote suspiró.

—Pueden serlo, por desgracia, señor Casement
—murmuró—. Aquí estamos muy lejos del Putumayo. Mil,
mil doscientos kilómetros lo menos. Si, a pesar de estar en
una ciudad con autoridades, prefecto, jueces, militares, po-

licías, ocurren las cosas que sabemos, ¿qué no sucederá allá donde sólo existen los empleados de la Compañía?

Volvió a suspirar, ahora con angustia.

—Aquí, el gran problema es la compra y venta de niñas indígenas —dijo, con la voz lastimada—. Por más que nos afanamos tratando de encontrarle una solución, no damos con ella.

«El Congo, otra vez. El Congo, por todas partes.»

—Usted ha oído hablar de las famosas «correrías» —añadió el agustino—. Esos asaltos a las aldeas indígenas para capturar recolectores. Los asaltantes no sólo se roban a los hombres. También a los niños y a las niñas. Para venderlos aquí. A veces los llevan hasta Manaos, donde, al parecer, obtienen mejor precio. En Iquitos, una familia compra una sirvientita por veinte o treinta soles a lo más. Todas tienen una, dos, cinco sirvientitas. Esclavas, en realidad. Trabajando día y noche, durmiendo con los animales, recibiendo palizas por cualquier motivo, además, claro, de servir para la iniciación sexual de los hijos de la familia.

Volvió a suspirar y quedó jadeando.

—¿No se puede hacer nada con las autoridades?

—Se podría, en principio —dijo el padre Urrutia—. La esclavitud está abolida en el Perú hace más de medio siglo. Se podría recurrir a la policía y a los jueces. Pero todos ellos tienen también sus sirvientitas compradas. Además, qué harían las autoridades con las niñas que rescaten. Quedarse con ellas o venderlas, por supuesto. Y no siempre a las familias. A veces, a los prostíbulos, para lo que usted se imagina.

—¿No hay manera de que vuelvan a sus tribus?

—Las tribus de por acá ya casi no existen. Los padres fueron secuestrados y arreados a las caucherías. No hay dónde llevarlas. ¿Para qué rescatar a esas pobres criaturas? En esas condiciones, tal vez el mal menor es que sigan en las familias. Algunos las tratan bien, se encariñan con ellas. ¿Le parece monstruoso?

—Monstruoso —repitió Roger Casement.

—A mí, a nosotros, también nos lo parece —dijo el padre Urrutia—. Nos pasamos horas en la misión, devanándonos los sesos. ¿Qué solución darle? No la encontramos. Hemos hecho una gestión, en Roma, a ver si pueden venir unas monjas y abrir aquí una escuelita para esas niñas. Que por lo menos reciban alguna instrucción. ¿Pero, aceptarán las familias enviarlas a la escuela? Muy pocas, en todo caso. Las consideran animalitos.

Volvió a suspirar. Había hablado con tanta amargura que Roger, contagiado por la pesadumbre del religioso, sintió ganas de regresar a casa del cónsul británico. Se puso de pie.

—Usted puede hacer algo, señor Casement —le dijo el padre Urrutia, a manera de despedida, estrechándole la mano—. Es una especie de milagro lo que ha pasado. Quiero decir, esas denuncias, el escándalo en Europa. La llegada de esta Comisión a Loreto. Si alguien puede ayudar a esa pobre gente, son ustedes. Rezaré para que vuelvan sanos y salvos del Putumayo.

Roger regresó caminando muy despacio, sin mirar lo que ocurría en los bares y prostíbulos de donde salían las voces, los cantos, el rasgueo de las guitarras. Pensaba en esos niños arrancados de sus tribus, separados de sus familias, enfardelados en la sentina de una lancha, traídos a Iquitos, vendidos en veinte o treinta soles a una familia donde pasarían su vida barriendo, fregando, cocinando, limpiando excusados, lavando ropa sucia, insultados, golpeados y a veces estuprados por el patrón o los hijos del patrón. La historia de siempre. La historia de nunca acabar.

IX

Cuando la puerta de la celda se abrió y vio en el umbral la gruesa silueta del *sheriff,* Roger Casement pensó que tenía visita —Gee o Alice, tal vez—, pero el carcelero, en vez de indicarle que se levantara y lo siguiera al locutorio, se lo quedó mirando de una extraña manera, sin decir nada. «Rechazaron la petición», pensó. Permaneció tumbado, seguro de que si se ponía de pie el temblor en las piernas lo haría desplomarse al suelo.

—¿Siempre quiere una ducha? —preguntó la voz fría y lenta del *sheriff.*

«¿Mi última voluntad?», pensó. «Después del baño, el verdugo.»

—Esto va contra el reglamento —murmuró el *sheriff,* con cierta emoción—. Pero hoy se cumple el primer aniversario de la muerte de mi hijo en Francia. Quiero ofrecer a su memoria un acto de compasión.

—Se lo agradezco —dijo Roger, levantándose. ¿Qué mosca le había picado al *sheriff*? De cuándo acá esas amabilidades con él.

Le pareció que la sangre de sus venas, detenida al ver asomar al carcelero en la puerta de su celda, volvía a circular por su cuerpo. Salió al largo y chamuscado pasillo y siguió al obeso carcelero al baño, un recinto oscuro, con excusados desportillados en fila junto a una pared, una hilera de duchas en la pared opuesta y unos recipientes de cemento sin enlucir con unos caños oxidados que vertían el agua. El *sheriff* permaneció de pie, en la entrada del lugar, mientras Roger se desnudaba, colgaba su uniforme azul y su gorro de presidiario en un clavo de la pared y se metía a la ducha. El chorro de agua le produjo un escalofrío de pies a cabeza y, a la vez, una sensación de alegría y gratitud. Cerró los ojos y, antes de jabonarse con la pastilla que recogió de una de las cajas de goma colgadas en la pared, mientras se frotaba los brazos y las piernas, sintió deslizarse el agua fría por su cuerpo. Estaba contento y exaltado. Con ese chorro de agua no sólo desaparecía la suciedad acumulada en su cuerpo en tantos días, también preocupaciones, angustias y remordimientos. Se jabonó y se enjuagó un buen rato hasta que el *sheriff* le indicó desde lejos con una palmada que se diera prisa. Roger se secó con la misma ropa que se puso encima. No tenía peine y se alisó los cabellos con las manos.

—No sabe lo agradecido que le estoy por este baño, *sheriff*—dijo, mientras regresaban a la celda—. Me ha devuelto la vida, la salud.

El carcelero le respondió con un ininteligible murmullo.

Al volver a tenderse en su camastro, Roger intentó retomar la lectura de la *Imitación de Cristo,* de Tomás de Kempis, pero no conseguía concentrarse y devolvió el libro al suelo.

Pensó en el capitán Robert Monteith, su asistente y amigo los últimos seis meses que pasó en Alemania. ¡Hombre magnífico! Leal, eficiente y heroico. Fue su compañero de viaje y de pellejerías en el submarino alemán U-19 que los trajo, junto con el sargento Daniel Julian Bailey, alias Julian Beverly, hasta la costa de Tralee, en Irlanda, donde los tres estuvieron a punto de morir ahogados por no saber remar. ¡Por no saber remar! Así era: pequeñas tonterías podían mezclarse con los grandes asuntos y desbaratarlos. Recordó el amanecer grisáceo, lluvioso, de mar encrespado y espesa neblina del Viernes Santo 21 de abril de 1916, y a ellos tres, en el movedizo bote con tres remos en que los había dejado el submarino alemán antes de desaparecer en medio de la bruma. «Buena suerte», les gritó el capitán Raimund Weissbach a manera de despedida. Tuvo de nuevo la horrible sensación de impotencia, tratando de sujetar ese bote encabritado por las olas y los tumbos, y la incapacidad de los improvisados remeros para enderezarlo en dirección a la costa, que ninguno sabía dónde estaba. La embarcación giraba, subía, bajaba, saltaba, trazaba círculos de radio variable, y, como ninguno de los tres conseguía capearlas, las olas, que golpeaban al bote de costado, lo zarandeaban de tal modo que en cualquier momento lo volcarían. En efecto, lo volcaron. Durante unos minutos los tres estuvieron a punto de ahogarse. Chapoteaban, tragaban agua salada, hasta que consiguieron enderezar el bote y, ayudándose, encaramarse de nuevo en él. Roger recordó al valeroso Monteith, con su mano infectada por el accidente que tuvo en Alemania, en el puerto de Heligoland, tratando de aprender a conducir una lancha a motor. Atracaron allí para cambiar de submarino porque el U-2 en el que embarcaron en Wilhelmshaven tuvo un desperfecto. Aquella herida lo había atormentado toda la semana de viaje entre Heligoland y Tralee Bay. Roger, que hizo la travesía con atroces mareos y vómitos, sin casi probar bocado ni levantarse de la estrecha litera, recordaba la estoica paciencia de Monteith con la hinchazón de su herida. Los desinflamantes que le pusieron los marineros alemanes del U-19 no sirvieron de nada. Su mano siguió supurando y el capitán Weissbach, comandante del U-19, predijo que si, al desembarcar, no lo curaban de inmediato, aquella herida se gangrenaría.

La última vez que vio al capitán Robert Monteith fue en las ruinas del McKenna's Fort, ese mismo amanecer del 21 de abril, cuando sus dos compañeros decidieron que Roger se quedara escondido allí, mientras ellos iban andando a pedir ayuda a los Voluntarios de Tralee. Lo decidieron porque era él quien corría el mayor riesgo de ser reconocido por los soldados —la presa más codiciada para los perros de guardia del Imperio— y porque Roger ya no resistía más. Enfermo y debilitado, había caído al suelo dos veces, exhausto, y la segunda vez permaneció varios minutos sin sentido. Sus amigos lo dejaron entre las ruinas del Fuerte McKenna con un revólver y una bolsita de ropa, luego de estrecharle las manos. Roger recordó cómo, al ver a las alondras revoloteando a su alrededor y oír su canto y descubrir que estaba rodeado de violetas salvajes que brotaban entre los arenales de Tralee Bay, pensó que había llegado a Irlanda por fin. Los ojos se le llenaron de lágrimas. El capitán Monteith, al partir, le hizo el saludo militar. Pequeño, fortachón, ágil, incansable, patriota irlandés hasta el tuétano de sus huesos, en los seis meses que habían convivido en Alemania Roger no le oyó una queja ni advirtió el menor síntoma de desfallecimiento en su adjunto, pese a los fracasos que había tenido en el campo de Limburg por la resistencia —cuando no la abierta hostilidad— de los prisioneros a inscribirse en la Brigada Irlandesa que Roger quiso formar para luchar junto a Alemania («pero no a las órdenes de ésta») por la independencia de Irlanda.

Estaba empapado de pies a cabeza, con la mano hinchada y sangrante mal envuelta en su trapo que se había soltado y con una expresión de gran fatiga. Caminando con trancos enérgicos, Monteith y el sargento Daniel Bailey, que cojeaba, se perdieron en la neblina en dirección a Tralee. ¿Habría llegado allí Robert Monteith sin ser capturado por los oficiales de la Royal Irish Constabulary? ¿Había conseguido contactar en Tralee con la gente del IRB (Irish Republican Brotherhood) o los Voluntarios? Nunca supo cuándo y dónde fue capturado el sargento Daniel Bailey. Su nombre jamás se mencionó en los largos interrogatorios a que Roger fue sometido, primero en el Almirantazgo, por los jefes de los servicios de inteligencia británicos, y luego por Scotland Yard. La súbita aparición de Daniel Bailey en el juicio por traición como testigo de cargo del fiscal general dejó a Roger consternado. En su declaración, llena de mentiras, Monteith no fue nombrado una sola vez. ¿Seguía, pues, libre, o lo habían matado? Roger pidió a Dios que el capitán estuviera ahora mismo sano y salvo, escondido en algún rincón de Irlanda. ¿O habría participado en el Alzamiento de Semana Santa y perecido allí como tantos irlandeses anónimos luchando en esa aventura tan heroica como descabellada? Esto era lo más probable. Que hubiera estado en la Oficina de Correos de Dublín, disparando, junto a su admirado Tom Clarke, hasta que una bala enemiga puso fin a su vida ejemplar.

También había sido una aventura descabellada la suya. Creer que viniendo a Irlanda desde Alemania iba a poder atajar, él solo, con argumentos pragmáticos y racionales, el Alzamiento de Semana Santa planeado tan secretamente por el Military Council de los Irish Volunteers —Tom Clarke, Sean McDermott, Patrick Pearse, Joseph Plunkett y alguno más— que ni siquiera el presidente de los Voluntarios Irlandeses, el profesor Eoin MacNeill, había sido informado del Alzamiento ¿no era otra fantasía delirante? «La razón no convence a los místicos ni a los mártires», pensó. Roger había sido participante y testigo de largas e intensas discusiones en el seno de los Irish Volunteers sobre su tesis de que la única manera como una acción armada de los nacionalistas irlandeses contra el Imperio británico tendría éxito era si ella coincidía con una ofensiva militar alemana que tuviera inmovilizado al grueso de su poderío militar. Sobre esto, él y el joven Plunkett discutieron muchas horas en Berlín, sin ponerse de acuerdo. ¿Era porque los responsables del Consejo Militar nunca compartieron esa convicción suya que el IRB y los Voluntarios que prepararon la insurrección le habían ocultado sus planes hasta el último momento? Cuando, por fin, le llegó la información a Berlín, Roger sabía ya que el Almirantazgo alemán había descartado una ofensiva naval contra Inglaterra. Cuando los alemanes accedieron a enviar armas a los insurrectos, él se empeñó en ir en persona a Irlanda acompañando el armamento, con la secreta intención de persuadir a los dirigentes que sin una ofensiva militar alemana simultánea el levantamiento sería un sacrificio inútil. En eso, no se había equivocado. Según todas las noticias que había podido recoger aquí y allá desde los días de su juicio, el Alzamiento fue un gesto heroico pero se saldó con la matanza de los más arrojados dirigentes del IRB y de los Voluntarios y la prisión de centenares de revolucionarios. La represión sería ahora interminable. La independencia de Irlanda había retrocedido una vez más. ¡Triste, triste historia!

Tenía un sabor amargo en la boca. Otro grave error: haber puesto demasiadas ilusiones en Alemania. Recordó la discusión con Herbert Ward, en París, la última vez que lo vio. Su mejor amigo en el África desde que se conocieron, jóvenes ambos y ansiosos de aventuras, desconfiaba de todos los nacionalismos. Era uno de los pocos europeos cultos y sensibles en tierra africana y Roger aprendió mucho de él. Intercambiaban libros, hacían lecturas comentadas, hablaban y discutían de música, pintura, poesía y política. Herbert ya soñaba con ser alguna vez sólo un artista y todo el tiempo que podía robar a su trabajo lo dedicaba a esculpir tipos humanos africanos en madera y en tierra. Ambos habían sido críticos severos con los abusos y crímenes del colonialismo y cuando Roger se convirtió en una figura pública y fue blanco de ataques por su *Informe sobre el Congo,* Herbert y Sarita, su mujer, ya instalados en París y aquél convertido en un prestigiado escultor que hacía ahora vaciados en bronce sobre todo, siempre inspirados en África, fueron sus más entusiastas defensores. También lo fueron cuando su *Informe sobre el Putumayo,* denunciando los crímenes cometidos por los caucheros del Putumayo contra los indígenas, provocó otro escándalo alrededor de la figura de Casement. Herbert, incluso, había mostrado al principio simpatía por la conversión nacionalista de Roger, aunque a menudo en sus cartas le bromeaba sobre los peligros del «fanatismo patriótico» y le recordaba la frase del doctor Johnson según la cual «el patriotismo es el último refugio de los canallas». Las coincidencias encontraron un límite con el tema de Alemania. Herbert rechazó siempre con energía la visión positiva, embellecedora, que Roger tenía del canciller Bismarck, el unificador de los estados alemanes, y del «espíritu prusiano», que a él le parecía rígido, autoritario, tosco, reñido con la imaginación y la sensibilidad, más afín al cuartel y a las jerarquías militares que a la democracia y a las artes. Cuando, en plena guerra, supo, por las denuncias de los diarios ingleses, que Roger Casement se había ido a Berlín a conspirar con el enemigo, le hizo llegar una carta, a través de su hermana Nina, poniendo fin a su amistad de tantos años. En la misma le hacía saber que el hijo mayor de él y de Sarita, un joven de diecinueve años, acababa de morir en el frente.

¿Cuántos amigos más había perdido, gentes que, como Herbert y Sarita Ward, lo apreciaban y admiraban, y lo tenían ahora por un traidor? Hasta Alice Stopford Green, su maestra y amiga, había objetado su viaje a Berlín, aunque, desde que fue capturado, nunca volvió a mencionar esa discrepancia. ¿Cuántas personas más le tendrían ahora asco por las vilezas que le achacaba la prensa inglesa? Un calambre en el estómago lo obligó a encogerse en su camastro. Permaneció así un buen rato hasta que fue pasando aquella sensación de tener en el vientre una piedra que le machacaba las entrañas.

En esos dieciocho meses en Alemania muchas veces se preguntó si no se había equivocado. No, al contrario, los hechos habían confirmado todas sus tesis, cuando el Gobierno alemán hizo pública aquella declaración —en gran parte redactada por él mismo— manifestando su solidaridad con la idea de la soberanía irlandesa y su voluntad de ayudar a los irlandeses a recobrar la independencia arrebatada por el Imperio británico. Pero, después, en las largas esperas en Unter den Linden para ser recibido por las autoridades en Berlín, las promesas incumplidas, sus enfermedades, sus fracasos con la Brigada Irlandesa, había empezado a dudar.

Sintió que su corazón latía con fuerza, como cada vez que recordaba aquellos días helados, con tormentas y remolinos de nieve, cuando, por fin, después de tantas gestiones, consiguió dirigirse a los 2.200 prisioneros irlandeses en el campo de Limburg. Les explicó con cuidado, repitiendo un discurso ensayado en su cabeza a lo largo de meses, que no se trataba de «pasarse al bando enemigo» ni muchísimo menos. La Brigada Irlandesa no formaría parte del Ejército alemán. Sería un cuerpo militar independiente, con sus propios oficiales, y combatiría por la independencia de Irlanda contra su colonizador y opresor, «junto a, pero no dentro de», las Fuerzas Armadas alemanas. Lo que más le dolía, un ácido que corroía sin descanso su espíritu, no era que de 2.200 prisioneros sólo cincuenta y pico se hubieran inscrito en la Brigada. Era la hostilidad que había merecido su propuesta, los gritos y murmullos donde nítidamente detectó las palabras «traidor», «amarillo», «vendido», «cucaracha», con que muchos prisioneros le mostraron su desprecio, y, finalmente, los escupitajos e intentos de agresión de que fue víctima la tercera vez que intentó hablarles. (Intentó, porque sólo pudo pronunciar las primeras frases antes de ser callado por la silbatina y los insultos.) Y la humillación que sintió al ser rescatado de una posible agresión, acaso un linchamiento, por los soldados alemanes de la escolta, que lo sacaron corriendo del lugar.

Había sido un iluso y un ingenuo pensando que los prisioneros irlandeses se alistarían en esa Brigada equipada, vestida —aunque el uniforme lo hubiera diseñado el propio Roger Casement—, alimentada y asesorada por el Ejército alemán contra el que acababan de pelear, que los había gaseado en las trincheras de Bélgica, que había matado, mutilado y herido a tantos de sus compañeros, y que los tenía a ellos ahora entre alambradas. Había que entender las circunstancias, ser flexible, recordar lo que habían sufrido y perdido esos prisioneros irlandeses, y no guardarles rencor. Pero aquel choque brutal con una realidad que no esperaba fue muy duro para Roger Casement. Repercutió en su cuerpo al mismo tiempo que en su espíritu pues, de inmediato, le comenzaron las fiebres que lo tuvieron tanto tiempo en cama, casi desahuciado.

En esos meses, la lealtad y el afecto solícitos del capitán Robert Monteith fueron un bálsamo sin el cual probablemente no hubiera sobrevivido. Sin que las dificultades y frustraciones que encontraban por doquier hicieran mella —por lo menos visible— en su convicción de que la Brigada Irlandesa concebida por Roger Casement terminaría por ser una realidad y reclutaría en sus filas a la mayoría de los prisioneros irlandeses, el capitán Monteith se entregó con entusiasmo a dirigir el entrenamiento del medio centenar de voluntarios a los que el Gobierno alemán cedió un pequeño campo, en Zossen, cerca de Berlín. Y consiguió incluso reclutar a algunos más. Todos llevaban el uniforme de la Brigada concebido por Roger, incluido Monteith. Vivían en tiendas de campaña, hacían marchas, maniobras y ejercicios de tiro con fusil y pistola, pero con balas de fogueo. La disciplina era estricta y, además de los ejercicios, prácticas militares y deportes, Monteith insistió para que Roger Casement diera continuamente charlas a los brigadistas sobre historia de Irlanda, su cultura, su idiosincrasia y las perspectivas que se abrirían para Eire alcanzada su independencia.

¿Qué habría dicho el capitán Robert Monteith si hubiera visto desfilar como testigos de cargo de la acusación a ese puñado de ex prisioneros irlandeses del campo de Limburg —liberados gracias a un intercambio de prisioneros— y, entre ellos, nada menos que al propio sargento Daniel Bailey, en el juicio? Todos, respondiendo a las preguntas del fiscal general, juraron que Roger Casement, rodeado de oficiales del Ejército alemán, los había exhortado a pasarse a las filas del enemigo, haciendo espejear ante ellos como cebo la perspectiva de la libertad, un salario y futuras granjerías. Y todos habían corroborado esa mentira flagrante: que los prisioneros irlandeses que cedieron a su acoso y se inscribieron en la Brigada recibieron de inmediato mejores ranchos, más frazadas y un régimen más flexible de permisos. El capitán Robert Monteith no se hubiera indignado con ellos. Habría dicho, una vez más, que esos compatriotas estaban ciegos, o, más bien, cegados por la mala educación, por la ignorancia y confusión en que el Imperio mantenía a Eire, poniéndole un velo en los ojos sobre su verdadera condición de pueblo ocupado y oprimido desde hacía tres siglos. No había que desesperar, todo aquello estaba cambiando. Y, acaso, como lo hizo tantas veces en Limburg y en Berlín, le contaría a Roger Casement, para levantarle el ánimo, con qué entusiasmo y generosidad se habían inscrito los jóvenes irlandeses —campesinos, obreros, pescadores, artesanos, estudiantes— en las filas de los Irish Volunteers desde que esta organización fue fundada, en un gran mitin en la Rotunda de Dublín el 25 de noviembre de 1913, como respuesta a la militarización de los unionistas del Ulster, liderados por sir Edward Carson, que amenazaban abiertamente con no respetar la ley si el Parlamento británico aprobaba el Home Rule, la Autonomía para Irlanda. El capitán Robert Monteith, antiguo oficial del Ejército británico, por el que había peleado en la guerra de los Boers, en África del Sur, donde recibió heridas en dos combates, fue uno de los primeros en alistarse en los Voluntarios. A él se le confió la preparación militar de los reclutas. Roger, que asistió a aquel emocionante mitin de la Rotunda y fue uno de los tesoreros de los fondos para la compra de armas, elegido para este cargo de extrema confianza por los líderes de los

Irish Volunteers, no recordaba haber conocido en aquel entonces a Monteith. Pero éste aseguraba haberle estrechado la mano y haberle dicho que estaba orgulloso de que fuera un irlandés quien denunció ante el mundo los crímenes que se cometían contra los aborígenes en el Congo y en la Amazonía.

Recordó las largas caminatas que daba con Monteith en los alrededores del campo de Limburg o por las calles de Berlín, a veces en las madrugadas pálidas y frías, a veces en el crepúsculo y con las primeras sombras de la noche, hablando obsesivamente de Irlanda. Pese a la amistad que nació entre ellos, nunca consiguió que Monteith lo tratara con la informalidad con que se trata a un amigo. El capitán siempre se dirigía a él como a su superior político y militar, cediéndole la derecha en las veredas, abriéndole las puertas, acercándole las sillas y saludándolo, antes o después de estrecharle la mano, chocando los talones y llevándose marcialmente la mano al quepis.

El capitán Monteith oyó hablar por primera vez de la Brigada Irlandesa que trataba de formar Roger Casement en Alemania a Tom Clarke, el sigiloso líder del IRB y los Irish Volunteers, y se ofreció de inmediato para ir a trabajar con él. Monteith estaba entonces confinado en Limerick por el Ejército británico, como castigo por haberse descubierto que daba instrucción militar clandestina a los Voluntarios. Tom Clarke consultó con los otros dirigentes y su propuesta fue aceptada. Su recorrido, que Monteith contó a Roger con lujo de detalles apenas se vieron en Alemania, tuvo tantos percances como una novela de aventuras. Acompañado de su esposa a fin de disimular el contenido político de su viaje, Monteith partió de Liverpool a New York en septiembre de 1915. Allí, los dirigentes nacionalistas irlandeses lo pusieron en manos del noruego Eivind Adler Christensen (al recordarlo, Roger sintió que se le retorcía el estómago), quien, en el puerto de Hoboken, lo introdujo a escondidas en un barco que partiría pronto rumbo a Christiania, la capital de Noruega. La esposa de Monteith se quedó en New York. Christensen lo hizo viajar como polizonte, cambiando a menudo de camarote y pasando largas horas escondido en las sentinas de la nave donde el noruego le llevaba agua y comida. El barco fue detenido por la Royal Navy en plena travesía. Un pelotón de marinos ingleses lo invadió y revisó la documentación de tripulantes y pasajeros, en busca de espías. Los cinco días que los marinos ingleses demoraron en registrar la nave, Monteith saltó de unos escondrijos a otros —a veces tan incómodos como estar acuclillado en un clóset bajo altos de ropa y, otras, zambullido en un barril de brea— sin ser descubierto. Por fin, desembarcó clandestinamente en Christiania. Su cruce de las fronteras sueca y danesa para entrar a Alemania fue no menos novelesco y lo obligó a usar disfraces diversos, uno de ellos de mujer. Cuando, por fin, llegó a Berlín, descubrió que el jefe al que venía a servir, Roger Casement, estaba enfermo en Baviera. Ni corto ni perezoso tomó de inmediato el tren y al llegar al hotel bávaro donde aquél convalecía, haciendo chocar los tacos y tocándose la cabeza, se presentó con esta frase: «Éste es el momento más feliz de mi vida, sir Roger».

La única vez que Casement recordaba haber discrepado con el capitán Robert Monteith fue una tarde, en el campo militar de Zossen, luego de una charla de Casement a los miembros de la Brigada Irlandesa. Estaban tomando una taza de té en la cantina cuando Roger, por alguna razón que no recordaba, mencionó a Eivind Adler Christensen. La cara del capitán se descompuso en una mueca de disgusto.

—Ya veo que no tiene un buen recuerdo de Christensen —le bromeó—. ¿Le guarda rencor por hacerlo viajar de polizonte de New York a Noruega?

Monteith no sonreía. Se había puesto muy serio.

—No, señor —masculló entre dientes—. No por eso.

—¿Por qué, entonces?

Monteith vaciló, incómodo.

—Porque siempre he creído que el noruego es un espía de la inteligencia británica.

Roger recordó que aquella frase le había hecho el efecto de un puñetazo en el estómago.

—¿Tiene usted alguna prueba de semejante cosa?

—Ninguna, señor. Puro pálpito.

Casement lo reprendió y le ordenó que no volviera a lanzar semejante conjetura sin tener pruebas. El capitán balbuceó una disculpa. Ahora, Roger hubiera dado cualquier cosa por ver a Monteith aunque fuera unos instantes para pedirle perdón por haberlo reñido aquella vez: «Tenía usted toda la razón del mundo, buen amigo. Su intuición era exacta. Eivind es algo peor que un espía: un verdadero demonio. Y yo, un imbécil y un ingenuo por creer en él».

Eivind, otra de sus grandes equivocaciones en esta última etapa de su vida. Cualquiera que no fuera ese «niño grande» que era él, como se lo habían dicho alguna vez Alice Stopford Green y Herbert Ward, hubiera advertido algo sospechoso en la manera como esa encarnación de Lucifer entró en su vida. Roger, no. Él había creído en el encuentro casual, en una conjura del azar.

Ocurrió en julio de 1914, el mismo día que llegó a New York para promover los Irish Volunteers entre las comunidades irlandesas de los Estados Unidos, conseguir apoyo y armas, y entrevistarse con los líderes nacionalistas de la filial norteamericana del IRB, llamada Clan na Gael, los veteranos luchadores John Devoy y Joseph McGarrity. Había salido a dar una vuelta por Manhattan, huyendo del húmedo y candente cuartito de hotel abrasado por el verano neoyorquino, cuando fue abordado por un joven rubio y apuesto como un dios vikingo, cuya simpatía, encanto y desparpajo lo sedujeron de inmediato. Eivind era alto, atlético, de caminar algo felino, una

mirada azul profunda y una sonrisa entre arcangélica y ca-
nalla. No tenía un centavo y se lo hizo saber con una
mueca cómica, mostrándole las fundas de sus bolsillos
vacíos. Roger lo invitó a tomar una cerveza y a comer
algo. Y le creyó todo lo que el noruego le contó: tenía
veinticuatro años y había huido de su casa en Noruega
a los doce. Viajando como polizonte se las arregló para
llegar a Glasgow. Desde entonces, había trabajado como
fogonero en barcos escandinavos e ingleses por todos los
mares del mundo. Ahora, varado en New York, malvivía
como podía.

     ¡Y Roger se lo había creído! En su estrecho camas-
tro, se encogió, adolorido, con otro de esos calambres en el
estómago que le cortaban la respiración. Lo acometían en
los momentos de gran tensión nerviosa. Contuvo las ganas
de llorar. Cada vez que le ocurría apiadarse y avergonzarse de sí mismo hasta el extremo de que se le llenaran los ojos
de lágrimas, se sentía luego deprimido y asqueado. Nunca
había sido un sentimental propenso a exhibir sus emociones,
siempre había sabido disimular los tumultos que agitaban
sus sentimientos tras una máscara de perfecta serenidad.
Pero su carácter era otro desde que llegó a Berlín acompañado por Eivind Adler Christensen el último día de octubre
de 1914. ¿Había contribuido al cambio que estuviera ya
enfermo, quebrado y con los nervios rotos? En los últimos
meses de Alemania sobre todo, cuando, pese a las inyeccio-
nes de entusiasmo que quería inocularle el capitán Robert
Monteith, comprendió que había fracasado su proyecto de
la Brigada Irlandesa, comenzó a sentir que el Gobierno alemán desconfiaba de él (creyéndolo acaso un espía británico)
y supo que su denuncia de la supuesta conjura del cónsul
británico Findlay en Noruega para matarlo no tenía la repercusión internacional que él esperaba. El puntillazo fue
descubrir que sus compañeros del IRB y los Irish Volunteers
en Irlanda le ocultaron hasta el último momento sus planes
para el Alzamiento de Semana Santa. («Tenían que tomar

precauciones, por razones de seguridad», lo tranquilizaba Robert Monteith.) Además, se empeñaron en que permaneciera en Alemania y le prohibieron que fuera a unirse a ellos. («Piensan en su salud, señor», los excusaba Monteith.) No, no pensaban en su salud. Ellos también recelaban de él porque sabían que estaba en contra de una acción armada si no coincidía con una ofensiva bélica alemana. Él y Monteith tomaron el submarino alemán contraviniendo las órdenes de los dirigentes nacionalistas.

Pero, de todos sus fracasos, el más grande había sido confiar tan ciega y estúpidamente en Eivind/Lucifer. Éste lo acompañó a Filadelfia, a visitar a Joseph McGarrity. Y estuvo a su lado, en New York, en el mitin organizado por John Quinn en el que Roger habló ante un auditorio repleto de miembros de la Antigua Orden de los Hibernios, y, también, en el desfile de más de mil Irish Volunteers en Filadelfia, el 2 de agosto, a los que Roger arengó entre atronadores aplausos.

Desde el primer momento notó la desconfianza que Christensen provocaba en los dirigentes nacionalistas de los Estados Unidos. Pero él fue tan enérgico, asegurándoles que debían confiar en la discreción y la lealtad de Eivind como en las de él mismo, que los dirigentes del IRB/Clan na Gael terminaron por aceptar la presencia del noruego en todas las actividades públicas de Roger (no en las reuniones políticas privadas) en los Estados Unidos. Y consintieron que viajara con él, como su ayudante, a Berlín.

Lo extraordinario era que a Roger ni siquiera el extraño episodio de Christiania lo hizo entrar en sospechas. Acababan de llegar a la capital noruega, rumbo a Alemania, cuando, el mismo día de la llegada, Eivind, que había salido a dar un paseo solo, fue —según le contó— abordado por desconocidos, secuestrado y llevado a la fuerza al consulado británico en 79 Drammensveien. Allí fue interrogado por el mismo cónsul, Mr. Mansfeldt de Cardonnel Findlay. Éste le ofreció dinero para que reve-

lara la identidad y las intenciones con que venía a Noruega su acompañante. Eivind juró a Roger que no había
revelado nada y que lo habían soltado luego de que él
prometiera al cónsul averiguar lo que querían saber sobre
ese señor del que ignoraba todo, al que acompañaba como
mero guía por una ciudad —por un país— que aquél desconocía.

¡Y Roger se había tragado esa fantástica mentira sin
pensar por un segundo que era víctima de una emboscada!
¡Había caído en ella como un niño idiota!

¿Trabajaba ya entonces Eivind Adler Christensen
para los servicios británicos? El capitán de navío Reginald
Hall, jefe de la Inteligencia Naval británica, y Basil Thomson, jefe del Departamento de Investigación Criminal de
Scotland Yard, sus interrogadores desde que lo trajeron
detenido a Londres —tuvo con ellos larguísimos y cordiales intercambios—, le dieron contradictorias indicaciones
sobre el escandinavo. Pero Roger no se hacía ilusiones al
respecto. Ahora estaba seguro que era absolutamente falso
que Eivind hubiera sido secuestrado en las calles de Christiania y llevado a la fuerza donde el cónsul de pomposo
apellido: Mansfeldt de Cardonnel Findlay. Los interrogadores le enseñaron, para desmoralizarlo sin duda —él había comprobado lo finos psicólogos que eran ambos—, el
informe del cónsul británico en la capital noruega a su jefe
del Foreign Office, sobre la intempestiva llegada al consulado de 79 Drammensveien de Eivind Adler Christensen, exigiendo hablar con el cónsul en persona. Y cómo
reveló a éste, cuando el diplomático accedió a recibirlo,
que acompañaba a un dirigente nacionalista irlandés que
viajaba rumbo a Alemania con pasaporte falso y el nombre
supuesto de James Landy. Pidió dinero a cambio de esta
información y el cónsul le entregó veinticinco coronas.
Eivind le ofreció seguir proporcionando material privado
y secreto sobre el personaje de incógnito siempre y cuando el Gobierno inglés lo recompensara con largueza.

De otro lado, Reginald Hall y Basil Thomson hicieron saber a Roger que todos sus movimientos en Alemania —entrevistas con altos funcionarios, militares y ministros del Gobierno en el Ministerio de Relaciones Exteriores de la Wilhelmstrasse así como sus encuentros con prisioneros irlandeses en Limburg— habían sido registrados con gran precisión por la inteligencia británica. De modo que Eivind, a la vez que simulaba complotar con Roger, preparando una trampa al cónsul Mansfeldt de Cardonnel Findlay, siguió comunicando al Gobierno inglés todo lo que él decía, hacía, escribía, y sobre quiénes recibía y a quiénes visitaba en su estancia alemana. «He sido un imbécil y merezco mi suerte», se repitió por enésima vez.

En eso se abrió la puerta de la celda. Le traían el almuerzo. ¿Ya era mediodía? Sumido en sus recuerdos, se le había pasado la mañana sin sentirlo. Si todos los días fueran así, qué maravilla. Probó apenas unos bocados del caldo desabrido y el guiso de coles con trozos de pescado. Cuando el guardián vino a llevarse los platos, Roger le pidió permiso para ir a limpiar el balde con excrementos y orina. Una vez al día le permitían salir a la letrina a vaciarlo y enjuagarlo. Cuando volvió a la celda, se tumbó de nuevo en su camastro. La cara risueña y hermosa de niño travieso de Eivind/Lucifer volvió a su memoria y, con ella, el desánimo y los ramalazos de amargura. Lo oyó susurrar «Te amo» en su oído y le pareció que se enredaba en él y lo estrujaba. Se oyó gemir.

Había viajado mucho, vivido intensas experiencias, conocido a toda clase de gentes, investigado crímenes atroces contra pueblos primitivos y comunidades indígenas de dos continentes. ¿Y era posible que todavía lo dejara estupefacto una personalidad de tanta doblez, inescrupulosidad y vileza como la del Lucifer escandinavo? Le había mentido, lo había engañado sistemáticamente a la vez que, mostrándose risueño, servicial y afectuoso, lo acompañaba como un perro fiel, lo servía, se interesaba por su salud, iba a comprarle medicinas, llamaba al médico, le ponía el termómetro. Pero también le sacaba todo el dinero que podía. Y luego se inventaba esos viajes a Noruega con el pretexto de ir a visitar a su madre, a su hermana, para correr al consulado a dar informes sobre las actividades conspiratorias, políticas y militares de su jefe y amante. Y asimismo cobraba también allí por esas delaciones. ¡Y él que creía manejar el hilo de la trama! Roger había instruido a Eivind, ya que los británicos querían matarlo —según el noruego, el cónsul Mansfeldt de Cardonnel Findlay se lo había asegurado de manera literal—, para que le siguiera la corriente, hasta obtener pruebas de las intenciones criminales de los funcionarios británicos contra él. Eso también se lo había comunicado Eivind al cónsul ¿por cuántas coronas o libras esterlinas? Y, por eso, lo que Roger creyó sería una operación publicitaria demoledora contra el Gobierno británico —acusarlo públicamente de montar homicidios contra sus adversarios violentando la soberanía de países terceros— no tuvo la menor repercusión. Su carta pública a sir Edward Grey, de la que había enviado copia a todos los Gobiernos representados en Berlín, no mereció siquiera acuse de recibo de una sola embajada.

Pero lo peor —Roger volvió a sentir aquel estrujón en el estómago— vino después, al final de los largos interrogatorios en Scotland Yard, cuando creía que Eivind/Lucifer no volvería a infiltrarse en esos diálogos. ¡El golpe final! El nombre de Roger Casement estaba en todos los periódicos de Europa y del mundo —un diplomático británico ennoblecido y condecorado por la Corona iba a ser juzgado por traidor a la patria— y la noticia de su inminente proceso se anunciaba por doquier. Entonces, en el consulado británico de Filadelfia se presentó Eivind Adler Christensen proponiendo, por intermedio del cónsul, viajar a Inglaterra para testimoniar contra Casement, siempre y cuando el Gobierno inglés corriera con todos sus gastos de viaje y estadía «y recibiera una remuneración aceptable». Roger no dudó un segundo de que aquel informe del cónsul británico de Filadelfia que le mostraron Reginald Hall y Basil Thomson fuera auténtico. Por fortuna, la rubicunda cara del Luzbel escandinavo no llegó a comparecer en el banquillo de los testigos durante los cuatro días del proceso en Old Bailey. Porque al verlo tal vez Roger no hubiera podido aguantar la rabia y las ganas de apretarle el pescuezo.

¿Era ésa la cara, la mente, el retorcimiento viperino del pecado original? En una de sus conversaciones con Edmund D. Morel, cuando ambos se preguntaban cómo era posible que gentes que habían recibido una educación cristiana, cultas y civilizadas, perpetraran y fueran cómplices de esos crímenes espantosos que ambos habían documentado en el Congo, Roger dijo: «Cuando se agotan las explicaciones históricas, sociológicas, psicológicas, culturales, queda todavía un vasto campo en la tiniebla para llegar a la raíz de la maldad de los seres humanos, *Bulldog*. Si lo quieres entender, hay un solo camino: dejar de razonar y acudir a la religión: eso es el pecado original». «Esa explicación no explica nada, *Tiger*.» Discutieron mucho rato, sin llegar a conclusión alguna. Morel afirmaba: «Si la razón última de la maldad es el pecado original, entonces no hay solución. Si los hombres estamos hechos para el mal y lo llevamos en el alma ¿por qué luchar entonces para poner remedio a lo que es irremediable?».

No había que caer en el pesimismo, el *Bulldog* tenía razón. No todos los seres humanos eran Eivind Adler Christensen. Había otros, nobles, idealistas, buenos y generosos, como el capitán Robert Monteith y el propio Morel. Roger se entristeció. El *Bulldog* no había firmado ninguna de las peticiones a su favor. Sin duda, desaprobaba que su amigo (¿ex amigo, ahora, como Herbert Ward?) hubiera tomado partido por Alemania. Aunque estaba contra la guerra y hacía campaña pacifista y había sido enjuiciado por ello, sin duda Morel no le perdonaba su adhesión al Káiser. Acaso lo consideraba también un traidor. Como Conrad.

Roger suspiró. Había perdido muchos amigos admirables y queridos, como esos dos. ¡Cuántos más le habrían vuelto la espalda! Pero, pese a todo ello, no había cambiado de manera de pensar. No, no se había equivocado. Seguía creyendo que, en este conflicto, si Alemania ganaba, Irlanda estaría más cerca de la independencia. Y más lejos si la victoria favorecía a Inglaterra. Él había hecho lo que hizo, no por Alemania, sino por Irlanda. ¿No podían entenderlo hombres tan lúcidos e inteligentes como Ward, Conrad y Morel?

El patriotismo cegaba la lucidez. Alice había hecho esta afirmación en un reñido debate, en una de esas veladas en su casa de Grosvenor Road que Roger recordaba siempre con tanta nostalgia. ¿Qué había dicho exactamente la historiadora? «No debemos dejar que el patriotismo nos arrebate la lucidez, la razón, la inteligencia.» Algo así. Pero, entonces, recordó el picotazo irónico que había lanzado George Bernard Shaw a todos los nacionalistas irlandeses presentes: «Son cosas irreconciliables, Alice. No se engañe: el patriotismo es una religión, está reñido con la lucidez. Es puro oscurantismo, un acto de fe». Lo dijo con esa ironía burlona que ponía siempre incómodos a sus interlocutores, porque todos intuían que, debajo de lo que el dramaturgo decía de manera bonachona, había siempre una intención demoledora. «Acto de fe», en boca de ese escéptico e incrédulo, quería decir «superstición, superchería» o cosas peores todavía. Sin embargo, ese hombre que no creía en nada y despotricaba contra todo era un gran escritor y había prestigiado las letras de Irlanda más que ningún otro de su generación. ¿Cómo se podía construir una gran obra sin ser un patriota, sin sentir esa profunda consanguinidad con la tierra de los antepasados, sin amar y emocionarse con el antiguo linaje que uno tenía a las espaldas? Por eso, puesto a elegir entre dos grandes creadores, secretamente Roger prefería a Yeats que a Shaw. Aquél sí era un patriota, había nutrido su poesía y su teatro con las viejas leyendas irlandesas y celtas, refundándolas, renovándolas, mostrando que estaban vivas y podían fecundar la literatura del presente. Un instante después se arrepintió de haber pensado así. Cómo podía ser ingrato con George Bernard Shaw: entre las grandes figuras intelectuales de Londres, pese a su escepticismo y sus crónicas contra el nacionalismo, nadie se había manifestado de manera más explícita y valiente en defensa de Roger Casement que el dramaturgo. Él aconsejó una línea de defensa a su abogado que, por desgracia, el pobre Serjeant A. M. Sullivan, esa nulidad codiciosa, no aceptó, y, luego de la sentencia, George Bernard Shaw escribió artículos y firmó manifiestos a favor de la conmutación de la pena. No era indispensable ser patriota y nacionalista para ser generoso y valiente.

Haber recordado apenas por un instante a Serjeant A. M. Sullivan lo desmoralizó, le hizo revivir su juicio por alta traición en Old Bailey, esos cuatro días siniestros de finales de junio de 1916. No había sido nada fácil encontrar un abogado litigante que aceptara defenderlo ante el Alto Tribunal. Todos los que *maître* George Gavan Duffy, su familia y sus amigos contactaron en Dublín y en Londres se negaron con pretextos diversos. Nadie quería defender a un traidor a la patria en tiempos de guerra. Finalmente, el irlandés Serjeant A. M. Sullivan, que nunca había defendido a nadie antes en un tribunal londinense, aceptó. Exigiendo, eso sí, una elevada suma de dinero, que su hermana Nina y Alice Stopford Green debieron reunir mediante donativos de simpatizantes de la causa irlandesa. En contra de los deseos de Roger, que quería asumir abiertamente su responsabilidad de rebelde y luchador independentista y utilizar el juicio como una plataforma para proclamar el derecho de Irlanda a la soberanía, el abogado Sullivan impuso una defensa legalista y formal, evitando lo político, y sosteniendo que el estatuto de Eduardo III bajo el cual se juzgaba a Casement concernía sólo a actividades de traición cometidas en el territorio de la Corona y no en el extranjero. Las acciones que se imputaban al acusado habían tenido lugar en Alemania y, por lo tanto, Casement no podía ser considerado un traidor al Imperio. Roger nunca creyó que esta estrategia de defensa tendría éxito. Para colmo, el día que presentó su alegato, Serjeant Sullivan ofreció un espectáculo lastimoso. A poco de comenzar su exposición se fue agitando, convulsionando, hasta que, presa de una palidez cadavérica, exclamó: «¡Señores jueces: no puedo más!» y se desplomó en la sala de audiencias, desmayado. Uno de sus ayudantes debió concluir el alegato. Menos mal que Roger, en su exposición final, pudo asumir su propia defensa, declarándose un rebelde, defendiendo el Alzamiento de Semana Santa, pidiendo la independencia de su patria y diciendo que estaba orgulloso de haberla servido. Ese texto lo enorgullecía y, pensaba, lo justificaría ante las futuras generaciones.

¿Qué hora era? No había podido acostumbrarse a no saber la hora en la que estaba. Qué muros tan espesos los de Pentonville Prison, pues, por más que esforzaba sus oídos, nunca consiguió escuchar los ruidos de la calle: campanas, motores, gritos, voces, silbatos. La bulla del mercado de Islington ¿la oía de veras o la inventaba? Ya no lo sabía. Nada. Un silencio extraño, sepulcral, el de este momento, que parecía suspender el tiempo, la vida. Los únicos ruidos que se filtraban hasta su celda provenían del interior de la prisión: pasos apagados en el corredor contiguo, puertas metálicas que se abrían y cerraban, la gangosa voz del *sheriff* dando órdenes a algún carcelero. Ahora, ni siquiera del interior de Pentonville Prison le llegaba rumor alguno. El silencio lo angustiaba, le impedía pensar. Trató de retomar la lectura de la *Imitación de Cristo,* de Tomás de Kempis, pero no pudo concentrarse y volvió a poner el libro en el suelo. Intentó rezar pero la oración le resultó tan mecánica que la interrumpió. Estuvo mucho rato quieto, tenso, desasosegado, con la mente en blanco y la mirada fija en un punto del techo que parecía húmedo, como si recibiera filtraciones, hasta quedarse dormido.

Tuvo un sueño tranquilo, que lo llevó a las selvas amazónicas, en una mañana luminosa y soleada. La brisa que corría sobre el puente del barco atenuaba los estragos del calor. No había mosquitos y se sentía bien, sin el ardor en los ojos que tanto lo atormentaba en los últimos tiempos, infección que parecía invulnerable a todos los colirios y enjuagues de los oftalmólogos, sin los dolores musculares de la artritis ni el fuego de las hemorroides que a veces parecía un hierro candente en sus entrañas, ni la hinchazón de los pies. No padecía ninguno de esos malestares, enfermedades y achaques, secuelas de sus veinte años africanos. Era joven otra vez y tenía ganas de hacer aquí, en este anchísimo río Amazonas cuyas orillas ni siquiera divisaba, una de esas locuras que había hecho tantas veces en el África: desnudarse y zambullirse desde la baranda del barco en esas aguas verdosas con gramalotes y manchas de espuma. Sentiría el impacto del agua tibia y espesa en todo el cuerpo, una sensación bienhechora, lustral, mientras se impulsaba hacia la superficie, emergía, y comenzaba a dar brazadas, deslizándose con la facilidad y la elegancia de un bufeo, al lado del barco. Desde la cubierta el capitán y algunos pasajeros le harían gestos aparatosos para que volviera a subir al barco, no se expusiera a morir ahogado o devorado por alguna yacumama, esas serpientes fluviales que tenían a veces diez metros de largo y podían deglutir a un hombre entero.

¿Estaba cerca de Manaos? ¿De Tabatinga? ¿Del Putumayo? ¿De Iquitos? ¿Remontaba o descendía el río? Qué más daba. Lo importante era que se sentía mejor de lo que recordaba en mucho tiempo, y, mientras el barco se deslizaba despacio sobre esa superficie verdosa, el runrún del motor acunando sus pensamientos, Roger repasaba una vez más lo que sería su futuro, ahora que por fin había renunciado a la diplomacia y recuperado la total libertad. Devolvería su piso londinense de Ebury Street y se iría a Irlanda. Dividiría su tiempo entre Dublín y el Ulster. No entregaría toda su vida a la política. Reservaría una hora al día, un día a la semana, una semana al mes para el estudio. Retomaría el aprendizaje del irlandés y un día sorprendería a Alice hablándole en fluido gaélico. Y las horas, días, semanas dedicadas a la política se concentrarían en la gran política, la que tenía que ver con el designio prioritario y central —la independencia de Irlanda y la lucha contra el colonialismo—, y rehuiría desperdiciar su tiempo en las intrigas, rivalidades, emulaciones de los politicastros ávidos de ganar pequeños espacios de poder, en el partido, en la célula, en la brigada, aunque para ello tuviera que olvidar e incluso sabotear la tarea primordial. Viajaría mucho por Irlanda, largas excursiones por los *glens* de Antrim, Donegal, por el Ulster, por Galway, por lugares apartados y aislados como la comarca de Connemara y Tory Island donde los pescadores no sabían inglés y sólo hablaban en gaélico, y haría buenas migas con esos campesinos, artesanos, pescadores que, con su estoicismo, su laboriosidad, su paciencia, habían resistido la aplastante presencia del colonizador, conservando su lengua, sus costumbres, sus creencias. Los escucharía, aprendería de ellos, escribiría ensayos y poemas sobre la gesta silenciosa y heroica de tantos siglos de esas gentes humildes gracias a las cuales Irlanda no había desaparecido y era todavía una nación.

Un ruido metálico lo sacó de ese sueño placentero. Abrió los ojos. El carcelero había entrado y le alcanzó una escudilla con la sopa de sémola y el pedazo de pan que era su cena de todas las noches. Estuvo a punto de preguntarle la hora, pero se contuvo porque sabía que no le contestaría. Deshizo el pan en pedacitos, los echó a la sopa y la tomó a espaciadas cucharadas. Había pasado otro día y tal vez el de mañana sería el decisivo.

X

La víspera de partir en el *Liberal* rumbo al Putumayo, Roger Casement decidió hablar francamente con
Mr. Stirs. En los trece días que llevaba en Iquitos había
tenido muchas conversaciones con el cónsul inglés, pero
no se había atrevido a tocarle el tema. Sabía que su misión
le había granjeado muchos enemigos, no sólo en Iquitos,
en toda la región amazónica; era absurdo que, además, se
indispusiera con un colega que podría serle de gran utili-
dad en los días y semanas siguientes si se veía en algún
serio aprieto con los caucheros. Mejor no mencionarle ese
escabroso asunto.

Y, sin embargo, aquella noche, mientras él y el
cónsul tomaban la acostumbrada copa de oporto en la
salita de Mr. Stirs, oyendo repicar al aguacero en el techo
de calamina y las trombas de agua golpeando los cristales
y la baranda de la terraza, Roger abandonó la prudencia.

—¿Qué opinión tiene usted del padre Ricardo
Urrutia, Mr. Stirs?

—¿El superior de los agustinos? Lo he tratado poco. En general, buena. ¿Usted lo ha visto mucho estos días,
no?

¿Adivinaba el cónsul que se adentraban en tierras
movedizas? En sus ojitos saltones había un brillo inquieto.
Su calva relucía bajo los reflejos de la lámpara de aceite
que chisporroteaba en la mesita del centro de la habitación.
El abanico en la mano derecha había dejado de moverse.

—Bueno, el padre Urrutia lleva apenas un año
aquí y no ha salido de Iquitos —dijo Casement—. De
modo que, sobre lo que ocurre en las caucherías del Putu-

mayo, no sabe gran cosa. En cambio, me ha hablado mucho de otro drama humano en la ciudad.

El cónsul paladeó un sorbo de oporto. Volvió a abanicarse y Roger tuvo la sensación de que su cara redonda había enrojecido algo. Afuera, la tormenta rugía con unos truenos largos, sordos y a veces un rayo encendía un segundo la oscuridad del bosque.

—El de las niñas y niños robados a las tribus —prosiguió Roger—. Traídos aquí y vendidos por veinte o treinta soles a las familias.

El señor Stirs permaneció mudo, observándolo. Se abanicaba con furia ahora.

—Según el padre Urrutia, casi todos los sirvientes de Iquitos fueron robados y vendidos —añadió Casement. Y, mirando al cónsul fijamente a los ojos—: ¿Es así?

Mr. Stirs lanzó un prolongado suspiro y se movió en su mecedora, sin disimular una expresión de disgusto. Su cara parecía decir: «No sabe cuánto me alegro que parta usted mañana al Putumayo. Ojalá no volvamos a vernos las caras, señor Casement».

—¿No ocurrían esas cosas en el Congo? —respondió, evasivo.

—Ocurrían, sí, aunque no de la manera generalizada de aquí. Permítame una impertinencia. Los cuatro sirvientes que usted tiene ¿los contrató o los compró?

—Los heredé —dijo, con sequedad, el cónsul británico—. Formaban parte de la casa, cuando mi antecesor, el cónsul Cazes, partió a Inglaterra. No se puede decir que los contratara porque, aquí en Iquitos, eso no se estila. Los cuatro son analfabetos y no sabrían leer ni firmar un contrato. En mi casa duermen, comen, yo los visto y, además, les doy propinas, algo que, le aseguro, no es frecuente en estas tierras. Los cuatro son libres de partir cuando les plazca. Hable con ellos y pregúnteles si les gustaría buscar trabajo en otra parte. Verá su reacción, señor Casement.

Éste asintió y tomó un sorbo de su copa de oporto.

—No he querido ofenderlo —se disculpó—. Estoy tratando de entender en qué país estoy, los valores y las costumbres de Iquitos. No tengo la menor intención de que usted me vea como un inquisidor.

La expresión del cónsul era, ahora, hostil. Se abanicaba despacio y en su mirada había aprensión además de odio.

—No como un inquisidor, sino como un justiciero —lo corrigió, haciendo otra mueca de desagrado—. O, si prefiere, un héroe. Ya le dije que no me gustan los héroes. No tome a mal mi franqueza. Por lo demás, no se haga ilusiones. Usted no va a cambiar lo que ocurre aquí, señor Casement. Y el padre Urrutia tampoco. En cierto sentido, para estos niños es una suerte lo que les ocurre. Ser sirvientes, quiero decir. Sería mil veces peor que crecieran en las tribus, comiéndose los piojos, muriendo de tercianas y cualquier peste antes de cumplir diez años, o trabajando como animales en las caucherías. Aquí viven mejor. Ya sé que este pragmatismo mío le chocará.

Roger Casement no dijo nada. Ya sabía lo que quería saber. Y, también, que a partir de ahora probablemente el cónsul británico en Iquitos sería otro enemigo del que debería cuidarse.

—He venido aquí a servir a mi país en una tarea consular —añadió Mr. Stirs, mirando el petate de fibras del suelo—. La cumplo a cabalidad, le aseguro. A los ciudadanos británicos, que no son muchos, los conozco, los defiendo y los sirvo en todo lo que hace falta. Hago cuanto puedo por alentar el comercio entre la Amazonía y el Imperio británico. Mantengo informado a mi Gobierno sobre el movimiento comercial, los barcos que van y vienen, los incidentes fronterizos. Entre mis obligaciones no figura combatir la esclavitud o los abusos que cometen los mestizos y los blancos del Perú con los indios del Amazonas.

—Siento haberlo ofendido, señor Stirs. No hablemos más de este asunto.

Roger se puso de pie, dio las buenas noches al dueño de casa y se retiró a su habitación. La tormenta había amainado pero aún llovía. La terraza contigua al dormitorio estaba empapada. Había un denso olor a plantas y a tierra húmeda. La noche estaba oscura y el rumor de los insectos era intenso, como si no estuvieran sólo en el bosque sino en el interior de la habitación. Con la tormenta, había caído otra lluvia: la de esos escarabajos negruzcos que llamaban vinchucas. Mañana sus cadáveres alfombrarían la terraza y, si los pisaba, crujirían como nueces y mancharían el suelo con una sangre oscura. Se desnudó, se puso el pijama y se metió en la cama, debajo del mosquitero.

Había sido imprudente, desde luego. Ofender al cónsul, un pobre hombre, acaso un buen hombre, que sólo esperaba llegar a la jubilación sin meterse en problemas, regresar a Inglaterra y sepultarse a cuidar su jardín en el *cottage* en Surrey que habría ido pagando a pocos con sus ahorros. Eso debería haber hecho él, y, entonces, tendría menos enfermedades en el cuerpo y menos angustias en el alma.

Recordó su violenta discusión en el *Huayna,* el barco en el que viajó de Tabatinga, la frontera entre Perú y Brasil, hasta Iquitos, con el cauchero Víctor Israel, judío de Malta, avecindado hacía muchos años en la Amazonía y con quien había tenido largos y entretenidísimos diálogos en la terraza del barco. Víctor Israel vestía de manera estrafalaria, parecía siempre disfrazado, hablaba un inglés impecable y contaba con gracia su vida aventurera que parecía salida de una novela picaresca, mientras jugaban al póquer, tomando copitas de cognac, que al cauchero le encantaban. Tenía la horrible costumbre de disparar a las garzas rosadas que sobrevolaban el barco con un pistolón de otros tiempos, pero, felizmente, rara vez acertaba. Hasta que, un buen día, Roger no recordaba a cuento de qué, Víctor Israel había hecho una apología de Julio C. Arana. El hombre estaba sacando a la Amazonía del salvajismo e integrándola al mundo moderno. Defendió las «correrías», gracias a las cuales, dijo, todavía había brazos para recolectar el caucho. Porque el gran problema de la selva era la falta de trabajadores que recogieran esa preciosa sustancia con la que el Hacedor había querido dotar a esta región y bendecir a los peruanos. Este «maná del cielo» se estaba desperdiciando por la pereza y la estupidez de los salvajes que se negaban a trabajar como recogedores del látex y obligaban a los caucheros a ir a las tribus a traerlos a la fuerza. Lo que significaba una gran pérdida de tiempo y de dinero para las empresas.

—Bueno, ésa es una manera de ver las cosas —lo interrumpió Roger Casement, con parsimonia—. También hay otra.

Víctor Israel era un hombre alargado, delgadísimo, con mechones blancos en su gran melena lacia que le llegaba hasta los hombros. Tenía una barbita de varios días en su gran cara huesuda y unos ojitos oscuros triangulares, algo mefistofélicos, que se clavaron en Roger Casement, desconcertados. Llevaba un chaleco colorado y, encima, tirantes, así como una chalina de fantasía sobre los hombros.

—¿Qué quiere usted decir?

—Me refiero al punto de vista de los que usted llama salvajes —explicó Casement, en tono trivial, como si hablara del tiempo o los mosquitos—. Póngase en su lugar por un momento. Están allí, en sus aldeas, donde han vivido años o siglos. Un buen día llegan unos señores blancos o mestizos con escopetas y revólveres y les exigen abandonar a sus familias, sus cultivos, sus casas, para ir a recoger caucho a decenas o centenas de kilómetros, en beneficio de unos extraños, cuya única razón es la fuerza de que disponen. ¿Usted iría de buena gana a recoger el famoso látex, don Víctor?

—Yo no soy un salvaje que vive desnudo, adora a la yacumama y ahoga en el río a sus hijos si nacen con el labio leporino —repuso el cauchero, con una risotada sardónica que acentuaba su disgusto—. ¿Pone usted en un mismo plano a los caníbales de la Amazonía y a los pioneros, empresarios y comerciantes que trabajamos en condiciones heroicas y nos jugamos la vida por convertir estos bosques en una tierra civilizada?

—Tal vez usted y yo tengamos un concepto distinto de lo que es civilización, mi amigo —dijo Roger Casement, siempre con ese tonito de bonhomía que parecía irritar sobremanera a Víctor Israel.

En la misma mesa del póquer estaban el botánico Walter Folk y Henry Fielgald, en tanto que los otros miembros de la Comisión se habían tumbado en sus hamacas para descansar. Era una noche serena, tibia y una luna llena iluminaba las aguas del Amazonas con un resplandor plateado.

—Me gustaría saber cuál es su idea de la civilización —dijo Víctor Israel. Sus ojos y su voz echaban chispas. Su irritación era tanta que Roger se preguntó si el cauchero no iría de repente a sacar el arqueológico revólver que llevaba en su cartuchera y a dispararle.

—Se podría sintetizar diciendo que es la de una sociedad donde se respeta la propiedad privada y la libertad individual —explicó, con mucha calma, todos sus sentidos alertas por si Víctor Israel intentaba agredirlo—. Por ejemplo, las leyes británicas prohíben a los colonos ocupar las tierras de los indígenas en las colonias. Y prohíben también, con pena de cárcel, emplear la fuerza contra los nativos que se niegan a trabajar en las minas o en los campos. Usted no piensa que la civilización sea eso. ¿O me equivoco?

El flaco pecho de Víctor Israel subía y bajaba agitando la extraña blusa con mangas bombachas que llevaba abotonada hasta el cuello y el chaleco colorado. Tenía ambos pulgares metidos en los tirantes y sus ojitos triangulares estaban inyectados como si sangraran. Su boca abierta mostraba una hilera de dientes desiguales manchados de nicotina.

—Según ese criterio —afirmó, burlón e hiriente—, los peruanos tendrían que dejar que la Amazonía continuara en la Edad de Piedra por los siglos de los siglos. Para no ofender a los paganos ni ocupar esas tierras con las que no saben qué hacer porque son perezosos y no quieren trabajar. Desperdiciar una riqueza que podría levantar el nivel de vida de los peruanos y hacer del Perú un país moderno. ¿Eso es lo que propone la Corona británica para este país, señor Casement?

—La Amazonía es un gran emporio de riquezas, sin duda —asintió Casement, sin alterarse—. Nada más justo que el Perú las aproveche. Pero sin abusar de los nativos, sin cazarlos como animales y sin trabajo esclavo. Más bien, incorporándolos a la civilización mediante escuelas, hospitales, iglesias.

Víctor Israel se echó a reír, estremeciéndose como un muñeco de resortes.

—¡En qué mundo vive usted, señor cónsul! —exclamó, alzando sus manos de largos dedos esqueléticos de manera teatral—. Se nota que no ha visto en su vida a un caníbal. ¿Sabe a cuántos cristianos se han comido los de aquí? ¿A cuántos blancos y cholos han dado muerte con sus lanzas y dardos envenenados? ¿A cuántos les han reducido las cabezas como hacen los shapras? Ya hablaremos cuando tenga un poco más de experiencia de la barbarie.

—Viví cerca de veinte años en el África y sé algo de esas cosas, señor Israel —le aseguró Casement—. Dicho sea de paso, allí conocí a muchos blancos que pensaban como usted.

Para evitar que la discusión se agriara aún más, Walter Folk y Henry Fielgald desviaron la conversación hacia temas menos espinosos. Esta noche, en su desvelo, después de diez días en Iquitos entrevistando a gente de toda condición, de anotar decenas de opiniones recogidas aquí y allá de autoridades, jueces, militares, dueños de restaurantes, pescadores, proxenetas, vagos, prostitutas y meseros de burdeles y bares, Roger Casement se dijo que la inmensa mayoría de los blancos y mestizos de Iquitos, peruanos y extranjeros, pensaban como Víctor Israel. Para ellos los indígenas amazónicos no eran, propiamente hablando, seres humanos, sino una forma inferior y despreciable de la existencia, más cerca de los animales que de los civilizados. Por eso era legítimo explotarlos, azotarlos, secuestrarlos, llevárselos a las caucherías, o, si se resistían, matarlos como a un perro que contrae la rabia. Era una visión tan generalizada del indígena que, como decía el padre Ricardo Urrutia, nadie se asombraba de que los domésticos de Iquitos fueran niñas y niños robados y vendidos a las familias loretanas por el equivalente de una o dos libras esterlinas. La angustia lo obligó a abrir la boca y respirar hondo hasta que llegara el aire a los pulmones. Si sin salir de esta ciudad había visto y sabido estas cosas ¿qué no vería en el Putumayo?

Los miembros de la Comisión partieron de Iquitos el 14 de septiembre de 1910, a media mañana. Roger llevaba contratado como intérprete a Frederick Bishop, uno de los barbadenses que entrevistó. Bishop hablaba español y aseguraba que podía entender y hacerse entender en los dos idiomas indígenas más hablados en las caucherías: el bora y el huitoto. El *Liberal,* el más grande de la flota de quince barcos de la Peruvian Amazon Company, estaba bien conservado. Disponía de pequeños camarotes donde podían acomodarse los viajeros de dos en dos. Tenía hamacas en la proa y en la parte trasera para los que preferían dormir a la intemperie. Bishop temía volver al Putumayo y pidió a Roger Casement constancia escrita de que la Comisión lo protegería durante el viaje y que, luego, sería repatriado a Barbados por el Gobierno británico.

La travesía de Iquitos a La Chorrera, capital del enorme territorio entre los ríos Napo y Caquetá donde tenía sus operaciones la Peruvian Amazon Company de Julio C. Arana, duró ocho días de calor, nubes de mosquitos, aburrimiento y monotonía de paisaje y de ruidos. El barco descendió por el Amazonas, cuya anchura a partir de Iquitos crecía hasta volverse invisibles sus orillas, cruzó la frontera del Brasil en Tabatinga y continuó descendiendo por el Yavarí, para luego reingresar al Perú por el Igaraparaná. En este tramo las orillas se acercaban y a veces las lianas y ramas de los altísimos árboles sobrevolaban la cubierta de la nave. Se escuchaban y veían bandadas de loros zigzagueando y chillando entre los árboles, o parsimoniosas garzas rosadas asoleándose en un islote y haciendo equilibrio en una sola pata, caparazones de tortugas cuyo pardo color sobresalía de unas aguas algo más pálidas, y, a veces, el erizado lomo de un caimán dormitando en el fango de la orilla al que disparaban escopetazos o tiros de revólver desde el barco.

Roger Casement pasó buena parte de la travesía ordenando sus notas y cuadernos de Iquitos y trazándose un plan de trabajo para los meses que pasaría en los dominios de Julio C. Arana. De acuerdo a las instrucciones del Foreign Office debía entrevistar sólo a los barbadenses que trabajaban en las estaciones porque eran ciudadanos británicos, y dejar en paz a los empleados peruanos y de otras nacionalidades, para no herir la susceptibilidad del Gobierno del Perú. Pero él no pensaba respetar esos límites. Su investigación quedaría tuerta, manca y coja si no recababa también información de los jefes de estación, de sus «muchachos» o «racionales» —indios castellanizados encargados de la vigilancia de los trabajos y la aplicación de los castigos— y de los propios indígenas. Sólo de este modo tendría una visión cabal de la manera como la Compañía de Julio C. Arana violaba las leyes y la ética en sus relaciones con los nativos.

En Iquitos, Pablo Zumaeta advirtió a los miembros de la Comisión que, por instrucciones de Arana, la Compañía había enviado por delante al Putumayo a uno de sus jefes principales, el señor Juan Tizón, para que los recibiera y les facilitara los desplazamientos y el trabajo. Los comisionados supusieron que la verdadera razón del viaje de Tizón al Putumayo era ocultar los trazos de los abusos y presentarles una imagen maquillada de la realidad.

Llegaron a La Chorrera al mediodía del 22 de septiembre de 1910. El nombre del lugar se debía a los torrentes y cataratas que provocaba un angostamiento brusco del cauce del río, espectáculo ruidoso y soberbio de espuma, ruido, rocas húmedas y remolinos que rompían la monotonía con que discurría el Igaraparaná, el afluente a cuyas orillas estaba el cuartel general de la Peruvian Amazon Company. Para llegar del embarcadero a las oficinas y viviendas de La Chorrera había que trepar una escarpada cuesta de barro y maleza. Las botas de los viajeros se hundían en el fango y éstos, a veces, para no caer debían apoyarse en los cargadores indios que llevaban los equipajes. Mientras saludaba a quienes habían venido a recibirlos, Roger, con un pequeño estremecimiento, comprobó que uno de cada tres o cuatro indígenas semidesnudos que cargaban los bultos o los miraban con curiosidad desde la orilla, golpeándose los brazos con las manos abiertas para apartar a los mosquitos, tenían en las espaldas, las nalgas y los muslos cicatrices que sólo podían ser de latigazos. El Congo, sí, el Congo por doquier.

Juan Tizón era un hombre alto, vestido de blanco, de maneras aristocráticas, muy cortés, que hablaba suficiente inglés para entenderse con él. Debía raspar la cincuentena y se veía a la legua, por su cara bien rasurada, su bigotito recortado, sus manos finas y su atuendo, que no estaba aquí, en medio de la selva, en su elemento, que era un hombre de oficina, salones y ciudad. Les dio la bienvenida en inglés y en español y les presentó a su acompañante, cuyo solo nombre produjo en Roger repugnancia: Víctor Macedo, jefe de La Chorrera. Éste, por lo menos, no había huido. Los artículos de Saldaña Roca y los de Hardenburg en la revista *Truth* de Londres lo señalaban como uno de los más sanguinarios lugartenientes de Arana en el Putumayo.

Mientras escalaban la ladera, lo observó. Era un hombre de edad indefinible, fortachón, más bajo que alto, un cholo blancón pero con los rasgos algo orientales de un indígena, nariz achatada, boca de labios muy anchos siempre abiertos que mostraban dos o tres dientes de oro, la expresión dura de alguien curtido por la intemperie. A diferencia de los recién llegados, subía con facilidad la empinada cuesta. Tenía una mirada un tanto oblicua, como si mirase de costado para evitar el relumbre del sol o porque temía encarar a las personas. Tizón iba desarmado, pero Víctor Macedo lucía un revólver en la correa de su pantalón.

En el claro, muy ancho, había construcciones de madera sobre pilotes —gruesos troncos de árboles o columnas de cemento— con barandas en el segundo piso, techos de calamina las más grandes o, las más pequeñas, de hojas trenzadas de palmera. Tizón iba explicándoles a la vez que señalaba —«Allí están las oficinas», «Ésos son depósitos de caucho», «En esta casa se alojarán ustedes»— pero Roger apenas lo oía. Observaba a los grupos de indígenas semi o totalmente desnudos que los ojeaban con indiferencia o evitaban mirarlos: hombres, mujeres y niños enclenques, algunos con pintura en la cara y en los pechos, de piernas tan flacas como cañas, pieles pálidas, amarillentas, y, a veces, con incisiones y colguijos en los labios y orejas que le recordaron a los nativos africanos. Pero aquí no había negros. Los pocos mulatos y morenos que divisó llevaban pantalones y botines y eran sin duda parte del contingente de Barbados. Contó cuatro. A los «muchachos» o «racionales» los reconoció de inmediato, pues, aunque indios y descalzos, se habían cortado el pelo, se peinaban como los «cristianos» y vestían pantalones y blusas, y llevaban colgados a la cintura palos y látigos.

En tanto que los demás miembros de la Comisión debieron compartir las habitaciones de dos en dos, Roger

Casement tuvo el privilegio de contar con una para él solo. Era un cuartito pequeño, con una hamaca en vez de cama y un mueble que podía servir a la vez de baúl y de escritorio. Sobre una mesita había un lavador, una jarra de agua y un espejo. Le explicaron que, en el primer piso, junto a la entrada, había un pozo séptico y una ducha. Apenas se instaló y dejó sus cosas, antes de sentarse a almorzar, Roger dijo a Juan Tizón que quería comenzar esta tarde misma a entrevistar a todos los barbadenses que hubiera en La Chorrera.

Para entonces ya se le había metido en las narices ese olor rancio y penetrante, oleaginoso, parecido al de las plantas y hojas podridas. Impregnaba todos los rincones de La Chorrera y lo acompañaría mañana, tarde y noche los tres meses que duró su viaje al Putumayo, un olor al que nunca se acostumbró, que lo hizo vomitar y le daba arcadas, una pestilencia que parecía venir del aire, la tierra, los objetos y los seres humanos y que, desde entonces, se convertiría para Roger Casement en el símbolo de la maldad y el sufrimiento que ese jebe sudado por los árboles de la Amazonía había exacerbado a extremos vertiginosos. «Es curioso», le comentó a Juan Tizón, el día de su llegada. «En el Congo estuve muchas veces en caucherías y depósitos de caucho. Pero no recuerdo que el látex congolés despidiera un olor tan fuerte y desagradable.» «Son variedades distintas», le explicó Tizón. «Éste huele más y es también más resistente que el africano. En las pacas que van a Europa se les echa talco para rebajar la pestilencia.»

Aunque el número de barbadenses en toda la región del Putumayo era de 196, sólo había seis en La Chorrera. Dos de ellos se negaron de entrada a conversar con Roger, pese a que éste, por intermedio de Bishop, les aseguró que su testimonio sería privado, que en ningún caso serían procesados por lo que le dijeran, y que él en persona se ocuparía de trasladarlos a Barbados si no querían seguir trabajando para la Compañía de Arana.

Los cuatro que aceptaron dar testimonio llevaban en el Putumayo cerca de siete años y habían servido a la Peruvian Amazon Company en distintas estaciones como capataces, un cargo intermedio entre los jefes y los «muchachos» o «racionales». El primero con el que conversó, Donal Francis, un negro alto y fuerte que cojeaba y tenía una nube en el ojo, estaba tan nervioso y se mostraba tan desconfiado que Roger supuso de inmediato que no obtendría gran cosa de él. Respondía monosílabos y negó todas las acusaciones. Según él, en La Chorrera jefes, empleados y «hasta salvajes» se llevaban muy bien. Nunca hubo problemas y menos violencia. Había sido bien aleccionado sobre lo que debía decir y hacer ante la Comisión.

Roger sudaba copiosamente. Bebía agua a sorbitos. ¿Serían tan inútiles como ésta las demás entrevistas con los barbadenses del Putumayo? No lo fueron. Philip Bertie Lawrence, Seaford Greenwich y Stanley Sealy, sobre todo este último, luego de vencer una prevención inicial y de recibir la promesa de Roger, en nombre del Gobierno británico, de que serían repatriados a Barbados, se lanzaron a hablar, a contarlo todo y a inculparse a sí mismos con vehemencia a veces frenética, como impacientes por descargar sus conciencias. Stanley Sealy ilustró su testimonio con tales precisiones y ejemplos que, pese a su larga experiencia con las atrocidades humanas, Casement en ciertos momentos tuvo mareos y una angustia que apenas le permitía respirar. Cuando el barbadense terminó de hablar se había hecho de noche. El zumbido de los insectos nocturnos parecía atronador como si millares de ellos revolotearan en su entorno. Estaban sentados en una banca de madera, en la terraza que daba al dormitorio de Roger. Habían fumado entre los dos un paquete de cigarrillos. En la oscuridad creciente Roger ya no podía ver los rasgos de ese mulato pequeño que era Stanley Sealy, sólo el contorno de su cabeza y sus brazos musculosos. Llevaba poco tiempo en La Chorrera. Había trabajado dos años en la estación de Abisinia, como brazo derecho de los jefes Abelardo Agüero y Augusto Jiménez, y, antes, en Matanzas, con Armando Normand. Permanecían callados. Roger sentía las picaduras de los mosquitos en su cara, el cuello y los brazos, pero no tenía ánimos para espantarlos.

De pronto se dio cuenta de que Sealy lloraba. Se había llevado las manos a la cara y sollozaba despacio, con unos suspiros que hinchaban su pecho. Roger veía el brillo de las lágrimas en sus ojos.

—¿Crees en Dios? —le preguntó—. ¿Eres una persona religiosa?

—Lo fui de niño, me parece —gimoteó el mulato, con la voz desgarrada—. Mi madrina me llevaba a la iglesia los domingos, allá en St. Patrick, el pueblo donde nací. Ahora, no sé.

—Te lo pregunto porque a lo mejor te ayuda hablarle a Dios. No te digo rezarle, sino hablarle. Inténtalo. Con la misma franqueza con que me has hablado a mí. Cuéntale lo que sientes, por qué estás llorando. Él te puede ayudar más que yo, en todo caso. Yo no sé cómo hacerlo. Yo me siento tan descompuesto como tú, Stanley.

Al igual que Philip Bertie Lawrence y Seaford Greenwich, Stanley Sealy estaba dispuesto a repetir su testimonio ante los miembros de la Comisión e, incluso, delante del señor Juan Tizón. Siempre y cuando permaneciera junto a Casement y viajara con éste a Iquitos y luego a Barbados.

Roger entró a su cuarto, prendió los mecheros de aceite, se quitó la camisa y se lavó el pecho, las axilas y la cara con agua de la palangana. Le hubiera gustado darse una ducha, pero habría tenido que bajar y hacerlo al aire libre y sabía que su cuerpo sería devorado por los mosquitos que, en las noches, se multiplicaban en número y en ferocidad.

Bajó a cenar en la planta baja, en un comedor también iluminado con lámparas de aceite. Juan Tizón y sus compañeros de viaje estaban bebiendo un whiskey tibio y aguado. Conversaban de pie, mientras tres o cuatro sirvientes indígenas, semidesnudos, iban trayendo pescados fritos y al horno, yucas hervidas, camotes y harina de maíz con la que espolvoreaban los alimentos igual que hacían los brasileños con la *farinha*. Otros espantaban a las moscas con unos abanicos de paja.

—¿Cómo le fue con los barbadenses? —le preguntó Juan Tizón, alcanzándole un vaso de whiskey.

—Mejor de lo que esperaba, señor Tizón. Me temía que fueran reacios a hablar. Pero, al contrario. Tres de ellos me han hablado con franqueza total.

—Espero que compartan conmigo las quejas que reciban —dijo Tizón, medio en broma medio en serio—. La Compañía quiere corregir lo que haga falta y mejorar. Ésa ha sido siempre la política del señor Arana. Bueno, me imagino que tienen hambre. ¡A la mesa, señores!

Se sentaron y empezaron a servirse de las distintas fuentes. Los miembros de la Comisión habían pasado la tarde recorriendo las instalaciones de La Chorrera y, con ayuda de Bishop, conversando con los empleados de la administración y de los depósitos. Todos parecían cansados y con pocas ganas de hablar. ¿Habrían sido sus experiencias en este primer día tan deprimentes como las suyas?

Juan Tizón les ofreció vino, pero, como les advirtió que con el transporte y el clima el vino francés llegaba hasta aquí movido y a veces agriado, todos prefirieron seguir con el whiskey.

A media comida, Roger comentó, echando una ojeada a los indios que servían:

—He visto que muchos indios e indias de La Chorrera tienen cicatrices en las espaldas, en las nalgas y en los muslos. Esa muchacha, por ejemplo. ¿Cuántos latigazos reciben, por lo común, cuando se les azota?

Hubo un silencio general, en el que el chisporroteo de las lámparas de aceite y el ronroneo de los insectos creció. Todos miraban a Juan Tizón, muy serios.

—Esas cicatrices se las hacen la mayor parte de las veces ellos mismos —afirmó éste, incómodo—. Tienen en sus tribus esos ritos de iniciación bastante bárbaros, ustedes saben, como abrirse huecos en la cara, en los labios, en las orejas, en las narices, para meterse anillos, dientes y toda clase de colguijos. No niego que algunas puedan haber sido hechas por capataces que no respetaron las disposiciones de la Compañía. Nuestro reglamento prohíbe los castigos físicos de manera categórica.

—Mi pregunta no iba a eso, señor Tizón —se disculpó Casement—. Sino a que, aunque se ven tantas cicatrices, no he visto a ningún indio con la marca de la Compañía en el cuerpo.

—No sé lo que quiere decir —replicó Tizón, bajando el tenedor.

—Los barbadenses me han explicado que muchos indígenas están marcados con las iniciales de la Compañía: CA, es decir, Casa Arana. Como las vacas, los caballos y los cerdos. Para que no se escapen ni se los roben los caucheros colombianos. Ellos mismos han marcado a muchos. Con fuego a veces y a veces con cuchillo. Pero no he visto a ninguno todavía con esas marcas. ¿Qué ha sido de ellos, señor?

Juan Tizón perdió su compostura y sus maneras elegantes, de golpe. Se había congestionado y temblaba de indignación.

—No le permito que me hable en ese tono —exclamó, mezclando el inglés con el español—. Yo estoy aquí para facilitarles el trabajo, no para recibir sus ironías.

Roger Casement asintió, sin alterarse.

—Le pido disculpas, no he querido ofenderlo —dijo, calmado—. Ocurre que, aunque fui testigo en el Congo de crueldades indecibles, la de marcar a seres humanos con fuego o cuchillo no la había visto todavía. Estoy seguro que usted no es responsable de esta atrocidad.

—¡Claro que no soy responsable de ninguna atrocidad! —volvió a levantar la voz Tizón, gesticulando. Revolvía los ojos en las órbitas, fuera de sí—. Si se cometen, no es culpa de la Compañía. ¿No ve usted qué lugar es éste, señor Casement? Aquí no hay ninguna autoridad, ni policía, ni jueces, ni nadie. Quienes trabajan aquí, de jefes, de capataces, de ayudantes, no son personas educadas, sino, en muchos casos, analfabetos, aventureros, hombres rudos, endurecidos por la selva. A veces, cometen abusos que espantan a un civilizado. Lo sé muy bien. Hacemos lo que podemos, créame. El señor Arana está de acuerdo con ustedes. Todos los que hayan cometido atropellos serán despedidos. Yo no soy cómplice de ninguna injusticia, señor Casement. Yo tengo un nombre respetable, una familia que significa mucho en este país, yo soy un católico que cumple con su religión.

Roger pensó que Juan Tizón creía probablemente en lo que decía. Un buen hombre, que, en Iquitos, Manaos, Lima o Londres no sabía ni quería saber lo que pasaba aquí. Debía maldecir la hora en que a Julio C. Arana se le ocurrió mandarlo a este rincón fuera del mundo a cumplir esta ingrata tarea y a pasar mil incomodidades y malos ratos.

—Debemos trabajar juntos, colaborar —repetía Tizón, algo más calmado, moviendo mucho las manos—. Lo que anda mal, será corregido. Los empleados que hayan cometido atrocidades serán sancionados. ¡Mi palabra de honor! Lo único que les pido es que vean en mí a un amigo, alguien que está del lado de ustedes.

Poco después, Juan Tizón dijo que se sentía algo indispuesto y prefería retirarse. Dio las buenas noches y se fue.

Se quedaron alrededor de la mesa sólo los miembros de la Comisión.

—¿Marcados como animales? —murmuró el botánico Walter Folk, con aire escéptico—. ¿Puede ser cierto eso?

—Tres de los cuatro barbadenses que interrogué hoy me lo han asegurado —asintió Casement—. Stanley

Sealy dice haberlo hecho él mismo, en la estación de Abisinia, por orden de su jefe, Abelardo Agüero. Pero ni siquiera lo de las marcas me parece lo peor. He escuchado cosas todavía más terribles esta tarde.

Siguieron conversando, ya sin probar bocado, hasta acabarse las dos botellas de whiskey que había en la mesa. Los comisionados estaban impresionados con las cicatrices en las espaldas de los indígenas y con el cepo o potro de torturas que habían descubierto en uno de los depósitos de La Chorrera donde se almacenaba el caucho. Delante del señor Tizón, que había pasado muy mal rato, Bishop les explicó cómo funcionaba esa armazón de madera y sogas en la que el indígena era introducido y comprimido, de cuclillas. No podía mover brazos ni piernas. Se le atormentaba ajustando las barras de madera o suspendiéndolo en el aire. Bishop aclaró que el cepo estaba siempre en el centro del descampado de todas las estaciones. Preguntaron a uno de los «racionales» del depósito cuándo habían traído el aparato a este lugar. El «muchacho» les explicó que sólo la víspera de su llegada.

Decidieron que la Comisión escuchara al día siguiente a Philip Bertie Lawrence, Seaford Greenwich y Stanley Sealy. Seymour Bell sugirió que Juan Tizón estuviera presente. Hubo opiniones divergentes, sobre todo la de Walter Folk, quien temía que, ante el alto jefe, los barbadenses se retractaran de lo dicho.

Esa noche Roger Casement no pegó los ojos. Estuvo tomando notas sobre sus diálogos con los barbadenses, hasta que la lámpara se apagó porque el aceite se había terminado. Se tumbó en su hamaca y permaneció desvelado, durmiendo por momentos y despertándose a cada rato con los huesos y músculos adoloridos y sin poder sacudirse la desazón que lo embargaba.

¡Y la Peruvian Amazon Company era una compañía británica! En su Directorio figuraban personalidades tan respetadas del mundo de los negocios y de la City como sir

John Lister-Kaye, el Barón de Souza-Deiro, John Russell
Gubbins y Henry M. Read. Qué dirían esos socios de Julio
C. Arana cuando leyeran, en el informe que presentaría al
Gobierno, que la empresa a la que habían legitimado con
su nombre y su dinero practicaba la esclavitud, conseguía
recolectores de caucho y sirvientes mediante «correrías» de
rufianes armados que capturaban hombres, mujeres y niños indígenas y los llevaban a las caucherías donde los
explotaban de manera inicua, colgándolos del cepo, mar-
cándolos con fuego y cuchillo y azotándolos hasta desangrarlos si no traían el cupo mínimo de treinta kilos de
caucho cada tres meses. Roger había estado en las oficinas
de la Peruvian Amazon Company en Salisbury House,
E.C., en el centro financiero de Londres. Un local espectacular, con un paisaje de Gainsborough en las paredes,
secretarias de uniforme, oficinas alfombradas, sofás de
cuero para las visitas y un enjambre de *clerks*, con sus pantalones a rayas, sus levitas negras y sus camisas de cuello
duro albo y corbatitas de miriñaque, llevando cuentas,
enviando y recibiendo telegramas, vendiendo y cobrando
las remesas de caucho talqueado y oloroso en todas las
ciudades industriales de Europa. Y, al otro extremo del
mundo, en el Putumayo, huitotos, ocaimas, muinanes,
nonuyas, andoques, rezígaros y boras extinguiéndose poco
a poco sin que nadie moviera un dedo para cambiar ese
estado de cosas.

«¿Por qué estos indígenas no han intentado re-
belarse?», había preguntado durante la cena el botánico
Walter Folk. Y añadió: «Es verdad que no tienen armas
de fuego. Pero son muchos, podrían alzarse y, aunque
murieran algunos, dominar a sus verdugos por el número».
Roger le respondió que no era tan simple. No se rebela-
ban por las mismas razones que tampoco en el África lo
habían hecho los congoleses. Ocurría sólo excepcionalmente, en casos localizados y esporádicos, actos de suicidio de
un individuo o un pequeño grupo. Porque, cuando el siste-

ma de explotación era tan extremo, destruía los espíritus antes todavía que los cuerpos. La violencia de que eran víctimas aniquilaba la voluntad de resistencia, el instinto por sobrevivir, convertía a los indígenas en autómatas paralizados por la confusión y el terror. Muchos no entendían lo que les ocurría como una consecuencia de la maldad de hombres concretos y específicos, sino como un cataclismo mítico, una maldición de los dioses, un castigo divino contra el que no tenían escapatoria.

Aunque, aquí, en el Putumayo, Roger descubrió en los documentos sobre la Amazonía que consultaba, que hacía pocos años hubo un intento de rebelión, en la estación de Abisinia, donde estaban los boras. Era un tema del que nadie quería hablar. Todos los barbadenses lo habían evitado. El joven cacique bora del lugar, llamado Katenere, una noche, apoyado por un grupito de su tribu, robó los rifles de los jefes y «racionales», asesinó a Bartolomé Zumaeta (pariente de Pablo Zumaeta), que en una borrachera había violado a su mujer, y se perdió en la selva. La Compañía puso precio a su cabeza. Varias expediciones salieron en su busca. Durante cerca de dos años no pudieron echarle mano. Por fin, una partida de cazadores, guiada por un indio delator, rodeó la choza donde estaba escondido Katenere con su mujer. El cacique logró escapar, pero la mujer fue capturada. El jefe Vásquez la violó él mismo, en público, y la puso en el cepo sin agua ni alimento. La tuvo así varios días. De tanto en tanto, la hacía azotar. Finalmente, una noche, el cacique apareció. Sin duda había espiado las torturas de su mujer desde la espesura. Cruzó el descampado, tiró la carabina que llevaba y fue a arrodillarse en actitud sumisa junto al cepo donde su esposa agonizaba o ya estaba muerta. Vásquez ordenó a gritos a los «racionales» que no le dispararan. Él mismo le sacó los ojos a Katenere con un alambre. Luego lo hizo quemar vivo, junto con la mujer, ante los indígenas de los alrededores formados en ronda. ¿Habían ocurrido así las cosas? La historia tenía un final romántico que, pensaba Roger, probablemente había sido alterado para acercarlo al apetito de truculencia tan extendido en estas tierras cálidas. Pero, al menos, ahí quedaban el símbolo y el ejemplo: un nativo se había rebelado, castigado a un torturador y muerto como un héroe.

Apenas salió la luz del alba, abandonó la casa donde se alojaba y bajó la cuesta hacia el río. Se bañó desnudo, luego de encontrar una pequeña poza en la que se podía resistir la corriente. El agua fría le hizo el efecto de un masaje. Cuando se vistió se sentía fresco y reconfortado. Al regresar a La Chorrera se desvió para recorrer el sector donde estaban las chozas de los huitotos. Las cabañas, diseminadas entre sembríos de yuca, maíz y plátanos, eran redondas, con tabiques de madera de chonta sujetos con bejucos y protegidas con techos de hojas tejidas de yarina que llegaban al suelo. Vio a mujeres esqueléticas cargando criaturas —ninguna respondió las venias de saludo que les hizo— pero a ningún hombre. Cuando regresó a la cabaña, una mujer indígena estaba poniendo en su dormitorio la ropa que le dio a lavar el día de su llegada. Le preguntó cuánto le debía pero la mujer —joven, con unas rayas verdes y azules en la cara— lo miró sin comprender. Hizo que Frederick Bishop le preguntara qué le debía. Éste lo hizo, en huitoto, pero la mujer pareció no entender.

—No le debe nada —dijo Bishop—. Aquí no circula el dinero. Además, es una de las mujeres del jefe de La Chorrera, Víctor Macedo.

—¿Cuántas tiene?

—Ahora, cinco —explicó el barbadense—. Cuando yo trabajé aquí, tenía siete al menos. Las ha cambiado. Así hacen todos.

Se rió e hizo una broma que Roger Casement no le festejó:

—Con este clima, las mujeres se gastan muy rápido. Hay que renovarlas todo el tiempo, como la ropa.

Las dos semanas siguientes que permanecieron en La Chorrera, hasta que los miembros de la Comisión se desplazaron a la estación de Occidente, Roger Casement las recordaría como las más atareadas e intensas del viaje. Sus entretenimientos consistían en bañarse en el río, los vados o las cataratas menos torrentosas, largos paseos por el bosque, tomar muchas fotos y, tarde en la noche, alguna partida de bridge con sus compañeros. En verdad, la mayor parte del día y de la tarde la pasaba investigando, escribiendo, interrogando a la gente del lugar o intercambiando impresiones con sus compañeros.

Contrariamente a lo que éstos temían, Philip Bertie Lawrence, Seaford Greenwich y Stanley Sealy no se intimidaron ante la Comisión en pleno y la presencia de Juan Tizón. Confirmaron todo lo que le habían contado a Roger Casement y ampliaron sus testimonios, revelando nuevos hechos de sangre y abusos. A veces, en los interrogatorios, Roger veía palidecer a alguno de los comisionados como si fuera a desmayarse.

Juan Tizón permanecía mudo, sentado detrás de ellos, sin abrir la boca. Tomaba notas en pequeños cuadernos. Los primeros días, luego de los interrogatorios, intentó rebajar y cuestionar los testimonios referentes a torturas, asesinatos y mutilaciones. Pero, a partir del tercer o cuarto día, una transformación se operó en él. Permanecía callado a la hora de las comidas, apenas probaba bocado y respondía con monosílabos y murmullos cuando le dirigían la palabra. Al quinto día, mientras tomaban un trago antes de la cena, estalló. Con los ojos inyectados, se dirigió a todos los presentes: «Esto va más allá de todo lo que yo pude nunca imaginar. Les juro por el alma de mi santa madre, de mi esposa y de mis hijos, lo que más quiero en el mundo, que todo esto es para mí una absoluta sorpresa. Siento un horror tan grande como el de ustedes. Estoy enfermo con las cosas que oímos. Es posible que haya exageraciones en las denuncias de estos barbadenses, que quieran congraciarse con ustedes. Pero aun así, no hay duda, aquí se han cometido crímenes intolerables, monstruosos, que deben ser denunciados y castigados. Yo les juro que...».

Se le cortó la voz y buscó una silla donde sentarse. Estuvo mucho rato cabizbajo, con la copa en la mano. Balbuceó que Julio C. Arana no podía sospechar lo que ocurría aquí, ni tampoco sus principales colaboradores en Iquitos, Manaos o Londres. Él sería el primero en exigir que se pusiera remedio a todo esto. Roger, impresionado con la primera parte de lo que les dijo, pensó que Tizón, ahora, era menos espontáneo. Y que, humano al fin y al cabo, pensaba en su situación, su familia y su futuro. En todo caso, a partir de ese día, Juan Tizón pareció dejar de ser un alto funcionario de la Peruvian Amazon Company para convertirse en un miembro más de la Comisión. Colaboraba con ellos con celo y diligencia, trayéndoles a menudo datos nuevos. Y todo el tiempo les exigía tomar precauciones. Se había llenado de recelo, espiaba el contorno lleno de sospechas. Sabiendo lo que sucedía aquí, la vida de todos corría peligro, principalmente la del cónsul general. Vivía en continuo sobresalto. Temía que los barbadenses fueran a revelar a Víctor Macedo lo que habían confesado. Si lo hacían, no se podía descartar que este sujeto, antes de ser llevado a los tribunales o entregado a la policía, les montara una emboscada y dijera después que habían perecido a manos de los salvajes.

La situación dio un vuelco un amanecer en que Roger Casement advirtió que alguien llamaba a su puerta con los nudillos. Estaba todavía oscuro. Fue a abrir y en la abertura divisó una silueta que no era la de Frederick Bishop. Se trataba de Donal Francis, el barbadense que había insistido en que aquí reinaba la normalidad. Hablaba en voz muy baja y asustada. Había reflexionado y ahora quería decirle la verdad. Roger lo hizo entrar. Conversaron sentados en el suelo pues Donal temía que si salían a la terraza pudieran escucharlos.

Le aseguró que le había mentido por miedo a Víctor Macedo. Éste lo había amenazado: si delataba a los ingleses lo que aquí pasaba, no volvería a poner los pies en Barbados y, una vez que aquéllos partieran, después de cortarle los testículos, lo ataría desnudo a un árbol para que se lo comieran las hormigas curhuinses. Roger lo tranquilizó. Sería repatriado a Bridgetown, al igual que los otros barbadenses. Pero no quiso escuchar esta nueva confesión en privado. Francis debió hablar delante de los comisionados y de Tizón.

Testimonió ese mismo día, en el comedor, donde tenían las sesiones de trabajo. Mostraba mucho miedo. Sus ojos revoloteaban, se mordía los gruesos labios y a veces no encontraba las palabras. Habló cerca de tres horas. El momento más dramático de su confesión ocurrió cuando dijo que, hacía un par de meses, a dos huitotos que alegaban estar enfermos para justificar la cantidad ridícula de caucho que habían reunido, Víctor Macedo les ordenó a él y a un «muchacho» llamado Joaquín Piedra, atarles las manos y los pies, zambullirlos en el río y tenerlos aplastados bajo el agua hasta que se ahogaran. Entonces hizo que los «racionales» arrastraran los cadáveres al bosque para que se los comieran los animales. Donal ofreció llevarlos hasta el sitio donde todavía se podían encontrar algunos miembros y huesos de los dos huitotos.

El 28 de septiembre, Casement y los miembros de la Comisión abandonaron La Chorrera en la lancha *Veloz* de la Peruvian Amazon Company, rumbo a Occidente. Remontaron el río Igaraparaná varias horas, hicieron escalas en los puestos de acopio de caucho de Victoria y Naimenes para comer algo, durmieron en la misma lancha y al día siguiente, luego de otras tres horas de navegación, atracaron en el embarcadero de Occidente. Los recibió el jefe de la estación, Fidel Velarde, con sus ayudantes Manuel Torrico, Rodríguez y Acosta. «Todos tienen caras y actitudes de matones y forajidos», pensó Roger Casement.

Iban armados con pistolas y carabinas Winchester. Seguramente siguiendo instrucciones, se mostraron obsecuentes con los recién llegados. Juan Tizón, una vez más, les pidió prudencia. De ningún modo debían revelar a Velarde y sus «muchachos» las cosas que habían averiguado.

Occidente era un campamento más pequeño que La Chorrera y cercado por una empalizada de cañas de madera afiladas como lanzas. «Racionales» armados con carabinas cuidaban las entradas.

—¿Por qué está tan protegida la estación? —preguntó Roger a Juan Tizón—. ¿Esperan un ataque de los indios?

—De los indios, no. Aunque nunca se sabe si va a aparecer un día otro Katenere. Más bien de los colombianos, que codician estos territorios.

Fidel Velarde tenía en Occidente 530 indígenas, la mayoría de los cuales estaba ahora en el bosque, recogiendo caucho. Traían lo recolectado cada quince días y luego volvían a internarse en la selva otras dos semanas. Aquí se quedaban sus mujeres e hijos, en un poblado que se extendía por las laderas del río, fuera de la empalizada. Velarde añadió que los indios ofrecerían esa tarde a los «amigos visitantes» una fiesta.

Los llevó a la casa donde se alojarían, una construcción cuadrangular montada sobre pilotes, de dos pisos, con puerta y ventanas cubiertas por enrejados para los mosquitos. En Occidente el olor a caucho que salía de los depósitos e impregnaba el aire era tan fuerte como el de La Chorrera. Roger se alegró al descubrir que, aquí, dormiría en una cama en vez de una hamaca. Un camastro, más bien, con un colchón de semillas, en el que al menos podría mantener una postura plana. La hamaca había agravado sus dolores musculares y sus desvelos.

La fiesta tuvo lugar a comienzos de la tarde, en un claro vecino al poblado huitoto. Un enjambre de indígenas había acarreado mesas, sillas y ollas con comida y bebidas para los forasteros. Los esperaban, formados en círculo, muy serios. El cielo estaba despejado y no se percibía la menor amenaza de lluvia. Pero a Roger Casement ni el buen tiempo ni el espectáculo del Igaraparaná hendiendo la llanura de espesos bosques y zigzagueando a su alrededor consiguió alegrarlo. Sabía que lo que iban a presenciar sería triste y deprimente. Tres o cuatro decenas de indios e indias —aquéllos muy viejos o niños y éstas en general bastante jóvenes—, desnudos algunos y otros embutidos en la *cushma* o túnica con que Roger había visto a muchos indígenas en Iquitos, bailaron, formando una ronda, al compás de los sonidos del manguaré, tambores hechos de troncos de árboles excavados, a los que los huitotos, golpeándolos con unos maderos con puntera de caucho, les arrancaban unos sonidos roncos y prolongados que, se decía, llevaban mensajes y les permitían comunicarse a grandes distancias. Las filas de danzantes tenían sonajas de semillas en los tobillos y en los brazos, que repiqueteaban con los saltitos arrítmicos que daban. A la vez canturreaban unas melodías monótonas, con un dejo de amargura que congeniaba con sus semblantes serios, hoscos, miedosos o indiferentes.

Más tarde, Casement preguntó a sus compañeros si habían advertido el gran número de indios que tenían las espaldas, las nalgas y las piernas con cicatrices. Hubo un amago de discusión entre ellos sobre qué porcentaje de los huitotos que danzaron llevaban marcas de latigazos. Roger decía que el ochenta por ciento, Fielgald y Folk que no más del sesenta por ciento. Pero todos coincidieron en que lo que más los había impresionado era un chiquillo puro hueso y pellejo con quemaduras en todo el cuerpo y parte de la cara. Pidieron a Frederick Bishop que averiguara si esas marcas se debían a un accidente o a castigos y torturas.

Se habían propuesto descubrir en esta estación con lujo de detalles cómo operaba el sistema de explotación.

Comenzaron a la mañana siguiente, muy temprano, luego del desayuno. Apenas empezaron a visitar los depósitos de caucho, guiados por el propio Fidel Velarde, descubrieron de manera casual que las balanzas en que se pesaba el caucho estaban trucadas. Seymour Bell tuvo la ocurrencia de subirse en una de ellas, pues, como era hipocondríaco, creía haber bajado de peso. Se llevó un susto. ¡Pero, cómo era posible! ¡Había bajado cerca de diez kilos! Sin embargo, no lo sentía en su cuerpo, se le caerían los pantalones y se le escurrirían las camisas. Casement se pesó también y animó a hacerlo a sus compañeros y a Juan Tizón. Todos estaban varios kilos por debajo de su peso normal. Durante el almuerzo, Roger preguntó a Tizón si creía que todas las balanzas de la Peruvian Amazon Company en el Putumayo estaban amañadas como las de Occidente para hacer creer a los indios que habían recolectado menos caucho. Tizón, que había perdido toda capacidad de disimulación, se limitó a encogerse de hombros: «No lo sé, señores. Lo único que sé es que aquí todo es posible».

A diferencia de La Chorrera, donde lo habían escondido en un almacén, en Occidente el cepo estaba en el centro mismo del descampado alrededor del cual se hallaban las viviendas y depósitos. Roger pidió a los ayudantes de Fidel Velarde que lo metieran dentro de ese aparato de tortura. Quería saber qué se sentía en esa jaula estrecha. Rodríguez y Acosta dudaron, pero como Juan Tizón lo autorizó, indicaron a Casement que se encogiera y, empujándolo con sus manos, lo acuñaron dentro del cepo. Fue imposible cerrarle las maderas que sujetaban piernas y brazos, porque tenía las extremidades demasiado gruesas, de manera que se limitaron a juntarlas. Pero pudieron abrocharle las agarraderas del cuello, que, sin ahogarlo del todo, le impedían casi respirar. Sentía un dolor vivísimo en el cuerpo y le pareció imposible que un ser humano resistiera horas esa postura y esa presión en espalda, estómago, pecho, piernas, cuello y brazos. Cuando salió, antes de recuperar el movimiento, tuvo que apoyarse un buen rato en el hombro de Louis Barnes.

—¿Por qué tipo de faltas meten a los indios al cepo? —preguntó en la noche al jefe de Occidente.

Fidel Velarde era un mestizo algo rollizo, con un gran bigote de foca y unos ojos grandes y saltones. Llevaba un sombrero alón, botas altas y un cinturón lleno de balas.

—Cuando cometen faltas gravísimas —explicó, remoloneando en cada frase—. Cuando matan a sus hijos, desfiguran a sus mujeres en una borrachera o cometen robos y no quieren confesar dónde han escondido lo que se robaron. No usamos el cepo muy seguido. Sólo rara vez. Los indios de aquí se portan bien, en general.

Lo decía con un tonito entre risueño y burlón, mirando de uno en uno a los comisionados con una mirada fija y despectiva, que parecía estar diciéndoles «Me veo obligado a decir estas cosas pero, por favor, no me las crean». Su actitud mostraba tal suficiencia y desprecio sobre el resto de los seres humanos que Roger Casement trataba de imaginar el miedo paralizante que debía inspirar el matonesco personaje a los indígenas, con su pistola al cinto, su carabina al hombro y su cinturón lleno de balas. Poco después, uno de los cinco barbadenses de Occidente testificó ante la Comisión que él había visto, una noche de borrachera, a Fidel Velarde y a Alfredo Montt, entonces jefe de la estación Último Retiro, apostar quién cortaba más rápido y limpiamente la oreja de un huitoto castigado en el cepo. Velarde consiguió desorejar al indígena de un solo tajo de su machete, pero Montt, que estaba ebrio perdido y le temblaban las manos, en vez de sacarle la otra oreja le descerrajó el machetazo en pleno cráneo. Al terminar esta sesión, Seymour Bell tuvo una crisis. Confesó a sus compañeros que no podía más. Le faltaba la voz y tenía los ojos llorosos e inyectados. Ya habían visto y oído bastante para saber que aquí reinaba la barbarie más atroz. No tenía sentido seguir investigando en este mundo de inhumanidad y crueldades psicópatas. Propuso que pusieran fin al viaje y retornaran a Inglaterra de inmediato.

Roger repuso que no se opondría a que los demás partieran. Pero él permanecería en el Putumayo, de acuerdo al plan previsto, visitando algunas estaciones más. Quería que su informe fuera prolijo y documentado, para que tuviera más efecto. Les recordó que todos estos crímenes los cometía una compañía británica, en cuyo Directorio figuraban respetabilísimas personalidades inglesas, y que los accionistas de la Peruvian Amazon Company estaban llenándose los bolsillos con lo que aquí ocurría. Había que poner fin a ese escándalo y sancionar a los culpables. Para conseguirlo, su informe debía ser exhaustivo y contundente. Sus razones convencieron a los demás, incluido el desmoralizado Seymour Bell.

Para sacudirse la impresión que les había dejado a todos aquella apuesta de Fidel Velarde y Alfredo Montt, decidieron tomarse un día de descanso. A la mañana siguiente, en vez de proseguir con las entrevistas y averiguaciones, fueron a bañarse en el río. Pasaron muchas horas cazando mariposas con una red mientras el botánico Walter Folk exploraba el bosque en busca de orquídeas. Mariposas y orquídeas abundaban en la zona tanto como los mosquitos y los murciélagos que venían en las noches, en sus vuelos silentes, a morder a los perros, gallinas y caballos de la estación, contagiándoles a veces la rabia, lo que obligaba a matarlos y quemarlos para evitar una epidemia.

Casement y sus compañeros quedaron maravillados por la variedad, tamaño y belleza de las mariposas que revoloteaban por las cercanías del río. Las había de todas las formas y colores y sus aleteos gráciles y las manchas de luz que despedían cuando se posaban en alguna hoja o planta parecían encandilar el aire con notas de delicadeza, un desagravio contra esa fealdad moral que descubrían a cada paso, como si no hubiera fondo en esta tierra desgraciada para la maldad, la codicia y el dolor.

Walter Folk quedó sorprendido con la cantidad de orquídeas que colgaban de los grandes árboles, con sus elegantes y exquisitos colores, iluminando su contorno. No las cortaba ni permitió que sus compañeros lo hicieran. Pasaba mucho rato contemplándolas con un lente de aumento, tomando notas y fotografiándolas.

En Occidente Roger Casement llegó a tener una idea bastante completa del sistema que hacía funcionar la Peruvian Amazon Company. Tal vez en sus comienzos hubo algún tipo de acuerdo entre los caucheros y las tribus. Pero aquello era ya historia pues, ahora, los indígenas no querían ir a la selva a recoger caucho. Por eso, todo comenzaba con las «correrías» perpetradas por los jefes y sus «muchachos». No se pagaba salario ni los indígenas veían un solo centavo. Recibían del almacén los instrumentos de la recolección —cuchillos para las incisiones en los árboles, latas para el látex, canastas para acumular las pencas o bolas de caucho—, además de objetos domésticos como semillas, ropa, lámparas y algunos alimentos. Los precios eran determinados por la Compañía, de manera que el indígena siempre estuviera en deuda y trabajara el resto de su vida para amortizar lo que debía. Como los jefes no tenían sueldos sino comisiones por el caucho que reunían en cada estación, sus exigencias para obtener el máximo de látex eran implacables. Cada recogedor se internaba en la selva quince días, dejando a su mujer y sus hijos en calidad de rehenes. Los jefes y «racionales» disponían de ellos a discreción, para el servicio doméstico o para sus apetitos sexuales. Todos tenían verdaderos serrallos —muchas niñas que no habían llegado a la pubertad— que intercambiaban a su capricho, aunque a veces, por celos, había arreglos de cuentas a balazos y puñaladas. Cada quince días los recogedores volvían a la estación a traer el caucho. Éste era pesado en las balanzas trucadas. Si al cabo de tres meses no completaban los treinta kilos recibían castigos que iban desde latigazos al cepo, corte de orejas y narices, o, en los casos extremos, la tortura y el asesinato de la mujer e hijos y del mismo recogedor. Los cadáveres no eran enterrados sino arrastrados al bosque para que se los comieran los animales. Cada tres meses las lanchas y vapores de la Compañía venían en busca del caucho que, entretanto, había sido ahumado, lavado y talqueado. Los barcos llevaban algunas veces su carga del Putumayo a Iquitos y otras directamente a Manaos para ser exportada de allí a Europa y los Estados Unidos.

Roger Casement comprobó que gran número de «racionales» no hacían el menor trabajo productivo. Eran meros carceleros, torturadores y explotadores de los indígenas. Estaban todo el día tumbados, fumando, bebiendo, divirtiéndose, pateando una pelota, contándose chistes o dando órdenes. Sobre los indígenas recaía todo el trabajo: construir viviendas, reponer los techos averiados por las lluvias, reparar el sendero que bajaba al embarcadero, lavar, limpiar, cargar, cocinar, llevar y traer cosas, y, en el poco tiempo libre que les quedaba, trabajar sus sembríos sin los cuales no hubieran tenido qué comer.

Roger comprendía el estado de ánimo de sus compañeros. Si a él, que, después de veinte años en África, creía haberlo visto todo, lo que aquí ocurría lo tenía alterado, con los nervios rotos, viviendo momentos de total abatimiento, cómo sería para quienes habían pasado la mayor parte de su vida en un mundo civilizado, creyendo que así era el resto de la Tierra, sociedades con leyes, iglesias, policías y costumbres y una moral que impedía que los seres humanos actuaran como bestias.

Roger quería continuar en el Putumayo para que su informe fuera lo más completo posible, pero no era sólo eso. Otra razón era la curiosidad que sentía por conocer a ese personaje que, según todos los testimonios, era el paradigma de la crueldad de este mundo: Armando Normand, el jefe de Matanzas.

Desde Iquitos oía anécdotas, comentarios y alusiones a este nombre siempre asociado a tales maldades e igno-

minias que había ido obsesionándose con él, al extremo de
tener pesadillas de las que despertaba bañado en sudor y el
corazón acelerado. Estaba seguro de que muchas cosas que
había oído a los barbadenses sobre Normand eran exageraciones atizadas por la imaginación calenturienta tan frecuente en las gentes de estas tierras. Pero, aun así, que este sujeto hubiera podido generar semejante mitología indicaba que
se trataba de un ser que, aunque pareciera imposible, superaba todavía en salvajismo a facinerosos como Abelardo
Agüero, Alfredo Montt, Fidel Velarde, Elías Martinengui
y otros de su especie.

Nadie sabía con certeza su nacionalidad —se decía
que era peruano, boliviano o inglés— pero todos coincidían
en que no llegaba a los treinta años y que había estudiado en Inglaterra. Juan Tizón había oído decir que tenía un
título de contador de un instituto en Londres.

Al parecer era bajito, delgado y muy feo. Según el
barbadense Joshua Dyall, de su personita insignificante
irradiaba una «fuerza maligna» que hacía temblar a quien
se le acercaba y su mirada, penetrante y glacial, parecía de
víbora. Dyall aseguraba que no sólo los indios, también
los «muchachos» y hasta los mismos capataces se sentían
inseguros a su lado. Porque en cualquier momento Armando Normand podía ordenar o ejecutar él mismo una ferocidad escalofriante sin que se le alterara la indiferencia
desdeñosa hacia todo lo que lo rodeaba. Dyall confesó a
Roger y a la Comisión que, en la estación de Matanzas,
Normand le ordenó un día asesinar a cinco andoques,
castigados por no haber cumplido con las cuotas de caucho. Dyall mató a los dos primeros a balazos, pero el jefe
ordenó que, a los dos siguientes, les aplastara primero los
testículos con una piedra de amasar yuca y los rematara a
garrotazos. Al último, hizo que lo estrangulara con sus
manos. Durante toda la operación estuvo sentado en un
tronco de árbol, fumando y observando, sin que se alterara
la expresión indolente de su carita rubicunda.

Otro barbadense, Seaford Greenwich, que había trabajado unos meses con Armando Normand en Matanzas, contó que la comidilla entre los «racionales» de la estación era la costumbre del jefe de meterles ají molido o en cáscara en el sexo a sus muchachitas concubinas para oírlas chillar con el ardor. Según Greenwich sólo así se excitaba y podía tirárselas. En una época, añadía el barbadense, Normand, en vez de meter en el cepo a los castigados, los elevaba con una cadena amarrada a un árbol alto y los soltaba para ver cómo al aplastarse contra el suelo se rompían cabeza y huesos o se cortaban la lengua contra los dientes. Otro capataz que había servido a órdenes de Normand aseguró a la Comisión que más miedo que a éste los indios andoques le tenían a su perro, un mastín al que había adiestrado para que hundiera sus fauces y desgarrara las carnes del indio contra el que lo aventaba.

¿Podían ser verdad todas esas monstruosidades? Roger Casement se decía, revisando su memoria, que, entre la vasta colección de malvados que había conocido en el Congo, seres a los que el poder y la impunidad habían vuelto monstruos, ninguno llegaba a los extremos de este individuo. Tenía una curiosidad algo perversa por conocerlo, oírlo hablar, verlo actuar y averiguar de dónde salía. Y qué podía decir de las fechorías que se le imputaban.

De Occidente, Roger Casement y sus amigos se trasladaron, siempre en la lancha *Veloz,* a la estación Último Retiro. Era más pequeña que las anteriores y también tenía el aspecto de una fortaleza, con su empalizada y guardias armados alrededor del puñadito de viviendas. Los indios le parecieron más primitivos y huraños que los huitotos. Andaban semidesnudos, con taparrabos que apenas les cubrían el sexo. Aquí divisó Roger por primera vez a dos nativos con las marcas de la Compañía en las nalgas: CA. Parecían más viejos que la mayoría de los otros. Trató de hablar con ellos pero no entendían español ni portugués, ni el huitoto de Frederick Bishop. Más tarde, recorriendo Último Retiro, descubrieron otros indios marcados. Por un empleado de la estación supieron que al menos un tercio de los indígenas avecindados aquí llevaban la marca CA en el cuerpo. La práctica se había suspendido hacía algunas semanas, cuando la Peruvian Amazon Company aceptó la venida de la Comisión al Putumayo.

Para llegar desde el río a Último Retiro había que trepar una cuesta enfangada por la lluvia donde las piernas se hundían hasta las rodillas. Cuando Roger pudo quitarse los zapatos y tenderse en su camastro le dolían todos los huesos. Le había vuelto la conjuntivitis. El ardor y lagrimeo de un ojo eran tan grandes que, después de echarse el colirio, se lo vendó. Así estuvo varios días, de pirata, con un ojo vendado y protegido por un paño húmedo. Como estas precauciones no bastaron para poner fin a la inflamación y el lagrimeo, a partir de entonces y hasta el final de su viaje, todos los momentos del día en que no estaba trabajando —eran pocos— corría a tenderse en su hamaca o camastro y permanecía con los dos ojos vendados con paños de agua tibia. Así se atenuaban las molestias. Durante estos períodos de descanso y en las noches —dormía apenas cuatro o cinco horas— trataba de organizar mentalmente el informe que escribiría para el Foreign Office. Los lineamientos generales eran claros. Primero, un cuadro de las condiciones del Putumayo cuando los pioneros vinieron a instalarse, invadiendo las tierras de las tribus, hacía unos veinte años. Y cómo, desesperados por la falta de brazos, iniciaron las «correrías», sin temor de ser sancionados porque en estos lugares no había jueces ni policías. Ellos eran la única autoridad, sustentada en sus armas de fuego, contra las cuales hondas, lanzas y cerbatanas resultaban fútiles.

Debía describir con claridad el sistema de explotación del caucho basado en el trabajo esclavo y en el maltrato de los indígenas atizado por la codicia de los jefes que, como trabajaban a porcentaje del caucho recogido, se valían de los castigos físicos, mutilaciones y asesinatos para aumentar la recolección. La impunidad y su poder absoluto habían desarrollado en estos individuos tendencias sádicas, que, aquí, podían manifestarse libremente contra esos indígenas privados de todos los derechos.

¿Serviría su informe? Por lo menos para que la Peruvian Amazon Company fuera sancionada, sin duda. El Gobierno británico pediría al Gobierno peruano que llevara a los tribunales a los responsables de los crímenes. ¿Se atrevería el presidente Augusto B. Leguía a hacerlo? Juan Tizón decía que sí, que, al igual que en Londres, en Lima estallaría un escándalo cuando se supiera lo que aquí ocurría. La opinión pública exigiría castigo para los culpables. Pero Roger dudaba. ¿Qué podía hacer el Gobierno peruano en el Putumayo, donde no tenía un solo representante y donde la Compañía de Julio C. Arana se jactaba, con razón, de ser ella, con sus bandas de asesinos, la que mantenía la soberanía del Perú sobre estas tierras? Todo se quedaría en algunos desplantes retóricos. El martirio de las comunidades indígenas de la Amazonía proseguiría, hasta su extinción. Esta perspectiva lo deprimía. Pero, en vez de paralizarlo, lo incitaba a esforzarse más, investigando, entrevistando y escribiendo. Tenía ya un alto de cuadernos y fichas escritos con su letra clara y apurada.

De Último Retiro pasaron a Entre Ríos, en un desplazamiento por río y por tierra que los llevó a sumergirse en la maleza toda una jornada. La idea encantó a Roger Casement: en ese contacto corporal con la naturaleza bravía reviviría sus años mozos, las largas expediciones de su juventud por el continente africano. Pero, aunque en esas doce horas de recorrido por la selva, hundiéndose a ratos hasta la cintura en el fango, resbalando en matorrales que ocultaban pendientes, haciendo ciertos tramos en canoas que, al impulso de las pértigas de los indígenas, se deslizaban por unos «caños de agua» delgadísimos sobre los cuales descendía un follaje que oscurecía la luz del sol, sintió a veces la excitación y la alegría de antaño, la experiencia le sirvió sobre todo para comprobar el paso del tiempo, el desgaste de su cuerpo. No sólo era el dolor en los brazos, la espalda y las piernas, también el cansancio invencible contra el que tuvo que luchar haciendo esfuerzos denodados para que sus compañeros no lo notaran. Louis Barnes y Seymour Bell quedaron tan agotados que, desde la mitad del viaje, debieron ser cargados en hamacas cada uno por cuatro indígenas de la veintena que los escoltaba. Roger observó, impresionado, cómo estos indios de piernas tan delgadas y contextura esquelética se desplazaban con desenvoltura llevando sobre los hombros sus equipajes y provisiones, sin comer ni beber durante horas. En uno de los descansos, Juan Tizón aceptó el pedido de Casement y ordenó que se repartieran varias latas de sardinas entre los indígenas.

Durante el recorrido vieron bandadas de loros y esos monitos juguetones de ojos vivísimos llamados «frailecillos», muchas clases de pájaros, e iguanas de ojos legañosos cuyas pieles rugosas se confundían con las ramas y troncos en los que estaban aplastadas. Y, asimismo, una victoria regia, esas hojas circulares enormes que flotaban en las lagunas como balsas.

Llegaron a Entre Ríos al atardecer. La estación estaba convulsionada porque un jaguar se había comido a una indígena que se alejó del campamento para ir a parir, sola, como acostumbraban las nativas, a orillas del río. Una partida de cazadores había salido en busca del jaguar, encabezada por el jefe, pero volvieron, ya al anochecer, sin haber dado con la fiera. El jefe de Entre Ríos se llamaba Andrés O'Donnell. Era joven y apuesto y decía que su padre era irlandés, pero Roger, después de interrogarlo, advirtió en él un despiste tan grande respecto a sus antepasados y a Irlanda, que probablemente fue más bien el abuelo o el bisabuelo de O'Donnell el primer irlandés de la familia en pisar tierra peruana. Le apenó que un des-

cendiente de irlandeses fuera uno de los lugartenientes de
Arana en el Putumayo, aunque, según los testimonios, parecía menos sanguinario que otros jefes: se lo había visto
azotar a indígenas y robarles sus mujeres y sus hijas para
su harén particular —tenía siete mujeres viviendo con él
y una nube de hijos—, pero en su prontuario no figuraba
haber matado a nadie con sus manos ni haber ordenado
asesinatos. Eso sí, en un lugar visible de Entre Ríos, se
alzaba el cepo y todos los «muchachos» y barbadenses
llevaban látigos a la cintura (algunos los usaban como correas para los pantalones). Y gran número de indios e indias
lucían cicatrices en las espaldas, piernas y nalgas.

Pese a que su misión oficial le exigía interrogar sólo
a los ciudadanos británicos que trabajaban para la Compañía de Arana, es decir, a los barbadenses, desde Occidente
Roger comenzó a entrevistar también a los «racionales» dispuestos a contestar sus preguntas. En Entre Ríos esta práctica se extendió a toda la Comisión. Los días que estuvieron
aquí dieron testimonio ante ellos, además de los tres barbadenses que servían a Andrés O'Donnell como capataces, el
mismo jefe y buen número de sus «muchachos».

Casi siempre ocurría lo mismo. Al principio, todos
eran reticentes, evasivos y mentían con descaro. Pero bastaba un desliz, una imprudencia involuntaria que revelara
el mundo de verdades que ocultaban para que de pronto se
lanzaran a hablar y a contar más de lo que se les pedía, im-
plicándose a sí mismos como prueba de la veracidad de aquello que contaban. Pese a varios intentos que hizo, Roger no
pudo recoger el testimonio directo de algún indio.

El 16 de octubre de 1910, cuando él y sus compañeros de la Comisión, acompañados por Juan Tizón, tres
barbadenses y unos veinte indios muinanes, dirigidos
por su curaca, que llevaban el cargamento, se dirigían a
través del bosque, por una pequeña trocha, de la estación
de Entre Ríos a la de Matanzas, Roger Casement anotó
en su diario una idea que había ido tomando cuerpo en

su cabeza desde que desembarcó en Iquitos: «He llegado a la convicción absoluta de que la única manera como los indígenas del Putumayo pueden salir de la miserable condición a que han sido reducidos es alzándose en armas contra sus amos. Es una ilusión desprovista de toda realidad creer, como Juan Tizón, que esta situación cambiará cuando llegue aquí el Estado peruano y haya autoridades, jueces, policías que hagan respetar las leyes que prohíben la servidumbre y la esclavitud en el Perú desde 1854. ¿Las harán respetar como en Iquitos, donde las familias compran por veinte o treinta soles a las niñas y niños robados por los traficantes? ¿Harán respetar las leyes esas autoridades, jueces y policías que reciben sus sueldos de la Casa Arana porque el Estado no tiene con qué pagarles o porque los pillos y burócratas se roban el dinero en el camino? En esta sociedad el Estado es parte inseparable de la máquina de explotación y de exterminio. Los indígenas no deben esperar nada de semejantes instituciones. Si quieren ser libres tienen que conquistar su libertad con sus brazos y su coraje. Como el cacique bora Katenere. Pero sin sacrificarse por razones sentimentales, como él. Luchando hasta el final». Mientras, absorbido por estas frases que había estampado en su diario, caminaba a buen ritmo, abriéndose paso con un machete entre las lianas, matorrales, troncos y ramas que obstruían la trocha, una tarde se le ocurrió pensar: «Los irlandeses somos como los huitotos, los boras, los andoques y los muinanes del Putumayo. Colonizados, explotados y condenados a serlo siempre si seguimos confiando en las leyes, las instituciones y los Gobiernos de Inglaterra, para alcanzar la libertad. Nunca nos la darán. ¿Por qué lo haría el Imperio que nos coloniza si no siente una presión irresistible que lo obligue a hacerlo? Esa presión sólo puede venir de las armas». Esta idea que, en los días, semanas, meses y años futuros, iría puliendo y reforzando —que Irlanda, como los indios del Putumayo, si quería ser libre tendría que pelear para lograrlo— lo absorbió de tal modo durante las ocho horas que les tomó el trayecto, que se olvidó incluso de pensar que dentro de muy poco conocería en persona al jefe de Matanzas: Armando Normand.

Situada a orillas del río Cahuinari, un afluente del Caquetá, para llegar a la estación de Matanzas había que escalar una pendiente escarpada a la que la fuerte lluvia que se desató poco antes de su llegada había convertido en una torrentera de barro. Sólo los muinanes la pudieron trepar sin caerse. Los demás se resbalaban, rodaban, se levantaban cubiertos de fango y moretones. En el descampado, también protegido por empalizada de cañas, unos indígenas baldearon a los viajeros para sacarles el barro.

El jefe no estaba. Dirigía una «correría» contra cinco indígenas fugitivos que, al parecer, habían conseguido cruzar la frontera colombiana, muy próxima. Había cinco barbadenses en Matanzas y los cinco trataron con mucho respeto al «señor cónsul», de cuya venida y misión estaban perfectamente enterados. Los llevaron a las casas donde se alojarían. A Roger Casement, Louis Barnes y Juan Tizón los instalaron en una gran vivienda de tablas, techo de yarina y ventanas con rejillas que, les dijeron, era la casa de Normand y sus mujeres cuando estaban en Matanzas. Pero su vivienda habitual se hallaba en La China, un pequeño campamento a un par de kilómetros río arriba, donde a los indios les estaba prohibido acercarse. Allí vivía el jefe rodeado de sus «racionales» armados, pues temía ser víctima de un intento de asesinato por parte de los colombianos, que lo acusaban de no respetar la frontera y cruzarla en sus «correrías» para secuestrar cargadores o capturar a desertores. Los barbadenses les explicaron que Armando Normand llevaba siempre consigo a las mujercitas de su harén porque era muy celoso.

En Matanzas había boras, andoques y muinanes pero no huitotos. Casi todos los indígenas tenían cicatrices de látigo y por lo menos una docena de ellos la marca de la Casa Arana en las nalgas. El cepo estaba en el centro del descampado, bajo ese árbol lleno de forúnculos y plantas parásitas llamado lupuna al que todas las tribus de la región profesaban una reverencia impregnada de miedo.

En su cuarto, que, sin duda, era el del propio Normand, Roger vio fotografías amarillentas donde aparecía la cara aniñada de aquél, un diploma de The London School of Bookkeepers del año 1903, y otro, anterior, de un Senior School. Era cierto, pues: había estudiado en Inglaterra y tenía un título de contador.

Armando Normand entró en Matanzas cuando anochecía. Por la ventanita enrejada, Roger lo vio pasar, en el resplandor de las linternas, bajito, menudo y casi tan enclenque como un indígena, seguido de «muchachos» de caras patibularias armados de winchesters y revólveres, y de unas ocho o diez mujeres embutidas en la *cushma* o túnica amazónica, y meterse a la vivienda vecina.

Durante la noche Roger se despertó varias veces, angustiado, pensando en Irlanda. Sentía nostalgia de su país. Había vivido tan poco en él y, sin embargo, se sentía cada vez más solidario con su suerte y sufrimientos. Desde que había podido ver de cerca el vía crucis de otros pueblos colonizados, la situación de Irlanda le dolía como nunca antes. Tenía urgencia por terminar con todo esto, acabar el informe sobre el Putumayo, entregarlo al Foreign Office y volver a Irlanda a trabajar, ahora sin distracción alguna, con esos compatriotas idealistas y entregados a la causa de su emancipación. Recuperaría el tiempo perdido, se volcaría en Eire, estudiaría, actuaría, escribiría y por todos los medios a su alcance trataría de convencer a los irlandeses de que, si querían la libertad, tendrían que conquistarla con arrojo y sacrificio.

A la mañana siguiente, cuando bajó a desayunar, ahí estaba Armando Normand, sentado ante una mesa con frutas, trozos de yuca que hacían las veces de pan y tazas de café. En efecto, era muy bajito y flaco, con una cara de niño avejentado y una mirada azul, fija y dura, que aparecía y desaparecía por su parpadeo constante. Llevaba botas, un overol azul, una camisa blanca y encima un chaleco de cuero con un lapicero y una libretita asomando en uno de sus bolsillos. Cargaba un revólver en la cintura.

Hablaba perfecto inglés, con un extraño deje, que Roger no alcanzó a identificar de dónde procedía. Lo saludó con una venia casi imperceptible, sin decir palabra. Fue muy parco, casi monosilábico, para responder sobre su vida en Londres, así como precisar su nacionalidad —«digamos que soy peruano»—, y respondió con cierta altanería cuando Roger le dijo que él y los miembros de la Comisión se habían quedado impresionados al ver que en los dominios de una compañía británica se maltrataba a los indígenas de manera inhumana.

—Si vivieran aquí, pensarían de otro modo —comentó, secamente, sin amilanarse lo más mínimo. Y, después de una pequeña pausa, añadió—: A los animales no se les puede tratar como a los seres humanos. Una yacumama, un jaguar, un puma, no entienden razones. Los salvajes tampoco. En fin, ya sé, a forasteros que están por aquí sólo de paso no se les puede convencer.

—Viví veinte años en el África y no me volví un monstruo —dijo Casement—. Que es en lo que se ha convertido usted, señor Normand. Su fama nos ha acompañado a lo largo de todo el viaje. Los horrores que se cuentan de usted en el Putumayo superan todo lo imaginable. ¿Lo sabía?

Armando Normand no se conmovió en absoluto. Mirándolo siempre con esa mirada blanca e inexpresiva, se limitó a encoger los hombros y escupió en el suelo.

—¿Puedo preguntarle cuántos hombres y mujeres ha matado usted? —le soltó Roger a boca de jarro.

—Todos los que ha hecho falta —repuso el jefe de Matanzas, sin cambiar de tono y levantándose—. Discúlpeme. Tengo trabajo.

El disgusto que Roger sentía hacia ese hombrecillo era tan grande que decidió no entrevistarlo personalmente y dejar la tarea a los miembros de la Comisión. Ese asesino sólo les diría una catarata de mentiras. Él se dedicó a escuchar a los barbadenses y «racionales» que aceptaron testimoniar. Lo hizo mañana y tarde, dedicando el resto del día a desarrollar con más cuidado los apuntes que tomaba durante las entrevistas. En las mañanas, bajaba a zambullirse en el río, sacaba algunas fotos y luego no paraba de trabajar hasta el anochecer. Caía rendido en su camastro. Su sueño era entrecortado y febril. Notaba cómo día a día se iba adelgazando.

Estaba cansado y harto. Como le ocurrió en algún momento en el Congo, empezó a temer que la sucesión enloquecedora de crímenes, violencias y horrores de toda índole que iba descubriendo a diario, afectara su equilibrio mental. ¿Resistiría todo este espanto cotidiano la sanidad de su espíritu? Lo desmoralizaba pensar que en la civilizada Inglaterra pocos creerían que los «blancos» y «mestizos» del Putumayo podían llegar a estos extremos de salvajismo. Una vez más sería acusado de exageración y prejuicio, de agigantar los abusos para dar mayor dramatismo a su informe. No sólo el inicuo maltrato contra los indígenas lo tenía en ese estado. Sino saber que, después de ver, oír y ser testigo de lo que aquí sucedía, nunca más tendría la visión optimista de la vida que tuvo en su juventud.

Cuando supo que una expedición de cargadores iba a partir de Matanzas llevando el caucho reunido en los últimos tres meses a la estación de Entre Ríos y de ahí a Puerto Peruano para ser embarcado al extranjero, anunció a sus compañeros que iría con ella. La Comisión podía permanecer aquí hasta terminar con la inspección y las entrevistas. Sus amigos estaban tan exhaustos y desanimados como él. Le contaron que las maneras insolentes de Armando Normand habían cambiado de golpe cuando le hicieron saber que el «señor cónsul» había recibido la misión de venir a investigar las atrocidades del Putumayo del propio sir Edward Grey, canciller del Imperio británico, y que los asesinos y torturadores, puesto que trabajaban en una compañía inglesa, podían ser llevados a los tribunales en Inglaterra. Sobre todo si tenían la nacionalidad inglesa o pretendían adquirirla, como podía ser su caso. O entregados a los Gobiernos peruano o colombiano para ser juzgados aquí. Desde que escuchó esto, Normand mantenía una actitud sumisa y servil con la Comisión. Negaba sus crímenes y les había asegurado que, a partir de ahora, no se volverían a cometer los errores del pasado: los indígenas serían bien alimentados, curados cuando se enfermaran, pagados por su trabajo y tratados como seres humanos. Había hecho poner un cartel en el centro del descampado diciendo estas cosas. Era ridículo, pues los indígenas, todos analfabetos, no podían leerlo, y tampoco la mayoría de los «racionales». Era para que lo leyeran los comisionados exclusivamente.

El viaje a pie, a través de la selva, de Matanzas a Entre Ríos, acompañando a los ochenta indígenas —boras, andoques y muinanes— que transportaban en sus hombros el caucho recogido por la gente de Armando Normand, sería uno de los recuerdos más pavorosos del primer viaje al Perú de Roger Casement. Normand no iba al mando de la expedición sino Negretti, uno de sus lugartenientes, un mestizo achinado, con dientes de oro, que siempre andaba escarbándose la boca con un palillo y cuya estentórea voz hacía temblar, saltar, apresurarse, con caras desfiguradas por el miedo, al ejército de esqueletos llagados, marcados y con cicatrices, entre ellos muchas mujeres y niños, algunos de pocos años, de la expedición. Negretti llevaba un fusil al hombro, un revólver en la cartuchera y un látigo en la cintura. El día de la partida, Roger le pidió permiso para fotografiarlo y Negretti aceptó, riéndose. Pero se le eclipsó la sonrisa cuando Casement le advirtió, señalándole el látigo:

—Si lo veo usar eso contra los indígenas, lo entregaré personalmente a la policía de Iquitos.

La expresión de Negretti fue de total desconcierto. Al cabo de un momento, murmuró:

—¿Usted tiene alguna autoridad en la Compañía?

—Tengo la autoridad que me ha confiado el Gobierno inglés para investigar los abusos que se cometen en el Putumayo. ¿Usted sabe que la Peruvian Amazon Company para la que trabaja es británica, no es cierto?

El hombre, desconcertado, terminó por apartarse. Y Casement no lo vio nunca azotar a los cargadores, sólo gritarlos para que se apresuraran o abrumarlos con carajos y otros insultos cuando dejaban caer los «chorizos» de caucho que llevaban al hombro y en la cabeza porque los vencían las fuerzas o se tropezaban.

Roger se había traído consigo a tres barbadenses, Bishop, Sealy y Lane. Los otros nueve que los acompañaban se quedaron con la Comisión. Casement recomendó a sus amigos que no se alejaran nunca de estos testigos pues corrían el riesgo de ser intimidados o sobornados por Normand y sus compinches para que se retractaran de sus testimonios, o, incluso, asesinados.

Lo más duro de la expedición no fueron los moscones azules, grandes y zumbones, que los acribillaron a picaduras día y noche, ni las tormentas que, a veces, les caían encima, empapándolos y convirtiendo el suelo en riachuelos resbaladizos de agua, barro, hojas y árboles muertos, ni la incomodidad de los campamentos que armaban en las noches, para dormir a la mala de Dios después de comer una latita de sardinas o de sopa y beber del termo unos tragos de whiskey o de té. Lo terrible, una tortura que le daba remordimientos y mala conciencia, era ver a estos indígenas desnudos, doblados por el peso de los «chorizos» de caucho a los que Negretti y sus «muchachos» hacían avanzar a gritos, siempre apurándolos, con muy espaciados descansos y sin darles un bocado de comida. Cuando preguntó a Negretti por qué las raciones no se repartían también a los indígenas, el capataz lo miró como si no entendiera. Cuando Bishop le explicó la pregunta, Negretti afirmó, con total impudicia:

—A ellos no les gusta lo que comemos los cristianos. Tienen sus propios alimentos.

Pero no tenían ninguno, porque no podía llamarse comida a los puñaditos de harina de yuca que se llevaban a veces a la boca, o los tallos de plantas y hojas que enrollaban con mucho cuidado antes de tragárselos. Lo que resultaba incomprensible a Roger era cómo unos niños de diez o doce años podían cargar horas de horas esos «chorizos» que pesaban —había hecho la prueba de cargarlos— nunca menos de veinte kilos y a veces treinta o más. El primer día de marcha un muchacho bora de pronto cayó de bruces, aplastado por su carga. Se quejaba débilmente cuando Roger trató de reanimarlo haciéndolo beber una latita de sopa. Los ojos del chiquillo despedían un pánico animal. Dos o tres veces intentó levantarse, sin conseguirlo. Bishop le explicó: «Tiene tanto miedo porque, si usted no estuviera aquí, Negretti lo remataría de un balazo como escarmiento para que a ningún otro pagano se le ocurra desmayarse». El muchacho no estaba en condiciones de ponerse de pie, de modo que lo abandonaron en el monte. Roger le dejó dos latitas de comida y su paraguas. Ahora comprendió por qué esos seres enclenques podían cargar tales pesos: por el miedo a ser asesinados si osaban desmayarse. El terror multiplicaba sus fuerzas.

Al segundo día una mujer vieja cayó muerta de golpe, cuando trataba de subir una cuesta con treinta kilos de caucho en las espaldas. Negretti, después de comprobar que estaba sin vida, se apresuró a repartir los dos «chorizos» de la muerta entre otros indígenas, con una mueca de disgusto y carraspeando.

En Entre Ríos, apenas se bañó y descansó un poco, Roger se apresuró a anotar en sus cuadernos las peripecias y reflexiones del viaje. Una idea volvía una y otra vez a su conciencia, una idea que en los días, semanas y meses siguientes retornaría obsesivamente y empezaría a modelar su conducta: «No debemos permitir que la colonización llegue a castrar el espíritu de los irlandeses como ha castrado el de los indígenas de la Amazonía. Hay que actuar ahora, de una vez, antes de que sea tarde y nos volvamos autómatas».

Mientras esperaba la llegada de la Comisión, no perdió el tiempo. Hizo algunas entrevistas, pero, sobre todo, revisó las planillas, libros de cuentas del almacén y los registros de la administración. Quería establecer cuánto recargaba la Compañía de Julio C. Arana los precios de los alimentos, remedios, prendas de vestir, armas y utensilios, que adelantaba a los indígenas y también a los capataces y a los «muchachos». Los porcentajes variaban de producto a producto pero lo constante era que en todo su material de ventas el almacén duplicaba, triplicaba y a veces hasta quintuplicaba los precios. Él se compró dos camisas, un pantalón, un sombrero, un par de botines de campo y hubiera podido adquirir todo eso en Londres por la tercera parte de su precio. No sólo los indígenas eran esquilmados, también esos pobres infelices, vagos y matones que estaban en el Putumayo para ejecutar las consignas de los jefes. No era raro que unos y otros estuvieran siempre en deuda con la Peruvian Amazon Company y quedaran atados a ella hasta su muerte o hasta que la empresa los considerara inservibles.

Más difícil le resultó a Roger hacerse una idea aproximada de cuántos indígenas había en el Putumayo hacia 1893, cuando se instalaron en la región las primeras caucherías y comenzaron las «correrías», y cuántos quedaban en este año de 1910. No había estadísticas serias, lo que se había escrito al respecto era vago, las cifras diferían mucho de una a otra. Quien parecía haber hecho el cálculo más confiable era el infortunado explorador y etnólogo francés Eugène Robuchon (desaparecido de manera misteriosa en la región del Putumayo en 1905 cuando cartografiaba todo el dominio de Julio C. Arana), según el cual las siete tribus de la zona —huitotos, ocaimas, muinanes, nonuyas, andoques, rezígaros y boras— debían sumar unos cien mil antes de que el caucho atrajera a los «civilizados» al Putumayo. Juan Tizón consideraba esta cifra muy exagerada. Él, por distintos análisis y cotejos, sostenía que unos cuarenta mil estaba más cerca de la verdad. En todo caso, ahora no quedaban más de unos diez mil sobrevivientes. Así, el régimen impuesto por los caucheros había liquidado ya tres cuartas partes de la población indígena. Muchos sin duda habían sido víctimas de la viruela, la malaria, el beriberi y otras plagas. Pero la inmensa mayoría desapareció por la explotación, el hambre, las mutilaciones, el cepo y los asesinatos. A este paso a todas las tribus les ocurriría lo que a los iquarasi, que se habían extinguido totalmente.

Dos días más tarde llegaron a Entre Ríos sus compañeros de la Comisión. Roger se sorprendió al ver aparecer con ellos a Armando Normand, seguido de su harén de chiquillas. Folk y Barnes le advirtieron que, aunque la razón que les dio el jefe de Matanzas para venir era que debía vigilar personalmente el embarque del caucho en Puerto Peruano, lo hacía por lo asustado que estaba respecto a su futuro. Apenas se enteró de las acusaciones de los barbadenses contra él, puso en marcha una campaña de sobornos y amenazas para que se desdijeran. Y había conseguido que algunos, como Levine, mandaran una carta a la Comisión (redactada sin duda por el propio Normand) diciendo que desmentían todas las declaraciones, que, «con engaños», les habían sonsacado y que querían dejar claro y por escrito que en la Peruvian Amazon Company nunca se había maltratado a los indígenas y que empleados y cargadores trabajaban en amistad por el engrandecimiento del Perú. Folk y Barnes pensaban que

Normand trataría de sobornar o amedrentar a Bishop, Sealy y Lane y acaso al propio Casement.

En efecto, a la mañana siguiente, muy temprano, Armando Normand vino a tocar la puerta de Roger y a proponerle «una conversación franca y amistosa». El jefe de Matanzas había perdido su seguridad y la arrogancia con que se dirigió a Roger la vez anterior. Se lo veía nervioso. Se frotaba las manos y se mordía el labio inferior mientras hablaba. Fueron hasta el depósito del caucho, un descampado con matorrales que la tormenta de la noche había llenado de charcos y de sapos. Una pestilencia de látex salía del depósito y a Roger se le pasó por la cabeza la idea de que ese olor no provenía de los «chorizos» de caucho almacenados en el gran cobertizo, sino del hombrecillo rubicundo que, a su lado, parecía un enanito.

Normand tenía bien preparado su discurso. Los siete años que llevaba en la selva exigían privaciones tremendas para alguien que había recibido una educación en Londres. No quería que, por malentendidos y calumnias de envidiosos, su vida se truncara con enredos judiciales y no pudiera realizar su anhelo de volver a Inglaterra. Le juró sobre su honor que no tenía sangre en sus manos ni en su conciencia. Él era severo pero justo y estaba dispuesto a aplicar todas las medidas que la Comisión y el «señor cónsul» sugirieran para mejorar el funcionamiento de la empresa.

—Que cesen las «correrías» y el secuestro de indígenas —enumeró Roger, despacio, contando con los dedos de sus manos—, desaparezcan el cepo y los látigos, que los indios no vuelvan a trabajar gratis, que los jefes, capataces y «muchachos» no vuelvan a violar ni a robarse a las mujeres ni a las hijas de los indígenas, que desaparezcan los castigos físicos y se paguen reparaciones a las familias de los asesinados, quemados vivos y a los que les cortaron orejas, narices, manos y pies. Que no se robe más a los cargadores con balanzas trucadas y precios multiplicados en el almacén para tenerlos de eternos deudores de la Compañía. Todo eso, sólo para empezar. Porque harían falta muchas reformas más para que la Peruvian Amazon Company merezca ser una compañía británica.

Armando Normand estaba lívido y lo miraba sin comprender.

—¿Usted quiere que la Peruvian Amazon Company desaparezca, señor Casement? —balbuceó al fin.

—Exactamente. Y que todos sus asesinos y torturadores, empezando por el señor Julio C. Arana y terminando por usted, sean juzgados por sus crímenes y terminen sus días en la cárcel.

Adelantó el paso y dejó al jefe de Matanzas con la cara descompuesta, parado en el sitio, sin saber qué más decir. Inmediatamente se arrepintió de haber cedido de este modo al desprecio que le merecía el personaje. Se había ganado un enemigo mortal, que, ahora, podía muy bien sentir la tentación de liquidarlo. Lo había prevenido y Normand, ni corto ni perezoso, actuaría en consecuencia. Había cometido un gravísimo error.

Pocos días después, Juan Tizón les hizo saber que el jefe de Matanzas había pedido a la Compañía sus liquidaciones, al contado y no en soles peruanos sino en libras esterlinas. Viajaría de regreso a Iquitos, en el *Liberal*, junto con la Comisión. Lo que pretendía era obvio: ayudado por sus amigos y cómplices, atenuar los cargos y acusaciones contra él y asegurarse una fuga al extranjero —al Brasil, sin duda—, donde tendría buenos ahorros esperándolo. Las posibilidades de que fuera a la cárcel se habían reducido. Juan Tizón les informó que Normand recibía desde hacía cinco años el veinte por ciento del caucho recogido en Matanzas y un «premio» de doscientas libras esterlinas anuales si el rendimiento superaba el del año anterior.

Los días y semanas siguientes fueron de una rutina asfixiante. Las entrevistas con barbadenses y «racionales» seguían poniendo al descubierto un impresionante catálogo de atrocidades. Roger sentía que lo abandonaban las fuerzas. Como empezó a tener fiebre en las tardes temió que fuera de nuevo el paludismo y aumentó las dosis de quinina, al acostarse. El temor de que Armando Normand o cualquier otro jefe pudiera destruir los cuadernos con las transcripciones de los testimonios hizo que en todas las estaciones —Entre Ríos, Atenas, Sur y La Chorrera— llevara consigo esos papeles, sin dejar que nadie los tocara. De noche los metía debajo del camastro o la hamaca en que dormía, siempre con el revólver cargado al alcance de la mano.

En La Chorrera, cuando preparaban maletas para el retorno a Iquitos, Roger vio llegar un día al campamento a una veintena de indios procedentes de la aldea de Naimenes. Acarreaban caucho. Los cargadores eran jóvenes u hombres, con la excepción de un niño de unos nueve o diez años, muy flaquito, que llevaba sobre la cabeza un «chorizo» de caucho más grande que él. Roger fue con ellos hasta la balanza donde Víctor Macedo recibía las entregas. La del niño pesaba veinticuatro kilos y él, Omarino, sólo veinticinco. ¿Cómo pudo venir andando por la selva todos esos kilómetros con semejante peso en la cabeza? Pese a las cicatrices en las espaldas, tenía unos ojos vivos y alegres y sonreía con frecuencia. Roger le hizo tomar una latita de sopa y otra de sardinas que compró en el almacén. Desde entonces, Omarino no se apartó de su lado. Lo acompañaba a todas partes y estaba siempre dispuesto a hacer cualquier mandado. Un día Víctor Macedo le dijo, señalando al chiquillo:

—Veo que le ha tomado cariño, señor Casement. ¿Por qué no se lo lleva? Es huérfano. Se lo regalo.

Después, Roger pensaría que la frase «se lo regalo» con que Víctor Macedo había querido congraciarse con él, decía más que cualquier otro testimonio: ese jefe podía «regalar» a cualquier indio de su dominio, pues cargadores y recogedores le pertenecían al igual que los árboles, las viviendas, los fusiles y los «chorizos» de caucho. Preguntó a Juan Tizón si habría algún inconveniente en que se llevara consigo a Londres a Omarino —la Sociedad contra la Esclavitud lo tomaría bajo su protección y se encargaría de darle una educación— y aquél no puso objeción alguna.

Arédomi, un adolescente que pertenecía a la tribu de los andoques, se uniría a Omarino unos días más tarde. Había llegado a La Chorrera de la estación Sur, y, al día siguiente, en el río, mientras se bañaba, Roger vio al chiquillo desnudo, chapoteando en el agua con otros indígenas. Era un hermoso muchacho, de cuerpo armonioso y ágil, que se movía con una elegancia natural. Roger pensó que Herbert Ward podría hacer una hermosa escultura de este adolescente, el símbolo de ese hombre amazónico despojado de su tierra, su cuerpo y su belleza por los caucheros. Repartió latas de comida entre los andoques que se bañaban. Arédomi le besó la mano en agradecimiento. Sintió desagrado y, al mismo tiempo, emoción. El chiquillo lo siguió hasta la vivienda, hablando y gesticulando con vehemencia, pero él no le entendía. Llamó a Frederick Bishop y éste le tradujo:

—Que lo lleve con usted, a donde vaya. Que lo servirá bien.

—Dile que no puedo, que ya me voy a llevar a Omarino.

Pero Arédomi no dio su brazo a torcer. Permanecía inmovilizado junto a la cabaña donde Roger dormía o siguiéndolo a donde fuera, a pocos pasos, con una súplica muda en los ojos. Optó por consultar a la Comisión y a Juan Tizón. ¿Les parecía conveniente que, además de Omarino, se llevara también a Londres a Arédomi? Tal vez los dos chiquillos darían mayor fuerza persuasiva a su informe: ambos tenían cicatrices de latigazos. Por otra parte, eran lo bastante jóvenes para ser educados e incorporados a una forma de vida que no fuera la de la esclavitud.

En vísperas de la partida en el *Liberal* llegó a La Chorrera Carlos Miranda, jefe de la estación Sur. Venía trayendo a un centenar de indígenas con el caucho recogido en esa región los últimos tres meses. Era un hombre gordo, cuarentón y muy blanco. Por su manera de hablar y comportarse, parecía haber recibido mejor educación que otros jefes. Sin duda procedía de una familia de clase media. Pero su prontuario no era menos sangriento que el de sus colegas. Roger Casement y los demás miembros de la Comisión habían recibido varios testimonios sobre el episodio de la vieja bora. Una mujer que, unos meses antes, en Sur, en un ataque de desesperación o de locura, comenzó de pronto a exhortar a gritos a los boras a que pelearan y no se dejaran humillar más ni tratar como esclavos. Su griterío paralizó de terror a los indígenas que la rodeaban. Enfurecido, Carlos Miranda se lanzó sobre ella con el machete que arrebató a uno de sus «muchachos» y la decapitó. Blandiendo la cabeza de la mujer, que lo iba bañando en sangre, explicó a los indios que eso les ocurriría a todos si no cumplían con su trabajo e imitaban a la vieja. El decapitador era un hombre campechano y risueño, hablador y desenvuelto, que trató de hacerse simpático a Roger y sus colegas contándoles chistes y anécdotas de los personajes extravagantes y pintorescos que había conocido en el Putumayo.

Cuando, el miércoles 16 de noviembre de 1910, subió al *Liberal* en el embarcadero de La Chorrera para emprender el regreso a Iquitos, Roger Casement abrió la boca y respiró hondo. Tenía una extraordinaria sensación de alivio. Le pareció que aquella partida limpiaba su cuerpo y su espíritu de una angustia opresiva que no había sentido antes, ni siquiera en los momentos más difíciles de su vida en el Congo. Además de Omarino y Arédomi, llevaba en el *Liberal* a dieciocho barbadenses, a cinco mujeres indígenas esposas de aquéllos y a los hijos de John Brown, Allan Davis, James Mapp, J. Dyall y Philip Bertie Lawrence.

Que los barbadenses estuvieran en el barco era el resultado de una difícil negociación llena de intrigas, concesiones y rectificaciones, con Juan Tizón, Víctor Macedo, los otros miembros de la Comisión y los propios barbadenses. Todos estos, antes de testificar habían pedido garantías, pues sabían muy bien que se exponían a represalias de los jefes a quienes su testimonio podía mandar a la cárcel. Casement se comprometió a sacarlos vivos del Putumayo él mismo en persona.

Pero, en los días anteriores a la llegada del *Liberal* a La Chorrera, la Compañía inició una ofensiva cordial para retener a los capataces de Barbados, asegurándoles que no serían víctimas de represalias y prometiéndoles aumento de salario y mejores condiciones para que permanecieran en sus puestos. Víctor Macedo anunció que, cualquiera que fuese su decisión, la Peruvian Amazon Company había decidido descontarles el veinticinco por ciento de la deuda que tenían con el almacén por la compra de medicinas, ropas, utensilios domésticos y alimentos. Todos aceptaron la oferta. Y, en menos de veinticuatro horas, los barbadenses anunciaron a Casement que no partirían con él. Se quedarían trabajando en las estaciones. Roger sabía lo que eso significaba: presiones y sobornos harían que, apenas partiera, se retractaran de sus confesiones y lo acusaran de haberlas inventado o habérselas impuesto con amenazas. Habló con Juan Tizón. Éste le recordó que, aunque estaba tan afectado como él con las cosas que ocurrían y decidido a corregirlas, seguía siendo uno de los directores de la Peruvian Amazon Company y no podía ni debía influir en los barbadenses para que se marcharan si querían quedarse. Uno de los comisionados, Henry Fielgald, apoyó a Tizón con los mismos argumentos: él también trabajaba, en Londres, con el señor Julio C. Arana, y, aunque exigiría reformas profundas en los métodos de trabajo en la Amazonía, no podía convertirse en liquidador de la empresa que lo empleaba. Casement tuvo la sensación de que el mundo se le venía abajo.

Pero, como en uno de esos rocambolescos cambios de situación de los folletines franceses, todo ese panorama se transformó de manera radical al llegar el *Liberal* a La Chorrera, al atardecer del 12 de noviembre. Traía correspondencia y periódicos de Iquitos y de Lima. El diario *El Comercio,* de la capital peruana, en un largo artículo de dos meses atrás, anunciaba que el Gobierno del presidente Augusto B. Leguía, atendiendo las solicitudes de Gran Bretaña y de Estados Unidos sobre supuestas atrocidades cometidas en las caucherías del Putumayo, había enviado a la Amazonía, con poderes especiales, a un juez estrella de la magistratura peruana, el doctor Carlos A. Valcárcel. Su misión era investigar e iniciar de inmediato las acciones judiciales correspondientes, llevando, si lo consideraba necesario, fuerzas policiales y militares al Putumayo, a fin de que los responsables de crímenes no escaparan de la justicia.

Esta información hizo el efecto de una bomba entre los empleados de la Casa Arana. Juan Tizón comunicó a Roger Casement que Víctor Macedo, muy alarmado, había convocado a todos los jefes de estaciones, incluso las más alejadas, a una reunión en La Chorrera. Tizón daba la impresión de un hombre desgarrado por una contradicción insoluble. Se alegraba, por el honor de su país y un sentido innato de la justicia, de que, por fin, el Gobierno peruano se hubiera decidido a actuar. Por otro lado, no se le ocultaba que este escándalo podía significar la ruina de la Peruvian Amazon Company, y, por lo tanto, de él mismo. Una noche, entre tragos de whiskey tibio, Tizón confió a Roger que todo su patrimonio, con excepción de una casa en Lima, estaba colocado en acciones de la Compañía.

Los rumores, chismografías y temores generados por las noticias de Lima hicieron que una vez más los barbadenses cambiaran de opinión. Ahora, de nuevo querían marcharse. Temían que los jefes peruanos trataran de librarse de sus responsabilidades en las torturas y asesinatos de indígenas echándoles la culpa a ellos, los «negros extranjeros», y querían salir cuanto antes del Perú y retornar a Barbados. Estaban muertos de inseguridad y de miedo.

Roger Casement, sin decírselo a nadie, pensó que si los dieciocho barbadenses llegaban con él a Iquitos, cualquier cosa podía ocurrir. Por ejemplo, que la Compañía los hiciera responsables de todos los crímenes y los mandara a la cárcel, o tratara de sobornarlos para que rectificaran sus confesiones y acusaran a Casement de haberlas falsificado. La solución era que los barbadenses, antes de llegar a Iquitos, desembarcaran en alguna de las escalas en territorio brasileño y esperaran allí a que Roger los recogiera, en el barco *Atahualpa,* en el que viajaría desde Iquitos a Europa, con escala en Barbados. Confió su plan a Frederick Bishop. Éste estuvo de acuerdo con el plan pero dijo a Casement que lo mejor era no comunicárselo a los barbadenses hasta el último minuto.

Hubo una extraña atmósfera en el embarcadero de La Chorrera cuando partió el *Liberal.* Ninguno de los jefes fue a despedirlo. Se decía que varios de ellos habían decidido partir, rumbo al Brasil o a Colombia. Juan Tizón, que se quedaría todavía otro mes en el Putumayo, abrazó a Roger y le deseó suerte. Los miembros de la Comisión, que también permanecerían unas semanas más en el Putumayo, dedicados a hacer estudios técnicos y administrativos, lo despidieron al pie de la escala. Quedaron en verse en Londres, para leer el informe de Roger antes de que lo presentara al Foreign Office.

Esa primera noche de viaje en el río una luna llena de luz rojiza iluminó el cielo. Reverberaba en las aguas oscuras con un chisporroteo de estrellitas que parecían pececillos luminosos. Todo era cálido, bello y sereno, salvo el olor a caucho que continuaba allí, como si se le hubiera metido en las narices para siempre. Roger estuvo mucho tiempo apoyado en la baranda de la cubierta de popa contemplando el espectáculo y de pronto se dio cuenta que tenía la cara empapada de lágrimas. Qué maravillosa paz, Dios mío.

Los primeros días de navegación la fatiga y la ansiedad le impidieron trabajar revisando sus fichas y cuadernos y haciendo bosquejos de su informe. Dormía poco, con pesadillas. A menudo se levantaba en la noche y salía al puente a observar la luna y las estrellas si estaba despejado. En el barco viajaba un administrador de Aduanas del Brasil. Le preguntó si los barbadenses podían desembarcar en algún puerto brasileño de donde pudieran viajar a Manaos a esperarlo, para seguir luego juntos hasta Barbados. El funcionario le aseguró que no había la menor dificultad. Aun así, Roger continuó preocupado. Temía que ocurriera algo que salvara a la Peruvian Amazon Company de toda sanción. Después de haber visto de manera tan directa la suerte de los indígenas amazónicos era perentorio que el mundo entero lo supiera e hiciera algo para remediarla.

Otro motivo de angustia era Irlanda. Desde que había llegado al convencimiento de que sólo una acción resuelta, una rebelión, podía librar a su patria de «perder el alma» a causa de la colonización, como les había pasado a huitotos, boras y demás infelices del Putumayo, ardía de impaciencia por volcarse en cuerpo y alma en preparar aquella insurrección que acabara con tantos siglos de servidumbre para su país.

El día que el *Liberal* cruzó la frontera peruana —navegaba ya en el Yavarí— y entró a Brasil, desapareció el sentimiento de recelo y peligro que lo asediaba. Pero, luego, volverían a entrar en el Amazonas y a remontarlo en territorio peruano, donde, estaba seguro, de nuevo sentiría la zozobra de que alguna catástrofe imprevista viniera a frustrar su misión y volviera inútiles los meses pasados en el Putumayo.

El 21 de noviembre de 1910, en el puerto brasileño de La Esperanza, sobre el río Yavarí, Roger desembarcó a catorce barbadenses, a las mujeres de cuatro de ellos y a cuatro niños. La víspera los había reunido para explicarles el riesgo que corrían si lo acompañaban a Iquitos. Desde que la Compañía, coludida con los jueces y la policía, los detuviera para responsabilizarlos por todos los crímenes, hasta que fueran objeto de presiones, agravios y chantajes a fin de que se retractaran de las confesiones que incriminaban a la Casa Arana.

Catorce barbadenses aceptaron su plan de desembarcar en La Esperanza y tomar allí el primer barco hasta Manaos, donde, protegidos por el consulado británico, esperarían a que Roger los recogiera en el *Atahualpa,* de la Booth Line, que hacía el trayecto Iquitos-Manaos-Pará. Desde esta última ciudad otro barco los llevaría a casa. Roger los despidió con abundantes provisiones que había comprado para ellos, con un certificado de que su pasaje a Manaos sería abonado por el Gobierno británico y una carta de presentación para el cónsul británico en esa ciudad.

Siguieron viaje con él hasta Iquitos, además de Arédomi y Omarino, Frederick Bishop, John Brown con su mujer y su hijo, Larry Clarke y Philip Bertie Lawrence, también con dos hijos pequeños. Estos barbadenses tenían cosas que recoger y cheques de la Compañía que cobrar en la ciudad.

Los cuatro días que faltaban para llegar, Roger los pasó trabajando en sus papeles y preparando un memorando para las autoridades peruanas.

El 25 de noviembre desembarcaron en Iquitos. El cónsul británico, Mr. Stirs, insistió una vez más en que Roger se instalara en su casa. Y acompañó a éste a una pensión vecina donde encontraron alojamiento para los barbadenses, Arédomi y Omarino. Mr. Stirs estaba inquieto. Había gran nerviosismo en todo Iquitos con la noticia de que pronto llegaría el juez Carlos A. Valcárcel para investigar las acusaciones de Inglaterra y Estados Unidos contra la Compañía de Julio C. Arana. El temor no era sólo de empleados de la Peruvian Amazon Company sino de los iquiteños en general, pues todos sabían que la vida de la ciudad dependía de la Compañía. Había una gran hostilidad contra Roger Casement y el cónsul le aconsejó que no saliera solo pues no se podía descartar un atentado contra su vida.

Cuando, después de la cena y la consabida copa de oporto, Roger le resumió lo que había visto y oído en el Putumayo, Mr. Stirs, que lo había escuchado muy serio y mudo, sólo atinó a preguntarle:

—¿Tan terrible como en el Congo de Leopoldo II, entonces?

—Me temo que sí y acaso peor —repuso Roger—. Aunque me parece obsceno establecer jerarquías entre crímenes de esa magnitud.

En su ausencia, había sido nombrado un nuevo prefecto en Iquitos, un señor venido de Lima llamado Esteban Zapata. A diferencia del anterior, no era empleado de Julio C. Arana. Desde que llegó guardaba cierta distancia con Pablo Zumaeta y los otros directivos de la Compañía. Sabía que Roger estaba a punto de llegar y lo esperaba con impaciencia.

La entrevista con el prefecto tuvo lugar a la mañana siguiente y duró más de dos horas. Esteban Zapata era un hombre joven, muy moreno, de maneras educadas. Pese al calor —sudaba sin cesar y se limpiaba la cara con un gran pañuelo morado— no se quitó la levita de paño. Escuchó a Roger muy atento, asombrándose a ratos, interrumpiéndolo alguna vez para pedir precisiones y con frecuentes exclamaciones de indignación («¡Qué terrible! ¡Qué espanto!»). De tanto en tanto le ofrecía vasitos de agua fresca. Roger se lo dijo todo, con gran detalle, nombres, números, lugares, concentrándose en los hechos y evitando los comentarios, salvo al final, en que concluyó su relación con estas palabras:

—En resumen, señor prefecto, las acusaciones del periodista Saldaña Roca y del señor Hardenburg no eran exageradas. Por el contrario, todo lo que ha publicado en

Londres la revista *Truth,* aunque parezca mentira, está todavía por debajo de la verdad.

Zapata, con un malestar en la voz que parecía sincero, dijo que se sentía avergonzado por el Perú. Esto ocurría porque el Estado no había llegado a esas regiones apartadas de la ley y carentes de toda institución. El Gobierno estaba decidido a actuar. Por eso estaba él aquí. Por eso llegaría pronto un juez íntegro como el doctor Valcárcel. El propio presidente Leguía quería lavar el honor del Perú, poniendo fin a esos execrables abusos. Se lo había dicho así, con esas mismas palabras. El Gobierno de Su Majestad comprobaría que los culpables serían sancionados y los indígenas protegidos a partir de ahora. Le preguntó si el informe de Roger Casement a su Gobierno se haría público. Cuando éste le repuso que, en principio, el informe era para uso interno del Gobierno británico y que, sin duda, se enviaría una copia al Gobierno peruano para que éste decidiera si lo publicaba o no, el prefecto respiró aliviado:

—Menos mal —exclamó—. Si todo esto se da a conocer, le haría un daño enorme a la imagen de nuestro país en el mundo.

Roger Casement estuvo a punto de decirle que lo que haría más daño al Perú no sería el informe sino que ocurrieran en tierra peruana las cosas que lo motivaban. De otra parte, el prefecto quiso saber si los barbadenses que habían venido a Iquitos —Bishop, Brown y Lawrence— aceptarían confirmarle sus testimonios sobre el Putumayo. Roger le aseguró que mañana los enviaría a primera hora a la Prefectura.

El señor Stirs, que había servido de intérprete en este diálogo, salió de la entrevista cabizbajo. Roger había notado que el cónsul añadía muchas frases —a veces verdaderos comentarios— a lo que él decía en inglés y que esas interferencias tendían siempre a atenuar la dureza de los hechos relativos a la explotación y sufrimiento de los indígenas. Todo ello aumentó su desconfianza hacia este cónsul, que, pese a estar aquí varios años y saber muy bien lo que pasaba, nunca había informado al Foreign Office sobre ello. La razón era simple: Juan Tizón le había revelado que Mr. Stirs hacía negocios en Iquitos y como tal dependía también de la Compañía del señor Julio C. Arana. Sin duda, su preocupación actual era que este escándalo lo perjudicara. El señor cónsul tenía un alma pequeña y su tabla de valores estaba supeditada a su codicia.

En los días siguientes Roger trató de ver al padre Urrutia, pero en la misión le dijeron que el superior de los agustinos estaba en Pebas, donde los indios yaguas —Roger los había visto en una escala que hizo allí el *Liberal* y se había quedado impresionado con las túnicas de fibras hiladas con que esos indígenas cubrían sus cuerpos—, pues iba a inaugurar allí una escuela.

Así que, los días que le faltaban para tomar el *Atahualpa,* que seguía descargando en el puerto de Iquitos, Roger se dedicó a trabajar en el informe. Luego, en las tardes, salía a pasear y, un par de veces, se metió al cine Alhambra, en la Plaza de Armas de Iquitos. Existía desde hacía unos meses y en él se proyectaban películas mudas, con el acompañamiento de una orquesta de tres músicos, muy desafinada. El verdadero espectáculo para Roger no eran las figuras en blanco y negro de la pantalla, sino la fascinación del público, indios venidos de las tribus y soldados serranos de la guarnición local que observaban todo aquello maravillados y desconcertados.

Otro día hizo un paseo a pie hasta Punchana, por una trocha de tierra que al regresar se había vuelto un lodazal debido a la lluvia. Pero el paisaje era muy hermoso. Una tarde intentó llegar a pie hasta Quistococha —llevaba consigo a Omarino y Arédomi— pero un aguacero interminable los sorprendió y debieron refugiarse en la maleza. Cuando la tormenta cesó, la trocha estaba tan llena de charcos y barro que debieron regresar de prisa a Iquitos.

El *Atahualpa* zarpó rumbo a Manaos y a Pará, el 6 de diciembre de 1910. Roger iba en primera clase y Omarino, Arédomi y los barbadenses en la clase común. Cuando el barco, en la clara y cálida mañana, se alejaba de Iquitos y se iban empequeñeciendo las gentes y las viviendas de las orillas, Roger sintió otra vez en su pecho aquella sensación de libertad que da la desaparición de un gran peligro. No un peligro físico sino moral. Tenía la sensación de que si hubiera permanecido más tiempo en ese lugar terrible, donde tanta gente padecía de manera tan injusta y cruel, él también, por el simple hecho de ser un blanco y un europeo, quedaría contaminado, envilecido. Se dijo que, felizmente, nunca volvería a pisar estos lugares. Ese pensamiento le dio ánimos y lo sacó en parte del abatimiento y sopor que le impedía trabajar con la concentración y el ímpetu de antaño.

Cuando, el 10 de diciembre, el *Atahualpa* atracó en el puerto de Manaos al atardecer, Roger ya había dejado atrás el desaliento y recuperado su energía y su capacidad de trabajo. Los catorce barbadenses ya estaban en la ciudad. La mayoría había decidido no regresar a Barbados sino aceptar contratos de trabajo en el ferrocarril Madeira-Mamoré, que ofrecía buenas condiciones. El resto continuó viaje con él hasta Pará, donde el barco atracó el 14 de diciembre. Aquí Roger buscó una nave que fuera a Barbados y embarcó en ella a los barbadenses y a Omarino y Arédomi. Encargó éstos a Frederick Bishop, para que en Bridgetown los llevara al reverendo Frederick Smith, con instrucciones de que los matriculara en el colegio de los jesuitas donde, antes de continuar viaje a Londres, recibieran una mínima formación que los preparara para hacer frente a la vida en la capital del Imperio británico.

Luego, buscó y encontró un barco que lo llevara a Europa. Halló el *SS Ambrose*, de la Booth Line. Como sólo zarparía el 17 de diciembre, aprovechó esos días para visitar los lugares que frecuentó cuando fue cónsul británico en Pará: bares, restaurantes, el Jardín Botánico, el inmenso mercado abigarrado y variopinto del puerto. No tenía ninguna nostalgia de Pará, pues su estancia no había sido feliz aquí, pero reconoció la alegría que transpiraba la gente, la apostura de las mujeres y de los muchachos ociosos que se paseaban exhibiéndose en los malecones que daban al río. Una vez más se dijo que los brasileños tenían con su cuerpo una relación saludable y feliz, muy distinta de la de los peruanos, por ejemplo, quienes, al igual que los ingleses, parecían sentirse siempre incómodos con su físico. En cambio, aquí, lo lucían con descaro, sobre todo quienes se sentían jóvenes y atractivos.

El 17 zarpó en el *SS Ambrose* y en el viaje decidió que, como este barco llegaría al puerto francés de Cherburgo los últimos días de diciembre, desembarcaría allí y tomaría el tren a París, para pasar el Año Nuevo con Herbert Ward y Sarita, su mujer. Regresaría a Londres el primer día útil del próximo año. Sería una experiencia lustral pasar un par de días con esa pareja amiga, culta, en su hermoso estudio repleto de esculturas y recuerdos africanos, hablando de cosas bellas y elevadas, arte, libros, teatro, música, lo mejor que había producido ese contradictorio ser humano que era también capaz de tanta maldad como la que reinaba en las caucherías de Julio C. Arana en el Putumayo.

XI

Cuando el *sheriff* gordo abrió la puerta de su celda, entró y sin decir nada se sentó en la esquina del camastro donde estaba tendido, Roger Casement no se sorprendió. Desde que, violando el reglamento, el *sheriff* le había permitido tomar una ducha, sentía, sin que hubiera mediado palabra entre ambos, un acercamiento entre él y el carcelero y que éste, acaso sin darse cuenta, acaso a pesar de sí mismo, había dejado de odiarlo y tenerlo por responsable de la muerte de su hijo en las trincheras de Francia.

Era la hora del crepúsculo y la pequeña celda estaba casi a oscuras. Roger, desde el camastro, veía la silueta en sombra del *sheriff,* ancha y cilíndrica, muy quieta. Lo sentía jadear hondo, como exhausto.

—Tenía pies planos y hubiera podido librarse de ir a filas —lo oyó salmodiar, traspasado de emoción—. En el primer centro de reclutamiento, en Hastings, cuando le examinaron los pies, lo rechazaron. Pero él no se resignó y volvió a presentarse en otro centro. Quería ir a la guerra. ¿Se ha visto semejante locura?

—Amaba a su país, era un patriota —dijo Roger Casement, bajito—. Usted tendría que estar orgulloso de su hijo, *sheriff.*

—De qué me sirve que fuera un héroe, si ahora está muerto —repuso el carcelero, con voz lúgubre—. Era lo único que tenía en el mundo. Ahora, es como si yo también hubiera dejado de existir. A ratos pienso que me he vuelto un fantasma.

Le pareció que, en las sombras de la celda, el *sheriff* gemía. Pero tal vez era una falsa impresión. Roger recordó a los cincuenta y tres voluntarios de la Brigada Irlandesa que quedaron allá, en Alemania, en el pequeño campo militar de Zossen, donde el capitán Robert Monteith los había entrenado en el uso de fusiles, ametralladoras, tácticas y maniobras militares, procurando mantenerles en alto la moral pese a las circunstancias inciertas. Y las preguntas que se había hecho mil veces volvieron a atormentarlo. ¿Qué habrían pensado cuando desapareció sin despedirse al igual que el capitán Monteith y el sargento Bailey? ¿Que eran unos traidores? ¿Que, después de embarcarlos en esa aventura temeraria, se mandaban mudar, ellos sí, a luchar a Irlanda, y los dejaban rodeados de alambradas, en manos de los alemanes y odiados por los prisioneros irlandeses de Limburg, que los consideraban unos tránsfugas y desleales con sus compañeros muertos en las trincheras de Flandes?

Una vez más se dijo que su vida había sido una contradicción permanente, una sucesión de confusiones y enredos truculentos, donde la verdad de sus intenciones y comportamientos quedaba siempre, por obra del azar o de su propia torpeza, oscurecida, distorsionada, trastrocada en mentira. Esos cincuenta y tres patriotas, puros e idealistas, que habían tenido el coraje de enfrentarse a dos mil y pico de sus compañeros del campo de Limburg e inscribirse en la Brigada Irlandesa para luchar «junto a, pero no dentro de» el Ejército alemán por la independencia de Irlanda, nunca sabrían de la pelea titánica que había librado Roger Casement con el alto mando militar alemán para impedir que los despacharan a Irlanda en el *Aud* junto con los veinte mil fusiles que enviaba a los Voluntarios para el Alzamiento de Semana Santa.

—Yo tengo la responsabilidad de esos cincuenta y tres brigadistas —le dijo Roger al capitán Rudolf Nadolny, encargado de asuntos irlandeses en la Jefatura Militar en Berlín—. Yo los exhorté a desertar del Ejército británico. Para la ley inglesa son traidores. Serán ahorcados de inmediato si la Royal Navy los captura. Algo que ocurrirá, irremediablemente, si el Alzamiento tiene lugar sin el apoyo de una fuerza militar alemana. No puedo enviar a la muerte y la deshonra a esos compatriotas. Ellos no irán a Irlanda con los veinte mil fusiles.

No había sido fácil. El capitán Nadolny y los oficiales del alto mando militar alemán trataron de hacerlo ceder con un chantaje.

—Muy bien, comunicaremos de inmediato a los dirigentes de los Irish Volunteers en Dublín y en Estados Unidos que, en vista de la oposición del señor Roger Casement al Alzamiento, el Gobierno alemán suspende el envío de los veinte mil fusiles y los cinco millones de municiones.

Fue preciso discutir, negociar, explicar, conservando siempre la calma. Roger Casement no se oponía al Alzamiento, sólo a que los Voluntarios y el Ejército del Pueblo se suicidaran, lanzándose a pelear contra el Imperio británico sin que los submarinos, zepelines y comandos del Káiser distrajeran a las Fuerzas Armadas británicas y les impidieran aplastar brutalmente a los rebeldes, retrasando de este modo vaya usted a saber cuántos años la independencia de Irlanda. Los veinte mil fusiles eran indispensables, por supuesto. Él mismo iría con esas armas a Irlanda y explicaría a Tom Clarke, Patrick Pearse, Joseph Plunkett y demás líderes de los Voluntarios las razones por las que, a su juicio, el Alzamiento debía aplazarse.

Al final, lo consiguió. El barco con el armamento, el *Aud,* partió, y Roger, Monteith y Bailey zarparon también en un submarino hacia Eire. Pero los cincuenta y tres brigadistas se quedaron en Zossen, sin entender nada, preguntándose sin duda por qué esos mentirosos se fueron a pelear a Irlanda y los dejaron aquí, después de haberlos entrenado para una acción de la que ahora los privaban sin explicación alguna.

—Cuando el pequeño nació, su madre se largó y nos abandonó a los dos —dijo de pronto la voz del *sheriff* y Roger dio un brinco en el camastro—. Nunca más supe de ella. De modo que tuve que convertirme en una madre y un padre para el niño. Se llamaba Hortensia y era medio loca.

Había oscurecido totalmente en la celda. Roger no veía ya la silueta del carcelero. Su voz sonaba muy cercana y más parecía el lamento de un animal que una expresión humana.

—Los primeros años casi todo el salario se me iba en pagos a una mujer que lo amamantara y lo criara —prosiguió el *sheriff*—. Todo mi tiempo libre lo pasaba con él. Siempre fue un chico dócil y afable. Nunca uno de esos muchachos que cometen diabluras como robar y emborracharse y enloquecen a sus padres. Estaba de aprendiz en una sastrería, bien considerado por su jefe. Hubiera podido hacer carrera allí, si no se le metía en la cabeza alistarse, pese a sus pies planos.

Roger Casement no sabía qué decirle. Lo apenaba el sufrimiento del *sheriff* y hubiera querido consolarlo, pero ¿qué palabras podían aliviar el dolor animal de este pobre hombre? Hubiera querido preguntarle su nombre y el de su hijo muerto, de este modo los sentiría a ambos más cerca, pero no se atrevió a interrumpirlo.

—Recibí dos cartas suyas —prosiguió el *sheriff*—. La primera, durante su entrenamiento. Me decía que le gustaba la vida en el campamento y que, al terminar la guerra, tal vez se quedaría en el Ejército. Su segunda carta era muy distinta. Muchos párrafos habían sido tachados con tinta negra por el censor. No se quejaba, pero había cierta amargura, incluso algo de miedo, en lo que escribía. Nunca más tuve noticias de él. Hasta que llegó una carta de duelo del Ejército, anunciándome su muerte. Que había tenido un fin heroico, en la batalla de Loos. Nunca oí hablar de ese lugar. Fui a ver en un mapa dónde quedaba Loos. Debe ser un pueblo insignificante.

Por segunda vez Roger sintió aquel gemido, semejante al ulular de un pájaro. Y tuvo la impresión de que la sombra del carcelero se estremecía.

¿Qué ocurriría ahora con esos cincuenta y tres compatriotas? ¿Respetaría el alto mando militar alemán los compromisos y permitiría que la pequeña Brigada se mantuviera unida y aislada en el campo de Zossen? No era seguro. En sus discusiones con el capitán Rudolf Nadolny, en Berlín, Roger advirtió el desprecio que los militares alemanes tenían por ese ridículo contingente de apenas medio centenar de hombres. Qué diferente su actitud al principio, cuando, dejándose convencer por el entusiasmo de Casement, apoyaron su iniciativa de reunir a todos los prisioneros irlandeses en el campo de Limburg, suponiendo que, una vez que les hablara, cientos de ellos se enrolarían en la Brigada Irlandesa. ¡Qué fracaso y qué decepción! La más dolorosa de su vida. Un fracaso que lo dejaba en el ridículo y hacía trizas sus sueños patrióticos. ¿En qué se equivocó? El capitán Robert Monteith creía que su error fue hablar a los 2.200 prisioneros juntos, en vez de hacerlo por grupos pequeños. Con veinte o treinta hubiera sido posible un diálogo, responder objeciones, aclarar lo que les resultaba confuso. Pero ante una masa de hombres adoloridos por su derrota y la humillación de sentirse prisioneros ¿qué podía esperar? Sólo entendieron que Roger les pedía aliarse con sus enemigos de ayer y de ahora, por eso reaccionaron con tanta beligerancia. Había muchas maneras de interpretar su hostilidad, sin duda. Pero ninguna teoría podía borrar la amargura de verse insultado, llamado traidor, amarillo, cucaracha, vendido, por esos compatriotas a quienes él había sacrificado su tiempo, su honor y su futuro. Recordó las bromas de Herbert Ward cuando, burlándose de su nacionalismo, lo exhortaba a volver a la realidad y salir de ese «sueño del celta» en el que se había encastillado.

La víspera de su partida de Alemania, el 11 de abril de 1916, Roger escribió una carta al canciller imperial Theobald von Bethmann-Hollweg, recordándole los términos del acuerdo firmado entre él y el Gobierno alemán sobre la Brigada Irlandesa. Según lo acordado, los brigadistas sólo podían ser enviados a combatir por Irlanda y en ningún caso utilizados como mera fuerza de apoyo del Ejército alemán en otros escenarios de la guerra. Asimismo, se estipulaba que si la contienda no concluía con una victoria de Alemania, los soldados de la Brigada Irlandesa debían ser enviados a los Estados Unidos o a un país neutral que los acogiera y de ningún modo a Gran Bretaña, donde serían sumariamente ejecutados. ¿Cumplirían los alemanes con estos compromisos? La incertidumbre volvía una y otra vez a su mente desde que fue capturado. ¿Y si, apenas partieron él, Monteith y Bailey rumbo a Irlanda, el capitán Rudolf Nadolny disolvió la Brigada Irlandesa y envió de nuevo a sus integrantes al campo de Limburg? Vivirían entre insultos, discriminados por los otros prisioneros irlandeses y corriendo el riesgo diario de ser linchados.

—Yo hubiera querido que me devolvieran sus restos —volvió a sobresaltarlo la voz adolorida del *sheriff*—. Para hacerle un entierro religioso, en Hastings, donde nació, como yo, mi padre y mi abuelo. Me contestaron que no. Que, por las circunstancias de la guerra, la devolución de sus restos era imposible. ¿Usted entiende eso de «circunstancias de la guerra»?

Roger no contestó porque comprendió que el carcelero no estaba hablando con él, sino consigo mismo a través de él.

—Yo sé muy bien lo que quiere decir —prosiguió el *sheriff*—. Que no queda resto alguno de mi pobre hijo. Que una granada o un mortero lo pulverizó. En ese condenado sitio, Loos. O que lo echaron a una fosa común, con otros soldados muertos. Nunca sabré dónde está su tumba para ir a echarle unas flores y una oración de vez en cuando.

—Lo principal no es la tumba sino la memoria, *sheriff* —dijo Roger—. Eso es lo que cuenta. A su hijo, allí donde esté ahora, lo que le importa es saber que usted lo recuerda con tanto cariño y nada más.

La sombra del *sheriff* había hecho un movimiento de sorpresa al oír a Casement. Tal vez había olvidado que estaba en la celda y a su lado.

—Si supiera dónde está su madre, habría ido a verla, a darle la noticia y a que lo lloráramos juntos —dijo el *sheriff*—. No le guardo ningún rencor a Hortensia por haberme abandonado. Ni siquiera sé si sigue viva. Nunca se dignó preguntar por el hijo que abandonó. No era mala sino medio loca, ya se lo dije.

Ahora, Roger se preguntaba una vez más, como lo hacía sin tregua día y noche desde el amanecer de su llegada a la playa de Banna Strand, en Tralee Bay, cuando había oído el canto de las alondras y había visto cerca de la playa las primeras violetas salvajes, por qué maldita razón no había habido ningún barco ni piloto irlandés esperando al carguero *Aud* que traía los fusiles, las ametralladoras y las municiones para los Voluntarios y al submarino donde venían él, Monteith y Bailey. ¿Qué había pasado? Él leyó con sus propios ojos la carta perentoria de John Devoy al conde Johann Heinrich von Bernstorff, que éste transmitió a la Cancillería alemana, advirtiendo que el levantamiento sería entre el Viernes Santo y el Domingo de Resurrección. Y que, por lo tanto, los fusiles deberían llegar, sin falta, el 20 de abril a Fenit Pier, en Tralee Bay. Allí estarían esperando un piloto experto en la zona y botes y barcos con Volunteers para descargar las armas. Dichas instrucciones fueron reconfirmadas en los mismos términos de urgencia el 5 de abril por Joseph Plunkett al encargado de Negocios alemán en Berna, quien retransmitió el mensaje a la Cancillería y la Jefatura Militar en Berlín: las armas tenían que llegar a Tralee Bay en el anochecer del día 20, no antes ni después. Y ésa era la fecha exacta en que tanto el *Aud* como el submarino U-19 llegaron al lugar de la cita. ¿Qué demonios ocurrió para que no hubiera nadie esperándolos y tuviera lugar la catástrofe que lo había sepultado a él en la cárcel y contribuido al fracaso del levantamiento? Porque, según las informaciones que le dieron sus interrogadores Basil Thomson y Reginald Hall, el *Aud* fue sorprendido por la Royal Navy en aguas irlandesas bastante después de la fecha acordada para el desembarco —arriesgando su seguridad había seguido esperando a los Volunteers—, lo que obligó al capitán del *Aud* a hundir su barco y mandar al fondo del mar los veinte mil fusiles, las diez ametralladoras y los cinco millones de municiones que, acaso, hubieran dado otro sesgo a esa rebelión que los ingleses aplastaron con la ferocidad que cabía esperar.

En verdad, lo que había ocurrido Roger Casement lo podía suponer: nada grandioso ni trascendental, una de esas menudencias estúpidas, descuidos, contraórdenes, diferencias de opinión entre los dirigentes del Consejo Supremo del IRB, Tom Clarke, Sean McDermott, Patrick Pearse, Joseph Plunkett y unos pocos más. Algunos de ellos, o acaso todos, habrían cambiado de opinión sobre la fecha más conveniente para la llegada del *Aud* a Tralee Bay y enviado la rectificación sin pensar que la contraorden a Berlín podía extraviarse o llegar cuando el carguero y el submarino estuvieran ya en alta mar y, debido a las espantosas condiciones atmosféricas de esos días, prácticamente desconectados de Alemania. Tenía que haber sido algo de eso. Una pequeña confusión, un error de cálculo, una tontería y un armamento de primer orden estaba ahora en el fondo del mar en vez de llegar a manos de los Voluntarios que se habían hecho matar en la semana que duraron los combates en las calles de Dublín.

No había errado pensando que era una equivocación alzarse en armas sin una acción militar alemana simultánea, pero no se alegraba por ello. Hubiera preferido equivocarse. Y haber estado allí, con esos insensatos, el centenar de Voluntarios que en la madrugada del 24 de abril capturaron la Oficina de Correos de Sackville Street, o con los que intentaron tomar por asalto el Dublin Castle, o con los que quisieron volar con explosivos el Magazine Fort, en Phoenix Park. Mil veces preferible morir como ellos, con las armas en la mano —una muerte heroica, noble, romántica—, antes que en la indignidad del patíbulo, como los asesinos y los violadores. Por imposible e irreal que hubiera sido el designio de los Voluntarios, el Irish Republican Brotherhood y el Ejército del Pueblo, debió ser hermoso y exaltante —sin duda todos los que estuvieron allí lloraron y sintieron su corazón tronando— oír a Patrick Pearse leyendo el manifiesto que proclamaba la República. Aunque sólo por un brevísimo paréntesis de siete días, el «sueño del celta» se hizo realidad: Irlanda, emancipada del ocupante británico, fue una nación independiente.

—A él no le gustaba que yo hiciera este oficio —volvió a sobresaltarlo la voz acongojada del *sheriff*—. Se avergonzaba de que la gente del barrio, de la sastrería, supiera que su padre era un empleado de prisiones. La gente supone que, por codearnos día y noche con delincuentes, los guardianes nos contagiamos y nos volvemos también sujetos fuera de la ley. ¿Se ha visto cosa más injusta? Como si alguien no tuviera que hacer este trabajo para bien de la sociedad. Yo le ponía el ejemplo de Mr. John Ellis, el verdugo. Es también peluquero en su pueblo, Rochdale, y allí nadie habla mal de él. Por el contrario, todos los vecinos le tienen la mayor consideración. Hacen cola para que los atienda en su barbería. Estoy seguro que mi hijo no hubiera permitido que nadie hablara mal de mí delante de él. No sólo me tenía mucho respeto. Yo sé que me quería.

Otra vez Roger oyó aquel gemido apagado y sintió moverse el camastro con el temblor del carcelero. ¿Le hacía bien al *sheriff* desahogarse de este modo o aumentaba su dolor? Su monólogo era un cuchillo escarbando una herida. No sabía qué actitud tomar: ¿hablarle? ¿Tratar de consolarlo? ¿Escucharlo en silencio?

—Nunca dejó de regalarme algo el día de mi cumpleaños —añadió el *sheriff*—. El primer salario que recibió en la sastrería me lo entregó íntegro. Debí insistir para que se quedara con el dinero. ¿Qué muchacho de hoy muestra tanto respeto por su padre?

El *sheriff* volvió a hundirse en el silencio y en la inmovilidad. No eran muchas las cosas que Roger Casement había llegado a saber del Alzamiento: la toma de Correos, los fracasados asaltos al Dublin Castle y el Magazine Fort, en Phoenix Park. Y los fusilamientos sumarios de los principales dirigentes, entre ellos el de su amigo Sean McDermott, uno de los primeros irlandeses contemporáneos en haber escrito prosa y poesía en gaélico. ¿A cuántos más habrían fusilado? ¿Los habrían ejecutado en las mismas mazmorras de Kilmainham Gaol? ¿O los habían llevado a Richmond Barracks? Alice le dijo que a James Connolly, el gran organizador de los gremios, tan malherido que no podía tenerse en pie, lo habían enfrentado al pelotón de fusilamiento sentado en una silla. ¡Bárbaros! Los datos fragmentados del Alzamiento que había conocido Roger por sus interrogadores, el jefe de Scotland Yard, Basil Thomson y el capitán de navío Reginald Hall, del Servicio de Inteligencia del Almirantazgo, por su abogado George Gavan Duffy, por su hermana Nina y Alice Stopford Green, no le daban una idea clara de lo ocurrido, sólo de un gran desorden con sangre, bombas, incendios y disparos. Sus interrogadores le iban refiriendo las noticias que llegaban a Londres cuando aún se combatía en las calles de Dublín y el Ejército británico sofocaba los últimos reductos rebeldes. Anécdotas fugaces, frases sueltas, hilachas que trataba de situar en su contexto usando su fantasía y su intuición. Por las preguntas de Thomson y Hall durante aquellos interrogatorios descubrió que el Gobierno inglés sospechaba que él había llegado de Alemania para encabezar la insurrección. ¡Así se escribía la Historia! Él, que vino a tratar de atajar el Alzamiento, convertido en su líder por obra del despiste británico. El Gobierno le atribuía desde hacía tiempo una influencia entre los independentistas que estaba lejos de la realidad. Quizás eso explicaba las campañas de denigración de la prensa inglesa, cuando él estaba en Berlín, acusándolo de venderse al Káiser, de ser un mercenario además de un traidor, y, en estos días, las vilezas que le atribuían los diarios londinenses. ¡Una campaña para hundir en la ignominia a un líder supremo que nunca fue ni quiso ser! Eso era la historia, una rama de la fabulación que pretendía ser ciencia.

—Una vez le vinieron las fiebres y el médico de la enfermería dijo que se iba a morir —retomó su monólogo el *sheriff*—. Pero entre Mrs. Cubert, la mujer que lo amamantaba, y yo, lo cuidamos, lo abrigamos y con cariño y paciencia le salvamos la vida. Me pasé muchas noches en vela haciéndole frotaciones en todo el cuerpo con alcohol alcanforado. Le sentaba bien. Partía el alma verlo tan pequeñito, tiritando de frío. Espero que no haya sufrido. Quiero decir, allá, en las trincheras, en ese sitio, Loos. Que su muerte haya sido rápida, sin darse cuenta. Que Dios no haya sido tan cruel de infligirle una larga agonía, dejando que se desangrara a pocos o se asfixiara con los gases de mostaza. Él siempre asistió al oficio dominical y cumplió con sus obligaciones de cristiano.

—¿Cómo se llamaba su hijo, *sheriff*? —preguntó Roger Casement.

Le pareció que en las sombras el carcelero daba de nuevo una especie de respingo, como si acabara de descubrir otra vez que él estaba allí.

—Se llamaba Alex Stacey —dijo por fin—. Como mi padre. Y como yo.

—Me alegra saberlo —dijo Roger Casement—. Cuando uno conoce sus nombres se imagina mejor a las personas. Las siente, aunque no las conozca. Alex Stacey es un nombre que suena bien. Da la idea de una buena persona.

—Educado y servicial —murmuró el *sheriff*—. Un poco tímido, tal vez. Sobre todo con las mujeres. Yo lo había observado, desde niño. Con los varones se sentía cómodo, se desenvolvía sin dificultad. Pero con las mujeres se intimidaba. No se atrevía a mirarlas a los ojos. Y, si ellas le dirigían la palabra, comenzaba a balbucear. Por eso, estoy seguro que Alex murió virgen.

El *sheriff* volvió a callar, a sumirse en sus pensamientos y en la total inmovilidad. ¡Pobre muchacho! Si era cierto lo que su padre decía, Alex Stacey había muerto sin haber conocido el calor de una mujer. Calor de madre, calor de esposa, calor de amante. Roger, al menos, había conocido, aunque por poco tiempo, la felicidad de una madre bella, tierna, delicada. Suspiró. Había pasado algún tiempo sin que pensara en ella, algo que antes jamás le ocurrió. Si existía un más allá, si las almas de los muertos observaban desde la eternidad la vida pasajera de los vivos, era seguro que Anne Jephson habría estado pendiente de él todo este tiempo, siguiéndole los pasos, sufriendo y angustiándose con los percances que tuvo en Alemania, compartiendo sus decepciones, contrariedades y esa sensación atroz de haberse equivocado, de —en su ingenuo idealismo, en esa propensión romántica de la que se burlaba tanto Herbert Ward— haber idealizado demasiado al Káiser y a los alemanes, de haber creído que iban a hacer suya la causa irlandesa y convertirse en unos leales y entusiastas aliados de sus sueños independentistas.

Sí, era seguro que su madre había compartido con él, en esos cinco días indecibles, sus dolores, vómitos, mareos y retortijones en el interior del submarino U-19 que los trasladaba a él, a Monteith y a Bailey del puerto alemán de Heligoland a las costas de Kerry, Irlanda. Nunca, en toda su vida, se había sentido tan mal, en su físico y en su ánimo. Su estómago no resistía alimento alguno, salvo sorbitos de café caliente y pequeños bocados de pan. El capitán del U-19, Kapitänleutnant Raimund Weissbach, le hizo tomar un traguito de aguardiente que, en vez de quitarle el mareo, lo hizo vomitar hiel. Cuando el submarino navegaba en la superficie, a unas doce millas por hora, era cuando más se movía y cuando los mareos le causaban más estragos. Cuando se sumergía, se movía menos, pero su velocidad disminuía. Ni frazadas ni abrigos atenuaban el frío que le corroía los huesos. Ni esa permanente sensación de claustrofobia que había sido como una anticipación de la que sentiría luego, en la prisión de Brixton, en la Torre de Londres o en Pentonville Prison.

Sin duda por los mareos y el horrible malestar durante el viaje en el U-19, olvidó en uno de sus bolsillos el boleto de tren de Berlín al puerto alemán de Wilhelmshaven. Los policías que lo detuvieron en McKenna's Fort lo descubrieron al registrarlo en la comisaría de Tralee. El boleto de tren sería mostrado en su juicio por el fiscal como una de las pruebas de que había venido a Irlanda desde Alemania, el país enemigo. Pero todavía peor fue que, en otro de sus bolsillos, los policías de la Royal Irish Constabulary hallaran el papel con el código secreto que le dio el Almirantazgo alemán para que, en caso de emergencia, se comunicara con los mandos militares del Káiser. ¿Cómo era posible que no hubiera destruido un documento tan comprometedor antes de abandonar el U-19 y saltar al bote que los llevaría a la playa? Era una pregunta que supuraba en su conciencia como una herida infectada. Y, sin embargo, Roger recordaba con nitidez que, antes de despedirse del capitán y la tripulación del submarino U-19, por la insistencia del capitán Robert Monteith, él y el sargento Daniel Bailey habían vuelto a registrarse los bolsillos una última vez a fin de destruir cualquier objeto o documento comprometedor sobre su identidad y procedencia. ¿Cómo pudo descuidarse al extremo de que el boleto de tren y el código secreto se le pasaran? Recordó la sonrisa de satisfacción con que el fiscal exhibió aquel código secreto durante el juicio. ¿Qué perjuicios habría causado a Alemania esa información en manos de la inteligencia británica?

Lo que explicaba aquellas gravísimas distracciones era, sin duda, su calamitoso estado físico y psicológico, destrozado por los mareos, el deterioro de su salud en los últimos meses en Alemania y, sobre todo, las preocupaciones y angustias que los acontecimientos políticos —desde el fracaso de la Brigada Irlandesa hasta haberse enterado de que los Voluntarios y el IRB habían decidido el Alzamiento militar para la Semana Santa aun cuando no hubiera una simultánea acción militar alemana— afectaron su lucidez, su equilibrio mental, haciéndole perder reflejos, capacidad de concentración y serenidad. ¿Eran los primeros síntomas de locura? Ya le había ocurrido antes, en el Congo y en la selva amazónica, ante el espectáculo de las mutilaciones y demás torturas y atrocidades sin cuento a que eran sometidos los indígenas por los caucheros. En tres o cuatro ocasiones había sentido que lo abandonaban las fuerzas, que lo dominaba una sensación de impotencia frente a la desmesura del mal que advertía a su alrededor, ese cerco de crueldad e ignominia tan extendido, tan avasallador que parecía quimérico enfrentarse a él y tratar de derribarlo. Quien siente una desmoralización tan profunda puede cometer distracciones tan graves como las que él cometió. Estas excusas lo aliviaban unos instantes; luego, las rechazaba y el sentimiento de culpa y el remordimiento eran peores.

—He pensado en quitarme la vida —lo hizo sobresaltar de nuevo la voz del *sheriff*—. Alex era mi única razón para seguir viviendo. No tengo más parientes. Tampoco amigos. Conocidos, apenas. Mi vida era mi hijo. ¿Para qué seguir en este mundo sin él?

—Conozco ese sentimiento, *sheriff* —murmuró Roger Casement—. Y, sin embargo, pese a todo, la vida tiene también cosas hermosas. Ya encontrará usted otros alicientes. Todavía es un hombre joven.

—Tengo cuarenta y siete años, aunque parezca mucho más viejo —contestó el carcelero—. Si no me he matado, es por la religión. Ella lo prohíbe. Pero no está excluido que lo haga. Si no consigo vencer esta tristeza, esta sensación de vacío, de que ahora ya nada importa, lo haré. Un hombre debe vivir mientras sienta que la vida vale la pena. Si no, no.

Hablaba sin dramatismo, con tranquila seguridad. Volvió a permanecer quieto y callado. Roger Casement trató de escuchar. Le pareció que de alguna parte del exterior llegaban reminiscencias de una canción, acaso de un coro. Pero el rumor era tan apagado y tan remoto que no alcanzó a descifrar las palabras ni la tonada.

¿Por qué los líderes del Alzamiento habían querido evitar que viniera a Irlanda y pidieron a las autoridades alemanas que permaneciera en Berlín con el ridículo título de «embajador» de las organizaciones nacionalistas irlandesas? Él había visto las cartas, leído y releído las frases que le concernían. Según el capitán Monteith, porque los dirigentes de los Voluntarios y el IRB sabían que Roger era opuesto a una rebelión sin una ofensiva alemana de envergadura que paralizara al Ejército y a la Royal Navy británicos. ¿Por qué no se lo habían dicho a él, directamente? ¿Por qué hacerle llegar esa decisión a través de las autoridades alemanas? Desconfiaban, tal vez. ¿Creían que ya no era de fiar? Acaso habían dado crédito a esos chismes estúpidos y descabellados que hizo circular el Gobierno inglés acusándolo de ser un espía británico. Él no se había preocupado lo más mínimo con esas calumnias, siempre supuso que sus amigos y compañeros comprenderían que se trataba de operaciones de intoxicación de los servicios secretos británicos para sembrar las sospechas y la división entre los nacionalistas. Acaso alguno, algunos de sus compañeros se habían dejado engañar por esas tretas del colonizador. Bueno, ahora ya se habrían convencido de que Roger Casement seguía siendo un luchador fiel a la causa de la independencia de Irlanda.

¿Quienes dudaron de su lealtad serían algunos de los fusilados en Kilmainham Gaol? ¿Qué le importaba ahora la comprensión de los muertos?

Sintió que el carcelero se ponía de pie y se alejaba hacia la puerta de la celda. Oyó sus pasos apagados y remolones, como si arrastrara los pies. Al llegar a la puerta, le oyó decir:

—Esto que he hecho está mal. Una violación del reglamento. Nadie debe dirigirle a usted la palabra, y yo, el *sheriff*, menos que nadie. Vine porque no podía más. Si no hablaba con alguien me iba a reventar la cabeza o el corazón.

—Me alegro que viniera, *sheriff* —susurró Casement—. En mi situación, hablar con alguien es un gran alivio. Lo único que siento es no haber podido consolarlo por la muerte de su hijo.

El carcelero gruñó algo que podía ser una despedida. Abrió la puerta de la celda y salió. Desde afuera volvió a cerrarla echando llave. La oscuridad era de nuevo total. Roger se ladeó, cerró los ojos y trató de dormir, pero sabía que el sueño no vendría tampoco esta noche y que las horas que faltaban para el amanecer serían lentísimas, una interminable espera.

Recordó la frase del carcelero: «Estoy seguro que Alex murió virgen». Pobre muchacho. Llegar a los diecinueve o veinte años sin haber conocido el placer, aquel desmayo afiebrado, aquella suspensión de lo circundante, esa sensación de eternidad instantánea que duraba apenas el tiempo de eyacular y, sin embargo, tan intensa, tan profunda que arrebataba todas las fibras de su cuerpo y hacía participar y animarse hasta el último resquicio del alma. Él hubiera podido morir virgen también, si, en vez de partir al África al cumplir veinte años, se hubiera quedado en Liverpool trabajando para la Elder Dempster Line. Su timidez con las mujeres había sido la misma —acaso peor— que la del joven de pies planos Alex Stacey. Recordó las bromas de sus primas, y, sobre todo, de Gertrude, la querida Gee, cuando querían hacerlo ruborizar. Bastaba que le hablaran de chicas, que le dijeran por ejemplo: «¿Has visto cómo te mira Dorothy?». «¿Te has dado cuenta que Malina siempre se las arregla para sentarse a tu lado en los picnics?» «Le gustas, primo.» «¿Te gusta ella a ti también?» ¡La incomodidad que le producían estas chanzas! Perdía la desenvoltura y empezaba a balbucear, a tartamudear, a decir tonterías, hasta que Gee y sus amigas, muertas de risa, lo tranquilizaban: «Era una broma, no te pongas así».

Sin embargo, desde muy joven había tenido un aguzado sentido estético, sabido apreciar la belleza de los cuerpos y las caras, contemplando con delectación y alegría una silueta armoniosa, unos ojos vivaces y pícaros, una cintura delicada, unos músculos que denotaran la fortaleza inconsciente que exhibían los animales predadores en libertad. ¿Cuándo tomó conciencia de que la belleza que lo exaltaba más, añadiendo un aderezo de inquietud y alarma, la impresión de cometer una transgresión, no era la de las muchachas sino la de los muchachos? En África. Antes de pisar el continente africano, su educación puritana, las costumbres rígidamente tradicionales y conservadoras de sus parientes paternos y maternos, habían reprimido en embrión cualquier amago de excitación de esa índole, fiel a un medio en el que la sola sospecha de atracción sexual entre personas del mismo sexo era considerada una aberración abominable, justamente condenada por la ley y la religión como un delito y un pecado sin justificación ni atenuantes. En Magherintemple, Antrim, en la casa del tío abuelo John, en Liverpool, donde sus tíos y primas, la fotografía había sido el pretexto que le permitió gozar —sólo con los ojos y la mente— de esos cuerpos masculinos esbeltos y hermosos por los que se sentía atraído, engañándose a sí mismo con la excusa de que aquella atracción era sólo estética.

El África, aquel continente atroz pero hermosísimo, de enormes sufrimientos, era también tierra de libertad, donde los seres humanos podían ser maltratados de manera inicua pero, asimismo, manifestar sus pasiones, fantasías, deseos, instintos y sueños, sin las bridas y prejuicios que en Gran Bretaña ahogaban el placer. Recordó aquella tarde de calor sofocante y sol cenital, en Boma, cuando ésta ni siquiera era una aldea sino un asentamiento minúsculo. Asfixiado y sintiendo que su cuerpo echaba llamas había ido a bañarse a aquel arroyo de las afueras que, poco antes de precipitarse en las aguas del río Congo, formaba pequeñas lagunas entre las rocas, con cascadas murmurantes, en un paraje de altísimos mangos, cocoteros, baobabs y helechos gigantes. Había dos bakongos jóvenes bañándose, desnudos como él. Aunque no hablaban inglés, contestaron su saludo con sonrisas. Parecían jugando entre ellos, pero, al poco tiempo, Roger advirtió que estaban pescando con sus manos desnudas. Su excitación y sus carcajadas se debían a la dificultad que tenían para sujetar a los escurridizos pececillos que se les escapaban de los dedos. Uno de los dos muchachos era muy bello. Tenía un cuerpo largo y azulado, armonioso, ojos profundos y de luz vivísima y se movía en el agua como un pez. Con sus movimientos trasparecían, brillando por las gotitas de agua adheridas a su piel, los músculos de sus brazos, de su espalda, de sus muslos. En su cara oscura, con tatuajes geométricos, de miradas chispeantes, asomaban sus dientes, muy blancos. Cuando por fin atraparon un pez, con gran bullicio, el otro salió del arroyo, a la orilla, donde, le pareció a Roger, comenzaba a cortarlo y limpiarlo y a preparar una fogata. El que había quedado en el agua lo miró a los ojos y le sonrió. Roger, sintiendo una especie de fiebre, nadó hacia él, sonriéndole también. Cuando llegó a su lado no supo qué hacer. Sentía vergüenza, incomodidad, y, a la vez, una felicidad sin límites.

—Lástima que no me entiendas —se oyó decir, a media voz—. Me hubiera gustado tomarte fotos. Que conversáramos. Que nos hiciéramos amigos.

Y, entonces, sintió que el muchacho, impulsándose con los pies y los brazos, cortaba la distancia que los separaba. Ahora estaba tan cerca de él que casi se tocaban. Y, en eso, Roger sintió las manos ajenas buscándole el vientre, tocándole y acariciándole el sexo que hacía rato tenía enhiesto. En la oscuridad de su celda, suspiró, con deseo y angustia. Cerrando los ojos, trató de resucitar aquella escena de hacía tantos años: la sorpresa, la excitación indescriptible, que, sin embargo, no atenuaba su recelo y temor, y su cuerpo, abrazando el del muchacho cuya verga tiesa sintió también frotándose contra sus piernas y su vientre.

Había sido la primera vez que hizo el amor, si es que se podía llamar hacer el amor excitarse y eyacular en el agua contra el cuerpo del muchacho que lo masturbaba y que sin duda eyaculó también sobre él, aunque eso Roger no lo notó. Cuando salió del agua y se vistió, los dos bakongos le convidaron unos bocados del pescado que ahumaron en una pequeña fogata a orillas de la poza que formaba el arroyuelo.

Qué vergüenza sintió después. Todo el resto del día estuvo aturdido, sumido en unos remordimientos que se mezclaban con chispazos de dicha, la conciencia de haber franqueado los límites de una cárcel y alcanzado una libertad que siempre deseó, en secreto, sin haberse atrevido nunca a buscarla. ¿Tuvo remordimientos, hizo propósito de enmienda? Sí, sí. Los había tenido. Se prometió a sí mismo, por su honor, por la memoria de su madre, por su religión, que aquello no se repetiría, sabiendo muy bien que se mentía, que, ahora que había probado el fruto prohibido, sentido cómo todo su ser se convertía en un vértigo y una antorcha, ya no podría evitar que aquello se repitiera. Ésa fue la única, o, en todo caso, una de las muy escasas veces en que gozar no le había costado dinero. ¿Había sido el hecho de pagar a sus fugaces amantes de unos minutos o unas horas lo que lo había liberado, muy pronto, de esos cargos de conciencia que al principio lo acosaron luego de esas aventuras? Tal vez. Como si, convertidos en una transacción comercial —me das tu boca y tu pene y yo te doy mi lengua, mi culo y unas libras—, aquellos encuentros veloces, en parques, esquinas oscuras, baños públicos, estaciones, hoteluchos inmundos o en plena calle —«como los perros», pensó— con hombres con los que a menudo sólo podía entenderse con gestos y ademanes porque no hablaban su lengua, despojaran a esos actos de toda significación moral y los volvieran un puro intercambio, tan neutro como comprar un helado o un paquete de cigarrillos. Era el placer, no el amor. Había aprendido a gozar pero no a amar ni a ser correspondido en el amor. Alguna vez en África, en Brasil, en Iquitos, en Londres, en Belfast o en Dublín, luego de un encuentro particularmente intenso, algún sentimiento se había añadido a la aventura y él se había dicho: «Estoy enamorado». Falso: nunca lo estuvo. Aquello no duró. Ni siquiera con Eivind Adler Christensen, a quien había llegado a tener afecto, pero no de amante, acaso de hermano mayor o de padre. Vaya infeliz. También en este campo su vida había sido un completo fracaso. Muchos amantes de ocasión —decenas, acaso centenas— y ni una sola relación de amor. Sexo puro, apresurado y animal.

Por eso, cuando hacía un balance de su vida sexual y sentimental, Roger se decía que ella había sido tardía y austera, hecha de esporádicas y siempre veloces aventuras, tan pasajeras, tan sin consecuencias, como aquella del arroyo con cascadas y pozas en las afueras de lo que era todavía un campamento medio perdido en un lugar del Bajo Congo llamado Boma.

Lo embargó esa profunda tristeza que había seguido casi siempre a sus furtivos encuentros amorosos, generalmente a la intemperie, como el primero, con hombres y muchachos a menudo extranjeros cuyos nombres ignoraba u olvidaba apenas sabidos. Eran efímeros momentos de placer, nada que pudiera compararse a esa relación estable, prolongada a lo largo de meses y años, en que a la pasión se iban añadiendo la comprensión, la complicidad, la amistad, el diálogo, la solidaridad, esa relación que él siempre había envidiado entre Herbert y Sarita Ward. Era otro de los grandes vacíos, de las grandes nostalgias, de su vida.

Advirtió que, allí donde debía estar el quicio de la puerta de su celda, asomaba un rayito de luz.

XII

«Dejaré mis huesos en ese maldito viaje», pensó Roger cuando el canciller sir Edward Grey le dijo que, en vista de las contradictorias noticias que llegaban del Perú, la única manera para el Gobierno británico de saber a qué atenerse sobre lo que allí ocurría, era que el propio Casement regresara a Iquitos y viera sobre el terreno si el Gobierno peruano había hecho algo para poner fin a las iniquidades en el Putumayo o se valía de tácticas dilatorias pues no quería o no podía enfrentarse a Julio C. Arana.

La salud de Roger andaba de mal en peor. Desde su regreso de Iquitos, incluso durante los pocos días de fin de año que pasó en París con los Ward, volvió a atormentarlo la conjuntivitis y rebrotaron las fiebres palúdicas. También las hemorroides lo fastidiaban de nuevo, aunque sin las hemorragias de antaño. Apenas volvió a Londres, en los primeros días de enero de 1911, fue a ver a los médicos. Los dos especialistas que consultó dictaminaron que su estado era consecuencia de la inmensa fatiga y la tensión nerviosa de su experiencia amazónica. Necesitaba reposo, unas vacaciones muy tranquilas.

Pero no pudo tomarlas. La redacción del informe que el Gobierno británico requería con urgencia y las múltiples reuniones del Ministerio en las que debió informar sobre lo que había visto y oído en la Amazonía, así como las visitas a la Sociedad contra la Esclavitud, le quitaron mucho tiempo. Asimismo tuvo que reunirse con los directores ingleses y peruanos de la Peruvian Amazon Company, quienes, en la primera entrevista, después de escuchar cerca de dos horas sus impresiones del Putumayo, quedaron petrificados. Las caras largas, las bocas entreabiertas, lo miraban incrédulos y espantados como si el piso hubiera comenzado a cuartearse bajo sus pies y el techo a derrumbarse sobre sus cabezas. No sabían qué decir. Se despidieron sin formularle una sola pregunta.

A la segunda reunión de Directorio de la Peruvian Amazon Company asistió Julio C. Arana. Fue la primera y última vez que Roger Casement lo vio en persona. Había oído hablar tanto de él, escuchado a gente tan diversa endiosarlo como se hace con santones religiosos o líderes políticos (jamás con empresarios) o atribuirle crueldades y delitos horrendos —cinismo, sadismo, codicia, avaricia, deslealtad, estafas y pillerías monumentales— que se quedó observándolo largo rato, como un entomólogo a un insecto misterioso todavía sin catalogar.

Se decía que entendía inglés, pero nunca lo hablaba, por timidez o vanidad. Tenía a su lado un intérprete que le iba traduciendo todo al oído, en voz muy apagada. Era un hombre más bajo que alto, moreno, de rasgos mestizos, con una insinuación asiática en sus ojos algo sesgados y una frente muy ancha, de cabellos ralos y cuidadosamente asentados, con raya en el medio. Llevaba un bigotito y barbilla recién escarmenados y olía a colonia. La leyenda sobre su manía con la higiene y el atuendo debía ser verdad. Vestía de manera impecable, con un traje de paño fino cortado acaso en una sastrería de Savile Row. No abrió la boca mientras los otros directores, esta vez sí, interrogaban a Roger Casement con mil preguntas que, sin duda, les habían preparado los abogados de Arana. Intentaban hacerlo caer en contradicciones e insinuaban equívocos, exageraciones, susceptibilidades y escrúpulos de un europeo urbano y civilizado que se desconcierta ante el mundo primitivo.

Mientras les respondía, y añadía testimonios y precisiones que agravaban lo que les había dicho en la primera reunión, Roger Casement no dejaba de lanzar miradas a Julio C. Arana. Quieto como un ídolo, no se movía de su asiento y ni siquiera pestañeaba. Su expresión era impenetrable. En su mirada dura y fría había algo inflexible. A Roger le recordó esas miradas vacías de humanidad de los jefes de estación de las caucherías del Putumayo, miradas de hombres que han perdido (si alguna vez la tuvieron) la facultad de discriminar entre el bien y el mal, la bondad y la maldad, lo humano y lo inhumano.

Este hombrecito atildado, ligeramente rechoncho, era pues el dueño de ese imperio del tamaño de un país europeo, dueño de vidas y haciendas de decenas de miles de personas, odiado y adulado, que en ese mundo de miserables que era la Amazonía había acumulado una fortuna comparable a la de los grandes potentados de Europa. Había comenzado como un niño pobre, en ese pueblecito perdido que debía ser Rioja, en la selva alta peruana, vendiendo de casa en casa los sombreros de paja que tejía su familia. Poco a poco, compensando su falta de estudios —sólo unos pocos años de instrucción primaria— con una capacidad de trabajo sobrehumana, una intuición genial para los negocios y una absoluta falta de escrúpulos, fue escalando la pirámide social. De vendedor ambulante de sombreros por la vasta Amazonía, pasó a ser habilitador de esos caucheros misérrimos que se aventuraban por su cuenta y riesgo en la selva, a los que proveía de machetes, carabinas, redes de pescar, cuchillos, latas para el jebe, conservas, harina de yuca y utensilios domésticos, a cambio de parte del caucho que recogían y que él se encargaba de vender en Iquitos y Manaos a las compañías exportadoras. Hasta que, con el dinero ganado, pudo pasar de habilitador y comisionista a productor y exportador. Se asoció al principio con caucheros colombianos, que, menos inteligentes o diligentes o faltos de moral que él, terminaron todos malvendiéndole sus tierras, depósitos, braceros indígenas y a veces trabajando a su servicio. Desconfiado, instaló a sus hermanos y cuñados en los puestos claves de la empresa, que, pese a su gran tamaño y estar registrada desde 1908 en la Bolsa de Londres, seguía funcionando en la práctica como una empresa familiar. ¿A cuánto ascendía su fortuna? La leyenda sin duda exageraba la realidad. Pero, en Londres, la Peruvian Amazon Company tenía este valioso edificio en el corazón de la City y la mansión de Arana en Kensington Road no desmerecía entre los palacios de los príncipes y banqueros que la rodeaban. Su casa en Ginebra y su palacete de verano en Biarritz estaban amueblados por decoradores de moda y lucían cuadros y objetos de lujo. Pero de él se decía que llevaba una vida austera, que no bebía ni jugaba ni tenía amantes y que dedicaba todo su tiempo libre a su mujer. La había enamorado desde niño —ella era también de Rioja— pero Eleonora Zumaeta sólo le dio el sí luego de muchos años, cuando ya era acomodado y poderoso y ella una maestra de escuela del pueblito donde nació.

Al terminar la segunda reunión de Directorio de la Peruvian Amazon Company, Julio C. Arana aseguró, a través del intérprete, que su compañía haría todo lo necesario para que cualquier deficiencia o mal funcionamiento en las caucherías del Putumayo se corrigiera de inmediato. Pues era política de su empresa actuar siempre dentro de la legalidad y la moral altruista del Imperio británico. Arana se despidió del cónsul con una venia, sin extenderle la mano.

Redactar el *Informe sobre el Putumayo* le tomó mes y medio. Comenzó a escribirlo en una oficina del Foreign Office, ayudado por un mecanógrafo, pero, luego, prefirió trabajar en su departamento de Philbeach Gardens, en Earl's Court, junto a la bella iglesita de St. Cuthbert y St. Matthias a la que a veces Roger se metía a escuchar al magnífico organista. Como incluso allí venían a interrumpirlo políticos y miembros de organizaciones humanitarias y antiesclavistas y gente de prensa, pues los rumores de que su *Informe sobre el Putumayo* sería tan devastador como el que escribió sobre el Congo corrían por todo Londres y daban pie a conjeturas y chismografías en las gacetillas y mentideros londinenses, pidió autorización al Foreign Office para viajar a Irlanda. Allí, en un cuarto del Hotel Buswells, de Molesworth Street, en Dublín, terminó su trabajo a comienzos de marzo de 1911. De inmediato llovieron sobre él las felicitaciones de sus jefes y colegas. El propio sir Edward Grey lo llamó a su despacho para elogiar su *Informe,* a la vez que le sugería algunas correcciones menores. El texto fue enviado de inmediato al Gobierno de los Estados Unidos, a fin de que Londres y Washington hicieran presión sobre el Gobierno peruano del presidente Augusto B. Leguía, exigiéndole, en nombre de la comunidad civilizada, que pusiera fin a la esclavitud, las torturas, raptos, violaciones y aniquilamiento de las comunidades indígenas y que llevara a los tribunales a las personas incriminadas.

Roger no pudo tomar todavía el descanso prescrito por los médicos y que tanta falta le hacía. Debió reunirse varias veces con comités del Gobierno, del Parlamento y de la Sociedad contra la Esclavitud que estudiaban la forma más práctica de que las instituciones públicas y privadas actuaran para aliviar la situación de los nativos de la Amazonía. A sugerencia suya, una de las primeras iniciativas fue sufragar la instalación de una misión religiosa en el Putumayo, algo que la Compañía de Arana había siempre impedido. Ahora se comprometió a facilitarla.

Por fin, en junio de 1911 pudo partir de vacaciones a Irlanda. Allí estaba cuando recibió una carta personal de sir Edward Grey. El canciller le informaba que, debido a su recomendación, Su Majestad George V había decidido ennoblecerlo en mérito a sus servicios prestados al Reino Unido en el Congo y la Amazonía.

En tanto que parientes y amigos lo colmaban de felicitaciones, Roger, que las primeras veces que se oyó llamar sir Roger estuvo a punto de soltar la carcajada, se llenó de dudas. ¿Cómo aceptar este título otorgado por un régimen del que, en el fondo de su corazón, se sentía adversario, el mismo régimen que colonizaba a su país? Por otra parte, ¿no servía él mismo como diplomático a este rey y a este Gobierno? Nunca como en esos días sintió tanto la recóndita duplicidad en la que vivía hacía años, trabajando por una parte con disciplina y eficiencia al servicio del Imperio británico, y, por otra, entregado a la causa de la emancipación de Irlanda y vinculándose cada vez más, no con aquellos sectores moderados que aspiraban, bajo el liderazgo de John Redmond, a conseguir la Autonomía (Home Rule) para Eire, sino a los más radicales como el IRB, dirigido en secreto por Tom Clarke, cuya meta era la independencia a través de la acción armada. Corroído por estas vacilaciones, optó por agradecer a sir Edward Grey en una amable carta el honor que se le confería. La noticia se difundió en la prensa y contribuyó a aumentar su prestigio.

Las gestiones que emprendieron los Gobiernos británico y estadounidense ante el Gobierno peruano pidiéndole que los principales criminales señalados en el *Informe* —Fidel Velarde, Alfredo Montt, Augusto Jiménez, Armando Normand, José Inocente Fonseca, Abelardo Agüero, Elías Martinengui y Aurelio Rodríguez— fueran capturados y juzgados, parecieron en un principio dar frutos. El encargado de Negocios del Reino Unido en Lima, Mr. Lucien Gerome, cablegrafió al Foreign Office que los once principales empleados de la Peruvian Amazon Company habían sido despedidos. El juez Carlos A. Valcárcel, enviado desde Lima, apenas llegó a Iquitos preparó una expedición para ir a investigar a las caucherías del Putumayo. Pero no pudo ir con ella, pues cayó enfermo y debió viajar de urgencia a Estados Unidos a operarse. Puso al frente de la expedición a una persona enérgica y respetable: Rómulo Paredes, director del diario *El Oriente,* quien viajó al Putumayo con un médico, dos intérpretes y una escolta de nueve soldados. La comisión visitó todas las estaciones caucheras de la

Peruvian Amazon Company y acababa de regresar a Iquitos, donde también estaba de vuelta el juez Carlos A. Valcárcel, ya recuperado. El Gobierno peruano había prometido a Mr. Gerome que, apenas recibiera el informe de Paredes y Valcárcel, actuaría.

Sin embargo, poco después, el mismo Gerome volvió a informar que el Gobierno de Leguía, afligido, le había hecho saber que la mayor parte de los criminales con orden de arresto había huido al Brasil. Los otros, acaso permanecían ocultos en la selva o habían ingresado clandestinamente a territorio colombiano. Estados Unidos y Gran Bretaña intentaron que el Gobierno brasileño extraditara al Perú a los prófugos para entregarlos a la justicia. Pero el canciller del Brasil, el Barón de Río Branco, repuso a ambos Gobiernos que no había tratado de extradición entre Perú y Brasil y que por lo tanto aquellas personas no podían ser devueltas sin que se suscitara un delicado problema jurídico internacional.

Días más tarde, el encargado de Negocios británico informó que, en una entrevista privada con el ministro de Relaciones Exteriores del Perú, éste le había confesado, de manera extraoficial, que el presidente Leguía estaba en una situación imposible. Debido a su presencia en el Putumayo y a las fuerzas de seguridad que tenía para proteger sus instalaciones, la Compañía de Julio C. Arana era el único freno que impedía que los colombianos, quienes habían estado reforzando sus guarniciones de frontera, invadieran esa región. Estados Unidos y Gran Bretaña pedían algo absurdo: cerrar o perseguir a la Peruvian Amazon Company significaba pura y simplemente entregar a Colombia el inmenso territorio que codiciaba. Ni Leguía ni gobernante peruano alguno podía hacer cosa semejante sin suicidarse. Y el Perú carecía de recursos para instalar en las remotas soledades del Putumayo una guarnición militar lo bastante fuerte para proteger la soberanía nacional. Lucien Gerome añadía que, por todo ello, no cabía esperar que el Gobierno peruano hiciera de inmediato nada eficaz, salvo declaraciones y gestos desprovistos de sustancia.

Ésta fue la razón por la que el Foreign Office decidió, antes de que el Gobierno de Su Majestad hiciera público su *Informe sobre el Putumayo* y pidiera sanciones de la comunidad internacional contra el Perú, que Roger Casement volviera sobre el terreno y comprobara allá en la Amazonía, con sus propios ojos, si se habían hecho algunas reformas, si había un proceso judicial en marcha y si la acción legal iniciada por el doctor Carlos A. Valcárcel era cierta. La insistencia de sir Edward Grey hizo que Roger se viera obligado a aceptar, diciéndose para sus adentros algo que en los meses siguientes tendría muchas ocasiones de repetirse: «Dejaré mis huesos en ese maldito viaje».

Preparaba su partida cuando llegaron a Londres Omarino y Arédomi. En los cinco meses que pasaron bajo su custodia en Barbados el padre Smith les había dado clases de inglés, nociones de lectura y escritura y los había acostumbrado a vestirse a la manera occidental. Pero Roger se encontró con dos chiquillos a los que la civilización, pese a darles de comer, no golpearlos ni flagelarlos, los había entristecido y apagado. Parecían siempre temerosos de que las gentes que los rodeaban, sometiéndolos a un escrutinio inagotable, mirándolos de arriba abajo, tocándolos, pasándoles la mano por la piel como si los creyeran sucios, interrogándolos con preguntas que no entendían y no sabían cómo responder, fueran a hacerles daño. Roger los llevó al zoológico, a tomar helados a Hyde Park, a visitar a su hermana Nina, a su prima Gertrude y a una velada con intelectuales y artistas donde Alice Stopford Green. Todos los trataban con cariño pero la curiosidad con que eran examinados, sobre todo cuando tenían que sacarse las camisas y enseñar las cicatrices en las espaldas y en las nalgas, los turbaba. A veces, Roger descubría los ojos de los chiquillos cuajados de lágrimas. Él había planeado enviar a los niños a educarse en Irlanda, en las afueras de Dublín, en la escuela bilingüe de St. Enda's que dirigía Patrick Pearse, a quien conocía bien. Le escribió al respecto, contándole de dónde procedían ambos chiquillos. Roger había dado una charla en St. Enda's sobre el África y apoyaba con donativos económicos los esfuerzos de Patrick Pearse tanto en la Liga Gaélica y sus publicaciones como en esta escuela, por promover la difusión de la antigua lengua irlandesa. Pearse, poeta, escritor, católico militante, pedagogo y nacionalista radical, aceptó tomarlos a ambos, ofreciendo incluso hacer una rebaja en la matrícula y el internado en St. Enda's. Pero, cuando recibió la respuesta de Pearse, Roger ya había decidido consentir a lo que Omarino y Arédomi le rogaban a diario: regresarlos a la Amazonía. Ambos eran profundamente desdichados en esa Inglaterra donde se sentían convertidos en anomalías humanas, objetos de exhibición que sorprendían, divertían, conmovían y a veces asustaban a unas personas que nunca los tratarían como iguales, siempre como forasteros exóticos.

Mucho pensaría Roger Casement en el viaje de regreso a Iquitos en esta lección que le dio la realidad sobre lo paradójica e inapresable que era el alma humana. Ambos chiquillos habían querido escapar del infierno amazónico donde eran maltratados y se les hacía trabajar como animales sin darles apenas de comer. Él hizo esfuerzos y gastó una buena cantidad de su escaso patrimonio para pagarles los pasajes a Europa y mantenerlos desde hacía seis meses, pensando que de este modo los salvaba, dándoles acceso a una vida decente. Y, sin embargo, aquí, aunque por razones distintas, estaban tan lejos de la felicidad o, por lo menos, de una existencia tolerable, como en el Putumayo. Aunque no les pegaran y más bien los acariñaran, se sentían ajenos, solos y conscientes de que nunca formarían parte de este mundo.

Poco antes de partir Roger rumbo al Amazonas, siguiendo sus consejos, el Foreign Office nombró un nuevo cónsul en Iquitos: George Michell. Era una elección magnífica. Roger lo había conocido en el Congo. Michell era empeñoso y trabajó con entusiasmo en la campaña de denuncia de los crímenes bajo el régimen de Leopoldo II. Tenía frente a la colonización la misma posición que Casement. Llegado el caso, no vacilaría en enfrentarse a la Casa Arana. Tuvieron dos largas conversaciones y planearon una estrecha colaboración.

El 16 de agosto de 1911, Roger, Omarino y Arédomi partieron de Southampton, en el *Magdalena,* rumbo a Barbados. Llegaron a la isla doce días después. Desde que el barco empezó a surcar las aguas azul plata del mar Caribe, Roger sintió en la sangre que su sexo, dormido en estos últimos meses de enfermedades, preocupaciones y gran trabajo físico y mental, volvía a despertar y a llenarle la cabeza de fantasías y deseos. En su diario resumió su estado de ánimo con tres palabras: «Ardo de nuevo».

Nada más desembarcar fue a agradecer al padre Smith lo que había hecho por los dos chiquillos. Lo emocionó ver cómo Omarino y Arédomi, tan parcos en Londres para manifestar sus sentimientos, abrazaban y palmeaban al religioso con gran familiaridad. El padre Smith los llevó a visitar el Convento de las Ursulinas. En ese tranquilo claustro con arbolillos de algarrobo y flores moradas de la buganvilia, donde no llegaba el ruido de la calle y el tiempo parecía suspendido, Roger se apartó de los otros y se sentó en una banca. Estaba observando una hilera de hormigas que llevaba en peso una hoja, como los cargadores el anda de la Virgen en las procesiones del Brasil, cuando recordó: hoy era su cumpleaños. ¡Cuarenta y siete! No se podía decir que fuera un anciano. Muchos hombres y mujeres de su edad estaban en plena forma física y psicológica, con energía, anhelos y proyectos. Pero él se sentía viejo y con la desagradable sensación de haber ingresado a la etapa final de su existencia. Alguna vez, con Herbert Ward, en África, habían fantaseado cómo serían sus últimos años. El escultor se imaginaba una vejez mediterránea, en Provenza o Toscana, en una casa rural. Tendría un vasto taller y muchos gatos, perros, patos y gallinas y él mismo cocinaría los domingos platos densos y condimentados como la *bouillabaisse* para una larga parentela. Roger, en cambio, sobresaltado, afirmó: «Yo no llegaré a la vejez, estoy seguro». Había sido un pálpito. Recordaba vívidamente aquella premonición y volvió a sentirla como cierta: no llegaría a viejo.

El padre Smith aceptó alojar a Omarino y Arédomi los ocho días que permanecieron en Bridgetown. Al día siguiente de su llegada Roger fue a unos baños públicos que había frecuentado a su paso anterior por la isla. Como esperaba, vio hombres jóvenes, atléticos y estatuarios, pues aquí, igual que en Brasil, nadie tenía vergüenza de su cuerpo. Mujeres y hombres lo cultivaban y lucían con desenfado. Un muchacho muy joven, adolescente de quince o dieciséis años, lo turbó. Tenía esa palidez frecuente en los mulatos, una piel lisa y brillante, unos ojos verdes, grandes y osados, y, de su ajustado pantalón de baño, emergían unos muslos lampiños y elásticos que a Roger le causaron un comienzo de vértigo. La experiencia había aguzado en él esa intuición que le permitía conocer muy rápido, por indicios imperceptibles para cualquier otro —un esbozo de sonrisa, un brillo en los ojos, un movimiento invitador de la mano o del cuerpo—, si un muchacho entendía lo que él quería y estaba dispuesto a concedérselo o, por lo menos, a negociarlo. Con el dolor de su alma, sintió que ese joven tan bello era completamente indiferente a los furtivos mensajes que le enviaba con los ojos. Sin embargo, lo abordó. Conversó un momento con él. Era hijo de un clérigo barbadense y aspiraba a ser contador. Estudiaba en una academia de comercio y dentro de poco, aprovechando una vacación, acompañaría a su padre a Jamaica. Roger lo invitó a tomar helados pero el joven no aceptó.

De regreso a su hotel, presa de la excitación, escribió en su diario, en el lenguaje vulgar y telegráfico que utilizaba para los episodios más íntimos: «Baños públicos. Hijo de clérigo. Bellísimo. Falo largo, delicado, que se entiesó en mis manos. Lo recibí en mi boca. Felicidad de dos minutos». Se masturbó y se volvió a bañar, jabonándose minuciosamente, mientras trataba de apartar la tristeza y la sensación de soledad que le solían sobrevenir en estos casos.

Al día siguiente, al mediodía, mientras almorzaba en la terraza de un restaurante en el puerto de Bridgetown, vio pasar a su lado a Andrés O'Donnell. Lo llamó. El antiguo capataz de Arana, jefe de la estación de Entre Ríos, lo reconoció de inmediato. Unos segundos lo miró con desconfianza y algo de susto. Pero, por fin, le estrechó la mano y aceptó sentarse con él. Se tomó un café y un trago de brandy mientras charlaban. Le confesó que el paso de Roger por el Putumayo había sido como la maldición de un brujo huitoto para los caucheros. Apenas se fue, corrió el rumor de que pronto llegarían policías y jueces con órdenes de detención y que todos los jefes, capataces y mayordomos de las caucherías tendrían problemas con la justicia. Y, como la Compañía de Arana era inglesa, serían enviados a Inglaterra y juzgados allá. Por eso, muchos, como O'Donnell, habían preferido alejarse de la zona rumbo al Brasil, Colombia o Ecuador. Él había venido hasta aquí con la promesa de un trabajo en una plantación cañera, pero no lo consiguió. Ahora trataba de partir a Estados Unidos, donde, al parecer, había oportunidades en los ferrocarriles. Sentado en esta terraza, sin botas, ni pistola, ni látigo, enfundado en un overol viejo y una camisa raída, era nada más que un pobre diablo angustiado por su porvenir.

—Usted no lo sabe, pero me debe a mí la vida, señor Casement —le dijo, cuando ya se despedía, con una sonrisa amarga—. Aunque, sin duda, no me lo va a creer.

—Cuéntemelo de todos modos —lo animó Roger.

—Armando Normand estaba convencido que si usted salía vivo de allí, todos los jefes de las caucherías iríamos a la cárcel. Que lo mejor sería que se ahogara en el río o se lo comiera un puma o un caimán. Usted me entiende. Como le ocurrió a ese explorador francés, Eugène Robuchon, que empezó a poner nerviosa a la gente con tantas preguntas que hacía y por eso lo desaparecieron.

—¿Por qué no me mataron? Era muy fácil, con la práctica que ustedes tenían.

—Yo les hice ver las posibles consecuencias —afirmó Andrés O'Donnell, con cierta jactancia—. Víctor Macedo me apoyó. Que, siendo usted inglés, y la Compañía de don Julio también, nos juzgarían en Inglaterra según las leyes inglesas. Y que nos ahorcarían.

—No soy inglés sino irlandés —lo corrigió Roger Casement—. Probablemente las cosas no hubieran ocurrido como cree. De todas maneras, muchas gracias. Eso sí, mejor viaje cuanto antes y no me diga dónde. Estoy obligado a informar que lo he visto y el Gobierno inglés cursará muy pronto orden de que lo detengan.

Esa tarde, volvió a los baños públicos. Tuvo mejor suerte que el día anterior. Un moreno forzudo y risueño, al que había visto levantando pesas en la sala de ejercicios, le sonrió. Cogiéndolo del brazo, lo llevó a una salita donde vendían bebidas. Mientras tomaban un jugo de piña y plátano y le decía su nombre, Stanley Weeks, se acercaba mucho a él, hasta rozar una de sus piernas con la suya. Luego, con una sonrisita llena de intenciones, lo llevó siempre del brazo a un pequeño camarín, cuya puerta cerró con pestillo apenas entraron. Se besaron, se mordisquearon las orejas y el cuello, mientras se quitaban los pantalones. Roger observó, ahogándose de deseo, el falo negrísimo de Stanley y el glande rojizo y húmedo, engordando bajo sus ojos. «Dos libras y me lo chupas», lo oyó decir. «Después, te enculo.» Asintió, arrodillándose. Más tarde, en su cuarto de hotel, escribió en su diario: «Baños públicos. Stanley Weeks: atleta, joven, 27 años. Enorme, durísimo, 9 pulgadas por lo menos. Besos, mordiscos, penetración con grito. Dos *pounds*».

Roger, Omarino y Arédomi partieron de Barbados rumbo a Pará el 5 de septiembre, en el *Boniface,* un barco incómodo, pequeño y atestado, que olía mal y cuya comida era pésima. Pero Roger disfrutó de la travesía hasta Pará gracias al doctor Herbert Spencer Dickey, un médico norteamericano. Había trabajado para la Compañía de Arana en El Encanto y, además de corroborar los horrores que Casement ya conocía, le contó muchas anécdotas, algunas feroces y otras cómicas, sobre sus experiencias en el Putumayo. Resultó ser un hombre de espíritu aventurero, que había viajado por medio mundo, sensible y de buenas lecturas. Era agradable ver caer la noche en cubierta a su lado, fumando, tomando a pico de botella tragos de whiskey y escuchando cosas inteligentes. El doctor Dickey aprobaba los trajines que se daban Gran Bretaña y Estados Unidos para poner remedio a las atrocidades de la Amazonía. Pero era fatalista y escéptico: las cosas no cambiarían allí ni hoy ni en el futuro.

—La maldad la llevamos en el alma, mi amigo —decía, medio en broma, medio en serio—. No nos libraremos de ella tan fácilmente. En los países europeos y en el mío está más disimulada, sólo se manifiesta a plena luz cuando hay una guerra, una revolución, un motín. Necesita pretextos para hacerse pública y colectiva. En la Amazonía, en cambio, puede mostrarse a cara descubierta y perpetrar las peores monstruosidades sin las justificaciones del patriotismo o la religión. Sólo la codicia pura y dura. La maldad que nos emponzoña está en todas partes donde hay seres humanos, con las raíces bien hundidas en nuestros corazones.

Pero inmediatamente después de hacer estas afirmaciones lúgubres, soltaba una broma o contaba una anécdota que parecían desmentirlas. A Roger le gustaba conversar con el doctor Dickey, aunque, a la vez, lo deprimía un poco. El *Boniface* llegó a Pará el 10 de septiembre a mediodía. Todo el tiempo que estuvo como cónsul, se había sentido frustrado y asfixiado. Sin embargo, varios días antes de llegar a este puerto experimentó oleadas de deseo recordando la Praça do Palácio. Solía ir allí en las noches a levantarse a alguno de esos muchachos que se paseaban buscando clientes o aventuras entre los árboles con pantaloncitos muy ajustados, luciendo el culo y los testículos.

Se alojó en el Hotel do Comércio, sintiendo que renacía en su cuerpo la antigua fiebre que se apoderaba de él al emprender esos recorridos en aquella *praça*. Recordaba —¿o los inventaba?— algunos nombres de esos encuentros que por lo general terminaban en un hotelito de mala muerte de las inmediaciones o, a veces, en algún rincón oscuro en el césped del parque. Anticipaba esos entreveros veloces y sobresaltados sintiendo que su corazón se desbocaba. Pero esta noche estuvo también de malas, porque ni Marco, ni Olympio, ni Bebé (¿se llamaban así?) aparecieron, y, más bien, estuvo a punto de ser atracado por dos vagos en harapos, casi niños. Uno de ellos intentó meterle la mano al bolsillo en pos de una cartera que no llevaba, mientras el otro le preguntaba por una dirección. Se libró de ellos dándole a uno un empellón que lo hizo rodar por el suelo. Al ver su actitud decidida, ambos se echaron a correr. Regresó al hotel enfurecido. Se calmó escribiendo en su diario: «Praça do Palácio: uno gordo y durísimo. Sin respiración. Gotas de sangre en calzoncillo. Dolor placentero».

A la mañana siguiente visitó al cónsul inglés y a algunos europeos y brasileños conocidos de su estancia anterior en Pará. Sus averiguaciones fueron útiles. Localizó por lo menos a dos fugitivos del Putumayo. El cónsul y el jefe de la Policía local le aseguraron que José Inocente Fonseca y Alfredo Montt, luego de pasar un tiempo en una plantación a orillas del río Yavarí, estaban ahora instalados en Manaos, donde la Casa Arana les había conseguido trabajo en el puerto como controladores de aduanas. Roger telegrafió de inmediato al Foreign Office que pidiera a las autoridades brasileñas una orden de arresto contra ese par de criminales. Y tres días más tarde la Cancillería británica le respondió que Petrópolis veía de manera favorable esa solicitud. Ordenaría de inmediato a la policía de Manaos que detuviera a Montt y Fonseca. Pero no serían extraditados sino juzgados en el Brasil.

Su segunda y tercera noche en Pará fueron más fructíferas que la primera. Al anochecer del segundo día, un muchacho descalzo que vendía flores se ofreció prácticamente a él cuando Roger lo sondeaba preguntándole el precio del ramo de rosas que tenía en la mano. Fueron a un pequeño descampado, donde, en las sombras, Roger escuchó jadeos de parejas. Esos encuentros callejeros, en condiciones precarias siempre llenas de riesgos, le infundían sentimientos contradictorios: excitación y asco. El vendedor de flores olía a axilas, pero su aliento espeso y el calor de su cuerpo y la fuerza de su abrazo lo caldearon y llevaron muy pronto al clímax. Al entrar al Hotel do Comércio, advirtió que tenía el pantalón lleno de tierra y manchas y que el recepcionista lo miraba desconcertado. «Me asaltaron», le explicó.

A la noche siguiente, en la Praça do Palácio tuvo un nuevo encuentro, esta vez con un joven que le pidió una limosna. Lo invitó a pasear y en un quiosco bebieron una copa de ron. João lo llevó a una cabaña de latas y esteras en una barriada miserable. Mientras se desnudaban y hacían el amor a oscuras sobre un petate de fibras tendido en el suelo de tierra, oyendo ladrar a unos perros, Roger estuvo seguro de que en cualquier momento sentiría en su cabeza el filo de un cuchillo o el golpe de un garrote. Estaba preparado: en estos casos no sacaba nunca mucho dinero ni su reloj ni su lapicera de plata, apenas un puñado de billetes y monedas para dejarse robar algo y así aplacar a los ladrones. Pero nada le ocurrió. João lo acompañó de vuelta hasta las cercanías del hotel y se despidió de él mordiéndole la boca con una gran risotada. Al día siguiente, Roger descubrió que João o el vendedor de flores le habían pegado ladillas. Tuvo que ir a una farmacia a comprar calomel, quehacer siempre desagradable: el boticario —peor si se trataba de una boticaria— solía clavarle la vista de una manera que lo avergonzaba y, a veces, le lanzaba una sonrisita cómplice que, además de confundirlo, lo enfurecía.

La mejor, pero también la peor experiencia en los doce días que estuvo en Pará, fue la visita a los esposos Da Matta. Eran los mejores amigos que había hecho durante su estancia en la ciudad: Junio, ingeniero de caminos, y su esposa, Irene, pintora de acuarelas. Jóvenes, guapos, alegres, campechanos, exhalaban amor a la vida. Tenían una niña preciosa, María, de grandes ojos risueños. Roger los conoció en alguna reunión social o en un acto oficial, porque Junio trabajaba para el Departamento de Obras Públicas del gobierno local. Se veían con frecuencia, hacían paseos por el río, iban al cine y al teatro. Recibieron a su antiguo amigo con los brazos abiertos. Lo llevaron a cenar a un restaurante de comida bahiana, muy picante, y la pequeña María, que tenía ya cinco años, bailó y cantó para él haciendo morisquetas.

Esa noche, en el largo desvelo en su cama del Hotel do Comércio, Roger cayó en una de esas depresiones que lo habían acompañado casi toda su vida, sobre todo luego de un día o una racha de encuentros sexuales callejeros. Lo entristecía saber que nunca tendría un hogar como el de los Da Matta, que su vida sería cada vez más solitaria a medida que envejeciera. Pagaba caros esos minutos de placer mercenario. Se moriría sin haber saboreado esa intimidad cálida, una esposa con quien comentar las ocurrencias del día y planear el futuro —viajes, vacaciones, sueños—, sin hijos que prolongaran su nombre y su recuerdo cuando se fuera de este mundo. Su vejez, si llegaba a tenerla, sería la de los animales sin dueño. E igual de miserable, pues, aunque ganaba un salario decente desde que era diplomático, nunca había podido ahorrar por la cantidad de donaciones y ayudas que daba a las entidades humanitarias que luchaban contra la esclavitud, por los derechos a la supervivencia de los pueblos y culturas primitivas, y, ahora, a las organizaciones que defendían el gaélico y las tradiciones de Irlanda.

Pero, aún más que todo eso, lo amargaba pensar que moriría sin haber conocido el verdadero amor, un amor compartido, como el de Junio e Irene, esa complicidad e inteligencia silenciosa que se adivinaba entre ellos, la ternura con que se cogían de la mano o intercambiaban sonrisas viendo los aspavientos de la pequeña María. Como siempre en estas crisis, se desveló muchas horas y, cuando por fin pescaba el sueño, presintió delineándose en las sombras de su cuarto la lánguida figura de su madre.

El 22 de septiembre Roger, Omarino y Arédomi partieron de Pará rumbo a Manaos en el vapor *Hilda* de la Booth Line, un barco feo y calamitoso. Los seis días que navegaron en él hasta Manaos fueron un suplicio para Roger, por la estrechez de su camarote, la suciedad que reinaba por doquier, la execrable comida y las nubes de mosquitos que atacaban a los viajeros desde el atardecer hasta el alba.

Apenas desembarcaron en Manaos, Roger volvió a la caza de los fugitivos del Putumayo. Acompañado del cónsul inglés, fue a ver al gobernador, el señor Dos Reis, quien le confirmó que, en efecto, había llegado una orden del Gobierno central de Petrópolis para que se detuviera a Montt y a Fonseca. ¿Y por qué no los había detenido la policía todavía? El gobernador le dio una razón que le pareció estúpida o un simple pretexto: esperaban que él llegara a la ciudad. ¿Podían hacerlo de inmediato, antes que los dos pájaros volaran? Lo harían hoy mismo.

El cónsul y Casement, con la orden de arresto venida de Petrópolis, tuvieron que hacer dos viajes de ida y vuelta entre la Gobernación y la policía. Finalmente, el jefe de Policía envió a dos agentes a detener a Montt y a Fonseca en la aduana del puerto.

A la mañana siguiente, el cariacontecido cónsul inglés vino a anunciar a Roger que el intento de detención había tenido un desenlace grotesco, de sainete. Se lo acababa de comunicar el jefe de la Policía, pidiéndole toda clase de disculpas y haciendo propósito de enmienda. Los dos policías enviados a capturar a Montt y Fonseca los conocían y, antes de llevarlos a la comisaría, se fueron a tomar unas cervezas con ellos. Se habían pegado una gran borrachera, en el curso de la cual los delincuentes se fugaron. Como no se podía descartar que hubieran recibido dinero para dejarlos escapar, los policías en cuestión estaban presos. Si se comprobaba la corrupción, serían severamente sancionados. «Lo siento, sir Roger —le dijo el cónsul—, pero, aunque no se lo dije, me esperaba algo de eso. Usted, que ha sido diplomático en el Brasil, lo sabe de sobra. Aquí es normal que pasen cosas así».

Roger se sintió tan mal que el disgusto aumentó su desazón física. Permaneció en cama la mayor parte del tiempo, con fiebre y dolores musculares, mientras esperaba la partida del barco a Iquitos. Una tarde, en que luchaba contra la sensación de impotencia que lo vencía, fantaseó así en su diario: «Tres amantes en una noche, dos marineros entre ellos. ¡Me lo hicieron seis veces! Llegué al hotel caminando con las piernas abiertas como una parturienta». En medio de su mal humor, la enormidad que había escrito le provocó un ataque de risa. Él, tan educado y pulido con su vocabulario ante la gente, sentía siempre, en la intimidad de su diario, una invencible necesidad de escribir obscenidades. Por razones que no comprendía, la coprolalia le hacía bien.

El *Hilda* continuó viaje el 3 de octubre y, después de una travesía accidentada, con lluvias diluviales y el encuentro con una pequeña palizada, llegó a Iquitos al amanecer del 6 de octubre de 1911. Allí estaba en el puerto, esperándolo, sombrero en mano, Mr. Stirs. Su reemplazante, George Michell y su esposa, llegarían pronto. El cónsul estaba buscándoles una casa. Esta vez Roger no se alojó en su residencia sino en el Hotel Amazonas, cerca de la Plaza de Armas, en tanto que Mr. Stirs se llevaba consigo, temporalmente, a Omarino y Arédomi. Ambos jóvenes habían decidido quedarse en la ciudad trabajando como empleados domésticos, en vez de regresar al Putumayo. Mr. Stirs prometió ocuparse de encontrarles alguna familia que quisiera emplearlos y los tratara bien.

Como Roger se temía, dados los antecedentes de Brasil, aquí tampoco las noticias eran alentadoras. Mr. Stirs no sabía cuántos detenidos había entre los dirigentes de la Casa Arana de la larga lista de 237 presuntos culpables que el juez doctor Carlos A. Valcárcel había mandado arrestar luego de recibir el informe de Rómulo Paredes sobre su expedición al Putumayo. No había podido averiguarlo porque reinaba un extraño silencio sobre el asunto en Iquitos, así como sobre el paradero del juez Valcárcel. Éste, desde hacía varias semanas, era inencontrable. El gerente general de la Peruvian Amazon Company, Pablo Zumaeta, que figuraba en aquella lista, andaba escondido en apariencia, pero Mr. Stirs aseguró a Roger que su escondite era una farsa, porque el cuñado de Arana y su esposa Petronila se lucían en los restaurantes y fiestas locales sin que nadie los molestara.

Más tarde, Roger recordaría estas ocho semanas que pasó en Iquitos como un lento naufragio, un irse hundiendo insensiblemente en un piélago de intrigas, falsos rumores, mentiras flagrantes o esquinadas, contradicciones, un mundo donde nadie decía la verdad, porque ésta traía enemistades y problemas o, con más frecuencia, porque las gentes vivían dentro de un sistema en el que ya era prácticamente imposible distinguir lo falso de lo cierto, la realidad del embauco. Él había conocido, desde sus años en el Congo, esa sensación desesperante de haber caído en unas arenas movedizas, un suelo fangoso que se lo iba tragando y donde sus esfuerzos sólo servían para hundirlo más en esa materia viscosa que terminaría por englutirlo. ¡Debía salir de aquí cuanto antes!

Al día siguiente de llegar fue a visitar al prefecto de Iquitos. Había uno nuevo, otra vez. El señor Adolfo Gamarra —bigotes recios, barriguita abultada, puro humeante, manos nerviosas y húmedas— lo recibió en su despacho con abrazos y felicitaciones:

—Gracias a usted —le dijo, abriendo los brazos de manera teatral y palmeándolo—, se ha descubierto una monstruosa injusticia social en el corazón de la Amazonía. El Gobierno y el pueblo peruano le están reconocidos, señor Casement.

Inmediatamente después añadió que el informe que, para satisfacer los requerimientos del Gobierno inglés, había hecho por encargo del Gobierno peruano el juez Carlos A. Valcárcel, era «formidable» y «devastador». Constaba de cerca de tres mil páginas y confirmaba todas las acusaciones que Inglaterra había transmitido al presidente Augusto B. Leguía.

Pero, cuando Roger le preguntó si podía tener una copia del informe, el prefecto le repuso que se trataba de un documento de Estado y que estaba fuera de su jurisdicción autorizar que lo leyera un extranjero. El señor cónsul debía presentar una solicitud en Lima al Supremo Gobierno, a través de la Cancillería, y sin duda obtendría el permiso. Cuando Roger le preguntó qué podía hacer para entrevistarse con el juez Carlos A. Valcárcel, el prefecto se puso muy serio y recitó de corrido:

—No tengo la menor idea del paradero del doctor Valcárcel. Su misión ha terminado y entiendo que ha abandonado el país.

Roger salió de la Prefectura completamente aturdido. ¿Qué era lo que ocurría, en verdad? Este sujeto sólo le había dicho mentiras. Esa misma tarde fue al local del diario *El Oriente,* a hablar con su director, el doctor Rómulo Paredes. Se encontró con un cincuentón muy moreno, en mangas de camisa, cubierto de sudor, vacilante y presa del pánico. Pintaba algunas canas. Apenas Roger comenzó a hablar, lo hizo callar con un gesto perentorio que parecía decir: «Cuidado, las paredes oyen». Lo cogió del brazo y lo llevó a un barcito de la esquina llamado La Chipirona. Lo hizo sentar en una mesita apartada.

—Le ruego que me disculpe, señor cónsul —le dijo, mirando todo el tiempo a su alrededor con recelo—. No puedo ni debo decirle gran cosa. Estoy en una situación muy comprometida. Que la gente me vea con usted representa para mí un gran riesgo.

Estaba pálido, le temblaba la voz y había comenzado a morderse una uña. Pidió una copita de aguardiente y se la bebió de golpe. Escuchó en silencio la relación que le hizo Roger de su entrevista con el prefecto Gamarra.

—Es un soberano farsante —le dijo al fin, envalentonado por el trago—. Gamarra tiene un informe mío, corroborando todas las acusaciones del juez Valcárcel. Se lo entregué en julio. Han pasado más de tres meses y todavía no lo envía a Lima. ¿Por qué cree usted que lo ha retenido tanto tiempo? Porque todo el mundo sabe que el prefecto Adolfo Gamarra es también, como medio Iquitos, un empleado de Arana.

En cuanto al juez Valcárcel, le dijo que había salido del país. No sabía su paradero, pero sí que, si se hubiera quedado en Iquitos, probablemente sería ya cadáver. Se puso de pie, bruscamente:

—Que es lo que me ocurrirá a mí también en cualquier momento, señor cónsul —se limpiaba el sudor mientras hablaba y Roger pensó que iba a romper en llanto—. Porque yo, por desgracia, no puedo irme. Tengo mujer e hijos y mi único negocio es el periódico.

Se marchó sin siquiera despedirse. Roger regresó donde el prefecto, enfurecido. El señor Adolfo Gamarra le confesó que, en efecto, el informe elaborado por el doctor Paredes no había podido ser enviado a Lima «por problemas de logística, felizmente ya resueltos». Partiría de todas maneras esta semana misma «y con un propio para mayor seguridad, pues el mismo presidente Leguía lo reclama con urgencia».

Todo era así. Roger se sentía mecido en un remolino adormecedor, dando vueltas y vueltas en el sitio, manipulado por fuerzas tortuosas e invisibles. Todas las gestiones, promesas, informaciones, se descomponían y disolvían sin que los hechos correspondieran jamás a las palabras. Lo que se hacía y lo que se decía eran mundos aparte. Las palabras negaban los hechos y los hechos desmentían a las palabras y todo funcionaba en la engañifa generalizada, en un divorcio crónico entre el decir y el hacer que practicaba todo el mundo.

A lo largo de la semana estuvo haciendo averiguaciones múltiples sobre el juez Carlos A. Valcárcel. Como Saldaña Roca, el personaje le inspiraba respeto, afecto, piedad, admiración. Todos prometían ayudarlo, informarse, llevarle el recado, localizarlo, pero lo mandaban de un lugar a otro sin que nadie le diera la menor explicación seria sobre su situación. Por fin, siete días después de llegar a Iquitos, consiguió salir de esa telaraña enloquecedora gracias a un inglés residente en la ciudad. Mr. F. J. Harding, gerente de la John Lilly & Company, era un hombre alto y tieso, solterón y casi calvo, uno de los pocos comerciantes de Iquitos que no parecía bailar a los compases de la Peruvian Amazon Company.

—Nadie le dice ni le dirá lo sucedido con el juez Valcárcel porque temen verse enredados en el lío, sir Roger —conversaban en la casita de Mr. Harding, vecina del malecón. En las paredes había grabados de castillos escoceses. Tomaban un refresco de coco—. Las influencias de

Arana en Lima consiguieron que el juez Valcárcel fuera destituido, acusado de prevaricación y no sé cuántas falsedades más. El pobre hombre, si está vivo, debe lamentar amargamente haber cometido el peor error de su vida aceptando esta misión. Vino a meterse en la boca del lobo y lo ha pagado caro. Era muy respetado en Lima, parece. Ahora lo han hundido en la mugre y acaso asesinado. Nadie sabe dónde está. Ojalá se haya marchado. Hablar de él se ha vuelto un tabú en Iquitos.

En efecto, la historia de ese probo y temerario doctor Carlos A. Valcárcel que vino a Iquitos a investigar los «horrores del Putumayo» no podía ser más triste. Roger la fue reconstruyendo en el curso de estas semanas como un rompecabezas. Cuando tuvo la audacia de dictar orden de detención contra 237 personas por presuntos crímenes, casi todas ellas vinculadas a la Peruvian Amazon Company, corrió un escalofrío por la Amazonía. No sólo la peruana, también la colombiana y la brasileña. De inmediato, la maquinaria del imperio de Julio C. Arana acusó el golpe y comenzó su contraofensiva. La policía sólo pudo localizar a nueve de los 237 incriminados. De los nueve, el único realmente importante era Aurelio Rodríguez, uno de los jefes de sección en el Putumayo, responsable de un abultado prontuario de raptos, violaciones, mutilaciones, secuestros y asesinatos. Pero los nueve detenidos, incluido Rodríguez, presentaron un *habeas corpus* a la Corte Superior de Iquitos y el Tribunal los puso en libertad provisional mientras estudiaba su expediente.

—Desafortunadamente —explicó a Roger el prefecto, sin pestañear y afligiendo la expresión—, aprovechando la libertad provisional esos malos ciudadanos huyeron. Como usted no puede ignorar, será difícil encontrarlos en la inmensidad de la Amazonía si la Corte Superior convalida la orden de arresto.

La Corte no tenía ningún apuro en hacerlo, pues cuando Roger Casement fue a preguntar a los jueces cuándo verían el expediente, le explicaron que eso se hacía «por riguroso orden de llegada de los casos». Había un voluminoso número de legajos en la cola «antes del susodicho que a usted le interesa». Uno de los pasantes del Tribunal se permitió añadir, en tono de burla:

—Aquí la justicia es segura pero lenta y estos trámites pueden durar muchos años, señor cónsul.

Pablo Zumaeta, desde su supuesto escondite, orquestó la ofensiva judicial contra el juez Carlos A. Valcárcel, iniciándole, a través de testaferros, múltiples denuncias por prevaricación, desfalco, falso testimonio y otros varios delitos. Una mañana se presentaron en la comisaría de Iquitos una india bora y su hija de pocos años, acompañadas de un intérprete, para acusar al juez Carlos A. Valcárcel de «atentado contra el honor de una menor». El juez tuvo que emplear gran parte de su tiempo en defenderse de esas fabricaciones calumniosas, declarando, correteando y escribiendo oficios en vez de ocuparse de la investigación que lo trajo a la selva. El mundo entero se le fue cayendo encima. El hotelito donde estaba alojado, El Yurimaguas, lo despidió. No encontró albergue ni pensión en la ciudad que se atreviera a cobijarlo. Tuvo que alquilar una pequeña habitación en Nanay, una barriada llena de basurales y estanques de aguas pútridas, donde, en las noches, sentía bajo su hamaca las carreritas de las ratas y pisaba cucarachas.

Todo esto lo fue sabiendo Roger Casement a pedazos, con detalles susurrados aquí y allá, mientras aumentaba su admiración por ese magistrado al que hubiera querido estrecharle la mano y felicitarlo por su decencia y su coraje. ¿Qué había sido de él? Lo único que pudo saber con certeza, aunque la palabra «certeza» no parecía tener arraigo firme en el suelo de Iquitos, era que, cuando llegó la orden de Lima destituyéndolo, Carlos A. Valcárcel ya había desaparecido. Desde entonces nadie en la ciudad podía dar cuenta de su paradero. ¿Lo habían matado? Se repetía la historia del periodista Benjamín Saldaña Roca. La hostilidad contra él había sido tan grande que no tuvo más remedio que huir. En una segunda entrevista, en casa de Mr. Stirs, el director de *El Oriente,* Rómulo Paredes, le dijo:

—Yo mismo le aconsejé al juez Valcárcel que se mandara mudar antes de que lo mataran, sir Roger. Ya le habían llegado bastantes avisos.

¿Qué clase de avisos? Provocaciones en los restaurantes y bares donde el juez Valcárcel entraba a comer un bocado o tomar una cerveza. Súbitamente, un borracho lo insultaba y lo desafiaba a pelear mostrándole una chaveta. Si el juez iba a presentar una denuncia a la policía o a la Prefectura, le hacían rellenar interminables formularios, pormenorizando los hechos, y asegurándole que «investigarían su queja».

Roger Casement se sintió muy pronto como debía haberse sentido el juez Valcárcel antes de escapar de Iquitos o de ser liquidado por alguno de los asesinos a sueldo de Arana: engañado por doquier, convertido en el hazmerreír de una comunidad de títeres cuyos hilos movía la Peruvian Amazon Company, a la que todo Iquitos obedecía con obsecuencia vil.

Se había propuesto volver al Putumayo, aunque era evidente que, si aquí en la ciudad la Compañía de Arana había conseguido burlar las sanciones y evitar las reformas anunciadas, era obvio que allá en las caucherías todo seguiría igual o peor que antes, tratándose de los indígenas. Rómulo Paredes, Mr. Stirs y el prefecto Adolfo Gamarra lo urgieron a renunciar a ese viaje.

—Usted no saldrá vivo de allá y su muerte no servirá para nada —le aseguró el director de *El Oriente*—. Señor Casement, siento decírselo, pero usted es el hombre más odiado en el Putumayo. Ni Saldaña Roca, ni el gringo Hardenburg, ni el juez Valcárcel, son tan detestados como usted. Yo regresé vivo del Putumayo de milagro.

Pero ese milagro no se va a repetir si usted va allá a que lo crucifiquen. Además, ¿sabe una cosa?, lo más absurdo será que lo harán matar con los dardos envenenados de las cerbatanas de esos boras y huitotos que usted defiende. No vaya, no sea insensato. No se suicide.

El prefecto Adolfo Gamarra, apenas se enteró de sus preparativos de viaje al Putumayo, vino a buscarlo al Hotel Amazonas. Estaba muy alarmado. Lo llevó a tomar una cerveza a un bar donde tocaban música brasileña. Fue la única vez que a Roger le pareció que el funcionario le hablaba con sinceridad.

—Le suplico que renuncie a esa locura, señor Casement —le dijo, mirándolo a los ojos—. Yo no tengo cómo asegurar su protección. Siento decírselo, pero es la verdad. No quiero cargar con su cadáver en mi hoja de servicios. Sería el fin de mi carrera. Le digo esto con el corazón en la mano. No llegará usted al Putumayo. He conseguido, con mucho esfuerzo, que aquí nadie lo toque. No ha sido nada fácil, se lo juro. He tenido que rogar y amenazar a quienes mandan. Pero mi autoridad desaparece fuera de los límites de la ciudad. No vaya al Putumayo. Por usted y por mí. No arruine usted mi futuro, por lo que más quiera. Le hablo como un amigo, de verdad.

Pero lo que al fin lo hizo desistir del viaje fue una inesperada y brusca visita, en medio de la noche. Estaba ya acostado y por pescar el sueño cuando el empleado de la recepción del Hotel Amazonas vino a tocarle la puerta. Lo buscaba un señor, decía que era muy urgente. Se vistió, bajó y se encontró con Juan Tizón. No había vuelto a saber de él desde el viaje al Putumayo, en el que este alto funcionario de la Peruvian Amazon Company colaboró con la Comisión de modo tan leal. No era ni sombra del hombre seguro de sí mismo que Roger recordaba. Se lo veía envejecido, exhausto y sobre todo desmoralizado.

Fueron a buscar un sitio tranquilo pero era imposible porque la noche de Iquitos estaba llena de ruido, borrachera, timba y sexo. Se resignaron a sentarse en el Pim Pam, un bar-boite donde tuvieron que sacarse de encima a dos mulatas brasileñas que los acosaban para que salieran a bailar. Pidieron un par de cervezas.

Siempre con el aire caballeroso y las maneras elegantes que Roger recordaba, Juan Tizón le habló de una manera que le pareció absolutamente sincera.

—No se ha hecho nada de lo que la Compañía ofreció, pese a que, luego del pedido del presidente Leguía, lo acordamos en reunión del Directorio. Cuando les presenté mi informe, todos, incluidos Pablo Zumaeta y los hermanos y cuñados de Arana, coincidieron conmigo en que había que hacer mejoras radicales en las estaciones. Para evitar problemas con la justicia y por razones morales y cristianas. Pura palabrería. No se ha hecho ni se hará nada.

Le contó que, salvo dar instrucciones a los empleados en el Putumayo de que tomaran precauciones y borraran las huellas de pasados abusos —desaparecer los cadáveres, por ejemplo—, la Compañía había facilitado la huida de los principales incriminados en el informe que Londres hizo llegar al Gobierno peruano. El sistema de recogida del caucho con la mano de obra indígena forzada seguía como antes.

—Me bastó pisar Iquitos para darme cuenta de que nada había cambiado —asintió Roger—. ¿Y usted, don Juan?

—Regreso a Lima la próxima semana y no creo que vuelva por aquí. Mi situación en la Peruvian Amazon Company se volvió insostenible. He preferido renunciar antes de que me despidan. Me recomprarán mis acciones, pero a precio vil. En Lima, tendré que ocuparme de otras cosas. No lo lamento, a pesar de haber perdido diez años de mi vida trabajando para Arana. Aunque tenga que empezar desde cero, me encuentro mejor. Después de lo que vimos en el Putumayo me sentía sucio y culpable en la Compañía. Lo consulté con mi mujer y ella me apoya.

Conversaron cerca de una hora. Juan Tizón insistió también en que Roger no debía volver al Putumayo por ningún motivo: no conseguiría nada salvo que lo mataran y, acaso, ensañándose, en uno de esos excesos de crueldad que él ya había visto en su recorrido por las caucherías.

Roger se dedicó a preparar un nuevo informe para el Foreign Office. Explicaba que no se había hecho reforma alguna ni aplicado la menor sanción a los criminales de la Peruvian Amazon Company. No había esperanzas de que se hiciera algo en el futuro. La culpa recaía tanto en la firma de Julio C. Arana como en la administración pública, e, incluso, en el país entero. En Iquitos, el Gobierno peruano no era más que un agente de Julio C. Arana. El poder de su compañía era tal que todas las instituciones políticas, policiales y judiciales trabajaban activamente para permitirle continuar explotando a los indígenas sin riesgo alguno, porque todos los funcionarios recibían dinero de ella o temían sus represalias.

Como queriendo darle la razón, en esos días, súbitamente, la Corte Superior de Iquitos falló respecto a la reconsideración que habían pedido los nueve detenidos. El fallo era una obra maestra de cinismo: todas las acciones judiciales quedaban suspendidas mientras las 237 personas de la lista establecida por el juez Valcárcel no fueran detenidas. Con sólo un grupito de capturados cualquier investigación sería trunca e ilegal, decretaron los jueces. De modo que los nueve quedaban definitivamente libres y el caso suspendido hasta que las fuerzas policiales entregaran a la justicia a los 237 sospechosos, algo que, por supuesto, no ocurriría jamás.

Pocos días después otro hecho, todavía más grotesco, tuvo lugar en Iquitos poniendo a prueba la capacidad de asombro de Roger Casement. Cuando iba de su hotel a casa de Mr. Stirs, vio gente apiñada en dos locales que parecían oficinas del Estado pues lucían en sus fachadas el escudo y la bandera del Perú. ¿Qué ocurría?

—Hay elecciones municipales —le explicó Mr. Stirs con esa vocecita suya tan desganada que parecía impermeable a la emoción—. Unas elecciones muy particulares porque, según la ley electoral peruana, para tener derecho a voto hay que ser propietario y saber leer y escribir. Esto reduce el número de electores a unos pocos centenares de personas. En realidad, las elecciones se deciden en las oficinas de la Casa Arana. Los nombres de los ganadores y los porcentajes que obtienen en la votación.

Así debía ser porque esa noche se celebró, en un pequeño mitin en la Plaza de Armas con bandas de música y reparto de aguardiente, que Roger observó desde lejos, la elección como nuevo alcalde de Iquitos ¡de don Pablo Zumaeta! El cuñado de Julio C. Arana emergía de su «escondite» desagraviado por el pueblo de Iquitos —así lo dijo en su discurso de agradecimiento— de las calumnias de la conspiración inglesa-colombiana, decidido a seguir luchando, de manera indoblegable, contra los enemigos del Perú y por el progreso de la Amazonía. Después del reparto de bebidas alcohólicas, hubo un baile popular con fuegos artificiales, guitarras y bombos que duró hasta la madrugada. Roger optó por retirarse a su hotel para no ser linchado.

George Michell y su esposa llegaron finalmente a Iquitos, en un barco procedente de Manaos, el 30 de noviembre de 1911. Roger ya estaba haciendo maletas para su partida. La llegada del nuevo cónsul británico fue precedida por frenéticas gestiones de Mr. Stirs y del propio Casement para encontrar una casa a la pareja. «Gran Bretaña ha caído en desgracia aquí por culpa de usted, sir Roger», le dijo el cónsul saliente. «Nadie quiere alquilarme una casa para los Michell, pese a que ofrezco pagar sobreprecio. Todos tienen miedo de ofender a Arana, todos se niegan.» Roger pidió ayuda a Rómulo Paredes y el director de *El Oriente* les resolvió el problema. Alquiló él mismo la casa y la subarrendó al consulado británico. Se trataba de una casa vieja y sucia y hubo que renovarla a marchas forzadas y amueblarla de cualquier manera para recibir a sus nuevos huéspedes. La señora Michell era una mujercita risueña y voluntariosa a la que Roger conoció sólo al pie de la pasarela del barco, en el puerto, el día de su llegada. No se desanimó por el estado del nuevo domicilio ni por el lugar que pisaba por primera vez. Parecía inasequible al desaliento. De inmediato, antes incluso de desempacar, se puso a limpiarlo todo con energía y buen humor.

Roger tuvo una larga conversación con su viejo amigo y colega George Michell, en la salita de Mr. Stirs. Le informó con lujo de detalles de la situación y no le ocultó una sola de las dificultades que enfrentaría en su nuevo cargo. Michell, gordito cuarentón y vivaz que manifestaba la misma energía que su mujer en todos sus gestos y movimientos, iba tomando apuntes en una libretita, con pequeñas pausas para pedir aclaraciones. Luego, en vez de mostrarse desmoralizado o quejarse con la perspectiva de lo que le esperaba en Iquitos, se limitó a decir con una gran sonrisa: «Ahora ya sé de qué se trata y estoy listo para la pelea».

Las dos últimas semanas en Iquitos, nuevamente se apoderó de Roger, de manera irresistible, el demonio del sexo. En su estancia anterior había sido muy prudente, pero, ahora, pese a saber la hostilidad que le tenía tanta gente vinculada al negocio del caucho y que podían tenderle una emboscada, no vaciló en ir, por las noches, a pasearse por el malecón a orillas del río, donde siempre había mujeres y hombres en busca de clientes. Así conoció a Alcibíades Ruiz, si es que éste era su nombre. Lo llevó al Hotel Amazonas. El portero de noche no puso objeción después de que Roger le alcanzara una propina. Alcibíades aceptó posar para él haciendo las posturas de estatuas clásicas que le indicaba. Después de algún regateo, aceptó desnudarse. Alcibíades era un mestizo de blanco e indio, un cholo, y Roger anotó en su diario que esta mezcla racial daba un tipo de varón de gran belleza física, superior incluso a la de los «caboclos» de Brasil, hombres de rasgos ligeramente exóticos en los que se mezclaban la suavidad y dulzura de los indígenas y la rudeza viril de los descendientes de españoles. Alcibíades y él se besaron y tocaron pero no hicieron el amor, ni ese día ni el siguiente, cuando aquél volvió al Hotel Amazonas. Era de mañana y Roger pudo fotografiarlo desnudo en varias poses. Cuando partió, escribió en su diario: «Alcibíades Ruiz. *Cholo*. Movimientos de bailarín. Pequeño y largo que al endurecerse se curvaba como un arco. Entró en mí como mano en guante».

En esos días, el director de *El Oriente*, Rómulo Paredes, fue agredido en la calle. Al salir de la imprenta de su periódico, lo asaltaron tres individuos malencarados que apestaban a alcohol. Según le dijo a Roger, a quien vino a ver al hotel inmediatamente después del episodio, lo hubieran matado a golpes si no hubiera estado armado y asustado a sus tres agresores disparando al aire. Traía consigo una maleta. Don Rómulo estaba tan revuelto con lo sucedido que no aceptó salir a tomar un trago a la calle como Roger le propuso. Su resentimiento e indignación contra la Peruvian Amazon Company no tenían límites:

—Siempre fui un colaborador leal de la Casa Arana y les di gusto en todo lo que quisieron —se quejó. Se habían sentado en dos esquinas de la cama y hablaban semi a oscuras, porque la llamita del mechero apenas iluminaba un rincón del cuarto—. Cuando era juez y cuando saqué *El Oriente*. Nunca me opuse a sus pedidos, aunque muchas veces repugnaban a mi conciencia. Pero soy un hombre realista, señor cónsul, sé qué batallas no se pueden ganar. Esta comisión, ir al Putumayo por encargo del juez Valcárcel, yo no quise asumirla nunca. Desde el primer momento supe que me metería en líos. Ellos me obligaron. Pablo Zumaeta en persona me lo exigió. Hice ese viaje sólo cumpliendo sus órdenes. Mi informe, antes de entregarlo al prefecto, se lo di a leer al señor Zumaeta. Me lo

devolvió sin comentarios. ¿No significa eso que lo aceptaba? Sólo entonces se lo entregué al prefecto. Y resulta que
ahora me han declarado la guerra y quieren matarme. Este
ataque es un aviso para que me vaya de Iquitos. ¿Adónde?
Tengo mujer, cinco hijos y dos sirvientas, señor Casement.
¿Ha visto usted tanta ingratitud como la de esta gente? Le
recomiendo que se marche cuanto antes, también. Su vida
peligra, sir Roger. Hasta ahora no le ha pasado nada, porque piensan que si matan a un inglés, y encima diplomático, habrá un lío internacional. Pero no se fíe. Esos escrúpulos pueden desaparecer en cualquier borrachera. Siga
mi consejo y lárguese, mi amigo.

—No soy inglés, sino irlandés —lo corrigió Roger,
suavemente.

Rómulo Paredes le entregó la maleta que traía consigo.

—Aquí tiene todos los documentos que recogí en el
Putumayo y en los que basé mi trabajo. Hice bien en no
entregárselos al prefecto Adolfo Gamarra. Hubieran corrido la misma suerte que mi informe: apolillarse en la
Prefectura de Iquitos. Lléveselos, sé que usted les dará buen
uso. Siento cargarlo con un bulto más, eso sí.

Roger partió cuatro días después, luego de despedirse de Omarino y Arédomi. Mr. Stirs los había colocado
en una carpintería de Nanay en la que, además de trabajar
como domésticos del dueño, un boliviano, serían apren-
dices en su taller. En el puerto, donde lo fueron a despedir
Stirs y Michell, Roger se enteró de que el volumen del
caucho exportado en los últimos dos meses había supera-
do la marca del año anterior. ¿Qué mejor prueba de que
nada había cambiado y de que huitotos, boras, andoques
y demás indígenas del Putumayo seguían siendo exprimidos sin misericordia?

Los cinco días del viaje hasta Manaos apenas abandonó su compartimento. Se sentía desmoralizado, enfermo
y asqueado de sí mismo. Comía apenas y sólo asomaba por

la cubierta cuando el calor en el estrecho camarote se volvía insoportable. A medida que descendían el Amazonas y el cauce del río se ensanchaba y sus orillas se perdían de vista, pensaba que nunca volvería a esta selva. Y en la paradoja —muchas veces había pensado lo mismo en el África, navegando por el río Congo— de que en ese paisaje majestuoso, con esas bandadas de garzas rosadas y de loritos chillones que a ratos sobrevolaban el barco, y la estela de pequeños peces que seguían a la nave dando saltos y maromas como para llamar la atención de los viajeros, anidara el vertiginoso sufrimiento que en el interior de esas selvas provocaba la codicia de esos seres ávidos y sanguinarios que había conocido en el Putumayo. Recordaba la cara quieta de Julio C. Arana en aquella reunión de Directorio, en Londres, de la Peruvian Amazon Company. Volvió a jurarse que lucharía hasta la última gota de energía que le quedara en el cuerpo para que recibiera algún castigo ese hombrecito acicalado que había puesto en marcha y era el principal beneficiario de esa maquinaria que trituraba seres humanos a mansalva para satisfacer su hambre de riquezas. ¿Quién osaría decir ahora que Julio C. Arana no sabía lo que ocurría en el Putumayo? Había montado un espectáculo para engañar a todo el mundo —al Gobierno peruano y al británico ante todo—, a fin de seguir extrayendo el caucho de estas selvas tan maltratadas como los indígenas que las poblaban.

En Manaos, donde llegó a mediados de diciembre, se sintió mejor. Mientras esperaba un barco que saliera rumbo a Pará y Barbados pudo trabajar encerrado en su cuarto de hotel, añadiendo comentarios y precisiones a su informe. Estuvo una tarde con el cónsul inglés, quien le confirmó que, pese a sus reclamaciones, las autoridades brasileñas no habían hecho nada efectivo para capturar a Montt y Agüero ni a los otros fugitivos. En todas partes corría el rumor de que varios de los antiguos jefes de Julio C. Arana en el Putumayo estaban ahora trabajando en el ferrocarril en construcción Madeira-Mamoré.

La semana que permaneció en Manaos, Roger hizo una vida espartana, sin salir en las noches en busca de aventuras. Daba paseos por las orillas del río y por las calles de la ciudad, y, cuando no trabajaba, pasaba muchas horas leyendo los libros sobre historia antigua de Irlanda que le había recomendado Alice Stopford Green. Apasionarse por los asuntos de su país le ayudaría a sacarse de la cabeza las imágenes del Putumayo y las intrigas, mentiras y abusos de esa corrupción política generalizada que había visto en Iquitos. Pero no le era fácil concentrarse en los asuntos irlandeses pues a cada momento recordaba que tenía inconclusa la tarea y que, en Londres, debería llevarla a su final.

El 17 de diciembre zarpó rumbo a Pará, donde por fin encontró una comunicación del Foreign Office. La Cancillería había recibido sus telegramas enviados desde Iquitos y estaba al tanto de que, pese a las promesas del Gobierno peruano, nada real se había hecho contra los desmanes del Putumayo, fuera de permitir la fuga de los acusados.

La víspera de Navidad se embarcó hacia Barbados en el *Denis,* un barco cómodo que llevaba apenas un puñadito de pasajeros. Hizo una travesía tranquila hasta Bridgetown. Allí, el Foreign Office le tenía reservado un pasaje en el *SS Terence* rumbo a New York. Las autoridades inglesas habían decidido actuar con energía contra la compañía británica responsable de lo que ocurría en el Putumayo y querían que Estados Unidos se uniera a su empeño y protestaran juntos ante el Gobierno del Perú por su mala voluntad para responder a los reclamos de la comunidad internacional.

En la capital de Barbados, mientras esperaba la salida del barco, Roger hizo una vida tan casta como en Manaos: ni una visita a los baños públicos, ni una escapada nocturna. Había entrado de nuevo en uno de esos períodos de abstinencia sexual que, a veces, se prolongaban muchos meses. Eran épocas en las que, por lo general, su cabeza se llenaba de preocupaciones religiosas. En Bridgetown visitó a diario al padre Smith. Tuvo con él largas conversaciones sobre el Nuevo Testamento, que solía llevar consigo en sus viajes. Lo releía a ratos, alternando esta lectura con la de poetas irlandeses, sobre todo William Butler Yeats, de quien había aprendido algunos poemas de memoria. Asistió a una misa en el Convento de las Ursulinas y, como le había ocurrido antes, sintió deseos de comulgar. Se lo dijo al padre Smith y éste, sonriendo, le recordó que no era católico sino miembro de la Iglesia anglicana. Si quería convertirse él se ofrecía a ayudarlo a dar los primeros pasos. Roger estuvo tentado de hacerlo, pero se arrepintió pensando en las debilidades y pecados que tendría que confesarle a ese buen amigo que era el padre Smith.

El 31 de diciembre partió en el *SS Terence* rumbo a New York y allí, de inmediato, sin tiempo siquiera de admirar los rascacielos, tomó el tren a Washington D.C. El embajador británico, James Bryce, lo sorprendió anunciándole que el presidente de los Estados Unidos, William Howard Taft, le había concedido una audiencia. Él y sus asesores querían saber, de boca de sir Roger, que conocía en persona lo que sucedía en el Putumayo y era hombre de confianza del Gobierno británico, la situación en las caucherías y si la campaña que llevaban a cabo en Estados Unidos y Gran Bretaña distintas iglesias, organizaciones humanitarias y periodistas y publicaciones liberales eran ciertas o pura demagogia y exageración como aseguraban las empresas caucheras y el Gobierno peruano.

Hospedado en la residencia del embajador Bryce, tratado a cuerpo de rey y oyéndose llamar sir Roger por doquier, Casement fue donde un barbero a hacerse cortar el cabello y las barbas y a arreglarse las uñas. Y renovó su vestuario en las tiendas elegantes de Washington D.C. Muchas veces en estos días pensó en las contradicciones de su vida. Hacía menos de dos semanas era un pobre diablo amenazado de muerte en un hotelucho de Iquitos y, ahora, él, un irlandés que soñaba con la independencia de Irlanda, encarnaba a un funcionario enviado por la Corona británica a persuadir al presidente de los Estados Unidos que ayudara al Imperio a exigir al Gobierno peruano que pusiese fin a la ignominia de la Amazonía. ¿No era la vida algo absurdo, una representación dramática que de súbito se volvía farsa?

Los tres días que pasó en Washington D.C. fueron de vértigo: sesiones diarias de trabajo con funcionarios del Departamento de Estado y una larga entrevista personal con el ministro de Relaciones Exteriores. El tercer día fue recibido en la Casa Blanca por el presidente Taft acompañado por varios asesores y el secretario de Estado. Un instante, antes de comenzar su exposición sobre el Putumayo, Roger tuvo una alucinación: no estaba allí como representante diplomático de la Corona británica, sino como enviado especial de la recién constituida República de Irlanda. Había sido enviado por su Gobierno Provisional para defender las razones que habían llevado a la inmensa mayoría de los irlandeses, en acto plebiscitario, a romper sus vínculos con Gran Bretaña y proclamar su independencia. La nueva Irlanda quería mantener unas relaciones de amistad y cooperación con los Estados Unidos, con quienes compartía la adhesión a la democracia y donde vivía una vasta comunidad de origen irlandés.

Roger Casement cumplió con sus obligaciones de manera impecable. La audiencia debía durar media hora pero duró tres veces más, pues el propio presidente Taft, que escuchó con gran atención su informe sobre la situación de los indígenas en el Putumayo, lo sometió a un cuidadoso interrogatorio y le pidió su parecer sobre la mejor manera de obligar al Gobierno peruano a poner fin a los crímenes en las caucherías. La sugerencia de Roger de que Estados Unidos abriera un consulado en Iquitos que trabajara, junto al británico, denunciando los abusos, fue bien recibida por el mandatario. Y, en efecto, unas semanas después, Estados Unidos enviaría a un diplomático de carrera, Stuart J. Fuller, como cónsul a Iquitos.

Más que las palabras que escuchó, fueron la sorpresa e indignación con que el presidente Taft y sus colaboradores escucharon su relato, lo que convenció a Roger de que Estados Unidos colaboraría a partir de ahora de manera decidida con Inglaterra en denunciar la situación de los indígenas amazónicos.

En Londres, pese a que su estado físico se mostraba siempre resentido por la fatiga y los viejos achaques, se dedicó en cuerpo y alma a completar su nuevo informe para el Foreign Office, mostrando que las autoridades peruanas no habían hecho las reformas prometidas y que la Peruvian Amazon Company había boicoteado todas las iniciativas, haciéndole la vida imposible al juez Carlos A. Valcárcel y reteniendo en la Prefectura el informe de don Rómulo Paredes, a quien habían intentado matar por describir con imparcialidad lo que presenció en los cuatro meses (del 15 de marzo al 15 de julio) que pasó en las caucherías de Arana. Roger comenzó a traducir al inglés una selección de los testimonios, entrevistas y documentos diversos que el director de *El Oriente* le entregó en Iquitos. Ese material enriquecía de manera considerable su propio informe.

Hacía esto en las noches porque sus días estaban copados con reuniones en el Foreign Office, donde, desde el canciller hasta comisiones múltiples, le pedían informes, consejos y sugerencias sobre las ideas que barajaba el Gobierno británico para actuar. Las atrocidades que una compañía británica cometía en la Amazonía eran objeto de una campaña enérgica, que, iniciada por la Sociedad contra la Esclavitud y la revista *Truth,* apoyaban ahora la prensa liberal y muchas organizaciones religiosas y humanitarias.

Roger insistía en que se publicara de inmediato el *Informe sobre el Putumayo*. Había perdido toda esperanza de que la diplomacia silenciosa que el Gobierno británico intentó con el presidente Leguía sirviera para algo. Pese a las resistencias de algunos sectores de la administración, finalmente sir Edward Grey aceptó este criterio y el gabinete aprobó la publicación. El libro se llamaría *Blue Book* (Libro Azul). Roger pasó muchas noches en vela, fumando sin descanso y tomando incontables tazas de café, revisando palabra por palabra la última redacción.

El día que el texto definitivo fue por fin a la imprenta, se sentía tan mal que, temiendo le ocurriera algo estando solo, fue a refugiarse a casa de su amiga Alice Stopford Green. «Pareces un esqueleto», le dijo la historiadora, tomándolo de un brazo y llevándolo a la sala. Roger arrastraba los pies y, aturdido, sentía que en cualquier momento perdería el sentido. Le dolía tanto la espalda que Alice debió ponerle varios almohadones para que pudiera tenderse en el sofá. Casi al instante se durmió o desmayó. Cuando abrió los ojos, vio sentadas a su lado, juntas y sonriéndole, a su hermana Nina y Alice.

—Creíamos que no ibas a despertar nunca —oyó decir a una de ellas.

Había dormido cerca de veinticuatro horas. Alice llamó al médico de la familia y el facultativo diagnosticó que Roger estaba exhausto. Que lo dejaran dormir. No recordaba haber soñado. Cuando trató de ponerse de pie, se le doblaron las piernas y se dejó caer de nuevo en el sofá. «No me mató el Congo pero me matará el Amazonas», pensó.

Después de tomar un ligero refrigerio, pudo levantarse y un coche lo llevó a su departamento de Philbeach Gardens. Tomó un largo baño que lo despejó algo. Pero se sentía tan débil que debió acostarse otra vez.

El Foreign Office lo obligó a tomar diez días de vacaciones. Se resistía a apartarse de Londres antes de la aparición del *Blue Book,* pero, al fin, consintió en partir. Acompañado de Nina, que pidió un permiso en la escuela donde enseñaba, estuvo una semana en Cornwall. Su fatiga era tan grande que apenas podía concentrarse en la lectura. La mente se le dispersaba en imágenes disolutas. Gracias a la vida tranquila y la dieta sana, fue recuperando las fuerzas. Pudo dar largos paseos por la campiña, disfrutando de unos días tibios. No podía haber nada más distinto del amable y civilizado paisaje de Cornwall que el de la Amazonía y, sin embargo, pese al bienestar y la serenidad que sentía aquí, viendo la rutina de los granjeros, pastar a las beatíficas vacas y relinchar a los caballos de los establos, sin amenazas de fieras, serpientes ni mosquitos, se encontró un día pensando que esta naturaleza, que delataba siglos de trabajo agrícola al servicio del hombre, poblada y civilizada, ya había perdido su condición de mundo natural —su alma, dirían los panteístas— comparada con aquel territorio salvaje, efervescente, indómito, sin amansar, de la Amazonía, donde todo parecía estar naciendo y muriendo, mundo inestable, riesgoso, movedizo, en el que un hombre se sentía arrancado del presente y arrojado hacia el pasado más remoto, en comunicación con los ancestros, de regreso a la aurora del acontecer humano. Y, sorprendido, descubrió que recordaba aquello con nostalgia, a pesar de los horrores que escondía.

El *Libro Azul* sobre el Putumayo salió publicado en julio de 1912. Desde el primer día produjo una conmoción que, teniendo a Londres como centro, avanzó en ondas concéntricas por toda Europa, los Estados Unidos y muchas otras partes del mundo, sobre todo Colombia, Brasil y Perú. *The Times* le dedicó varias páginas y un editorial en el que, a la vez que ponía a Roger Casement por las nubes, diciendo que una vez más había mostrado dotes excepcionales de «gran humanitario», exigía acciones inmediatas contra esa compañía británica y sus accionistas que se beneficiaban económicamente con una industria que practicaba la esclavitud y la tortura y estaba exterminando a los pueblos indígenas.

Pero el elogio que conmovió más a Roger fue el artículo que escribió su amigo y aliado de campaña contra el rey de los belgas Leopoldo II, Edmund D. Morel, en el *Daily News*. Comentando el *Libro Azul* decía de Roger Casement que «nunca había visto tanto magnetismo en un ser humano como en él». Siempre alérgico a la exhibición pública, Roger no gozaba en absoluto con esta nueva oleada de popularidad. Más bien, se sentía incómodo y procuraba rehuirla. Pero era difícil porque el escándalo que causó el *Blue Book* hizo que decenas de publicaciones inglesas, europeas y norteamericanas quisieran entrevistarlo. Recibía invitaciones a dar conferencias en instituciones académicas, clubes políticos, centros religiosos y de beneficencia. Hubo un servicio especial en Westminster Abbey sobre el tema y el canónigo Herbert Henson pronunció un sermón atacando con dureza a los accionistas de la Peruvian Amazon Company por lucrarse practicando la esclavitud, el asesinato y las mutilaciones.

El encargado de Negocios de Gran Bretaña en el Perú, Des Graz, informó sobre el revuelo que habían causado en Lima las acusaciones del *Libro Azul*. El Gobierno peruano, temiendo un boicot económico contra él de los países occidentales, anunció la puesta en práctica inmediata de las reformas y el envío de fuerzas militares y policiales al Putumayo. Pero Des Graz añadía que probablemente tampoco esta vez el anuncio sería efectivo pues había sectores gubernamentales que presentaban los hechos consignados en el *Blue Book* como una conspiración del Imperio británico para favorecer las pretensiones colombianas sobre el Putumayo.

El ambiente de simpatía y solidaridad con los indígenas de la Amazonía que el *Libro Azul* despertó en la opinión pública hizo que el proyecto de abrir una misión católica en el Putumayo recibiera muchos apoyos económicos. La Iglesia anglicana puso algunos reparos, pero terminó dejándose convencer por los argumentos de Roger luego de incontables encuentros, citas, cartas, diálogos: que, tratándose de un país donde la Iglesia católica estaba tan enraizada, una misión protestante despertaría suspicacias y la Peruvian Amazon Company se encargaría de desprestigiarla presentándola como punta de lanza de las apetencias colonizadoras de la Corona.

Roger tuvo en Irlanda e Inglaterra reuniones con jesuitas y franciscanos, dos órdenes por las que siempre sintió simpatía. Había leído, desde que estaba en el Congo, los esfuerzos que hizo en el pasado la Compañía de Jesús en Paraguay y Brasil para organizar a los indígenas, catequizarlos y reunirlos en comunidades donde, a la vez que mantenían sus tradiciones de trabajo en común, practicaban un cristianismo elemental, lo que había elevado sus niveles de vida y los había librado de la explotación y el exterminio. Por eso, Portugal destruyó las misiones jesuitas e intrigó hasta convencer a España y al Vaticano de que la Compañía de Jesús se había convertido en un Estado dentro del Estado y era un peligro para la autoridad papal y la soberanía imperial española. Sin embargo, los jesuitas no recibieron el proyecto de una misión amazónica con mucho calor. En cambio, los franciscanos lo adoptaron con entusiasmo.

Así fue como Roger Casement conoció la labor que hacían en los barrios más pobres de Dublín los curas obreros franciscanos. Trabajaban en las fábricas y talleres y vivían las mismas estrecheces y privaciones que los trabajadores. Conversando con ellos, viendo la devoción con que desempeñaban su ministerio a la vez que compartían la suerte de los desheredados, Roger pensó que nadie estaba mejor preparado que estos religiosos para el desafío que era instalar una misión en La Chorrera y El Encanto.

Alice Stopford Green, con quien Roger fue a celebrar en estado de euforia la partida hacia la Amazonía peruana de los primeros cuatro franciscanos irlandeses, le pronosticó:

—¿Estás seguro que todavía eres miembro de la Iglesia anglicana, Roger? Aunque quizás no te des cuenta, estás en el camino sin retorno de una conversión papista.

Entre los habituales participantes de las tertulias de Alice, en la nutrida biblioteca de su casa de Grosvenor Road, había nacionalistas irlandeses que eran anglicanos, presbiterianos y católicos. Roger nunca había advertido entre ellos roces ni disputas. Después de aquella observación de Alice, muchas veces se preguntó en aquellos días si su acercamiento al catolicismo era una estricta disposición espiritual y religiosa o, más bien, política, una manera de comprometerse aún más con la opción nacionalista ya que la inmensa mayoría de los independentistas de Irlanda eran católicos.

Para escapar de algún modo del acoso de que era objeto como autor del *Blue Book,* pidió unos días más de permiso en el Ministerio y fue a pasarlos en Alemania. Berlín le causó una impresión extraordinaria. La sociedad alemana, bajo el Káiser, le pareció un modelo de modernidad, desarrollo económico, orden y eficiencia. Aunque corta, esta visita sirvió para que una vaga idea que le daba vueltas desde hacía algún tiempo, se concretara y se convirtiera desde entonces en uno de los vértices de su acción política. Para conquistar su libertad, Irlanda no podía contar con la comprensión y menos la benevolencia del Imperio británico. Lo comprobaba en estos días. La mera posibilidad de que el Parlamento inglés fuera a discutir de nuevo el proyecto de ley para conceder a Irlanda la Autonomía (Home Rule), que Roger y sus amigos radicales consideraban una concesión formal insuficiente, había provocado en Inglaterra un rechazo patriotero y furibundo no sólo de los conservadores, también de amplios sectores liberales y progresistas, incluso de sindicatos obreros y gremios de artesanos. En Irlanda, la perspectiva de que la isla tuviera autonomía administrativa y un Parlamento propio movilizó a los unionistas del Ulster de manera incandescente. Había mítines, se estaba formando el ejército de Voluntarios, se hacían colectas públicas para comprar armas y decenas de miles de personas suscribieron un Pacto en el que los irlandeses del Norte proclamaban que no acatarían el Home Rule si se aprobaba y que defenderían la permanencia de Irlanda en el Imperio con sus armas y sus vidas. En estas circunstancias, pensó Roger, los independentistas debían buscar la solidaridad de Alemania. Los enemigos de nuestros enemigos son nuestros amigos y Alemania era el rival más caracterizado de Inglaterra. En caso de guerra, una derrota militar de Gran Bretaña abriría una posibilidad única para Irlanda de emanciparse. En esos días, Roger se repitió muchas veces el viejo refrán nacionalista: «Las desgracias de Inglaterra son las alegrías de Irlanda».

Pero, mientras llegaba a estas conclusiones políticas que sólo compartía con sus amigos nacionalistas en sus viajes a Irlanda, o, en Londres, en casa de Alice Stopford Green, era Inglaterra la que le demostraba cariño y admiración por lo que había hecho. Recordarlo le provocaba malestar.

En todo ese tiempo, pese a los esfuerzos desesperados de la Peruvian Amazon Company para evitarlo, cada día fue más evidente que la suerte de la empresa de Julio C. Arana estaba amenazada. Su desprestigio se acentuó por un escándalo que se produjo cuando Horace Thorogood, un periodista de *The Morning Leader* que fue a las oficinas centrales en la City a tratar de entrevistar a los directivos, recibió de uno de ellos, el señor Abel Larco, cuñado de Julio C. Arana, un sobre con dinero. El periodista preguntó qué significaba este gesto. Larco le respondió que la Compañía se mostraba siempre generosa con sus amigos. El reportero, indignado, devolvió el dinero con que pretendían sobornarlo, denunció lo ocurrido en su periódico y la Peruvian Amazon Company tuvo que pedir excusas públicas, diciendo que se trataba de un malentendido y que los responsables del intento de soborno serían despedidos.

Las acciones de la empresa de Julio C. Arana empezaron a caer en la Bolsa de Londres. Y, aunque ello se debía en parte a la competencia que ahora hacían al caucho amazónico las flamantes exportaciones de caucho procedente de las colonias británicas del Asia —Singapur, Malasia, Java, Sumatra y Ceilán—, sembrado allá con retoños sacados de la Amazonía en una audaz operación de contrabando por el científico y aventurero inglés Henry Alexander Wickham, el hecho neurálgico del derrumbe de la Peruvian Amazon Company fue la mala imagen que adquirió ante la opinión pública y los medios financieros a raíz de la publicación del *Libro Azul*. El Lloyd's le cortó el crédito. En toda Europa y Estados Unidos muchos bancos siguieron este ejemplo. El boicot al jebe de la Peruvian Amazon Company promovido por la Sociedad contra la Esclavitud y otras organizaciones privó a la Compañía de muchos clientes y asociados.

El puntillazo contra el imperio de Julio C. Arana lo dio la instalación, en la Cámara de los Comunes, el 14 de marzo de 1912, de un comité especial para investigar la responsabilidad de la Peruvian Amazon Company en las atrocidades del Putumayo. Conformado por quince miembros, presidido por un prestigioso parlamentario, Charles Roberts, sesionó quince meses. En treinta y seis sesiones, veintisiete testigos fueron interrogados en audiencias públicas llenas de periodistas, políticos, miembros de sociedades laicas y religiosas, entre ellas la Sociedad contra la Esclavitud y su presidente, el misionero John Harris. Diarios y revistas informaron con profusión sobre las reuniones y hubo abundantes artículos, caricaturas, chismes y chascarrillos comentándolas.

El testigo más esperado y cuya presencia concitó más público fue sir Roger Casement. Estuvo ante la comisión el 13 de noviembre y el 11 de diciembre de 1912. Describió con precisión y sobriedad lo que había visto con sus propios ojos en las caucherías: los cepos, el gran instrumento de tortura en todos los campamentos, las espaldas con las cicatrices de las flagelaciones, los látigos y fusiles Winchester que llevaban consigo los capataces de estaciones y los «muchachos» o «racionales» encargados de mantener el orden y de asaltar a las tribus en las «correrías» y el régimen de esclavitud, sobreexplotación y hambruna a que estaban sometidos los indígenas. Sintetizó, luego, los testimonios de los barbadenses, cuya veracidad, señaló, estaba garantizada por el hecho de que casi todos habían reconocido ser autores de torturas y asesinatos. A pedido de los miembros de la comisión, explicó asimismo el sistema maquiavélico imperante: que los jefes de secciones no recibieran salarios sino comisiones por el caucho recogido, lo que los inducía a exigir más y más de los recogedores para aumentar sus ganancias.

En su segunda comparecencia, Roger ofreció un espectáculo. Ante las miradas sorprendidas de los parlamentarios, fue sacando de una gran bolsa que cargaban dos ujieres, objetos que había adquirido en los almacenes de la Peruvian Amazon Company en el Putumayo. Demostró cómo eran esquilmados los braceros indios a quienes, para tenerlos siempre como deudores, la Compañía les vendía a crédito, a precios varias veces más altos que en Londres, objetos para el trabajo, la vida doméstica o chucherías de adorno. Exhibió una vieja escopeta de un solo cañón cuyo precio en La Chorrera era de 45 chelines. Para pagar esta suma un huitoto o un bora hubieran debido trabajar dos años, en caso les pagaran lo que ganaba un barrendero de Iquitos. Iba enseñando camisas de crudo, pantalones de dril, abalorios de colores, cajitas con pólvora, correas de pitas, trompos, lámparas de aceite, sombreros de paja cruda, ungüentos para picaduras, voceando los precios en que estos utensilios se podían adquirir en Inglaterra. Los ojos de los parlamentarios se abrían, con indignación y espanto. Fue todavía peor cuando sir Roger hizo desfilar ante Charles Roberts y demás miembros de la comisión decenas de fo-

tografías tomadas por él mismo en El Encanto, La Chorrera y demás estaciones del Putumayo: allí estaban las
espaldas y nalgas con la «marca de Arana» en forma de
cicatrices y llagas, los cadáveres mordidos y picoteados
pudriéndose entre la maleza, la increíble flacura de hombres,
mujeres y niños que pese a su delgadez esquelética llevaban
sobre la cabeza grandes chorizos de caucho solidificado, los
vientres hinchados por los parásitos de recién nacidos a punto de morir. Las fotos eran un inapelable testimonio de la
condición de unos seres que vivían casi sin alimentarse y
maltratados por gentes ávidas cuyo único designio en la vida
era extraer más caucho aunque para ello pueblos enteros
debieran morir de consunción.

  Un aspecto patético de las sesiones fue el interrogatorio de los directores británicos de la Peruvian Amazon
Company, donde brilló por su pugnacidad y sutileza el
irlandés Swift McNeill, el veterano parlamentario por
South Donegal. Éste probó sin la sombra de una duda que
destacados hombres de negocios, como Henry M. Read y
John Russell Gubbins, estrellas de la sociedad londinense
y aristócratas o rentistas, como sir John Lister-Kaye y el
Barón de Souza-Deiro, estaban totalmente desinformados
sobre lo que ocurría en la Compañía de Julio C. Arana, a
cuyos directorios asistían y cuyas actas firmaban, cobrando gruesas sumas de dinero. Ni siquiera cuando el semanario *Truth* comenzó a publicar las denuncias de Benjamín
Saldaña Roca y de Walter Hardenburg se preocuparon de
averiguar qué había de cierto en aquellas acusaciones. Se
contentaron con los descargos que Abel Larco o el propio
Julio C. Arana les daban y que consistían en acusar a los
acusadores de chantajistas resentidos pues no habían recibido de la Compañía el dinero que pretendían sacarle mediante amenazas. Ninguno se preocupó de verificar sobre
el terreno si la empresa a la que daban el prestigio de su
nombre cometía esos crímenes. Peor todavía, ni uno solo
se había tomado el trabajo de examinar los papeles, cuen-

tas, informes y correspondencia de una compañía en la que aquellas fechorías habían dejado trazas en los archivos. Pues, por increíble que pareciera, Julio C. Arana, Abel Larco y demás jerarcas se sentían tan seguros hasta el estallido del escándalo que no disimularon en sus libros las huellas de los atropellos: por ejemplo, no pagar salarios a los braceros indígenas y gastar enormes cantidades de dinero comprando látigos, revólveres y fusiles.

Un momento de subido dramatismo tuvo lugar cuando Julio C. Arana se presentó a declarar ante la comisión. Su primera aparición debió aplazarse, porque su esposa Eleonora, que estaba en Ginebra, sufrió un trauma nervioso a causa de la tensión en la que vivía una familia que, después de haber escalado las más altas posiciones, veía ahora desmoronarse su situación a toda carrera. Arana entró a la Cámara de los Comunes vestido con su elegancia acostumbrada y tan pálido como las víctimas de las fiebres palúdicas de la Amazonía. Apareció rodeado de ayudantes y consejeros, pero en la sala de audiencias sólo se le permitió estar con su abogado. Al principio se mostró sereno y arrogante. A medida que las preguntas de Charles Roberts y del viejo Swift McNeill iban acorralándolo, empezó a incurrir en contradicciones y traspiés, que su traductor hacía lo imposible por atemperar. Provocó la hilaridad del público cuando, a una pregunta del presidente de la comisión —¿por qué había tantos fusiles Winchester en las estaciones del Putumayo?, ¿para las «correrías» o asaltos a las tribus a fin de llevarse a la gente a las caucherías?—, respondió: «No señor, para defenderse de los tigres que abundan por la región». Trataba de negarlo todo, pero de pronto reconocía que, sí, cierto, alguna vez había oído que una mujer indígena fue quemada viva. Sólo que hacía de eso mucho tiempo. Los abusos, si se habían cometido, eran siempre cosa del pasado.

El máximo desconcierto del cauchero ocurrió cuando trataba de descalificar el testimonio de Walter Hardenburg, acusando al norteamericano de haber falsificado una letra de cambio en Manaos. Swift McNeill lo interrumpió para preguntarle si se atrevería a llamar «falsificador» en persona a Hardenburg, a quien se creía viviendo en Canadá. «Sí», respondió Arana. «Hágalo, entonces», repuso McNeill. «Aquí lo tiene.» La llegada de Hardenburg provocó una conmoción en la sala de audiencias. Aconsejado por su abogado, Arana se desdijo y aclaró que no acusaba a Hardenburg, sino a «alguien» de haber cambiado una letra en un banco de Manaos que resultó falsa. Hardenburg demostró que todo ello fue una emboscada para desprestigiarlo tendida por la Compañía de Arana, valiéndose de un sujeto de malos antecedentes llamado Julio Muriedas, que en la actualidad estaba preso en Pará por estafador.

A partir de ese episodio, Arana se derrumbó. Se limitó a dar respuestas vacilantes y confusas a todas las preguntas, delatando su malestar y sobre todo la falta de veracidad como el rasgo más evidente de su testimonio.

En plenos trabajos de la comisión parlamentaria se abatió sobre el empresario una nueva catástrofe. El juez Swinfen Eady, de la Corte Superior de Justicia, a pedido de un grupo de accionistas decretó el cese inmediato de los negocios de la Peruvian Amazon Company. El juez declaraba que la Compañía obtenía beneficios «de recolectar caucho de la manera más atroz que cabe imaginar» y que «si el señor Arana no sabía lo que ocurría, su responsabilidad era todavía más grave, pues él, más que nadie, tenía la obligación absoluta de saber lo que pasaba en sus dominios».

El informe final de la comisión parlamentaria no resultó menos lapidario. Concluyó que: «El señor Julio C. Arana, al igual que sus socios, tuvo conocimiento y es por tanto el principal responsable de las atrocidades perpetradas por sus agentes y empleados en el Putumayo».

Cuando la comisión hizo público su informe, que selló el desprestigio final de Julio C. Arana y precipitó la ruina del imperio que había hecho de este humilde vecino de Rioja un hombre rico y poderoso, Roger Casement había empezado ya a olvidarse de la Amazonía y el Putumayo. Los asuntos de Irlanda habían vuelto a ser su principal preocupación. Luego de tomar unas cortas vacaciones, el Foreign Office le propuso que regresara al Brasil como cónsul general en Río de Janeiro y él aceptó en principio. Pero fue alargando la partida, y, aunque para ello daba al Ministerio y se daba a sí mismo pretextos diversos, la verdad era que en el fondo de su corazón ya había decidido que no volvería a servir como diplomático ni en ningún otro cargo a la Corona británica. Quería recuperar el tiempo perdido, volcar su inteligencia y energía en luchar por lo que sería desde ahora el designio excluyente de su vida: la emancipación de Irlanda.

Por eso, siguió de lejos, sin interesarse demasiado, los avatares finales de la Peruvian Amazon Company y su propietario. Que, en las sesiones de la comisión, hubiera quedado claro, por confesión propia del gerente general, Henry Lex Gielgud, que la empresa de Julio C. Arana no poseía título de propiedad alguno sobre las tierras del Putumayo y que las explotaba sólo «por derecho de ocupación», hizo que la desconfianza de los bancos y demás acreedores aumentara. De inmediato presionaron a su propietario exigiéndole cumplir con los pagos y compromisos pendientes (sólo con instituciones de la City sus deudas ascendían a más de doscientas cincuenta mil libras esterlinas). Llovieron sobre él amenazas de embargo y remate judicial de sus bienes. Haciendo protestas públicas de que, para salvar su honor, pagaría hasta el último centavo, Arana puso en venta su palacete londinense de Kensington Road, su mansión de Biarritz y su casa de Ginebra. Pero, como lo obtenido por esas ventas no fue suficiente para aplacar a sus acreedores, éstos consiguieron órdenes judiciales de congelar sus ahorros y cuentas bancarias en Inglaterra. Al mismo tiempo que su fortuna personal se desintegraba, la declinación de sus negocios seguía imparable. La caída del precio del caucho amazónico por la competencia del asiático fue paralela a la decisión de muchos importadores europeos y norteamericanos de no volver a comprar caucho peruano hasta que quedara probado, por una comisión internacional independiente, que habían cesado el trabajo esclavo, las torturas y asaltos a las tribus y que en las estaciones caucheras se pagaba salarios a los indígenas recogedores de látex y se respetaban las leyes laborales vigentes en Inglaterra y en Estados Unidos.

No hubo ocasión de que estas quiméricas exigencias pudieran ser siquiera intentadas. La huida de los principales capataces y jefes de las estaciones del Putumayo, atemorizados con la idea de ser encarcelados, puso en un estado de anarquía absoluta a toda la región. Muchos indígenas —comunidades enteras— aprovecharon también para escapar, con lo cual la extracción del caucho se redujo a su mínima expresión y pronto cesó totalmente. Los fugitivos habían partido saqueando almacenes y oficinas y llevándose todo lo valioso, armas y víveres principalmente. Luego se supo que la empresa, asustada con la posibilidad de que esos asesinos prófugos se convirtieran, en posibles juicios futuros, en testigos de cargo contra ella, les entregó elevadas sumas para facilitarles la fuga y comprar su silencio.

Roger Casement siguió el desmoronamiento de Iquitos por las cartas de su amigo George Michell, el cónsul británico. Éste le contó cómo se cerraban hoteles, restaurantes y las tiendas donde antes se vendían artículos importados de París y de New York, cómo el champagne que antes se descorchaba con tanta generosidad desaparecía como por arte de magia al igual que el whiskey, el cognac, el oporto y el vino. En las cantinas y prostíbulos circulaban ahora sólo el aguardiente que rascaba la garganta y bebedizos de sospechosa procedencia, supuestos afrodisíacos que, a menudo, en vez de atizar los deseos sexuales, hacían el efecto de dinamitazos en el estómago de los incautos.

Al igual que en Manaos, el derrumbe de la Casa Arana y del caucho produjo en Iquitos una crisis generalizada tan veloz como la prosperidad que por tres lustros había vivido la ciudad. Los primeros en emigrar fueron los extranjeros —comerciantes, exploradores, traficantes, dueños de tabernas, profesionales, técnicos, prostitutas, cafiches y alcahuetas—, que retornaron a sus países o partieron en busca de tierras más propicias que esta que se hundía en la ruina y el aislamiento.

La prostitución no desapareció, pero cambió de agentes. Se eclipsaron las prostitutas brasileñas y las que decían ser «francesas» y que en verdad solían ser polacas, flamencas, turcas o italianas, y las reemplazaron cholas e indias, muchas de ellas niñas y adolescentes que habían trabajado como domésticas y perdido el empleo porque los dueños partieron también en pos de mejores vientos o porque con la crisis económica ya no podían vestirlas ni darles de comer. El cónsul británico, en una de sus cartas, hacía una patética descripción de esas indiecitas quinceañeras, esqueléticas, paseándose por el malecón de Iquitos pintarrajeadas como payasos en busca de clientes. Se esfumaron periódicos y revistas y hasta el boletín semanal que anunciaba la salida y llegada de los barcos porque el transporte fluvial, antes tan intenso, fue disminuyendo hasta casi cesar. El hecho que selló el aislamiento de Iquitos, su ruptura con ese ancho mundo con el que a lo largo de unos quince años tuvo tan intenso comercio, fue la decisión de la Booth Line de ir reduciendo progresivamente el tráfico de sus líneas de mercancías y pasajeros. Cuando cesó del todo el movimiento de barcos, el cordón umbilical que unía Iquitos al mundo se cortó. La capital de Loreto hizo un viaje hacia atrás en el tiempo. En pocos años volvió a ser un pueblo perdido y olvidado en el corazón de la llanura amazónica.

Un día, en Dublín, Roger Casement, que había
ido a ver a un médico por los dolores de la artritis, al cruzar el césped húmedo de St. Stephen's Green divisó a un
franciscano que le hacía adiós. Era uno de los cuatro misioneros —los curas obreros— que habían partido al Putumayo a establecer una misión. Se sentaron a conversar
en una banca, junto al estanque de los patos y cisnes. La
experiencia de los cuatro religiosos había sido muy dura.
La hostilidad que encontraron en Iquitos de parte de las
autoridades, que obedecían órdenes de la Compañía de
Arana, no los arredró —tuvieron la ayuda de los padres
agustinos—, ni tampoco los ataques de malaria ni las picaduras de los insectos que, en los primeros meses en el
Putumayo, pusieron a prueba su espíritu de sacrificio. Pese
a los obstáculos y percances, consiguieron instalarse en
los alrededores de El Encanto, en una cabaña semejante a las
que construían los huitotos en sus campamentos. Sus relaciones con los indígenas, luego de un comienzo en que
éstos se mostraron hoscos y recelosos, habían sido buenas
y hasta cordiales. Los cuatro franciscanos se pusieron a
aprender el huitoto y el bora y levantaron una rústica iglesia al aire libre, con un techo de hojas de palmera sobre el
altar. Pero, de pronto, sobrevino esa fuga generalizada de
gentes de toda condición. Jefes y empleados, artesanos y
guardianes, indios domésticos y braceros fueron marchán-
dose como expulsados por alguna fuerza maligna o una
peste de pánico. Al quedarse solos, la vida de los cuatro
franciscanos se hizo cada día más difícil. Uno de ellos, el
padre McKey, contrajo el beriberi. Entonces, después de
largas discusiones, optaron también por partir de ese lugar
que parecía víctima de una maldición divina.

El regreso de los cuatro franciscanos fue un viaje
homérico y un vía crucis. Con la merma radical de las
exportaciones de caucho, el desorden y despoblamiento
de las estaciones, el único medio de transporte para salir del
Putumayo, que eran los barcos de la Peruvian Amazon

Company, sobre todo el *Liberal,* se interrumpió de la noche a la mañana, sin previo aviso. De modo que los cuatro misioneros quedaron separados del mundo, varados en un lugar abandonado y con un enfermo grave. Cuando el padre McKey falleció, sus compañeros lo enterraron en un montículo y pusieron en su tumba una inscripción en cuatro lenguas: gaélico, inglés, huitoto y español. Luego, partieron, a la buena de Dios. Unos indígenas los ayudaron a bajar por el Putumayo en piragua hasta su encuentro con el Yavarí. En la larga travesía la balsa zozobró un par de veces y tuvieron que alcanzar las orillas nadando. Así perdieron las pocas pertenencias que tenían. En el Yavarí, después de larga espera, un barco aceptó llevarlos hasta Manaos a condición de que no ocuparan camarotes. Durmieron en la cubierta y, con las lluvias, el mayor de los tres misioneros, el padre O'Nety, enfermó de pulmonía. En Manaos, por fin, dos semanas más tarde, encontraron un convento franciscano que los acogió. Allí falleció, pese a los cuidados de sus compañeros, el padre O'Nety. Fue enterrado en el cementerio del convento. Los dos supervivientes, luego de reponerse de la desastrosa peripecia, fueron repatriados a Irlanda. Ahora, habían retomado su tarea entre los trabajadores industriales de Dublín.

Roger permaneció un buen rato sentado bajo los frondosos árboles de St. Stephen's Green. Trató de imaginar cómo habría quedado toda aquella inmensa región del Putumayo con la desaparición de las estaciones, la huida de los indígenas y de los empleados, guardianes y asesinos de la Compañía de Julio C. Arana. Cerrando los ojos, fantaseó. La fecunda naturaleza iría cubriendo con arbustos, lianas, matorrales, maleza, todos los descampados y claros y, al renacer el bosque, retornarían los animales a hacer allí sus escondrijos. El lugar se llenaría de cantos de pájaros, silbidos y gruñidos y chillidos de loros, monos, serpientes, ronsocos, paujiles y jaguares. Con las lluvias y derrumbes, en pocos años no quedaría huella de esos campamentos donde la codicia y la crueldad humanas habían causado tantos sufrimientos, mutilaciones y muertes. La madera de las construcciones se iría pudriendo con las lluvias y las casas desplomando con sus maderas devoradas por las termitas. Toda clase de bichos harían madrigueras y refugios entre los escombros. En un futuro no muy lejano toda huella humana habría sido borrada por la selva.

Irlanda

XIII

Se despertó, entre asustado y sorprendido. Porque, en la confusión que eran sus noches, en ésta lo había tenido sobresaltado y tenso durante el sueño el recuerdo de su amigo —ex amigo ahora— Herbert Ward. Pero, no allá en el África, donde se habían conocido cuando ambos trabajaban en la expedición de sir Henry Morton Stanley, ni después, en París, donde Roger había ido a visitar a Herbert y Sarita varias veces, sino en las calles de Dublín y nada menos que en medio del estruendo, las barricadas, los tiroteos, los cañonazos y el gran sacrificio colectivo de Semana Santa. ¡Herbert Ward en medio de los alzados irlandeses, los Irish Volunteers y el Irish Citizen Army, peleando por la independencia de Eire! ¿Cómo podía la mente humana entregada al sueño armar fantasías tan absurdas?

Recordó que hacía pocos días el gabinete británico se había reunido sin tomar decisión alguna sobre el pedido de clemencia. Se lo había hecho saber su abogado, George Gavan Duffy. ¿Qué sucedía? ¿Por qué esta nueva postergación? Gavan Duffy veía en ello una buena señal: había disensiones entre los ministros, no lograban la unanimidad indispensable. Había, pues, esperanzas. Pero esperar era seguir muriendo muchas veces cada día, cada hora, cada minuto.

Recordar a Herbert Ward lo apenó. Ya no serían amigos nunca más. La muerte de su hijo Charles, tan joven, tan apuesto, tan sano, en el frente de Neuve Chapelle, en enero de 1916, había abierto entre ambos un abismo que ya nada cerraría. Herbert era el único amigo de verdad que había hecho en el África. Desde el primer momento vio en este hombre algo mayor que él, de personalidad descollante, que había recorrido medio mundo —Nueva Zelanda, Australia, San Francisco, Borneo—, de cultura muy superior a la de todos los europeos que los rodeaban, incluido Stanley, alguien junto a quien aprendía muchas cosas y con quien compartía inquietudes y anhelos. A diferencia de los otros europeos reclutados por Stanley para esa expedición al servicio de Leopoldo II, que sólo aspiraban a obtener del África dinero y poder, Herbert amaba la aventura por la aventura. Era un hombre de acción pero tenía pasión por el arte y se acercaba a los africanos con una curiosidad respetuosa. Indagaba por sus creencias, sus costumbres y sus objetos religiosos, sus vestuarios y adornos, que a él le interesaban desde el punto de vista estético y artístico, pero también intelectual y espiritual. Ya entonces, en sus ratos libres, Herbert dibujaba y hacía pequeñas esculturas con motivos africanos. En sus largas conversaciones al anochecer, cuando armaban las carpas, preparaban el rancho y se disponían a descansar de las marchas y trabajos de la jornada, confiaba a Roger que algún día dejaría todos estos quehaceres para dedicarse a ser sólo un escultor y llevar vida de artista, en París, «la capital mundial del arte». Ese amor al África no lo abandonó nunca. Por el contrario, la distancia y los años lo habían aumentado. Recordó la casa londinense de los Ward, Chester Square 53, llena de objetos africanos. Y, sobre todo, su estudio de París con las paredes cubiertas de lanzas, jabalinas, flechas, escudos, máscaras, remos y cuchillos de todas las formas y tamaños. Entre las cabezas de fieras disecadas por el suelo y las pieles de animales recubriendo los sillones de cuero, habían pasado noches enteras recordando sus viajes por el África. Francis, la hija de los Ward, a la que apodaban *Cricket* (Grillo), todavía una niña, se vestía a veces con túnicas, collares y adornos nativos y bailaba una danza bakongo que sus padres acompañaban con palmadas y una melopea monótona.

Herbert fue una de las escasas personas a quien Roger confió su decepción con Stanley, con Leopoldo II, con la idea que lo trajo al África: que el Imperio y la colonización abrirían a los africanos el camino de la modernización y el progreso. Herbert coincidió totalmente con él, al comprobar que la verdadera razón de la presencia de los europeos en el África no era ayudar al africano a salir del paganismo y la barbarie, sino explotarlo con una codicia que no conocía límites para el abuso y la crueldad.

Pero Herbert Ward nunca tomó muy en serio la progresiva conversión de Roger a la ideología nacionalista. Solía burlarse de él, a la manera cariñosa que le era propia, alertándolo contra el patriotismo de oropel —banderas, himnos, uniformes— que, le decía, representaba siempre, a la corta o a la larga, un retroceso hacia el provincialismo, el espíritu de campanario y la distorsión de los valores universales. Sin embargo, ese ciudadano del mundo, como Herbert gustaba llamarse, ante la violencia desmesurada de la guerra mundial había reaccionado refugiándose también en el patriotismo como tantos millones de europeos. La carta en la que rompía su amistad con él estaba llena de ese sentimiento patriótico del que antes se burlaba, de ese amor a la bandera y al terruño que antes le parecía primario y despreciable. Imaginarse a Herbert Ward, ese inglés parisino, enredado con los hombres del Sinn Fein de Arthur Griffith, del Ejército del Pueblo de James Connolly y los Voluntarios de Patrick Pearse, luchando en las calles de Dublín por la independencia de Irlanda, vaya disparate. Y, sin embargo, mientras esperaba el amanecer tendido en el estrecho camastro de su celda, Roger se dijo que, después de todo, había algo de razón en el fondo de aquella sinrazón, pues, en el sueño, su mente había tratado de reconciliar dos cosas que quería y añoraba: su amigo y su país.

Temprano en la mañana, el *sheriff* vino a anunciarle visita. Roger sintió que se le aceleraba el corazón al entrar al locutorio y divisar, sentada en el único banquito de la estrecha habitación, a Alice Stopford Green. Al verlo, la historiadora se puso de pie y se acercó sonriendo a abrazarlo.

—Alice, Alice querida —le dijo Roger—. ¡Qué alegría verte de nuevo! Creí que no nos veríamos otra vez. Por lo menos en este mundo.

—No fue fácil conseguir este segundo permiso —dijo Alice—. Pero, ya ves, mi terquedad terminó por convencerlos. No sabes a cuántas puertas llamé.

Su vieja amiga, que acostumbraba vestirse con estudiada elegancia, llevaba ahora, a diferencia de la visita anterior, un vestido ajado, un pañuelo atado de cualquier manera en la cabeza del que se escapaban unas mechas grises. Calzaba unos zapatos embarrados. No sólo su atuendo se había empobrecido. Su expresión denotaba cansancio y desánimo. ¿Qué le había ocurrido en estos días para semejante cambio? ¿Había vuelto a molestarla Scotland Yard? Ella negó, alzando los hombros, como si aquel viejo episodio no tuviera importancia. Alice no le tocó el tema del pedido de clemencia y su postergación hasta el próximo Consejo de Ministros. Roger, suponiendo que no se sabía aún nada al respecto, tampoco lo mencionó. Más bien le contó el absurdo sueño que había tenido, imaginando a Herbert Ward confundido con los rebeldes irlandeses en medio de las refriegas y combates de Semana Santa, en el centro de Dublín.

—Poco a poco se van filtrando más noticias de cómo ocurrieron las cosas —dijo Alice y Roger notó que la voz de su amiga se entristecía y enfurecía a la vez. Y advirtió también que, al escuchar que se hablaba de la insurrección irlandesa, el *sheriff* y el guardia que permanecían junto a ellos dándoles las espaldas se ponían rígidos y, sin duda, aguzaban el oído. Temió que el *sheriff* les advirtiera que estaba prohibido hablar de este tema, pero no lo hizo.

—¿Entonces has sabido algo más, Alice? —preguntó, bajando su voz hasta convertirla en un murmullo.

Vio que la historiadora palidecía un poco a la vez que asentía. Guardó largo silencio antes de contestar, como preguntándose si debía perturbar a su amigo abordando un tema doloroso para él o como si, más bien, tuviera tantas cosas que decir al respecto que no supiera por dónde comenzar. Al fin, optó por responderle que, aunque había oído y seguía oyendo muchas versiones sobre lo que se vivió en Dublín y algunas otras ciudades de Irlanda la semana del Alzamiento —cosas contradictorias, hechos mezclados con fantasías, mitos, realidades y exageraciones e invenciones, como ocurría cuando algún acontecimiento soliviantaba a todo un pueblo—, ella daba mucho crédito sobre todo al testimonio de Austin, un sobrino suyo, fraile capuchino, recién venido a Londres. Era una fuente de primera mano, pues él estuvo allí, en Dublín, en plena refriega, de enfermero y asistente espiritual, yendo del General Post Office (GPO), el cuartel general desde el que Patrick Pearse y James Connolly dirigían el levantamiento, a las trincheras de St. Stephen's Green, donde comandaba las acciones la condesa Constance Markievicz, con un pistolón de bucanero y su impecable uniforme de Voluntario, a las barricadas erigidas en la Jacob's Biscuit Factory (Fábrica de Galletas Jacob) y a los locales del Boland's Mill (Molino de Boland) ocupados por los rebeldes al mando de Éamon de Valera, antes de que las tropas inglesas los cercaran. El testimonio de fray Austin, le parecía a Alice, era el que probablemente se acercaba más a esa inalcanzable verdad que sólo desvelarían del todo los historiadores futuros.

Hubo otro largo silencio que Roger no osó interrumpir. Hacía sólo unos días que no la veía pero Alice parecía haber envejecido diez años. Tenía arrugas en la frente y en el cuello y sus manos se habían llenado de pecas. Sus ojos tan claros ya no brillaban. La notó muy triste pero estaba seguro que Alice no lloraría delante de él. ¿Sería que le denegaron la clemencia y no se atrevía a decírselo?

—Lo que más recuerda mi sobrino —añadió Alice— no son los tiroteos, las bombas, los heridos, la sangre, las llamas de los incendios, el humo que no los dejaba respirar, sino, ¿sabes qué, Roger?, la confusión. La inmensa, la enorme confusión que reinó toda la semana en los reductos de los revolucionarios.

—¿La confusión? —repitió Roger, muy bajito. Cerrando los ojos, trató de verla, de oírla y sentirla.

—La inmensa, la enorme confusión —repitió una vez más Alice, con énfasis—. Estaban dispuestos a hacerse matar, y, al mismo tiempo, vivieron momentos de euforia. Momentos increíbles. De orgullo. De libertad. Aunque ninguno de ellos, ni los jefes, ni los militantes, supieran nunca exactamente lo que estaban haciendo ni lo que querían hacer. Eso dice Austin.

—¿Sabían al menos por qué no habían llegado las armas que esperaban? —murmuró Roger, al advertir que Alice se enfrascaba una vez más en un largo silencio.

—No sabían nada de nada. Entre ellos se decían las cosas más fantásticas. Nadie podía desmentirlas, porque nadie sabía cuál era la verdadera situación. Circulaban rumores extraordinarios a los que todos daban crédito, porque necesitaban creer que había una salida a la situación desesperada en que se encontraban. Que un Ejército alemán estaba acercándose a Dublín, por ejemplo. Que habían desembarcado compañías, batallones, en distintos puntos de la isla y avanzaban hacia la capital. Que, en el interior, en Cork, en Galway, en Wexford, en Meath, en Tralee, en todas partes, incluido el Ulster, los Voluntarios y el Citizen Army se habían alzado por millares, ocupado cuarteles y puestos policiales y avanzaban desde todas direcciones hacia Dublín, con refuerzos para los sitiados. Peleaban medio muertos de sed y de hambre, ya casi sin municiones, y tenían todas sus esperanzas puestas en la irrealidad.

—Yo sabía que iba a ocurrir eso —dijo Roger—. No llegué a tiempo para detener esa locura. Ahora, la libertad de Irlanda está más lejos que nunca, otra vez.

—Eoin MacNeill trató de atajarlos, cuando se enteró —dijo Alice—. El comando militar del IRB lo tuvo en tinieblas sobre los planes del Alzamiento, porque estaba en contra de una acción armada si no había apoyo alemán. Cuando supo que el mando militar de los Voluntarios, el IRB y el Irish Citizen Army habían convocado a la gente para maniobras militares el Domingo de Ramos, dio una contraorden prohibiendo aquella marcha y que las compañías de Voluntarios salieran a la calle si no recibían otras instrucciones firmadas por él. Esto sembró una gran confusión. Centenares, millares de Voluntarios se quedaron en sus casas. Muchos trataron de contactar a Pearse, a Connolly, a Clarke, pero no lo consiguieron. Después, los que obedecieron la contraorden de MacNeill tuvieron que cruzarse de brazos mientras los que la desobedecieron se hacían matar. Por eso, ahora, muchos Sinn Fein y Voluntarios odian a MacNeill y lo consideran un traidor.

Calló de nuevo y Roger se distrajo. ¡Eoin MacNeill un traidor! ¡Vaya estupidez! Imaginó al fundador de la Liga Gaélica, al editor del *Gaelic Journal*, uno de los fundadores de los Irish Volunteers, que había dedicado su vida a luchar por la supervivencia de la lengua y la cultura irlandesas, acusado de traicionar a sus hermanos por querer impedir aquel levantamiento romántico condenado al fracaso. En la cárcel donde lo habían encerrado sería objeto de vejámenes, acaso de ese hielo despectivo con que los patriotas irlandeses castigaban a los tibios y a los cobardes. Cómo se sentiría de mal ese profesor universitario manso y culto, lleno de amor por la lengua, las costumbres y las tradiciones de su país. Se torturaría a sí mismo, preguntándose «¿Hice mal dando aquella contraorden? ¿Yo, que sólo quería salvar vidas, he contribuido más bien al fracaso de la rebelión

sembrando el desorden y la división entre los revolucionarios?». Se sintió identificado con Eoin MacNeill. Ambos se
parecían en las contradictorias posiciones en que la Historia
y las circunstancias los habían colocado. ¿Qué habría ocurrido si, en vez de ser detenido en Tralee, hubiera llegado a
hablar con Pearse, con Clarke y los otros dirigentes del mando militar? ¿Los habría convencido? Probablemente, no.
Y, ahora, acaso, dirían también de él que era un traidor.

—Estoy haciendo algo que no debería, querido
—dijo Alice, forzando una sonrisa—. Dándote sólo las
malas noticias, la visión pesimista.

—¿Puede haber otra después de lo ocurrido?

—Sí, la hay —afirmó la historiadora, con voz animosa y ruborizándose—. Yo también estuve en contra de
este Alzamiento, en estas condiciones. Y, sin embargo...

—¿Sin embargo qué, Alice?

—Por unas horas, por unos días, toda una semana,
Irlanda fue un país libre, querido —dijo ella, y a Roger le
pareció que Alice temblaba, conmovida—. Una República
independiente y soberana, con un presidente y un Gobierno
Provisional. Austin no había llegado allí aún cuando Patrick
Pearse salió de la Oficina de Correos y, desde las gradas de
la explanada, leyó la Declaración de Independencia y la creación del Gobierno Constitucional de la República de Irlanda, firmada por los siete. No había mucha gente allí, parece.
Los que estuvieron y lo oyeron, debieron sentir algo muy
especial ¿no, querido? Yo estaba en contra, ya te lo he dicho.
Pero cuando leí ese texto me eché a llorar a gritos, como no
he llorado nunca. «En el nombre de Dios y de las generaciones muertas, de quienes recibe la vieja tradición de nacionalidad, Irlanda, por boca nuestra, convoca ahora a sus hijos
bajo su bandera y proclama su libertad...» Ya lo ves, me la
he aprendido de memoria, sí. Y he lamentado con todas mis
fuerzas no haber estado ahí, con ellos. ¿Lo entiendes, no?

Roger cerró los ojos. Veía la escena, nítida, vibrante.
En lo alto de las gradas de la Oficina General de Correos,

bajo un cielo encapotado que amenazaba con vaciarse en lluvia, ante ¿cien, doscientas? personas armadas de escopetas, revólveres, cuchillos, picas, garrotes, la mayoría hombres, pero también un buen número de mujeres con pañuelos en las cabezas, se erguía la figura delgada, esbelta, enfermiza, de Patrick Pearse, con sus treinta y seis años y su mirada acerada, impregnada de esa nietzschiana «voluntad de poder» que le había permitido siempre, sobre todo desde que a sus diecisiete años ingresó a la Liga Gaélica de la que pronto sería líder indiscutible, sobreponerse a todos los percances, la enfermedad, las represiones, las luchas internas, y materializar el sueño místico de toda su vida —el alzamiento armado de los irlandeses contra el opresor, el martirio de los santos que redimiría a todo un pueblo— leyendo, con esa voz mesiánica a la que la emoción del instante magnificaba, las palabras cuidadosamente elegidas que clausuraban siglos de ocupación y servidumbre e instauraban una nueva era en la Historia de Irlanda. Escuchó el silencio religioso, sagrado, que las palabras de Pearse deberían haber instalado en aquel rincón del centro de Dublín, todavía intacto porque aún no habían comenzado los tiros, y vio las caras de los Voluntarios que desde las ventanas del edificio de Correos y de los edificios vecinos de Sackville Street tomados por los rebeldes, se asomaban a contemplar la sencilla, solemne ceremonia. Escuchó la algarabía, los aplausos, vivas, hurras, con que, terminada la lectura de los siete nombres que firmaban la Declaración, fueron premiadas las palabras de Patrick Pearse por la gente de la calle, de las ventanas y los techos, y lo breve e intenso de aquel momento cuando el propio Pearse y los otros dirigentes lo clausuraron explicando que no había más tiempo que perder. Debían volver a sus puestos, cumplir con sus obligaciones, prepararse a pelear. Sintió que los ojos se le humedecían. Él también se había puesto a temblar. Para no llorar, dijo con precipitación:

—Debió ser emocionante, desde luego.

—Es un símbolo y la Historia está hecha de símbolos —asintió Alice Stopford Green—. No importa que hayan fusilado a Pearse, a Connolly, a Clarke, a Plunkett y demás firmantes de la Declaración de Independencia. Al contrario. Esos fusilamientos han bautizado con sangre a ese símbolo, dándole una aureola de heroísmo y martirio.

—Exactamente lo que querían Pearse, Plunkett —dijo Roger—. Tienes razón, Alice. También me habría gustado estar allí, con ellos.

A Alice la conmovía casi tanto como aquel acto en las escaleras externas del Post Office que tantas mujeres de la organización femenina de los rebeldes, Cumann na mBan, hubieran participado en la rebelión. Eso sí lo había visto con sus propios ojos el monje capuchino. En todos los reductos rebeldes, las mujeres fueron encargadas por los dirigentes de cocinar para los combatientes, pero luego, a medida que se desataban las refriegas, el peso mismo de la acción fue ampliando el abanico de responsabilidades de esas militantes de la Cumann na mBan, a las que los tiros, las bombas y los incendios arrancaron de las improvisadas cocinas y convirtieron en enfermeras. Vendaban a los heridos y ayudaban a los cirujanos a extraer balas, suturar heridas y amputar los miembros amenazados de gangrena. Pero, acaso, el papel más importante de esas mujeres —adolescentes, adultas, orillando la vejez— había sido el de correos, cuando, por el creciente aislamiento de las barricadas y puestos rebeldes, fue indispensable recurrir a las cocineras y enfermeras y enviarlas, pedaleando en sus bicicletas y, cuando éstas escasearon, a la velocidad de sus pies, a llevar y traer mensajes, informaciones orales o escritas (con instrucciones de destruir, quemar o comerse esos papeles si eran heridas o capturadas). Fray Austin aseguró a Alice que los seis días de la rebelión, en medio de los bombardeos y los tiroteos, las explosiones que derrumbaban techos, muros, balcones e iban convirtiendo el centro de Dublín en un archipiélago de incendios y montones de escombros chamuscados y sanguinolentos, nunca dejó de ver, yendo y viniendo prendidas del volante como unas amazonas a sus cabalgaduras, y pedaleando furiosamente, a esos ángeles con faldas, serenas, heroicas, impertérritas, desafiando las balas, con los mensajes y las informaciones que rompían la cuarentena que la estrategia del Ejército británico quería imponer a los rebeldes aislándolos antes de aplastarlos.

—Cuando ya no pudieron servir de correos, porque las tropas ocupaban las calles y la circulación era imposible, muchas tomaron los revólveres y los fusiles de sus maridos, padres y hermanos y pelearon también —dijo Alice—. No sólo Constance Markievicz mostró que no todas las mujeres pertenecemos al sexo débil. Muchas pelearon como ella y murieron o fueron heridas con las armas en la mano.

—¿Se sabe cuántas?

Alice negó con la cabeza.

—No hay cifras oficiales. Las que se mencionan son pura fantasía. Pero una cosa sí es segura. Pelearon. Lo saben los militares británicos que las detuvieron y las arrastraron al cuartel de Richmond y a la cárcel de Kilmainham. Querían someterlas a cortes marciales y fusilarlas también a ellas. Lo sé de muy buena fuente: un ministro. El gabinete británico se aterrorizó pensando, con razón, que si empezaban a fusilar mujeres Irlanda entera se levantaría en armas esta vez. El propio primer ministro Asquith telegrafió al jefe militar en Dublín, sir John Maxwell, prohibiéndole de manera terminante que se fusilara a una sola mujer. Por eso salvó su vida la condesa Constance Markievicz. La condenó a muerte una corte marcial pero le han conmutado la pena por prisión perpetua debido a la presión del Gobierno.

Sin embargo, no todo había sido entusiasmo, solidaridad y heroísmo entre la población civil de Dublín durante la semana de combates. El monje capuchino fue testigo de pillajes en las tiendas y almacenes de Sackville Street y otras calles del centro, cometidos por vagabundos, pícaros o simplemente miserables venidos de los barrios marginales vecinos, lo que puso en una situación difícil a los dirigentes del IRB, los Voluntarios y el Ejército del Pueblo que no habían previsto esta deriva delictuosa de la rebelión. En algunos casos, los rebeldes trataron de impedir los saqueos a los hoteles, incluso con disparos al aire para ahuyentar a los saqueadores que devastaban el Gresham Hotel, pero, en otros, los dejaron hacer, confundidos por la manera como esa gente humilde, hambrienta, por cuyos intereses creían estar luchando, se les enfrentaba con furia para que la dejaran desvalijar las tiendas elegantes de la ciudad.

No sólo los ladrones se enfrentaron a los rebeldes en las calles de Dublín. También muchas madres, esposas, hermanas e hijas de los policías y soldados a los que los alzados en armas habían atacado, herido o matado durante el Alzamiento, grupos a veces numerosos de hembras intrépidas, exaltadas por el dolor, la desesperación y la rabia. En algunos casos esas mujeres llegaron a lanzarse contra los reductos rebeldes, insultando, apedreando y escupiendo a los combatientes, maldiciéndolos y llamándolos asesinos. Ésa había sido la prueba más difícil para quienes creían tener de su parte la justicia, el bien y la verdad: descubrir que quienes se les enfrentaban no eran los perros de presa del Imperio, los soldados del Ejército de ocupación, sino humildes irlandesas, cegadas por el sufrimiento, que no veían en ellos a los libertadores de la patria, sino a los asesinos de los seres queridos, de esos irlandeses como ellos cuyo único delito era ser humildes y hacer el oficio de soldado o policía con que se ganaban siempre la vida los pobres de este mundo.

—Nada es blanco y negro, querido —comentó Alice—. Ni siquiera en una causa tan justa. También aquí aparecen esos grises turbios que todo lo nublan.

Roger asintió. Lo que su amiga acababa de decir se aplicaba a él. Por más que uno fuera precavido y planeara sus acciones con la mayor lucidez, la vida, más compleja que todos los cálculos, hacía estallar los esquemas y los reemplazaba por situaciones inciertas y contradictorias. ¿No era él un ejemplo viviente de esas ambigüedades? Sus interrogadores Reginald Hall y Basil Thomson creían que él vino de Alemania a ponerse a la cabeza del Alzamiento cuyos dirigentes le ocultaron hasta el último momento porque sabían que se oponía a una rebelión que no contara con las Fuerzas Armadas alemanas. ¿Se podía pedir más incongruencias?

¿Cundiría ahora la desmoralización entre los nacionalistas? Sus mejores cuadros estaban muertos, fusilados o en la cárcel. Reconstruir el movimiento independentista tardaría años. Los alemanes, en quienes tantos irlandeses, como él mismo, confiaban, les habían dado la espalda. Años de sacrificio y empeños dedicados a Irlanda, perdidos sin remedio. Y él aquí, en una cárcel inglesa, esperando el resultado de un pedido de clemencia que probablemente sería denegado. ¿No hubiera sido mejor morir allá, con esos poetas y místicos, pegando y recibiendo tiros? Su muerte habría tenido un sentido rotundo, en vez de lo equívoco que sería morir en la horca, como un delincuente común. «Poetas y místicos.» Eso eran y así habían actuado, eligiendo, como foco de la rebelión, no un cuartel o el Dublin Castle, la ciudadela del poder colonial, sino un edificio civil, el de Correos, recién remodelado. Una elección de ciudadanos civilizados, no de políticos ni militares. Querían conquistar a la población antes que derrotar a los soldados ingleses. ¿No se lo había dicho tan claramente Joseph Plunkett en sus discusiones de Berlín? Una rebelión de poetas y místicos ansiosos de martirio para sacudir a esas masas adormecidas que creían, como John Redmond, en la vía pacífica y la buena voluntad del Imperio para conseguir la libertad de Irlanda. ¿Eran ingenuos o videntes?

Suspiró y Alice le palmeó cariñosamente en el brazo:

—Es triste y exaltante hablar de esto ¿no, querido Roger?

—Sí, Alice. Triste y exaltante. A veces, siento una cólera muy grande por lo que hicieron. Otras veces, los envidio con toda mi alma y mi admiración por ellos no tiene límites.

—En verdad, no hago más que pensar en esto. Y en la falta que me haces, Roger —dijo Alice, cogiéndolo del brazo—. Tus ideas, tu lucidez, me ayudarían mucho a ver la luz en medio de tanta sombra. ¿Sabes una cosa? Ahora no, pero a medio plazo algo bueno resultará de todo lo ocurrido. Ya hay indicios.

Roger asintió, sin entender del todo lo que la historiadora quería decir.

—Por lo pronto, los partidarios de John Redmond pierden cada día más fuerza en toda Irlanda —añadió la historiadora—. Nosotros, que estábamos en minoría, hemos pasado a tener la mayoría del pueblo irlandés de nuestro lado. Te parecerá mentira, pero te juro que es así. Los fusilamientos, las cortes marciales, las deportaciones, nos están prestando un gran servicio.

Roger advirtió que el *sheriff,* siempre de espaldas, se movía, como si fuera a volverse hacia ellos para ordenar que callaran. Pero tampoco lo hizo esta vez. Alice parecía ahora optimista. Según ella, tal vez Pearse, Plunkett, no estuvieran tan descaminados. Porque cada día se multiplicaban en Irlanda las manifestaciones espontáneas de la gente, en la calle, en las iglesias, en las asociaciones vecinales, en los gremios, de simpatía con los mártires, los fusilados y los sentenciados a largas penas de prisión, y de hostilidad hacia policías y soldados del Ejército británico. Éstos eran objeto de insultos y vejámenes de los transeúntes al extremo de que el Gobierno militar dio instrucciones para que policías y soldados hicieran sus patrullas siempre en grupos, y, cuando no estaban de servicio, vistieran de paisano. Porque la hostilidad popular producía desmoralización entre las fuerzas del orden.

Según Alice, el cambio más notable se había producido en la Iglesia católica. La jerarquía y el grueso del clero se mostraron siempre más cerca de las tesis pacifistas, gradualistas y a favor del Home Rule para Irlanda, de John Redmond y sus seguidores del Irish Parliamentary Party, que del radicalismo separatista del Sinn Fein, la Liga Gaélica, el IRB y los Voluntarios. Pero, desde el Alzamiento, cambió. Quizás había influido en ello la conducta tan religiosa que mostraron los alzados durante la semana de combates. Los testimonios de los sacerdotes, entre ellos el de fray Austin, que estuvieron en las barricadas, edificios y locales convertidos en focos rebeldes eran terminantes: se habían celebrado misas, confesiones, comuniones, muchos combatientes habían pedido a los religiosos la bendición antes de empezar a disparar. En todos los reductos los alzados respetaron la prohibición terminante de los líderes de que se consumiera ni una gota de alcohol. En los períodos de calma, los rebeldes rezaban el rosario en voz alta, arrodillados. Ni uno solo de los ejecutados, incluso James Connolly, que se proclamaba socialista y tenía fama de ateo, había dejado de pedir el auxilio de un sacerdote antes de enfrentarse al pelotón. En una silla de inválido, con las heridas todavía sangrando de los balazos que recibió en los combates, Connolly fue fusilado luego de besar un crucifijo que le alcanzó el capellán de la cárcel de Kilmainham. Desde el mes de mayo, en toda Irlanda proliferaban las misas de Acción de Gracias y homenajes a los mártires de Semana Santa. No había domingo en que, en los sermones de la misa, los párrocos no exhortaran a los feligreses a rezar por el alma de los patriotas ejecutados y enterrados de manera clandestina por el Ejército británico. El jefe militar, sir John Maxwell, había hecho una protesta formal a la jerarquía católica, y, en vez de darle explicaciones, el obispo O'Dwyer justificó a sus párrocos acusando más bien al general de ser «un dictador militar» y de actuar de manera anticristiana con las ejecuciones y su negativa a devolver los cadáveres de los fusilados a las familias. Este último hecho, sobre todo, que el Gobierno militar, amparado en la supresión de garantías de la Ley Marcial, hubiera enterrado a escondidas a los patriotas para evitar que sus tumbas se convirtieran en centros de peregrinación republicana, causó una indignación que abrazaba a sectores que no habían visto hasta ahora con simpatía a los radicales.

—En resumen, los papistas ganan cada día más terreno y los nacionalistas anglicanos nos encogemos como *La piel de zapa,* esa novela de Balzac. Sólo falta que tú y yo también nos convirtamos al catolicismo, Roger —bromeó Alice.

—Yo prácticamente ya lo he hecho —repuso Roger—. Y no por razones políticas.

—Yo no lo haría nunca, no te olvides que mi padre era un clérigo de la Church of Ireland —dijo la historiadora—. Lo tuyo no me sorprende, lo veía venir desde hace tiempo. ¿Te acuerdas de las bromas que te hacíamos, en las tertulias en mi casa?

—Esas tertulias inolvidables —suspiró Roger—. Te voy a contar una cosa. Ahora, con tanto tiempo libre para pensar, muchos días he hecho ese balance: ¿dónde y cuándo fui más feliz? En las tertulias de los martes, en tu casa de Grosvenor Road, querida Alice. Nunca te lo dije, pero yo salía de esas reuniones en estado de gracia. Exaltado y feliz. Reconciliado con la vida. Pensando: «Qué lástima que no estudiara, que no pasara por la universidad». Oyéndolos a ti y a tus amigos me sentía tan lejos de la cultura como los nativos del África o de la Amazonía.

—A mí y a ellos nos pasaba algo parecido contigo, Roger. Envidiábamos tus viajes, tus aventuras, que hubieras vivido tantas vidas distintas en aquellos lugares. Se lo oí decir alguna vez a Yeats: «Roger Casement es el irlandés más universal que he conocido. Un verdadero ciudadano del mundo». Creo que nunca te lo conté.

Recordaron una discusión, hacía años, en París, sobre los símbolos, con Herbert Ward. Éste les había mostrado el vaciado reciente de una de sus esculturas de la que se sentía muy contento: un hechicero africano. En efecto, era una hermosa pieza, que, pese a su carácter realista, mostraba todo lo que había de secreto y misterioso en ese hombre con la cara llena de incisiones, armado de una escoba y de una calavera, consciente de esos poderes que le eran conferidos por las divinidades del bosque, de los arroyos y de las fieras y en quien hombres y mujeres de la tribu confiaban ciegamente para que los salvara de los conjuros, las enfermedades, los miedos y los comunicara con el más allá.

—Todos llevamos adentro a uno de estos ancestros —dijo Herbert, señalando al hechicero de bronce que, con los ojos entrecerrados, parecía extasiado en uno de esos sueños en que lo sumían los cocimientos de yerbas—. ¿La prueba? Los símbolos a los que rendimos culto con respeto reverencial. Los escudos, las banderas, las cruces.

Roger y Alice discutieron, alegando que los símbolos no debían ser vistos como anacronismos de la era irracional de la humanidad. Por el contrario, una bandera, por ejemplo, era el símbolo de una comunidad que se sentía solidaria y compartía creencias, convicciones, costumbres, respetando las diferencias y discrepancias individuales que no destruían sino fortalecían el denominador común. Ambos confesaron que ver flamear una bandera republicana de Irlanda siempre los conmovía. ¡Cómo se habían burlado Herbert y Sarita de ellos por esa frase!

Alice, cuando supo que, mientras Pearse leía la Declaración de Independencia, muchas banderas republicanas irlandesas se habían izado en los techos de la Oficina de Correos, del Liberty Hall y, luego, vio las fotos de los edificios ocupados por los rebeldes de Dublín como el

Hotel Metropole y el Hotel Imperial con banderas que el viento remecía en las ventanas y parapetos, había sentido que se le cerraba la garganta. Aquello tenía que haber provocado una felicidad ilimitada en quienes lo vivieron. Después se enteró también de que, en las semanas anteriores a la insurrección, las mujeres de la Cumann na mBan, el cuerpo auxiliar femenino de los Voluntarios, mientras éstos preparaban bombas caseras, cartuchos de dinamita, granadas, picas y bayonetas, ellas reunían medicinas, vendas, desinfectantes y cosían aquellas banderas tricolores que irrumpirían en la mañana del lunes 24 de abril en los techos del centro de Dublín. La casa de los Plunkett, en Kimmage, había sido la más activa fábrica de armas y de enseñas para el levantamiento.

—Ha sido un hecho histórico —afirmó Alice—. Nosotros abusamos de las palabras. Los políticos, sobre todo, aplican la palabra «histórico», «histórica», a cualquier tontería. Pero esas banderas republicanas en el cielo del viejo Dublín, lo fueron. Se recordará siempre con fervor. Un hecho histórico. Ha dado la vuelta al mundo, querido. En Estados Unidos lo publicaron en primera página muchos periódicos. ¿No te hubiera gustado verlo?

Sí, a él también le hubiera gustado ver aquello. Según Alice, cada vez más gente de la isla desafiaba la prohibición y colocaba banderas republicanas en el frontis de sus casas, incluso en Belfast y en Derry, ciudadelas probritánicas.

Por otra parte, pese a la guerra en el continente de la que llegaban cada día noticias inquietantes —las acciones producían números vertiginosos de víctimas y los resultados seguían siendo inciertos—, en la propia Inglaterra mucha gente se mostraba dispuesta a ayudar a los deportados de Irlanda por las autoridades militares. Centenares de hombres y mujeres considerados subversivos habían sido expulsados y estaban ahora diseminados por toda Inglaterra, con orden de arraigo en localidades apartadas y, la gran mayoría, sin recursos para sobrevivir. Alice, que pertenecía a asociaciones humanitarias que les enviaban dinero, víveres y ropas, dijo a Roger que no tenían dificultad en recolectar fondos y ayuda del público en general. También en esto la participación de la Iglesia católica había sido importante.

Entre los deportados, había decenas de mujeres. Muchas de ellas —con algunas, Alice había conversado personalmente— guardaban, en medio de su solidaridad, cierto rencor a los comandantes de la rebelión que pusieron dificultades a las mujeres para colaborar con los alzados. Sin embargo, casi todos, de buena o mala gana, habían terminado por admitirlas en los reductos y aprovecharlas. El único comandante que se negó de plano a admitir mujeres en Boland's Mill y todo el territorio vecino controlado por sus compañías fue Éamon de Valera. Sus argumentos irritaron a las militantes de Cumann na mBan por conservadores. Que el lugar de la mujer era su hogar y no la barricada, y sus instrumentos naturales la rueca, la cocina, las flores, la aguja y el hilo, no la pistola ni el fusil. Y que su presencia podía distraer a los combatientes, quienes, por protegerlas, descuidarían sus obligaciones. El alto y delgado profesor de matemáticas, dirigente de los Irish Volunteers, con quien Roger Casement había conversado muchas veces y mantenido una abundante correspondencia, fue condenado a muerte por una de esas cortes marciales secretas y expeditivas que juzgaron a los dirigentes del Alzamiento. Pero se salvó en el último minuto. Cuando, confesado y comulgado, esperaba con total tranquilidad, el rosario entre los dedos, ser llevado al paredón trasero de Kilmainham Gaol donde eran los fusilamientos, el Tribunal decidió conmutarle la pena de muerte por prisión perpetua. Según rumores, las compañías a órdenes de Éamon de Valera, pese a la nula formación militar de éste, se comportaron con gran eficiencia y disciplina, infligiendo al enemigo muchas pérdidas. Fueron las últimas en rendirse. Pero los rumores decían también que la tensión y los sacrificios de esos días habían sido tan duros que, en algún momento, sus subordinados en la estación donde funcionaba su puesto de mando creyeron que iba a perder el juicio, por lo errático de su conducta. No fue el único caso. Bajo la lluvia de plomo y fuego, sin dormir, sin comer y sin beber, algunos habían enloquecido o sufrido crisis nerviosas en las barricadas.

Roger se había distraído, recordando la alargada silueta de Éamon de Valera, su hablar tan solemne y ceremonioso. Advirtió que Alice se refería ahora a un caballo. Lo hacía con sentimiento y lágrimas en los ojos. La historiadora tenía gran amor por los animales, pero ¿por qué la afectaba éste de modo tan especial? Poco a poco fue entendiendo que su sobrino le había contado el episodio. Se trataba del caballo de uno de los lanceros británicos que el primer día de la insurrección cargaron contra la Oficina de Correos y fueron rechazados, perdiendo tres hombres. El caballo recibió varios impactos de bala y se desplomó delante de una barricada, malherido. Relinchaba con espanto, traspasado de dolor. Conseguía a veces levantarse, pero, debilitado por la pérdida de sangre, volvía a caer al suelo luego de intentar algunos pasos. Detrás de la barricada hubo una discusión entre los que querían rematarlo para que no sufriera más y los que se oponían creyendo que conseguiría recuperarse. Por fin, le dispararon. Fueron necesarios dos tiros de fusil para poner fin a su agonía.

—No fue el único animal que murió en las calles —dijo Alice, apesadumbrada—. Murieron muchos, caballos, perros, gatos. Víctimas inocentes de la brutalidad humana. Muchas noches tengo pesadillas con ellos. Los pobrecillos. Los seres humanos somos peores que los animales ¿verdad, Roger?

—No siempre, querida. Te aseguro que algunos son tan feroces como nosotros. Pienso en las serpientes por ejemplo, cuyo veneno te va matando a poquitos, en medio de estertores horribles. Y en los caneros del Amazonas que se te introducen en el cuerpo por el ano y te producen hemorragias. En fin...

—Hablemos de otra cosa —dijo Alice—. Basta ya de guerra, de combates, de heridos y de muertos.

Pero, un momento después, le contaba a Roger que entre los centenares de irlandeses deportados y traídos a las cárceles inglesas era impresionante cómo crecían las adhesiones al Sinn Fein y al IRB. Incluso personas moderadas e independientes y conocidos pacifistas se afiliaban a esas organizaciones radicales. Y el gran número de peticiones que aparecían en toda Irlanda pidiendo amnistía para los condenados. También en Estados Unidos, en todas las ciudades donde había comunidades irlandesas, seguían las manifestaciones de protesta contra los excesos de la represión luego del Alzamiento. John Devoy había hecho un trabajo fantástico y conseguido que firmara los pedidos de amnistía lo mejor de la sociedad norteamericana, desde artistas y empresarios hasta políticos, profesores y periodistas. La Cámara de Representantes aprobó una moción, redactada en términos muy severos, condenando las penas de muerte sumarias contra adversarios que habían rendido las armas. Pese a la derrota, las cosas no habían empeorado con el Alzamiento. En cuanto a apoyo internacional, la situación nunca había estado mejor para los nacionalistas.

—El tiempo de la visita ha corrido en exceso —la interrumpió el *sheriff*—. Deben despedirse de una vez.

—Conseguiré otro permiso, vendré a verte antes de... —dijo y se calló Alice, poniéndose de pie. Se había puesto muy pálida.

—Claro que sí, Alice querida —asintió Roger, abrazándola—. Espero que lo consigas. No sabes cuánto bien me hace verte. Cómo me serena y me llena de paz.

Pero no fue así esta vez. Regresó a su celda con un tumulto de imágenes en la cabeza, todas relacionadas con la rebelión de Semana Santa, como si los recuerdos y testimonios de su amiga lo hubieran sacado de Pentonville Prison y arrojado en medio de la guerra callejera, en el fragor de los combates. Sintió una inmensa nostalgia de Dublín, de sus edificios y casas de ladrillos rojos, los jardincillos minúsculos protegidos por verjas de madera, los tranvías ruidosos, los barrios contrahechos de precarias viviendas con gentes miserables y descalzas rodeando los islotes de afluencia y modernidad. ¿Cómo habría quedado todo aquello después de las descargas de artillería, las bombas incendiarias, los derrumbes? Pensó en el Abbey Theatre, en The Gate, en el Olympia, en los bares malolientes y cálidos olorosos a cerveza y chisporroteando de conversaciones. ¿Volvería a ser Dublín lo que había sido?

El *sheriff* no le ofreció llevarlo a las duchas y él no se lo pidió. Veía al carcelero tan deprimido, con una expresión tal de desasimiento y ausencia, que no quiso molestarlo. Le apenaba verlo sufrir de esa manera y lo entristecía no atinar a hacer algo para infundirle ánimos. El *sheriff* había venido ya dos veces, violando el reglamento, a conversar en la noche a su celda, y cada vez Roger se había angustiado por no haber sido capaz de dar a Mr. Stacey el sosiego que buscaba. La segunda, al igual que la primera, no había hecho más que hablar de su hijo Alex y de su muerte en los combates contra los alemanes en Loos, ese lugar desconocido de Francia al que se refería como a un paraje maldito. En un momento, luego de un largo silencio, el carcelero confesó a Roger que lo amargaba el recuerdo de aquella vez que azotó a Alex, chiquito todavía, por haberse robado un pastelillo en la panadería de la esquina. «Era una falta y debía ser castigada —dijo Mr. Stacey—, pero no de manera tan severa. Azotar así a un niño de pocos años fue una imperdonable crueldad». Roger trató de tranquilizarlo recordándole que, a él y a sus hermanos, incluida la mujer, el capitán Casement, su padre, les había pegado a veces, y que ellos no habían dejado nunca de quererlo. Pero ¿lo escuchaba Mr. Stacey?

Permanecía en silencio, rumiando su dolor, con una respiración profunda y agitada.

Cuando el carcelero cerró la puerta de la celda, Roger fue a echarse a su camastro. Suspiraba, febril. La conversación con Alice no le había hecho bien. Ahora sentía tristeza por no haber estado allí, embutido en su uniforme de Voluntario y su máuser en la mano, participando en el Alzamiento, sin importarle que esa acción armada terminara en una matanza. Tal vez Patrick Pearse, Joseph Plunkett y los otros tuvieran razón. No se trataba de ganar sino de resistir lo más posible. De inmolarse, como los mártires cristianos de los tiempos heroicos. Su sangre fue la semilla que germinó, acabó con los ídolos paganos y los reemplazó por el Cristo Redentor. La sangre derramada por los Voluntarios fructificaría también, abriría los ojos de los ciegos y ganaría la libertad para Irlanda. ¿Cuántos compañeros y amigos del Sinn Fein, de los Voluntarios, del Ejército del Pueblo, del IRB habían estado en las barricadas, a sabiendas de que era un empeño suicida? Cientos, miles, sin duda. Patrick Pearse, el primero. Siempre creyó que el martirio era el arma principal de una lucha justa. ¿No formaba eso parte del carácter irlandés, de la herencia celta? La aptitud para encajar el sufrimiento de los católicos estaba ya en Cuchulain, en los héroes míticos de Eire y sus grandes gestas y, asimismo, en el sereno heroísmo de sus santos que había estudiado con tanto amor y sabiduría su amiga Alice: una infinita capacidad para los grandes gestos. Un espíritu impráctico el del irlandés, acaso, pero compensado por la desmedida generosidad para abrazar los más audaces sueños de justicia, igualdad y felicidad. Aun cuando la derrota fuera inevitable. Con todo lo descabellado que tenía el plan de Pearse, de Tom Clarke, de Plunkett y los otros, en esos seis días de lucha desigual había salido a flor de piel, para que el mundo lo admirara, el espíritu del pueblo irlandés, indomable pese a tantos siglos de servidumbre, idealista, temerario, dispuesto a todo por una causa justa. Qué distinta actitud de la de aquellos compatriotas prisioneros en el campo de Limburg, ciegos y sordos a sus exhortaciones. La de ellos era la otra cara de Irlanda: la de los sometidos, los que, a causa de los siglos de colonización, habían perdido aquella chispa indómita que llevó a tantas mujeres y hombres a las barricadas de Dublín. ¿Se había equivocado una vez más en su vida? ¿Qué hubiera ocurrido si las armas alemanas que traía el *Aud* hubieran llegado a manos de los Voluntarios la noche del 20 de abril en Tralee Bay? Imaginó a centenas de patriotas en bicicletas, automóviles, carretas, mulas y asnos desplazándose bajo las estrellas y repartiendo por toda la geografía de Irlanda aquellas armas y municiones. ¿Hubieran cambiado las cosas con esos veinte mil fusiles, diez ametralladoras y cinco millones de cartuchos en manos de los alzados? Al menos, los combates hubieran durado más, los rebeldes se habrían defendido mejor y hubieran infligido más pérdidas al enemigo. Con felicidad, notó que bostezaba. El sueño iría borrando aquellas imágenes y aplacando su desazón. Le pareció que se hundía.

Tuvo un sueño placentero. Su madre aparecía y desaparecía, sonriendo, bella y grácil con su largo sombrero de paja del que colgaba una cinta flotando en el viento. Una coqueta sombrilla floreada protegía del sol la blancura de sus mejillas. Los ojos de Anne Jephson estaban clavados en él y los de Roger en ella y nada ni nadie parecía capaz de interrumpir su silenciosa y tierna comunicación. Pero, de repente, asomó entre la floresta el capitán de lanceros Roger Casement, con su resplandeciente uniforme de los dragones ligeros. Miraba a Anne Jephson con unos ojos en los que había una codicia obscena. Tanta vulgaridad ofendió y asustó a Roger. No sabía qué hacer. No tenía fuerzas para impedir lo que ocurriría ni para echarse a correr y librarse de aquel horrible presentimiento. Con lágrimas en los ojos, temblando de pavor e indignación, vio al capitán levantar en vilo a su madre. La escuchó dar un grito de sorpresa y luego reírse con una risita forzada y complaciente. Temblando de asco y de celos, la vio patalear en el aire, mostrando sus delgados tobillos, mientras su padre se la llevaba corriendo entre los árboles. Se fueron perdiendo en la floresta y sus risitas adelgazando hasta eclipsarse. Ahora, escuchaba gemir el viento y trinos de pájaros. No lloraba. El mundo era cruel e injusto y antes que sufrir de este modo sería preferible morir.

El sueño siguió largo rato, pero al despertarse, todavía en la oscuridad, algunos minutos u horas después, Roger ya no recordaba su desenlace. No saber la hora lo angustió de nuevo. A veces lo olvidaba, pero la menor inquietud, duda, zozobra, hacía que la punzante ansiedad de no saber en qué momento del día o de la noche se hallaba le produjera hielo en el corazón, la sensación de haber sido expulsado del tiempo, de vivir en un limbo donde no existían el antes, el ahora ni el después.

Habían pasado poco más de tres meses desde su captura y sentía que llevaba años entre rejas, en un aislamiento en el que día a día, hora a hora, iba perdiendo su humanidad. No se lo dijo a Alice, pero si alguna vez alentó la esperanza de que el Gobierno británico aceptara el pedido de clemencia y le conmutara la condena a muerte por prisión, ahora la había perdido. En el clima de cólera y deseo de venganza en que había puesto a la Corona, en especial a sus militares, el Alzamiento de Semana Santa, Inglaterra necesitaba un escarmiento ejemplar contra los traidores que veían en Alemania, el enemigo contra el cual combatía el Imperio en los campos de Flandes, el aliado de Irlanda en sus luchas por la emancipación. Lo raro era que el gabinete hubiera aplazado tanto la decisión. ¿Qué esperaban? ¿Querían prolongar su agonía haciéndole pagar su ingratitud con el país que lo condecoró y ennobleció y al que él había correspondido conspirando con su adversario? No, en política los sentimientos no importaban, sólo los intereses y conveniencias. El Gobierno estaría evaluando con frialdad las ventajas y los perjuicios que traería su ejecución. ¿Serviría como escarmiento? ¿Empeoraría las re-laciones del Gobierno con el pueblo irlandés? La campaña de desprestigio contra él pretendía que nadie llorara a esa ignominia humana, a ese degenerado del que la horca li-braría a la sociedad decente. Fue estúpido dejar aquellos diarios al alcance de la mano de cualquiera cuando partió hacia los Estados Unidos. Una negligencia que sería muy bien aprovechada por el Imperio y que por mucho tiempo empañaría la verdad de su vida, de su conducta política y hasta de su muerte.

Se volvió a quedar dormido. Esta vez, en lugar de un sueño, tuvo una pesadilla que a la mañana siguiente apenas recordaba. En ella aparecía un pajarillo, un canario de voz límpida al que martirizaban las rejas de la jaula donde esta-ba encerrado. Se advertía en la desesperación con que batía sus alitas doradas, sin cesar, como si con este movimiento aquellas rejas fueran a ensancharse para dejarlo partir. Sus ojitos giraban sin tregua en sus órbitas pidiendo conmise-ración. Roger, un niño de pantalón corto, le decía a su madre que no debían existir las jaulas, ni los zoológicos, que los animales debían vivir siempre en libertad. Al mismo tiempo, algo secreto ocurría, un peligro iba cercándolo, algo invisible que su sensibilidad detectaba, algo insidioso, trai-cionero, que ya estaba allí y se disponía a golpear. Él suda-ba, temblando como una hojita de papel.

Se despertó tan agitado que apenas podía respirar. Se ahogaba. Su corazón latía en su pecho con tanta fuerza que tal vez era el comienzo del infarto. ¿Debía llamar al guardia de turno? Desistió, de inmediato. ¿Qué mejor que morir aquí, en su camastro, de una muerte natural que lo libraría del patíbulo? Momentos después, su corazón se apaciguó y pudo respirar de nuevo con normalidad.

¿Vendría hoy el padre Carey? Tenía ganas de verlo y mantener con él una larga conversación sobre temas y preocupaciones que tuvieran que ver mucho con el alma, la religión y Dios y muy poco con la política. Y, al momento, mientras empezaba a serenarse y a olvidar su reciente pesadilla, vino a su memoria la última reunión con el capellán de la prisión y aquel momento de súbita tensión, que lo llenó de zozobra. Hablaban de su conversión al catolicismo. El padre Carey le decía una vez más que no debía hablar de «conversión» pues, habiendo sido bautizado de niño, nunca se había apartado de la Iglesia. El acto sería una reactualización de su condición de católico, algo que no necesitaba trámite formal alguno. De todos modos —y, en ese instante, Roger advirtió que el padre Carey vacilaba, buscando las palabras con cuidado para evitar ofenderlo—, Su Eminencia el cardenal Bourne había pensado que, si a Roger le parecía oportuno, podría firmar un documento, un texto privado entre él y la Iglesia, manifestando su voluntad de retorno, una reafirmación de su condición de católico al mismo tiempo que un testimonio de renuncia y arrepentimiento de viejos errores y traspiés.

El padre Carey no podía disimular lo incómodo que se sentía.

Hubo un silencio. Luego, Roger dijo con suavidad:

—No firmaré ningún documento, padre Carey. Mi reincorporación a la Iglesia católica debe ser algo íntimo, con usted como único testigo.

—Así será —dijo el capellán.

Siguió otro silencio, siempre tenso.

—¿El cardenal Bourne se refería a lo que me imagino? —preguntó Roger—. Quiero decir, a la campaña contra mí, las acusaciones sobre mi vida privada. ¿De eso debería arrepentirme en un documento para ser readmitido en la Iglesia católica?

La respiración del padre Carey se había hecho más rápida. De nuevo, buscaba las palabras antes de responder.

—El cardenal Bourne es un hombre bueno y generoso, de espíritu compasivo —afirmó, por fin—. Pero, no lo olvide, Roger, tiene sobre sus hombros la responsabilidad de velar por el buen nombre de la Iglesia en un país en el que los católicos somos minoría y donde todavía hay quienes alientan grandes fobias contra nosotros.

—Dígamelo con franqueza, padre Carey: ¿ha puesto el cardenal Bourne como condición para que sea readmitido en la Iglesia católica que firme ese documento arrepintiéndome de esas cosas viles y viciosas de que me acusa la prensa?

—No es una condición, sólo una sugerencia —dijo el religioso—. Puede aceptarla o no y eso no cambiará nada. Fue bautizado. Es católico y lo seguirá siendo. No hablemos más de este asunto.

Efectivamente, no hablaron más de ello. Pero a Roger el recuerdo de ese diálogo volvía de tanto en tanto y lo llevaba a preguntarse si su deseo de retornar a la Iglesia de su madre era puro o estaba manchado por las circunstancias de su situación. ¿No era un acto decidido por razones políticas? ¿Para mostrar su solidaridad con los irlandeses católicos que estaban a favor de la independencia y su hostilidad a esa minoría, la gran mayoría de la cual era protestante, que quería seguir formando parte del Imperio? ¿Qué validez tendría a los ojos de Dios una conversión que, en el fondo, no obedecía a nada espiritual, sino al anhelo de sentirse abrigado por una comunidad, de ser parte de una larga tribu? Dios vería en semejante conversión los manotazos de un náufrago.

—Lo que importa ahora, Roger, no es el cardenal Bourne, ni yo, ni los católicos de Inglaterra, ni los de Irlanda —dijo el padre Carey—. Lo que importa ahora es usted. Su reencuentro con Dios. Ahí está la fuerza, la verdad, esa paz que merece después de una vida tan intensa y de tantas pruebas que ha tenido que enfrentar.

—Sí, sí, padre Carey —asintió Roger, ansioso—. Ya lo sé. Pero, justamente. Hago el esfuerzo, se lo juro. Trato de hacerme oír, de llegar a Él. Algunas veces, muy pocas, me parece que lo consigo. Entonces, siento por fin un poco de paz, ese sosiego increíble. Como algunas noches, allá en el África, con la luna llena, el cielo repleto de estrellas, ni una gota de viento que moviera los árboles, el murmullo de los insectos. Todo era tan bello y tan tranquilo que el pensamiento que me venía a la cabeza era siempre: «Dios existe. ¿Cómo, viendo lo que veo, podría siquiera imaginar que no exista?». Pero, otras veces, padre Carey, la mayoría, no lo veo, no me responde, no me escucha. Y me siento muy solo. En mi vida, la mayor parte del tiempo, me he sentido muy solo. Ahora, estos días, me pasa muy a menudo. Pero la soledad de Dios es mucho peor. Entonces, me digo: «Dios no me escucha ni me escuchará. Voy a morir tan solo como he vivido». Es algo que me atormenta día y noche, padre.

—Él está ahí, Roger. Le escucha. Sabe lo que siente. Que lo necesita. No le fallará. Si hay algo que le puedo garantizar, de lo que estoy absolutamente seguro, es que Dios no le fallará.

En la oscuridad, estirado en su camastro, Roger pensó que el padre Carey se había impuesto una tarea tanto o más heroica que los rebeldes de las barricadas: llevar consuelo y paz a esos seres desesperados, destrozados, que iban a pasar muchos años en una celda o se preparaban para subir al patíbulo. Quehacer terrible, deshumanizador, que debió llevar muchos días al padre Carey, al principio de su ministerio sobre todo, a la desesperación. Pero sabía disimularlo. Guardaba siempre la calma y en todo momento transmitía ese sentimiento de comprensión, de solidaridad, que a él le hacía tanto bien. Alguna vez habían hablado del Alzamiento.

—¿Qué hubiera hecho usted, padre Carey, si hubiera estado en Dublín en esos días?

—Ir allí a prestar ayuda espiritual a quien la necesitara, como hicieron tantos sacerdotes.

Añadió que no hacía falta coincidir con la idea de los rebeldes de que la libertad de Irlanda se conseguiría sólo con las armas para prestarles sostén espiritual.

Desde luego, no era lo que creía el padre Carey, él había alentado siempre un rechazo visceral a la violencia. Pero hubiera ido a confesar, a dar la comunión, a rezar por quien lo solicitara, a ayudar a los enfermeros y a los médicos. Así lo había hecho buen número de religiosos y de religiosas y la jerarquía los había apoyado. Los pastores tenían que estar donde estaba el rebaño ¿no es cierto?

Todo eso era verdad, pero también lo era que la idea de Dios no cabía en el limitado recinto de la razón humana. Había que meterla allí con calzador porque nunca encajaba del todo. Él y Herbert Ward habían hablado muchas veces de este asunto. «En lo que se refiere a Dios hay que creer, no razonar», decía Herbert. «Si razonas, Dios se esfuma como una bocanada de humo.»

Roger se había pasado la vida creyendo y dudando. Ni siquiera ahora, a las puertas de la muerte, era capaz de creer en Dios con la fe resuelta con que creían su madre, su padre o sus hermanos. Qué suerte tenían aquellos para quienes la existencia del Ser Supremo no había sido nunca un problema, sino una certeza gracias a la cual el mundo se les ordenaba y todo encontraba su explicación y razón de ser. Quienes creían de ese modo alcanzarían sin duda una resignación ante la muerte que nunca conocerían los que, como él, habían vivido jugando a las escondidas con Dios. Roger recordó que alguna vez había escrito un poema con ese título: «A las escondidas con Dios». Pero Herbert Ward le aseguró que era muy malo y él lo echó a la basura. Lástima. Le hubiera gustado releerlo y corregirlo ahora.

Comenzaba a amanecer. Asomaba un rayito de luz entre los barrotes de la alta ventana. Pronto vendrían a llevarse la palangana de los orines y el excremento y a traerle el desayuno.

Le pareció que el primer refrigerio del día tardaba en llegar más que otras veces. El sol ya estaba alto en el cielo y una luz dorada y fría iluminaba su celda. Llevaba un buen rato leyendo y releyendo las máximas de Tomás de Kempis sobre la desconfianza hacia el saber que vuelve arrogantes a los seres humanos y la pérdida de tiempo que es «el mucho cavilar sobre cosas oscuras y misteriosas» cuya ignorancia ni siquiera se nos reprocharía en el juicio final, cuando sintió que la gran llave giraba en la cerradura y se abría la puerta de la celda.

—Buenos días —dijo el guardia, dejando en el suelo el panecillo de harina negra y la taza de café. ¿O sería hoy de té? Pues, obedeciendo a inexplicables razones, el desayuno cambiaba de té a café o de éste a té con frecuencia.

—Buenos días —dijo Roger, poniéndose de pie y yendo a coger la palangana—. ¿Se ha tardado usted hoy más que otros días o me equivoco?

Fiel a la consigna del silencio, el guardia no le contestó y a él le pareció que evitaba mirarlo a los ojos. Se apartó de la puerta para dejarlo pasar y Roger salió al largo pasillo lleno de tiznes cargando la palangana. El guardia caminaba a dos pasos detrás de él. Sintió que su ánimo mejoraba con la reverberación del sol veraniego en las gruesas paredes y en las piedras del suelo, produciendo unos brillos que parecían chispas. Pensó en los parques de Londres, en la Serpentina y los altos plátanos, álamos y castaños de Hyde Park y lo hermoso que sería caminar ahora mismo por allí, anónimo entre los deportistas que montaban caballo o bicicleta y las familias con niños que, aprovechando el buen tiempo, habían salido a pasar el día al aire libre.

En el baño desierto —debía haber instrucciones de que a él le fijaran horas distintas de las de los otros presos para el aseo— vació y fregó la palangana. Luego, se sentó en el excusado sin ningún éxito —el estreñimiento había sido un problema de toda su vida— y, por fin, quitándose el blusón azul de presidiario, se lavó y fregó el cuerpo y la cara vigorosamente. Se secó con la toalla medio húmeda que colgaba de una armella. Regresó a su celda con la palangana limpia, despacio, disfrutando del sol que caía sobre el pasillo de las ventanas enrejadas de lo alto del muro y de los ruidos —voces ininteligibles, bocinas, pasos, motores, chirridos—, que le daban la impresión de haber entrado en el tiempo otra vez y que desaparecieron apenas el guardia cerró con llave la puerta de su celda.

La bebida podía ser té o café. No le importó lo desabrida que estaba, pues el líquido, al bajar por su pecho hacia su estómago, le hizo bien y le quitó la acidez que siempre lo aquejaba en las mañanas. Se guardó el panecillo por si le daba hambre más tarde.

Echado en su camastro, retomó la lectura de la *Imitación de Cristo*. A ratos le parecía de una ingenuidad infantil, pero, a veces, al volver una página, se encontraba con un pensamiento que lo inquietaba e inducía a cerrar el libro. Se ponía a meditar. El monje decía que era útil que el hombre sufriera de cuando en cuando penas y adversidades, porque eso le recordaba su condición: estaba «desterrado en esta tierra» y no debía tener esperanza alguna en las cosas de este mundo, sólo en las del más allá. Era cierto. El frailecillo alemán, allá en su convento de Agnetenberg, hacía quinientos años había dado en el clavo, expresado una verdad que Roger vivió en carne propia. O, mejor dicho, desde que, niño, la muerte de su madre lo sumió en una orfandad de la que nunca más se pudo librar. Ésa era la palabra que mejor describía lo que se había sentido siempre, en Escocia, en Inglaterra, en el África, en el Brasil, en Iquitos, en el Putumayo: un desterrado. Buena parte de su vida se había jactado de esa condición de ciudadano del mundo que, según Alice, Yeats admiraba en él: alguien que no es de ninguna parte porque lo es de todas. Mucho tiempo se había dicho que ese privilegio le deparaba una libertad que desconocían quienes vivían anclados en un solo lugar. Pero Tomás de Kempis tenía razón. No se había sentido nunca de ninguna parte porque ésa era la condición humana: el destierro en este valle de lágrimas, destino transitorio hasta que con la muerte y el más allá hombres y mujeres volverían al redil, a su fuente nutricia, a donde vivirían toda la eternidad.

En cambio, la receta de Tomás de Kempis para resistir las tentaciones era cándida. ¿Habría tenido tentaciones alguna vez, allá, en su convento solitario, ese hombre pío? Si las tuvo, no debió serle tan fácil resistirlas y derrotar al «diablo, que nunca duerme y anda siempre rondando y buscando a quien devorar». Tomás de Kempis decía que nadie era tan perfecto que no tuviera tentaciones y que era imposible que un cristiano pudiera verse exonerado de la «concupiscencia», la fuente de todas ellas.

Él había sido débil y sucumbido a la concupiscencia muchas veces. No tantas como había escrito en sus agendas y cuadernos de notas, aunque, sin duda, escribir lo que no se había vivido, lo que sólo se había querido vivir, era también una manera —cobarde y tímida— de vivirlo y por lo tanto de rendirse a la tentación. ¿Se pagaba por ello a pesar de no haberlo disfrutado de verdad, sino de esa manera incierta e inasible como se vivían las fantasías? ¿Tendría que pagar por todo aquello que no hizo, que sólo deseó y escribió? Dios sabría discriminar y seguramente sancionaría aquellas faltas retóricas de manera más liviana que los pecados cometidos de verdad.

De todos modos, escribir lo que no se vivía para hacerse la idea de vivirlo, llevaba ya implícito un castigo: la sensación de fracaso y frustración con que terminaban siempre los juegos mentirosos de sus diarios. (Y también los hechos vividos, por lo demás.) Pero, ahora, esos juegos irresponsables habían puesto en manos del enemigo un arma formidable para envilecer su nombre y su memoria.

Por otra parte, no era tan fácil saber a qué tentaciones se refería Tomás de Kempis. Podían llegar tan disfrazadas, tan encubiertas, que se confundían con cosas benignas, con entusiasmos estéticos. Roger recordó, en aquellos remotos años de su adolescencia, que sus primeras emociones con los cuerpos bien torneados, con los músculos viriles, la armoniosa esbeltez de los adolescentes, no parecían un sentimiento malicioso y concupiscente sino una manifestación de sensibilidad, de entusiasmo estético. Así lo creyó mucho tiempo. Y que era esa misma vocación artística la que lo había incitado a aprender la técnica de la fotografía para capturar en las cartulinas aquellos cuerpos hermosos. En algún momento advirtió, ya viviendo en África, que aquella admiración no era sana, o, mejor dicho, no era sólo sana, sino sana y malsana al mismo tiempo, pues esos cuerpos armoniosos, sudorosos, musculosos, sin gota de grasa, en los que se adivinaba la sensualidad material de los felinos, además de arrobo y admiración, le producían también codicia, deseos, unas ganas locas de acariciarlos. Había sido así como las tentaciones pasaron a ser parte de su vida, a revolucionarla, a llenarla de secretos, angustia, temor, pero también de sobresaltados momentos de placer. Y de remordimientos y amarguras, por supuesto. ¿Haría Dios en el momento supremo las sumas y las restas? ¿Lo perdonaría? ¿Lo castigaría? Se sentía curioso, no atemorizado. Como si no se tratara de él, sino de un ejercicio intelectual o un acertijo.

Y, en eso, oyó sorprendido la gruesa llave forcejeando de nuevo en la cerradura. Cuando la puerta de su celda se abrió, entró una llamarada de luz, ese sol fuerte que de pronto parecía incendiar las mañanas del agosto londinense. Cegado, advirtió que tres personas habían entrado a la celda. No podía distinguir sus caras. Se puso de pie. Al cerrarse la puerta vio que quien estaba más cerca de él, casi tocándolo, era el gobernador de Pentonville Prison, al que sólo había visto un par de veces. Era un hombre mayor, enteco y arrugado. Vestía de oscuro y tenía una expresión grave. Detrás de él estaba el *sheriff*, blanco como el papel. Y un guardia que miraba al suelo. A Roger le pareció que el silencio duraba siglos.

Finalmente, mirándolo a los ojos, el gobernador habló, con una voz al principio vacilante que se fue volviendo firme a medida que avanzaba en su exposición:

—Cumplo con el deber de comunicarle que esta mañana, 2 de agosto de 1916, el Consejo de Ministros del Gobierno de Su Majestad el rey se ha reunido, estudiado el pedido de clemencia presentado por sus abogados y que lo ha rechazado por la unanimidad de votos de los ministros asistentes. En consecuencia, la sentencia del Tribunal que lo juzgó y lo condenó por alta traición se ejecutará el día de mañana, 3 de agosto de 1916, en el patio de Pentonville Prison, a las nueve de la mañana. De acuerdo a la costumbre establecida, para la ejecución el reo no tiene que vestir el uniforme de presidiario y podrá hacer uso de las prendas civiles de las que fue despojado al entrar a la prisión y que le serán devueltas. Asimismo, cumplo con comunicarle que los capellanes, el sacerdote católico, *father* Carey y *father* MacCarroll, de la misma confesión, estarán disponibles para prestarle ayuda espiritual, si así lo desea. Ellos serán las únicas personas con las que podrá entrevistarse. Si desea dejar algunas cartas a sus familiares con sus últimas disposiciones, el establecimiento le facilitará material de escribir. Si tiene usted alguna otra solicitud que formular, puede hacerlo ahora.

—¿A qué hora podré ver a los capellanes? —preguntó Roger y le pareció que su voz era ronca y glacial.

El gobernador se volvió al *sheriff,* cambiaron en susurros algunas frases y fue el *sheriff* quien respondió:

—Vendrán al comienzo de la tarde.

—Gracias.

Luego de un instante de vacilación, las tres personas abandonaron la celda y Roger escuchó cómo el guardia echaba llave a la cerradura.

XIV

La etapa de su vida en que estaría más inmerso en los problemas de Irlanda, Roger Casement la inició viajando a las Islas Canarias, en enero de 1913. A medida que la nave se adentraba en el Atlántico, se le iba quitando un gran peso de encima, se iba desprendiendo de aquellas imágenes de Iquitos, el Putumayo, las plantaciones caucheras, Manaos, los barbadenses, Julio C. Arana, las intrigas del Foreign Office, y recobraba una disponibilidad que ahora podría volcar en los asuntos de su país. Ya había hecho lo que podía por los indígenas de la Amazonía. Arana, uno de sus peores verdugos, no volvería a levantar cabeza: era un hombre desprestigiado y arruinado y no era imposible que terminara sus días en la cárcel. Ahora debía ocuparse de otros indígenas, los de Irlanda. También ellos necesitaban librarse de los «aranas» que los explotaban, aunque con armas más refinadas e hipócritas que las de los caucheros peruanos, colombianos y brasileños.

Pero, pese a la liberación que sentía alejándose de Londres, tanto en la travesía como en el mes que permaneció en Las Palmas, estuvo fastidiado por el deterioro de su salud. Los dolores en la cadera y en la espalda debidos a la artritis le sobrevenían a cualquier hora del día y de la noche. Los analgésicos no le hacían el efecto de antes. Debía permanecer horas tendido en la cama de su hotel o en un sillón de la terraza sudando frío. Andaba con dificultad, siempre con bastón, y ya no pudo emprender las largas caminatas por la campiña o por las faldas de los cerros como en viajes anteriores por temor a que en pleno paseo lo paralizara el dolor. Sus mejores recuerdos de esas semanas de principios de 1913 serían las horas que pasó sumergido en el pasado de Irlanda gracias a la lectura de un libro de Alice Stopford Green, *The Old Irish World* (El mundo antiguo de Irlanda), en el que la historia, la mitología, la leyenda y las tradiciones se mezclaban para retratar una sociedad de aventura y fantasía, de conflictos y creatividad, en la que un pueblo luchador y generoso se crecía ante una naturaleza difícil y hacía gala de coraje e inventiva con sus canciones, sus danzas, sus juegos arriesgados, sus ritos y costumbres: todo un patrimonio que la ocupación inglesa vino a tronchar y a tratar de aniquilar, sin conseguirlo del todo.

Al tercer día de estar en la ciudad de Las Palmas salió, después de cenar, a dar un paseo por los alrededores del puerto, un barrio lleno de tabernas, bares y hotelitos prostibularios. En el parque Santa Catalina, vecino a la playa Las Canteras, luego de explorar el ambiente, se acercó a dos jóvenes con aire de marineros a pedirles fuego. Conversó con ellos un momento. Su imperfecto español, que mezclaba con el portugués, provocaba la hilaridad de los muchachos. Les propuso ir a tomar una copa, pero uno de ellos tenía una cita de modo que se quedó con Miguel, el más joven, un moreno de cabellos ensortijados recién salido de la adolescencia. Fueron a un bar estrecho y humoso llamado Almirante Colón, donde cantaba una mujer entrada en años, acompañada por un guitarrista. Después del segundo trago, Roger, amparado en la semioscuridad del recinto, alargó una mano y la posó sobre la pierna de Miguel. Éste sonrió, asintiendo. Envalentonado, Roger corrió un poco más la mano hacia la bragueta. Sintió el sexo del muchacho y una oleada de deseo lo recorrió de pies a cabeza. Hacía muchos meses —«¿cuántos?», pensó, «¿tres, seis?»— que era un hombre sin sexo, sin deseos ni fantasías. Le pareció que con la excitación regresaban a sus venas la juventud y el amor a la vida. «¿Podemos ir a un hotel?», le preguntó. Miguel sonrió, sin asentir ni negar, pero no hizo el menor intento de levantarse. Más bien, pidió otra copa del vino fuerte y picante que les habían servido. Cuando la mujer terminó de cantar, Roger pidió la cuenta. Pagó y salieron. «¿Podemos ir a un hotel?», volvió a preguntarle en la calle, ansioso. El muchacho parecía indeciso, o, tal vez, demoraba en responder para hacerse de rogar y aumentar la recompensa que obtendría por sus servicios. En eso, Roger sintió una cuchillada en la cadera que lo hizo encogerse y apoyarse en la baranda de una ventana. Esta vez el dolor no le vino a pocos, como otras veces, sino de golpe y más fuerte que de costumbre. Como una cuchillada, sí. Debió sentarse en el suelo, doblado en dos. Asustado, Miguel se alejó a paso vivo, sin preguntarle qué le ocurría ni decirle adiós. Roger permaneció mucho rato así, encogido, con los ojos cerrados, esperando que amainara ese hierro al rojo vivo que se encarnizaba con su espalda. Cuando pudo ponerse de pie, tuvo que caminar varias cuadras, muy despacio, arrastrando los pies, hasta encontrar un coche que lo llevara al hotel. Sólo al amanecer cedieron los dolores y pudo dormir. En el sueño, agitado y con pesadillas, sufría y gozaba a orillas de un precipicio al que todo el tiempo estaba a punto de rodar.

A la mañana siguiente, mientras desayunaba, abrió su diario y, escribiendo despacio y con letra apretada, hizo el amor con Miguel, varias veces, primero en la oscuridad del parque Santa Catalina oyendo el murmullo del mar, y, luego, en el cuarto pestilente de un hotelito desde el que se oían ulular las sirenas de los barcos. El muchacho moreno cabalgaba sobre él, burlándose, «eres un viejo, eso es lo que eres, un viejo viejísimo», y dándole unos manotazos en las nalgas que lo hacían gemir, acaso de dolor, acaso de placer.

Ni el resto del mes que pasó en las Canarias, ni durante el viaje al África del Sur, ni las semanas que estuvo en Cape Town y en Durban con su hermano Tom y su cuñada Katje, volvió a intentar otra aventura sexual, paralizado por el temor de volver a vivir, por culpa de la artritis, una situación tan ridícula como la que, en el parque

Santa Catalina de Las Palmas, frustró su encuentro con el marinero canario. De cuando en cuando, como lo había hecho tantas veces en el África y en el Brasil, hacía el amor a solas, garabateando las páginas de su diario con letra nerviosa y apurada, frases sintéticas, a veces tan chuscas como solían ser aquellos amantes de unos minutos o unas horas a los que tenía luego que gratificar. Esos simulacros lo hundían en un sopor deprimente, de modo que procuraba espaciarlos, pues nada lo hacía tan consciente de su soledad y de su condición de clandestino, que, lo sabía muy bien, lo acompañaría hasta su muerte.

El entusiasmo que le causó el libro de Alice Stopford Green sobre la vieja Irlanda hizo que pidiera a su amiga más material de lectura sobre el tema. El paquete con libros y folletos que le envió Alice llegó cuando estaba por embarcar en el *Grantilly Castle* rumbo a África del Sur, el 6 de febrero de 1913. Leyó día y noche durante la travesía y lo siguió haciendo en Sudáfrica, de modo que, a pesar de la distancia, aquellas semanas volvió a sentirse muy cerca de Irlanda, la de ahora, la de ayer y la remota, un pasado del que le parecía ir apropiándose con los textos que Alice seleccionó para él. En el curso del viaje los dolores de la espalda y la cadera disminuyeron.

El encuentro con su hermano Tom, después de tantos años, fue penoso. Contrariamente a lo que Roger había pensado cuando decidió ir a verlo, que el viaje lo acercaría a su hermano mayor y crearía entre ambos un vínculo afectivo que en verdad nunca había existido, sirvió más bien para constatar que eran dos extraños. Salvo el parentesco sanguíneo, no existía entre ambos nada en común. Todos estos años se habían escrito, generalmente cuando Tom y su primera mujer, Blanche Baharry, una australiana, tenían problemas económicos y querían que Roger los ayudara. Nunca había dejado de hacerlo, salvo cuando los préstamos que su hermano y su cuñada le pedían eran excesivos para su presupuesto. Tom se había

casado por segunda vez con una sudafricana, Katje Acker-
man, y ambos habían iniciado un negocio turístico en Durban que no funcionaba bien. Su hermano parecía más viejo de lo que era y se había convertido en el sudafricano
prototípico, rústico, bruñido por el sol y la vida al aire
libre, de maneras informales y algo rudas, que hasta en su
manera de hablar inglés parecía mucho más un sudafricano que un irlandés. No le interesaba lo que ocurría en Irlanda, Gran Bretaña ni Europa. Su tema obsesivo eran los
problemas económicos que enfrentaba con el *lodge* que
había abierto con Katje en Durban. Ellos pensaban que la
belleza del lugar atraería a turistas y cazadores, pero no
acudían tantos y los gastos de mantenimiento eran más
altos de lo que calcularon. Se habían hecho muchas ilusiones con este proyecto y temían que, tal como iban las
cosas, tuvieran que malvender el *lodge.* Aunque su cuñada
era más divertida e interesante que su hermano —tenía
aficiones artísticas y sentido del humor—, Roger terminó
arrepintiéndose de haber hecho ese largo viaje sólo para
visitar a la pareja.

A mediados de abril emprendió el regreso a Londres. Para entonces se sentía más animado y, gracias al
clima sudafricano, los dolores de la artritis se habían ate-
nuado. Ahora su atención estaba concentrada en el Foreign
Office. No podía seguir postergando la decisión ni pedir
nuevos permisos sin goce de sueldo. O volvía a retomar el
consulado en Río de Janeiro, como le pedían sus jefes, o
renunciaba a la diplomacia. Volver a Río, ciudad que nunca le gustó, que, pese a la belleza física de su entorno,
siempre sintió que le era hostil, se le hacía intolerable. Pero
no sólo era eso. Sobre todo, no quería volver a vivir en
la duplicidad, ejercer de diplomático al servicio de un
Imperio que condenaba con sus sentimientos y principios. Durante toda la travesía de regreso a Inglaterra hizo
cálculos: sus ahorros eran escasos, pero, llevando una vida
frugal —para él era fácil— y con la pensión que recibiría

por los años que acumulaba como funcionario, se las arreglaría. Al llegar a Londres su decisión estaba tomada. Lo primero que hizo fue ir al Ministerio de Relaciones Exteriores a llevar su renuncia explicando que se retiraba del servicio por razones de salud.

Permaneció muy pocos días en Londres, organizando su retiro del Foreign Office y preparando su viaje a Irlanda. Lo hacía con alegría, pero, también, con algo de nostalgia anticipada, como si fuera a alejarse para siempre de Inglaterra. Vio a Alice un par de veces y también a su hermana Nina, a quien, para no preocuparla, le ocultó los quebrantos económicos de Tom en África del Sur. Trató de ver a Edmund D. Morel, quien, curiosamente, no le había contestado ninguna de las cartas que le escribió en los últimos tres meses. Pero su viejo amigo, el *Bulldog,* no pudo recibirlo, alegando viajes y obligaciones que, a todas luces, eran pretextos. ¿Qué le ocurría a ese compañero de luchas al que admiraba y quería tanto? ¿Por qué ese enfriamiento? ¿Qué chisme o intriga le habían hecho llegar para indisponerlo con él? Poco después, Herbert Ward le hizo saber, en París, que Morel, enterado de la dureza con que Roger criticaba a Inglaterra y al Imperio en lo relativo a Irlanda, evitaba verlo para no hacerle saber su oposición a semejantes actitudes políticas.

—Ocurre que, aunque no te des cuenta, te has vuelto un extremista —le dijo Herbert, medio en broma, medio en serio.

En Dublín, Roger alquiló una casita diminuta y vetusta en el número 55 de Lower Baggot Street. Tenía un minúsculo jardín con geranios y hortensias que podaba y regaba temprano en las mañanas. Era un barrio tranquilo de tenderos, artesanos y comercios baratos donde los domingos las familias iban a la misa, las señoras emperifolladas como para una fiesta y los hombres con sus trajes oscuros, las gorras puestas y los zapatos lustrados. En el pub con telarañas de la esquina, que atendía una cantinera enana, Roger tomaba cerveza negra con el verdulero, el sastre y el zapatero del vecindario, discutía de la actualidad y cantaba viejas canciones. La fama que alcanzó en Inglaterra por sus campañas contra los crímenes en el Congo y en la Amazonía se había extendido a Irlanda y, pese a sus deseos de llevar una vida sencilla y anónima, desde su llegada a Dublín se vio solicitado por gente muy diversa —políticos, intelectuales, periodistas y clubes y centros culturales— para dar charlas, escribir artículos y asistir a reuniones sociales. Hasta tuvo que posar para una conocida pintora, Sarah Purser. En el retrato que le hizo, Roger aparecía rejuvenecido y con un aire de seguridad y de triunfo en el que no se reconoció.

Una vez más retomó sus estudios del viejo irlandés. La profesora, Mrs. Temple, con bastón, anteojos y un sombrerito con velo, iba tres veces por semana a darle clases de gaélico y le dejaba unas tareas que luego corregía con un lápiz rojo y calificaba con notas generalmente bajas. ¿Por qué tenía tanta dificultad para aprender esa lengua de los celtas con quienes tanto quería identificarse? Él tenía facilidad para los idiomas, había aprendido el francés, el portugués, por lo menos tres lenguas africanas, y era capaz de hacerse entender en español e italiano. ¿Por qué la lengua vernácula de la que se sentía solidario se le escapaba de tal modo? Cada vez que, con gran esfuerzo, aprendía algo, a los pocos días, a veces a las pocas horas, lo olvidaba. Desde entonces, sin decírselo a nadie, y todavía menos en las discusiones políticas donde, por una cuestión de principio, sostenía lo contrario, comenzó a preguntarse si era realista, si no resultaba una quimera, el sueño de gentes como el profesor Eoin MacNeill y el poeta y pedagogo Patrick Pearse, creer que se podía resucitar la lengua que el colonizador persiguió y volvió clandestina, minoritaria y casi extinguió y convertirla de nuevo en la lengua materna de los irlandeses. ¿Era posible que en la Irlanda futura el inglés retrocediera y, gracias a los colegios, a los diarios, a los sermones de los párrocos y discursos de los políticos, lo reemplazara la lengua de los celtas? En público, Roger decía que sí, no sólo era posible, también necesario, para que Irlanda recuperara su auténtica personalidad. Sería un proceso largo, de varias generaciones, pero inevitable, pues, sólo cuando el gaélico fuera de nuevo la lengua nacional, Irlanda sería libre. Sin embargo, en la soledad de su escritorio de Lower Baggot Street, cuando se enfrentaba a los ejercicios de composición en gaélico que le dejaba Mrs. Temple, se decía que aquél era un empeño inútil. La realidad había avanzado demasiado en una dirección para torcerla. El inglés había pasado a ser la manera de comunicarse, de hablar, de ser y de sentir de una inmensa mayoría de irlandeses, y querer renunciar a ello era un capricho político del que sólo podía resultar una confusión babélica y convertir culturalmente a su amada Irlanda en una curiosidad arqueológica, incomunicada con el resto del mundo. ¿Valía la pena?

En mayo y junio de 1913 su vida tranquila y de estudio se vio bruscamente interrumpida cuando, a raíz de una conversación con un periodista de *The Irish Independent* que le habló de la pobreza y primitivismo de los pescadores de Connemara, siguiendo un impulso, decidió viajar a esa región al oeste de Galway donde, según había oído, se conservaba todavía intacta la Irlanda más tradicional y cuyos pobladores mantenían vivo el viejo irlandés. En vez de una reliquia histórica, en Connemara Roger se encontró con un contraste espectacular entre la belleza de las montañas esculpidas, laderas barridas por las nubes y pantanos vírgenes a cuyas orillas merodeaban los caballos enanos oriundos de la región, y gentes que vivían en una miseria pavorosa, sin escuelas, sin médicos, en un desvalimiento total. Para colmo, acababan de presentarse algunos casos de tifus. La epidemia podía extenderse y causar estragos. El hombre de acción que había en Roger Casement, a veces apagado pero nunca muerto, de inmediato se puso manos a la obra. Escribió un artículo en *The Irish Independent*, «El Putumayo irlandés», y creó un Fondo de Ayuda del que fue primer donante y suscriptor. A la vez, se empeñó en acciones públicas con las Iglesias Anglicana, Presbiteriana y Católica y diversas asociaciones de beneficencia, y animó a médicos y enfermeras a ir a las aldeas de Connemara como voluntarios para apoyar la escasa acción sanitaria oficial. La campaña tuvo éxito. Llegaron muchos donativos de Irlanda e Inglaterra. Roger hizo tres viajes a la región llevando medicinas, ropa y alimentos para las familias afectadas. Además, creó un comité para proveer a Connemara de dispensarios de salud y construir escuelas primarias. Con motivo de esta campaña, en esos dos meses tuvo agotadoras reuniones con clérigos, políticos, autoridades, intelectuales y periodistas. Él mismo se sorprendía de la consideración con que era tratado, incluso por quienes discrepaban de sus posiciones nacionalistas.

En julio volvió a Londres para hacerse ver por los médicos, que debían informar al Foreign Office si eran exactas las razones de salud que alegaba para renunciar a la diplomacia. Aunque, pese a la intensa actividad desplegada con motivo de la epidemia de Connemara, no se sentía mal, pensó que el examen sería un mero trámite. Pero el informe de los médicos fue más serio de lo que pensaba: la artritis en la columna vertebral, el ilíaco y las rodillas, se había agravado. Se podía aliviar con un tratamiento riguroso y una vida muy quieta, pero no era curable. Y no se podía descartar que, si avanzaba, lo dejara tullido. El Ministerio de Relaciones Exteriores aceptó su renuncia y, en vista de su estado, le concedió una pensión decorosa.

Antes de regresar a Irlanda, decidió ir a París, accediendo a una invitación de Herbert y Sarita Ward. Le alegró volver a verlos y compartir el cálido ambiente de ese enclave africano que era su casa parisina. Toda ella parecía una emanación del gran taller donde Herbert le mostró una nueva colección de sus esculturas de hombres y mujeres del

África y, también, algunas, de su fauna. Eran piezas vigorosas, en bronce y en madera, de los últimos tres años, que iba a exponer en el otoño en París. Mientras Herbert se las enseñaba, contándole anécdotas, mostrándole bocetos y modelos en pequeño formato de cada una de ellas, volvían a la memoria de Roger abundantes imágenes de la época en que él y Herbert trabajaron en las expediciones de Henry Morton Stanley y de Henry Shelton Sanford. Había aprendido mucho escuchando a Herbert referir sus aventuras por medio mundo, la gente pintoresca que conoció en sus andanzas australianas, sus vastas lecturas. Su inteligencia seguía igual de aguda así como su ánimo jovial y optimista. Su esposa, Sarita, norteamericana, rica heredera, era su espíritu gemelo, aventurera también y algo bohemia. Se entendían de maravilla. Hacían excursiones a pie por Francia e Italia. Habían criado a sus hijos con el mismo espíritu cosmopolita, inquieto y curioso. Ahora los dos chicos estaban internos, en Inglaterra, pero pasaban todas sus vacaciones en París. La chica, *Cricket,* vivía con ellos.

Los Ward lo llevaron a cenar a un restaurante en la Tour Eiffel, desde el que se contemplaban los puentes del Sena y los barrios de París, y a la Comedia Francesa a ver *El enfermo imaginario,* de Molière.

Pero no todo fue amistad, comprensión y cariño en los días que pasó con la pareja. Él y Herbert habían discrepado sobre muchas cosas, sin que ello entibiara nunca su amistad; al contrario, las discrepancias la vivificaban. Esta vez fue distinto. Una noche discutieron de manera tan viva que Sarita tuvo que intervenir, obligándolos a cambiar de tema.

Herbert había tenido siempre una actitud tolerante y algo risueña con el nacionalismo de Roger. Pero esa noche acusó a su amigo de abrazar la idea nacionalista de una manera demasiado exaltada, poco racional, casi fanática.

—Si la mayoría de irlandeses quiere separarse de Gran Bretaña, santo y bueno —le dijo—. Yo no creo que gane mucho Irlanda teniendo una bandera, un escudo y un presidente de la República. Ni que sus problemas económicos y sociales se resuelvan gracias a ello. A mi juicio, sería mejor que se adoptara la Autonomía por la que abogan John Redmond y sus partidarios. Ellos son irlandeses también ¿no es cierto? Y una gran mayoría frente a los que, como tú, quieren la secesión. En fin, nada de eso me preocupa mucho, la verdad. Sí, en cambio, ver lo intolerante que te has vuelto. Antes, dabas razones, Roger. Ahora sólo vociferas con odio contra un país que es el tuyo también, el de tus padres y hermanos. Un país al que has servido con tanto mérito todos estos años. Y que te lo ha reconocido ¿no es verdad? Te ha hecho noble, te ha impuesto las condecoraciones más importantes del reino. ¿No significa eso nada para ti?

—¿Debería volverme un colonialista en agradecimiento? —lo interrumpió Casement—. ¿Debería aceptar para Irlanda lo que tú y yo rechazamos para el Congo?

—Entre el Congo e Irlanda hay una distancia sideral, me parece. ¿O en las penínsulas de Connemara los ingleses están cortando las manos y destrozando a chicotazos las espaldas de los nativos?

—Los métodos de la colonización en Europa son más refinados, Herbert, pero no menos crueles.

Sus últimos días en París, Roger evitó volver a tocar el tema de Irlanda. No quería que su amistad con Herbert se estropeara. Apenado, se dijo que en el futuro, sin duda, cuando se viera cada vez más comprometido en la lucha política, las distancias con Herbert irían creciendo hasta tal vez destruir su amistad, una de las más estrechas que había tenido en la vida. «¿Me estoy volviendo un fanático?», se preguntaría desde entonces, a veces, con alarma.

Al volver a Dublín, a fines del verano, ya no pudo reanudar sus estudios de gaélico. La situación política se había vuelto efervescente y desde el primer momento se vio arrastrado a participar en ella. El proyecto del Home Rule, que hubiera dado a Irlanda un Parlamento y amplia libertad administrativa y económica, apoyado por el Irish Parliamentary Party de John Redmond, fue aprobado en la Cámara de los Comunes en noviembre de 1912. Pero la Cámara de los Lores lo rechazó dos meses después. En enero de 1913, en el Ulster, ciudadela unionista dominada por la mayoría local anglófila y protestante, los enemigos de la Autonomía encabezados por Edward Henry Carson desplegaron una campaña virulenta. Constituyeron el Ulster Volunteer Force (Fuerza Voluntaria del Ulster), con más de cuarenta mil inscritos. Era una organización política y una fuerza militar, dispuesta, si se aprobaba, a combatir el Home Rule por las armas. El Irish Parliamentary Party, de John Redmond, seguía luchando por la Autonomía. La segunda lectura de la ley fue aprobada en la Cámara de los Comunes y de nuevo derrotada en la de los Lores. El 23 de septiembre, el Consejo Unionista aprobó constituirse como Gobierno Provisional del Ulster, es decir, escindirse del resto de Irlanda si la Autonomía era aprobada.

Roger Casement empezó a escribir en la prensa nacionalista, ahora sí con su nombre y apellido, criticando a los unionistas del Ulster. Denunció los atropellos que en aquellas provincias cometía la mayoría protestante contra la minoría católica, que los obreros de esta confesión fueran despedidos de las fábricas y que los municipios de los barrios católicos se vieran discriminados en presupuestos y atribuciones. «Al ver lo que ocurre en el Ulster —afirmó en un artículo—, ya no me siento protestante». En todos deploraba que la actitud de los ultras dividiera a los irlandeses en bandos enemigos, algo de consecuencias trágicas para el futuro. En otro artículo fustigaba a los clérigos anglicanos por amparar con su silencio los abusos contra la comunidad católica.

Pese a que, en las conversaciones políticas, se mostraba escéptico con la idea de que el Home Rule sirviera para liberar a Irlanda de su dependencia, en sus artículos, sin embargo, dejaba asomar una esperanza: si la ley se aprobaba sin enmiendas que la desnaturalizaran e Irlanda tenía un Parlamento, podía elegir sus autoridades y administrar sus rentas, estaría en el umbral de la soberanía. Si eso traía la paz ¿qué importaba que su defensa y su diplomacia siguieran en manos de la Corona británica?

En esos días su amistad se estrechó más con dos irlandeses que habían dedicado su vida a la defensa, el estudio y la difusión de la lengua de los celtas: el profesor Eoin MacNeill y Patrick Pearse. Roger llegó a sentir gran simpatía por este cruzado radical e intransigente del gaélico y la independencia que era Pearse. Había ingresado en la Liga Gaélica en su adolescencia y se dedicaba a la literatura, al periodismo y a la enseñanza. Había fundado y dirigía dos escuelas bilingües, St. Enda's, de varones, y otra de mujeres, St. Ita's, las primeras dedicadas a reivindicar el gaélico como la lengua nacional. Además de escribir poemas y teatro, en folletos y artículos sostenía su tesis de que si no se recuperaba la lengua celta, la independencia sería inútil, pues Irlanda seguiría siendo culturalmente una posesión colonial. Su intolerancia en este dominio era absoluta; había llegado en su juventud a llamar «traidor» a William Butler Yeats —del que más tarde sería admirador sin reservas— por escribir en inglés. Era tímido, solterón, de un físico robusto e imponente, trabajador incansable, con un pequeño defecto en el ojo y exaltado y carismático orador. Cuando no se trataba del gaélico ni de la emancipación y estaba entre gente de confianza, Patrick Pearse se volvía un hombre restallante de humor y simpatía, locuaz y extrovertido, que sorprendía a veces a sus amigos disfrazándose de una vieja mendiga que pedía limosna en el centro de Dublín o de una damisela pizpireta que se paseaba con impudicia a las puertas de las tabernas. Pero su vida era de una sobriedad monacal. Vivía con su madre y hermanos, no bebía, no fumaba, no se le conocían amores. Su mejor amigo era su inseparable hermano Willie, escultor y profesor de arte en St. Enda's. En el frontón de entrada de esta escuela, rodeada por las colinas arboladas de Rathfarnham, Pearse había grabado una frase que las sagas irlandesas atribuían al héroe mítico Cuchulain: «No me importa vivir un solo día y una noche, si mis hazañas son recordadas para siempre». Se decía que era casto. Practicaba su fe católica con disciplina militar, al extremo de ayunar con frecuencia y llevar cilicio. En esta época, en que estuvo tan metido en los trajines, intrigas y acaloradas disputas de la vida política, Roger Casement se dijo muchas veces que acaso el invencible afecto que le merecía Patrick Pearse se debía a que éste era uno de los muy escasos políticos que conocía a los que la política no los había privado del humor y a que su acción cívica era totalmente principista y desinteresada: le importaban las ideas y despreciaba el poder. Pero lo inquietaba la obsesión de Pearse de concebir a los patriotas irlandeses como la versión contemporánea de los mártires primitivos: «Así como la sangre de los mártires fue la semilla del cristianismo, la de los patriotas será la semilla de nuestra libertad», escribió en un ensayo. Una bella frase, pensaba Roger. Pero ¿no había en ella algo ominoso?

A él, la política le despertaba sentimientos contrarios. Por una parte, lo hacía vivir con una intensidad desconocida —¡por fin se había volcado en cuerpo y alma en Irlanda!—, pero lo irritaba la sensación de pérdida de tiempo que le daban las interminables discusiones que precedían y a veces impedían los acuerdos y la acción, las intrigas, vanidades y mezquindades que se mezclaban con los ideales y las ideas en las tareas cotidianas. Había oído y leído que la política, como todo lo que se vincula al poder, saca a veces a la luz lo mejor del ser humano —el idealismo, el heroísmo, el sacrificio, la generosidad—, pero, también, lo peor, la crueldad, la envidia, el resentimiento, la soberbia. Comprobó que era cierto. Él carecía de ambiciones políticas, el poder no lo tentaba. Tal vez por eso, además del prestigio que arrastraba como gran luchador internacional contra los abusos de los indígenas del África y de América del Sur, no tenía enemigos en el movimiento nacionalista. Eso creía, al menos, pues unos y otros le manifestaban respeto. En el otoño de 1913, subió a una tribuna a hacer sus primeras armas como orador político.

A fines de agosto se había trasladado al Ulster de su niñez y juventud, para tratar de agrupar a los irlandeses protestantes opuestos al extremismo probritánico de Edward Carson y sus seguidores, que, en su campaña contra el Home Rule, entrenaban a su fuerza militar a ojos vista de las autoridades. El comité que Roger ayudó a formar, llamado Ballymoney, convocó una manifestación en el Town Hall de Belfast. Se acordó que él fuera uno de los oradores junto con Alice Stopford Green, el capitán Jack White, Alex Wilson y un joven activista apellidado Dinsmore. El primer discurso público de su vida lo pronunció un atardecer lluvioso del 24 de octubre de 1913 en una sala del Ayuntamiento de Belfast, ante quinientas personas. Muy nervioso, la víspera, escribió su discurso y lo memorizó. Tenía la sensación de que, al subirse a aquella tribuna, daría un paso irreversible, que a partir de ahora no habría marcha atrás en la ruta que emprendía. En el futuro su vida estaría consagrada a una tarea que, dadas las circunstancias, acaso lo haría correr tantos riesgos como los que enfrentó en las selvas africanas y sudamericanas. Su discurso, que versó todo él en negar que la división de los irlandeses fuera a la vez religiosa y política (católicos autonomistas y protestantes unionistas) y en un llamado a la «unión de la diversidad de credos e ideales de todos los irlandeses», fue muy aplaudido. Después del acto, Alice Stopford Green, mientras lo abrazaba, le susurró al oído: «Déjame hacer de profetisa. Te auguro un gran futuro político».

Los ocho meses siguientes, Roger tuvo la sensación de que no hacía otra cosa que subir y bajar de los estrados pronunciando arengas. Sólo al principio las leyó, luego improvisaba a partir de una pequeña guía. Recorrió Irlanda en todas direcciones, asistió a reuniones, encuentros, discusiones, mesas redondas, a veces públicas, a veces secretas, discutiendo, alegando, proponiendo, refutando, a lo largo de horas y horas, renunciando para ello a menudo a las comidas y al sueño. Esta entrega total a la acción política a veces lo entusiasmaba y, a veces, le producía un abatimiento profundo. En los momentos de desánimo volvían a molestarlo los dolores en la cadera y en la espalda.

En esos meses de finales de 1913 y comienzos de 1914 la tensión política siguió creciendo en Irlanda. La división entre unionistas del Ulster y los autonomistas e independentistas se exacerbó de tal manera que parecía el preludio de una guerra civil. En noviembre de 1913, en respuesta a la formación de los Voluntarios del Ulster de Edward Carson, se estableció el Irish Citizen Army, cuyo inspirador principal, James Connolly, era dirigente sindical y líder obrero. Se trataba de una formación militar y su razón de ser pública era defender a los trabajadores contra las agresiones de los patronos y las autoridades. Su primer comandante, el capitán Jack White, había servido con méritos en el Ejército británico antes de convertirse al nacionalismo irlandés. En el acto de fundación se leyó un texto de adhesión de Roger, a quien en esos días sus amigos políticos habían enviado a Londres a recolectar ayuda económica para el movimiento nacionalista.

Casi al mismo tiempo que el Irish Citizen Army, surgieron, por iniciativa del profesor Eoin MacNeill, a quien Roger Casement secundó, los Irish Volunteers. La organización contó desde el primer momento con el apoyo del clandestino Irish Republican Brotherhood, milicia que pedía la independencia para Irlanda y que dirigía, desde el benigno estanquillo de tabaco que le servía de tapadera, Tom Clarke, personaje legendario en los cenáculos nacionalistas. Había pasado quince años en las cárceles británicas acusado de acciones terroristas con dinamita. Luego partió al exilio, a los Estados Unidos. Desde allí fue enviado por los dirigentes del Clan na Gael (rama estadounidense del Irish Republican Brotherhood) a Dublín para que, poniendo en acción su genio organizador, montara una red clandestina. Lo había hecho: a sus cincuenta y dos años, se mantenía sano, incansable y estricto. Su verdadera identidad no había sido detectada por el espionaje británico. Ambas organizaciones trabajarían en estrecha, aunque no siempre fácil, colaboración y muchos adherentes lo serían a las dos a la vez. También se adhirieron a los Voluntarios miembros de la Liga Gaélica, militantes del Sinn Fein, que daba sus primeros pasos bajo la dirección de Arthur Griffith, afiliados de la Antigua Orden de los Hibernios y millares de independientes.

Roger Casement trabajó con el profesor MacNeill y Patrick Pearse en la redacción del manifiesto fundador de los Voluntarios y vibró entre la masa de asistentes el 25 de noviembre de 1913, en la Rotunda de Dublín, en el primer acto público de la organización. Desde un principio, tal como MacNeill y Roger lo propusieron, los Voluntarios fue un movimiento militar, dedicado a reclutar, entrenar y armar a sus miembros, divididos en escuadras, compañías y regimientos a lo largo y ancho de Irlanda, por si estallaban las acciones armadas, algo que, dada la intemperancia de la situación política, parecía inminente.

Roger se entregó en cuerpo y alma a trabajar por los Voluntarios. De este modo llegó a relacionarse y a entablar estrecha amistad con sus principales dirigentes, entre los que abundaban los poetas y escritores, como Thomas MacDonagh, que escribía teatro y enseñaba en la universidad, y el joven Joseph Plunkett, enfermo del pulmón y lisiado, que, a pesar de sus limitaciones físicas, exhibía una energía extraordinaria: era tan católico como Pearse, lector de los místicos, y había sido uno de los fundadores del Abbey Theatre. Las actividades de Roger en favor de los Voluntarios ocuparon sus días y sus noches entre noviembre de 1913 y julio de 1914. Habló a diario en sus mítines, en las grandes ciudades, como Dublín, Belfast, Cork, Londonderry, Galway y Limerick, o en pueblecitos minúsculos y aldeas, ante centenares o apenas puñados de personas. Sus discursos comenzaban serenos («Soy un protestante del Ulster que defiende la soberanía y la liberación de Irlanda del yugo colonial inglés») pero, a medida que avanzaba, se iba exaltando y solía terminar en arrebatos épicos. Arrancaba casi siempre atronadores aplausos en el auditorio.

Al mismo tiempo colaboraba en los planes estratégicos de los Voluntarios. Era uno de los dirigentes más empeñados en dotar al movimiento de un armamento capaz de apoyar de manera efectiva la lucha por la soberanía, que, estaba convencido, pasaría fatalmente del plano político a la acción bélica. Para armarse hacía falta dinero y era indispensable persuadir a los irlandeses amantes de la libertad que fueran generosos con los Voluntarios.

Así nació la idea de enviar a Roger Casement a los Estados Unidos. Allí las comunidades irlandesas tenían recursos económicos y podían aumentar su ayuda mediante una campaña de opinión pública. ¿Quién mejor para promoverla que el irlandés más conocido en el mundo? Los Voluntarios decidieron consultar este proyecto a John Devoy, el líder en Estados Unidos del poderoso Clan na Gael, que aglutinaba a la numerosa comunidad irlandesa nacionalista en América del Norte. Devoy, nacido en Kill, Co. Kildare, había sido activista clandestino desde joven y fue condenado, bajo la acusación de terrorismo, a quince años de prisión. Pero sólo sirvió cinco. Estuvo en la Legión Extranjera, en Argelia. En Estados Unidos fundó un periódico, *The Gaelic American,* en 1903, y estableció vínculos estrechos con estadounidenses del *establishment,* gracias a lo cual el Clan na Gael contaba con influencia política.

Mientras John Devoy estudiaba la propuesta, Roger seguía dedicado a promover a los Irish Volunteers y su militarización. Se hizo buen amigo del coronel Maurice

Moore, inspector general de los Voluntarios, a quien acompañó en sus giras por la isla para ver cómo se efectuaban los entrenamientos y si eran seguros los escondites de armas. A instancias del coronel Moore, fue incorporado al Estado Mayor de la organización.

Varias veces fue enviado a Londres. Funcionaba allí un comité clandestino, presidido por Alice Stopford Green, que, además de recolectar dinero, gestionaba en Inglaterra y varios países europeos la compra secreta de fusiles, revólveres, granadas, ametralladoras y municiones, que introducía clandestinamente en Irlanda. En estas reuniones londinenses con Alice y sus amigos Roger advirtió que una guerra en Europa había dejado de ser una mera posibilidad para convertirse en una realidad en marcha: todos los políticos e intelectuales que frecuentaban las tertulias de la historiadora en su casa de Grosvenor Road creían que Alemania lo había ya decidido y no se preguntaban si habría guerra sino cuándo estallaría.

Roger se había mudado a Malahide, en la costa norte de Dublín, aunque, debido a sus viajes políticos, pasaba pocas noches en su domicilio. A poco de instalarse allí, los Voluntarios le advirtieron que la Royal Irish Constabulary le había abierto un expediente y era seguido por la policía secreta. Una razón de más para que partiera a Estados Unidos: allá sería más útil al movimiento nacionalista que si se quedaba en Irlanda y lo ponían entre rejas. John Devoy hizo saber que los dirigentes del Clan na Gael aplaudían su venida. Todos creían que su presencia aceleraría la recaudación de donativos.

Aceptó, pero demoró la partida por un proyecto que lo ilusionaba: una gran celebración el 23 de abril de 1914 de los novecientos años de la batalla de Clontarf, en la que los irlandeses al mando de Brian Boru derrotaron a los ingleses. MacNeill y Pearse lo apoyaban, pero los demás dirigentes veían en aquella iniciativa una pérdida de tiempo: ¿para qué derrochar energías en una operación de arqueología histórica cuando lo importante era la actualidad? No había tiempo para distracciones. El proyecto no llegó a concretarse ni tampoco otra iniciativa de Roger, una campaña de firmas pidiendo que Irlanda participara en los Juegos Olímpicos con un equipo propio de atletas.

Mientras preparaba el viaje, siguió hablando en los mítines, casi siempre junto a MacNeill y Pearse, y, a veces, Thomas MacDonagh. Lo hizo en Cork, Galway, Kilkenny. El día de San Patricio subió a la tribuna en Limerick, la manifestación más grande que le tocó ver en su vida. La situación empeoraba día a día. Los unionistas del Ulster, armados hasta los dientes, hacían desfiles y maniobras militares sin disimulo, al extremo de que el Gobierno británico debió hacer un gesto, enviando más soldados y marinos al Norte de Irlanda. Entonces, ocurrió el Motín de Curragh, un episodio que tendría gran efecto en las ideas políticas de Roger. En plena movilización de los soldados y marinos británicos para frenar una posible acción armada de los ultras del Ulster, el general sir Arthur Paget, comandante en jefe de Irlanda, hizo saber al Gobierno inglés que un buen número de oficiales británicos de las Fuerzas Militares de Curragh le habían hecho saber que si les ordenaba atacar a los Ulster Volunteers de Edward Carson pedirían su baja. El Gobierno inglés cedió al chantaje y ninguno de aquellos oficiales fue sancionado.

Este suceso apuntaló el convencimiento de Roger: el Home Rule nunca sería realidad porque, pese a todas sus promesas, el Gobierno inglés, fuera de conservadores o de liberales, nunca lo aceptaría. John Redmond y los irlandeses que creían en la Autonomía se verían frustrados una y otra vez. Ésta no era la solución para Irlanda. Lo era la independencia, pura y simplemente, y ella no sería jamás concedida por las buenas. Debería ser arrancada mediante una acción política y militar, a costa de grandes sacrificios y heroísmos, como querían Pearse y Plunkett. Así habían conseguido su emancipación todos los pueblos libres de la Tierra.

En abril de 1914, llegó a Irlanda el periodista alemán Oskar Schweriner. Quería escribir unas crónicas sobre los pobres de Connemara. Como Roger había estado tan activo ayudando a los poblados cuando la epidemia de tifus, lo buscó. Viajaron juntos al lugar, recorrieron las aldeas de pescadores, las escuelas y dispensarios que comenzaban a funcionar. Roger tradujo luego los artículos de Schweriner para *The Irish Independent*. En las conversaciones con el periodista alemán, favorable a las tesis nacionalistas, Roger reafirmó la idea que había tenido en su viaje a Berlín de vincular la lucha por la emancipación de Irlanda a Alemania si estallaba un conflicto bélico entre este país y Gran Bretaña. Con este poderoso aliado, habría más posibilidades de obtener de Inglaterra lo que Irlanda con sus escasos medios —un pigmeo contra un gigante— no alcanzaría nunca. Entre los Voluntarios la idea fue bien recibida. No era inédita, pero la inminencia de una guerra le daba nueva vigencia.

En estas circunstancias se supo que los Ulster Volunteers de Edward Carson habían conseguido introducir a ocultas en el Ulster, por el puerto de Larne, 216 toneladas de armas. Sumadas a las que tenían, esta remesa daba a las milicias unionistas una fuerza muy superior a la de los Voluntarios nacionalistas. Roger tuvo que apresurar su partida a los Estados Unidos.

Lo hizo, pero antes debió acompañar a Eoin MacNeill a Londres, a entrevistarse con John Redmond, el líder del Irish Parliamentary Party. Pese a todos los reveses, seguía convencido de que la Autonomía terminaría por aprobarse. Ante ellos defendió la buena fe del Gobierno liberal británico. Era un hombre grueso y dinámico, que hablaba muy rápido, ametrallando las palabras. La absoluta seguridad en sí mismo que mostraba, contribuyó a aumentar la antipatía que ya inspiraba a Roger Casement. ¿Por qué era tan popular en Irlanda? Su tesis de que la Autonomía se debía obtener en la colaboración y la amistad con Inglaterra gozaba de apoyo mayoritario entre los irlandeses. Pero Roger estaba seguro de que esta confianza popular en el líder del Irish Parliamentary Party se iría eclipsando a medida que la opinión pública viera que el Home Rule era un espejismo del que se valía el Gobierno imperial para tener engañados a los irlandeses, desmovilizándolos y dividiéndolos.

Lo que más irritó a Roger en la entrevista fue la afirmación de Redmond de que si estallaba la guerra con Alemania, los irlandeses debían combatir junto a Inglaterra, por una cuestión de principio y de estrategia: de este modo se ganarían la confianza del Gobierno inglés y de la opinión pública, lo que garantizaría la futura Autonomía. Redmond exigió que en el Comité Ejecutivo de los Voluntarios hubiera veinticinco representantes de su partido, algo que los Volunteers se resignaron a aceptar a fin de preservar la unidad. Pero ni por esta concesión cambió Redmond de opinión sobre Roger Casement, al que acusaba de tanto en tanto de ser «un revolucionario radical». Pese a ello, en sus últimas semanas en Irlanda, Roger escribió a Redmond dos cartas amables, exhortándolo a obrar de modo que los irlandeses se mantuvieran unidos pese a sus eventuales discrepancias. Le aseguraba que si el Home Rule llegaba a ser realidad, sería el primero en apoyarlo. Pero si el Gobierno inglés, por su debilidad frente a los extremistas del Ulster, no alcanzaba a imponer la Autonomía, los nacionalistas debían tener una estrategia alternativa.

Roger estaba hablando en un mitin de los Voluntarios en Cushendun el 28 de junio de 1914 cuando llegó la noticia de que, en Sarajevo, un terrorista serbio había asesinado al archiduque Franz Ferdinand de Austria. En ese momento nadie dio allí mucha importancia a este episodio que, pocas semanas más tarde, iba a ser el pretexto que desencadenaría la Primera Guerra Mundial. El último discurso de Roger en Irlanda lo pronunció en Carn el 30 de junio. Estaba ya ronco de tanto hablar.

Siete días más tarde salió, de manera clandestina, del puerto de Glasgow, en el barco *Casandra* —el nombre era un símbolo de lo que guardaba el futuro para él— rumbo a Montreal. Viajó en segunda, con nombre supuesto. Además, alteró su atuendo, generalmente atildado y ahora modestísimo, y su cara, cambiando de peinado y cortándose la barba. Pasó unos días tranquilos navegando, después de mucho tiempo. En la travesía se dijo, sorprendido, que la agitación de estos últimos meses había tenido la virtud de apaciguar sus dolores artríticos. Casi no los había vuelto a padecer y cuando le volvían eran más soportables que los de antaño. En el tren de Montreal a New York, preparó el informe que haría a John Devoy y demás dirigentes del Clan na Gael sobre el estado de cosas en Irlanda y la necesidad de ayuda económica que tenían los Voluntarios para comprar armas, pues, tal como evolucionaba la situación política, la violencia estallaría en cualquier momento. De otro lado, la guerra abriría una oportunidad excepcional para los independentistas irlandeses.

Al llegar a New York, el 18 de julio, se alojó en el Belmont Hotel, modesto y frecuentado por irlandeses. Ese mismo día, paseando por una calle de Manhattan, en el calor ardiente del verano neoyorquino, ocurrió su encuentro con el noruego Eivind Adler Christensen. ¿Un encuentro casual? Así lo creyó entonces. Ni un solo instante se le pasó por la cabeza la sospecha de que hubiera podido ser planeado por esos servicios de espionaje británicos que, desde hacía ya meses, venían siguiéndole los pasos. Estaba seguro de que sus precauciones para salir clandestinamente de Glasgow habían sido suficientes. Tampoco sospechó en esos días el cataclismo que causaría en su vida ese joven de veinticuatro años cuyo físico no era para nada el del desamparado vagabundo medio muerto de hambre que le dijo ser. Pese a sus ropas gastadas, a Roger le pareció el hombre más bello y atractivo que había visto en su vida. Mientras lo observaba comer el sándwich y tomar a sorbitos la bebida que le invitó se sintió confuso, avergonzado, porque su corazón se había puesto a latir muy fuerte y sentía una efervescencia en la sangre que no experimentaba hacía tiempo. Él, siempre tan cuidadoso en sus gestos, tan rígido observante de las buenas maneras, esa tarde y esa noche estuvo a punto varias veces de transgredir las formas, de seguir las incitaciones que lo asaltaban de acariciar esos brazos musculosos de un vello dorado o de coger la estrecha cintura de Eivind.

Al saber que el joven no tenía dónde dormir, lo invitó a su hotel. Le tomó un cuartito, en el mismo piso que el suyo. Pese al cansancio acumulado por el largo viaje, aquella noche Roger no pegó los ojos. Gozaba y sufría imaginando el cuerpo atlético de su flamante amigo inmovilizado por el sueño, los rubios cabellos revueltos y esa cara delicada, de ojos azules clarísimos, apoyada en su brazo, durmiendo acaso con los labios abiertos, mostrando sus dientes tan blancos y parejos.

Haber conocido a Eivind Adler Christensen fue una experiencia tan fuerte que, al día siguiente, en su primera cita con John Devoy, con quien tenía importantes asuntos que tratar, aquel semblante y aquella figura volvían a su memoria, apartándolo por momentos del pequeño despacho donde, agobiados por el calor, conversaban.

A Roger le causó una fuerte impresión el viejo y experimentado revolucionario cuya vida parecía una novela de aventuras. Llevaba sus setenta y dos años con vigor y transmitía una energía contagiosa en sus gestos, movimientos y manera de hablar. Tomando notas en una libretita con un lápiz cuya punta se mojaba en la boca de tanto en tanto, escuchó el informe de Roger sobre los Voluntarios sin interrumpirlo. Cuando calló, le hizo innumerables preguntas, pidiéndole precisiones. A Roger lo maravilló que John Devoy estuviera tan prolijamente informado de lo que ocurría en Irlanda, incluso de asuntos que se suponía se guardaban en el mayor secreto.

No era un hombre cordial. Estaba endurecido por sus años de cárcel, clandestinidad y luchas, pero inspiraba confianza, la sensación de ser franco, honesto y de convicciones graníticas. En esa charla y en las que tendrían todo el tiempo que permaneció en Estados Unidos, Roger advirtió que él y Devoy coincidían milimétricamente en sus opiniones sobre Irlanda. John creía también que ya era tarde para la Autonomía, que ahora el objetivo de los patriotas irlandeses era únicamente la emancipación. Y las acciones armadas serían complemento indispensable de las negociaciones. El Gobierno inglés sólo aceptaría negociar cuando las operaciones militares le crearan una situación tan difícil que conceder la independencia fuera para Londres el mal menor. En esta guerra inminente, el acercamiento a Alemania era vital para los nacionalistas: su apoyo logístico y político daría a los independentistas una eficacia mayor. John Devoy le hizo saber que en la comunidad irlandesa de Estados Unidos no había unanimidad a este respecto. Las tesis de John Redmond tenían también partidarios aquí, aunque la dirigencia del Clan na Gael coincidía con Devoy y Casement.

En los días siguientes, John Devoy le presentó a la mayoría de dirigentes de la organización en New York así como a John Quinn y William Boerke Cokrane, dos abogados norteamericanos influyentes que prestaban ayuda a la causa irlandesa. Ambos tenían relaciones con altos círculos del Gobierno y el Parlamento de Estados Unidos.

Roger notó el buen efecto que hizo entre las comunidades irlandesas desde que, a instancias de John Devoy, comenzó a hablar en los mítines y reuniones para recolectar fondos. Era conocido por sus campañas en favor de los indígenas del África y la Amazonía, y su oratoria racional y emotiva llegaba a todos los públicos. Al final de los mítines en los que habló, en New York, Filadelfia y otras ciudades de la Costa Este, las recaudaciones aumentaron. Los dirigentes del Clan na Gael le bromeaban que a este paso se harían capitalistas. La Ancient Order of Hibernians lo invitó a ser el orador principal en el mitin más numeroso en que Roger participó en los Estados Unidos.

En Filadelfia conoció a otro de los grandes dirigentes nacionalistas en el exilio, Joseph McGarrity, colaborador estrecho de John Devoy en el Clan na Gael. Precisamente estaba en su casa cuando les llegó la noticia del éxito del desembarco clandestino de mil quinientos fusiles y diez mil municiones para los Voluntarios en la localidad de Howth. La noticia provocó una explosión de alegría y fue celebrada con un brindis. Poco después supo que, luego de aquel desembarco, hubo un serio incidente en Bachelor's Walk entre irlandeses y soldados británicos del regimiento The King's Own Scottish Borderers, en el que murieron tres personas y resultaron más de cuarenta heridos. ¿Comenzaba, pues, la guerra?

En casi todas sus idas y venidas por Estados Unidos, reuniones del Clan na Gael y actos públicos, Roger aparecía acompañado de Eivind Adler Christensen. Lo presentaba como su ayudante y persona de confianza. Le había comprado ropa más presentable y lo había puesto al día sobre la problemática irlandesa, de la que el joven noruego decía ignorarlo todo. Era inculto pero no tonto, aprendía rápido y se mostraba muy discreto en las reuniones entre Roger, John Devoy y otros miembros de la organización. Si a éstos la presencia del joven noruego les despertó recelos, se los guardaron para sí, pues en ningún momento hicieron a Roger preguntas impertinentes sobre su acompañante.

Cuando, en agosto de 1914, estalló el conflicto mundial —el día 4 Gran Bretaña declaró la guerra a Alemania—, Casement, Devoy, Joseph McGarrity y John Keating, el círculo más estrecho de dirigentes del Clan na Gael, habían decidido ya que Roger partiera a Alemania. Iría como representante de los independentistas partidarios de establecer una alianza estratégica, en la que el Gobierno del Káiser prestaría ayuda política y militar a los Voluntarios y éstos harían campaña contra el enrolamiento de irlandeses en el Ejército británico que defendían tanto los unionistas del Ulster como los seguidores de John Redmond. Este proyecto fue consultado con un pequeño número de dirigentes de los Volunteers, como Patrick Pearse y Eoin MacNeill, quienes lo aprobaron sin reservas. La embajada alemana en Washington, con la que el Clan na Gael tenía vínculos, colaboró con los planes. El agregado militar alemán, capitán Franz von Papen, vino a New York y se entrevistó dos veces con Roger. Se mostró entusiasmado con el acercamiento entre el Clan na Gael, el IRB irlandés y el Gobierno alemán. Luego de consultar con Berlín, les hizo saber que Roger Casement sería bienvenido en Alemania.

Roger esperaba la guerra, como casi todo el mundo, y apenas la amenaza se hizo realidad, se entregó a la acción con la enorme energía de que era capaz. Su posición favorable al Reich se cargó de una virulencia antibritánica que sorprendía a sus propios compañeros del Clan na Gael, pese a que muchos de ellos apostaban también por una victoria alemana. Tuvo una violenta discusión con John Quinn, quien lo había invitado a pasar unos días en su lujosa residencia, por afirmar que esta guerra era una conjura del resentimiento y la envidia de un país en decadencia como Inglaterra frente a una potencia pujante, en pleno desarrollo industrial y económico, con una demografía creciente. Alemania representaba el futuro por no tener lastres coloniales, en tanto que Inglaterra, encarnación misma de un pasado imperial, estaba condenada a extinguirse.

En agosto, septiembre y octubre de 1914, Roger, como en sus mejores épocas, trabajó día y noche, escribiendo artículos y cartas, pronunciando charlas y discursos en los que, con insistencia maniática, acusaba a Inglaterra de ser causante de esta catástrofe europea y urgía a los

irlandeses a no ceder a los cantos de sirena de John Redmond, que hacía campaña para que se enrolaran. El Gobierno liberal inglés hizo aprobar la Autonomía en el Parlamento, pero suspendió su vigencia hasta el fin de la
guerra. La división de los Voluntarios fue inevitable. La
organización había crecido de manera extraordinaria
y Redmond y el Irish Parliamentary Party eran largamente mayoritarios. Más de ciento cincuenta mil Voluntarios
lo siguieron, en tanto que apenas once mil continuaron
con Eoin MacNeill y Patrick Pearse. Nada de esto amainó
el fervor progermano de Roger Casement quien, en todos
los mítines en Estados Unidos, seguía presentando a la
Alemania del Káiser como la víctima en esta guerra y la mejor defensora de la civilización occidental. «No es el amor
a Alemania lo que habla por tu boca sino el odio a Inglaterra», le dijo John Quinn en aquella discusión.

En septiembre de 1914 salió, en Filadelfia, un pequeño libro de Roger Casement, *Irlanda, Alemania y la
libertad de los mares: un posible resultado de la guerra de 1914,*
que reunía sus ensayos y artículos favorables a Alemania.
El libro se reeditaría luego en Berlín con el título de *El
crimen contra Europa.*

Sus pronunciamientos a favor de Alemania impre-
sionaron a los diplomáticos del Reich acreditados en Estados Unidos. El embajador alemán en Washington, el
conde Johann von Bernstorff, viajó a New York para reunirse en privado con el trío dirigente del Clan na Gael
—John Devoy, Joseph McGarrity y John Keating— y
Roger Casement. Estuvo también presente el capitán Franz
von Papen. Fue Roger, según lo acordado con sus compañeros, quien expuso ante el diplomático alemán el pedido de los nacionalistas: cincuenta mil fusiles y municiones. Se podían desembarcar en distintos puertos de Irlanda
de manera clandestina gracias a los Voluntarios. Servirían
para un levantamiento militar anticolonialista que inmo-
vilizaría importantes fuerzas militares inglesas, lo que de-

bería ser aprovechado por las fuerzas navales y militares del Káiser para desencadenar una ofensiva contra las guarniciones militares del litoral inglés. Para ampliar las simpatías hacia Alemania de la opinión pública irlandesa, era indispensable que el Gobierno alemán hiciera una declaración garantizando que, en caso de victoria, apoyaría los anhelos irlandeses de liberación del yugo colonial. De otra parte, el Gobierno alemán debería comprometerse a dar un tratamiento especial a los soldados irlandeses que cayeran prisioneros, separándolos de los ingleses y dándoles la oportunidad de incorporarse a una Brigada Irlandesa que combatiría «junto a, pero no dentro de» el Ejército alemán contra el enemigo común. Roger Casement sería el organizador de la Brigada.

El conde Von Bernstorff, de robusta apariencia, monóculo y pechera empastelada de condecoraciones, lo escuchó con atención. El capitán Von Papen tomaba notas. El embajador debía consultar a Berlín, desde luego, pero les adelantó que la propuesta le parecía razonable. Y, en efecto, pocos días después, en una segunda reunión, les comunicó que el Gobierno alemán estaba dispuesto a celebrar conversaciones sobre el asunto, en Berlín, con Casement como representante de los nacionalistas irlandeses. Les entregó una carta pidiendo a las autoridades que dieran todas las facilidades a sir Roger en su estancia alemana.

Comenzó a preparar su viaje de inmediato. Advirtió que Devoy, McGarrity y Keating se sorprendían cuando les dijo que viajaría a Alemania llevando a su ayudante Eivind Adler Christensen. Como se había planeado, por razones de seguridad, que viajara en barco de New York a Christiania, la ayuda del noruego como traductor en su propio país sería útil, y también en Berlín, pues Eivind hablaba asimismo alemán. No pidió un suplemento de dinero para su asistente. La suma que el Clan na Gael le dio para su viaje e instalación —tres mil dólares— les alcanzaría a los dos.

Si sus compañeros neoyorquinos vieron algo extraño en su empeño por llevar consigo a Berlín a ese joven vikingo que permanecía mudo ante ellos en las reuniones, se lo callaron. Asintieron, sin comentarios. Roger no hubiera podido hacer el viaje sin Eivind. Con éste había entrado en su vida un flujo de juventud, de ilusión, y —la palabra lo hacía sonrojar— amor. No le había ocurrido antes. Había tenido esas esporádicas aventuras callejeras con gentes cuyos nombres, si es que lo eran y no meros apodos, olvidaba casi al instante, o con esos fantasmas que su imaginación, sus deseos y su soledad inventaban en las páginas de sus diarios. Pero con el «bello vikingo», como lo llamaba en la intimidad, tuvo en estas semanas y meses la sensación de que, más allá del placer, había establecido por fin una relación afectiva que podía durar, sacarlo de la soledad a la que su vocación sexual lo había condenado. No hablaba de estas cosas con Eivind. No era ingenuo y muchas veces se dijo que lo más probable, lo seguro incluso, era que el noruego estuviera con él por interés, porque junto a Roger comía dos veces al día, vivía bajo techo, dormía en una cama decente, tenía ropa y una seguridad de la que, según confesión propia, no disfrutaba hacía mucho tiempo. Pero Roger terminó por descartar todas sus prevenciones en el trato diario con el muchacho. Era atento y afectuoso con él, parecía vivir para atenderlo, alcanzarle las prendas de vestir, comedirse a todos los recados. Se dirigía a él en todo momento, aun en los más íntimos, guardando las distancias, sin permitirse un abuso de confianza o alguna vulgaridad.

Compraron pasajes de segunda clase en el barco *Oskar II* de New York a Christiania, que partía a mediados de octubre. Roger, que llevaba papeles con el nombre de James Landy, cambió su apariencia, cortándose los cabellos al ras y blanqueando su tez bronceada con cremas. El barco fue interceptado por la Marina británica en alta mar y escoltado a Stornoway, en las Hébridas, donde los ingleses lo sometieron a un riguroso registro. Pero la verdadera identidad de Casement no fue detectada. La pareja llegó sana y salva a Christiania al anochecer del 28 de octubre. Roger nunca se había sentido mejor. Si se lo hubieran preguntado, hubiera respondido que, a pesar de todos los problemas, era un hombre feliz.

Sin embargo, en esas mismas horas, minutos, en que creía haber atrapado aquel fuego fatuo —la felicidad—, comenzaba la etapa más amarga de su vida, ese fracaso que, pensaría él luego, empañaría todo lo bueno y noble que había en su pasado. El mismo día que llegaron a la capital de Noruega, Eivind le anunció que había sido secuestrado unas horas por desconocidos y llevado al consulado británico, donde lo interrogaron sobre su misterioso acompañante. Él, ingenuo, le creyó. Y pensó que este episodio le ofrecía una oportunidad providencial para poner en evidencia las malas artes (las intenciones asesinas) de la Cancillería británica. En realidad, como averiguaría después, Eivind se presentó al consulado ofreciendo venderlo. Este asunto sólo serviría para obsesionar a Roger y hacerle perder semanas y meses en gestiones y preparativos inútiles que, a la postre, no trajeron beneficio alguno a la causa de Irlanda y, sin duda, fueron motivo de burla en el Foreign Office y la inteligencia británica, donde lo verían como un patético aprendiz de conspirador.

¿Cuándo comenzó su decepción de esa Alemania a la que, acaso por simple rechazo de Inglaterra, se había puesto a admirar y a llamar un ejemplo de eficiencia, disciplina, cultura y modernidad? No en sus primeras semanas en Berlín. En el viaje, un tanto rocambolesco, de Christiania a la capital alemana, acompañado de Richard Meyer, quien sería su enlace con el Ministerio de Relaciones Exteriores del Káiser, todavía estaba lleno de ilusiones, convencido de que Alemania ganaría la guerra y su victoria sería decisiva para la emancipación de Irlanda. Sus primeras impresiones de esa ciudad fría, con lluvia y niebla, que era el Berlín de ese otoño, fueron buenas. Tanto el subsecretario de Estado para las Relaciones Exteriores, Arthur Zimmermann, como el conde Georg von Wedel, jefe de la sección inglesa de la Cancillería, lo recibieron con amabilidad y mostraron entusiasmo con sus planes de una Brigada formada por los prisioneros irlandeses. Ambos eran partidarios de que el Gobierno alemán hiciera una declaración a favor de la independencia de Irlanda. Y, en efecto, el 20 de noviembre de 1914 el Reich la hizo, tal vez no en los términos tan explícitos como esperaba Roger, pero lo bastante claros para justificar la postura de quienes como él defendían una alianza de los nacionalistas irlandeses con Alemania. Sin embargo, para esa fecha, a pesar del entusiasmo que le deparó aquella declaración —un éxito suyo, sin duda— y de que, por fin, el secretario de Estado para las Relaciones Exteriores le comunicó que el alto mando militar había ya ordenado que se reuniera a los prisioneros de guerra irlandeses en un solo campo donde podría visitarlos, Roger comenzaba a presentir que la realidad no se iba a plegar a sus planes, que, más bien, se empeñaría en hacerlos fracasar.

El primer indicio de que las cosas tomaban rumbos inesperados fue saber, por la única carta de Alice Stopford Green que recibiría en dieciocho meses —una carta que para llegar hasta él dio una parábola trasatlántica, haciendo escala en New York, donde cambió de sobre, nombre y destinatario—, que la prensa británica había informado de su presencia en Berlín. Ello había provocado una intensa polémica entre los nacionalistas que aprobaban y los que desaprobaban su decisión de tomar partido por Alemania en la guerra. Alice la desaprobaba: se lo decía en términos rotundos. Añadía que muchos partidarios resueltos de la independencia coincidían con ella. A lo más, decía Alice, se podía aceptar una postura neutral de los irlandeses frente a la guerra europea. Pero hacer causa común con Alemania, no. Decenas de miles de irlandeses estaban peleando por Gran Bretaña: ¿cómo se sentirían esos compatriotas sabiendo que figuras notorias del nacionalismo irlandés se identificaban con el enemigo que los cañoneaba y gaseaba en las trincheras de Bélgica?

La carta de Alice le hizo el efecto de un rayo. Que la persona que más admiraba y con la que creía coincidir políticamente más que con ninguna otra, condenara lo que estaba haciendo y se lo dijera en esos términos, lo dejó aturdido. Desde Londres las cosas se verían de manera diferente, sin la perspectiva de la distancia. Pero, aunque se diera a sí mismo todas las justificaciones, algo quedó en su conciencia, perturbándolo: su mentora política, su amiga y maestra, por primera vez lo desaprobaba y creía que, en vez de ayudar, perjudicaba a la causa de Irlanda. Desde entonces, una pregunta retumbaría en su mente con un sonido de mal agüero: «¿Y si Alice tiene razón y yo me he equivocado?».

En ese mismo mes de noviembre las autoridades alemanas lo hicieron viajar hasta el frente de batalla, en Charleville, para conversar con los jefes militares sobre la Brigada Irlandesa. Roger se decía que si tenía éxito y se constituía una fuerza militar que luchara junto a las fuerzas alemanas por la independencia de Irlanda, tal vez los escrúpulos de muchos compañeros, como Alice, desaparecerían. Aceptarían que, en política, el sentimentalismo era un estorbo, que el enemigo de Irlanda era Inglaterra y que los enemigos de sus enemigos eran los amigos de Irlanda. El viaje, aunque corto, le dejó una buena impresión. Los altos oficiales alemanes que combatían en Bélgica estaban seguros de la victoria. Todos aplaudieron la idea de la Brigada Irlandesa. De la guerra misma no vio gran cosa: tropas en los caminos, hospitales en los pueblos, filas de prisioneros custodiados por soldados armados, lejanos cañonazos. Cuando volvió a Berlín, lo esperaba una buena noticia. Accediendo a su pedido, el Vaticano había decidido enviar dos sacerdotes para el campo donde se estaba reuniendo a los prisioneros irlandeses: un agustino, fray O'Gorman, y un dominico, fray Thomas Crotty. O'Gorman permanecería dos meses y Crotty todo el tiempo que hiciera falta.

¿Y si Roger Casement no hubiera conocido al padre Thomas Crotty? Probablemente no habría sobrevivido a ese invierno terrible de 1914-1915, en que toda Alemania, sobre todo Berlín, se vio azotada por tormentas de nieve que volvían intransitables los caminos y las calles, ventarrones que descuajaban arbustos y rompían marquesinas y ventanales, y temperaturas de quince y veinte grados bajo cero que, debido a la guerra, había muchas veces que soportar sin lumbre ni calefacción. Los males físicos volvieron a abatirse sobre él con ensañamiento: los dolores a la cadera, al hueso ilíaco, lo hacían encogerse en el asiento sin poder tenerse de pie. Muchos días pensó que aquí, en Alemania, se quedaría tullido para siempre. Volvieron a molestarlo las hemorroides. Ir al baño se volvió un suplicio. Sentía su cuerpo debilitado y cansado como si le hubieran caído veinte años de golpe.

En todo ese período su tabla de salvación fue el padre Thomas Crotty. «Los santos existen, no son mitos», se decía. ¿Qué otra cosa era si no el padre Crotty? Nunca se quejaba, se adaptaba a las peores circunstancias con una sonrisa en la boca, síntoma de su buen humor y su optimismo vital, su convencimiento íntimo de que había en la vida bastantes cosas buenas por las que merecía ser vivida.

Era un hombre más bajo que alto, con raleados cabellos grises y una cara redonda y colorada, en la que sus ojos claros parecían centellear. Provenía de una familia campesina muy pobre, de Galway, y, algunas veces, cuando estaba más contento que de costumbre, cantaba en gaélico canciones de cuna que había escuchado a su madre cuando niño. Al saber que Roger pasó veinte años en África y cerca de un año en la Amazonía, le contó que, desde el seminario, soñaba con ir a tierra de misión en algún país remoto, pero la orden dominicana decidió otro destino para él. En el

campo, se hizo amigo de todos los prisioneros porque a todos trató con la misma consideración, sin importarle sus
ideas y credos. Como, desde el primer momento, advirtió
que sólo una minoría ínfima se dejaría convencer por las
ideas de Roger, se mantuvo rigurosamente imparcial, sin
pronunciarse nunca a favor o en contra de la Brigada Irlandesa. «Todos los que están aquí sufren, y son hijos de Dios,
y por tanto nuestros hermanos ¿no es verdad?», le dijo a
Roger. En sus largas conversaciones con el padre Crotty rara
vez asomó la política. Hablaban mucho de Irlanda, sí, de
su pasado, de sus héroes, de sus santos, de sus mártires, pero,
en boca del padre Crotty, los irlandeses que más aparecían
eran esos sufridos y anónimos labradores que trabajaban de
sol a sol para ganar mendrugos y los que habían tenido que
emigrar a América, a África del Sur y a Australia para no
morirse de hambre.

Fue Roger quien llevó al padre Crotty a hablar de
religión. El dominico era también en esto muy discreto,
pensando sin duda que aquél, como anglicano, preferiría
evitar un asunto conflictivo. Pero cuando Roger le expuso
su desconcierto espiritual y le confesó que de un tiempo
a esta parte se sentía cada vez más atraído por el catolicismo, la religión de su madre, el padre Crotty aceptó de
buena gana que tocaran ese tema. Con paciencia absolvía
sus curiosidades, dudas y preguntas. Una vez Roger se atrevió a preguntarle a boca de jarro: «¿Cree usted que estoy
haciendo bien esto que hago o me equivoco, padre Crotty?».
El sacerdote se puso muy serio: «No lo sé, Roger. No me
gustaría mentir. Simplemente, no lo sé».

Roger, ahora, tampoco lo sabía, después de esos
primeros días de diciembre de 1914, cuando, luego de
pasear por el campo de Limburg con los generales alemanes De Graaf y Exner, habló por fin a los centenares de
prisioneros irlandeses. No, la realidad no acataba sus pre-
visiones. «Qué ingenuo y tonto fui», se diría, recordando,
la boca de pronto con gusto a ceniza, las caras de descon-

cierto, de desconfianza, de hostilidad de los prisioneros, cuando les explicaba, con todo el fuego de su amor por Irlanda, la razón de ser de la Brigada Irlandesa, la misión que cumpliría, lo agradecida que quedaría la patria por ese sacrificio. Recordaba los esporádicos vítores a John Redmond que lo interrumpieron, los rumores reprobatorios y hasta amenazantes, el silencio que siguió a sus palabras. Lo más humillante fue que, terminada su alocución, los guardias alemanes lo rodearon y acompañaron a salir del campo, porque, aunque no hubieran entendido las palabras, las actitudes de la mayoría de los prisioneros dejaban entrever que aquello podía culminar en una agresión contra el orador.

Y eso fue exactamente lo que ocurrió la segunda vez que Roger volvió a Limburg a hablarles, el 5 de enero de 1915. En esta ocasión, los prisioneros no se contentaron con ponerle malas caras y mostrar su disgusto con gestos y ademanes. Lo silbaron e insultaron. «¿Cuánto te ha pagado Alemania?» era el grito más frecuente. Tuvo que callarse porque la gritería era ensordecedora. Había empezado a recibir una lluvia de piedrecillas, escupitajos y diversos proyectiles. Los soldados alemanes lo sacaron a paso ligero del local.

Nunca se recobró de aquella experiencia. Su recuerdo, como un cáncer, lo iría comiendo por dentro, sin tregua.

—¿Debo renunciar a esto, en vista de ese rechazo generalizado, padre Crotty?

—Debe hacer lo que crea que es lo mejor para Irlanda, Roger. Sus ideales son puros. La impopularidad no es siempre un buen indicio para decidir la justicia de una causa.

Desde entonces viviría en una duplicidad desgarradora, aparentando ante las autoridades alemanas que la Brigada Irlandesa estaba en marcha. Verdad que había pocas adhesiones todavía, pero aquello sería distinto cuando los prisioneros superaran la desconfianza inicial y entendieran que la conveniencia de Irlanda, y por tanto de ellos, era la amistad y colaboración con Alemania. En su fuero íntimo, sabía muy bien que lo que decía no era cierto, que nunca habría una adhesión masiva a la Brigada, que ésta no pasaría jamás de ser un grupito simbólico.

Si era así ¿para qué seguir? ¿Por qué no dar marcha atrás? Porque aquello hubiera equivalido a un suicidio y Roger Casement no quería suicidarse. No todavía. No de esa manera, en todo caso. Y por eso, el hielo en el corazón, los primeros meses de 1915, a la vez que seguía perdiendo el tiempo con el «asunto Findlay», negociaba con las autoridades del Reich el acuerdo sobre la Brigada Irlandesa. Exigía ciertas condiciones y sus interlocutores, Arthur Zimmermann, el conde Georg von Wedel y el conde Rudolf Nadolny, lo escucharon muy serios, anotando en sus cuadernos. En la siguiente reunión le comunicaron que el Gobierno alemán aceptaba sus exigencias: la Brigada tendría uniformes propios, oficiales irlandeses, elegiría los campos de batalla donde entrar en acción, sus gastos serían devueltos al Gobierno alemán por el Gobierno republicano de Irlanda apenas se constituyera. Él sabía tan bien como ellos que todo esto era una pantomima, porque la Brigada Irlandesa a mediados de 1915 ni siquiera tenía voluntarios para formar una compañía: había reclutado apenas unos cuarenta y era improbable que todos perseveraran en su compromiso. Muchas veces se preguntó: «¿Hasta cuándo durará la farsa?». En sus cartas a Eoin MacNeill y a John Devoy se sentía obligado a asegurarles que, aunque despacio, la Brigada Irlandesa se hacía realidad. Poco a poco, iban aumentando los voluntarios. Era imprescindible que le enviaran oficiales irlandeses que entrenaran a la Brigada y se pusieran al frente de las futuras secciones y compañías. Se lo prometieron, pero ellos también fallaron: el único que llegó fue el capitán Robert Monteith. Aunque, es verdad, el irrompible Monteith valía él solo un batallón.

Los primeros indicios de lo que se vendría los tuvo Roger cuando, terminado el invierno, comenzaban a aparecer los primeros brotes verdes en los árboles de Unter den Linden. El subsecretario de Estado para las Relaciones Exteriores, en una de sus reuniones periódicas, un día, de manera abrupta le hizo saber que el alto mando militar alemán no tenía confianza en su ayudante Eivind Adler Christensen. Había indicios de que podía estar informando a la inteligencia británica. Debía alejarlo de inmediato.

La advertencia lo tomó de sorpresa y, de entrada, la descartó. Pidió pruebas. Le respondieron que los servicios de inteligencia alemanes no habrían hecho una afirmación semejante si no hubieran tenido razones poderosas para hacerlo. Como en esos días Eivind quería ir por unos días a Noruega, a ver a parientes, Roger lo animó a que partiera. Le dio dinero y fue a despedirlo a la estación. Nunca más lo volvió a ver. Desde entonces, otro motivo de angustia se sumó a los anteriores: ¿podía ser posible que el dios vikingo fuera un espía? Rebuscó su memoria tratando de encontrar en esos meses últimos, en que ambos habían convivido, algún hecho, actitud, contradicción, palabra perdida, que lo delatara. No encontró nada. Trataba de tranquilizarse a sí mismo diciéndose que aquel infundio era una maniobra de esos aristócratas teutones prejuiciosos y puritanos que, sospechando que las relaciones suyas con el noruego no eran inocentes, querían alejarlo de él valiéndose de cualquier treta, aun la calumnia. Pero la duda volvía y lo desvelaba. Cuando supo que Eivind Adler Christensen había decidido volver a Estados Unidos desde Noruega, sin regresar a Alemania, se alegró.

El 20 de abril de 1915 llegó a Berlín el joven Joseph Plunkett, como delegado de los Voluntarios y del IRB, luego de haber dado un periplo rocambolesco por media Europa para escapar a las redes de la inteligencia británica. ¿Cómo había hecho semejante esfuerzo en su condición física? No tendría más de veintisiete años pero era esquelético, semitullido por la poliomielitis, con una tuberculosis que lo iba devorando y daba a su cara por momentos el aire de una calavera. Hijo de un próspero aristócrata, el conde George Noble Plunkett, director del Museo Nacional de Dublín, Joseph, que hablaba inglés con acento de aristócrata, se vestía de cualquier manera, con unos pantalones bolsudos, una levita que le quedaba muy grande y un sombrerote embutido hasta las cejas. Pero bastaba oírlo hablar y conversar un poco con él para descubrir que detrás de esa apariencia de payaso, ese físico en ruinas y su indumentaria carnavalesca, había una inteligencia superior, penetrante como pocas, una cultura literaria enorme y un espíritu ardiente, con una vocación de lucha y sacrificio por la causa de Irlanda que a Roger Casement lo impresionó mucho las veces que departió con él en Dublín, en las reuniones de los Voluntarios. Escribía poesía mística, era, como Patrick Pearse, un creyente devoto y conocía al dedillo a los místicos españoles, sobre todo a Santa Teresa de Jesús y San Juan de la Cruz, de quien recitaba de memoria versos en español. Al igual que Patrick Pearse, se había alineado siempre, dentro de los Voluntarios, con los radicales y eso lo acercó a Roger. Escuchándolos, éste se dijo muchas veces que Pearse y Plunkett parecían buscar el martirio, convencidos de que sólo derrochando el heroísmo y desprecio de la muerte que tuvieron esos héroes titánicos que jalonaban la Historia irlandesa, desde Cuchulain y Fionn y Owen Roe hasta Wolfe Tone y Robert Emmet, e inmolándose ellos mismos como los mártires cristianos de los tiempos primitivos, contagiarían a la mayoría la idea de que la única manera de conquistar la libertad sería cogiendo las armas y haciendo la guerra. De la inmolación de los hijos de Eire nacería ese país libre, sin colonizadores ni explotadores, donde reinarían la ley, el cristianismo y la justicia. A Roger, el romanticismo un tanto enloquecido de Joseph Plunkett y Patrick Pearse lo había asustado a veces, en Irlanda. Pero estas semanas, en Berlín, oyendo al joven poeta y revolucionario, en esos días agradables en que la primavera llenaba de flores los jardines y los árboles de los parques recobraban su verdor, Roger se sintió conmovido y ansioso de creer todo lo que el recién venido le decía.

Traía noticias exaltantes de Irlanda. La división de los Voluntarios a raíz de la guerra europea había servido para aclarar las cosas, según él. Cierto que una gran mayoría seguía aún las tesis de John Redmond de colaborar con el Imperio y enrolarse en el Ejército británico, pero la minoría leal a los Voluntarios contaba con muchos millares de gentes decididas a pelear, un verdadero Ejército unido, compacto, lúcido sobre sus objetivos y resuelto a morir por Irlanda. Ahora sí había una estrecha colaboración entre los Voluntarios y el IRB y asimismo el Irish Citizen Army, el Ejército del Pueblo, formado por marxistas y sindicalistas como Jim Larkin y James Connolly, y el Sinn Fein de Arthur Griffith. Hasta Sean O'Casey, que había atacado con ferocidad a los Voluntarios llamándolos «burgueses e hijitos de papá», se mostraba favorable a la colaboración. El Comité Provisional, que dirigían Tom Clarke, Patrick Pearse y Thomas MacDonagh entre otros, preparaba la insurrección día y noche. Las circunstancias eran propicias. La guerra europea creaba una oportunidad única. Era indispensable que Alemania los ayudara con el envío de unos cincuenta mil fusiles y una acción simultánea de su Ejército en territorio británico atacando los puertos irlandeses militarizados por la Royal Navy. La acción conjunta acaso decidiría la victoria alemana. Irlanda sería independiente y libre, por fin.

Roger estaba de acuerdo: ésta había sido su tesis hacía tiempo y era la razón por la que vino a Berlín. Insistió mucho en que el Comité Provisional estableciera que la acción ofensiva de la Marina y el Ejército alemanes era condición *sine qua non* para el Alzamiento. Sin aquella invasión la rebelión fracasaría, pues la fuerza logística era demasiado desigual.

—Pero, usted, sir Roger —lo interrumpió Plunkett—, olvida un factor que prevalece sobre el armamento militar y el número de soldados: la mística. Nosotros la tenemos. Los ingleses, no.

Hablaban en una taberna semivacía. Roger tomaba cerveza y Joseph un refresco. Fumaban. Plunkett le contó que Larkfield Manor, su casa en el barrio de Kimmage, en Dublín, se había convertido en una fragua y un arsenal, donde se fabricaban granadas, bombas, bayonetas, picas y se cosían banderas. Decía todo aquello con ademanes exaltados, en estado de trance. Le contó también que el Comité Provisional había decidido ocultar a Eoin MacNeill el acuerdo sobre el Alzamiento. Roger se sorprendió. ¿Cómo se podía mantener secreta semejante decisión ante quien había sido el fundador de los Voluntarios y seguía siendo su presidente?

—Todos lo respetamos y nadie pone en duda el patriotismo y la honestidad del profesor MacNeill —explicó Plunkett—. Pero es blando. Cree en la persuasión y los métodos pacíficos. Será informado cuando ya sea tarde para impedir el Alzamiento. Entonces, a nadie le cabe duda, se unirá a nosotros en las barricadas.

Roger trabajó día y noche con Joseph preparando un plan de treinta y dos páginas con detalles del Alzamiento. Lo presentaron ambos a la Cancillería y al Almirantazgo. El plan sostenía que las Fuerzas Militares británicas en Irlanda estaban dispersas en reducidas guarniciones y podían ser fácilmente doblegadas. Los diplomáticos, funcionarios y militares alemanes escucharon impresionados a este joven malformado y vestido como un *clown*, que, al hablar, se transformaba y explicaba con precisión matemática y gran coherencia intelectual las ventajas de que una invasión alemana coincidiera con la revolución nacionalista. Los que sabían inglés, sobre todo, lo escuchaban intrigados por su desenvoltura, fiereza y la retórica exaltada con que se expresaba. Pero, aun los que no entendían inglés y debían esperar que el intérprete tradujera sus palabras, miraban con asombro la vehemencia y la gesticulación frenética de este maltrecho emisario de los nacionalistas irlandeses.

Lo escuchaban, tomaban notas de lo que Joseph y
Roger les pedían, pero sus respuestas no los comprometían
a nada. Ni a la invasión ni al envío de los cincuenta mil
fusiles con la munición respectiva. Todo aquello se estudiaría dentro de la estrategia global de la guerra. El Reich aprobaba las aspiraciones del pueblo irlandés y tenía la intención
de apoyar sus legítimos anhelos: no iban más allá.

Joseph Plunkett pasó casi dos meses en Alemania,
viviendo con una frugalidad comparable a la del propio
Casement, hasta el 20 de junio en que partió hacia la
frontera suiza, de vuelta a Irlanda vía Italia y España. Al
joven poeta no le llamó la atención el escaso número de
adherentes que tenía la Brigada Irlandesa. Por lo demás,
no mostró la menor simpatía por ésta. ¿La razón?

—Para servir en la Brigada, los prisioneros tienen
que romper su juramento de lealtad al Ejército británico
—le dijo a Roger—. Yo estuve siempre en contra de que
los nuestros se enrolaran en las filas del ocupante. Pero,
una vez que lo hicieron, un juramento hecho ante Dios
no se puede romper sin pecar y perder el honor.

El padre Crotty oyó esta conversación y guardó
silencio. Estuvo así, hecho una esfinge, toda la tarde que
los tres pasaron juntos, escuchando al poeta, que acaparaba la conversación. Luego, el dominico comentó a Casement:

—Este muchacho es alguien fuera de lo común,
sin duda. Por su inteligencia y por su entrega a una causa.
Su cristianismo es el de esos cristianos que morían en los
circos romanos devorados por las fieras. Pero, también, el
de los cruzados que reconquistaron Jerusalén matando a
todos los impíos judíos y musulmanes que encontraron,
incluidas mujeres y niños. El mismo celo ardiente, la mis-

ma glorificación de la sangre y la guerra. Te confieso, Roger, que personas así, aunque sean ellas las que hacen la Historia, a mí me dan más miedo que admiración.

Un tema recurrente en las charlas de Roger y Joseph esos días fue la posibilidad de que la insurrección estallara sin que el Ejército alemán invadiera al mismo tiempo Inglaterra, o, al menos, cañoneara los puertos protegidos por la Royal Navy en territorio irlandés. Plunkett era partidario, incluso en ese caso, de seguir con los planes insurreccionales: la guerra europea había creado una oportunidad que no debía ser desperdiciada. Roger pensaba que sería un suicidio. Por heroicos y arrojados que fueran, los revolucionarios serían aplastados por la maquinaria del Imperio. Éste aprovecharía para hacer una purga implacable. La liberación de Irlanda demoraría cincuenta años más.

—¿Debo entender que si estalla la revolución sin intervención de Alemania no estará usted con nosotros, sir Roger?

—Estaré con ustedes, desde luego. Pero a sabiendas de que será un sacrificio inútil.

El joven Plunkett lo miró largamente a los ojos y a Roger le pareció advertir en esa mirada un sentimiento de lástima.

—Permítame hablarle con franqueza, sir Roger —murmuró, por fin, con la seriedad de quien se sabe poseedor de una verdad irrefutable—. Hay algo que usted no ha entendido, me parece. No se trata de ganar. Claro que vamos a perder esa batalla. Se trata de durar. De resistir. Días, semanas. Y de morir de tal manera que nuestra muerte y nuestra sangre multipliquen el patriotismo de los irlandeses hasta volverlo una fuerza irresistible. Se trata de que, por cada uno de los que muramos, nazcan cien revolucionarios. ¿No ocurrió así con el cristianismo?

No supo qué responderle. Las semanas que siguieron a la partida de Plunkett fueron muy intensas para Roger. Continuó pidiendo que Alemania pusiera en libertad a prisioneros irlandeses que, por razones de salud, edad, por su categoría intelectual y profesional y su conducta lo merecían. Este gesto causaría buena impresión en Irlanda. Las autoridades alemanas habían sido reacias, pero ahora comenzaron a ceder. Se hicieron listas, se discutieron nombres. Finalmente, el alto mando militar accedió a liberar a un centenar de profesionales, maestros, estudiantes y hombres de negocios de credenciales respetables. Fueron muchas horas y días de discusiones, un tira y afloje que dejaba a Roger extenuado. Por otra parte, angustiado con la idea de que los Voluntarios, siguiendo las tesis de Pearse y de Plunkett, desencadenaran una insurrección antes de que Alemania se decidiera a atacar a Inglaterra, presionaba a la Cancillería y el Almirantazgo para que le dieran una respuesta sobre los cincuenta mil fusiles. Le respondían vaguedades. Hasta que un día, en una reunión del Ministerio de Relaciones Exteriores, el conde Blicher le dijo algo que lo desalentó:

—Sir Roger, usted no tiene una idea justa de las proporciones. Examine un mapa con objetividad y verá lo poco que representa Irlanda en términos geopolíticos. Por más simpatías que tenga el Reich por su causa, otros países y regiones son más importantes para los intereses alemanes.

—¿Significa esto que no recibiremos las armas, señor conde? ¿Alemania descarta de plano la invasión?

—Ambas cosas están todavía en estudio. Si de mí se tratara, yo descartaría la invasión, desde luego, en un futuro inmediato. Pero lo decidirán los especialistas. Recibirá una respuesta definitiva en cualquier momento.

Roger escribió una larga carta a John Devoy y Joseph McGarrity, dándoles sus razones para oponerse a un alzamiento que no contara con una acción militar alemana simultánea. Los exhortaba a que usaran su influencia con los Voluntarios y el IRB para disuadirlos de que se precipitaran en una acción descabellada. Al mismo tiempo, les aseguraba que seguía haciendo toda clase de esfuerzos para conseguir las armas. Pero la conclusión era dramática: «He fracasado. Aquí soy un inútil. Permítanme regresar a los Estados Unidos».

En esos días sus enfermedades recrudecieron. Nada le hacía efecto contra los dolores de la artritis. Continuos resfríos, con fiebres altas, lo obligaban a guardar cama con frecuencia. Había enflaquecido y sufría desvelos. Para mal de males, en este estado supo que *The New York World* había publicado una noticia, seguramente filtrada por el contraespionaje británico, según la cual sir Roger Casement se encontraba en Berlín recibiendo grandes sumas de dinero del Reich para alentar una rebelión en Irlanda. Envió una carta de protesta —«Trabajo para Irlanda, no para Alemania»— que no fue publicada. Sus amigos de New York le hicieron desechar la idea de un juicio: lo perdería y el Clan na Gael no estaba dispuesto a derrochar el dinero en un litigio judicial.

Desde mayo de 1915 las autoridades alemanas habían accedido a una demanda insistente de Roger: que los voluntarios de la Brigada Irlandesa fueran separados de los prisioneros de Limburg. El día 20, el medio centenar de brigadistas, que eran hostilizados por sus compañeros, fueron trasladados al pequeño campo de Zossen, en las vecindades de Berlín. Celebraron la ocasión con una misa que ofició el padre Crotty y hubo brindis y canciones irlandesas en una atmósfera de camaradería que levantó algo el ánimo de Roger. Anunció a los brigadistas que recibirían dentro de unos días los uniformes que él mismo había diseñado y que pronto llegaría un puñado de oficiales irlandeses a dirigir los entrenamientos. Ellos, que constituían la primera compañía de la Brigada Irlandesa, pasarían a la Historia como los pioneros de una hazaña.

Inmediatamente después de esta reunión, escribió una nueva carta a Joseph McGarrity, contándole la apertura del campo de Zossen y excusándose por el catastrofismo de su misiva anterior. La había escrito en un momento de descorazonamiento, pero ahora se sentía menos pesimista. La llegada de Joseph Plunkett y el campo de Zossen eran un estímulo. Seguiría trabajando por la Brigada Irlandesa. Aunque pequeña, tenía un simbolismo importante en el cuadro de la guerra europea.

Al comenzar el verano de 1915 partió a Múnich. Se alojó en el Basler Hof, hotelito modesto pero agradable. La capital bávara lo deprimía menos que Berlín, aunque aquí llevaba una vida todavía más solitaria que en la capital. Su salud seguía deteriorándose y los dolores y los resfríos lo obligaban a permanecer en su habitación. Su vida recoleta era de intenso trabajo intelectual. Bebía muchas tazas de café y fumaba sin tregua unos cigarrillos de tabaco negro que llenaban de humo su cuarto. Escribía continuas cartas a sus contactos en la Cancillería y el Almirantazgo y mantenía con el padre Crotty una correspondencia diaria, espiritual y religiosa. Releía las cartas del sacerdote y las guardaba como un tesoro. Un día intentó rezar. Hacía mucho que no lo hacía, por lo menos de este modo, concentrándose, tratando de abrir a Dios su corazón, sus dudas, sus angustias, su temor de haberse equivocado, pidiéndole misericordia y guía sobre su conducta futura. A la vez, escribía breves ensayos sobre los errores que debía evitar la Irlanda independiente, aprovechando la experiencia de otras naciones, para no caer en la corrupción, la explotación, las distancias siderales que separaban por doquier a pobres y ricos, a poderosos y débiles. Pero a ratos se desanimaba: ¿qué iba a hacer con esos textos? No tenía sentido distraer a sus amigos de Irlanda con ensayos sobre el porvenir cuando se encontraban sumergidos en una actualidad tan avasalladora.

Al terminar el verano, sintiéndose algo mejor, viajó al campo de Zossen. Los hombres de la Brigada habían recibido los uniformes diseñados por él y lucían bien todos ellos con la insignia irlandesa en las viseras. El campo se veía ordenado y funcionando. Pero la inactividad y el encierro estaban minando la moral del medio centenar de brigadistas, pese a los esfuerzos del padre Crotty por levantarles el ánimo. Organizaba competencias deportivas, concursos, lecciones y debates sobre asuntos diversos. A Roger le pareció un buen momento para hacer espejear ante ellos el acicate de la acción.

Los reunió en círculo y les expuso una posible estrategia que los sacara de Zossen y les devolviera la libertad. Si en estos momentos era imposible que combatieran en Irlanda ¿por qué no hacerlo bajo otros cielos donde se estaba librando la misma batalla por la que se creó la Brigada? La guerra mundial se había extendido al Medio Oriente. Alemania y Turquía peleaban para echar a los británicos de su colonia egipcia. ¿Por qué no participarían ellos en esa lucha contra la colonización, por la independencia de Egipto? Como la Brigada era todavía pequeña, tendrían que integrarse a otro cuerpo de Ejército, pero lo harían conservando su identidad irlandesa.

La propuesta había sido discutida por Roger con las autoridades alemanas y aceptada. John Devoy y McGarrity estaban de acuerdo. Turquía admitiría a la Brigada en su Ejército, en las condiciones descritas por Roger. Hubo una larga discusión. Al final, treinta y siete brigadistas se declararon dispuestos a pelear en Egipto. El resto necesitaba pensarlo. Pero lo que preocupaba a todos los brigadistas ahora era algo más urgente: los prisioneros de Limburg los habían amenazado con delatarlos a las autoridades inglesas a fin de que sus familias en Irlanda dejaran de recibir las pensiones de combatientes del Ejército británico. Si esto ocurría, sus padres, esposas e hijos se morirían de hambre. ¿Qué iba a hacer Roger al respecto?

Era obvio que el Gobierno británico tomara este tipo de represalias y a él ni siquiera se le había ocurrido. Viendo las caras ansiosas de los brigadistas, sólo atinó a asegurarles que sus familias nunca quedarían desprotegidas. Si dejaban de recibir esas pensiones, las organizaciones patrióticas las ayudarían. Ese mismo día escribió a Clan na

Gael pidiendo que se creara un fondo para compensar a los parientes de los brigadistas si eran víctimas de esa represalia. Pero Roger no se hacía ilusiones: tal como iban las cosas, el dinero que entraba a las arcas de los Voluntarios, el IRB y el Clan na Gael era para comprar armas, la primera prioridad. Angustiado, se decía que por su culpa cincuenta familias humildes irlandesas pasarían hambre y acaso serían diezmadas por la tuberculosis el próximo invierno. El padre Crotty trataba de calmarlo pero esta vez sus razones no lo tranquilizaron. Un nuevo tema de preocupación se había sumado a los que lo atormentaban y su salud sufrió otra recaída. No sólo su físico, también su mente, como en los períodos más difíciles en el Congo y la Amazonía. Sintió que perdía el equilibrio mental. Su cabeza parecía a ratos un volcán en plena erupción. ¿Iba a perder la razón?

Regresó a Múnich y desde allí siguió enviando mensajes a Estados Unidos e Irlanda sobre el apoyo económico a las familias de los brigadistas. Como sus cartas, para despistar a la inteligencia británica, pasaban por varios países donde les cambiaban sobres y direcciones, las respuestas tardaban uno o dos meses en llegar. Su zozobra estaba en su apogeo cuando por fin apareció Robert Monteith a hacerse cargo militar de la Brigada. El oficial no sólo traía su impetuoso optimismo, su decencia y su espíritu aventurero. También, la promesa formal de que las familias de los brigadistas, si eran objeto de represalias, recibirían ayuda inmediata de los revolucionarios irlandeses.

El capitán Monteith, que, apenas llegado a Alemania, viajó de inmediato a Múnich para ver a Roger, se desconcertó al verlo tan enfermo. Le tenía admiración y lo trataba con enorme respeto. Le dijo que nadie en el movimiento irlandés sospechaba que su estado fuera tan precario. Casement le prohibió que informara sobre su salud y viajó con él de regreso a Berlín. Presentó a Monteith a la Cancillería y el Almirantazgo. El joven oficial

ardía de impaciencia por ponerse a trabajar y manifestaba un optimismo férreo sobre el futuro de la Brigada que
Roger, en su fuero íntimo, había perdido. Los seis meses
que permaneció en Alemania, Robert Monteith fue, al
igual que el padre Crotty, una bendición para Roger. Ambos le impidieron hundirse en un desánimo que tal vez lo
hubiera empujado a la locura. El religioso y el militar eran
muy distintos y, sin embargo, se dijo Roger muchas veces,
ambos encarnaban dos prototipos de irlandeses: el santo
y el guerrero. Alternando con ellos, recordó algunas conversaciones con Patrick Pearse, cuando éste mezclaba el
altar con las armas y afirmaba que de la fusión de esas dos
tradiciones, mártires y místicos y héroes y guerreros, re-
sultaría la fuerza espiritual y física que rompería las cade-
nas que sujetaban a Eire.

Eran distintos pero había en los dos una limpieza
natural, una generosidad y una entrega al ideal, que, muchas veces, viendo que el padre Crotty y el capitán Monteith no perdían el tiempo en cambios de humor y des-
moralizaciones, como él, Roger se avergonzaba de sus dudas
y vaivenes. Ambos se habían trazado un camino y lo seguían sin apartarse del rumbo, sin intimidarse ante los
obstáculos, convencidos de que, al final, los esperaba el
triunfo: de Dios sobre el mal y de Irlanda sobre sus opre-
sores. «Aprende de ellos, Roger, sé como ellos», se repetía,
como una jaculatoria.

Robert Monteith era un hombre muy cercano a
Tom Clarke, a quien profesaba también un culto religioso. Hablaba del puesto de tabaco de éste —su cuartel general clandestino— en la esquina de Great Britain Street
y Sackville Street como de un «lugar sagrado». Según el
capitán, el viejo zorro sobreviviente de muchas cárceles
inglesas era quien dirigía desde la sombra toda la estrategia
revolucionaria. ¿No era digno de admiración? Desde su
pequeño estanco, en una calle pobretona del centro de
Dublín, este veterano de físico menudo, delgado, frugal,

gastado por los padecimientos y los años, que había dedicado su vida a luchar por Irlanda, pasando por ello quince años en prisión, había conseguido montar una organización militar y política clandestina, el IRB, que llegaba a todos los confines del país, sin haber sido capturado por la policía británica. Roger le preguntó si la organización era de veras tan cuajada como él decía. El entusiasmo del capitán se desbordó:

—Tenemos compañías, secciones, pelotones, con sus oficiales, sus depósitos de armas, sus mensajeros, sus claves, sus consignas —afirmó, gesticulando eufórico—. Dudo que haya en Europa un Ejército más eficiente y motivado que el nuestro, sir Roger. No exagero un ápice.

Según Monteith, los preparativos habían llegado a su punto máximo. Lo único que faltaba eran las armas alemanas para que la insurrección estallara.

El capitán Monteith se puso a trabajar de inmediato, instruyendo y organizando al medio centenar de reclutas de Zossen. Iba con frecuencia al campo de Limburg, a tratar de vencer las resistencias de los demás prisioneros contra la Brigada. Conseguía uno que otro, pero la inmensa mayoría seguía mostrándole total hostilidad. Nada era capaz de desmoralizarlo. Sus cartas a Roger, quien había vuelto a Múnich, rebosaban entusiasmo y le daban noticias alentadoras sobre la minúscula Brigada.

La próxima vez que se vieron en Berlín, unas semanas después, cenaron solos en un pequeño restaurante de Charlottenburg lleno de refugiados rumanos. El capitán Monteith, armándose de valor y cuidando mucho las palabras para no ofenderlo, le dijo de pronto:

—Sir Roger, no me considere un entrometido y un insolente. Pero no puede seguir en este estado. Es usted demasiado importante para Irlanda, para nuestra lucha. En nombre de los ideales por los que ha hecho tanto, se lo suplico. Consulte un médico. Está mal de los nervios.

No es raro. La responsabilidad y las preocupaciones han hecho mella. Era inevitable que ocurriera. Necesita ayuda.

Roger balbuceó unas palabras evasivas y cambió de tema. Pero la recomendación del capitán lo asustó. ¿Era tan evidente su desequilibrio que este oficial, siempre tan respetuoso y discreto, se atrevía a decirle una cosa así? Le hizo caso. Después de algunas averiguaciones, se animó a visitar al doctor Oppenheim, que vivía fuera de la ciudad, entre los árboles y riachuelos de Grunewald. Era un hombre ya anciano y le inspiró confianza, pues parecía experimentado y seguro. Tuvieron dos largas sesiones en las que Roger le expuso su estado, sus problemas, desvelos y temores. Debió someterse a pruebas mnemotécnicas y minuciosos interrogatorios. Por fin, el doctor Oppenheim le aseguró que necesitaba internarse en un sanatorio y someterse a un tratamiento. Si no lo hacía, su estado mental seguiría ese proceso de desquiciamiento que se había ya iniciado. Él mismo llamó a Múnich y le consiguió una cita con un colega y discípulo, el doctor Rudolf von Hoesslin.

Roger no se internó en la clínica del doctor Von Hoesslin, pero lo visitó un par de veces por semana, a lo largo de varios meses. El tratamiento le hizo bien.

—No me extraña que con las cosas que ha visto usted en el Congo y en el Amazonas y con lo que hace ahora, padezca estos problemas —le dijo el psiquiatra—. Lo notable es que no sea un loco furioso o no se haya suicidado.

Era un hombre todavía joven, apasionado de la música, vegetariano y pacifista. Estaba contra esta guerra y contra todas las guerras y soñaba con que un día se estableciera la fraternidad universal —«la paz kantiana», decía— en todo el mundo, se eclipsaran las fronteras y los hombres se reconocieran como hermanos. De las sesiones con el doctor Rudolf von Hoesslin Roger salía calmado y con ánimos. Pero no estaba seguro de que fuera mejorando. Esa sensación de bienestar siempre la había tenido cuando encontraba en su camino a una persona sana, buena e idealista.

Hizo varios viajes a Zossen donde, como era de esperar, Robert Monteith se había ganado a todos los reclutas de la Brigada. Gracias a sus ímprobos esfuerzos, ésta había aumentado en diez voluntarios. Las marchas y entrenamientos iban de maravilla. Pero los brigadistas seguían siendo tratados como prisioneros por los soldados y oficiales alemanes y, a veces, vejados. El capitán Monteith hizo gestiones en el Almirantazgo para que los brigadistas, como se lo habían prometido a Roger, tuvieran un margen de libertad, pudieran salir al pueblo y tomar una cerveza en una taberna de cuando en cuando. ¿No eran aliados? ¿Por qué seguían siendo tratados como enemigos? Hasta ahora aquellos intentos no habían dado el menor resultado.

Roger presentó una protesta. Tuvo una escena violenta con el general Schneider, comandante de la guarnición de Zossen, quien le dijo que no se podía dar más libertad a quienes mostraban indisciplina, eran propensos a las peleas e incluso cometían latrocinios en el campo. Según Monteith, estas acusaciones eran falsas. Los únicos incidentes se debían a insultos que los brigadistas recibían de los centinelas alemanes.

Los últimos meses de Roger Casement en Alemania fueron de constantes discusiones y momentos de gran tensión con las autoridades. La sensación de que había sido engañado no hizo más que crecer hasta su partida de Berlín. El Reich no tenía interés en la liberación de Irlanda, nunca tomó en serio la idea de una acción conjunta con los revolucionarios irlandeses, la Cancillería y el Almirantazgo se habían servido de su ingenuidad y su buena fe haciéndole creer cosas que no pensaban hacer. El proyecto de que la Brigada Irlandesa luchara con el Ejército turco contra los ingleses en Egipto, estudiado en todo detalle, se frustró cuando parecía a punto de concretarse, sin que le dieran explicación alguna. Zimmermann, el conde Georg von

Wedel, el capitán Nadolny y todos los oficiales que participaron en los planes, de pronto se volvieron escurridizos y evasivos. Se negaban a recibirlo con pretextos fútiles. Cuando conseguía hablar con ellos estaban siempre ocupadísimos, sólo podían concederle unos minutos, el asunto de Egipto no era de su incumbencia. Roger se resignó: su anhelo de que la Brigada se convirtiera en una pequeña fuerza simbólica de la lucha de los irlandeses contra el colonialismo se había hecho humo.

Entonces, con la misma vehemencia con que había admirado a Alemania, comenzó a sentir por este país un desagrado que se fue convirtiendo en un odio semejante, o acaso mayor, que el que le inspiraba Inglaterra. Así se lo dijo en una carta al abogado John Quinn, de New York, luego de contarle el maltrato que recibía de las autoridades: «Así es, mi amigo: he llegado a odiar tanto a los alemanes que, antes de morir aquí, prefiero la horca británica».

Su estado de irritación y malestar físico lo obligaron a regresar a Múnich. El doctor Rudolf von Hoesslin le exigió que se internara en un hospital de reposo de Baviera, con un argumento contundente: «Está usted al borde de una crisis de la que no se recuperará nunca, a menos que descanse y olvide todo lo demás. La alternativa es que pierda la razón o sufra un quebranto psíquico que lo convierta en un inútil para el resto de sus días».

Roger le hizo caso. Durante unos días su vida entró en un período de tanta paz que se sentía un ser descarnado. Los somníferos lo hacían dormir diez y doce horas. Luego, daba largos paseos por un bosque vecino de arces y fresnos, en unas mañanas todavía frías, de un invierno que se negaba a partir. Le habían quitado el tabaco y el alcohol y comía frugales dietas vegetarianas. No tenía ánimos para leer ni escribir. Permanecía horas con la mente en blanco, sintiéndose un fantasma.

De este letargo lo sacó violentamente Robert Monteith una soleada mañana de principios de marzo de 1916.

Por la importancia del asunto, el capitán había conseguido un permiso del Gobierno alemán para venir a verlo.
Estaba todavía bajo el efecto de la impresión y hablaba
atropellándose:

—Una escolta vino a sacarme del campo de Zossen
y me llevó a Berlín, al Almirantazgo. Me esperaba un grupo grande de oficiales, dos generales entre ellos. Me informaron lo siguiente: «El Comité Provisional irlandés ha decidido que el levantamiento tendrá lugar el 23 de abril».
Es decir, dentro de mes y medio.

Roger saltó de la cama. Le pareció que la fatiga
desaparecía de golpe y que su corazón se convertía en un
tambor al que aporreaban con furia. No pudo hablar.

—Piden fusiles, fusileros, artilleros, ametralladoras,
municiones —prosiguió Monteith, aturdido por la emoción—. Que el barco sea escoltado por un submarino. Las
armas deben llegar a Fenit, Tralee Bay, en County Kerry,
el Domingo de Pascua a eso de la medianoche.

—Entonces, no van a esperar la acción armada
alemana —pudo decir por fin Roger. Pensaba en una he-
catombe, en ríos de sangre tiñendo las aguas del Liffey.

—El mensaje también trae instrucciones para usted,
sir Roger —añadió Monteith—. Debe permanecer en Alemania, como embajador de la nueva República de Irlanda.

Roger se dejó caer otra vez en la cama, abrumado.
Sus compañeros no le habían informado a él de sus planes
antes que al Gobierno alemán. Además, le ordenaban que
se quedara aquí mientras ellos se hacían matar en uno de
esos desplantes que les gustaban a Patrick Pearse y a Joseph
Plunkett. ¿Desconfiaban de él? No había otra explicación.
Como estaban conscientes de su oposición a un alzamiento que no coincidiera con una invasión alemana, pensaban
que, allá, en Irlanda, sería un estorbo, y preferían que se quedara aquí, cruzado de brazos, con el extravagante cargo de
embajador de una República que esa rebelión y ese baño
de sangre harían más remota e improbable.

Monteith esperaba, mudo.

—Nos vamos de inmediato a Berlín, capitán —dijo Roger, incorporándose de nuevo—. Me visto, preparo mi maleta y partimos en el primer tren.

Así lo hicieron. Roger alcanzó a poner unas líneas apresuradas de agradecimiento al doctor Rudolf von Hoesslin. En la larga travesía, su cabeza crepitó sin descanso, con pequeños intervalos para cambiar ideas con Monteith. Al llegar a Berlín tenía clara su línea de conducta. Sus problemas personales pasaban a segundo plano. La prioridad, ahora, era volcar su energía e inteligencia en conseguir lo que habían pedido sus compañeros: fusiles, municiones y oficiales alemanes que pudieran organizar las acciones militares de manera eficiente. En segundo lugar, partir él mismo hacia Irlanda con el cargamento de armas. Allá trataría de convencer a sus amigos que esperaran; con algo más de tiempo la guerra europea podía crear situaciones más propicias para la insurrección. En tercer lugar, debía impedir que los cincuenta y tres inscritos en la Brigada Irlandesa partieran a Irlanda. Como «traidores», el Gobierno británico los ejecutaría sin contemplaciones si eran capturados por la Royal Navy. Monteith decidiría lo que quería hacer, con total libertad. Conociéndolo, era seguro que iría a morir con sus compañeros por la causa a la que había consagrado su vida.

En Berlín, se alojaron en el Eden Hotel, como de costumbre. A la mañana siguiente comenzaron las negociaciones con las autoridades. Las reuniones tenían lugar en el destartalado y feo edificio del Almirantazgo. El capitán Nadolny los recibía en la puerta y los llevaba a una sala en la que había siempre gentes de la Cancillería y militares. Caras nuevas se mezclaban con las de los viejos conocidos. Desde el primer momento, de manera categórica, fueron informados que el Gobierno alemán se negaba a enviar oficiales que asesoraran a los revolucionarios.

En cambio, consintieron en lo de las armas y municiones. Durante horas y días hicieron cálculos y estudios sobre la manera más segura de que llegaran en la fecha señalada al lugar establecido. Finalmente, se decidió que el cargamento iría en el *Aud*, un barco inglés, embargado, reacondicionado y pintado que llevaría enseña noruega. Ni Roger, ni Monteith ni brigadista alguno viajarían en el *Aud*. Este asunto motivó discusiones, pero el Gobierno alemán no cedió: la presencia de irlandeses a bordo comprometía el subterfugio de hacer pasar el barco por noruego y, si el engaño se descubría, el Reich quedaría en una situación delicada ante la opinión internacional. Entonces, Roger y Monteith exigieron que se les facilitara la manera de viajar a Irlanda al mismo tiempo que las armas, por separado. Fueron horas de propuestas y contrapropuestas en las que Roger trataba de convencerlos de que, yendo él allá, podía convencer a sus amigos de esperar que la guerra se fuera inclinando más del lado alemán, porque en esas circunstancias el Alzamiento podría combinarse con una acción paralela de la Marina y la infantería alemanas. Por fin, el Almirantazgo aceptó que Casement y Monteith viajaran a Irlanda. Lo harían en un submarino y llevarían a un brigadista como representante de sus compañeros.

La decisión de Roger de negarse a que la Brigada Irlandesa viajara a sumarse a la insurrección le acarreó fuertes choques con los alemanes. Pero él no quería que los brigadistas fueran sumariamente ejecutados, sin haber tenido siquiera la oportunidad de morir peleando. No era una responsabilidad que se echaría sobre los hombros.

El 7 de abril, el alto mando hizo saber a Roger que estaba listo el submarino en el que viajarían. El capitán Monteith escogió al sargento Daniel Julian Bailey para representar a la Brigada. Le proporcionaron papeles falsos con el nombre de Julian Beverly. El alto mando confirmó a Casement que, pese a que los revolucionarios habían pedido cincuenta mil, veinte mil rifles, diez ametralladoras y cinco millones de municiones estarían al norte de Innistooskert Island, Tralee Bay, el día indicado, a partir de las diez de la noche: debería esperar a la nave un piloto con un bote o lancha que se identificaría con dos luces verdes.

Entre el 7 y el día de la partida, Roger no pegó los ojos. Escribió un breve testamento pidiendo que si moría toda su correspondencia y papeles fueran entregados a Edmund D. Morel, «un ser excepcionalmente justo y noble», para que con esos documentos organizara una «memoria que salve mi reputación luego de mi tránsito».

Monteith, aunque, como Roger, intuía que el Alzamiento sería aplastado por el Ejército británico, ardía de impaciencia por partir. Tuvieron una conversación a solas, de un par de horas, el día en que el capitán Boehm les entregó el veneno que le habían pedido por si eran capturados. El oficial les explicó que se trataba de curare amazónico. El efecto sería instantáneo. «El curare es un antiguo conocido mío», le explicó Roger, sonriendo. «En el Putumayo vi, en efecto, a indios que paralizaban en el aire a los pájaros con sus dardos empapados en este veneno.» Roger y el capitán fueron a tomar una cerveza en un *kneipe* vecino.

—Me imagino que le duele tanto como a mí partir sin despedirnos ni dar explicaciones a los brigadistas —dijo Roger.

—Lo llevaré siempre en mi conciencia —asintió Monteith—. Pero es una decisión acertada. El Alzamiento es demasiado importante para arriesgarnos a una filtración.

—¿Cree usted que tendré alguna posibilidad de detenerlo?

El oficial negó con la cabeza.

—No lo creo, sir Roger. Pero usted es muy respetado allá y, tal vez, sus razones se impongan. De todos modos, tiene que comprender lo que ocurre en Irlanda. Son muchos años preparándonos para esto. Qué digo años.

Siglos, más bien. Hasta cuándo vamos a seguir siendo una nación cautiva. Y en pleno siglo xx. Además, no hay duda, gracias a la guerra éste es el momento en que Inglaterra es más débil en Irlanda.

—¿No tiene usted miedo a la muerte?

Monteith se encogió de hombros.

—La he visto cerca muchas veces. En África del Sur, durante la guerra de los Boers, muy cerca. Todos tenemos miedo a la muerte, me imagino. Pero hay muertes y muertes, sir Roger. Morir peleando por la patria es una muerte tan digna como morir por su familia o por su fe. ¿No le parece?

—Sí, lo es —asintió Casement—. Espero que, si se da el caso, muramos así y no tragándonos esta pócima amazónica, que debe ser indigesta.

La víspera de la partida, Roger fue por unas horas a Zossen a despedirse del padre Crotty. No entró al campamento. Hizo llamar al dominico y dieron un largo paseo por un bosque de abetos y abedules que comenzaban a verdear. El padre Crotty escuchó las confidencias de Roger demudado, sin interrumpirlo una sola vez. Cuando terminó de hablar, el sacerdote se santiguó. Permaneció largo rato en silencio.

—Ir a Irlanda, pensando que el Alzamiento está condenado al fracaso, es una forma de suicidio —dijo, como pensando en voz alta.

—Voy con la intención de atajarlo, padre. Hablaré con Tom Clarke, con Joseph Plunkett, con Patrick Pearse, con todos los dirigentes. Les haré ver las razones por las que este sacrificio me parece inútil. En vez de acelerar la independencia, la retrasará. Y...

Sintió que se le cerraba la garganta y calló.

—Qué pasa, Roger. Somos amigos y yo estoy aquí para ayudarlo. Puede confiar en mí.

—Tengo una visión que no puedo sacarme de la cabeza, padre Crotty. Esos idealistas y patriotas que se van a hacer despedazar, dejando familias destrozadas, en la miseria, sometidas a terribles represalias, al menos son conscientes de lo que hacen. Pero ¿sabe en quiénes pienso todo el tiempo?

Le contó que, en 1910, había ido a dar una charla a The Hermitage, el local de Rathfarnham, en las afueras de Dublín, donde funcionaba St. Enda's, el colegio bilingüe de Patrick Pearse. Luego de hablar a los alumnos, les donó un objeto que guardaba de su viaje por la Amazonía —una cerbatana huitoto— como premio a la mejor composición en gaélico de los estudiantes del último año. Le había impresionado enormemente lo exaltados que estaban esas docenas de jóvenes con la idea de Irlanda, el amor militante con que recordaban su historia, sus héroes, sus santos, su cultura, el estado de éxtasis religioso en que cantaban las antiguas canciones celtas. Y, también, el espíritu profundamente católico que reinaba en el colegio al mismo tiempo que ese patriotismo ferviente: Pearse había conseguido que ambas cosas se fundieran y fueran una sola en esos jóvenes, como lo eran en él y en sus hermanos Willie y Margaret, también profesores en St. Enda's.

—Todos esos jóvenes se van a hacer matar, van a ser carne de cañón, padre Crotty. Con fusiles y revólveres que ni siquiera sabrán cómo disparar. Cientos, millares de inocentes como ellos enfrentándose a cañones, a ametralladoras, a oficiales y soldados del Ejército más poderoso del mundo. Para no conseguir nada. ¿No es terrible?

—Desde luego que es terrible, Roger —asintió el religioso—. Pero tal vez no sea exacto que no conseguirán nada.

Hizo otra larga pausa y luego se puso a hablar despacio, dolido y conmovido.

—Irlanda es un país profundamente cristiano, usted lo sabe. Tal vez por su situación particular, de país ocupado, fue más receptivo que otros al mensaje de Cristo. O porque tuvimos misioneros y apóstoles como St. Patrick, enormemente persuasivos, la fe prendió más hondo allí que en otras partes. La nuestra es una religión sobre todo para los que sufren. Los humillados, los hambrientos, los vencidos. Esa fe ha impedido que nos desintegráramos como país pese a la fuerza que nos aplastaba. En nuestra religión es central el martirio. Sacrificarse, inmolarse. ¿No lo hizo Cristo? Se encarnó y se sometió a las más atroces crueldades. Traiciones, torturas, la muerte en la cruz. ¿No sirvió de nada, Roger?

Roger recordó a Pearse, Plunkett, a esos jóvenes convencidos de que la lucha por la libertad era mística a la vez que cívica.

—Entiendo lo que usted quiere decir, padre Crotty. Yo sé que personas como Pearse, Plunkett, incluso Tom Clarke, que tiene fama de realista y práctico, saben que el Alzamiento es un sacrificio. Y están seguros de que haciéndose matar crearán un símbolo que moverá todas las energías de los irlandeses. Yo entiendo su voluntad de inmolación. Pero ¿tienen derecho a arrastrar a gentes que carecen de su experiencia, de su lucidez, a jóvenes que no saben que van al matadero sólo para dar un ejemplo?

—Yo no tengo admiración por lo que hacen, Roger, ya se lo he dicho —murmuró el padre Crotty—. El martirio es algo a lo que un cristiano se resigna, no un fin que busca. Pero ¿acaso la Historia no ha hecho progresar a la humanidad de esa manera, con gestos y sacrificios? En todo caso, el que ahora me preocupa es usted. Si es capturado, no tendrá ocasión de luchar. Será juzgado por alta traición.

—Yo me metí en esto, padre Crotty, y mi obligación es ser consecuente e ir hasta el final. Nunca podré agradecerle todo lo que le debo. ¿Puedo pedirle la bendición?

Se arrodilló, el padre Crotty lo bendijo y se despidieron con un abrazo.

XV

Cuando los padres Carey y MacCarroll entraron a su celda, Roger había recibido ya el papel, la pluma y la tinta que pidió, y, con pulso firme, sin titubeos, había escrito de corrido dos breves misivas. Una a su prima Gertrude y otra, colectiva, a sus amigos. Ambas eran muy parecidas. A Gee, además de unas frases sentidas diciéndole cuánto la había querido y los buenos recuerdos de ella que guardaba su memoria, le decía: «Mañana, día de St. Stephen, tendré la muerte que he buscado. Espero que Dios perdone mis errores y acepte mis ruegos». La carta a sus amigos tenía el mismo relente trágico: «Mi último mensaje para todos es un *sursum corda*. Deseo lo mejor a quienes me van a arrebatar la vida y a los que han tratado de salvarla. Todos son ahora mis hermanos».

Mr. John Ellis, el verdugo, vestido siempre de oscuro y acompañado de su asistente, un joven que se presentó como Robert Baxter y que se mostraba nervioso y asustado, vino a tomarle las medidas —altura, peso y tamaño del cuello— para, le explicó con naturalidad, determinar la altura de la horca y la consistencia de la cuerda. Mientras lo medía con una vara y anotaba en un cuadernito, le contó que, además de este oficio, seguía ejerciendo su profesión de peluquero en Rochdale y que sus clientes trataban de sonsacarle secretos de su trabajo, pero que él, en lo relativo a este tema, era una esfinge. Roger se alegró de que partieran.

Poco después, un centinela le trajo el último envío de cartas y telegramas ya revisados por la censura. Eran de gente que no conocía: le deseaban suerte o lo insultaban y llamaban traidor. Apenas las hojeaba, pero un largo telegrama retuvo su atención. Era del cauchero Julio C. Arana. Estaba fechado en Manaos y escrito en un español que hasta Roger podía advertir abundaba en incorrecciones. Lo exhortaba «a ser justo confesando sus culpas ante un tribunal humano, sólo conocidas por la Justicia Divina, en lo que respecta a su actuación en el Putumayo». Lo acusaba de haber «inventado hechos e influenciado a los barbadenses para que confirmaran actos inconscientes que nunca sucedieron» con el único fin de «obtener títulos y fortuna». Terminaba así: «Lo perdono, pero es necesario que usted sea justo y declare ahora en forma total y veraz los hechos verdaderos que nadie los conoce mejor que usted». Roger pensó: «Este telegrama no lo redactaron sus abogados sino él mismo».

Se sentía tranquilo. El miedo que, en días y semanas anteriores, le producía de pronto escalofríos y le helaba la espalda, se había disipado por completo. Estaba seguro de que iría a la muerte con la serenidad con que, sin duda, lo habían hecho Patrick Pearse, Tom Clarke, Joseph Plunkett, James Connolly y todos los valientes que se inmolaron en Dublín aquella semana de abril para que Irlanda fuera libre. Se sentía desasido de problemas y angustias y preparado para arreglar sus asuntos con Dios.

Father Carey y *father* MacCarroll venían muy serios y le estrecharon las manos con afecto. Al padre Mac-Carroll lo había visto tres o cuatro veces pero había hablado poco con él. Era escocés y tenía un pequeño tic en la nariz que daba a su expresión un sesgo cómico. En cambio, con el padre Carey se sentía en confianza. Le devolvió el ejemplar de la *Imitación de Cristo,* de Tomás de Kempis.

—No sé qué hacer con él, regáleselo a alguien. Es el único libro que me han permitido leer en Pentonville Prison. No lo lamento. Ha sido una buena compañía. Si alguna vez se comunica con el padre Crotty, dígale que tenía razón. Tomás de Kempis era, como él me decía, un hombre santo, sencillo y lleno de sabiduría.

El padre MacCarroll le dijo que el *sheriff* se estaba ocupando de sus ropas de civil y que pronto se las traería. En el depósito de la prisión se habían ajado y ensuciado y el mismo Mr. Stacey se preocupaba de que las limpiaran y plancharan.

—Es un buen hombre —dijo Roger—. Perdió a su único hijo en la guerra y ha quedado medio muerto de pena, él también.

Luego de una pausa, les pidió que ahora se concentraran en su conversión al catolicismo.

—Reincorporación, no conversión —le recordó una vez más el padre Carey—. Fue siempre católico, Roger, por decisión de esa madre que tanto ha querido y a la que pronto va a volver a ver.

La estrecha celda parecía haberse angostado todavía más con las tres personas. Apenas tuvieron espacio para arrodillarse. Durante veinte o treinta minutos estuvieron rezando, al principio en silencio y luego en voz alta, padrenuestros y avemarías, los religiosos el comienzo de la oración y Roger el final.

Luego, el padre MacCarroll se retiró para que el padre Carey escuchara la confesión de Roger Casement. El sacerdote se sentó a la orilla de la cama y Roger permaneció de rodillas al principio de su larga, larguísima enumeración de sus reales o presuntos pecados. Cuando estalló su primer llanto, pese a los esfuerzos que hacía por contenerse, el padre Carey lo hizo sentarse a su lado. Así prosiguió esa ceremonia final en la que, mientras hablaba, explicaba, recordaba, preguntaba, Roger sentía que, en efecto, se iba acercando más y más a su madre. Por instantes, tenía la fugaz impresión de que la esbelta silueta de Anne Jephson se corporizaba y desaparecía en la pared de ladrillos rojizos del calabozo.

Lloró muchas veces, como no recordaba haber llorado nunca, ya sin tratar de aguantarse las lágrimas, porque con ellas se desahogaba de tensiones y amarguras y le parecía que no sólo su ánimo, también su cuerpo se volvía más ligero. El padre Carey lo dejaba hablar, silencioso e inmóvil. A veces, le hacía una pregunta, una observación, un breve comentario tranquilizador. Luego de señalarle la penitencia y darle la absolución, lo abrazó: «Bienvenido de nuevo a la que fue siempre su casa, Roger».

Muy poco después se abrió otra vez la puerta de la celda y volvió a entrar el padre MacCarroll seguido del *sheriff.* Mr. Stacey tenía en sus brazos su traje oscuro y su camisa blanca de cuello, su corbata y su chaleco y el padre MacCarroll los botines y las medias. Era la ropa que Roger había llevado el día que el Tribunal de Old Bailey lo condenó a morir ahorcado. Sus prendas de vestir estaban inmaculadamente limpias y planchadas y sus zapatos acababan de ser embetunados y lustrados.

—Le agradezco mucho su amabilidad, *sheriff.*

Mr. Stacey asintió. Tenía la cara mofletuda y triste de costumbre. Pero ahora evitaba mirarlo a los ojos.

—¿Podré darme un baño antes de ponerme esta ropa, *sheriff*? Sería una lástima ensuciarla con este cuerpo asqueroso que tengo.

Mr. Stacey asintió, esta vez con media sonrisita cómplice. Luego, salió de la habitación.

Apretándose, los tres se las arreglaron para sentarse en el camastro. Así estuvieron, a ratos callados, a ratos rezando, a ratos conversando. Roger les habló de su infancia, de sus primeros años en Dublín, en Jersey, de las vacaciones que pasaba con sus hermanos donde los tíos maternos, en Escocia. El padre MacCarroll se alegró de oírle decir que las vacaciones escocesas habían sido para Roger niño la experiencia del Paraíso, es decir, de la pureza y la dicha. A media voz, les canturreó algunas de las canciones infantiles que le hicieron aprender su madre y sus tíos, y, también, recordó cómo lo hacían soñar las proezas de los dragones ligeros en la India que les relataba a él y a sus hermanos el capitán Roger Casement cuando estaba de buen humor.

Luego, les cedió la palabra, pidiéndoles que le contaran cómo fue que se hicieron sacerdotes. ¿Habían entrado al seminario llevados por una vocación o empujados por las circunstancias, el hambre, la pobreza, la voluntad de alcanzar una educación, como ocurría con tantos religiosos irlandeses? El padre MacCarroll había quedado huérfano antes de tener uso de razón. Fue acogido por unos parientes ancianos que lo matricularon en una escuelita parroquial donde el párroco, que le tenía cariño, lo convenció de que su vocación era la Iglesia.

—¿Qué otra cosa podía hacer sino creerle? —reflexionó el padre MacCarroll—. En verdad, entré al seminario sin mucha convicción. El llamado de Dios vino después, durante mis años superiores de estudio. Me interesó mucho la teología. Me hubiera gustado dedicarme al estudio y a la enseñanza. Pero, ya lo sabemos, el hombre propone y Dios dispone.

El caso del padre Carey había sido muy distinto. Su familia, comerciantes acomodados de Limerick, eran católicos de palabra más que de obra, de modo que él no creció en un ambiente religioso. Pese a ello había sentido muy joven el llamado y hasta podía señalar un hecho que, tal vez, había sido decisivo. Un Congreso Eucarístico, cuando tenía trece o catorce años, en que escuchó a un padre misionero, el padre Aloyssus, contar el trabajo que realizaban en las selvas de México y Guatemala los religiosos y religiosas con los que había pasado veinte años de su vida.

—Era tan buen orador que me deslumbró —dijo el padre Carey—. Por su culpa estoy en esto todavía. Nunca más lo vi ni volví a saber de él. Pero recuerdo siempre su voz, su fervor, su retórica, sus larguísimas barbas. Y su nombre: *father* Aloyssus.

Cuando abrieron la puerta de la celda, trayéndole la frugal cena de costumbre —caldo, ensalada y pan—, Roger se dio cuenta de que llevaban varias horas conversando. Moría el atardecer y comenzaba la noche, aunque algo

de sol brillaba aún en los barrotes de la pequeña ventana.
Rechazó la cena y se quedó sólo con la botellita de agua.

Y entonces recordó que, en una de sus primeras
expediciones por el África, el primer año de su estancia en
el continente negro, había pernoctado unos días en una
pequeña aldea, de una tribu cuyo nombre había olvidado
(¿los bangui, tal vez?). Con ayuda de un intérprete conversó con varios lugareños. Así descubrió que los ancianos
de la comunidad, cuando sentían que iban a morir, hacían
un pequeño atado con sus escasas pertenencias y, discre-
tamente, sin despedirse de nadie, tratando de pasar desa-
percibidos, se internaban en la selva. Buscaban un lugar
tranquilo, una playita a orillas de un lago o un río, la sombra
de un gran árbol, un altozano con rocas. Allí se tumbaban
a esperar la muerte sin molestar a nadie. Una manera sabia
y elegante de partir.

Los padres Carey y MacCarroll quisieron pasar la
noche con él, pero Roger no lo consintió. Les aseguró que
se encontraba bien, más tranquilo que en los últimos tres
meses. Prefería quedarse solo y descansar. Era verdad. Los
religiosos, al ver la serenidad que mostraba, accedieron a
partir.

Cuando salieron, Roger estuvo largo rato contemplando las prendas de vestir que le había dejado el *sheriff*.
Por una extraña razón, estaba seguro de que le traería aquellas ropas con las que fue capturado en esa desolada madrugada del 21 de abril en ese fuerte circular de los celtas
llamado McKenna's Fort, de piedras carcomidas, recubier-
tas por la hojarasca, los helechos y la humedad y rodeadas
de árboles donde cantaban los pájaros. Tres meses apenas
y le parecían siglos. ¡Qué sería de esas ropas! ¿Las habrían
archivado también, junto con su expediente? El traje que
le planchó Mr. Stacey y con el que moriría dentro de unas
horas se lo había comprado el abogado Gavan Duffy para
que apareciese presentable ante el Tribunal que lo juzgó.
Para no arrugarlo, lo estiró bajo la pequeña colchoneta del

camastro. Y se echó, pensando que le esperaba una larga noche de desvelo.

Asombrosamente, al poco rato se durmió. Y debió dormir muchas horas porque, cuando abrió los ojos con un pequeño sobresalto, aunque la celda estaba en sombras advirtió por el cuadradito enrejado de la ventana que comenzaba a amanecer. Recordaba haber soñado con su madre. Ella tenía una cara afligida y él, niño, la consolaba diciéndole: «No estés triste, pronto nos volveremos a ver». Se sentía tranquilo, sin miedo, deseoso de que terminara aquello de una vez.

No mucho después, o acaso sí, pero él no se había dado cuenta de cuánto tiempo había pasado, se abrió la puerta y, desde el vano, el *sheriff* —la cara cansada y los ojos inyectados como si no hubiera pegado los ojos— le dijo:

—Si quiere bañarse, debe ser ahora.

Roger asintió. Cuando avanzaban hacia los baños por el largo pasillo de ladrillos ennegrecidos, Mr. Stacey le preguntó si había podido descansar algo. Cuando Roger le dijo que había dormido unas horas, aquél murmuró: «Me alegro por usted». Luego, cuando Roger anticipaba la sensación grata que sería recibir en su cuerpo el chorro de agua fresca, Mr. Stacey le contó que, en la puerta de la prisión, habían pasado toda la noche, rezando, con crucifijos y carteles contra la pena de muerte, muchas personas, algunos sacerdotes y pastores entre ellas. Roger se sentía raro, como si no fuera ya él, como si otro lo estuviera reemplazando. Estuvo un buen rato bajo el agua fría. Se jabonó cuidadosamente y se enjuagó, frotándose el cuerpo con ambas manos. Cuando regresó a la celda, allí estaban ya, de nuevo, el padre Carey y el padre MacCarroll. Le dijeron que el número de gente agolpada en las puertas de Pentonville Prison, rezando y blandiendo pancartas, había crecido mucho desde la noche anterior. Muchos eran parroquianos traídos por el padre Edward Murnaue de la iglesita de Holy Trinity, donde acudían las familias irlan-

desas del barrio. Pero también había un grupo que vito-
reaba la ejecución del «traidor». A Roger, estas noticias lo
dejaron indiferente. Los religiosos esperaron afuera de la
celda que se vistiera. Se quedó impresionado de lo que
había enflaquecido. Las ropas y los zapatos le bailaban.

Escoltado por los dos curas y seguido por el *sheriff*
y un centinela armado, fue a la capilla de Pentonville Prison. No la conocía. Era pequeña y oscura, pero había algo
acogedor y apacible en el recinto de techo ovalado. El
padre Carey ofició la misa y el padre MacCarroll hizo de
monaguillo. Roger siguió la ceremonia conmovido, aunque no sabía si era por las circunstancias o por el hecho
de que iba a comulgar por primera y última vez. «Será mi
primera comunión y mi viático», pensó. Luego de comulgar, intentó decir algo a los padres Carey y MacCarroll
pero no halló las palabras y permaneció silencioso, tratando de orar.

Al volver a la celda habían dejado junto a su cama
el desayuno, pero no quiso comer nada. Preguntó la hora,
y esta vez sí se la dijeron: las ocho y cuarenta de la mañana. «Me quedan veinte minutos», pensó. Casi al instante,
llegaron el gobernador de la prisión, junto con el *sheriff*,
y tres hombres vestidos de civil, uno de ellos sin duda el
médico que constataría su muerte, algún funcionario de
la Corona, y el verdugo con su joven ayudante. Mr. Ellis,
hombre más bien bajo y fortachón, vestía también de oscuro, como los otros, pero llevaba las mangas de la chaqueta remangadas para trabajar con más comodidad. Traía
una cuerda enrollada en el brazo. En su voz educada y
carrasposa le pidió que pusiera sus manos a la espalda porque debía atárselas. Mientras se las amarraba, Mr. Ellis le
hizo una pregunta que le pareció absurda: «¿Le hago daño?».
Negó con la cabeza.

Father Carey y *father* MacCarroll se habían puesto
a rezar letanías en voz alta. Siguieron rezándolas mientras
lo acompañaban, cada uno a su lado, en el largo recorrido

por sectores de la prisión que él desconocía: escaleras, pasillos, un pequeño patio, todo desierto. Roger apenas advertía los lugares que iban dejando atrás. Rezaba y respondía a las letanías y se sentía contento de que sus pasos fueran firmes y de que no se le escapara un sollozo ni una lágrima. A ratos cerraba los ojos y pedía clemencia a Dios, pero quien aparecía en su mente era el rostro de Anne Jephson.

Por fin salieron a un descampado inundado de sol. Los esperaba un pelotón de guardias armados. Rodeaban una armazón cuadrada de madera, con una pequeña escalerilla de ocho o diez peldaños. El gobernador leyó unas frases, sin duda la sentencia, a lo que Roger no prestó atención. Luego le preguntó si quería decir algo. Él negó con la cabeza, pero, entre dientes, murmuró: «Irlanda». Se volvió a los sacerdotes y ambos lo abrazaron. El padre Carey le dio la bendición.

Entonces, Mr. Ellis se acercó y le pidió que se agachara para poder vendarle los ojos, pues Roger era demasiado alto para él. Se inclinó y mientras el verdugo le ponía la venda que lo sumió en la oscuridad le pareció que los dedos de Mr. Ellis eran ahora menos firmes, menos dueños de sí mismos, que cuando le ataron las manos. Cogiéndolo del brazo, el verdugo le hizo subir los peldaños hacia la plataforma, despacio para que no fuera a tropezar.

Escuchó unos movimientos, rezos de los sacerdotes y, por fin, otra vez, un susurro de Mr. Ellis pidiéndole que bajara la cabeza y se inclinara algo, *please, sir.* Lo hizo, y, entonces, sintió que le había puesto la soga alrededor del cuello. Todavía alcanzó a oír por última vez un susurro de Mr. Ellis: «Si contiene la respiración, será más rápido, sir». Le obedeció.

Epílogo

I say that Roger Casement
Did what he had to do.
He died upon the gallows,
But that is nothing new.

W. B. YEATS

La historia de Roger Casement se proyecta, se apaga y renace después de su muerte como esos fuegos de artificio que, luego de remontarse y estallar en la noche en una lluvia de estrellas y truenos, se apagan, callan y, momentos después, resucitan en una trompetería que llena el cielo de incendios.

Según el médico que asistió a la ejecución, el doctor Percy Mander, ésta se llevó a cabo «sin el menor obstáculo» y la muerte del reo fue instantánea. Antes de autorizar su entierro, el facultativo, cumpliendo órdenes de las autoridades británicas que querían alguna seguridad científica respecto a las «tendencias perversas» del ejecutado, procedió, enfundándose para ello unos guantes de plástico, a explorarle el ano y el comienzo del intestino. Comprobó que, «a simple vista», el ano mostraba una clara dilatación, lo mismo que «la parte inferior del intestino, hasta donde alcanzaban los dedos de mi mano». El médico concluyó que esta exploración confirmaba «las prácticas a las que al parecer el ejecutado era afecto».

Después de ser sometidos a esta manipulación, los restos de Roger Casement fueron enterrados sin lápida, ni cruz, ni iniciales, junto a la tumba también anónima del doctor Crippen, un célebre asesino ajusticiado hacía ya algún tiempo. El montón de tierra informe que fue su sepultura era contiguo al Roman Way, la trocha por la cual al comenzar el primer milenio de nuestra era entraron las legiones romanas a civilizar esc perdido rincón de Europa que sería más tarde Inglaterra.

Luego, la historia de Roger Casement pareció eclipsarse. Las gestiones ante las autoridades británicas emprendidas por el abogado George Gavan Duffy en nombre de los hermanos de Roger para que sus restos se entregaran a sus familiares a fin de darles sepultura cristiana en Irlanda, fueron denegadas, en ese momento y en todos los otros a lo largo de medio siglo, cada vez que sus parientes hicieron tentativas semejantes. Durante mucho tiempo, salvo un número restringido de personas —entre ellas el verdugo, Mr. John Ellis, quien, en el libro de memorias que escribió poco antes de suicidarse, dejó dicho que «de todas las personas que debí ejecutar, la que murió con más coraje fue Roger Casement»—, nadie habló de él. Desapareció de la atención pública, en Inglaterra y en Irlanda.

Tardó buen tiempo en ser admitido en el panteón de los héroes de la independencia de Irlanda. La sinuosa campaña lanzada por la inteligencia británica para desprestigiarlo, utilizando fragmentos de sus diarios secretos, tuvo éxito. Ni siquiera ahora se disipa del todo: una aureola sombría de homosexualismo y pedofilia acompañó su imagen a lo largo de todo el siglo xx. Su figura incomodaba en su país porque Irlanda, hasta no hace muchos años, mantenía oficialmente una severísima moral en la que la sola sospecha de «pervertido sexual» hundía en la ignominia a una persona y la expulsaba de la consideración pública. En buena parte del siglo xx el nombre y las hazañas y penurias de Roger Casement quedaron confinados en ensayos políticos, artículos periodísticos y biografías de historiadores, muchos de ellos ingleses.

Con la revolución de las costumbres, principalmente en el dominio sexual, en Irlanda, poco a poco, aunque siempre con reticencias y remilgos, el nombre de Casement se fue abriendo camino hasta ser aceptado como lo que fue: uno de los grandes luchadores anticolonialistas y defensores de los derechos humanos y de las culturas indígenas de su tiempo y un sacrificado combatiente por la emancipación de Irlanda. Lentamente sus compatriotas se fueron resignando a aceptar que un héroe y un mártir no es un prototipo abstracto ni un dechado de perfecciones sino un ser humano, hecho de contradicciones y contrastes, debilidades y grandezas, ya que un hombre, como escribió José Enrique Rodó, «es muchos hombres», lo que quiere decir que ángeles y demonios se mezclan en su personalidad de manera inextricable.

Nunca cesó ni probablemente cesará la controversia sobre los llamados *Black Diaries*. ¿Existieron de verdad y Roger Casement los escribió de puño y letra, con todas sus obscenidades pestilentes, o fueron falsificados por los servicios secretos británicos para ejecutar también moral y políticamente a su antiguo diplomático, a fin de hacer un escarmiento ejemplar y disuadir a potenciales traidores? Durante decenas de años el Gobierno inglés se negó a autorizar que historiadores y grafólogos independientes examinaran los diarios, declarándolos secreto de Estado, lo cual dio pábulo a sospechas y argumentos a favor de la falsificación. Cuando, hace relativamente pocos años, se levantó el secreto y los investigadores pudieron examinarlos y someter los textos a pruebas científicas, la controversia no cesó. Probablemente se prolongará mucho tiempo. Lo que no está mal. No está mal que ronde siempre un clima de incertidumbre en torno a Roger Casement, como prueba de que es imposible llegar a conocer de manera definitiva a un ser humano, totalidad que se escurre siempre de todas las redes teóricas y racionales que tratan de capturarla. Mi propia impresión —la de un novelista, claro está— es que Roger Casement escribió los famosos diarios pero no los vivió, no por lo menos integralmente, que hay en ellos mucho de exageración y ficción, que escribió ciertas cosas porque hubiera querido pero no pudo vivirlas.

En 1965, el Gobierno inglés dc Harold Wilson permitió por fin que los huesos de Casement fueran repatriados. Llegaron a Irlanda en un avión militar y recibieron homenajes públicos el 23 de febrero de ese año. Estuvieron expuestos cuatro días en una capilla ardiente de la Garrison Church of the Saved Heart como los de un héroe. Una concurrencia multitudinaria calculada en varios cientos de miles de personas desfiló por ella a presentarle sus respetos. Hubo un cortejo militar hacia la Pro-Catedral y se le rindieron honores militares frente al histórico edificio de Correos, cuartel general del Alzamiento de 1916, antes de llevar su ataúd al cementerio de Glasnevin, donde fue enterrado en una mañana lluviosa y gris. Para pronunciar el discurso de homenaje, don Éamon de Valera, el primer presidente de Irlanda, combatiente destacado de la insurrección de 1916 y amigo de Roger Casement, se levantó de su lecho de agonizante y dijo esas palabras emotivas con que se suele despedir a los grandes hombres.

Ni en el Congo ni en la Amazonía ha quedado rastro de quien tanto hizo por denunciar los grandes crímenes que se cometieron en esas tierras en los tiempos del caucho. En Irlanda, esparcidos por la isla, quedan algunos recuerdos de él. En las alturas del *glen* de Glenshesk, en Antrim, que desciende hacia la pequeña ensenada de Murlough, no lejos de la casa familiar de Magherintemple, el Sinn Fein le hizo un monumento que los radicales unionistas de Irlanda del Norte destruyeron. Ahí han quedado por el suelo esparcidos los fragmentos. En Ballyheigue, Co. Kerry, en una pequeña placita que mira al mar se yergue la escultura de Roger Casement que esculpió el irlandés Oisin Kelly. En el Kerry County Museum de Tralee está la cámara fotográfica que Roger llevó el año 1911 en su viaje a la Amazonía y, si lo pide, el visitante puede ver también el abrigo de paño tosco con que se abrigó en el submarino alemán U-19 que lo trajo a Irlanda. Un coleccionista privado, Mr. Sean Quinlan, tiene en su casita de Ballyduff, no lejos de la desembocadura del Shannon en el Atlántico, un bote que (lo asegura enfáticamente) es el mismo en el que desembarcaron en Banna Strand Roger, el capitán Monteith y el sargento Bailey. En el colegio de lengua gaélica «Roger Casement», de Tralee, el despacho del director exhibe el plato de cerámica en el que comió Roger Casement, en el Public Bar Seven Stars, los días que fue a la Corte de Apelaciones de Londres que decidió sobre su caso. En McKenna's Fort hay un pequeño monumento en gaélico, inglés y alemán —una columna de piedra negra— donde se recuerda que allí fue capturado por la Royal Irish Constabulary el 21 de abril de 1916. Y, en Banna Strand, la playa donde llegó, se yergue un pequeño obelisco en el que aparece la cara de Roger Casement junto a la del capitán Robert Monteith. La mañana que fui a verlo estaba cubierto con la caca blanca de las gaviotas chillonas que revoloteaban alrededor y se veían por doquier las violetas salvajes que tanto lo emocionaron ese amanecer en que volvió a Irlanda para ser capturado, juzgado y ahorcado.

Madrid, 19 de abril de 2010

Reconocimientos

No hubiera podido escribir esta novela sin la colaboración, consciente o inconsciente, de muchas personas que me ayudaron en mis viajes por el Congo y la Amazonía, y en Irlanda, Estados Unidos, Bélgica, el Perú, Alemania y España, me enviaron libros, artículos, me facilitaron el acceso a archivos y bibliotecas, me dieron testimonios y consejos y, sobre todo, su aliento y su amistad cuando me sentía desfallecer ante las dificultades del proyecto que tenía entre manos. Entre ellas, quiero destacar a Verónica Ramírez Muro por su invalorable ayuda en mi recorrido por Irlanda y en la preparación del manuscrito. Sólo yo soy responsable de las deficiencias de este libro pero, sin estas personas, hubieran sido imposibles sus eventuales aciertos. Muchas gracias a:

En el Congo: Coronel Gaspar Barrabino, Ibrahima Coly, Embajador Félix Costales Artieda, Embajador Miguel Fernández Palacios, Raffaella Gentilini, Asuka Imai, Chance Kayijuka, Placide-Clement Mananga, Pablo Marco, Padre Barumi Minavi, Javier Sancho Más, Karl Steinecker, Dr. Tharcisse Synga Ngundu de Minova, Juan Carlos Tomasi, Xisco Villalonga, Émile Zola y los «Poétes du Renouveau» de Lwemba.

En Bélgica: David van Reybrouck.

En la Amazonía: Alberto Chirif, Padre Joaquín García Sánchez y Roger Rumrill.

En Irlanda: Christopher Brooke, Anne y Patrick Casement, Hugh Casement, Tom Desmond, Jeff Dudgeon, Sean Joseph, Ciara Kerrigan, Jit Ming, Angus Mitchell, Griffin Murray, Helen O'Carroll, Séamas O'Siochain, Donal J. O'Sullivan, Sean Quinlan, Orla Sweeney y el personal de la National Library of Ireland y del National Photographic Archive.

En el Perú: Rosario de Bedoya, Nancy Herrera, Gabriel Meseth, Lucía Muñoz-Nájar, Hugo Neira, Juan Ossio, Fernando Carvallo y el personal de la Biblioteca Nacional.

En New York: Bob Dumont y el personal de la New York Public Library.

En Londres: John Hemming, Hugh Thomas, Jorge Orlando Melo y el personal de la British Library.

En España: Fiorella Battistini, Javier Reverte, Nadine Tchamlesso, Pepe Verdes, Antón Yeregui y Muskilda Zancada.

Héctor Abad Faciolince, Ovidio Lagos y Edmundo Murray.

Índice

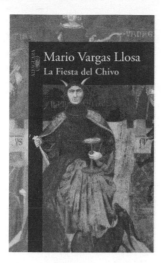

LA FIESTA DEL CHIVO
Mario Vargas Llosa

¿Por qué regresa Urania Cabral a la isla que juró
no volver a pisar? ¿Por qué sigue vacía y llena de miedo
desde los catorce años? ¿Por qué no ha tenido un solo amor?

En *La Fiesta del Chivo* asistimos a un doble retorno. Mientras Urania
visita a su padre en Santo Domingo, volvemos a 1961, cuando la
capital dominicana aún se llamaba Ciudad Trujillo. Allí un hombre
que no suda tiraniza a tres millones de personas sin saber que
se gesta una maquiavélica transición a la democracia.

Vargas Llosa, un clásico contemporáneo, relata el fin de una era
dando voz, entre otros personajes históricos, al impecable e implacable
general Trujillo, apodado el Chivo, y al sosegado y hábil doctor
Balaguer (sempiterno presidente de la República Dominicana).

Con un ritmo y una precisión difícilmente superables, este peruano
universal muestra que la política puede consistir en abrirse camino
entre cadáveres, y que un ser inocente puede convertirse
en un regalo truculento.

TRAVESURAS
DE LA NIÑA MALA
Mario Vargas Llosa

¿Cuál es el verdadero rostro del amor?

Ricardo ve cumplido, a una edad muy temprana, el sueño
que en su Lima natal alimentó desde que tenía uso de razón:
vivir en París. Pero el rencuentro con un amor de adolescencia
lo cambiará todo. La joven, inconformista, aventurera, pragmática e
inquieta, lo arrastrará fuera del pequeño mundo de sus ambiciones.

Testigos de épocas convulsas y florecientes en ciudades como Londres,
París, Tokio o Madrid, que aquí son mucho más que escenarios,
ambos personajes verán sus vidas entrelazarse sin llegar a coincidir
del todo. Sin embargo, esta danza de encuentros y desencuentros
hará crecer la intensidad del relato página a página hasta
propiciar una verdadera fusión del lector con el universo emocional
de los protagonistas.

Creando una admirable tensión entre lo cómico y lo trágico,
Mario Vargas Llosa juega con la realidad y la ficción para liberar
una historia en la que el amor se nos muestra indefinible, dueño
de mil caras, como la niña mala. Pasión y distancia, azar y destino,
dolor y disfrute... ¿Cuál es el verdadero rostro del amor?

Alfaguara es un sello editorial del Grupo Santillana

www.alfaguara.com

Argentina
www.alfaguara.com/ar
Av. Leandro N. Alem, 720
C 1001 AAP Buenos Aires
Tel. (54 11) 41 19 50 00
Fax (54 11) 41 19 50 21

Bolivia
www.alfaguara.com/bo
Calacoto, calle 13 nº 8078
La Paz
Tel. (591 2) 279 22 78
Fax (591 2) 277 10 56

Chile
www.alfaguara.com/cl
Dr. Aníbal Ariztía, 1444
Providencia
Santiago de Chile
Tel. (56 2) 384 30 00
Fax (56 2) 384 30 60

Colombia
www.alfaguara.com/co
Calle 80, nº 9 - 69
Bogotá
Tel. y fax (57 1) 639 60 00

Costa Rica
www.alfaguara.com/cas
La Uruca
Del Edificio de Aviación Civil 200 metros
    Oeste
San José de Costa Rica
Tel. (506) 22 20 42 42 y 25 20 05 05
Fax (506) 22 20 13 20

Ecuador
www.alfaguara.com/ec
Avda. Eloy Alfaro, N 33-347 y Avda. 6 de
    Diciembre
Quito
Tel. (593 2) 244 66 56
Fax (593 2) 244 87 91

El Salvador
www.alfaguara.com/can
Siemens, 51
Zona Industrial Santa Elena
Antiguo Cuscatlán - La Libertad
Tel. (503) 2 505 89 y 2 289 89 20
Fax (503) 2 278 60 66

España
www.alfaguara.com/es
Torrelaguna, 60
28043 Madrid
Tel. (34 91) 744 90 60
Fax (34 91) 744 92 24

Estados Unidos
www.alfaguara.com/us
2023 N.W. 84th Avenue
Miami, FL 33122
Tel. (1 305) 591 95 22 y 591 22 32
Fax (1 305) 591 91 45

Guatemala
www.alfaguara.com/can
7ª Avda. 11-11
Zona nº 9
Guatemala CA
Tel. (502) 24 29 43 00
Fax (502) 24 29 43 03

Honduras
www.alfaguara.com/can
Colonia Tepeyac Contigua a Banco
    Cuscatlán
Frente Iglesia Adventista del Séptimo Día,
    Casa 1626
Boulevard Juan Pablo Segundo
Tegucigalpa, M. D. C.
Tel. (504) 239 98 84

México
www.alfaguara.com/mx
Avda. Universidad, 767
Colonia del Valle
03100 México D.F.
Tel. (52 5) 554 20 75 30
Fax (52 5) 556 01 10 67

Panamá
www.alfaguara.com/cas
Vía Transísmica, Urb. Industrial Orillac,
Calle segunda, local 9
Ciudad de Panamá
Tel. (507) 261 29 95

Paraguay
www.alfaguara.com/py
Avda. Venezuela, 276,
entre Mariscal López y España
Asunción
Tel./fax (595 21) 213 294 y 214 983

Perú
www.alfaguara.com/pe
Avda. Primavera 2160
Santiago de Surco
Lima 33
Tel. (51 1) 313 40 00
Fax (51 1) 313 40 01

Puerto Rico
www.alfaguara.com/mx
Avda. Roosevelt, 1506
Guaynabo 00968
Tel. (1 787) 781 98 00
Fax (1 787) 783 12 62

República Dominicana
www.alfaguara.com/do
Juan Sánchez Ramírez, 9
Gazcue
Santo Domingo R.D.
Tel. (1809) 682 13 82
Fax (1809) 689 10 22

Uruguay
www.alfaguara.com/uy
Juan Manuel Blanes 1132
11200 Montevideo
Tel. (598 2) 410 73 42
Fax (598 2) 410 86 83

Venezuela
www.alfaguara.com/ve
Avda. Rómulo Gallegos
Edificio Zulia, 1º
Boleita Norte
Caracas
Tel. (58 212) 235 30 33
Fax (58 212) 239 10 51